Sündhaftes Chicago Sammelband

Alta Hensley

Renee Rose

Übersetzt von
Stephanie Walters

Renee Rose Romance

Veröffentlicht in den Vereinigten Staaten von Amerika

Renee Rose Romance

Renee Rose® ist ein eingetragenes Markenzeichen von Wilrose Dream Press

 Formatiert mit Vellum

Inhalt

Sündenpfuhl

Verwurzelt in Sünde

Eine Kostprobe der Sünde

Renee Rose: HOLEN SIE SICH IHR KOSTENLOSES BUCH!

Tragen Sie sich in meine E-Mail Liste ein, um als erstes von Neuerscheinungen, kostenlosen Büchern, Sonderpreisen und anderen Zugaben zu erfahren.

https://www.subscribepage.com/mafiadaddy_de

Wussten Sie schon, dass Sie direkt bei Renee Rose bestellen können? Sichern Sie sich signierte Bücher, Sonderausgaben und stark reduzierte Pakete. Nutzen Sie diesen Coupon für zusätzliche 10 % Rabatt auf Ihre gesamte Bestellung – READER10

Oder klicken Sie hier – https://shop.reneeroseromance.com/discount/READER10

Sündenpfuhl

Kapitel Eins

Armando

Ist ein Sünder jemals wirklich frei?

Egal, was die Antwort auf diese Frage ist, ich bin der Freiheit so nah wie nur möglich. Ich bin nicht länger in einem Käfig gefangen.

Die Gefängnistüren gehen auf und ich trete mit nichts als einer Papiertüte in meinen Händen hinaus, in der die wenigen Habseligkeiten stecken, mit denen ich hier angekommen bin.

Mein Cousin Marco wartet auf mich, er steht mit einem übertriebenen Lächeln auf dem Gesicht vor seinem SUV. Ich kenne ihn gut genug, um es direkt zu durchschauen. Sicher, er freut sich, mich zu sehen, aber er fühlt sich offensichtlich unbehaglich.

Ich kann nicht sagen, dass ich ihm das zum Vorwurf machen kann.

Marco hat mich hin und wieder im Knast besucht. Er ist von Chicago hochgekommen, unserer Heimatstadt, eine Stunde südlich von hier, um mich darüber auf den neusten Stand zu bringen, was mit unserer Organisation los ist. Er und manchmal auch sein Bruder

Leo, waren die Einzigen aus der *La Famiglia*, die mich besucht haben.

Auch das ist etwas, was ich verstehen kann.

Gefängnis kann ansteckend sein. Niemand will es sich einfangen.

Es ist eine Plage, die man nur schwer wieder loswird.

Sogar meine eigene Mutter hat mich nicht besucht – hat es nicht ertragen, mit ansehen zu müssen, wie ihr eigener Sohn wie ein Tier behandelt wurde. Ihre Worte, nicht meine.

Als ich zögernd vor dem Gefängnistor stehen bleibe, tritt Marco endlich einen Schritt auf mich zu und bricht das Schweigen. „Schön, dich zu sehen", sagt er und endlich verlischt dieses aufgeklebte Lächeln.

„Ja." Ich bin mir nicht sicher, ob ich schon bereit für Small Talk bin.

Marco scheint zu verstehen, bewegt sich zügig und deutet auf das Auto. „Komm, lass uns hier verschwinden."

Wir steigen in den Wagen und Marco beginnt die Fahrt zurück in die Stadt.

Ich starre aus dem Fenster, nehme nichts wahr. Anscheinend höre ich auch nichts, bis ich bemerke, dass Marco die ganze Zeit über mit mir gesprochen hat.

„...wenn du Freitag für einen Haarschnitt und eine Rasur zu Rocco gehst. Es ist natürlich noch immer die alte Mannschaft, aber ich wette, sie lassen dir den Vorrang im Friseurstuhl ... Der Blumenladen ist direkt nebenan, aber Mary Alice hat den Laden an ihre Auszubildende verkauft, Hannah. Erinnerst du dich an sie? Sie war noch ein junges Mädchen, als du weggegangen bist, aber jetzt ist sie verflucht heiß ..."

Ich höre ihm nicht länger zu. Die Orte, von denen er spricht – unsere alten Familientreffpunkte – kommen mir jetzt so weit entfernt vor. Ich schätze, ich muss erst dort vorbeigehen, bevor ich etwas empfinden kann.

„Es haben sich einige Dinge geändert, seit du weg warst“, bemerkt Marco.

Ich antworte nicht, sondern warte darauf, dass er fortfährt.

„Die Organisation wird immer mächtiger, aber sie verliert auch ihre Seele. Viele der vollwertigen Mitglieder werden selbstgefällig. Es gibt keinen Fortschritt mehr. Keine Weisheit der alten Seelen mehr, wie der Don es nennen würde.“

Ich höre mir seine Worte kommentarlos an. Marco ist ein cleverer Bursche. Es gibt niemanden, dessen Meinung ich mehr schätze, vor allem, wenn es um die Familie geht. Er ist der Organisation etwa zur gleichen Zeit wie ich beigetreten, aber er hat einen guten Einblick in die Geschäfte. Er ist viel klüger, als sein Alter oder seine Erfahrung vermuten lassen.

Er besitzt definitiv die Weisheit der alten Seelen. Marco scheint in der Lage zu sein, die Organisation objektiv zu betrachten und wirklich zu begreifen, was los ist.

Ich versuche, mich auf seine Worte zu konzentrieren, auf die Arbeit, und darauf, was bald schon wieder meine Realität sein wird, jetzt, da ich in den Schoß der Familie zurückkehre. Allerdings kämpfe ich auch gegen eine überwältigende Müdigkeit in meiner Brust an.

Die Wände des SUV scheinen regelrecht auf mich einzudrängen, wobei sie mich an meine Gefängniszelle erinnern.

Ich atme tief durch und öffne das Fenster. Es ist lange her, seit ich Zeit mit jemandem verbracht habe, der nicht vom System abgestumpft war. Leute im Gefängnis sprechen anders als Leute, die frei sind.

Mich an Marco zu gewöhnen – mich an irgendjemanden zu gewöhnen – wird eine Herausforderung werden.

Vierundfünfzig Monate. So lange habe ich im Staatsgefängnis gesessen. Eine farblose Existenz zwischen vier Betonmauern.

Länger, als manche der Mitglieder in der Organisation sind. Kürzer als andere. Ich habe den Mund gehalten und meine Zeit abgesessen, wie es von mir erwartet wurde. Außerdem habe ich ein Diplom in Wirtschaftswissenschaften gemacht.

„Aufgrund guter Führung entlassen", lacht Marco, als ob er meine Gedanken lesen könnte. „Wer hätte das gedacht?"

Ich antworte nicht, denke aber, wie ironisch es ist, weil ich im Gefängnis buchstäblich einen anderen Mann abgestochen habe. Zum Glück bin ich vollwertiges Mitglied der Mafia und der Don hat mich beschützt und vor Ärger bewahrt. Erstaunlich, dass die Mafia bestimmte Dinge im Gefängnis einfach verschwinden lassen kann. Ihre Macht innerhalb des Systems ist womöglich noch stärker als außerhalb dieser Betonmauern.

Ich bemerke Marcos weißen Fingerknöchel, während er das Lenkrad festhält. Er fühlt sich unbehaglich. Ich weiß, warum. Ich wurde geschnappt, er nicht. Ich habe Zeit abgesessen, er war frei. So habe ich auch schon empfunden. Eine Art Überlebensschuld, wenn einer der eigenen Männer für das Verbrechen der ganzen Familie geschnappt wird. Es ist schwer, sich damit auseinanderzusetzen, und da ist immer dieser Teil in dir, der sich fragt, wann es dich erwischen wird. Es ist ein Klischee, dass das Gefängnis Männer verändert, aber es ist verdammt noch mal wahr.

Jetzt, während ich in Marcos Auto auf dem Beifahrersitz sitze und nach Chicago zurückfahre, verspüre ich nicht dieses High der Freiheit. Ich bemerke den Himmel. Hohe Gebäude. Den Verkehr. Den Lärm und die Energie der Stadt, die mich aufgefressen und wieder ausgespuckt hat. Es macht gar nichts mit mir. Die vertrauten Straßen und Orte rufen nichts meines alten Ichs hervor. Des jungen Mannes, der ich war, bevor ich meine Strafe abgesessen habe. Ich bin die ganze Fahrt über wie betäubt, erlebe eine Art außerkörperliche Erfahrung. Seit ich eingebuchtet wurde, habe ich mir diesen Tag vorgestellt, und jetzt, da er gekommen ist, jetzt, da ich frei bin ... spüre ich überhaupt nichts. Ich bin wie tot im Angesicht dieser Erfahrung.

„Hey, lass uns anhalten und was zu Abend essen. Ich lade dich natürlich ein." Marco parkt seinen SUV am Bordstein vor Lorenzo's, einem italienischen Restaurant und eines der Lieblingslokale der Organisation.

„Klar, warum nicht." Ich will nicht essen gehen. Die schweigsame Fahrt war unerträglich genug. Ich weiß Marcos Loyalität mir gegenüber zu schätzen, aber ich würde lieber nicht noch eine weitere Stunde mit ihm verbringen müssen. Ich will niemanden sehen, den ich von früher kenne.

Allerdings habe ich das Essen im Lorenzo's immer geliebt. Es wird in großen Portionen serviert und jeder wird wie der Gast des Hauses behandelt, besonders, wenn man Teil der Organisation ist. Die Kellner und anderen Angestellten kannten mich früher beim Namen, haben mich immer mit Handschlag und Umarmungen begrüßt. Es wird interessant sein, zu sehen, ob sich irgendwas verändert hat.

Als ich das Restaurant betrete, schlägt mir eine Explosion aus Stimmen entgegen.

Ich habe keine Waffe. Keine Möglichkeit, zu kämpfen.

Kapitel Zwei

A*rmando*

Mein ganzer Körper spannt sich an, mein Instinkt, um mein Leben zu kämpfen, wird aktiviert, bevor ich ihn unterdrücken kann.

„*Bentornato*!" Willkommen zurück. Ein Jubel der Ausgelassenheit folgt.

Fuck.

Bentornato, Mando, steht auf dem riesigen Banner, das über dem privaten Gastraum hängt.

Jeder hier ruft nach mir, klopft mir auf den Rücken, während ich mich abmühe, den Atem auszustoßen, der unter meinen Rippen festzustecken scheint. Diese freundlichen Gesichter schauen mich erwartungsvoll an, aber ich schaffe es einfach nicht, annähernd etwas wie ein Lächeln auf mein eigenes Gesicht zu rufen.

„*Cristo*, du hättest mich warnen können", murmle ich Marco zu. Wir sind nur sechs Monate auseinander, er und ich. Sind zusammen aufgewachsen. Haben zusammen gekämpft. Wurden zusammen zu vollwertigen Mitgliedern der Organisation. Wir stehen uns näher als Brüder.

Und für den Bruchteil einer Sekunde ... hatte ich geglaubt, wir würden zusammen sterben.

Er wirft mir einen Blick zu und bemerkt meine geballten Fäuste. Die zuckenden Muskeln in meinem Kiefer. „Überraschung“, sagt er sarkastisch. „Sorry. Ich besorge dir was zu trinken.“

Meine Ma schlingt ihre Arme um mich und erwürgt mich fast. Ich muss meine Finger aufzwingen, um sie ebenfalls zu umarmen. Ich kann ihre Rippen viel zu deutlich auf ihrem Rücken spüren. Noch immer rauscht das Adrenalin der unerwünschten Überraschung durch meine Adern.

Im Ernst. Wer schmeißt einem frisch entlassenen Häftling eine Überraschungsparty? Ich würde sie am liebsten alle umbringen, wenn ich mit meiner Faust nur an sie rankäme. Gott sei Dank hat Marco mir nicht direkt eine Waffe in die Hand gedrückt, als er mich abgeholt hat.

Ich schaue mich im Raum um und halte Ausschau nach bekannten Gesichtern.

Don Pachino sitzt hinten im Zimmer, kaut an seinem Zigarrenstumpen und schlürft Whiskey, seine Capos und sein Schwiegersohn neben sich. Ich hebe das Kinn, nicke ihm zu und erweise ihm Respekt. Er prostet mir zu.

Es ist ein Soldatenempfang: die Rückkehr des Helden.

Allerdings werden mich einzig und allein die Leute in diesem Raum wie einen Helden behandeln. Für den Rest der Welt werde ich für immer von meiner Verurteilung gezeichnet sein.

Ein Krimineller.

„Du bist zu dünn, Mando“, schilt mich meine Mutter, als ich mich endlich aus ihrem Griff befreien kann.

„Du auch, Ma.“ Ich drücke ihr einen Kuss auf die Wange. Sie ist so viel magerer als vorher. Und ihre Haare werden grau. Es bringt mich um, zu sehen, wie sehr mein Einsitzen gealtert hat.

Ich starre hinunter auf das Kreuz an ihrem Hals und frage mich, was sie von mir denken muss. Es kommt nicht oft vor, dass der Sohn einer frommen Katholikin ins Gefängnis wandert. Ich weiß, dass ich sie auf eine Art enttäuscht habe, die ich nie wieder gutmachen kann.

Das Kreuz an der Kette um ihren Hals ist nur eine weitere Erinnerung daran, wie weit ich mich von dem Messdiener entfernt habe, der davon geträumt hatte, eines Tages Priester zu werden, so wie mein Kindheitsheld Vater Fantoni. Doch der Glaube, den er gepredigt hat, schien keine Macht zu besitzen, mich vor meinen eigenen Dämonen und den Verstrickungen der Familie zu retten.

Mit einer Mischung aus Liebe und Unsicherheit starrt meine Mutter mich an. Ich kann die Angst in ihren Augen sehen, ich könnte wieder da landen, wo ich gerade hergekommen bin, und doch heißt sie mich mit offenen Armen willkommen. Sie liebt mich trotz der Dinge, die ich tue, und der Menschen, mit denen ich mich umgebe, und dafür bin ich sehr dankbar. Sie ist eine Mutter in der Mafia, und das bringt ein gewisses Maß an Ballast mit sich, aber auch Verständnis. Allerdings will keine Mutter ihren Sohn im Gefängnis sehen. Sie erwartet, dass ich das, was ich tue, vor der Kirche und den Damen, mit denen sie luncht, geheim halte. Sie erwartet, dass ich keinen Mist baue.

Ich will ihr sagen, dass es mir leidtut, sie enttäuscht zu haben, und dass ich versuchen werde, mich zu bessern, aber es fällt mir schwer, die richtigen Worte zu finden.

Ich weiß nicht, warum es sich wie ein Schlag in die Magengrube anfühlt, an diesen alten Ort zurückzukehren. Diese Party ist nur für mich. Ich sollte feiern. Aber ich kann mich nicht erinnern, wie sich Freude anfühlt.

Ich weiß nicht einmal mehr, was es bedeutet, zu fühlen.

Vater Fantoni kommt auf mich zu, und obwohl ich überrascht bin, ihn auf der Party zu sehen, weiß ich, dass ihm die Organisation nicht fremd ist. Er hat uns alle schon als Kinder gekannt und gehört ebenso sehr zur Familie wie alle anderen im Raum.

„Ich hoffe, dich am Sonntag im Gottesdienst zu sehen“, sagt er, als er mir zur Begrüßung die Hand auf die Schulter legt. „Willkommen zu Hause.“

Ich kann keine Verurteilung in seinen Augen erkennen. Keine Verdammung.

„Ja, Vater. Sobald ich ... mich eingewöhnt habe."

Scheinbar zufrieden mit meiner Antwort nickt er und dreht weiter eine Runde durch den Raum.

„Schön, dich zu sehen, Mando", murmelt eine süße, weibliche Stimme an meinem Ohr.

Ich drehe den Kopf und erblicke die routinierte Schönheit meiner Ex. Ihr perfektes Make-up, die geglätteten Haare. Große, grüne Rehaugen.

Diese verdammte Grace.

Seltsamerweise empfinde ich gar nichts. Keine Wut. Keinen Schmerz. Keinen Verrat.

Mir fällt absolut keine Erwiderung ein, also drehe ich mich ganz zu ihr um und schaue ihr in die Augen. „Du hättest nicht kommen brauchen."

„Natürlich musste ich kommen." Ihre Finger krallen sich vor ihrer Taille ineinander. Sie trägt High Heels und ein Wickelkleid mit blauen Punkten, das ihre perfekten Titten prächtig zur Schau stellt, zwischen denen die Kette mit dem diamantenen Herzanhänger in ihr Dekolleté fällt. Eine Kette, die ich ihr ganz sicher nicht geschenkt habe. Drei Meter hinter ihr steht Emilio, ihre neue Eroberung. Oder vielleicht hat er auch sie erobert – was weiß ich schon?

Ich weiß nur, dass Grace sich nie die Mühe gemacht hat, mich zu besuchen, um mir den Verlobungsring zurückzugeben.

„Nein. Musstest du wirklich nicht", erwidere ich schneidend, und alle Farbe rauscht aus ihrem Gesicht.

„Wenn du willst, dass ich verschwinde, dann gehe ich", wisperte sie mit zitternden Lippen.

Es gab eine Zeit, als ich Berge versetzt hätte, um sie zu trösten, wenn ihre grünen Augen feucht wurden. Jetzt empfinde ich bei ihrer Bestürzung überhaupt nichts. Ich zucke nur mit den Schultern. „Es ist mir ehrlich gesagt scheißegal, Puppe."

Ich drücke mich an ihr vorbei und gehe zum Paten. Seine grau melierten Haare sind noch grauer geworden, aber er verkörpert noch immer voll und ganz den machthabenden König. Der Pate der Mafia.

Er ist der Einzige, den ich hier respektieren muss. Der Einzige, dem ich Loyalität schulde. Der Rest dieser *stronzos* kann mich am Arsch lecken.

Abgesehen von meinen Cousins hat sich niemand hier im Raum die Mühe gemacht, mich im Knast zu besuchen. Warum tun sie jetzt so, als ob es sie kümmern würde?

„Mando. Setzt dich." Don Pachino klopft auf den Barhocker neben sich. Ich bin mir nicht sicher, ob ich beleidigt sein sollte, dass er nicht aufsteht, um mich zu umarmen. Ich lasse mich auf den Hocker fallen und strecke meine Hand aus. Er steckt sich die Zigarre zwischen die Lippen und drückt meine Hand zu fest, wie er es immer schon gemacht hat, seit ich ein Teenager war. Zeigt mir, wer hier der Boss ist.

Alex, sein Schwiegersohn, geht ein paar Schritte zur Seite, um uns Privatsphäre zu geben.

„Möchtest du eine?" Er schiebt die Schachtel mit den Zigarren zu mir herüber. Ich sollte eine nehmen. Ich sollte sie anzünden und mit dem Paten paffen. Ihm zeigen, dass ich noch immer sein treuer Lieutenant bin. Beweisen, dass sich an meiner Loyalität nichts geändert hat.

Doch der Geruch dreht mir den Magen um. „Nein, Danke." Ich reibe mir die Nase, als ob das den Gestank vertreiben würde. „Ist noch zu früh."

Marco drückt mir ein hohes Glas Maker's Mark in die Hand und verschwindet wieder, bevor ich mich bei ihm bedanken kann. Ich kippe das Glas runter und genieße das Brennen, während der Whiskey meinen Hals hinunterläuft.

„Du bist also wieder auf freiem Fuß."

„*Sì, signore*. Froh, wieder hier zu sein."

Das stimmt nicht. Ich bin nicht froh, irgendwas zu sein. *Froh* ist eine Emotion, die ich seit sehr langer Zeit nicht mehr empfunden habe. Allerdings wird von mir erwartet, so etwas zu sagen.

Don Pachino zieht einen dicken Briefumschlag aus der Innentasche seines fünftausend Dollar-Anzugs und reicht ihn mir an. „Eine Kleinigkeit, um dir auf die Beine zu helfen."

Ich stecke den Umschlag in die Tasche der Jacke, die Marco mir mitgebracht hat, als er mich abgeholt hat. Die sich jetzt so fremd anfühlt, obwohl es einmal meine Lieblingsjacke gewesen ist.

„Danke, Don Pachino."

Er pafft an seiner Zigarre. „Ich habe dir einen Job auf dem Bau besorgt, bei dem du nicht wirklich arbeiten musst. Zahlt sechstausend pro Monat. Wir kümmern uns um dich, Mando."

Ich neige den Kopf, aber die Dankbarkeit, die ich ihm zeigen sollte, dringt nicht an die Oberfläche. Ich muss es vorspielen. „Danke. Ich bin wirklich sehr dankbar."

Er klopft mir auf die Schulter. „Ich habe dir doch gesagt, ich kümmere mich um dich, oder etwa nicht? Du gehörst zur Familie, Mando."

Das weiß ich zu schätzen, aber aus irgendeinem Grund ertappe ich mich dabei, wie ich quer durch den Raum zu Grace starre, die ihre Titten gerade an Emilios Brust reibt.

„Du warst weg", meint Don Pachino mit einem Tonfall der Endgültigkeit. Er macht mir klar, wo er in dieser Sache mit Grace steht, nur für den Fall, dass ich Stress machen will.

Ich antworte nicht, denn was zur Hölle soll ich schon sagen? *Ja, ist total cool, dass er meine verdammte Verlobte gestohlen hat, während ich wie ein guter Soldat meine Zeit abgesessen habe. Tut mir leid, dass ich ihm nicht die Hand küsse und mich von ihm in den Arsch ficken lasse, wo er schon mal dabei ist.*

Don Pachino nimmt mein Schweigen nicht besonders gut auf. Sein entspanntes Auftreten verflüchtigt sich und er schaut mir eindringlich in die Augen. „Es wird deswegen keine Vergeltung geben. *Capisce?*"

Ich zögere nur für eine Sekunde, bevor ich nicke. Eine Sache, die ich an Don Pachino immer respektiert habe – er macht seine Erwartungen klar und deutlich. „Verstanden."

„Stell mich nicht auf die Probe."

„Werde ich nicht."

„Wir sind eine Familie. Alle von uns." Er deutet mit seiner Zigarre in den Raum hinein. Ich warte darauf, dass er seine Ausführungen beendet, aber er murmelt nur: „Und du warst weg."

Genau.

Schon verstanden.

Ich war weg. Mein Mädchen war Freiwild.

Jetzt weiß ich, wie dieses Spiel läuft.

Ich fühle mich definitiv respektlos behandelt, von ihnen beiden. Doch in Wahrheit wurden keine Herzen gebrochen.

Möglicherweise habe ich geglaubt, Grace zu lieben, als ich in den Knast gewandert bin, aber dieses Gefühl ist ganz schnell verwelkt und gestorben, lange bevor ich die Neuigkeiten über ihre Verlobung mit Emilio erfahren habe. Dieses Gefühl ist bereits im ersten Jahr im Gefängnis gestorben, als Grace aufgehört hatte, mir zu schreiben, und mich kein einziges Mal besucht hat.

„Ich will, dass du clean bleibst, während du auf Bewährung bist. Du machst diesen keine Arbeit-Job und baust dir dein Leben wieder auf. Du wirst keine Waffe mit dir herumtragen oder gegen irgendwelche anderen Bewährungsauflagen verstoßen. Ich will nicht, dass du wegen irgendeiner Dummheit wieder zurück in den Bau wanderst."

„Ich werde nicht zurückgehen", stimme ich zu.

Auf gar keinen Fall.

Allerdings nicht, weil ich so verdammt froh bin, draußen zu sein. Ich kann noch immer keinen Funken einer Emotion in mir spüren.

Dennoch bin ich entschlossen, dass ich nicht zurückgehen werde.

Eher würde ich mich erschießen lassen.

Kapitel Drei

H*annah*

Hannah Munn. Floristin der Mafia.

Das bin ich.

Man kann über die Mafia sagen, was man will, aber es hat durchaus ein paar Vorteile, wenn sich das eigene Geschäft in ihrem Gebäude befindet. Einer dieser Vorteile ist die Stammkundschaft – etwas, was ich ganz dringend brauche.

Mein Laden, *Garten Eden*, ist ein Ort, der den Sünden der Mafia gestattet, zu gedeihen.

Und wenn ich bis heute Abend nicht fünf Bouquets verkauft habe, dann werde ich meinen Anteil an den Paten nicht zahlen können.

Die unterschwellige Anspannung, die dieser Gedanke mit sich bringt, ist eben der Nachteil, wenn einen die Mafia in der Hand hat.

„Ich brauche zwei Bouquets. Ein großes für meine Frau und ..."

„Und ein kleineres für die Freundin", beende ich Lorenzos Satz, dieser untreue Bastard. Jede Woche das Gleiche. „Gestern sind herrliche, lavendelfarbene Rosen reingekommen. Ich habe für ihre Frau ein wunderschönes Bouquet gebunden." Ich gehe zum Kühlraum und hole den Strauß – ein Dutzend dicke, lavendelfarbene Rosen, dazu pinke und lila Freesien und ein wenig Grünzeug.

Weil ich glaube, dass Blumen etwas zu bedeuten haben, habe ich mir eine Menge Mühe mit dem Strauß für Lorenzos Frau gegeben. Beinah so, als ob es die Untreue ihres Mannes wettmachen würde, wenn ich das Arrangement genau richtig hinbekomme, wenn ich sie mit dem Strauß wirklich überwältige. Obwohl sie natürlich genauso gut mit ihrem eigenen Liebhaber unterwegs sein könnte – was weiß ich schon? Vielleicht hat sie irgendeinen heißen Poolboy oder einen sexy Yogalehrer, der sie gerade von den Zehen bis zum Kitzler leckt. Ich sollte mir nicht so viele Gedanken um jemanden machen, den ich nicht kenne, und trotzdem tue ich es. Ich ziehe mir die Emotionen anderer Menschen manchmal bis zu einem lähmenden Maße an und will es allen immer recht machen.

„Und dieser hier ist für das Mädchen *du jour*." Ich reiche ihm einen Strauß mit leuchtend bunten Gerbera.

Lorenzo grinst mich schief an, als ob er nicht wüsste, was *du jour* bedeutet. Oder vielleicht fragt er sich auch, ob ich respektlos bin. Hoffentlich nicht. Ich schenke ihm ein heiteres Lächeln, um ihm zu versichern, dass ich es nur nett meinte.

Ich gehe zur Kasse und tippe die Preise ein. Lorenzo war schon Kunde hier, bevor Mary Alice mich vor zehn Jahren als Auszubildende angeheuert hatte, als ich noch Teenie war.

Jeden Freitag kommen er und ein halbes Dutzend anderer Pachino-Männer hierher und gehen zu Rocco, dem Friseur nebenan, um sich eine Rasur zu gönnen, dann kommen sie im *Garten Eden* vorbei, um Blumen für ihre Frauen zu kaufen. Donnerstags kommt eine weitere Truppe vorbei. Und die ältere, pensionierte Generation legt normalerweise samstags einen Stopp hier ein. Wenn mir eine Sache an diesen Mafia-Männern aufgefallen ist, dann, dass sie ihre Struktur und Routine lieben.

„Behalten Sie das Wechselgeld, Süße." All die Jahre, und er hat sich nie die Mühe gemacht, meinen Namen zu lernen. Oder wenn er ihn kennt, dann benutzt er ihn zumindest nicht. Er schiebt die sechs Dollar und die paar Münzen über den Tresen zurück. „Ihr Schweigegeld." Er zwinkert mir zu. Immer der gleiche Witz. Jedes. Mal.

„Danke, Lorenzo." Ich lasse das Geld in die Kasse fallen. Ich brauche es weiß Gott, um die Schecks zu decken, die ich schon geschrieben habe, und die mich möglicherweise auf direktem Wege in die Insolvenz treiben. Oder schlimmer noch, dafür sorgen, dass mir die Kniescheiben weggeschossen werden, von genau den Kunden, für dich ich dankbar bin.

„Haben Sie was von Mary Alice gehört?"

Ich lächle ihn geduldig an. Ich vermute, Mary Alice war im Laufe der Jahre hin und wieder Lorenzos Mädchen *du jour*, aber meine ehemalige Chefin würde das natürlich niemals verraten. Floristinnen sind hervorragende Hüterinnen von Geheimnissen.

„Ja." Ich drehe an einer der Rosen in seinem Strauß herum, suche einen besseren Winkel für die Blüte. „Sie schickt mir fast jeden Tag Fotos ihres Enkels. Sie ist im siebten Himmel da oben." Als ihre Tochter letztes Jahr ein Baby bekommen hat, ist Mary Alice zu ihr nach Green Bay gezogen, wodurch ich zu einer Entscheidung gezwungen wurde, ob ich weiter aufs College gehen will, um schließlich wie meine Mom Krankenschwester zu werden, oder ob ich den Laden von Mary Alice kaufen will.

Meine Eltern denken definitiv, dass ich die falsche Entscheidung getroffen habe. Das sagen sie natürlich nicht so unverblümt – sie sind eher von der Sorte Eltern, die mich meine eigenen Fehler machen lassen, aber ich kann ihre Sorge jedes Mal spüren, sobald das Thema zur Sprache kommt.

Ich fange langsam selbst an, mich zu fragen, ob ich einen Fehler gemacht habe.

„Na dann, grüßen Sie sie von mir." Er klemmt die beiden Sträuße unter seinen Arm und steckt sein Portemonnaie wieder ein.

„Das werde ich tun. Ein schönes Wochenende."

Er will gehen, dann dreht er sich noch einmal zu mir herum. „Ist alles okay hier? Belästigt Sie irgendwer?“

Ich werfe Josie einen Blick zu, meiner besten-Freundin-Schrägstrich-Faulpelz-von-Angestellten, die einen Strauß aus Chrysanthemen in den Kühlraum stellt. Sie grinst, weil wir gerade darüber gesprochen haben. Diese Typen lieben es, den Helden zu spielen.

„Es ist alles in Ordnung. Aber Danke der Nachfrage.“ Mein Lächeln ist ehrlich, denn so sehr ich es auch mag, meine Augen zu verdrehen und über meine Kunden zu lästern, mag ich sie insgeheim ganz gern. Vermutlich, weil ihre fünf Dollar-Trinkgelder mir als Teenagerin das Gefühl gegeben hatten, reich zu sein. Und die Romantikerin in mir weiß ihr galantes Benehmen zu schätzen.

Ich mag die Sicherheit, die daher kommt, von ihnen im Auge behalten zu werden. Genau zu wissen, an wen ich mich wenden könnte, um Selbstjustiz zu üben, sollte etwas vorfallen – falls ich überfallen werden sollte oder einen Stalker hätte.

Lorenzo tippt sich an einen unsichtbaren Hut und geht. Josie prustet. „Du hattest recht.“

Ich lache. „Habe ich es nicht gesagt? Mindestens einmal in der Woche bietet einer von ihnen sich an, für mich Drachen zu töten. Irgendwie herzerwärmend.“

„Natürlich.“ Josie tritt beinah einen Strauß um, als sie die Vasen im Kühlraum herumschiebt. „Bei der Vorstellung, für diese hübsche, wehrlose Floristin irgendein Arschloch zu vermöbeln, geht ihnen einer ab.“

„Mh-hm. Niedlich, oder?“

„Ja, ich schätze, man kann sich nicht darüber beschweren, sein eigenes Sicherheitsteam zu haben. Wenigstens ist er nicht unangenehm. Gestern hat irgendein Depp einen Strauß gekauft und dann eine Rose herausgezogen und sie mir geschenkt. Ich meinte nur, Typ, wenn du nach meiner Nummer fragen willst, dann schenke mir wenigstens das ganze Bouquet.“

Ich pruste. „Ja, sie sind definitiv Spieler.“ Während meiner Highschoolzeit war ich immer total nervös, wenn die jüngeren Männer der Mafia in den Laden kamen, und hatte insgeheim gehofft, einer von ihnen würde mich um eine Verabredung bitten. Ich war total verknallt in diese Mafia-Typen. Sie verströmten Selbstbewusstsein und Macht. Wedelten mit ihrem Geld herum und hatten Swag. Ich war nicht so naiv, das ganze Theater zu glauben, aber irgendwie machte es mich dennoch an. Meine heimliche Fantasie.

Doch während sie mit Mary Alice flirteten, was das Zeug hielt, waren sie zu mir nur sehr höflich. Ich weiß nicht, vielleicht daten sie keine schwarzen Frauen. Oder vielleicht war ich in ihren Augen auch nur ein Kind und würde das nun für immer sein.

„Na ja, vielleicht nicht alle, aber mindestens die Hälfte von ihnen sind Spieler", berichtige ich mich.

Josie kommt zu mir und stützt ihre Ellenbogen auf dem Tresen ab. Ihre goldenen Creolen schwingen hin und her. Sie sind riesig – groß genug, um ein Gegengewicht zu ihren blonden Locken zu bilden.

Nervosität rumort in meinem Magen, als wir so nah voreinander stehen. Das passiert jedes Mal. Vermutlich, weil ich mit ihr über ihre miserable Arbeitsmoral sprechen müsste, aber es immer wieder aufschiebe. Ich ignoriere das Gefühl, wie immer.

„Sag mir nicht, dass du nie darüber nachdenkst, mit einem von ihnen etwas anzufangen. Nicht als was Dauerhaftes, sondern nur, um dich von ihm verwöhnen zu lassen, ein nettes Abendessen hin und wieder", sagt sie.

„Nee."

„Ach ja." Ihr Tonfall verrät Skepsis.

„Okay, da gab's mal einen, aber er hatte eine Freundin. Er hat mich nie um eine Verabredung gebeten, aber er hat mich jedes Mal wie verrückt bezirzt, wenn er in den Laden kam. Er sah so gut aus. Einmal, als ich den Laden abends zugemacht hatte und allein nach Hause gehen wollte, hat er mir einen Vortrag darüber gehalten, dass das nicht sicher wäre. Er hat darauf bestanden, mich auf dem kurzen Weg zu begleiten. Ich fand seinen Beschützerinstinkt irre heiß."

„Welcher war das?", fragt Josie.

„Ich weiß nicht. Ich kann mich nicht an seinen Namen erinnern“, lüge ich. Ich erinnere mich absolut. *Armando.* Der sexy, wortgewandte Armando mit diesem Lächeln, bei dem mein Höschen Feuer fing.

Allerdings war ich beinah dankbar, dass er verlobt war. Denn so verknallt ich auch in ihn war, ich will niemals mit einem Mafioso zusammen sein. Sie betrügen ihre Ehefrauen. Sie sind frauenverachtend – sie glauben, Frauen gehören in die Küche. Sie sind gefährlich. Extrem gefährlich. Sie begehen Verbrechen, sie verletzen Menschen, sie morden sogar. Ja, es sind nur Männer, aber jeder einzelne von ihnen bringt einen lauten Unterton eines Bösewichts mit sich.

Und Armando – er fühlte sich von allen am unsichersten an. Nicht so, als ob er mir körperlich wehtun würde.

Aber emotional. In einen Typen wie ihn würde ich mich viel zu heftig verlieben. Es war gut, dass er verschwunden ist.

„Er kommt nicht mehr hier vorbei. Ich habe ihn schon lange nicht mehr gesehen – seit Jahren nicht mehr“, erzähle ich Josie.

„Vielleicht wurde er kaltgemacht. Bei diesen Typen kann man nie wissen, hab ich recht?“

Ich bin viel zu mitfühlend, denn bei diesem Gedanken zieht sich mein Magen zu einem steinharten Knoten zusammen. Ich kannte den Kerl kaum, abgesehen davon, dass ich ihm jede Woche Blumen für seine Verlobte verkauft habe. „Hoffentlich nicht. Er machte den Eindruck, als ob er noch Großes vorhätte.“

„Genau. Große Betonschuhe, mit denen er in den Lake Michigan gestiefelt ist“, lacht Josie.

Ich weigere mich, mich dieser Vorstellung hinzugeben. „Vielleicht ist er weggezogen. Er und seine Freundin waren verlobt.“ Das weiß ich, weil er ihre Wohnung mit Dutzenden Rosen in allen Farben gefüllt hat, nachdem sie Ja gesagt hatte. Mary Alice musste eine zusätzliche Lieferung anfordern, weil er so viele bestellt hatte.

„Ich wette, dass er tot ist. Oder im Zeugenschutzprogramm.“ Sie zuckt mit den Schultern und schiebt ein unfertiges Bouquet zur Seite. „Ich mache mich los, okay?“

Wieder spüre ich die Nervosität in meinem Magen aufflattern. Josies Schicht endet erst in vierzig Minuten. Sie hat noch nicht einmal das Bouquet fertig gebunden, an dem sie gerade gearbeitet hat, und das, was sie bisher vollbracht hat, sieht total chaotisch aus. Ich brauche ihre Hilfe, für den Fall, dass ein Haufen Typen von nebenan vorbeikommt, um Bouquets zu kaufen, bevor sie nach Hause fahren.

Bitte, Gott, lass es einen Andrang kurz vor Ladenschluss geben.

Das sollte ich auch Josie sagen, aber stattdessen schlucke ich mein Seufzen runter. Ich liebe sie zu sehr, als mich mit ihr zu streiten. Ich weiß – eine Freundin einzustellen, war ein Fehler. Ein Fehler, für den ich immer wieder zahlen werde, wenn ich nicht bald herausfinde, wie ich eine echte Boss Bitch werde. Allerdings wurde Josie von ihrem Traumjob als Auszubildende einer Innenausstatterin gefeuert, also habe ich ihr angeboten, mit mir hier zu arbeiten. Ich dachte, es würde Spaß machen, mit meiner besten Freundin an meiner Seite den Laden zu schmeißen.

Nur dass es nicht immer Spaß macht. Und in letzter Zeit ist es stressiger, wenn sie da ist, als wenn sie nicht da ist. Es braucht keinen Psychologen, um zu erklären, dass ich deshalb so nervös bin, wenn sie hier ist. Mein Unterbewusstsein will das mit ihr klären, aber mein Herz kann den Gedanken nicht ertragen, meine beste Freundin vor den Kopf zu stoßen.

Das ist im Augenblick jedoch meine geringste Sorge, was mein Geschäft angeht. Denn womöglich habe ich Ende nächsten Monats nicht einmal mehr ein Geschäft, wenn sich die Dinge nicht ändern.

„Okay, Danke."

Uff. Warum bedanke ich mich bei ihr? Ich *bezahle* sie dafür, dass sie hier ist. Und sie macht früher Feierabend.

Ohne zu fragen.

Und jetzt muss ich *ihr* Chaos aufräumen.

Trotzdem, würde ich sie vermutlich wieder anstellen, wenn ich die Zeit zurückdrehen könnte, denn die Vorstellung, eine Fremde anzustellen, macht mich noch nervöser.

Ich bin sowas von nicht dafür geeignet, eine Boss Bitch zu sein.

Anstatt noch etwas zu sagen, starre ich zur Tür und versuche, mit purer Willenskraft einen Kunden in den Laden zu locken, der sämtliche Blumen kauft, die ich noch im Angebot habe.

Kapitel Vier

A*rmando*

„Es ist keine große Wohnung", sagt Marco, als er den Schlüssel in die Tür steckt und sie aufdrückt. „Aber sie befindet sich zwei Stockwerke unter meiner, und das Gebäude liegt sehr zentral."

Ich schaue mich in der kleinen Wohnung um. Sie ist einfach und gemütlich, aber es gibt keinerlei Dekorationen oder persönliche Noten. Im Schlafzimmer stehen nur ein Bett, eine Kommode und ein Nachttisch. Im Wohnzimmer stehen eine schwarze Ledercouch und in der Zimmerecke ein Esstisch. Das einzige Fenster befindet sich im Wohnzimmer, aber es gibt immerhin einen Balkon mit einer herrlichen Aussicht auf die Skyline von Chicago.

„Du kannst sie dekorieren, wie du willst. Bilder aufhängen oder so", erklärt Marco und deutet auf die kahlen Wände. „Der Vermieter ist entspannt. Außerdem sagt meine Freundin, dass sie ein paar Leute kennt, die die Innenausstattung für dich übernehmen können, wenn du willst. Ich kann dir ihre Kontaktdaten geben, wenn du willst."

Ich schaue mich weiter um und fühle mich ein bisschen überwältigt. Ich war so lange mit einem Zellengenossen zusammen auf winzigem Raum eingesperrt, dass es mir jetzt regelrecht bizarr vorkommt, eine Nacht allein zu sein.

„Ich weiß, es ist nicht viel, aber es ist ein Anfang“, sagt Marco, versucht anscheinend, mich zu aufzumuntern. „Du wirst schon bald wieder auf die Beine kommen und dann kannst du machen, was zur Hölle du willst.“

Ich nicke und atme tief ein. „Danke, Marco.“ Ich sollte mehr Enthusiasmus zeigen, aber ich kann ihn einfach nicht aufbringen.

Zum Glück betritt Leo in diesem Moment die Wohnung, und seine Dominanz erfüllt den Raum. Während ich im Gefängnis saß, ist mein Cousin gewachsen. Er ist nicht länger der schlaksige, junge, arrogante Bursche, der versucht, sich der Organisation zu beweisen. Er hat sich beinah verdreifacht und erinnert mich nun eher an eine Backsteinwand. Nichts als pure Muskelmasse spaziert ins Zimmer. Ich glaube nicht, dass Marco und ich ihn zusammen niederringen könnten, selbst wenn wir wollten.

Seine Augen fliegen zum Balkon. „Was zur Hölle? Ein Balkon? Eine Feuerleiter? Soll das eine verfickte Einladung für jeden sein, der hier reinklettern und ihn umlegen will?“

„Er wird sich erst einmal unauffällig verhalten“, erwiderte Marco. „Es ist nicht so, als ob ein Kopfgeld auf ihn ausgesetzt wäre oder so. Lass den Mann die Aussicht und die frische Luft genießen, nachdem er so lange eingesperrt war.“

Leo grunzt mit zögerlicher Zustimmung, doch seine Augen wandern noch immer durch die Wohnung, auf der Suche nach möglichen Bedrohungen. Endlich dreht er sich zu mir um. „Willkommen zurück, Cousin. Ich habe dich vermisst.“ Er klopft mir auf die Schulter, sein Griff stark und beruhigend. Dann schaut er seinen Bruder aus schmalen Augen an. „Balkone locken Tauben an. Und Tauben bringen Taubenscheiße.“

„Im Kühlschrank ist Bier“, erklärt Marco, als er auf die Küche zugeht und über Leo die Augen verdreht. „Wollt ihr eins?“

„Ja." Ich brauche eins. Ich fühle mich vollkommen fehl am Platz, an diesem Ort, der mein Zuhause sein soll.

Leo nimmt Marco eins der Biere ab und hebt es kurz in meine Richtung. „Prost, Cousin. Auf den Neuanfang."

Ich nehme mir auch ein Bier, will den Geschmack der Freiheit genießen, aber es schmeckt so fad wie meine Emotionen. Ist das etwa die Freiheit?

Es ist alles so seltsam. Ich wurde aus dem Gefängnis entlassen, aber ich bin nicht wirklich frei. Ich lebe ein Leben, das abhängig von der Großzügigkeit und den Beziehungen anderer ist.

Leo setzt sich auf die Couch, streckt die Beine aus. „Also, Mando", fängt er an. „Ist das mit Grace und Emilio für dich in Ordnung? Ich meine, wirklich in Ordnung?"

„Nein, verdammt." Meinen Cousins gegenüber kann ich tatsächlich ehrlich sein.

Marco grunzt zustimmend.

„Der Don sagt, ich soll cool bleiben, also bin ich cool. Aber unter uns gesagt, ist die Situation total krank." Ich gehe zum Sessel neben der Couch und trinke einen großen Schluck Bier.

„Ich konnte Grace nie leiden", meint Marco und beugt sich über die Küchenanrichte. „Ich war nicht überrascht, als sie sofort zur nächsten grünen Wiese weitergezogen ist."

„Grace ist mir scheißegal." Zumindest mittlerweile. „Aber es ist krank, dass nicht geschützt wurde, was mir gehört, während ich eingesessen habe. Emilio hat sich eingemischt, wenn er hätte aufpassen sollen. Er hat den verdammten Kodex gebrochen, Mann."

„Genau, das ist das Problem", stimmt Leo zu. „Er hat definitiv gegen den Kodex verstoßen. Das kann man nicht schönreden."

„Ich habe es nicht kommen sehen", fährt Marco fort. „Hätte ich es bemerkt, hätte ich diesen Mist sofort im Keim erstickt."

„Ich auch." Leos Kiefer spannt sich an. „Emilio hat schön den Mund gehalten. Bis wir es mitbekommen hatten, wusste es auch der Don, und hat es scheinbar gutgeheißen. Also ..."

„Wenn der Don sagt, keine Vergeltung ...", fängt Marco an.

„Dann gibt es keine Vergeltung", beende ich den Satz.

Das heißt allerdings nicht, dass es mir gefallen muss. Es heißt nicht, dass ich es einfach vergessen muss. Ich trinke noch einen Schluck Bier und schüttle den Kopf.

„Abgesehen davon. Grace kam mir immer wahnsinnig faul vor. Ich kann mir nicht vorstellen, dass sie gut bläst", grinst Marco.

Persönlich halte ich nicht viel davon, über die Ex-Freundin eines Typen herzuziehen, weil man damit im Prinzip seinen Geschmack bei Frauen beleidigt, aber wie auch immer.

„Stimmt, du musst dir auf jeden Fall eine suchen, die deinen sexuellen Hunger stillen kann. Denn nach deiner Dürrephase ... musst du ja vollkommen ausgehungert sein", fügt Leo hinzu.

Ich erinnere mich an eine Zeit, als ich Männer gesehen habe, die aus dem Gefängnis entlassen worden waren, und das Gleiche gedacht habe. Als ob es für diese Häftlinge das Schlimmste auf der Welt gewesen wäre, so lange ohne Sex auszukommen. Ich bin mir sicher, ich würde das Gleiche wie Leo und Marco denken. Sex ist die oberste Priorität, denn wie kann es das nicht sein?

Aber, Scheiße ... Ich bin mir nicht einmal sicher, wo ich anfangen soll. Mein ganzer Körper fühlt sich verdammt taub an. Einschließlich meines Schwanzes.

„Der Don hat mir irgendeinen ausgedachten Job auf dem Bau gegeben. Um den Schein zu wahren", erkläre ich ihnen. „Ich schlage da auf und sammle einen Gehaltsscheck ein."

„Ja, habe ich gehört", sagt Marco.

„Kein schlechter Job." Leo trinkt sein Bier in einem Schluck aus, dann bedeutet er Marco, ihm noch eins zu geben.

„Es fühlt sich an, als ob ich aufs Abstellgleis rangiert worden wäre", gestehe ich. „Vor diesem ganzen Mist war ich im besten Alter. Jetzt bin ich praktisch im Ruhestand."

„Nur übergangsweise, richtig?", fragt Marco. „Bis die Bewährungszeit vorbei ist?"

Ich zucke mit den Schultern. „Mein ganzes Leben fühlt sich

übergangsweise an. Ein dicker, fetter Pauseknopf, der gedrückt wurde, als sie mich erwischt haben. Und was jetzt?“

„Brauchst du Geld?“, fragt Leo.

„Nee.“ Ich schüttle den Kopf. „Der Don hat sich darum gekümmert. Und der Job hilft. Aber Danke trotzdem.“

Das Letzte, was ich tun würde, wäre Geld von meinen Cousins anzunehmen. Ich fühle mich ohnehin schon wie eine Last.

„Du hast deine Zeit abgesessen. Du hast niemanden verraten. Und jetzt bist du zurück. Du hast dir ein bisschen Ruhestand verdient. Genieße es, solange du kannst. Ich bin mir sicher, sobald die Bewährungszeit vorbei ist, lässt dich der Don Vollzeit arbeiten und du kannst wieder richtig verdienen.“

„Wir bringen dein Leben wieder auf Spur“, fügt Marco hinzu. „Es wird eine Weile dauern, aber du wirst aus der Asche emporsteigen. Versprochen.“

Kapitel Fünf

Armando

„Armando." Rocco klopft auf den Friseurstuhl. „Hier, Sir." Ich löse mich aus der Gruppe der Made Men, die den alten Friseursalon mit dem Qualm ihrer Zigarren erfüllen, während sie sich mit lauten Stimmen unterhalten und sich gegenseitig übertönen.

Die Wände des Salons sind schmutzig weiß und vom Boden bis zur Decke mit gerahmten Fotografien bedeckt, aus der Zeit, als der Salon noch eine Flüsterkneipe war. Holzvertäfelungen, ein Erkerfenster, alte Friseursessel und Zeitungsständer, die mich in eine Zeit zurücktransportieren, die ich geliebt habe. Jeder Mann hier trägt einen maßgeschneiderten Anzug mit Krawatte, die Haare zurückgegelt, Bart und Schnurrbart perfekt frisiert und gepflegt.

Roccos Frisiersalon ist eine Oase des Vertrauten in einer Welt, die mir ansonsten vollkommen unvertraut ist.

Mein Körper ist steif und ungelenk, als ich mich in den Sessel fallen lasse. Jeder Schritt, den ich in meinen alten Schuhen tue, fühlt sich wie eine gottverdammte außerkörperliche Erfahrung an.

Hierherzukommen, ist eine außerkörperliche Erfahrung.

Alles ist genau wie immer, und doch fühlt es sich so verflucht anders an. Ich habe die Freitagnachmittage in diesem kleinen Laden geliebt. Der Genuss von Roccos warmen Handtüchern, die er auf mein Gesicht gelegt hat. Mich wie ein König zu fühlen, während der alte Mann sich um mich kümmerte und die anderen Männer sich unterhielten. Ich habe es geliebt, mit den großen Jungs abzuhängen. So stolz, dass ich endlich Lieutenant geworden war und mit den großen Nummern spielen durfte. Damals war ich der König der Welt. In Höchstform.

Ich hatte mein Mädchen. Hatte Geld. Und eine anerkannte Stellung in der Organisation.

Ich habe mich lebendig gefühlt. Mächtig. Es lagen so viele Möglichkeiten vor mir.

Der einzige Unterschied jetzt ist das Mädchen. Aber ich bin an dem Tag über Grace hinweggekommen, als sie mich angerufen und mir mitgeteilt hat, sie würde jetzt bei Emilio einziehen. Also warum zur Hölle kann ich keine Freude empfinden?

Arturo, Don Pachinos rechte Hand, wirft mir durch eine Rauchwolke hindurch einen kritischen Blick zu. „Du siehst aus, als würdest du dich nicht besonders wohlfühlen, Mando. Ist es schwer, jemanden mit einer Rasierklinge an deinem Hals zu trauen, nachdem du hinter Gittern geschlafen hast?“

Erinnerungen an das eine Mal, als tatsächlich jemand dumm genug gewesen war, mich im Gefängnis angreifen zu wollen, blitzen in meinen Gedanken auf. Ich hatte den Falschen verärgert, doch er hatte nicht geahnt, wie tödlich ich sein kann. Er hatte den Fehler gemacht, mich zu unterschätzen, und dafür hatte er gezahlt.

„Don Pachino ist schon sehr lange in dem Geschäft, Mando. Er weiß, wie er seine Männer auswählen muss. Du hast den Ruf, loyal und vorsichtig zu sein, weshalb er dir vertraut.“ Er hält kurz inne, dann fährt er fort. „Aber wichtiger als das, er weiß, du würdest nicht zögern, zu tun, was auch immer getan werden muss, um einen Job zu machen. Du musst dich einfach auf die Aufgabe vor dir konzentrieren. Bau keinen Mist, weil du dieser Dunkelheit

Einlass gewährst. Du weißt, was ich meine. Kämpfe dagegen an, Sohn."

Ich nicke und zwinge mir ein Lächeln auf die Lippen. „Es ist alles in Ordnung, Arturo. Mach dir keine Sorgen."

Für einen Moment schaue ich mich im Raum um. Noch immer dieselben Gesichter. Vertraute Gesichter. Gesichter, die mich durch dick und dünn begleitet haben.

Aber irgendetwas stimmt nicht. Ich kann es in der Luft spüren. Anspannung. Skepsis. Ein Mangel an Vertrauen, der nie zuvor dagewesen war.

Ich verstehe, warum. Ich war lange im Gefängnis, und obwohl ich währenddessen den Schutz der Organisation genossen habe, wurde immer eine gewisse Distanz gewahrt. Unabhängig davon, was sie gesagt haben, wusste ich, dass sie mich als Risiko betrachtet haben. Es bestand immer die Chance, dass ich jemanden aus der Organisation verraten würde, um meinen Arsch zu retten. Und sie wussten, dass ich ihnen im Gefängnis nicht helfen konnte, also haben sie einfach so getan, als würde ich nicht existieren.

Jetzt bin ich wieder zurück und ich kann das Kribbeln der Unbeholfenheit in meinen Adern spüren. Sie kenne mich nicht mehr und ich kenne sie nicht. Wir sind Fremde füreinander.

„Weißt du", fängt Arturo an. „Es ist nicht zu spät, zu versuchen, die Dinge in Ordnung zu bringen."

Ich runzle verwirrt die Stirn. Was in Ordnung bringen? Wovon zur Hölle spricht er? Soll ich Grace dazu bringen, zurückzukommen? Den Don vergessen lassen, dass ich im Gefängnis war? Meine abgesessene Haftstrafe verschwinden lassen?

Arturo fährt fort. „Der Don liebt dich. Wir alle lieben dich. Du wurdest für das hier geboren, Mando. Du bist der Beste der Besten. Und das solltest du nie vergessen. Du bist noch jung und kannst es wieder an die Spitze schaffen. Das weiß jeder."

Ich schließe die Augen, spüre das warme Handtuch auf meinem Gesicht. Ich spüre die Schärfe der Klinge an meinem Hals, eine Erinnerung, dass ich noch da bin. Lebe und atme. So sehr es mich schmerzt, das zuzugeben, ich weiß, Arturo hat recht. Ich habe mich vom Tiefpunkt zurückgekämpft und stehe noch. Solange ich lebe, kann ich es wieder an die Spitze schaffen. Doch gleichzeitig wurde mir vom Paten selbst Stubenarrest erteilt. Er hat mir befohlen, keinen Ärger zu machen.

Der Sog zwischen Gut und Böse ist stark. Der Teufel auf der einen Schulter, ein Engel auf der anderen, das ist nun meine Realität.

Es kostet mich alle Anstrengung, mir ein Lächeln aufs Gesicht zu zwingen. Vermutlich ist es eher eine Grimasse.

Arturos Bemerkung bewirkt eine peinliche Stille in der Unterhaltung. Heute sind größtenteils die Oldtimer hier, ansonsten nur noch ich, Marco und Leo, die die jüngere Generation repräsentieren. Ich vermute, dass irgendjemand Emilio nahegelegt hat, sich heute aus Respekt vor mir fernzuhalten. Vermutlich Marco. Er kümmert sich um mich wie um einen zweiten Bruder. Wäre die Lage umgedreht, würde ich das Gleiche für ihn tun.

„Ich wette, diese Rasur fühlt sich richtig gut an, oder, Junge?", fragt einer von ihnen.

„Hast du deinen Schwanz schon eingetaucht?", fragt Angel, ein anderer der alten Herren. „*Madonna*, als ich rausgekommen bin, habe ich ein Mädel aus dem Stripclub abgeschleppt und sie die ganze Nacht gefickt. *Drei Nächte lang!*" In sein dröhnendes Lachen stimmen auch einige der anderen Männer ein.

Ich spanne mich an, obwohl ich nicht weiß, warum ich so defensiv bin. Weil der Gedanke an Ficken mich nicht im Geringsten mit Vorfreude erfüllt? Weil das *Leben* mich nicht länger mit Freude erfüllt?

Arturo beobachtet mich nach wie vor. Was auch immer er sieht, ich versuche, es zu verstecken.

„Du bist nicht etwa geknickt wegen deinem Mädchen, oder? Die jetzt mit Emilio zusammen ist?"

„Nee", erwidere ich wie aus der Pistole geschossen.

Und sogar wenn das der Fall wäre, würde ich es nicht zugeben.

Don Pachino hat mich gewarnt. Kein Ärger mit Emilio. Ich

schätze, jetzt weiß ich auch, wer von uns beiden dieser Tage ranghöher ist.

Emilio ist der Sohn seiner Schwester. Ich bin nur der Sohn seiner *Schwägerin.*

Rocco häuft mir einen Berg Rasierschaum ins Gesicht. Der Geruch ruft alte Erinnerungen in mir hervor, aber nichts der Wohligkeit, die ich früher in diesem Stuhl empfunden habe.

Ich bin ein verdammter Geist, der zurückgekehrt ist, um sein altes Leben heimzusuchen. Ich kann es nicht tatsächlich berühren. Kann es nicht tatsächlich schmecken. Kann definitiv verdammt noch mal gar nichts fühlen. Mein Leben besteht nur noch aus Grautönen. Oder vielleicht ist es auch noch in Farbe, aber mit einem dieser körnigen Filter, die alle Farben dämpfen und abkühlen.

Mit geübten Bewegungen gleitet Roccos Rasiermesser über meine Haut. Ich wünschte, Arturo hätte es nicht erwähnt, denn jetzt kann ich an nichts anderes denken, als daran, wie einfach es für Rocco wäre, meine Halsschlagader zu durchtrennen.

Würde er das tun? Ich hatte mich in meiner Verbindung mit *La Famiglia* immer so sicher gefühlt. Ich konnte den Männern in diesem Raum mit meinem Leben trauen. Wir waren uns und der Organisation gegenüber loyal. Alle anderen haben wir ausgeschlossen.

Jetzt traue ich keinem von ihnen mehr. Und Rocco ist nicht einmal Familie. Er ist einfach nur Italiener mit einem Friseursalon, der von unserer Kundschaft profitiert. Womöglich hasst er uns alle. Ich dachte immer, er würde uns behandeln wie Könige, weil es ihm gefiel, dass wir hier waren. Er mochte das Trinkgeld und das Geschäft. Aber wer weiß. Vielleicht hat er einfach nur Angst, so wie alle anderen auch.

Vielleicht sammelt er Informationen und wartet auf den richtigen Moment, uns alle zu verraten.

Oder vielleicht befinde ich mich auch nur in einer paranoiden Spirale, der ich entkommen muss.

Die Rasur endet und ich schaue mir mein neues Gesicht im

Spiegel an. Mein Kiefer ist glatt, doch ich sehe wie eine verdammte Leiche aus. Versteinerter Blick. Tote Augen. Verrottetes Herz.

Ich stehe auf und zahle.

Arturo ruft hinter mir her, als ich schnurstracks zur Tür gehe. „Willst du nicht bleiben? Was? Hast du etwas Besseres vor?"

„Ja, verdammt. Er muss sich ein Mädchen suchen, um seinen Schwanz auszutoben", gluckst Angel.

„Stimmt", sage ich. „Genau das."

Marco und Leo beobachten mich und sehen mehr, als ich zeigen will. „Soll ich dich irgendwo hinfahren?", fragt Marco. Er hat mich schon hergefahren.

„Nee, danke." Ich will einfach nur allein sein. Verdammt noch mal von hier verschwinden. Ich hebe die Hand, winke ihnen zu und gehe.

Fanculo, das war eine Qual. Sogar die einfachsten Handlungen des Lebens fühlen sich jetzt an, wie auf Scherben zu knien.

Ich muss herausfinden, wie ich verdammt noch mal endlich aufwache.

Kapitel Sechs

Armando

Ich trete vor Roccos Salon.

Es fühlt sich so fremd an, das zu tun. In der Lage zu sein, einfach vor ein Gebäude zu treten und frische Luft zu atmen, weil ich es will. Keine Gefängniswärter, die in meiner Nähe Wache stehen, während ich meine streng bemessene Zeit auf dem Innenhof genieße. Keine Zäune, kein Stacheldraht. Nichts als pure Freiheit.

Ein seltsames Gefühl. Nach so vielen Jahren in Gewahrsam ist die Welt ein fremder Planet für mich. Als ob ich ein Fremder in einem fremden Land wäre, mit keiner Ahnung davon, wo ich hingehen oder was ich tun soll, jetzt, da ich frei bin. Umgeben von beschäftigten Menschen, ihren Unterhaltungen und ihrem Lachen, die die Luft erfüllen, kommt mir das alles wie eine außerkörperliche Erfahrung vor.

„Hey." Marco ist hinter mir aus dem Laden getreten.

Ich werfe einen Blick über meine Schulter und sehe, dass auch Leo mir gefolgt ist.

„Ich bin okay. Wirklich", versichere ich ihnen und meine, was ich über das Alleinsein gesagt habe.

„Ich weiß, dass du eine beschissene Zeit durchmachst", fängt Leo an. „Aber Arturo hat recht. Du wirst dein Leben wieder aufbauen. Es wird sich bald normal anfühlen."

Marco legt mir eine Hand auf die Schulter. „Lass uns was trinken gehen oder so."

„Nein, ich weiß, ihr habt zu tun. Ich bin ja nicht euer Wohltätigkeitsprojekt." Ich schaue meinen Cousins in die Augen. „Es ist alles in Ordnung. Ich muss nur spazieren gehen und mich zusammenreißen. Aber ich weiß es zu schätzen."

Die verstohlenen Blicke, die sie sich zuwerfen, verraten mir, dass sie mich nicht allein lassen wollen, aber ich hatte recht damit, dass Arbeit auf sie wartet. *La Famiglia* ruft.

„Na schön", meint Marco schließlich. „Aber später. Ich lade euch ein."

Ich nicke und schaue ihnen hinterher, als sie ohne ein weiteres Wort in Leos Auto springen. Dankbar, dass sie nicht allzu sehr gedrängt haben, entscheide ich, hier vor Roccos Laden zu verschwinden. Ich will nicht, dass noch jemand rauskommt und Mitleid mit mir hat oder das Gefühl, er müsste mich unterhalten oder so. Ich gehe los.

Ich kenne die Nachbarschaft wie meine Westentasche. Roccos Laden, dann das Blumengeschäft, *Garten Eden*, das sich nebenan befindet und früher Teil meiner üblichen Routine war. Eine Rasur, dann Blumen für Grace kaufen. Es war eine angenehme Routine. Und jetzt, nachdem ich gerade meine Rasur erhalten habe, wird mir klar, dass ich keinen Grund mehr habe, nach nebenan in den Blumenladen zu gehen. Wem sollte ich jetzt Blumen kaufen?

Ich schüttle den Kopf und weiß, dass ich mich aus dieser Selbstmitleidstour herausreißen muss. Ich bin ein freier Mann. Ich sollte aufhören, rumzujammern. Aber die Fesseln meiner Vergangenheit hängen noch immer an meinen Hand- und Fußgelenken und ziehen an meinen Gliedern. Es fällt mir schwer, der Zukunft freudvoll oder optimistisch entgegenzusehen, wenn ich permanent an meine Vergangenheit erinnert werde.

Ich spüre eine Kälte in mir und bezweifle, dass Wärme sie irgendwann ablösen wird.

Und das ist der Moment, in dem etwas Lebendiges in mir empor rauscht – etwas Primitives und Instinktives. Wenn ich ein Höhlenmensch wäre, würde ich meinen verdammten Speer in die Luft reißen. Denn dieser Typ im grauen Sweatshirt, der am Gebäude lehnt, kommt auf einmal in meine Richtung. Seine Hand greift in seine Tasche.

Ich greife in meinen Rücken, bevor mir einfällt, dass ich keine Waffe habe. Es ist illegal für verurteilte Schwerverbrecher, eine Waffe zu tragen, und ich versuche, sauber zu bleiben.

Augenblicklich muss ich daran denken, wie der Typ im Gefängnis mich angegriffen hat. Als ich nur mit den wenigen Mitteln kämpfen konnte, die mir im Knast zur Verfügung standen. Damals wollte ich um jeden Preis überleben und konnte mich nur auf meinen Verstand und meine Muskelkraft verlassen.

Alles passiert innerhalb von Sekunden. Ich stürze auf den Typen zu, greife nach seinem Handgelenk, bevor er die Pistole auf mich richten kann. Die Wucht meines Angriffs reißt uns beide vom Bordstein und in den Rinnstein. Meine Schulter rammt gegen die Stelle, wo sich seine Schlüsselbeine treffen, und eine Explosion der Schmerzen blitzt durch meine Brust.

Wir sind ein ineinander verknoteter Haufen aus Gliedern und ringen miteinander, während ich versuche, nach seiner Waffe zu greifen. Er ist stärker als ich, sein Gesicht ein verzerrtes Knurren.

Das Gefängnis hat etwas meiner körperlichen Kraft gedämpft. Ich bin nicht länger das scharfe Messer, das ich früher einmal war. Meine Reflexe sind schneller, doch mein Körper ist nicht in Höchstform.

Der Kerl ist eindeutig auf Blut aus, aber ich bin bereit, bis auf den Tod zu kämpfen, denn ich weiß, wenn er die Pistole wieder richtig in die Hand bekommt, bin ich ein toter Mann.

Der Kampf wird intensiver und ich spüre, wie meine Kraft nachlässt. Er zerrt meine Finger von seinem Handgelenk und die Pistole wandert langsam in seine Hand. Ich weiß, dass ich unterlegen bin. Ich bin nicht stark genug – nicht schnell genug. Ich kann das kalte, harte Metall der Pistole bereits an meiner Haut spüren. Doch ich lasse nicht los. Ich weiß, dass ich um mein Leben kämpfe, und ich werde nicht aufgeben. Mit aller Kraft verdrehe ich sein Handgelenk und zwinge ihn dazu, die Waffe fallen zu lassen. Dann drücke ich mein Knie in seinen Hals, damit er nicht um Hilfe schreien kann.

Ich kann die Angst in den Augen des Mannes sehen, als er darum ringt, sich aus meinem Griff zu befreien, und ihm klar wird, dass ich jetzt die Oberhand habe. Es gibt einen Moment der Stille, als wir uns anstarren, und ich spüre die Anspannung zwischen uns. Es ist ein Kampf um Dominanz, um Macht, um unser Leben. Wir sind zwei Räuber in der Wildnis, in einen tödlichen Kampf verbissen.

Mein kurzes Innehalten erlaubt dem Mann genug Zeit, sich zu befreien und mich erneut anzugreifen, diesmal mit mehr Wut. Er treibt uns beide auf das Gebäude zu, wo wir gegen die Tür des Blumenladens fliegen. Ich nutze die Gelegenheit, öffne die Tür einen Spaltbreit, um sein Handgelenk damit einzuklemmen und ihm die Waffe aus der Hand zu schlagen.

Die Pistole fällt scheppernd auf den Boden des Blumenladens, und wir folgen der Bewegung. Es ist eine wilde Hatz, als wir die Tür aufreißen und hindurchstürzen. Ich lande als Erster bei der Waffe.

Ich muss das Verlangen unterdrücken, ihm aus kurzer Distanz in den Kopf zu schießen.

Ich werde nicht zurück ins Gefängnis gehen. Abgesehen davon, muss ich wissen, für wen er arbeitet.

Denn das hier ist offensichtlich ein Attentat.

Ich leere das Magazin der Pistole und schlage ihm mit dem Kolben gegen die Schläfe. Er taumelt zurück, verliert aber nicht das Bewusstsein. Stattdessen reißt er mich erneut zu Boden und die Waffe schlittert über die Fliesen.

Kapitel Sieben

Hannah

Das ist er. *Armando*. Der, auf den ich so gestanden habe. So hatte ich mir ein Wiedersehen mit ihm allerdings überhaupt nicht vorgestellt.

Mein Schrei bleibt mir im Halse stecken, als mir bewusst wird, was hier tatsächlich vor meinen Augen passiert. Ich bin zu schockiert, um mich überhaupt zu bewegen. Fünf Sekunden lang stehe ich wie ein Idiot erstarrt da und schaue dem brutalen Kampf zu.

Dann wird mir plötzlich klar – ich sollte etwas tun.

Jemanden anrufen.

Ohne die beiden kämpfenden Männer auf dem Boden aus den Augen zu lassen, greife ich nach meinem Handy. Die beiden scheinen um ihr Leben zu kämpfen. Armando ist effektiv und ruhig. Er stößt keine Geräusche aus, während er mit dem anderen Kerl ringt, und über den Boden rollt, bis er obenauf ist. Doch dann verliert er seinen Vorteil wieder und wird rückwärts auf ein Regal mit Pflanzen geschleudert.

Ich schlage mir die Hand vor den Mund, um meinen bestürzten Schrei zu ersticken, als ich mitansehen muss, wie mein Inventar zertrümmert wird. Es ist nicht so, als ob ich das Geld hätte, auch nur einen Übertopf zu ersetzen.

Armando bemerkt mich. „Leg auf!“, spuckt er zwischen zusammengebissenen Zähnen hervor, nimmt den Kerl in den Schwitzkasten und ringt ihn zu Boden. Der Befehlston in seiner Stimme ist furchteinflößend. Furchteinflößend genug, um mich das Handy klappernd auf den Tresen fallen zu lassen.

„*Auflegen*, habe ich gesagt“, faucht er. Sie sind noch immer auf dem Boden, ein Knäuel aus Armen und Beinen. Das ist nicht der freundliche Mann, der früher in meinen Laden gekommen ist, um für seine Frau einen Strauß zu kaufen. Das hier vor mir ist eine Bestie.

„Ich habe gar nicht gewählt!“, protestiere ich, schnappe mir das Handy und halte ihm den Bildschirm hin.

Aber er schaut nicht hin, denn der andere Typ hat plötzlich ein Messer gezückt. Armando entkommt der Klinge nur haarscharf. Seine Bewegungen sind geübt und präzise, als ob er anstatt Mafioso heimlich Geheimagent wäre, ein Superspion wie James Bond. Vielleicht liegt das an der totalen Abwesenheit von Panik in seinem Verhalten. Er wirkt nicht wie ein Mann, der um sein Leben kämpft. Er tritt seinem Gegner entgegen wie ein Todesengel, gesandt, diesen Mann zu vernichten.

Armando schlägt ihm heftig ins Gesicht, direkt gefolgt von einem zweiten Schlag. Im selben Augenblick sticht der Kerl mit dem Messer zu, und Armando weicht zur Seite aus. Wieder fallen Pflanzen scheppernd zu Boden und Übertöpfe zerschellen.

Ich winsele empört auf.

Armando schnappt sich einen der Übertöpfe und schleudert ihn dem Kerl gegen den Kopf. Der Kerl geht zu Boden und Armando folgt ihm. Die Finger seiner einen Hand sind um den Hals des Typen gewickelt, mit der anderen drückt er die Hand mit dem Messer zur Seite. „Wer hat dich geschickt?“, verlangt er.

Der Typ stößt ein gurgelndes Geräusch aus, schafft es aber, seine Hand zu befreien.

Als er mit dem Messer in Richtung von Armandos Gesicht sticht, schreie ich auf. Armando kann ihm rechtzeitig ausweichen, verliert jedoch die Oberhand. Der andere Kerl rappelt sich auf und knallt einen der Töpfe von meiner Blumenetagere gegen Armandos Schläfe. Armando geht zu Boden, und wieder schreie ich auf, als sein Schädel auf die Fliesen kracht.

Ich wähle den Notruf, vergesse aber, den Anruf auf abzusetzen, denn der Typ wirft sich nun mit dem Messer in der Hand auf Armando.

In einem atemberaubenden Manöver schafft es Armando irgendwie, wieder auf die Beine zu kommen, gerade noch rechtzeitig, und schleuderte dem Typen die metallene Etagere gegen den Kopf. Jetzt geht der andere Typ zu Boden und bleibt liegen.

Falls ihr euch wundert, ob man in so einer Situation eindeutig erkennen kann, ob jemand tot ist oder nicht, die Antwort ist, ja.

Sein Körper liegt völlig verkrümmt da. Sein Nacken ist eindeutig gebrochen.

Armandos Hände zittern, als sein Blick auf den Mann fällt, der bewegungslos vor ihm liegt. Ich spüre, wie mir ein Schauder den Rücken hinunterläuft und der Schock mich erstarren lässt.

Armando schaut sich im Raum um, als ob er erwartet, dass sich noch weitere Angreifer auf ihn stürzen, und ich tue es ihm gleich.

Was kommt als Nächstes? Was war das gerade? Was zur Hölle war das?

Das kann einfach nicht passiert sein. Ist das gerade wirklich passiert?

Liegt da tatsächlich ein toter Mann mitten in meinem Blumenladen?

Der Raum ist still, bis auf das Ticken der Uhr und das Klingeln in meinen Ohren.

Armando flucht, lässt sich auf die Knie fallen und sucht nach dem Puls des Kerls.

Dann agiert er schnell – nichts als Effektivität und Übung. Er schließt meine Ladentür ab, lässt die Jalousien hinunter und dreht das Schild in der Tür auf „Geschlossen". Hebt die Pistole auf und zerrt den Mann hinter den Tresen zum Hinterzimmer. „Nicht bewegen", trägt er mir auf, als er an mir vorbeigeht.

Nicht bewegen.

Ich weiß nicht, warum, aber bis zu diesem Moment hatte ich nicht darüber nachgedacht, dass auch mein Leben in Gefahr sein könnte.

Ich war nur Zuschauerin und habe einem der beiden Kontrahenten die Daumen gedrückt.

Mein Favorit hat gewonnen.

Jetzt wird mir allerdings bewusst, dass wir uns jetzt nicht gegenseitig beglückwünschen werden. *Ein Mann wurde gerade in meinem Laden umgebracht.* Und ich habe es gesehen.

Ich bin die *einzige* Zeugin.

Und der Mörder hat mir eingebläut, mich nicht zu bewegen. Was heißt, dass ich mich definitiv bewegen sollte.

Armando zerrt die Leiche des Mannes zu meinem Kühlraum. Er wird wieder herauskommen und sich um mich kümmern.

Das ist ein Problem. Ich schnappe mir meine Handtasche und gehe leise und zügig am Kühlraum vorbei.

Ich spüre Armandos Nähe, aber zögere nicht. Ich weiß, wenn ich das tue, dann wird das der letzte Fehler meines Lebens sein. Mein Herz hämmert und ich spüre, wie meine Hände feucht werden. Ich bin fast auf halbem Weg zur Freiheit, als ich ein Geräusch hinter mir höre. Ich fahre herum und sehe Armando, der langsam auf mich zukommt, die Pistole in der Hand und einen bedrohlichen Ausdruck auf dem Gesicht. Er wird mich nicht einfach gehen lassen. Er macht noch ein paar Schritte auf mich zu und ich weiß, dass ich nicht lebend hier herauskommen werde. Ich drehe mich zur Tür um, aber es ist zu spät. Er ist fast bei mir und es gibt kein Entkommen.

„Stopp. Ich habe verdammt noch mal gesagt, nicht bewegen!" Diese Stimme. Er befiehlt so gut, jede Zelle meines Körpers will ihm gehorchen.

Aber das wäre dumm, also renne ich los.

„Hannah.“

Die Überraschung darüber, dass er sich an meinen Namen erinnert, bringt mich ins Straucheln. Dieses Zögern kostet mich. Im Nullkommanichts ist er bei mir, greift grob nach meinem Ellenbogen und reißt mich herum.

„*Nicht bewegen*, habe ich gesagt.“

Gott, er ist noch immer unerhört gut aussehend. Kantiger Kiefer. Römische Nase. Hellbraune Augen mit langen Wimpern. Er steht so nah vor mir, ich kann den Duft von Roccos Rasierschaum an ihm riechen. Er trägt ein teures, blaues Hemd, unter dessen offenem Kragen ein sauberes, weißes Unterhemd zu erkennen ist.

„Ich bin auf deiner Seite“, stoße ich atemlos hervor.

Ich bin mir nicht sicher, ob es mein Selbsterhaltungstrieb ist, der mich diese Worte aussprechen lässt, oder ob es tatsächlich die Wahrheit ist. Ich kenne Armando. Ich habe den Kerl immer gemocht ... vielleicht ein bisschen zu sehr.

Ich bin auf seiner Seite. Wirklich.

Er dreht mich mit dem Gesicht zur Wand und dreht mir einen Arm auf den Rücken.

„Ich habe gesagt, du sollst dich nicht bewegen.“ Es ist die Stimme eines Irren. Der Mafia. Eines Killers. Das darf ich nie vergessen.

„Ich werde nichts verraten.“ Berühmte letzte Worte.

Denn das ist es, oder? Ich bin tot.

Ich warte nur auf das Messer, das sich an meine Kehle legt. Stattdessen schlägt er mir auf den Hintern.

Erschrocken schreie ich auf. Es war ein harter Schlag – strafend, nicht verspielt – und aus irgendeinem Grund macht mich das an.

Ich drehe den Kopf, schaue ihn über meine Schulter an. Ein Schlag auf den Hintern ist keine wirkliche Drohung. Es ist etwas Heißes. Sexuelles. Das Eis in meinen Adern schmilzt.

Wieder schlägt er mir auf den Arsch, diesmal auf die andere Backe.

Hallo.

Ich habe keine Ahnung, was wir hier treiben, aber ich bin langsam eher erregt als verängstigt.

Ich muss Adrenalin mit Lust verwechseln. Ja, das muss es sein.

Oder verliere ich den Verstand? Habe ich solche Angst, zu sterben, dass mein Körper diese fremde Empfindung verwechselt und ...

Wieder schlägt er mir mit der flachen Hand auf den Arsch, fester als beim letzten Mal.

Mein Körper reagiert. Wärme rauscht in meine Mitte und ich kann nicht anders, als vor Lust aufzustöhnen. Es ist peinlich, dass ich diese Emotionen nicht kontrollieren kann, die ich vor ihm geheim halten sollte. Ich spüre mein Herz rasen, meine Haut kribbeln, und werde mit jeder Sekunde feuchter.

Seine Hände gleiten meine Seiten hinunter und folgen einer Spur der Hitze. Dann schnappt er sich eine Rolle Blumenband aus meiner Schürzentasche. „Folgendes wird jetzt passieren." Er dreht mir auch den anderen Arm auf den Rücken und bindet meine Handgelenke mit dem Tape zusammen. Es ist flexibel, aber er wickelt es etwa ein Dutzendmal um meine Hände, zieht es so fest, dass ich meine Hände definitiv nicht herauswinden kann. „Du wirst genau hier stehenbleiben und auf diese Wand schauen, bis ich wieder zurückkomme. Du wirst dich nicht bewegen. Du wirst keinen Piep machen. *Capisce?*"

Ich nicke eilig. „Ja, okay." Ich klinge atemlos.

Ich habe Angst. Todesangst. Aber da ist auch irgendwas Verrücktes, das in mir rumort. Eine sich zusammenbrauende Hitze, ein kribbelndes Gefühl.

Ich weiß nicht, ob es daran liegt, dass ich mal in diesen Typen verknallt war, oder weil er mir den Arsch versohlt und eine erogene Zone geweckt hat, aber in jedem Fall bin ich unfassbar feucht.

Er tritt vor mich und ich kann seinen Atem auf meiner Haut spüren. Er beugt sich vor und wispert in mein Ohr. „Befolge die Regeln, Blümchen. Befolge sie, sonst ..." Seine Stimme ist leise, besitzergreifend. Sein heißer Atem kitzelt meine Haut und lässt Lust durch mich hindurchrauschen.

Er nimmt mein Kinn zwischen Daumen und Zeigefinger, hebt mein Gesicht bis kurz vor seins. Dann zieht er sich etwas zurück und ich schnappe nach Luft, spüre mein Herz in meiner Brust hämmern.

Mit seinem Zeigefinger gleitet er meinen Hals hinunter. „Ich komme gleich zurück. Nicht bewegen."

Armando tritt einen Schritt zurück und mustert mich von Kopf bis Fuß. Sein Blick brennt mit etwas, von dem ich hoffe, dass es Verlangen ist. Für einen Augenblick verweilen seine Augen auf dem engen Blumenband, das meine Hände fesselt, dann grinst er mich kaum merklich an. „Sei ein braves Mädchen", warnt er mich, bevor er sich umdreht und geht.

Deute ich das falsch? Habe ich meinen verdammten Verstand verloren? Ich sollte nichts empfinden, außer dem überwältigenden Bedürfnis, davonzurennen, und zwar schnell. Ich sollte mich wehren, schreien, und definitiv eine Höllenangst haben.

Und dennoch stehe ich hier mit pochendem Herzen und ... mein Körper steht förmlich in Flammen vor Erregung. Die Hitze zwischen meinen Beinen wird mit jeder Sekunde stärker und eine seltsame Aufregung rauscht durch meine Adern.

Mein Körper verzehrt sich vor Erwartung. Ich bin noch immer gefesselt und hilflos, aber meine Angst wurde von etwas anderem abgelöst. Etwas Aufregendem. Ich kann nicht anders, als mich zu fragen – vielleicht sogar darüber zu fantasieren – was passieren wird, wenn Armando zurückkommt.

Ich lausche angestrengt, als er in meinen Kühlraum tritt. Ich kann hören, wie er kurz und abgehackt mit jemandem spricht. Er muss telefonieren.

Mit wem spricht er?

Was sagt er?

Oh, Gott, ruft er weitere Mafiosi her, damit sie ihm mit dieser ... *Situation* helfen? Wird *Garten Eden* zu einem noch größeren Blutbad, nur diesmal auch mit meinem Blut?

Wenn ich klug wäre, würde ich nicht länger hierbleiben, um herauszufinden, was er mit mir vorhat. Irgendwie würde ich einen

Weg finden, zu entkommen. Ich bin nicht das dumme Mädchen, das sich in den bösen Buben verliebt. Ich war nie schwach, war nie die Jungfrau in Nöten. Warum also stehe ich immer noch hier rum, verdammt noch mal?

Und gerade, als ich anfange, darüber nachzudenken, zur Tür zu schleichen, kommt er zurück und dreht mich herum. Dank meiner hinter dem Rücken gefesselten Hände strecke ich ihm meine Doppel-D-Brüste förmlich entgegen. „Alles klar, Blümchen. Was soll ich jetzt mit dir tun?"

Vielleicht ist es mein Selbsterhaltungstrieb. Vielleicht mein Schwärmen für ihn. Oder die Art und Weise, wie mein Arsch noch immer kribbelt, dort, wo Armandos Hand mich erwischt hat, aber ich tue das Einzige, was mir einfällt, nämlich mich vorzubeugen und ihn auf den Mund zu küssen.

Seine Lippen pressen sich auf meine und rauben mir den Atem. Seine Zunge gleitet in meinen Mund, fordert meine zu einem langsamen, schwindelerregenden Tanz auf. Ich stöhne in seinen Mund und meine Hüfte drängt gegen seinen Körper, als wäre es mein neuer Nordstern.

Armandos Hände gleiten tiefer, über meine Hüften und hinunter bis zu meinen Oberschenkeln. Seine Fingerspitzen streifen über den Stoff meiner Klamotten und ich erschaudere. Er legt seine Hand auf meinen Arsch, drückt und knetet ihn, schickt Feuer in jeden meiner Nervenstränge. Dieser Kuss ...

Kapitel Acht

Armando

Überrascht reiße ich mich aus diesem Kuss. Er ist vollkommen unerwartet und köstlich und heiß wie die Hölle.

Und als wären Elektroden eines Defibrillators auf meine Brust geklebt worden, schießt ein Blitz der Energie durch mich hindurch.

Die Lichter gehen an. Mein Körper erwacht wieder zum Leben.

Es ist beinahe fünf Jahre her, seit ich eine Frau geschmeckt habe, und plötzlich muss ich so viel verlorene Zeit aufholen.

Augenblicklich stürze ich mich auf sie, küsse diese üppige Frau wie verrückt, gleite mit meiner Hand unter ihr Oberteil. Ich habe gerade einen anderen Mann umgebracht und seine Leiche in Blümchens Kühlraum versteckt. Das ist es, worum ich mich jetzt kümmern sollte. Doch in dem Augenblick, in dem sie mich geküsst hat, ist meine Welt mit einem Mal erblüht. Ich muss diesen Kuss erforschen, so dringend, wie ich Luft zum Atmen brauche. Sie trägt einen kurzen Rock und plötzlich verschwindet meine Hand unter dem Saum und legt sich auf ihre Pussy.

Der weiche, seidige Stoff ihres Höschens ist feucht.

Mehr muss mein Gehirn nicht wissen, um mit Volldampf weiterzumachen. Ich bin ein Tier, kann mich nicht mehr bändigen. Purer Instinkt bestimmt mein Handeln, es gibt kein rationales Denken mehr.

Ich hebe ihr Oberteil und senke den Kopf, um mich an ihren Brüsten zu laben, während ihr Keuchen in meine Ohren dringt. „Verrate mir, Blümchen" – mein Finger gleitet unter den Saum ihres Höschens und durch ihren feuchten Schlitz – „warum bist du so feucht?" Ich dringe mit einem Finger in sie ein, woraufhin sie nach Luft schnappt und sich auf die Zehenspitzen stellt.

Mein Körper steht in Flammen, mein Verlangen ist so scharf, ich kann es förmlich schmecken. Ich werde sie hier und jetzt nehmen, bis alle Dunkelheit in mir verbannt ist. Bis ich wieder atmen kann.

Ihr Kopf fällt in den Nacken und ihre Fingernägel krallen sich in meine Schultern, als ich meinen Finger tiefer in sie eindringen lasse und ihren geöffneten Lippen ein Stöhnen entlocke. Ob sie will oder nicht, sie hebt ihre Hüften und schiebt sich auf meine Hand. Ich bin so tief in ihr vergraben, ich berühre schon ihr Innerstes.

„Bitte", wimmert sie.

Fleht sie mich an, weiterzumachen, oder sie loszubinden und gehen zu lassen? Der Grat zwischen richtig und falsch ist zu verschwommen, als es wissen zu können.

Mein Puls dröhnt in meinen Ohren, mein Schwanz ist hart wie Stahl. Unsere Münder krachen in einem verzweifelten Kuss aufeinander, erforschen, schmecken, necken. Meine freie Hand windet sich um ihren Körper, während ich ihre Lippen mit meiner Zunge necke. Ich spüre sie unter mir beben, als ich einen zweiten Finger in ihre Pussy dränge.

Ihr leidenschaftliches Wimmern treibt mich an, bis ich so hart bin, so bereit, jeden Zentimeter ihres Körpers zu verschlingen, dass ich zittere wie ein schwacher Mann. Meine Hand legt sich in ihren Nacken und wir atmen uns gegenseitig ein. Die Hitze unserer verschlungenen Körper ist beinahe zu viel für mich.

Wenn sie mich anflehen würde, aufzuhören, wüsste ich nicht, wie ich das tun sollte.

Ich weiß, dass es nicht bequem für sie sein kann, so gegen die Wand gedrängt zu werden, mit ihren hinter dem Rücken gefesselten Händen, aber ich kann meine Aufmerksamkeit für sie scheinbar nicht bändigen.

Ja, da liegt ein toter Mann in ihrem Kühlraum und ich halte sie hier gefangen.

Aber die Welt um uns herum scheint zu verschwinden, lässt nur uns beide zurück, umschlossen von sexueller Hitze und einem rasenden Verlangen. Nichts anderes ist in diesem Moment, in dem sie ganz mein ist, wichtig.

Und das ist es, was sie ist. *Mein.*

Während das Adrenalin von dem Kampf durch meine Adern fließt, kann ich den Dämon nicht kontrollieren, der herauskommt und seinen Anspruch auf sie erhebt.

Ich spreize meine Finger, spreize ihr enges, kleines Loch, stoße mit den Fingern schneller und fester in sie hinein, ficke sie mit einer Intensität, die sie nach Luft schnappen und ihren Körper unter mir beben lässt. Ich höre nicht auf, bis ich spüre, wie sich ihre Muskeln um meine Finger zusammenziehen und sie vor Lust aufschreit.

„Gefällt es dir, gefesselt zu sein? Oder war es das Spanking?", frage ich.

Sie starrt mich mit ihren goldgesprenkelten, braunen Augen an. Ihre wilden Locken, die ihr Gesicht wie ein Heiligenschein rahmen, fallen ihr in die Augen. Sie ist atemberaubend – pure Weiblichkeit, gebannt in ein kleines, kurviges, braunes Päckchen. Ich war noch nie mit einer schwarzen Frau zusammen, aber nachdem ich mit Männern jeder Farbe im Gefängnis zusammengelebt habe, ist der Rassismus, mit dem ich aufgewachsen bin, längst aus meinen Gedanken verschwunden. Aber wichtiger noch, ich war noch nie mit einer schöneren Frau zusammen. Atemberaubend ist noch eine Untertreibung. Eine wahre Göttin, der keine das Wasser reichen kann.

„Oder war es –" Ich runzle die Stirn, erinnere mich plötzlich an die Scheiße, in der ich stecke. „War es die Gewalt – was du gesehen hast? Warum hast du meinen Namen gestöhnt, Blümchen? Warum ist diese Pussy so feucht? Macht dich der Tod an?“

„Ich ... ich weiß nicht.“

Für einen Moment versucht mein rationales Gehirn, sich zu Wort zu melden. Mich langsam machen zu lassen. Mich daran zu erinnern, dass das hier weder der richtige Ort noch der richtige Zeitpunkt ist. Aber ihre Pussy zieht sich um meine Finger zusammen und die Röte in ihren Wangen bringt mich zurück zum Einzigen, was mir in diesem Moment wichtig ist – diese Sache zu Ende zu bringen.

„Soll ich deine Sehnsucht da unten lindern?“

Ich höre auf, meine Finger zu bewegen, warte auf ihre Zustimmung. Wir atmen beide schwer, unsere Gesichter nur Zentimeter voneinander entfernt. Sie schaut mir in die Augen und nickt mir kaum merklich zu, dann attackiert sie mich mit einem weiteren Kuss.

Ich drehe vollkommen durch.

Nie zuvor war ich mit einer Frau zusammen, die so fordernd ist, und das macht mich absolut rasend. Mit meinen Fingern stoße ich tief in sie hinein und drücke mit meiner anderen Hand ihren Arsch. Sie stöhnt und wimmert ihre Lust hinaus, drängt gegen mich, ihre Lippen noch immer auf meine gepresst, ihre Zunge in meinem Mund.

Ich dringe mit einem dritten Finger in sie ein, bereite sie auf das vor, was als Nächstes kommt. Ich will gar nicht so grob und schmutzig sein, aber mein Körper bewegt sich wie von allein. Meine andere Hand gleitet zwischen ihre Arschbacken, sucht nach dem festen Knoten ihres Anus'.

Sie schreit überrascht auf, als ich ihn finde, zuckt zusammen und lässt sich gegen mich fallen.

Ich dränge sie zurück gegen die Wand und ficke sie weiter mit meinen Fingern, während meine linke Hand zwischen ihrem Arschloch und ihrer Arschbacke hin und herwandert, die üppigen Backen fest drückt und knetet.

Ihre pinken Converse tanzen unter ihr. Ich habe meinen Schwanz noch nicht einmal herausgeholt, kann ihre Lust allerdings bereits als meine eigene spüren. Es ist lange her, aber ich kann mich nicht erinnern, dass ein Mädchen jemals so abgegangen wäre. Nicht so leicht. Nicht so schnell. Niemals so einladend. Diese Mischung aus Erotik und Anspannung zwischen uns erweckt in mir den Glauben, dass mein Leben davon abhängt, sie zum Höhepunkt zu bringen.

Doch womöglich ist das nur das Adrenalin der Erfahrung, beinah umgekommen zu sein.

Der Erfahrung ...

Aber daran denke ich jetzt nicht. In diesem Moment habe ich nur Augen für Hannah, diese wunderschöne, junge Floristin, die in den Abgrund ihres Orgasmus stürzt.

Sie schreit auf, als ihr Höhepunkt sie überrollt, und ich bedecke meinen Mund mit ihrem, verschlucke ihre Schreie.

Mein Körper drängt gegen sie und meine Finger pumpen langsam in sie hinein, bis ihr Schlitz sich nicht länger um mich herum zusammenzieht. „Scheiße, Blümchen." Ich ziehe meine Finger aus ihr heraus, dann schaue ich ihr tief in die Augen, während ich mir die Finger in den Mund stecke. „Schmeckt himmlisch." Meine Stimme klingt kehlig und rau. „Ich könnte die ganze Nacht damit verbringen, deine Pussy zu lecken."

Sie blinzelt mich an, ihre Augen unfokussiert und glasig, ihre Wangen erhitzt und gerötet.

Ich erinnere mich, wie sie schon immer hinreißend ausgesehen hat, aber damals, bevor ich ins Gefängnis gewandert bin, war sie noch so jung. Kaum aus der Highschool heraus. Jetzt ist sie erwachsen. Sie hat sich die Nase gepierct. Hat ihre Haare wachsen lassen, ungezähmte Locken mit goldenen Spitzen, die fast bis zu ihrem Arsch fallen. Sie ist herrlich. Wunderschön.

Ich kann nicht anders. Ich brauche mehr. Als ob ich auf der Stelle sterben würde, wenn ich meinen Schwanz nicht *sofort* in sie stecke.

„Ich muss in dir sein", höre ich mich laut aussprechen. Das ist falsch. So falsch. Ich habe das Mädel mit Blumenband gefesselt, verdammt noch mal. Doch etwas an der Art und Weise, wie sie mich anschaut, lässt mich glauben, dass ich eine Chance habe. „Darf ich dich über den Tresen legen und deine süße Pussy schön hart ficken?"

Himmel. Ich bin so unfassbar verkommen. Was für eine Frau würde denn zu so etwas Ja sagen?

Aber unglaublicherweise fährt sie sich mit der Zunge über die Lippen und sagt: „Hast du ein Kondom?"

Ja, verdammt, ich habe ein Kondom. Ich hatte bisher vielleicht noch nicht das Verlangen, es zu benutzen, aber ich war definitiv jeden Moment darauf vorbereitet.

Zwei Sekunden später drücke ich ihren Oberkörper auf den Tresen, schiebe ihren Rock hoch und schlage ihr ein paarmal auf den Arsch, bevor ich ihren Slip herunterreiße. Ich liebe die pinke Röte ihres Arsches, auf dem sich langsam meine Handabdrücke zu zeigen beginnen.

Ich ziehe das Kondom hervor. Die Pistole, die ich in meinen Hosenbund gesteckt hatte, fällt zu Boden, als ich meinen Schwanz befreie, aber ich ignoriere es, bin zu geblendet von Lust, als noch klar denken zu können.

Irgendwie schaffe ich es, das Kondom abzurollen, und ziehe meinen Schwanz durch ihre Säfte.

Sie ist noch immer herrlich feucht. Herrlich, wundervoll nass. Ich versinke in ihrer Hitze und mein ganzer Körper erschaudert vor Verlangen.

„Fuck. Du fühlst dich so gut an." Ich bin nicht geschwätzig, aber eine Berührung von diesem Mädel und ich plappere wie ein Buch. Ihr Gesicht drückt sich auf ihre Arbeitsplatte, ihre prächtigen, dunkelbraunen Goldspitzenlocken sind wir ein wilder Vorhang über sie ausgebreitet. Ich streiche ihr die Haare aus dem Gesicht, dann nehme ich eine Handvoll davon in meine Faust. „Gefällt es dir, wenn ich dir an den Haaren ziehe?"

Sie stößt ein leises Wimmern aus. „Uff." Könnte ein Nein sein, aber ihre Pussy ist triefend nass mit neuem Saft, also verstehe ich es als Ja.

Ich kralle meine Finger fester in ihre Haare und fange an, im

Rhythmus ihres Lustkeuchens in sie hineinzustoßen. Ich kann jedes Zucken und Krampfen ihrer Pussy spüren, als ich tiefer in sie eindringe. Ihr Körper schüttelt sich, als ob elektrische Ladungen durch sie hindurchblitzen würden. Mein Tempo wird schneller, und ich hämmere mit jedem Stoß heftiger in sie hinein.

Ich greife nach unten, liebkose ihre Brüste, knete und massiere sie, während ich unnachgiebig in sie hineinstoße. Ihr Stöhnen wird intensiver, als ich mit meiner Hand hinuntergleite und ihren Kitzler reibe und necke. Ich spüre, wie sie sich wieder um mich herum zusammenzieht, mich immer näher an den Abgrund treibt. Als sie erschaudert und vor Lust aufschreit, stoße ich mich so tief ich kann in sie.

Und dann verliere ich alle Kontrolle. Ich ficke sie schnell und hart. Feuerwerke tanzen vor meinen Augen. Mein Körper explodiert vor Lust. Hitze sammelt sich in meinen Lenden. Mein Blut kocht.

Ich war jahrelang tot. Wer hätte gedacht, dass es nur einen guten Fick braucht, um wieder unter die Lebenden zu kommen. Und das ist der *beste* aller Ficks.

Es gibt nichts Vergleichbares. Jeder Stoß in sie hinein lässt mich vor Begierde zucken. Ich reite sie zu heftig, aber ich kann nicht langsamer machen. Meine Hüfte knallt gegen ihren Arsch. Ihre gefesselten Handgelenke hüpfen auf ihrem unteren Rücken hin und her.

„Meine Hüfte", keucht sie. „Es tut weh."

Scheiße. Ich lasse sie gegen die harte Holzkante der Arbeitsfläche knallen.

Ich schlinge meinen Arm um ihre Taille und polstere sie etwas ab, dann mache ich weiter damit, wie verrückt in sie hineinzuhämmern. Es ist mir scheißegal, dass ich blaue Flecken am Arm bekommen werde. Tatsächlich mag ich diese Empfindung sogar irgendwie. Lust und Schmerz, die sich in einer Symphonie der Sinne verbinden. Ihr Duft steigt in meine Nase, zusammen mit dem Geruch der Rosen und Lilien und was für Blumen sie hier noch verkauft.

Sie schnappt nach Luft, während ich tiefer und tiefer in sie hineinstoße, spüre, wie sich der Druck in ihr beinah unerträglich weit aufbaut. Ihre Hüften beginnen, erwidernd zu zucken, flehen nach mehr. Meine Hand gleitet hinunter zwischen uns, meine Finger finden ihren Kitzler und reiben ihn in kreisenden Bewegungen. Sie stöhnt und biegt ihren Rücken durch, reibt sich an mir, ihr Körper bebend und sich windend. Meine Stöße werden schneller und brutaler, während ich auf den Abgrund zurase.

Ich bin viel zu verloren, um noch darauf zu warten, dass sie kommt, definitiv zu verloren, um herauszufinden, wie ich sie zum Höhepunkt bringen kann. Ich stoße einen leisen Fluch aus und hämmere tief in sie hinein, ziehe ihren Kopf und Oberkörper hoch gegen meinen Körper, als ich komme.

Ich beiße in ihr Ohr, lasse meine Zunge darüberschnellen. „Tut mir leid, dass ich dir wehgetan habe", murmle ich gegen die weiche Haut ihrer Wange.

Sie wimmert leise und ein Anflug des Bedauerns blitzt in mir auf.

Wie ironisch.

Ich habe gerade einen Typen umgebracht und nichts dabei empfunden. Ich war wie der Terminator, der einen Job erledigt. Und jetzt plötzlich habe ich ein Gewissen. Und es *sollte* mir auch leidtun. Ich habe gerade ein Mädchen gefickt, das ich wie einen Sonntagsbraten dressiert und als meine Gefangene genommen habe. Und dass sie gefragt hat, ob ich ein Kondom habe, geht im Zweifelsfalle vermutlich nicht als Zustimmung durch. Es war ein Flehen um ein gewisses Maß an Sicherheit.

Fuck. Was für ein *stronzo* bin ich denn?

Kapitel Neun

H*annah*

Oh, mein *Gott.*

Mein Kopf dreht sich und mein ganzer Körper vibriert. Ich hatte ganz vergessen, Angst zu haben, während wir Sex hatten, doch jetzt kommt langsam das Bewusstsein darüber zurück. Ich werde mit meinem Höschen um meine Fußgelenke gegen meine Arbeitsfläche gepresst, während meine Handgelenke hinter meinem Rücken zusammengebunden sind. Der Schwanz eines halbwegs Fremden füllt mich noch immer aus.

Was zur Hölle tue ich hier?

Es scheint jetzt vielleicht nicht so, aber ich bin normalerweise eher vorsichtig, mit wem ich Sex habe.

Ich begreife nicht, wie ich so derart den Verstand verlieren konnte. Es war einfach zu heiß. So animalisch. Ungezähmt. Meine Teenie-Schwärmerei für Armando hat in mir dieses Bedürfnis geweckt. Ich bin nicht gekommen, aber ich war kurz davor.

Jetzt kribbelt alles und ich fühle mich heiß und verdammt notgeil. Was allerdings gegen die Unheil verkündenden Glocken nichts ausrichten kann, die in meinem Schädel läuten.

Ich könnte hier in echten Schwierigkeiten stecken. In um-Leben-und-Tod-Zeug.

Tut mir leid, dass ich dir wehgetan habe.

Ich klammere mich an diesen einen Anhaltspunkt, dass dieser Mann kein Psychopath ist. Dass er mich nicht gerade vergewaltigt hat. Dass ich lebendig hier herausspazieren werde.

Ein Klopfen ertönt an der Hintertür und Armando zieht sich fluchend aus mir heraus. Er reißt meinen Slip hoch und schmeißt das Kondom in den Mülleimer.

Angespannte Dringlichkeit kehrt in seine Bewegungen zurück, während er mich herumdreht, sein Blick durch meinen Laden schweift. Ich zucke zusammen, als er eine Rolle Panzertape aus meinem Regal zieht und ein kleines Stück abreißt.

„Nein ..."

Er klatscht es mir über den Mund.

Hinter dem Tape schreie ich auf, als der Terror plötzlich durch mich hindurchreißt.

OhmeinGottohmeinGottohmeinGott.

Was passiert hier? Was hat er mit mir vor?

Wieder erklingt das Hämmern an der Tür und Armando krallt sich meinen Arm, schiebt mich grob auf die Besenkammer zu.

„Pst." Er legt seinen Finger über meine zugeklebten Lippen, schiebt mich rückwärts in den dunklen Raum.

Ich versuche, *Nein* zu schreien, aber es kommt nicht mehr heraus als ein gedämpftes Geräusch.

„Sei still, Hannah." Es schwingt eine Warnung in seiner Stimme mit.

Die Tür geht zu.

Panik stellt sich in mir ein. Ich habe Angst vor der Dunkelheit. Ich mag keine kleinen Räume. Und ich will definitiv nicht gefesselt und hier drin eingesperrt sein.

Am liebsten würde ich meinen Kopf gegen die Tür schlagen, um mich bemerkbar zu machen, nur dass er scheinbar die Person erwartet hat, die an der Hintertür aufgetaucht ist. Also ist es jemand, den er kennt.

Was bedeutet, dass ich von ihr auch nicht auf Rettung hoffen kann.

Tatsächlich könnte es sogar zu meiner eigenen Sicherheit sein, wenn er mich hier drin vor seinen Partnern versteckt. Als ob sie darauf bestehen könnten, mich umzubringen.

Oh, Scheiße.

Mein ganzer Körper beginnt zu zittern. Nicht ein leises Beben, sondern ein Schütteln, bei dem meine Knie zusammenschlagen und meine Rippen sich schmerzhaft verkrampfen.

Ich höre männliche Stimmen und Schritte, die an der Besenkammer vorbeistapfen. Das Geräusch eines leblosen Körpers, der fortgeschleift wird.

Tränen laufen über meine Wangen und das Panzertape auf meinen Lippen. Mein Atem pfeift rau durch meine Nase hinein und hinaus.

„Was ist mit der Floristin?“, fragt eine männliche Stimme direkt vor meinem Versteck. „Müssen wir uns um sie kümmern?“

„Ich habe sie weggeschickt“, erwidert Armando.

„Ja?“

„Ja. Sie hat nichts gesehen. Ist alles cool.“

Ich hatte recht. Er beschützt mich. Deshalb hat er mich in die Kammer gesteckt. Denn wenn seine Kumpels hier wüssten, was ich gesehen habe, würde ich das womöglich nicht überleben.

Andererseits ... woher weiß ich, dass er mich nicht trotzdem umbringt? Vielleicht will er mich nur zuerst zu seinem Sexspielzeug machen. Mich monatelang gefesselt in dieser Kammer einsperren und mich *dann* tot in einen Graben schmeißen.

Oh, mein Gott.

Das ist übel.

„Ich räume hier fertig auf. Ich schulde euch was. Erzählt niemandem davon. Ich erzähle es dem Don selbst, verstanden?“

„Verstanden. Solange du es auch machst.“

„Ich schwöre bei Gott. Hey – lasst auch seine Waffe verschwinden. Ich kann keine Pistole bei mir haben."

„Bist du verrückt? Jemand hat versucht, dich umzubringen. Du brauchst eine Waffe."

„Ich kann mich wehren."

Das kann er definitiv. Ich habe gesehen, wie er sich gegen einen bewaffneten Mann gewehrt hat, ohne dass ein einziger Schuss gefallen ist. Er hat sogar absichtlich das Magazin geleert. Ich glaube nicht, dass er den Typen überhaupt umbringen wollte. Es war definitiv Notwehr.

„Das hoffe ich verdammt noch mal sehr."

Die Hintertür fällt zu. Ich warte ab und mein Zittern wird immer heftiger, während ich darüber nachdenke, was jetzt passieren könnte.

WaspassiertWaspassiertWaspassiert?

Die Tür zu Besenkammer fliegt auf und ich blinzle ins plötzliche Licht. Armandos Gesicht erscheint. Als er mich sieht, runzelt er die Stirn. „Oh, Baby. Hast du etwa gedacht, ich würde dich hier drin lassen?" Mit den Daumen wischt er mir die Tränen auf meiner linken Wange ab.

Habe ich das gedacht? Nicht wirklich. Ich mochte es einfach nicht, gefesselt in der stockfinsteren Besenkammer zu stehen. Mich hilflos zu fühlen.

Er zieht mich aus der Kammer und löst eine Ecke des Tapes über meinen Lippen. „Tut mir leid." Dann reißt er das Tape mit einer schnellen Bewegung von meinem Mund. Ein erstickter Schrei dringt aus meinem Hals, als das Tape an meinen Lippen reißt.

„Bist du okay?"

„Nein!", fahre ich ihn an. „Lass mich gehen." Meine Forderung klingt eher verheult als entschlossen.

„Sorry, Blümchen. Das ist leider nicht möglich." Er zieht mich hinaus in meinen Laden. „Folgendes wird jetzt passieren. Ich werde deinen Laden aufräumen und du bleibst da, wo ich dich jetzt hinstelle, und gibst keinen Laut von dir. Schaffst du das oder muss ich dich zurück in die Besenkammer sperren?"

Ich bin versucht – so versucht –, ihm mein Knie in die Eier zu rammen. Nur dass ich gerade mit eigenen Augen gesehen habe, wozu dieser Mann in der Lage ist. Er hat gegen einen mit einer Pistole *und* einem Messer bewaffneten Mann gekämpft und gewonnen. Nie im Leben würde das gut für mich ausgehen.

Er wischt die Tränen unter meinem rechten Auge ab. „Bleib cool, Blümchen, dann bekommen wir keine Probleme. Okay?"

„Ich will dich hier nicht." Es klingt dumm, aber es ist die Wahrheit. Ich will, dass er hier verschwindet. Ich will ihn nicht länger in meinem Laden haben. In meinem Leben. Meiner Realität.

Ich glaube, ich muss kotzen.

Ich wünschte, das alles wäre nie passiert.

„Beruht auf Gegenseitigkeit, Blümchen." Er zieht den Hocker unter meinem Schreibtisch hervor, der im Prinzip mitten im Flur steht, und wo er mich vom Ladenraum aus sehen kann, und platziert mich darauf.

„Ich heiße Hannah." Ich drehe mich zu ihm um, als er einen Besen und ein Kehrblech aus der Kammer holt und zügig in den Verkaufsraum geht. „Aber das weißt du bereits."

Ich bin ein bisschen angekratzt, weil es mein Untergang war, als er meinen Namen ausgesprochen hat. Wenn ich nicht gezögert hätte, als er mich damit gerufen hat, hätte ich es aus der Tür geschafft.

„Hannah." Er hat mir den Rücken zugewandt. Mit schnellen, geschickten Bewegungen fegt er die zerbrochenen Übertöpfe und die Blumenerde auf. „Dir gehört dieser Laden jetzt."

Ich beobachte, wie die Muskeln in seinem Rücken sich mit jedem Fegen des Handbesens zusammenziehen. Ich sollte mich nicht geschmeichelt fühlen, dass er Dinge über mich weiß. Und ehrlich gesagt ist es ja nicht so, als ob er etwas Weltbewegendes wissen würde. Das ist eine einfache Tatsache, die jeder in der Mafia weiß. Und dennoch lässt es mein Herz schneller schlagen.

„Armando."

Beim Klang seines Namens reißt er den Kopf hoch und sucht meinen Blick. Mein Magen flattert. Er ist so atemberaubend, wie ich es in Erinnerung hatte, nur dass er jetzt so furchtbar ernst ist. Nicht der Anflug eines Lächelns auf seinem Gesicht. Nichts seines Charmes und seiner Leichtigkeit. Und diese Augen ...

Mitleid schleicht sich ein.

Denn seine Augen sehen uralt aus.

„Du erinnerst dich."

Ich zuckte mit den Schultern, als ob er nicht in Tausenden meiner düstersten Fantasien die Hauptrolle gespielt hätte. „Du hast dich auch an meinen Namen erinnert. Wo warst du denn?" Meine Stimme klingt heiser.

Seine Augen scheinen dichtzumachen und er wendet sich wieder seiner Arbeit zu. „Gefängnis. Bin grade rausgekommen."

Ein Schauder durchfährt mich. *Gefängnis*. An diese Möglichkeit hatten Josie und ich nicht gedacht.

„War das dein ... erstes Mal, seit du entlassen wurdest?" Das würde erklären, warum er sich in so ein Tier verwandelt hat, als ich ihn geküsst habe.

Zuerst glaube ich, dass er nicht antworten wird. Er ignoriert mich, schmeißt die Trümmer auf dem Kehrblech in den Müll. Dann murmelt er, „Ja."

Ich bin gleichzeitig erfreut und erschüttert von dieser Antwort. Ich schätze, ich wollte glauben, er wäre wirklich von mir angezogen gewesen. Ich meine, er hat sich immerhin an meinen Namen erinnert.

Ich bin so ein Narr.

Dann bemerke ich, dass er mich beobachtet, und kontrolliere meine Mimik. Lege eine ausdruckslose Maske auf, so wie er sie auch trägt.

„Bist du okay? Ich war ... grob."

Scheiße, ich werde rot. Spüre die Hitze meinen Nacken hinaufklettern und sich über meine Ohren und Wangen legen.

Er war grob. Und es war heiß. Mir war nie klar gewesen, dass ich es mag, wenn man an meinen Haaren reißt oder mir den Arsch versohlt. Aber mir verlangt noch immer nach mehr, wie ein Vielfraß. Ein beinahe schmerzhaftes Verlangen.

„Ich würde dir ja Blumen kaufen, aber ich schätze, das ist nicht so dein Ding." Er schenkt mir das kleinste aller Grinsen, und ich Narr belohne ihn mit einem Lächeln meinerseits.

„Nur, wenn du sie hier kaufst", erwidere ich, was dämlich ist, denn normalerweise würde ich nicht wollen, dass ein Mann bei mir Blumen kauft, um sie mir anschließend zu schenken. Ich habe es nur gesagt, weil ich das Geld so dringend brauche. Ich wäre beleidigt, wenn er sie irgendwo anders kaufen würde.

Und warum zur Hölle lasse ich mich auf diesen Gedankengang überhaupt ein? Ich werde in meinem eigenen Laden gefangen gehalten. Von einem *Mörder*.

Das ist nicht der richtige Zeitpunkt für Rosen und Romantik.

Also stochere ich in seinem Privatleben herum. „Was ist mit deiner Verlobten passiert?"

Er zieht eine Grimasse, dann verhärtet sich sein Ausdruck. „Zu viele Fragen, Blümchen."

In Gedanken setze ich die Puzzleteile zusammen. „Sie hat nicht auf dich gewartet", beantworte ich die Frage für ihn.

Er richtet den umgefallenen Tisch auf und stellt die übrig gebliebenen Blumen auf.

„Tut mir leid." Es rutscht mir heraus, bevor ich mir mein Mitleid verkneifen kann.

Er ignoriert meine Sympathie, geht an mir vorbei, um den Wischeimer in dem großen Industriewaschbecken zu befüllen. Ich kann Bleiche riechen. Na ja, immerhin räumt er sein eigenes Chaos wieder auf. Er hätte auch mich dazu zwingen können.

Ich zerre an meinen Händen hinter meinem Rücken. „Meine Handgelenke tun weh."

„Hör auf, daran rumzuzerren."

„Danke. Super Vorschlag. Daran hatte ich noch gar nicht gedacht."

Er wirft mir einen schneidenden Blick zu, als er eine großzügige Portion Bleiche ins Wasser kippt. „Du bist gefesselt, weil du mir Schwierigkeiten machen wolltest. Vielleicht überdenkst du deine Einstellung noch mal, wenn du willst, dass ich dich von der Leine lasse."

„Leine?"

Er schleppt den Eimer in den Ladenraum. Auf dem Boden sind einige Blutspritzer verteilt, aber keine Lache, Gott sei Dank. Armando wischt den gesamten Boden.

„Warum hast du die Waffe nicht benutzt? Zu laut?"

Er schüttelt den Kopf. „Halt den Mund, Blümchen."

„Du wolltest ihn nicht umbringen."

Armando schnalzt mit der Zunge, wischt weiter den Boden, dann marschiert er an mir vorbei und kippt das schmutzige Wasser ins Waschbecken. „Halt dich aus dieser Sache raus. Du hast nichts gesehen. Wenn irgendjemand fragt, es gab einen Kampf, aber wir sind beide wieder verschwunden und haben die Sache draußen zu Ende gebracht. Du hast den Laden abgeschlossen und bist nach Hause gegangen."

Der Hocker, auf dem ich sitze, lässt sich drehen, also benutze ich meine Füße, um herumzuwirbeln wie ein kleines Kind. „Nichts für ungut, aber diese Geschichte würde in einem Verhör keinen Bestand haben."

Armando kommt auf mich zu.

Der Teil in mir, der forsch genug war, das zu erwidern, fällt in sich zusammen, vor allem, als ich mich daran erinnere, dass dieser Mann ein brutaler Killer ist.

Kurz vor mir bleibt er stehen und Unsicherheit flackert in seinem Ausdruck auf. Vielleicht sieht er die Angst in meinen Augen. Er streckt die Hand nach mir aus und ich zucke zusammen. Seine Bewegung wird langsamer. Seine Finger vergraben sich in meinen Haaren, dann ballt er sie zur Faust und zieht fest an meinen Haaren.

„Hör zu, Hannah. Ich würde lieber nicht den ganzen Mist sagen, den ich jetzt eigentlich sagen sollte. Nicht zu dir."

Mein Magen überschlägt sich, als ich versuche, seine Worte zu entschlüsseln. Immer wieder stolpere ich über das *Nicht zu dir*.

Als ob er *wirklich* denken würde, ich wäre etwas Besonderes. Doch vielleicht suche ich auch nur zu angestrengt nach irgendeiner Bedeutung, damit ich nicht bereue, was ich ihn gerade mit mir habe tun lassen.

Als ob ich glauben will, dass dieser abgefahrene, brutale Sex ihm irgendwas bedeutet hätte.

Ich weiß nur, dass ich ihn noch immer am ganzen Körper spüre. Und wenn ich aufhöre, nach einer Bedeutung zu suchen oder mich frage, ob ich mich gerade erniedrigt habe, glaube ich möglicherweise, dass es das wert war, um einen Mann wie Armando zu haben. Ich bin mir ziemlich sicher, dass er mich für Blümchensex ruiniert hat. Mich für freundlichere, zärtlichere Männer ruiniert hat. Ich hätte wissen sollen, dass es einen Grund gibt, warum diese Mafia-Arschlöcher mir immer gefallen haben. Ich stehe auf Alpha-Männer. Ich bin mir sicher, das ist eine einfache, biologische Schwäche, die ich mit vielen Frauen teile.

Ich versuche, trotz des unsichtbaren Bands, das mir die Kehle zuschnürt, zu schlucken.

„Ich werde niemandem verraten, was ich gesehen habe", würge ich hervor. Meine Stimme klingt angestrengt.

„Braves Mädchen. Dann werden wir keine Probleme bekommen."

Oh, wir haben noch immer Probleme. Jeder für sich und beide zusammen.

Ich nehme allen Mut zusammen, denn Forderungen stellen ist nicht meine Stärke, vor allem nicht in einer verrückten Situation wie dieser. Ich hebe das Kinn. „Aber du wirst für den Schaden hier bezahlen." Ich weiche seinem Blick nicht aus, wedle nur mit der Hand in Richtung der zerschlagenen Übertöpfe.

„Ja. Natürlich."

Puh. Das war einfacher als erwartet.

Ich rutsche auf meinem Hocker vor so weit ich kann, denn seine

Faust krallt sich noch immer in meine Haare und hält mich fest. Also hat es nur den Effekt, dass ich ihm erneut meine Brüste entgegenschiebe. Sein Blick fällt auf meinen Ausschnitt und Hunger schleicht sich in seinen Ausdruck.

Ich lecke mir über die Lippen und sein Blick fällt auf meinen Mund. „W-wirst du mich gehen lassen?"

Augenblicklich verpufft der Hunger in seinen Augen wieder und wird von der harten Maske abgelöst, die er trägt. „Wir werden sehen, Blümchen." Er lässt meine Haare los und wendet sich ab.

Ein eisiger Schauer läuft über meine Haut.

All diese entsetzlichen Zweifel drängen in meinen Verstand und schneiden jeden rationalen, intelligenten Gedanken vollkommen ab.

Ich springe auf die Füße. Er fährt herum und in der nächsten Sekunde liegen seine Finger um meinen Hals, drücken nicht zu, führen mich aber unmissverständlich zurück auf meinen Platz. Seine Stimme ist gleichmäßig, als er den Kopf schüttelt und sagt, „Ich habe nicht gesagt, dass du dich bewegen darfst."

Und es ist diese harte Kälte, die mich mehr als alles andere durchdrehen lässt.

Er muss die Panik in meinen Augen sehen, denn er berührt mit der Fingerspitze sanft meine Lippen und fährt daran entlang. „Ruhig. Entspann dich. Tu, was ich sage, und dir wird nichts passieren. *Capisce?*"

Ich starre ihn an, dann nicke ich knapp.

„Braves Mädchen."

Kapitel Zehn

A*rmando*

Fuck.

Ich weiß nicht, was ich mit diesem Mädchen tun soll. Ich kann sie schließlich nicht für immer fesseln.

Sie ist eine Zeugin in einem Mord, aber ich tue Unschuldigen nichts an.

Der Typ, den ich heute umgebracht habe? Er war Profi. Kein besonders guter, aber definitiv ein Kerl, der Geld für den Job verlangt hat. Vermutlich von den Hermanos geschickt.

Cazzo.

Ich bin direkt von meiner ersten Beichte nach der Entlassung zurück in die Hölle gewandert. Don Pachino hat mir gesagt, dass ich mich aus Ärger raushalten soll. Es ist wirklich zum Lachen. Ich wische den Laden zu Ende, versuche, alle Beweise des Kampfes zu beseitigen. Ich schulde Hannah Geld für ein paar Blumentöpfe, aber der Schaden ist nicht allzu gravierend. Zum Glück gab es nicht viel Blut.

Marco ist ein Prinz, dass er für mich die Leiche fortschafft. Er ist der einzige Typ, dem ich genug vertraue, um ihn in so einem

Moment anzurufen. Es gibt Soldaten. Ich hatte meine eigene Truppe und hätte einen von ihnen anrufen können, aber irgendetwas hat mich davon abgehalten.

Ich stehe vor Hannah, lasse meine Hand über ihren Arm gleiten und ziehe sie auf die Füße. Grimmig schaut sie zu mir hoch.

„Wo sind die Schlüssel zu dem Van hinten im Hof?"

Ihre Augen werden groß. „Warum? Da kannst du keine Leiche reintun ..."

„Es gibt keine Leiche." Ich unterbreche sie. „Aber wir müssen hier verschwinden – jetzt. Und ich habe kein Auto."

Ich habe nicht mal einen Führerschein, aber das ist im Augenblick mein geringstes Problem. Vermutlich hätte ich diese Pistole doch behalten sollen. Zu diesem Zeitpunkt bin ich des Mords und der Entführung schuldig. Die fünf Jahre für einen Ex-Häftling in Besitz einer Schusswaffe sind dagegen eine Kleinigkeit.

„Ich ... das ist eine Schrottkarre. Ich benutze ihn nicht mal, weil der Motor laufend absäuft."

Scheiße.

„Das Risiko gehe ich ein. *Wo sind die gottverdammten Schlüssel?*"

„In meiner Handtasche – *Jesses*." Sie hebt das Kinn und deutet damit auf ihre Handtasche unter dem Tresen.

Mir gefällt, dass sie sich von meinem Tonfall angegriffen fühlt und ein bisschen Kontra gibt. Das bedeutet, dass sie nicht vor Angst durchdreht. Sie findet noch immer, ich sollte sie besser behandeln, was natürlich stimmt. Ich bin nur verdammt aus der Übung, was Manieren angeht.

Ich wühle durch ihre Handtasche und finde die Schlüssel, dann schaue ich auf ihrem Führerschein nach ihrer Adresse. „Lebst du allein?"

Sie wird blass. „W-warum?"

„Weil jemand versucht, mich umzubringen. Ich denke nicht, dass ich dich zu meiner Wohnung bringen sollte. Können wir in deine Wohnung fahren?"

Erleichterung flackert über ihre Züge und sie nickt unsicher. „Ja. Ich wohne allein. Ich meine, es ist nur eine kleine Wohnung."

„Na ja, ich bin gerade aus einer zwei mal drei Meter großen Zelle entlassen worden. Ich denke, ich komme klar."

Sie lockt mehr Worte aus mir heraus, als ich für irgendjemanden übrighatte, seit ich wieder draußen bin, einschließlich meiner Mutter und Don Pachino. Ich ziehe sie zur Tür, aber sie sträubt sich, schaut zur Kasse zurück.

Ich versuche, ihren Widerstand zu deuten. „Du lässt die Kasse nicht über Nacht im Laden?"

„Ich muss eine Einzahlung machen – heute Abend. Oder dein Boss wird sein Geld nicht bekommen, wenn er meinen Scheck einlösen will." Ein Tränenschleier legt sich über ihre Augen und das stellt etwas Seltsames mit meiner Brust an.

Ich habe nichts empfunden, seit sie mich weggesperrt haben.

Niente.

Da war kein schlagendes Herz in meiner verfickten Brust.

Aber jetzt plötzlich reckt das Mitgefühl erweicht seinen Kopf.

Ich weiß nicht. Ich schätze, ich bin überrascht darüber, wie wenig sie sich über meine Behandlung beschwert hat, aber auf einmal vergießt sie wegen Geld Tränen.

Sie muss in einer finanziell sehr angespannten Lage sein.

Das Geschäft zu kaufen, war womöglich eine schlechte Entscheidung.

Ich führe sie zur Kasse und fingere an ihrem Schlüsselbund herum, bis ich den kleinen Schlüssel gefunden habe, der in das Schlüsselloch passt. Es ist nicht viel Geld in der Lade. Weniger als dreihundert Dollar, würde ich sagen.

„Da ist ein Beutel in der Schublade." Wieder deutet sie mit dem Kinn in die besagte Richtung.

Ich finde einen Reißverschlussbeutel und stecke das Geld hinein. „Ist das alles."

Wieder treten Tränen in ihre Augen und sie nickt.

Definitiv Geldprobleme.

Tja, wenn sie mein Geheimnis bewahren kann, dann bin ich ihr etwas schuldig. Ich stecke die Hand in meine Tasche. „Wie viel brauchst du?"

„Was?" Überrascht schaut sie mich an. „Oh, ähm, mindestens dreihundert, vielleicht mehr."

Ich zähle die Scheine ab, die mir der Don in die Hand gedrückt hat, als ich meinen Eid an ihn und die Organisation erneuert habe, oder wie der Don es gerne nennt, *La Cosa Nostra*. Ich stopfe weitere sechshundert Dollar in den Beutel. „Reicht das?"

Ihre Augen werden groß und sie nickt, atmet heftig.

„Gut. Folgendes wird jetzt passieren. Du bleibst cool – wirklich cool – und ich binde dich los und lasse dich vorne auf dem Beifahrersitz mitfahren. Wir erledigen deine Einzahlung." Mit dem Geldbeutel verpasse ich ihr einen Klaps auf den Hintern. „Dann fahren wir in deine Wohnung. *Capisce*?"

Sie nickt eilig. „Ich werde cool sein. Versprochen."

Als sie sich über die Lippen leckt, bin ich überwältigt von dem plötzlichen Verlangen, ihren Mund noch einmal zu erobern. Weil ich nie zuvor ein Mädchen geküsst habe, wie ich sie gerade geküsst habe. So voller Leidenschaft und Hitze und purem, verzweifeltem Verlangen. Ich will sie noch einmal schmecken.

Und dann will ich sehen, wie sich diese Lippen um meinen Schwanz spreizen. Wie sie meinem Ständer die gleiche Aufgeschlossenheit schenkt, die sie schon gezeigt hat, als ich sie vorhin über die Arbeitsfläche gelegt habe. Ich will die Lust in ihren Augen sehen, wenn ich sie zum Höhepunkt bringe, ihren Körper mit einem Verlangen beben und zittern spüre, das nur ich ihr schenken kann. Ich komme auf sie zu, meine Hände gleiten über ihre Arme und ich presse meine Lippen auf ihre, lasse keinen Raum für Zweifel darüber, was ich will und wo ich es will.

Ich schwöre bei Gott, sie muss meine Gedanken gelesen haben, denn als ich den Blick senke, sehe ich ihre harten Nippel, die sich unter dem Stoff ihres Oberteils abzeichnen.

Und dann verliere ich scheinbar selbst den Verstand, denn ich denke an nichts anderes mehr als daran, ob ich sie vielleicht noch einmal ficken sollte, bevor wir hier verschwinden.

Stattdessen ziehe ich sie durch die Hintertür in die Gasse, in der Marco vor einer dreiviertel Stunde die Leiche in seinen Kofferraum geladen hat. Vor der Tür bleibe ich stehen und benutze die Zähne eines der Schlüssel, um die Fesseln an ihren Handgelenken zu lösen.

Bevor ich sie loslasse, kralle ich noch einmal meine Faust in ihre Haare und ziehe ihren Kopf in den Nacken. „Lass mich das nicht bereuen, Hannah." Mein Körper berührt ihren. Ihre Brust hebt und senkt sich rasch und lenkt meinen Blick auf ihren köstlichen Ausschnitt. Ich fahre mit dem Daumen über ihren Kiefer.

„Werde ich nicht. Ich bleibe cool. Versprochen."

„Braves Mädchen." Ich lasse sie nach und nach los, will meinen Körper nicht von ihrem lösen. Bin mir nicht sicher, ob ich ihr außerhalb dieses Ladens trauen kann. Sie könnte schreien. Davonrennen. Oder nach ihrem Handy greifen.

Aber ich schätze, es gibt nur einen Weg, das herauszufinden. Wenn sie sich danebenbenimmt, kümmere ich mich darum. Und dann werde ich wissen, dass ich ihr nicht trauen kann.

Was bedeutet ... Fuck, ich will überhaupt nicht darüber nachdenken, was das bedeutet, denn ich tue Frauen nicht weh. Und den Unschuldigen tue ich definitiv nichts.

Und sie ist beides.

Kapitel Elf

Armando

Ich schubse Hannah hinaus in die Gasse, ziehe die Tür hinter mir zu und überprüfe das Schloss. „Zeig mir, dass ich dir vertrauen kann.“ Wieder verpasse ich ihrem Arsch einen Klaps.

Ich bin eigentlich nicht der Typ, der Frauen auf den Arsch schlägt. Zumindest war ich das vor dem Gefängnis nicht. Sicher, während des Sex habe ich meiner Verlobten ein oder zweimal auf den Hintern geschlagen, aber das mit Hannah ist eine ganz andre Hausnummer.

Ihr Arsch ist saftig. Üppig, prall. Fest. Ich will sie nicht einfach nur vornüberbeugen und sie noch einmal ficken, ich will ihren braunen Backen ein Spanking verpassen, bis sie rosig sind, und dann ihren Arsch mit meinem Schwanz erobern.

Gott, Fuck.

Ich bin ein wildes Tier.

Eine wilde, brünstige Bestie.

Und Hannah ist meine Beute.

Ich will sie in den Van schmeißen und mich einmal mehr an diesem üppigen Körper ergötzen, genau hier, genau jetzt.

Ich wünschte beinahe, sie würde mir einen Grund liefern, sie unsanft zu behandeln, aber sie geht ganz brav schnurstracks zur Beifahrerseite des zerbeulten, rostigen 1970er Dodge Ram Van, mit Blumenaufklebern auf der Seite und wartet darauf, dass ich aufschließe. Der Lack ihres alternden Vans splittert schon ab und der Rost nagt an den Rändern. Die Buchstaben *Garten Eden Blumenladen* sind verblasst und werfen Blasen, platzen auf und hinterlassen Flecken von gelber Farbe.

„Fährt diese Karre überhaupt noch?" Ich spreche die Worte laut aus, als ich ihr die Tür aufziehe. Ich will das Mädel nicht blamieren, aber Himmel, diese Blechbüchse ist ein Dinosaurier, der seine besten Tage wirklich hinter sich hat.

„Darfst du überhaupt fahren?", blafft sie mich an, als sie einsteigt.

„Nein." Ich knalle die Tür zu und gehe um die Motorhaube herum zur Fahrerseite, behalte Hannah jedoch durch die Windschutzscheibe im Auge. Sie hat die Hände gefaltet und im Schoß liegen. Unfassbar brav.

Beinahe zu brav. Entweder macht sie sich mehr Sorgen darüber, das Geld rechtzeitig in die Bank zu bringen, als um ihre Sicherheit, oder sie heckt irgendetwas aus.

Ich hoffe, es ist Ersteres.

Ich steige ein und lasse den Motor an. Korrektur – ich *versuche*, den Motor anzulassen. Es braucht ein paar Versuche, bevor er stotternd zum Leben erwacht. Ich weiß nicht, wie zur Hölle sie ihre Blumenlieferungen mit einem Van bewerkstelligt, der so dringend in die Reparatur muss. Was vermutlich mit ihren Geldproblemen zu tun hat.

Der Van riecht nach Flieder und Benzin. In der Windschutzscheibe ist ein langer Sprung. Obwohl der Motor mittlerweile läuft, schnurrt er nicht gerade wie eine wohl geölte Maschine. Es wird ein wahres Wunder sein, wenn wir es überhaupt aus dieser Gasse hinausschaffen.

Ich werfe einen Blick auf ihre Hände in ihrem Schoß. An ihren Handgelenken sind noch immer die Striemen des Blumenbands zu sehen, mit dem ich sie gefesselt hatte, und über ihren Arm verläuft eine fiese, rote Schramme.

Zur Hölle?

Meine Hand schnellt hervor und greift nach ihrem Handgelenk, bevor ich meinen Ärger unterdrücken kann. Ich bin sauer auf mich selbst, dass ich ihr wehgetan habe. Ich habe nicht einmal mitbekommen, wann es passiert ist. Mein Körper befindet sich plötzlich in einem totalen Zorn-Modus, als ob ich sie gegen mich selbst verteidigen müsste. Diese Aggression ist anders als vorhin mit dem Auftragskiller. Nicht so sauber und klinisch. Diesmal sind da Emotionen im Spiel.

Sie schnappt nach Luft und versucht, ihre Hand fortzuziehen. Ich zwinge mich, meinen Griff weicher werden zu lassen, denn ich mache ihr offensichtlich Angst. „Habe ich das getan?", presse ich hervor, streiche mit meinem Daumen über die lange, rote Linie.

Sie schaut mich an, als ob ich den Verstand verloren hätte.

Vielleicht habe ich das.

„Was? Den Kratzer?" Ein zitterndes Lachen entkommt ihr. „Nein. Das war meine Kätzchen, gestern Abend. Er ist in die Wanne gefallen, als ich gerade ein Bad genommen habe. Wie sich herausgestellt hat, können Katzen tatsächlich fliegen." Noch ein nervöses Lachen.

Kätzchen.

Kätzchen. Ich brauche einen Moment, bis ich das Wort überhaupt verarbeitet habe. Süße, pelzige Dinger mit Krallen. Richtig. Ihr Kater hat sie gekratzt.

Nicht ich.

Ich löse meinen Griff, lehne mich in meinen Sitz zurück, zwinge mich, langsam auszuatmen. Ich will sie fragen, ob ich ihr wehgetan habe, aber ich weiß bereits, dass ich es getan habe. Die Haut um ihre Handgelenke, die blauen Flecken an ihren Hüften. Hoffentlich nichts Schlimmeres. Nichts Tiefes und Psychologisches, das sie für den Rest ihres Lebens heimsuchen wird.

Na klar. Typ kommt rein, bringt anderen Typen vor ihren Augen um, fesselt sie anschließend und fickt sie. Sie ist definitiv fürs Leben gezeichnet.

„Meine Oberschenkel sind auch ganz zerkratzt."

Meine Augen fallen auf den Saum ihres kurzen Rocks. Fuck, jetzt will ich diese Kratzer natürlich auch sehen.

Ich zwinge meinen Blick wieder zur Windschutzscheibe. Ich muss mich konzentrieren. Da stecke ich meinen Schwanz einmal in eine Frau und plötzlich schnappe ich vollkommen über.

Hannah hat scheinbar irgendeine Art magische Pussy oder so. Als ob das nicht total irre klingen würde.

„Welche Bank?", frage ich barsch. „Die haben besser einen Drive-in Schalter."

„Chicago City Bank auf der Lincoln Street. Ähm ... hoffentlich?" Sie klingt unsicher, als ob sie weiß, dass sie keinen Drive-in Schalter haben, es mir aber nicht sagen will.

„Haben sie einen oder nicht, Blümchen?"

Sie streckt die Hand aus und berührt meinen Unterarm. „Bitte? Ich *muss* diese Einzahlung machen."

Es ist so verkorkst, dass ich überhaupt darüber nachdenke. Sie ist meine Geisel, bis ich entschieden habe, was zur Hölle ich mit ihr tun werde, und jetzt fahre ich mit ihr Besorgungen machen?

Gebe ihr mindestens ein Dutzend Gelegenheiten, um nach Hilfe zu rufen oder davonzurennen?

Andererseits ist der vage Plan in meinem Hinterkopf im Augenblick der, nicht von ihrer Seite zu weichen, bis ich ein besseres Gespür für sie habe. Ich will herausfinden, ob sie etwas verraten wird oder nicht. Ihre Bedürfnisse zu ignorieren, wird mir ihr Vertrauen jedenfalls nicht gewinnen. Und da ich scheinbar abgeneigt bin, die Sorte Drohung auszusprechen, die sie vor Angst still sein lässt, bleibt mir vermutlich nur Vertrauen, wenn ich sie nicht einfach ausschalten will.

Und das will ich definitiv nicht.

Ich knirsche mit den Zähnen, versuche, eine Entscheidung zu treffen. An der Bank anzuhalten, ist eine wirklich, wirklich schlechte Entscheidung. Ich kann sie nicht allein reingehen lassen. Ich kann sie nicht im Van sitzen lassen, es sei denn, ich fessle ihr wieder die Hände hinter dem Rücken, und das an einem öffentlichen Ort zu tun, ist riskant.

„Bitte."

Ich werfe ihr einen Blick zu und fluche. „Wenn du auch nur irgendwas versuchst, Blümchen, dann wird dir das garantiert leidtun."

Mehr Drohung wird sie von mir nicht zu hören bekommen.

Würde ich einer Frau wehtun? Auf gar keinen Fall. Wir mögen Kriminelle sein, aber Mafiosi schwören einen Eid, Frauen und unsere Ältesten zu respektieren. Ich hätte mir beinahe selbst ins Gesicht geschlagen, als ich dachte, diese fiese Schramme auf ihrem Arm wäre mein Werk.

Was nicht heißt, dass ich ihr nicht den Arsch versohlen, sie fesseln und ihr zeigen werde, wer hier der Boss ist.

„Werde ich nicht."

Ich knurre leise, suche aber einen Parkplatz in der Nähe der Bank. „Lass deine verfluchte Tür zu, bis ich auf deine Seite komme." Ich starre sie grimmig an.

Sie wird ein bisschen blass. „Entspanne dich, Armando. Ich werde nichts versuchen. Ich muss einfach nur das Geld einzahlen." Sie greift nach dem Beutel mit dem Geld, den ich zwischen unsere Sitze gelegt habe, und hält ihn mir hin. Ihre Hand zittert wie verrückt und ich fühle mich schlecht, weil ich ihr solche Angst mache, aber ich entschuldige mich nicht. Ich werfe ihr nur einen finsteren Blick zu und steige aus dem Auto, gehe rüber auf ihre Seite.

Sie wartet, bis ich ihre Tür aufziehe, wie ich es ihr befohlen habe.

„Braves Mädchen." Ich biete ihr meine Hand an, um ihr aus dem Van zu helfen.

Sie presst den Geldbeutel an ihre Brust. „Kann ich meine Handtasche haben? Falls ich meinen Ausweis vorzeigen muss?“

Ihr Handy habe ich bereits eingesteckt, aber das gefällt mir trotzdem nicht. Ich greife nach der Handtasche und ziehe den Ausweis aus ihrem Portemonnaie. „Gehen wir.“ Ich greife nach ihrer Hand, drehe ihren Arm aber auf den Rücken, als ob sie unter Arrest stünde. Es ist nur symbolisch – ihre andere Hand ist frei – aber sie versteht, was ich ihr sagen will.

Ich fange an zu schwitzen, als wir die Bank betreten. Die Luft ist schwer vom Geruch aus poliertem Holz, Desinfektionsmittel, Körpergeruch. Überall sind Leute. Ein Sicherheitsmitarbeiter steht mit einer Waffe an der Tür. Ein großer, schwerfälliger Kerl mit einem Schnurrbart und einer schlecht sitzenden Uniform. Die Augen, die mich durch seine Brille hindurch anschauen, sind müde und gelangweilt.

Hannah muss nichts weiter tun, als um Hilfe zu schreien, und es ist vorbei.

„Armando“, murmelt Hannah. Ich mag, wie sie meinen Namen sagt. Ich mag, dass sie sich an mich erinnert. Sie windet ihre Hand in meiner und mir wird bewusst, dass ich zu fest zudrücke.

Ich löse meinen Griff minimal und bewege ihre Hand von ihrem Rücken fort zwischen uns. Wir gehen zum Schalter und ich schwöre zu Gott, mein Herz hämmert so laut, die Angestellte wird jeden Moment hören. Sie wird vermutlich denken, ich will die Bank ausrauben, und den stummen Alarm auslösen.

Eilig füllt Hannah einen Einzahlungsschein aus und legt die Geldscheine auf den Schalter.

„Sie haben heute eine Überziehungsgebühr erhalten“, informiert die Angestellte sie.

Hannah erstarrt. „Ach ja? Ich dachte, ich hätte bis zum Ende des Tages, um meine Einzahlung zu machen.“

Die Mitarbeiterin schaut auf ihren Computerbildschirm. „Nein, die Umsätze gehen in Echtzeit ein. Der Scheck wurde heute gegen zwei Uhr eingelöst.“

Okay, also hat sie mir nichts vorgemacht. Sie hat wirklich Geldprobleme. Mit dem Einzahlungsbeleg klopfe ich auf den Geldstapel. „Reicht das aus?“

Die Mitarbeiterin zählt das Geld und tippt in ihren Computer. „Die Überziehungsgebühr beläuft sich auf fünfunddreißig Dollar, also fehlen noch zweiundzwanzig.“

Ich stecke die Hand in meine Tasche und ziehe fünf weitere Hundertdollarscheine hervor. „Zahlen Sie das auch auf das Konto ein.“

Sie nickt, zählt die Scheine und tippt weiter in den Computer. „Kann ich sonst noch etwas für Sie tun?“

Meine Finger schließen sich erneut um Hannas Hand. „Nein.“ Ich will Hannah mit mir fortziehen, als uns die Angestellte hinterherruft.

„Moment.“

Ich erstarre und spüre ein straffes Band der Anspannung zwischen meinen Schulterblättern.

„Hier ist noch Ihr Beleg.“

Gott, ich will hier einfach nur verschwinden. Drehe mich allerdings um und nehme den Beleg entgegen, dann ziehe ich meine kleine Gefangene hinter mir her.

„Dir hat noch eine Menge gefehlt“, sage ich, als wir aus dem Gebäude treten. Auch diesmal will ich sie nicht blamieren. Ich frage mich nur, was zur Hölle ihr Plan war.

Sie versteift sich, schiebt sich eine Locke hinter ihr linkes Ohr. „Besser, mir fehlt bei der Bank was, als beim Don, richtig?“

„Allerdings“, stimme ich zu. „Hast du Mietschulden?“

Ich weiß nicht, warum ich mir jetzt Sorgen um sie mache, aber das tue ich. Wenn sie Don Pachino Geld schuldet und es nicht bezahlt, wird er ihren Laden im Handumdrehen schlucken. Dieser Blumenladen wird zu einer Geldwaschanlage werden. Jeder Lieferwagen wird zwischen den Blumenlieferungen von einem Soldaten auf Mission für die *Famiglia* gefahren werden. Tatsächlich wäre das ein so perfektes System, ich bin überrascht, dass es noch nicht dazu gekommen ist.

Hannah schüttelt den Kopf und ihre Goldspitzenlocken kräuseln sich wie ein Wasserfall, aber da ist immer noch ein Ozean der Sorge in ihren steifen Schultern. Ich verstehe. Heute hat sie ihre Miete verdient, aber sie macht sich trotzdem Sorgen um morgen und übermorgen und überübermorgen.

Ich bringe sie zurück zum Van. Wenn man bedenkt, was für ein Scheißtag das heute war, dann war dieser Stopp sogar einigermaßen okay.

Ich fahre zu ihrem Viertel, das nicht weit von ihrem Laden in Little Italy entfernt ist. Hier einen Parkplatz zu finden, ist nahezu unmöglich, also fahre ich ein halbes Dutzendmal um den Block. Ich will nicht zu weit von ihrer Wohnung entfernt parken, denn das gibt ihr mehr Zeit, um Hilfe zu rufen oder abzuhauen oder ... was auch immer.

Das Dumme ist, dass ich genau weiß, wie man jeden Anflug dieses Verhaltens unterbinden könnte. Ich weiß, wie man Drohungen ausspricht. Ich habe *fies* und *brutal* perfektioniert.

Ich könnte sie ohne Weiteres dazu bringen, sich vor Angst in die Hose zu machen, ohne ihr auch nur ein Haar zu krümmen.

Aber ich kann mich einfach nicht dazu durchringen. Auch wenn es die Situation um einiges erleichtern würde.

Meine Aufgabe bei ihr zu Hause wäre um einiges klarer. Ich müsste nichts weiter tun, als die Drohung zu untermauern. Sie das Fürchten zu lehren. Und dann hin und wieder nachschauen, ob sie noch immer Angst hat.

Einschüchterung ist ein leichtes Spiel, ehrlich gesagt.

Das ist jedoch nicht das, was heute Abend ansteht.

Ich weiß nicht, was zur Hölle ich mit ihr machen soll, aber alles in mir sträubt sich bei dem Gedanken, ihr noch mehr Angst einzujagen, als ich es schon getan habe. Und ganz ehrlich? Sie ist ziemlich hart im Nehmen, denn bisher waren es lediglich die Besenkammer und die Sorge darüber, ihre Einzahlung nicht machen zu können, was sie gebrochen hat.

Also vertraut sie mir, auch wenn sie es besser wissen müsste, oder sie traut sich selbst zu, mit mir klarzukommen.

Beide Szenarien sind für mich vollkommen in Ordnung.

Wir fahren an einem Motorradpolizisten vorbei, der Autofahrern Strafzettel schreibt. Hannah reißt den Kopf hoch.

Ich spanne mich an und eine Million hässlicher Szenarien blitzen in meinen Gedanken auf, allen voran das, in dem sie versucht, die Tür zu öffnen und aus dem fahrenden Auto zu springen. Doch sie schaut augenblicklich zu mir. Sie hat nichts Verstohlenes an sich. Sie versteckt nicht, was sie gerade gesehen hat. Viel eher scheint sie mich zu fragen – hast *du* den Cop gesehen?

Fragend ziehe ich eine Augenbraue hoch. Ich verstehe dieses Mädchen irgendwie nicht.

„Was passiert, wenn sie dich anhalten?"

Mein Verstand versucht, schrittzuhalten. Meint sie das ernst?

„Machst du dir etwa Sorgen um mich?"

Sie zuckt mit den Schultern. „Du hast keinen Führerschein."

Ich trete auf die Bremse, als ich jemanden aus einer Parklücke fahren sehe, und setze den Blinker. Während wir warten, starre ich Hannah, ohne zu blinzeln an, versuche, ihre Gedanken zu lesen. „Hast du überhaupt keine Angst vor mir, Blümchen?"

Ich sollte wollen, dass sie *Doch* antwortet. Das würde bedeuten, dass ich getan habe, was ich tun muss, damit sie weiterhin den Mund hält. Sichergestellt habe, dass sie nichts verrät. Aber aus irgendeinem dämlichen Grund liebe ich es, dass sie keine Angst vor mir hat. Weil sie auf mich steht.

Ihre Augen werden kaum merklich groß, als ob ich sie gerade daran erinnert hätte, dass sie Angst haben sollte. „Doch." Sie klingt atemlos.

„Aber nicht genug, um zu wollen, dass ich eingebuchtet werde."

Sie hält die Luft an und schüttelt kaum merklich den Kopf.

Ha. Ich bin nicht sicher, was ich getan habe, um ihre Loyalität zu verdienen, aber es gefällt mir.

Ich fahre in die Parklücke und drücke meine Tür auf und gehe eilig um den Van herum, für den Fall, dass sie türmen will.

Das tut sie nicht. Sie hüpft aus dem Auto und zieht ihren kurzen Rock hinunter, der über diese wohlgeformten Oberschenkel hochgerutscht ist. Das Durcheinander ihrer Locken fällt ihr in die Augen, als sie mich mustert.

Ich halte ihr meine Hand hin, als ob wir auf einem Date wären und sie mich in ihre Wohnung einlädt.

„Ich habe genug Händchen mit dir gehalten." Sie stolziert an mir vorbei, ohne meine Hand zu ergreifen.

Etwas Fremdes und Beschwingtes regt sich in mir. Etwas, was ich seit Jahren nicht gespürt habe. Was ist es?

Vergnügen.

Das Mädchen amüsiert mich.

Das sind meine Mundwinkel, die sich nach oben verziehen wollen, aber sie erinnern sich nicht mehr daran, wie es geht.

Ich ignoriere den Drang und folge ihr.

Kapitel Zwölf

H*annah*

Wir gehen die Treppe zu meiner Wohnung hinauf und ich versuche, mich daran zu erinnern, ob ich Shadows Katzenklo heute Morgen sauber gemacht habe. Meine Wohnung ist winzig und kann leicht anfangen zu stinken.

Das ist dumm – mache ich mir wirklich Gedanken darüber, was er denkt?

Es ist ja nicht so, als ob er ein Kerl wäre, den ich für Netflix und Chillen nach oben eingeladen hätte. Er ist ein Mafioso, der heute einen anderen Mann in meinem Laden umgebracht hat. Er hat mich, meinen Van und meine Wohnung als Geiseln genommen und ich habe überhaupt keine Ahnung, wo das alles enden wird.

Das Einzige, was mich davon abhält, vollkommen durchzudrehen, ist die Tatsache, dass er offensichtlich auf mich steht. Sogar jetzt, als wir die Treppe hinaufgehen, spüre ich seinen Blick auf meinem Arsch.

Ich drehe mich um, um es zu überprüfen. Jup.

„Gefällt dir, was du siehst?“, sage ich trocken.

„Oh, Blümchen", erwidert er. „Ich bin ganz *hin und weg* von deinem Arsch."

Ich wende mich wieder von ihm ab, bevor er die Genugtuung auf meinem Gesicht sehen kann. Dieser Typ war seit Jahren mit keiner Frau zusammen und ich bin seine erste Bettgeschichte, also ist er natürlich ganz hin und weg von meinem Arsch. Trotzdem, seine lustvolle Reaktion auf meinen Kuss vorhin in meinem Laden hat mich für immer verändert. Ich will nie wieder mit einem Typen zusammen sein, der mir weniger gibt als das.

Es ist nicht so, als ob ich normalerweise keine Aufmerksamkeit bekomme. Das tue ich. Eine Menge. Männer ohne Ende. Aber es hält nie, weil ich ein Idiot bin, der sich einfach zu schnell bindet. Ich bin ein Emotionsschwamm und ich dringe in ihre Welt ein. Ich spüre ihre Emotionen für sie. Versuche, ihre Probleme zu lösen, und vergesse meine eigenen. Und dann plötzlich stecke ich bis zum Hals drin und sie lassen mich sitzen. Danach kann man die Uhr stellen.

Im Ernst, ich habe so viele Männerbabys gedatet. Unreife Aufreißer, die mehr an sich selbst als an allem anderen interessiert waren.

Armando ist ...

Er ist extrem fähig. Und sehr gefährlich, ja. Ich bin mir sicher, auf irgendeine verdrehte Art ist das auch Teil dessen, weshalb er so reizvoll für mich ist.

Und ich erinnere mich an eine Zeit, als er charmant war.

Jetzt ist er gebrochen.

Er war im Gefängnis, hat gerade vor meinen Augen einen Kerl umgebracht und mich dann gefesselt und mich augenblicklich gefickt. Vermutlich ist er sogar sehr gebrochen.

Ich bin vollkommen irre, so auf ihn zu stehen. Was haben diese bösen Buben, was Frauen glauben lässt, sie könnten ihn bessern? Das hat keinerlei Erfolgsaussichten, da bin ich mir sicher. Er mag sexyer und fähiger sein als die meisten anderen Männer, mit denen ich zusammen war, aber mein Muster, ihn heilen zu wollen, ist das Gleiche.

Irgendein verborgener Instinkt in mir will ihn heilen.

Ich glaube, das war der Grund, weshalb ich mich ihm hingegeben habe. Weshalb ich ihn geküsst habe. Ihm meinen Körper angeboten habe, damit er sein verzweifeltes Verlangen stillen kann.

Vor meiner Wohnungstür warte ich auf ihn, denn Armando hat meine Handtasche. Er fischt meinen Schlüssel aus der Tasche und reicht ihn mir. Als ich versuche, den Schlüssel ins Schloss zu stecken, und meine Finger zu sehr zittern, übernimmt er, öffnet die Tür und schiebt mich mit einer Hand auf meinem unteren Rücken hinein.

Meine Wohnung ist nur ein Studio mit einem Badezimmer. Zum Glück stinkt es nicht.

Die Wohnungstür ist in den Farben einer Hummel bemalt, etwas, weshalb mein Vermieter durchdrehen würde, wenn er es wüsste. Aber ich brauche einfach Farbe in all der Eintönigkeit.

Hinter der Tür ist meine Wohnung einfach und klein. In dem Zimmer stehen ein kleines, lila Zweisitzersofa, ein Sofatisch mit einer bunten Tischdecke darüber und ein Fernseher, den ich für dreißig Dollar in einem Secondhandladen gekauft habe. Die kleine Küchenzeile hat vier Schränke und einen kleinen Kühlschrank. Ich habe Glück, dass es in dieser Wohnung sogar einen Herd mit zwei Platten gibt, anders als bei manchen meiner Nachbarn. Es ist kaum genug Platz für den winzigen Tisch und die zwei Stühle, aber ich habe sie irgendwie hier reinbekommen.

Mein Bett steht an der gegenüberliegenden Wand, damit ich so viel Platz wie möglich habe. Auf der hellblauen Tagesdecke liegen Kissen in allen Farben des Regenbogens verstreut, um es eher wie eine Lounge wirken zu lassen, und nicht als das, was es ist – ein Bett, das in ein kleines Zimmer neben ein Sofa gezwängt wurde.

Eine Lichterkette führt von einem Ende des Raumes zum anderen und wirft ein warmes Licht. Diese Wohnung erscheint für die meisten vielleicht nicht besonders, aber es ist mein Reich und ich fühle mich hier wohl.

Mein Kätzchen sitzt auf meinem Bett, miaut und erhebt sich, streckt den Rücken durch, ein bebendes Dehnen seines ganzen

Körpers. „Hi, Shadow." Er rennt auf seinen winzigen Pfoten auf mich zu und streift um meine Füße.

Ich beobachte Armando, wie er durch meine Wohnung kommt, bin unsicher, wie ich seinen Ausdruck deuten soll.

Normalerweise verraten die Augen eines Menschen, was hinter seiner Maske los ist, aber als ich in Armandos Augen schaue, sehe ich nur Leere. Er scheint eine Mauer zwischen uns errichtet zu haben, die ich nicht einreißen kann. Ein Gefühl der Unruhe und der Fremdheit krabbelt mein Rückgrat hinauf, als ich versuche, eine Verbindung zu ihm aufzubauen.

Trotzdem, da ist auch etwas seltsam Beruhigendes an seiner Gegenwart, was mir ein Gefühl der Sicherheit vermittelt. Ironisch, wenn man bedenkt ...

„Also, was passiert jetzt?", verlange ich und tue so, als ob ich keine Angst vor dem großen Mann neben mir hätte.

Armando reibt sich über das Gesicht. „Jetzt?"

Ich bin mir ziemlich sicher, er weiß es selbst nicht. Es gibt kein Drehbuch für dieses Ich-habe-einen-Mann-in-deinem-Blumenladen-umgebracht-Szenario.

„Jetzt werde ich dich nicht aus den Augen lassen, bis ich mir sicher bin, dass du cool bleibst."

„Ich bin cool", versichere ich ihm wie aus der Pistole geschossen. Ich schätze, ich habe nur darauf gewartet, dass er mich das fragt. Oder es verlangt oder ... was auch immer. Ich habe bereits entschieden – falls ich das nicht schon von Anfang an getan habe – dass ich ihn nicht verraten werde. „Ich werde niemandem erzählen, was ich gesehen habe. Ich werde kein Wort verraten, versprochen."

Er nickt. „Gut."

„Also ... ist alles cool. Richtig?"

„Noch nicht."

Ich stoße einen empörten Seufzer aus. „Also, was wirst du tun?"

Er lehnt sich mit dem Rücken gegen meine Wohnungstür und lässt seinen Blick durch meine Wohnung wandern. Als sein Blick über mein Bett in der Ecke flackert, werden seine Lider schwer, aber er schüttelt eilig den Kopf und holt sein Handy aus der Tasche. „Zuerst muss ich einen Anruf machen. Dann bestelle ich uns was zu essen. Was magst du?"

Ich zucke mit den Schultern. Ich habe nichts gegen ein kostenloses Essen, vor allem nicht, weil ich nicht mehr als ein paar Dosen aromatisiertes Sprudelwasser und eine Tüte Kartoffelchips in der Küche habe. „Alles."

Er zieht eine Augenbraue hoch. „Isst du Calzone? Ich kenne einen super Laden."

„Klingt gut. Ich nehme das, was du nimmst."

Er wählt eine Nummer und ich höre eine kurze, abgehackte Unterhaltung. Größtenteils *Ja*s und *Danke*s. Ich verschwinde im Badezimmer. Während ich im Bad bin, höre ich, wie er zwei Calzone bestellt, dazu einen Salat und eine Flasche Wein. Dann rattert er meine Adresse runter, die er anscheinend schon auswendig gelernt hat.

Ich nutze die Gelegenheit im Bad und mache schnell das Katzenklo sauber, auch wenn mir nicht klar ist, warum ich mir solche Mühe gebe.

Das hier ist kein Date.

Mit einer Mülltüte voller Katzenkot in der Hand komme ich wieder aus dem Bad und stoße direkt mit Armandos harter Brust zusammen.

Er greift nach meinen Handgelenken, dann rümpft er die Nase und schiebt die Mülltüte von uns fort. „Willst du, dass das hier ein Date ist?", fragt er.

Was?

Oh, Mist, habe ich das laut ausgesprochen? Ich dachte, er wäre am Telefon gewesen!

Ich ziehe mich aus seinem Griff, stürme praktisch zur Tür.

Er erwischt mich und schlingt einen Arm um meine Taille, bevor ich weit komme. „Wo willst du hin?"

Ich halte ihm die Mülltüte entgegen. „Zu den Mülltonnen. Die will ich nicht in der Wohnung lassen." Ich bemühe meinen besten

Hallo?-Tonfall.

Er lässt mich nicht los. Stattdessen hält er mich nur noch fester und seine Lippen streifen über mein Ohr. „Nur weiter so mit deinem frechen Mundwerk, Blümchen. Ich versohle dir liebend gern wieder den Arsch."

Meine Knie werden weich.

Verdammt. Das war kein Grund, um in Verzückung zu geraten, aber aus irgendeinem Grund dachte mein Körper, das wäre es. Meine Pussy hat sich bei seinen Worten zusammengezogen und jetzt spüre ich nur noch ein heißes, langsames Pulsieren. Die pochenden Beschwerden dieses verpassten Orgasmus. Vielleicht nur ein einziges Mal mehr mit ihm, nur um zum Höhepunkt zu kommen, um zu fühlen, ob all diese Hitze dem Hype gerecht wird.

„Dann bring *du* ihn halt raus." Ich weiß – ich habe ein freches Mundwerk. Das ist nicht mal unterbewusst.

Zum Glück – oder vielleicht auch nicht, da bin ich mir nicht sicher – beißt er nicht an. Stattdessen lässt er mich nur ganz langsam los. „Das kann ich auch nicht tun."

„Sieht so aus, als ob wir doch ein Date hätten. Ich habe mir immer gewünscht, dass ein Kerl mich zur Mülltonne begleitet." Ich werfe mir die Haare über die Schulter und schaue ihn herausfordernd an.

Er lässt mich los, und als ich mich zur Tür umdrehe, erhasche ich ein Aufblitzen des alten Armandos. Seine Mundwinkel zucken, als ob er tatsächlich lächeln würde, wenn ich so weitermache. Er nimmt mir die zugeknotete Mülltüte aus der Hand und flechtet seine Finger in meine. „Für mein Mädchen ist mir nichts zu schade."

Ich verstecke ein Grinsen, als er die Tür aufzieht und seinen Zeigefinger durch den Ring an meinem Schlüsselbund steckt, als wir aus der Wohnung gehen.

Shadow flitzt aus der Wohnung und ich hebe ihn auf, vergrabe mein Gesicht in seinem Fell und küsse seinen süßen Kopf, bevor ich ihn wieder in der Wohnung absetze und die Tür zuziehe.

Ich wollte mit dem Flirten weitermachen, aber mit einem Mal

steigt eine peinliche Stille zwischen uns auf. Zumindest mir ist sie peinlich. Armando ist so steif wie eh und je. Dasselbe harte, nichtssagende Gesicht, das er schon aufgelegt hatte, als er den toten Mann weggeschafft hat. Geputzt hat. Meinen Van gefahren ist.

Wir gehen die drei Stockwerke hinunter und hinaus zu den Mülltonnen, dann wieder den ganzen Weg hinauf, ohne auch nur ein einziges Wort zu wechseln. Draußen fliegt Armandos Blick suchend hin und her, wieder diese krasse Geheimagent-Nummer.

Ich frage mich, wegen wem er sich solche Sorgen macht.

„Also, wer versucht, dich umzubringen?"

Nichts in Armandos Gesicht verändert sich. Er schaut mich nicht einmal an. Aber ich sehe, wie sich ein Muskel in seinem Kiefer anspannt, als ob er mit den Zähnen knirschen würde.

Er ignoriert meine Frage und beschleunigt seine Schritte.

Ich denke über die Fakten nach, die ich kenne. Er wurde gerade aus dem Gefängnis entlassen und jemand versucht, ihn umzubringen. Also ist es entweder eine ungeklärte Sache aus der Zeit, bevor er im Gefängnis war. Oder vielleicht hat es mit etwas zu tun, was drin passiert ist.

„Hast du zuerst jemanden umgebracht?"

Sein Blick fliegt zu mir, dann wendet er ihn augenblicklich ab.

Das ist es also. Jemand will sich rächen.

„Jemand aus der Mafia?"

„Im Ernst, Hannah." Seine Stimme klingt sachlich. „Noch eine Frage und ich klebe dir wieder den Mund zu. Ich meine es ernst."

Ich bin von der Drohung beleidigter, als ich sein sollte. Wir tun beide so, als ob ich nicht seine Gefangene wäre. Ich schätze, ich ziehe diese Fantasie dem Terror vor, der mit dem einhergeht, was hier tatsächlich passiert. Oder wie es möglicherweise endet.

„Du bist ein Arsch", murmle ich.

Super Retourkutsche.

„Ich versuche, dich zu beschützen." Höre ich da Rechtfertigung in seiner Stimme?

Ich lache leise auf. „Genau, du bist ein echter Ritter in glänzender Rüstung, oder etwa nicht?“

Sein tonloses Lachen klingt bitter. „Definitiv nicht. Und du willst die ganzen verdorbenen Dinge gar nicht wissen, die ich mit dir anstellen will, also führe mich nicht in Versuchung.“

Jetzt will ich es natürlich wissen.

Diese verdorbenen Dinge.

Ich will sie so dringend wissen ... womöglich frage ich ihn einfach danach. Unsere Schultern berühren sich, als wir nebeneinander die Treppe hinaufgehen.

„Was für verdorbene Dinge?“ Anscheinend habe ich keinerlei Selbstkontrolle.

Wieder wirft er mir diesen Blick mit den schweren Lidern zu, bei dem mein Höschen feucht wird. Er räuspert sich, dann sagt er, „Möglicherweise fessle ich dich ans Bett.“

Und? Ich will unbedingt, dass er widerspricht.

Kapitel Dreizehn

H*annah*

Meine Nippel sind harte Knospen. Meine Pussy ist feucht und glitschig. Ich bin hungrig auf eine Wiederholung, damit ich endlich kommen kann. Außerdem wird mir bewusst, wie verrückt das ist. Ich, die meinen Kidnapper verführt. Oder verführt er mich?

Was zur Hölle tun wir hier?

Wir betreten meine Wohnung und er schließt die Tür hinter uns.

„Ich würde deine Beine spreizen und diese Pussy lecken, bis du schreist." Seine Stimme klingt rau und heiser.

Ich erinnere mich wieder, wie viel Leidenschaft er bei unserer Nummer in meinem Laden gezeigt hat. Wie er gerade erst aus dem Gefängnis entlassen wurde und ich die erste Frau war, mit der er zusammen war.

„W-was muss ich tun" – ich schlucke – „um diese Bestrafung zu bekommen?"

Armando krallt sich meine Haare und erobert meinen Mund, während er mich rückwärts durchs Zimmer schiebt, bis meine Kniekehlen gegen mein Bett stoßen. Ich falle auf das Bett und er folgt mir, krabbelt über mich, seine Lippen noch immer auf meinen.

Ich hätte gesagt, dass der Kuss in meinem Laden der beste meines Lebens war, aber dieser hier ist womöglich noch besser. Da ist nicht ganz so viel Not wie beim ersten Mal, dafür schenkt er mir jetzt Finesse. Wie ein brutaler Kuss, gefolgt von einem zärtlichen Knabbern. Eine Abfolge von Küssen, die über meinen Hals wandern.

„Jetzt hast du dir Ärger eingehandelt", murmelt er, als er meine Handgelenke über meinem Kopf festhält. „Großen Ärger."

Ich winde mich unter ihm, spüre die Lust durch mich hindurchblitzen. Ich schwöre, ich habe nie zuvor so auf einen Kerl reagiert. Klar, ich war immer erregt, vor allem, wenn ich einen Drink oder zwei intus hatte, aber die Art und Weise, wie mein Körper jetzt auf Armando reagiert, ist vollkommen abgefahren.

Unser erster Fick war wie ein Blitzschlag. Dieses Mal macht er langsam. Er beißt durch den Stoff meines Oberteils und dem Trägertop darunter, kratzt mit seinen Zähnen über meine Nippel. Meine Beine schlingen sich um seine Taille, ziehen ihn enger an mich. Ich winde meine Hüften und versuche, Erleichterung zu finden, indem ich mich an ihm reibe. Er greift hinunter und zieht etwas aus seiner Tasche. Zuerst glaube ich, es wäre ein Kondom, aber es ist die Rolle mit dem Blumenband.

Als ob er *geplant* hätte, mich zu fesseln.

Und dieser Gedanke sollte mir viel mehr Angst machen, als es tatsächlich der Fall ist. Aber so, wie er seinen Mund auf meinen presst, kann ich diese Aktion nur auf eine Weise auslegen: Das Tape ist für eine sexy Nummer gedacht.

Er wickelt es um meine Handgelenke – nicht annähernd so eng wie im Laden – und schiebt meine Handgelenke wieder über meinen Kopf. Er stützt sich auf einer Hand ab, schaut auf mich hinunter. Seine Pupillen sind geweitet, Augen voll dunkler Absichten, aber sein Gesicht ist ausdruckslos. Als ob er vergessen hätte, wie man lächelt.

Sein Daumen gleitet federleicht über die Innenseite meines Arms. Ich erschaudere, als er an der kitzligen Stelle ankommt.

„Du hast nicht auf meine Frage geantwortet."

Er klingt barsch. So ernst. Wenn diese sanfte Berührung nicht wäre, würde ich glauben, er wäre sauer.

„Welche Frage?"

„Was dich so erregt hat – gefesselt zu sein oder den Arsch versohlt zu bekommen? Oder das andere?"

Das andere. Ich schätze, damit meint er, wie er mit einem anderen Mann bis zum Tod gekämpft hat.

Das sollte mich definitiv nicht anmachen. Nur dass ich immer eine Schwäche für diese *Jason Bourne*-Filme hatte, und Armando sah hundertprozentig so krass aus wie Matt Damon. Oder wie Chris Hemsworth in diesem Netflix-Film *Extraction.* Also ja, bis auf den tatsächlichen, tödlichen Ausgang hat das den primitivsten Instinkt meines Gehirns angesprochen. Den Instinkt, der darauf aus ist, sich mit dem wildesten Krieger im ganzen Land zu paaren.

„Alles davon", murmle ich.

Er starrt mich einen Moment lang wortlos an. Als ob er versuchen würde, in die Tiefe meiner Seele zu schauen. Dann fragt er, „Magst du es grob?"

Mein Gesicht wird heiß. Ich wäre ein Narr, so etwas einem Typen zu gestehen, dem ich nicht trauen kann. Abgesehen davon weiß ich nicht einmal, ob es stimmt. Bis heute hatte ich es nie versucht.

„Mit dir mag ich es grob." Das ist die Wahrheit – alles, was ich in diesem Moment weiß.

Etwas in seinen Augen macht zu und er greift nach meinen Handgelenken, zieht meine Arme lang über meinen Kopf, befestigt sie am Bettgestell.

Schauder der Vorfreude laufen mir bei dieser Hilflosigkeit über den Körper. Der Nervenkitzel, ihm vollkommen ausgeliefert zu sein, konzentriert jede Empfindung auf einen einzigen, scharfen Punkt. Er schiebt meine Oberteile hoch und zerrt grob an meinem BH. Ich schnappe leise nach Luft, mein Bauch hebt und senkt sich mit jedem Atemzug und meine Nippel stellen sich zu festen Spitzen auf. Er nimmt meinen rechten Nippel zwischen Daumen und Zeigefinger und kneift ihn. Fest. Dann schlägt er auf die Seite meiner Brust.

Ich krächze überrascht auf. Ich habe Angst – definitiv – weil es ein bisschen wehgetan hat und mich nie zuvor jemand so angefasst hat. Da ist auch eine gewisse Respektlosigkeit, von der ich mir nicht sicher bin, ob sie mir gefällt.

Doch er mustert ganz eindringlich mein Gesicht.

Und dieser besonnene Blick beruhigt mich.

Wieder kneift er meinen Nippel, dann senkt er den Kopf und lutscht daran. Leckt mit seiner Zunge darüber, kratzt leicht mit den Zähnen über die steife Knospe, zieht sie in seinen Mund und lässt sie mit einem Plopp wieder los.

Meine Lippen öffnen sich einen Spaltbreit. Mein Verstand erstarrt und überschlägt sich.

Die gleiche Behandlung lässt er auch meinem linken Nippel zuteilwerden, nur dass er mit seinem Mund anfängt und mit dem Klaps endet.

Ich schreie auf, wieder überrascht. Ich bin ein wenig verängstigt, aber vor allem sehr erregt. Er kneift beide Nippel gleichzeitig, rollt sie zwischen seinen Fingerkuppen hin und her, drückt und zwickt sie, bevor er seine Hand über meine Brüste legt.

Ich lasse meinen Kopf in den Nacken fallen, biege den Rücken durch, fülle seine Hände mit meinen Brüsten und flehe nach mehr.

Armando wandert weiter nach unten, seine großen Hände schieben meinen Rock hoch, gleiten leicht über meine Oberschenkel zu meiner Hüfte, dann haken sich seine Daumen in den Saum meines Slips und er zieht ihn hinunter.

„Ich habe dich vorhin nicht genug kommen lassen, oder?“ Seine Stimme ist ein rostiges Rumpeln. „Du bist ein gieriges, gieriges Mädchen.“

Ich schüttle den Kopf.

„Das werde ich jetzt nachholen.“

Mein Atem dringt in einem tiefen Stöhnen aus meinem Mund.

Er schmeißt meinen Slip zur Seite und fährt mit seinem Daumen durch meinen feuchten Schlitz. „Saftig", bemerkt er.

Ich würde mich schämen, aber er hebt den Daumen an seinen Mund und leckt meinen Saft ab, als wäre es Honig. „Spreizen."

Ich starre ihn einen Moment lang an, völlig überrumpelt von diesem Befehl. Er ergreift meine Kniekehlen und drückt meine Knie hoch zu meiner Brust, dann versetzt er meinem Oberschenkel einen Schlag. Es brennt und ich mag es nicht, aber dann vergesse ich alles, denn Armando senkt seinen Kopf zwischen meine Beine.

Das erste Lecken lässt meine Hüften vom Bett schnellen. Armando schiebt seine Hand unter meinen Körper, krallt seine Finger in meinen Arsch und drückt ihn, während seine Zunge meinen Schlitz hinauf und hinabgleitet.

Wahnsinnige Geräusche dringen aus meinem Mund. Ersticktes Schluchzen. Leises Lallen. Hervorgepresster Atem.

Ich stöhne und bäume mich auf und meine Beine zucken um seine Schultern herum.

Er lässt sich Zeit. Seine Zungenspitze gleitet über jeden Millimeter meiner inneren Lippen, dann schnellt sie über meinen Kitzler. Er dringt mit der Zunge in mich ein, bedeckt meinen Kitzler mit seinen Lippen und saugt daran.

Ich schreie auf, zerre an meinen gefesselten Händen, meine Knie zucken um Armandos Ohren. Er dringt mit dem Daumen in mich ein, ohne seine Lippen von meinem Kitzler zu lösen, und ich beginne, zu beben und zu zittern. Ich bin kurz davor – so kurz davor – zu kommen. Er muss nur noch mit seinem Daumen in mich hineinpumpen, und ich bin da.

Doch das tut er nicht.

Er zieht seinen Daumen wieder heraus und hört auf, an meinem Kitzler zu saugen.

„N-nein", stöhne ich. „Bitte."

„Willst du kommen?" Seine Stimme ist so rau und kehlig, ich erkenne sie kaum wieder.

„Ja. Bitte. Mach weiter, Armando. Oh, Gott, bitte."

„Wirst du ein braves Mädchen sein?"

„Ja!" Ich habe keinen Schimmer, wovon er spricht, aber ich werde definitiv ein braves Mädchen sein. Im Augenblick würde ich alles tun, was er von mir will.

„Wenn ich ‚spreizen' sage, was tust du dann?" Seine Finger sausen in einem schnellen Schlag hinunter auf meinen Kitzler und meine Knie fliegen zusammen, dann spreizen sie sich wieder wie die Flügel eines Schmetterlings.

„Spreizen. Oh, Gott, ich spreize sie ja. Sorry – ich war vorhin zu langsam."

Er lässt seinen Daumen wieder in meinen Schlitz gleiten und ich stöhne vor Zufriedenheit auf. Ich spüre, wie nass und geschwollen ich bin. Wie sehr ich das brauche.

„Bitte", flehe ich erneut.

Nie zuvor habe ich darum gebettelt. Habe es nie zuvor so gebraucht.

Wenn er nur seinen Daumen in mich stoßen würde, würde ich kommen. Oder noch einmal an meinem Kitzler saugen würde. Wieder klappen meine Knie auf und zu, als ich versuche, seinen Daumen tiefer zu nehmen.

Ich erschrecke, als ich plötzlich seinen Finger an meinem Arschloch spüre, und ziehe es zusammen, wimmere leise.

„Mh-mh." Er schüttelt den Kopf. „Aufmachen."

Oh, Gott. Wirklich?

Ich will das nicht. Nur dass ich es will. Während sein Finger mein Arschloch bearbeitet, steigt meine Temperatur um mindestens fünf Grad an und ich beginne, wie ein Pornostar zu stöhnen. Es ist tabu und falsch, aber es fühlt sich so gut an.

Er pumpt seine Finger in mich hinein, wechselt zwischen Daumen und dem anderen Finger ab, bevor er sie schließlich beide gleichzeitig bewegt. In dem Augenblick, als er sich vorbeugt und seine Zunge über meinen Kitzler schnellen lässt, komme ich – *heftig*.

So unfassbar heftig.

So heftig, dass Feuerwerke vor meinen Augen tanzen. Ich klappe den Mund zu, verschlucke einen ungezügelten Schrei.

Das Zimmer dreht sich. Lichter tanzen vor meinen Augen. Meine Pussy und mein Arschloch ziehen sich um seine Finger zusammen und ich schluchze jedes bisschen Lust heraus.

Ich weiß nicht, wie lange es dauert. Ich verliere mich irgendwo auf einer anderen Ebene.

Als ich meine Augen wieder öffne, zieht er vorsichtig seine Finger aus mir heraus und es fühlt sich an, als ob ich eine Ewigkeit fortgewesen wäre.

Armandos Gesichtsausdruck ist wie immer unlesbar.

Und das ist der Moment, in dem die Türklingel läutet.

Kapitel Vierzehn

Armando

Ich habe Hunger und das Timing hat genau so funktioniert, wie ich geplant hatte. Allerdings bin ich trotzdem sauer, dass ich die Tür aufmachen muss.

Ich löse die Fesseln um Hannahs Handgelenke und helfe ihr hoch, sodass sie auf der Bettkante sitzt, bevor ich ihr Oberteil wieder über ihren zerknitterten BH ziehe. Ich will nicht, dass der Lieferbote sie so sieht.

Ich will nicht, dass der Lieferbote sie sieht, Punkt.

Im Augenblick empfinde ich einen wahnsinnigen Besitzanspruch für sie. Ich helfe ihr auf die Füße und schiebe sie Richtung Bad. „Mach dich sauber. Ich gehe zur Tür." Ich verpasse ihrem Arsch einen Schlag.

Ich schwöre zu Gott, dieser Arsch ist zum Versohlen gemacht. Im Ernst, ich könnte jeden Satz mit einem Klaps auf diesen Arsch unterstreichen und dem nie müde werden.

Sie huscht ins Bad und etwas regt sich in meiner Brust.

Ihre Unterwerfung stellt irgendwas mit mir an. Sie ist nicht schwach oder dumm oder sogar verängstigt. Zumindest nicht zu verängstigt. Ich glaube, sie ist wirklich unterwürfig. Das erklärt ihre sexuelle Reaktion darauf, gefesselt und grob behandelt zu werden. Ich hatte noch nie mit einer Frau wie ihr zu tun. Ihr Vertrauen fühlt sich an wie ein Geschenk. Ein Geschenk, bei dem ich mich gleichzeitig stark und schwach fühle. Geehrt.

Extrem beschützend.

Ich warte, bis sie die Badezimmertür hinter sich geschlossen hat, bevor ich die Wohnungstür aufziehe und den Pizzaboten bezahle. Ich stellte das Essen auf dem winzigen Esstisch am Fenster ab und suche nach Tellern und Weingläsern – kann aber keine finden. Ihre Wohnung ist winzig, aber niedlich. Überall stehen Pflanzen in bunten Übertöpfen herum. Manche blühen, manche sind mit bunten Schleifen verziert. Ihre Möbel sind rustikal – Shabby Chic und so ein Mist. Vermutlich Flohmarktfundstücke, aber es wirkt trotzdem wie ein bewusstes Design. Reiche Leute bezahlen eine Menge Kohle für so einen Stil. Sie ist definitiv künstlerisch begabt. Sie hat ein Auge für solche Sachen.

Ich will die Calzones schon auf die Teller legen und den Wein öffnen, doch das Geräusch der anspringenden Dusche, lässt meinen Schwanz zucken. Meine Eier sind so verdammt blau davon, ihre Pussy geleckt zu haben, dass ich kaum gehen kann.

Ich sollte sie in Ruhe lassen. Sie duschen lassen.

Stattdessen ertappe ich mich dabei, wie ich die Badezimmertür versuche. Und als sie sich öffnen lässt, verstehe ich es als Einladung. Meine Anziehsachen fallen zu Boden, noch bevor ich den bewussten Gedanken dazu gefasst habe. Ich ziehe den Duschvorhang zur Seite und trete unter den Wasserstrahl.

Ihre Augen werden groß, aber sie weicht nicht von mir zurück. Sie starrt meinen Körper an. Ich schaue an mir hinunter. Ich bin so verflucht abgetrennt von meinem eigenen Körper, ich weiß nicht einmal mehr, wie er aussieht. Meine Brust ist behaart, aber meine Haut hat jahrelang keine Sonne mehr gesehen. Ich war kräftiger, als ich meine Strafe angetreten habe. Diese extra Schicht Fett hat sich nun in Muskeln und Sehnen verhärtet.

Ihr scheint es nichts auszumachen, denn ihre Lippen öffnen sich einen Spaltbreit, als ob sie mich schmecken wollte. Langsam wandern meine Augen über ihre üppige, köstliche Figur.

Sie ist perfekt. Sie ist nicht groß, aber kurvig, mit einer schmalen Taille, runden Brüsten und einem herzförmigen Arsch. Eine Kette aus Blumen ist auf ihren Oberarm tätowiert, auf der eine kleine, geflügelte Elfe sitzt. Ihre Haut ist ein sanftes Braun. Sie ist überhaupt nicht wie die Frauen, mit denen ich früher zusammen war. Sie ist echt. Wunderschön.

Ich schaue den Wassertropfen hinterher, die über ihre dunklen Nippel tropfen. Ich will diese Tropfen ablecken. Streicht das. Ich *werde* diese Tropfen von ihren Nippeln lecken. Ich ziehe den Duschvorhang hinter mir zu und schiebe Hannah gegen die Fliesenwand, mein Mund auf ihrem, mit all der Wucht meiner aufgestauten Aggressionen.

Ich weiß nicht, ob es daran liegt, dass ich beinah fünf Jahre keinen Sex hatte, oder weil Hannah etwas Besonderes mit mir anstellt, aber ich kann meine sexuelle Aggression bei ihr einfach nicht zügeln. Zum Glück ist sie willig. Ihre Arme legen sich um meine Schultern und sie schlingt ein Bein um meine Taille, um mir zu ermöglichen, in sie einzudringen.

„Kondom", keucht sie zwischen zwei Küssen.

Kondom. Fuck. Wie konnte ich das vergessen?

„Rühr dich nicht von der Stelle", knurre ich, drücke ihr meine Hand aufs Brustbein, schiebe sie zurück gegen die Fliesen und warte eine Sekunde ab, bis mein Befehl bei ihr angekommen ist.

Dann reiße ich den Duschvorhang auf und fische aus dem Portemonnaie in meiner Hosentasche ein Kondom. Ich reiße die Verpackung auf und rolle es über meinen Ständer.

„Braves Mädchen", sage ich, denn sie hat sich nicht einen Zentimeter bewegt. „Komm her." Ich hebe ihr Bein an, finde ihre Öffnung mit der Spitze meines Schwanzes, stupse dagegen, bis ich die perfekte Stelle gefunden habe und mühelos in sie hineingleite. „So ist es richtig", murmle ich, während ich in sie eindringe. „Nimm mich."

Sie krallt ihre Hände in meine Schultern, zieht mich an sich.

„Nimm mich ganz." Ich dränge weiter vor, ganz hinein, bis mein Schwanz bis zum Anschlag in ihr versunken ist. Dann stelle ich einen Fuß auf dem Wannenrand ab, ihr Bein hoch über meins geschlungen, und fange an, in sie hineinzustoßen.

Es ist wie im Himmel. Das erste Mal, als ich sie gefickt habe, hatte ich vor lauter Verlangen den Verstand verloren. Dieses Mal genieße ich jeden süßen Stoß. Das Reiben unserer glitschigen Körper, die Hitze ihres engen, einladenden Schlitzes.

Ich nehme ihre Hände von meinen Schultern und halte sie neben ihrem Kopf an den Fliesen fest. Nicht für mich – ich mag es, wie sich ihre Fingernägel in meine Haut graben – sondern für sie. Denn ich probiere aus, was ihr gefällt. Wie sie es mag. Es funktioniert – vielleicht sogar zu gut, denn ihre Augen rollen ihr in den Kopf und ihr Fuß rutscht aus. Mit einer Hand umschlinge ich weiterhin ihre Handgelenke, mit der anderen hieve ich ihren Arsch hoch und halte sie fest.

Ich sollte etwas sagen – sie loben. Ihr sagen, wie sehr ich es mag. Früher wusste ich im Schlaf, wie man mit Frauen schmutzig redet. Jetzt bin ich verdammt eingerostet, wenn ich mit anderen Menschen reden soll. Ich zwinge meine Lippen, sich zu bewegen. „So gut, Hannah." Meine Stimme klingt wie Schotter. Oder Sandpapier. Tief und rau. „Du fühlst dich so gut an."

Sie stöhnt leise und ich verstehe es als Aufforderung.

Ich will nicht, dass es je aufhört, aber meine Hüften haben ihren eigenen Willen, peitschen vor, stoßen tiefer.

Hannah beginnt, wieder diese sexy Geräusche auszustoßen, und mein Verstand brennt durch. Es wird zu heiß hier drin von dem Wasserdampf und dem Blut, das in meinem Schwanz pocht. Mein Kopf dreht sich, was nicht ideal ist, weil ich derjenige bin, der uns festhält.

Ich ziehe den Duschvorhang einen halben Meter auf und lasse etwas frische Luft herein, bevor ich sie härter ficke. Ich vergesse, ihre Handgelenke festzuhalten, weil meine Hände über ihren Körper wandern, ihre Brüste drücken, ihre Taille greifen, ihren Arsch kneten.

„Gott, du fühlst dich so verdammt gut an“, stöhne ich, meine Stimme heiser und keuchend. Sie biegt den Rücken durch, drängt ihre Brust gegen meine, und ich schwöre, ich kann spüren, wie unsere Herzen im Gleichklang schlagen.

Ich verliere mich in der Empfindung unserer feuchten Haut, die aneinander reibt, der Wärme und dem Druck ihres Schlitzes, der sich um mich herum zusammenzieht. Ich bin kurz davor ... nur noch wenige Stöße und ich stürze in den Abgrund.

Doch bevor ich das tue, greife ich hinunter und gleite mit meinen Fingern zwischen uns, finde ihren Kitzler und umkreise ihn sanft. Sie schnappt nach Luft und ich spüre, wie ihre inneren Wände zittern und beben und sie kommt.

Meine Lippen streifen über ihren Hals, schicken Schauder über ihren Rücken, während ich immer weiter in sie hineinstoße.

Mein Atem geht schneller und ich spüre meinen eigenen Höhepunkt heranrauschen, kralle meine Finger in ihre Hüfte, stoße tiefer und tiefer in sie hinein, will jede Sekunde genießen. Sie schreit auf, als ihr Körper zuckt und sich um meinen Schwanz herum verkrampft.

Meine Eier ziehen sich zusammen und pumpen. Ich brülle auf und kralle ihren Arsch mit beiden Händen, dann vergrabe ich mich tief in ihr und komme. Sie kippt ihre Hüfte, um mich tiefer in sich aufzunehmen, reibt ihren Kitzler an meinem Ansatz, bis sie erneut kommt. Ihre Muskeln drücken meinen Schwanz mit schnellem Zucken und ich komme noch heftiger, fülle das Kondom.

Meine Stirn sinkt gegen ihre, ich atme mit ihr, mein Schwanz zuckt und pocht in ihr. Unser Atem verbindet sich. Das Wasser wird langsam kalt. Ich will mich nie wieder aus ihr herausziehen, aber ich tue es. Behutsam gleite ich aus ihr heraus und stelle das Wasser ab, dann steige ich aus der Wanne, um das Kondom zu entsorgen. Der ganze Boden steht unter Wasser, weil ich den Vorhang aufgezogen habe, also werfe ich das Händehandtuch auf den Boden und wickle Hannah in das andere Handtuch ein. Sie lehnt noch immer an den Fliesen, sieht benommen aus, also helfe ich ihr aus der Wanne, halte sie fest, für den Fall, dass ihre Knie einknicken.

Mit zitternder Hand zeigt sie auf einen Schrank, murmelt etwas Unverständliches. Ich ziehe den Schrank auf und sehe einen Stapel Handtücher, nehme eins heraus und trockne mich ab.

„Wow", murmelt sie.

Ich drehe mich zu ihr um, während ich meine Haare trocken rubble. „Ja. Danke."

„Also ... Lässt du mich jetzt gehen? Sind wir cool?"

Ich werde sehr still. Blinzle. Das Zimmer dreht sich. Ich lasse das Handtuch zu Boden fallen. Was zur Hölle will sie damit sagen?

Ein Rauschen dringt in meine Ohren.

Habe ich gerade ... ein Mädchen *vergewaltigt*?

Hat sie geglaubt, sie müsse das tun, damit ich sie freilasse?

„War es nur das?", krächze ich und merke nicht einmal, wie ich auf sie zugehe. Bemerke nicht, wie sich meine Hand um ihren Hals legt und sie zurückdrängt. „Ist es das, weshalb ... ist das ... *Fuck!*", brülle ich und schlage gegen die Wand neben ihr. Der Putz gibt nach und meine Faust versinkt in der Wand.

„Fuck." Ich lasse sie los und wende mich ab.

Hat sie sich mir gerade angeboten, in der Hoffnung, ich würde sie freilassen? Was für ein Monster bin ich?

Ich kann nicht einmal mehr erkennen, ob eine Frau mich will oder nicht. Ich bin so verwirrt, stecke so fest in Gewalt und Überleben, dass ich nicht einmal mehr weiß, was echt ist.

Ich dachte, ich hätte diese Situation mit Hannah im Griff. Hatte eine vage Vorstellung davon, wie ich sie davor beschützen könnte, durch mich oder die Organisation verletzt zu werden, und stattdessen habe ich das Unverzeihlichste getan.

Ich sammle meine Klamotten vom Boden auf und streife sie über. Als Hannah die Badezimmertür öffnet und vor mir flüchtet, zieht sich meine Brust zusammen.

Ich folge ihr nur deshalb, weil mir vom Dampf im Bad schwindelig wird, und ich wirklich nachdenken muss.

Ich höre ein ersticktes Schluchzen und Emotionen explodieren in meiner Brust, ziehen durch meinen Körper, bis in meinen Bauch. Hannah hat mir den Rücken zugewendet, steht vor der Kommode und versucht, ihren Fuß in ein Höschen zu stecken. Ich sollte ihr Abstand geben. Ich sollte definitiv nicht zu ihr gehen.

Doch das tue ich.

In der nächsten Sekunde schlingt sich mein Arm um ihre Taille, um ihr Schwanken aufzufangen, und ich greife hinunter und halte den Saum ihres Slips für sie auf. Als sie ihren Fuß in die Öffnung gesteckt hat, ziehe ich ihr das Höschen hoch, halte sie weiterhin fest.

„Tut mir leid", murmle ich in ihre Haare.

Ihre Brust bebt mit einem Schluchzen. Für einen Moment steht sie still da, als ob sie lauschen würde. „Was tut dir leid?" Es liegt Ruhe in dieser Frage.

Es ist irgendeine Art Test, aber ich weiß nicht, was es bedeutet. Als ob es eine Antwort gäbe, die ich geben müsste, um alles besser zu machen. Doch ich weiß nur, dass der Klang ihres bebenden Atems mich umbringt.

Weil alle emotionale Intelligenz, die ich einst besessen habe – falls ich überhaupt je welche besaß – längst verschwunden ist, murmle ich: „Was auch immer dich zum Weinen gebracht hat".

Das ist die falsche Antwort. Ich weiß es in dem Moment, in dem ich es ausspreche. Ich weiß es sogar noch besser, als sie sich aus meinem Griff windet, herumfährt und mich ohrfeigt. Es ist ein schwacher Klaps und sie erwischt mich nicht einmal richtig. Und es hat ihr eindeutig nicht die Genugtuung verschafft, die sie sich erhofft hatte, denn stattdessen ballt sie ihre Finger zu einer Faust und schleudert mir die entgegen.

Ich weiche ihrem Hieb aus, ergreife ihr Handgelenk und halte ihren Arm vor ihrer Taille fest. Mit meiner anderen Hand greife ich unter ihre Knie und hebe sie in meine Arme.

Sie schnappt nach Luft und wehrt sich. „Was soll das?"

Ich weiß nicht, was es soll – warum ich sie hochgehoben habe oder was ich als Nächstes mit ihr tun will. Ich weiß nur, dass ich dieses Chaos in meiner Brust nicht mag. In meinem Kopf.

Ich trage sie zum Bett und setze sie ab, schlinge ihr das Laken um die Schultern, um ihre nackten Brüste zu bedecken, bevor ich mich neben sie aufs Bett fallen lasse. Ich will sie in den Arm nehmen, aber meine Berührung ist im Moment offensichtlich nicht willkommen. „Ich wollte nur ..." Ich versuche, zu entwirren, was gerade passiert ist. Sie ist wütender, als sie die ganze Zeit über war. Was bedeutet, dass es etwas war, was ich gesagt habe ... Ich denke zurück an das, was zwischen uns vorgefallen ist, und ... *ah.*

Ich bin ein Idiot. Ich habe sie gefragt, ob sie Sex mit mir hatte, damit ich sie freilasse.

Sie starrt mich zornig an und ihre Unterlippe bebt mit offensichtlicher Empörung.

„Moment mal, Hannah. Lass uns das klären. Ich habe dich nicht als Nutte bezeichnet. Ich wollte nicht respektlos sein. Überhaupt nicht. Ich war ..." Ich hole tief Luft, versuche, die richtigen Worte zu finden, um die Wut in mir zu erklären. „Ich war sauer auf mich selbst."

Ihr Zorn verebbt etwas. Als ob es nur notwendig gewesen wäre, seine Quelle zu identifizieren.

„Hattest du das Gefühl, du ... müsstest das tun? Mit mir? Ich habe nicht ... habe ich dich gezwungen?"

„Nein, Arschloch." Sie stößt gegen meine Brust.

Ich begrüße diese Berührung. Es ist eine Verbindung – etwas, was mir seit Jahren gefehlt hat. Und sie hat diesmal wenigstens nicht versucht, mich zu schlagen. Ich halte ihre Hand fest. „Sprich mit mir", bettle ich praktisch. Die Worte in meinem Mund sind rostig, aber ich spreche sie trotzdem aus. „Ich bin so aus der Übung mit diesen Sachen, Hannah."

Ich schaue einer Träne hinterher, die über ihre glatte, makellose, braune Wange läuft. „Ich versuche nur, diese Sache mit dir zusammen durchzustehen, ohne durchzudrehen, aber ..." Sie atmet bebend ein, hält den Atem an und stößt ihn langsam wieder aus. „Du kannst mich nicht anfassen, wenn du so zornig bist."

Weiß glühender Schrecken durchfährt mich. *Cristo*. Habe ich ihr wehgetan? Ich strecke die Hand nach ihrem Kinn aus, hebe es an, untersuche ihren Hals nach Blutergüssen, kann aber nichts sehen – keine Handabdrücke, keine Schrammen. Ich schwöre, ich habe sie nicht verletzt – würde sie niemals verletzten. Nicht einmal, wenn ich so durchdrehe wie gerade eben. Ich habe es einfach nicht in mir, einer Frau wehzutun. „Ich habe dir nicht wehgetan, oder, Hannah?"

Sie schüttelt den Kopf.

„Ich habe dir Angst gemacht", rate ich. Natürlich habe ich ihr verdammt noch mal Angst gemacht. Ich habe meine Hand um ihren Hals gelegt und die Wand neben ihrem Kopf kaputtgeschlagen.

„Nein." Sie schiebt meine Hand von ihrem Kinn und wendet den Blick ab. „Das ist es nicht." Ihre Stimme ist angespannt. Frustriert.

Ich bin so verflucht verwirrt.

„Ich weiß nicht, ob ich es erklären kann. Mach das einfach nie wieder."

Mein Herz schlägt schneller, als ob mein Körper wüsste, dass diese Unterhaltung wichtig ist. Wenn ich doch einfach nur kapieren könnte, wovon zur Hölle wir hier sprechen. „Versuch es. Versuche, es mir zu erklären."

Ihre goldbraunen Augen wandern wieder zu mir zurück und sie schaut mich nachdenklich an. „Ich bin eine von diesen Menschen, die ..." Ihre Lider flattern, als ob es ihr unangenehm wäre. „Ich weiß nicht – es ist so, als ob ich die Emotionen von allen anderen Menschen spüren würde. In meinem Körper." Sie wedelt mit der Hand vor ihrem Torso herum.

Ich lege den Kopf zur Seite. „Eine Empathin." Wie bei *Star Trek*. Gibt es das in echt?

Scheinbar.

Ein Flackern der Hoffnung in ihrem Ausdruck verrät mir, dass ich endlich etwas Richtiges gesagt habe. „Ja, schätze schon. Wenn jemand in meiner Nähe weint, weine ich auch. Wenn jemand aufgebracht ist, bin ich auch aufgebracht. Also … fass' mich einfach nicht mehr an, wenn du wütend bist. Das ist einfach zu viel für mich."

Scheiße.

Endlich kapiere ich es. Ich kanalisiere meine Scham und meine Wut in ihren Körpern. Oder zumindest empfindet sie es so.

„Fuck." Ich strecke die Hand nach ihr aus und diesmal zuckt sie nicht zusammen. Ich ziehe sie in meine Arme, hebe ihre Beine auf meinen Schoß, ziehe die Decke zurecht, damit sie weiterhin zugedeckt ist. „Okay, Blümchen. Ich werde dich nicht mehr anfassen, wenn ich wütend bin. Ich schwöre bei Gott."

Sie vergräbt ihr Gesicht an meinem Hals. Einen Moment später bewegen sich ihre Lippen und küssen mich zärtlich.

Ich kann nicht erklären, was mit meinem Körper passiert. Es ist so, als ob all meine Organe plötzlich einen Zentimeter in die Höhe schweben würden. Als ob ich in einem Schnellkochtopf gesteckt hätte, der alles nach unten gedrückt hat. Und jetzt kann mein Innerstes wieder aufatmen.

Ich widerstehe dem Verlangen, meine Arme enger um sie zu schlingen. Das Bedürfnis, aufzustehen und diese fremden Gefühle abzuschütteln, ist zu stark. „Lass uns essen", sage ich barsch, hebe sie von meinem Schoß, stelle sie auf die Füße und drücke ihren Arsch.

Kapitel Fünfzehn

H*annah*

Ich ziehe mir eine Schlafanzughose und ein Trägertop über Mist. Ich *hasse* es, wenn ich vor anderen Leuten in Tränen ausbreche. Das ist so verdammt peinlich. Ich und meine übertriebenen Emotionen. Genau auf diese Art und Weise habe ich jeden Typen in die Flucht geschlagen, den ich je gedatet habe.

Armando scheint es aber schnell abzuhaken, was eine Erleichterung ist. Er packt die Calzones aus und legt sie auf unsere Teller, dann gießt er Rotwein in meine Saftgläser.

„Tut mir leid, dass ich keine Weingläser habe." Ich lasse mich in den Korbstuhl fallen, den ich auf einem Flohmarkt gefunden und strahlend gelb gestrichen habe.

Armandos Blick fällt von meinem Gesicht zu meiner BH-losen Brust und verweilt dort für einen Moment, während er sich auf seinen Stuhl sinken lässt, der mit meinem nur die Farbe gemein hat.

Bei seiner Aufmerksamkeit stellen sich meine Nippel auf. Ich schwöre, es ist so, als ob ich gerade in Paarungshormonen schwimmen würde, denn ganz egal, wie oft wir es treiben, ich scheine immer noch mehr zu wollen.

„Sieht nicht so aus, als ob du viel hättest", sagt er. „Was hättest du denn zu Abend gegessen, wenn ich nicht da gewesen wäre? Dein Kühlschrank ist leer."

Ich zucke mit den Schultern. „Ich hätte mir was überlegt."

Armando runzelt die Stirn. „Du solltest dich besser um dich selbst kümmern."

Ich verdrehe die Augen. Sein Beschützerinstinkt ist süß, aber ich bin eine erwachsene Frau und nicht sicher, ob mir die Vorstellung gefällt, mir einen Vortrag anhören zu müssen.

„Ich kümmere mich", erwidere ich. „Nur weil ich keinen noblen Kühlschrank voll mit den beliebtesten Spezialitäten habe, heißt das nicht, dass ich mich nicht um mich selbst kümmere." Ich grinse ihn an. „Aber vielen Dank, *Daddy*, dass du dich so sorgst."

„Vielleicht ist das ja genau das, was du brauchst. Einen Daddy, der sich um dich und deinen niedlichen Arsch kümmert." Er rutscht näher an mich heran und seine dunklen Augen leuchten voller Versprechen.

Mir bleibt der Atem im Hals stecken. Ich sollte ihn fortschieben und ihm sagen, dass ich kein Interesse habe. Doch das kann ich nicht. Ich will ihn, obwohl ich weiß, wie gefährlich er ist. Ich atme tief ein, versuche, mein hämmerndes Herz zu beruhigen, und wispere, „Vielleicht tue ich das." Ich klimpere mit den Wimpern. Ich probiere mich in diesem Spiel der Verführung, scheitere jedoch.

„Ein Daddy, der dir den Arsch versohlt, wenn du unartig warst", fährt er fort.

Mein Gesicht wird heiß, als sich unsere Blicke treffen. Ich will die Augen abwenden, doch sein Blick fesselt mich. Ich bin wie gebannt an Ort und Stelle verwurzelt.

„Ich glaube, das würde dir gefallen, oder?"

Ich will protestieren, aber ich bin zu wuschig, um zu antworten. Also zucke ich nur mit den Schultern, traue meiner Stimme nicht. Ich will nicht zeigen, wie sehr er mich erregt – wieder einmal.

Hitze rauscht in meine Wangen. Armando grinst, sein Blick fällt auf meine Lippen, dann wandert er wieder hinauf zu meinen Augen. Sein intensiver Blick verrät mir, dass er mich nicht einfach nur neckt. Er meint es ernst.

„Willst du einen Daddy? Willst du einen Mann, der dich an die Hand nimmt und dir sagt, was du tun sollst?" Seine Stimme ist leise und heiser.

Ich schlucke angestrengt und schüttle den Kopf. „Bitte. Als ob du das könntest." Mein vorgespielter Widerstand ist offensichtlich, da bin ich mir sicher, aber nie im Leben werde ich zugeben, wie sehr mich diese Vorstellung vor Lust erschaudern lässt.

Armando kommt noch näher, dann streckt er die Hand aus und streicht mir über die Haare. Bei seiner Berührung blitzt Elektrizität in mir auf. Ich schließe die Augen, genieße dieses Gefühl. „Vielleicht muss ich dich vom Gegenteil überzeugen."

„Viel Erfolg dabei." Ich frage mich, ob meine Gefühle auf mein Gesicht geschrieben sind. „Abgesehen davon bist du ein Typ, der mich quasi gekidnappt hat. Ich meine, ist das hier eine Entführung oder ein Date? Könnten wir das mal klären?"

Er wirft mir einen dieser nicht zu deutenden Blicke zu, nimmt einen riesigen Bissen von seiner Calzone und kaut. „Kidnapping mit gewissen Vorzügen?"

Mit einem Bissen in meine eigene Calzone verstecke ich ein Lächeln. „Oh, Gott, ist das lecker." Ein langer Käsefaden zieht sich aus meinem Mund und ich ziehe ihn in die Länge, um ihn zu zerreißen.

„Nicht wahr? Gio's habe ich wie verrückt vermisst."

Ich mustere ihn. Seine Manieren sind gleichermaßen rau und gentlemanlike. Ein harter Kerl, ganz sicher, der aus nichts als stählernen Muskeln besteht, allerdings ohne Tattoos. Das überrascht mich. „Bleibst du über Nacht?"

Er nickt knapp. „Definitiv."

„Was passiert morgen?" Ich habe die Calzone bereits zur Hälfte aufgegessen. Mir war bis jetzt nicht bewusst gewesen, wie hungrig ich bin. Dieser Müsliriegel zum Mittag ist viel zu lang her.

Armando schlingt sein Essen ebenfalls hinunter. „Ich behalte dich im Auge. Bis ich mir sicher bin."

„Was würde dich denn überzeugen?", dränge ich.

Er schüttelt den Kopf. „Hör auf. Lass es einfach."

Ich warte ab, weil ich das Gefühl habe, er würde noch mehr sagen, aber er schweigt. Trinkt einen Schluck Wein.

„Scheiß auf diesen Mist." Ich stehe auf und wickle den Rest meiner Calzone wieder ein. Wenn ich noch mehr esse, bekomme ich Bauchschmerzen. „Du bekommst die Vorzüge. Ich bin diejenige, die gekidnappt ist. Ich finde, du schuldest mir mehr Informationen."

Er bewegt sich nicht, sondern schaut mich nur eindringlich an. „Für dich hat es auch Vorteile." Es ist keine Frage, dennoch spüre ich, wie er sich erneut vergewissern möchte. Er ist sehr aufmerksam in dieser Sache. Das ist es, was ihn vorhin im Bad so aufgeregt hat, als er dachte, ich würde Sex für meine Freiheit eintauschen.

Ich muss diesen Kodex einfach respektieren, nach dem er zu handeln scheint. Er kidnappt mich, aber er tut mir nichts an. Das weiß ich, weil er so ausgerastet ist, als er dachte, er hätte mir die Schrammen auf dem Arm zugefügt, die von Shadow kommen. Er dominiert mich, aber er wird mich nicht zum Sex zwingen.

Plötzlich spüre ich, wie erschöpft ich bin. Vielleicht liegt es am Wein oder am extremen Stress des Tages, aber mit einem Mal will ich einfach nur auf den Boden sinken und mich zusammenrollen. Oder noch ein bisschen weinen.

Ich wende mich von ihm ab und blinzle die jähen Tränen zurück.

Scheiß drauf. Ich gehe ins Bett. Ich marschiere ins Bad, um mir die Zähne zu putzen.

Im Bad kann ich hören, wie er die Gläser abwäscht. Das Geschirr wegräumt.

Ich richte die Bettdecke, die er zerwühlt hat, als er sie mir um die Schultern gelegt hat. Noch eine Geste eines Gentlemans.

Hör auf, Limonade aus diesen Zitronen zu machen. Ich bin die wandelnde Definition des Stockholm-Syndroms.

Ich steige ins Bett und ziehe mir die Decke bis zum Bauch. „Kann ich mein Handy zurückhaben? Wenn jemand angerufen oder geschrieben hat, wird es merkwürdig scheinen, wenn ich mich nicht melde."

Armando fährt sich mit der Hand über das Gesicht. „Ich schaue nach."

Das verpasst mir einen Dämpfer, nicht weil ich mein Handy brauche, sondern weil ich keinerlei Fortschritte damit mache, sein Vertrauen zu gewinnen. Ich schaue ihm zu, wie er meine Handtasche aus einem der Küchenschränke holt – ich schätze, um sie vor mir zu verstecken – und mein Handy herausnimmt. Er wirft einen Blick auf den Bildschirm. „Was ist deine PIN?"

Wortlos strecke ich die Hand nach dem Handy aus, aber er rührt sich nicht. Dieser verdammte Kerl. Ich werde jeden Sturheitswettbewerb verlieren – ich bin einfach viel zu weich. „Fünf, fünf, fünf, fünf."

„Glückszahl, hm?" Er tippt die Ziffern ein und schaut erneut auf den Bildschirm. „Keine Nachrichten."

Sein Handy klingelt. Er zieht es aus seiner Hosentasche und schaut auf die Nummer. „Hey."

Ein paar Sekunden lauscht er wortlos. „Heute Abend? Scheiße." Er lässt die Schultern hängen und schaut durch das Zimmer zu mir. „Ich versuche, den Kopf einzuziehen." Wieder hört er dem Anrufer zu. „Alles klar, verstanden. Nein, nein. Ich bin dabei. Bin in einer Stunde da. Okay." Er legt auf und stopft das Handy zurück in seine Gesäßtasche. Dann wirft er mir einen sehr langen, prüfenden Blick zu.

Die Härchen auf meinen Armen stellen sich auf. „Was?"

Er marschiert zu meiner Kommode und zieht die Schubladen auf.

„Was machst du denn da? Was brauchst du? Sag es mir einfach, Arschloch."

Seine Augen fliegen zu mir und er schüttelt den Kopf. „Keine Beleidigungen, Blümchen." Er zieht meine Sockenschublade auf und zieht eine Strumpfhose heraus.

„Was hast du vor?" In meinem Kopf schrillen Alarmglocken, aber ich Dummkopf spiele dieses Spiel immer noch so, als ob der Typ mein Date wäre. Später werde ich mich fragen, warum ich mich nicht gewehrt habe. Warum ich nicht weggerannt bin.

Zügig kommt er zu mir ans Bett und greift nach meinen Handgelenken, wickelt die Strumpfhose darum. „Ich muss kurz weg. Ich kann dich nicht mitnehmen."

„Was? Nein!" Sogar jetzt wehre ich mich kaum. Ich verlasse mich noch immer auf meine Fähigkeit, ihn davon zu überzeugen, es sich anders zu überlegen. Dieser Mann hat ein Gewissen, so viel weiß ich.

Er knotete die Strumpfhose fest und wickelt das andere Ende um den Bettpfosten.

„Nein! Du kannst mich nicht so hier zurücklassen. Was, wenn es brennt? Ich werde sterben, weil ich mich nicht befreien kann. *Armando*!"

Er ignoriert mich, geht zurück zur Küchenzeile und wühlt durch die Schubladen. Als er mit einer Rolle Klebeband zurückkommt, drehe ich wirklich durch.

Panisch trete ich nach ihm, reiße an meinen Handgelenken, um mich zu befreien. „Nein! Du wirst mir das nicht ins Gesicht kleben!"

Shadow, der die Energie im Zimmer spürt, rast durch den Raum und versteckt sich unter dem Bett.

Armando reißt einen Streifen Tape von der Rolle. Ich wende das Gesicht ab.

„Nicht!", schreie ich. „Ich werde nie wieder Sex mit dir haben. Ich schwöre bei Gott."

„Verstanden." Er klatscht mir das Tape über den Mund. Ich schreie gegen meinen Knebel an. Ich muss verrotzte, hektische Atemzüge durch meine Nase ziehen, denn mittlerweile bin ich am Heulen.

„Ruhig." Er streichelt mir über die Wange.

Ich reiße meinen Kopf zurück.

Er hockt sich neben das Bett, um mit mir auf Augenhöhe zu gehen. Ich hyperventiliere durch meine Nase. „Beruhig dich, Blümchen. Ich komme so schnell ich kann zurück."

Panisch schüttle ich den Kopf.

„Tut mir leid. Die anderen Optionen wären schlimmer, glaub mir."

Tränen verschleiern meine Sicht. Ich bin so sauer, ich will ihm am liebsten eine Kopfnuss verpassen. Zu dumm, dass er außerhalb meiner Reichweite ist.

„Ich nehme deinen Van, damit ich schnell wieder zurückkommen kann. Schlaf einfach. Wenn du aufwachst, bin ich wieder da."

Ich schreie hinter dem Tape und schüttle den Kopf, aber er nimmt mein Gesicht in die Hände und drückt mir einen schnellen Kuss auf die zugeklebten Lippen, dann richtet er sich auf.

Verdammt. Ich habe die Chance verpasst, ihm eine Kopfnuss zu geben.

Arschloch.

Und dann ist er verschwunden. Und ich bin mit einer Strumpfhose an mein eigenes Bett gefesselt.

Kapitel Sechzehn

A*rmando*

Marco sagt, Don G wäre in seinem Stripclub Lollipops, also schwinge ich besser meinen Arsch dorthin und erstatte Bericht.

Die Tatsache, dass man gerade einen Typen umgebracht hat, ist nichts, was man über das Telefon gesteht, und Don G würde auch nicht wollen, dass ich mit so einer Sache bei ihm zu Hause aufkreuze. In der Nähe von Frauen und Familie sprechen wir nicht übers Geschäft. Bei sowas lassen wir sie und alle Unschuldigen aus dem Spiel. Das ist Teil des Kodex.

Es macht mich krank, dass Hannah nicht aus diesem Haufen Scheiße herausgehalten wurde, in dem ich jetzt stecke, denn sie zu besudeln könnte das sein, was ich bei dieser Sache am allermeisten bereuen werde.

Und da dachte ich, ich hätte mein Gewissen schon vollkommen verloren.

In ihrem Van fahre ich zu Lollipops und parke ein paar Straßenblöcke entfernt. Ich will nicht, dass jemand eine Verbindung zwischen mir und meiner kleinen Floristin herstellt. Jemand versucht noch immer, mich umzubringen, und ich kann nicht zulassen, dass sie noch weiter ins Kreuzfeuer gerät, als es ohnehin schon der Fall ist.

Ich spaziere ins Lollipops und die ganze Gang ist da. Die alte Mannschaft – Don Gs innerer Kreis, bis auf Alex, seinen Schwiegersohn. Er war ohnehin schon wie ein Sohn für ihn und hat schließlich sogar seine Tochter geheiratet, während ich im Knast war, also schätze ich, dass er aus Respekt vor Jenna im Lollipops permanentes Hausverbot hat.

Lustig, in diesem Moment würde mir das auch nichts ausmachen. Die Mädchen, die an ihren Stangen herumwirbeln, bringen es für mich überhaupt nicht. Noch die männlichen Gäste.

Lollipops ist einer der bekannten Clubs in der Stadt. Hier herrscht eine Oldschool-Atmosphäre, mit den Neonschildern an den Wänden und dem Samtmobiliar. Am hinteren Ende des Raums befinden sich zwei Bühnen, jede mit ihrer eigenen Stange, an denen immer zwei Mädchen gleichzeitig tanzen. Zwei große Bars füllen den Hauptteil des Clubs aus, und es stehen ein paar kleinere Tische im Raum, an denen man intimere Unterhaltungen führen kann. Aus den Lautsprechern, die in jeder Ecke des Clubs zu hängen scheinen, dröhnt Musik, die den Raum mit einem vibrierenden Bass erfüllt.

An den Wänden hängen Schwarz-Weiß-Fotos früherer Tänzerinnen, ebenso signierte Fotos von Promis, die den Club im Laufe der Jahre besucht haben. Obwohl es eine ordentliche Auswahl an Getränken gibt, ist die Bar hauptsächlich auf Bier, Wein und Whiskey fokussiert, denn das ist es, was die Gäste hier trinken wollen. Es stehen nicht viele Cocktails oder Longdrinks auf der Karte.

Die Mädchen, die hier arbeiten, tragen Kostüme, die von kaum freizügiger als Lingerie bis hin zu sehr gewagten Outfits reichen und der Fantasie oftmals nur sehr wenig überlassen, wenn die Frauen die Bühne betreten und an einer der Stangen ihr Können zeigen. Sie bewegen sich anmutig zum Rhythmus der Musik, wechseln zügig zwischen verschiedenen Bewegungen wie Pirouetten, Spagaten und Twerks hin und her, während ihre Hüften verführerisch kreisen oder sie ihre Haare in faszinierenden Darbietungen wie seidige Schleifen umherwirbeln, woraufhin das Publikum normalerweise laut applaudiert.

Am jeweiligen Ende der beiden Bühnen stehen große LED-Bildschirme, auf denen Filmclips laufen – normalerweise Actionfilme – die als Hintergrundablenkung dienen, für all diejenigen, die nicht von dem fasziniert sind, was auf den Bühnen passiert. Hin und wieder werden besondere Vorführungen präsentiert, bei denen die Tänzerinnen Requisiten benutzen oder das Publikum mit einbeziehen – was bei allen Anwesenden meist für große Begeisterung sorgt.

Alles in allem herrscht im Lollipops eine Atmosphäre altmodischen Glamours, durchdrungen von Sünde und Verdorbenheit.

Ich will jedoch ganz sicher nicht hier sein. Vor allem nicht, weil ich immer wieder an Hannahs tränenüberströmtes Gesicht denken muss, und Visionen davon in meinen Gedanken aufblitzen, wie sie in einem Flammenmeer umkommt. *Ich werde sterben, weil ich mich nicht befreien kann.*

Ich weiß, die Chancen, dass ihre Wohnung ausgerechnet jetzt in Flammen aufgeht, sind gering, aber verdammt noch mal, ich kann einfach nicht aufhören, daran zu denken.

Ich hätte jemanden anrufen sollen, der auf sie aufpasst, während ich mich ums Geschäft kümmere. Hätte jemanden vor ihrem Haus positionieren sollen. Was zur Hölle habe ich mir dabei gedacht, sie allein zu lassen? Ich weiß es besser als das. Ich beschütze, was mir gehö...

„Hey, da ist er ja! Mando, komm her.“ Angel winkt mich zu ihnen. Ich werfe Don Pachino einen Blick zu, der an seiner Zigarre kaut, aber er ist umringt von Typen, die um seine Aufmerksamkeit buhlen. Ich werde abwarten müssen, bis ich an der Reihe bin.

„Jeder hier spendiert Mando heute Abend einen Lapdance“, verkündet Angel. „Um die verlorene Zeit aufzuholen.“

Verlorene Zeit.

Es gibt keine bessere Beschreibung für meine Zeit im Gefängnis.

Nicht so, wie Angel es meint, dass ich einen Teil meines Lebens nicht mitbekommen habe – was natürlich stimmt. Für mich allerdings ist diese Zeit nur halb verloren. Ich habe im Knast dicht gemacht. Ich meine, ich war körperlich am Leben, habe gegessen, geschlafen, bin herumgelaufen. Ich habe um mein Leben gekämpft. Einen Mann mit bloßen Händen umgebracht. Aber ich erinnere mich an nichts. Falsch – ich *will* mich an nichts erinnern. Also ist es definitiv verlorene Zeit.

„Nee, danke. Ich bin nur hier, um kurz mit …"

„Schwachsinn." Angel zieht mich in den Stuhl neben sich und winkt bereits eine der Tänzerinnen mit einem Zwanzigdollarschein zwischen seinen Fingern herüber. „Gib meinem Freund hier einen Lapdance, Süße. Er ist gerade aus dem Gefängnis entlassen worden."

Ich will diesen Tanz definitiv nicht, aber ich tue, was von mir erwartet wird – rutsche tiefer in meinen Sessel, meine Arme lose an meiner Seite, meine Beine gespreizt, verwandle mich in ein Klettergerüst für das Mädchen, damit sie ihr fruchtiges Parfüm überall an mir verreiben kann.

„Sag das nicht noch einmal", sage ich zu Angel. Ich weiß, ich bin ein Arsch. Es ist verdammt respektlos. Angel kommt aus einer älteren Generation und ist ein Capo, und in der Organisation geht es nur darum, die Ältesten zu respektieren. Ich spüre, wie sich seine Nackenhaare aufstellen, also füge ich ein lahmes „Bitte" an.

„Ja, alles klar." Es schwingt ein widerwilliger Tonfall in seiner Stimme mit, aber er lässt mir mein schlechtes Verhalten durchgehen, weil ich frisch aus dem Knast komme. Ich bekomme einen Freifahrtschein. „Schon kapiert."

Er entschuldigt sich nicht – natürlich, das habe ich auch nicht erwartet – aber wir sind uns *simpatico*.

Die Tänzerin macht ihr Ding, drückt mir ihre Brüste ins Gesicht, setzt sich rittlings auf meinen Schoß, dann dreht sie sich herum und reibt ihren Hintern an meinem Schwanz.

Sie trägt einen winzigen, roten Tanga und zwölf Zentimeter Stilettos. Ihr Rücken ist durchgebogen, ihr Kopf zurückgeworfen, ihre langen, blonden Haare fallen über ihre Schultern. Sie reibt sich in Zeitlupe an mir, und bei der puren Verzweiflung ihrer Darbietung und der Tatsache, dass ich stocknüchtern bin und nicht einmal versuche, mein Unbehagen zu vertuschen, fühlt es sich an, als ob ich in irgendeiner grauenhaften Zeitschleife gefangen wäre. Alle paar Sekunden schaut sie mit traurigen Augen zu mir, als ob sie um Gnade flehen würde, aber ich kann nicht anders, als einfach nur regungslos dazusitzen und darauf zu warten, dass es endlich vorbei ist.

Ich muss mich regelrecht anstrengen, so lange abzuwarten. Für diesen Mist habe ich heute Abend wirklich nicht die Geduld.

Es ist schwer, mir vorzustellen, dass das jemals wieder der Fall sein wird. Habe ich solche Nächte in den Clubs des Dons wirklich je gemocht? Einen auf dicke Hose zu machen. Mich anzustrengen, dazuzugehören, eine Rolle zu spielen.

Jetzt will ich einfach nur verschwinden.

Weg von dem allem.

Doch das ist keine Option. Man verlässt die *La Cosa Nostra* nicht. Nicht, wenn man ein Made Man ist. Ich gehöre Don Pachino, für den Rest meines Lebens.

Arturo winkt ein anderes Mädchen mit einem Geldschein herüber. „Du bist dran. Mit ihm." Er zeigt auf mich.

Gottverdammt. Hört das denn nie auf?

Aber ich weiß, wenn ich nicht mitspiele, wird es jeder hier missverstehen – vor allem der Don. Ich muss meine Dankbarkeit zeigen, muss gutmütig sein. Ja, ich habe im Knast gesessen, aber das ist Teil des Spiels. Jetzt bin ich draußen und sie spendieren mir Lapdances und helfen mir, mein Leben wieder aufzubauen. Ich muss beweisen, dass ich die Mühe, die sie sich mit mir machen, auch wert bin. Außerdem muss ich beweisen, dass ich nicht die Seiten gewechselt habe.

Das ist immer die Befürchtung, wenn jemand gerade aus dem Gefängnis kommt. Vor allem, wenn er ein Jahr früher entlassen wurde. Aber ich weiß es besser als das. Das ist eine Grenze, die ich nie überschreiten würde. Und zwar nicht aus Angst, nein. Ich *bin* noch immer loyal. Das *ist* noch immer meine Familie.

Ich fühle mich hier im Moment nur einfach nicht richtig.

Allerdings fühle ich ohnehin nicht viel, also ist das nichts Ungewöhnliches.

Der verfluchte Emilio winkt das dritte Mädel zu mir, und anstatt abzuwarten, bis sie an der Reihe ist, machen sie einen Dreier daraus, ich hab eine Zunge in jedem Ohr, während ihre Hände über meine scheiß Anziehsachen gleiten.

Mein Schwanz ist halb hart, weil, tja. Titten in meinem Gesicht. Aber ich bin eher angewidert von ihnen als erregt.

Und ganz ehrlich? Wenn ich gestern hierhergekommen wäre – vor Hannah – ich bin nicht sicher, ob ich einen hochbekommen hätte. Hannah hat meinen Schwanz von den Toten zurückgeholt.

Und – Fuck – sie liegt in diesem Moment gefesselt und geknebelt auf ihrem Bett. So habe ich es ihr vergolten.

Ich werde nie wieder Sex mit dir haben. Ich schwöre bei Gott.

Das habe ich verdient. Doch ich bin auch Arsch genug, um zu hoffen, dass sie ihren Schwur bricht. Denn im Augenblick ist sie meine verdammte Rettungsleine. Sie ist das Einzige, das für mich überhaupt Sinn ergibt – und wenn man bedenkt, wie verkorkst unsere Interaktionen bisher waren, sagt das eine Menge über mich aus.

„Die nächste Runde geht auf mich“, ruft Marco mir zu.

„Nein, auf mich!“, bietet Leo an.

Ich schüttle den Kopf, doch Marco nickt und grinst, als ob nichts wäre. „Okay. Dann das nächste Mal.“

Der Tanz ist endlich zu Ende und ich stehe auf, bevor noch jemand ein weiteres Mädchen herüberwinken kann. Drauf geschissen. Ich weiß, ich bin unhöflich. Ich sollte ein paar Stunden bleiben und ein etwas trinken. Meine Loyalität beweisen und mich in den inneren Kreis zurückarbeiten.

Aber das wird nicht passieren. Ich gehe hinüber zu Don Pachino, stehe vor ihm, werfe Emilio ein ultimatives Todesstarren entgegen, bis er sagt: „Was?"

Natürlich ist der Typ zu bescheuert, um einen Wink mit dem Zaunpfahl zu verstehen. „Ich muss mit dem Don sprechen."

„Mach ihm deinen Platz frei", murmelt Don G. Erst dann erhebt sich Emilio und stößt absichtlich gegen meine Brust, als er sich an mir vorbeidrückt.

Johnny, der Typ auf Don Pachinos anderer Seite, steht ebenfalls auf, vermutlich, um uns etwas Privatsphäre zu geben.

„Was ist los?", fragt Don G augenblicklich.

Ich versinke ein wenig tiefer in meinem Sessel und schaue unbeirrt auf die tanzenden Mädels auf der Bühne. „Jemand hat einen Attentäter auf mich angesetzt. Er ist heute Abend vor Roccos aufgetaucht. Ich habe mich um ihn gekümmert. Dachte nur, du solltest es wissen."

„Wer hat ihn geschickt – jemand aus dem Gefängnis?"

„Ja. Vermutlich. Ich habe im Knast ein Gangmitglied kaltgemacht. Möglicherweise ist es eine Racheaktion. Ich weiß es nicht. Ich ziehe den Kopf ein, bis ich es geklärt habe. Es wird keine Auswirkung auf den Job haben, den du mir besorgt hast, oder auf die Geschäfte der *Famiglia. Lo prometo.*"

„Melde dich bei deiner Arbeit ein paar Tage krank. Du bekommst Krankengeld. Warte, bis sich die Dinge beruhigt haben. Kläre das."

Ich nicke und strecke die Hand aus, um die des Dons zu schütteln. „In Ordnung. Werde ich tun. Danke, Don Pachino."

„Don G", korrigiert er mich und lässt mich damit wissen, dass ich immer noch zum inneren Kreis gehöre. Nur seine engsten Verbündeten nennen ihn bei seinem Spitznamen Don G, für seinen Vornamen, Giovanni.

Ich stehe auf und nicke dem Rest der Gruppe zu.

„Hey, Mando, noch einen Lapdance?", ruft Arturo.

„Nicht heute Abend. Danke. Ich weiß es allerdings zu schätzen. Danke euch allen." Himmel, was ein Blödsinn. Ich muss mir die

Nettigkeiten über die Lippen zwingen, und sie sinken wie fahle Lügen zu Boden.

Ich kann dieses Spiel nicht länger spielen.

Ich erinnere mich, dass ich früher mal gut darin war. Der Beste. Jetzt kommt es mir vor, als ob ich die Rolle eines Fremden spielen würde. Es fühlt sich alles so fremd und falsch an.

Schnurstracks marschiere ich aus dem Club und zu Hannahs Van.

Fuck – *Hannah.*

Ich hoffe inständig, dass sie eingeschlafen ist.

Kapitel Siebzehn

H*annah*

Mit einem Ruck wache ich auf, als ich Armando durch die Tür kommen höre, und Shadow, der sich neben mir zusammengerollt hatte, springt vom Bett und streckt seinen kleinen Körper. Ich blinzle und schaue auf den Wecker auf dem Nachttisch. Es ist zwei Stunden her, seit Armando gegangen ist. Nachdem ich mich mit Atemübungen endlich einigermaßen beruhigt hatte, habe ich in der letzten Stunde unruhig geschlafen. Jetzt rauscht all das Adrenalin des stressigen Tags zurück in meinen Körper und ich bin im Handumdrehen hellwach. Und noch immer sehr sauer.

Er kommt direkt zu mir ans Bett, hockt sich neben mich. „Du bist noch wach." Er pellt das Tape von meinem Mund.

„Du bist ein Arschloch."

Das ignoriert er und bindet stattdessen einfach meine Handgelenke von meinem Bettpfosten los. In dem Augenblick, in dem sie frei sind, schleudere ich sie in Richtung seines Gesichts. Seine Reflexe sind viel schneller als meine. Mit eisernem Griff fängt er meine Handgelenke ein. „Hey." Er verändert den Griff und löst ihn etwas. „Willst du die ganze Nacht lang festgebunden sein?"

„Fahr zur Hölle."

Er hört auf, den Knoten um meine Handgelenke zu lösen, und zieht eine strenge Augenbraue hoch. Damit sieht er unmöglich sexy aus, was mich nur noch wütender macht. Ich sollte nichts von alldem sexy finden. Er verwirrt mich mit Sex, lässt die Grenzen verschwimmen, bis ich nicht mehr weiß, was los ist. Ehrlich gesagt schätze ich, bin ich diejenige, die damit angefangen hat, als ich ihn in meinem Laden geküsst habe. Aber jetzt bin ich einfach nur unendlich verwirrt. Es kommt mir so vor, als ob ich mich gerade freiwillig in eine gewalttätige Beziehung gestürzt hätte, in der ich von meinem Missbraucher gefesselt werde, mich nach seiner Aufmerksamkeit sehne und die Tatsache ignoriere, dass er mich gefangen hält.

Das ist viel schlimmer als all die unklugen Beziehungen, die ich früher hatte. Schlimmer als Jarod, der mich dreimal betrogen hat, bevor ich aufgehört habe, zu glauben, es täte ihm leid. Schlimmer als Eric, der Kerl, bei dem ich sechs Monate gebraucht habe, um zu begreifen, dass er mich nur wollte, wenn er was zum Ficken gesucht hat. Das hier ist die Definition einer toxischen Beziehung. Es ist nicht einmal eine Beziehung. Es ist das Stockholm-Syndrom.

Zornige Tränen treten in meine Augen und ich wehre mich noch ein wenig, indem ich an der Strumpfhose um meine Handgelenke zerre.

Armandos Griff wird wieder enger und er kniet sich mit einem Bein aufs Bett, ragt über mir auf, drückt mir meine Hände auf die Brust und hält mich fest. „Hannah."

„Du stinkst nach Zigarrenqualm", schleudere ich ihm entgegen, als ob er mein Liebhaber wäre, der nach einer langen Nacht mit den Jungs nach Hause geschlichen kommt. Dann erhasche ich einen anderen, ekelhaft süßen Geruch an ihm und mein Herz sinkt. „Oh, mein Gott. Du stinkst nach billigem Scheißparfüm! Du blöder Arsch!" Ich bin auf die Flut des Verrats nicht eingestellt, die in meine Lungen rauscht.

„Hey, hey, hey, hey." Er setzt sich rittlings auf mich. Irgendwie hat er den Knoten in der Strumpfhose lösen können, und ich schlage auf ihn ein, aber er hält meine Arme fest und drückt sie neben meinem Kopf in die Matratze. An einem Handgelenk hängt noch immer die Strumpfhose. Ich höre nicht auf, gegen ihn anzukämpfen, und der Schmerz über meine eigene Dummheit, mit diesem Typen gevögelt zu haben, rauscht wie ein Blutstrom zwischen uns. „Ich war in einem *Stripclub*", erklärt er, als ob es das besser machen würde. Als mein Mund vor Entsetzen auffällt, erklärt er, „Für ein *Meeting*."

Klar. Anscheinend finden Meetings in Stripclubs statt, wenn man zur Mafia gehört. Obwohl, ehrlich gesagt kommt mir das irgendwie plausibel vor.

„Jeder da hat mir Lapdances spendiert, weil ich frisch aus dem Gefängnis entlassen bin. Es hat mir nicht gefallen, Blümchen."

„Oh, klar, sicher nicht." Meine Stimme trieft vor Verachtung und Verletzung.

Sein Gesicht verzieht sich spöttisch. Normalerweise zeigt er in seinem Ausdruck so wenig, dass mich das nun vollkommen aus der Bahn schmeißt. „Glaubst du, ich hätte so einen Mist nötig? Nach allem, was du mir gegeben hast?"

Ich werde sehr still.

Nach allem, was du mir gegeben hast.

Armandos Gesicht schwebt nur Zentimeter über meinem und seine hellbraunen Augen funkeln. Ich kann Frustration darin erkennen. Leidenschaft. Ich kann es durch seine Haut hindurch spüren, aber diesmal tut es meinem Körper kein Leid an – es nährt ihn.

„Wenn du heute Nacht eine andere Frau gefickt hast, schneide ich dir den Schwanz ab." Ich mag seine Gefangene sein, aber ich werde mich dennoch klar und deutlich mitteilen. Ich bin nicht so dumm, zu glauben, dass unser Sex heute irgendwas bedeutet hat – ich habe ihn nicht als Versprechen oder Verpflichtung verstanden. Es ist einfach passiert. Aber ich würde es ihm extrem übel nehmen, wenn er seinen Schwanz irgendwo anders reingesteckt hätte, nach dem wir es getrieben haben.

„Das habe ich nicht, Hannah. Ich wollte nicht einmal dort hingehen. Ich schwöre." Plötzlich sieht er so unglaublich müde aus. Seine Augen uralt. „Und dank dir habe ich mir die ganze Zeit Sorgen gemacht, es könnte ein Feuer ausbrechen."

Na sowas.

Das ist irgendwie befriedigend.

Ich bin noch immer sauer, werde aber zunehmend besänftigt.

Er zieht meine Hand, an der noch immer die Strumpfhose hängt, hoch und bindet sie wieder am Bettpfosten fest.

In mir schrillen erneut Alarmglocken. „Was machst du da?"

„Ich will mir den Gestank abwaschen." Er zieht auch meine andere Hand ans Kopfteil und bindet sie fest.

Für mich, wispert eine kleine Stimme in meinem Kopf.

„Du bist so ein Arsch."

Er ist wieder kühl und teilnahmslos, sein Gesicht eine brutale Maske. „Habe ich schon mal gehört." Er geht ins Bad und lässt die Tür einen Spaltbreit offen stehen, während er sich auszieht.

Ich beobachte ihn. Er zieht keine Show für mich ab. Vermutlich hat er die Tür offen gelassen, damit ich nicht um Hilfe schreie oder irgendwas versuche, aber es ist trotzdem ein unterhaltsamer Anblick. Ich habe ihn vorhin schon nackt gesehen, das war jedoch aus nächster Nähe und ich war halb weggetreten vor Lust. Jetzt kann ich ihn genau beobachten. Und er ist sogar noch beeindruckender. Harte, definierte Muskeln. Ein Sixpack, an dem man hochklettern könnte. Er ist nicht glänzend. Nicht gebräunt und gewachst und durch und durch amerikanischer Gigolo. Er ist behaart, brutal, stark. Rau und männlich.

Mein Dad ist ein gutmütiger Mann der Arbeiterklasse, den ich unendlich liebe und bewundere. Er ist ein großer, starker Mann, der alles reparieren kann. Er arbeitet als Elektriker auf dem Bau und ist in der Gewerkschaft.

Auch wenn Armando eher der Typ geleckter Italiener im Anzug ist, hat er etwas an sich, was bei mir Anklang findet. Irgendeine Ähnlichkeit zwischen diesen beiden Männern, die mich auf einem biologischen Level anspricht. Mein Gehirn hat meinen Vater als den archetypischen Mann abgespeichert. Armando entspricht diesem Archetyp. Er ist stark. Er übernimmt Verantwortung. Er erledigt Dinge.

Armando tritt unter die Dusche. Er macht schnell, seift sich komplett ein und wäscht sich wieder ab, alles innerhalb von zwei Minuten.

Nachdem er sich abgetrocknet hat, zieht er seinen Slip an und kommt zurück zum Bett. Er sagt nichts, als er mich vom Bettpfosten losbindet. Meine Handgelenke befreit er allerdings nicht.

Vielleicht glaubt er, ich würde ihn wieder boxen wollen.

Tue ich vielleicht auch.

Er steigt neben mir ins Bett. Ich habe ihm den Rücken zugewendet und die Schultern hochgezogen. Ich hege noch immer meine Wut.

Als er seinen Körper an meinen schmiegt und seinen Arm um meine Taille schlingt, schwinge ich meine gefesselten Hände nach hinten, um ihm den Ellenbogen in den Magen zu rammen. Er ist zu schnell. Er erwischt meine Handgelenke und bindet die losen Enden der Strumpfhose um sein eigenes Handgelenk. Ah. Jetzt verstehe ich. Er hat nicht versucht, sich an mich zu schmiegen. Er hat mich an sich gebunden.

Ich kann mir vorstellen, dass er es für freundlicher hält, mich an ihn zu fesseln als an den Bettpfosten. Ich schätze, das ist es. Zumindest diese Position ist besser.

Und insgeheim mag ich das Gefühl seines Arms, der um mich geschlungen ist, sein Gewicht. Es erdet mich. Beruhigt mich auf eine Weise, wie es das nicht tun sollte. Es ist lange her, seit mich ein Mann im Arm gehalten hat, und ich hatte ganz vergessen, wie sehr ich es liebe. Der Geruch von Seife und sauberer Haut steigt in meine Nase.

Sein Schwanz zuckt an meinem Arsch.

„Wir werden nicht wieder Sex haben“, sage ich entschieden. Vielleicht versuche ich nur, mich selbst zu überzeugen.

„Verstanden", rumpelt er.

„Ich meine, jemals."

„Pst, Blümchen. Schlaf jetzt." Er legt seine große Hand über meine gefesselten Hände, beinah so, als ob wir Händchen halten würden.

Weil ich hasse, wie sehr ich das mag, sage ich, „Ich finde immer noch, dass du ein Arschloch bist."

Er antwortet nicht, und ich bekomme ein schlechtes Gewissen, als ob ich seine Gefühle nicht verletzen sollte.

Dann sagt er, „Hör zu, ich weiß, du bist sauer, Hannah. Aber glaube mir, dich zu fesseln und hierzubehalten, war die beste Entscheidung, die ich treffen konnte."

Ich drehe meinen Kopf in seine Richtung und starre zornig an die Decke. „Das ist solcher Quatsch."

„Wäre es dir lieber gewesen, ich hätte dich gefesselt und auf dem Parkplatz des Stripclubs im Van sitzen lassen? Oder – Fuck, ich werde dir nicht einmal verraten, was die anderen Optionen gewesen wären." Frustration durchdringt seine Worte.

Ein Schaudern läuft meinen Rücken hinunter, weil ich vermute, dass eine dieser Optionen die gewesen wäre, mich für immer aus dem Weg zu räumen – die einzige Zeugin seines Verbrechens.

Und plötzlich fühle ich mich so erschöpft, wie er aussieht. Vielleicht sauge ich nur seinen Zustand auf, wie auch immer, es ist eine erdrückende Last. Tränen treten in meine Augen und eine davon rollt meine Nase hinunter. „Was ist mit der Option, bei der du mir vertraust? Ich habe dir gesagt, ich werde nichts verraten. Wann wirst du mir glauben?"

Hinter mir sagt Armando kein Wort, aber sein Körper versteift sich. Sein Arm zieht sich enger um mich zusammen, ebenso wie seine Hand auf meiner. Endlich stößt er einen tiefen Seufzer in meine Haare aus. „Ich vertraue dir ja, Hannah. Es ist nur so, dass hier zu viel auf dem Spiel steht, als sich allein auf Vertrauen verlassen zu können. Wenn ich einen Fehler mache, dann kostet mich das mein Leben."

Okay, es steht *tatsächlich* zu viel auf dem Spiel.

„Es tut mir leid, dass du in diese Sache hineingeraten bist. Das ist die Wahrheit. Aber es ist etwas passiert, womit ich nicht gerechnet habe, und jetzt versuche ich irgendwie, dieses Chaos wieder in den Griff zu bekommen."

„Und ich bin Teil dieses Chaos."

„Du bist das einzig Gute daran." Ich bilde mir ein, zu spüren, wie seine Lippen sanft über die Haut in meinem Nacken streifen, und versuche, das Schaudern der Lust zu unterdrücken, das mich durchfährt. Versuche, mich gegen seine Worte zu stählen, auch wenn ich ihm glaube. Ich weiß, dass sie wahr sind.

„Lass mich nie wieder gefesselt zurück." Meine Stimme ist tränenerstickt.

Er zieht meinen Körper enger an seinen. „Es tut mir so leid, Blümchen."

Vorhin war ich überzeugt davon, dass es unmöglich sein würde, mit gefesselten Händen zu schlafen, doch jetzt ertappe ich mich dabei, wie ich bereits in eine tiefe Entspannung gleite, die Hitze und das Gewicht von Armandos Körper hüllen mich wie eine dieser Gewichtsdecken ein, die angeblich so beruhigend sein sollen.

„Ich will dir nicht wehtun, Hannah", sagt er heiser in der Dunkelheit.

Das hat er schon. Aber ich glaube, das weiß er auch.

Ich bin ein emotionaler Schwamm, der all seine Gefühle aufsaugt.

Also glaube ich ihm. Ich habe Mitleid für seine Situation. Doch das bedeutet nicht, dass wir nicht auf eine Betonmauer zurasen. Oder dass der Aufprall nicht höllisch schmerzen wird.

Kapitel Achtzehn

A*rmando*

Mehrmals in der Nacht fahre ich aus dem Schlaf, mein Herz hämmert, der Instinkt, zu töten, scharf wie eine Klinge in mir, doch jedes Mal, wenn ich meinen Körper eng um Hannahs weiche, warme Gestalt geschlungen wiederfinde, beruhigt sich mein Puls. Jedes Mal vergrabe ich mein Gesicht in ihren Haaren – dieser unglaubliche Vorhang aus dichten Locken – und atme ihren Duft ein, bin zu Hause.

In Hannahs Nähe zu sein, ist wie eine Falltür zu öffnen und auf der anderen Seite eine vollkommen andere Welt zu entdecken. Sie ist nicht wild, nicht verrückt, aber sie agiert auf eine Art, die so außerhalb der Norm ist – so weit entfernt von allem, was ich kenne – dass es mich langsam aus der Benommenheit aufweckt, in der ich mich befinde.

All die Emotionen, all die Leidenschaft und die Flexibilität und die Freundlichkeit. Weiche Stärke. Jede Minute mit ihr verändert mich. Ich kehre ins Leben zurück.

Nur dass es nicht mein altes Leben ist. Kein Leben, das ich früher gekannt habe.

Es ist etwas so anderes und Bizarres, ich weiß nicht einmal, was ich davon halten soll.

Ich binde unsere Handgelenke voneinander los und befreie ihre Hände, während sie schläft, fahre mit der Fingerspitze über die Tattoos der Blumen auf ihrer Schulter und ihrem Arm. Sie ist so verdammt schön. So anders als jede Frau, die ich je gedatet habe. Das absolute Gegenteil von Grace. Hannahs Schönheit ist so natürlich. Diese wilde Mähne, die bis auf ihren Arsch hinunterfällt, ihr kleiner, muskulöser, kurviger Körper. Dieser winzige, goldene Nasenring. Ihre glatte, braune Haut. Sie ist unprätentiös und bodenständig.

Meine Finger kämmen durch ihre Lockenmähne und ich wickle die goldenen Spitzen um meine Fingerkuppen.

Ich will ihr vertrauen. Wirklich.

Aber ich darf mich nicht dumm und unvorsichtig verhalten. Ich darf nicht mit meinem Schwanz denken.

Trotzdem, ich habe sie beschissen behandelt, und größtenteils hat sie es einfach über sich ergehen lassen. Ich muss etwas Nettes für sie tun.

Ich zücke mein Handy und gehe online shoppen. Es ist ein blödes Geschenk. Definitiv nichts, was sie braucht, wenn man bedenkt, dass sie nicht einmal Essen im Kühlschrank hat oder einen Van, auf den sie sich verlassen kann. Andererseits sind die besten Geschenke nicht die, die man nicht für sich selbst kaufen würde? Ich gebe die Adresse von *Garten Eden* als Lieferadresse ein und schließe den Kauf ab.

Die schlafende Schönheit neben mir ist noch immer nicht aufgewacht.

Irgendwann treibt mich der Hunger aus dem Bett, doch als ich durch Hannahs Küchenschränke wühle, muss ich feststellen, dass sie nichts dahat. Ich würde ja etwas kaufen gehen, aber ich will sie nicht wieder fesseln. Und ich will sie auch nicht aufwecken.

Ich finde ein Café in der Nähe, das mit einem dieser Lieferdienste zusammenarbeitet, und bestelle Eiersandwiches und zwei Lattes für uns beide.

Und dann fange ich an, durch ihre Sachen zu wühlen.

Ich ziehe Schubladen auf und schaue hinein. Schaue mir die Kunst an den Wänden an, hauptsächlich Fotografien oder Bilder mit Blumen darauf.

Ich weiß nicht, wonach ich suche – Hinweise darauf, wer sie ist, schätze ich. Nee, das ist eine verdammte Lüge. Ich suche nach Hinweisen auf einen Freund.

Ich weiß, dass sie keinen hat, sonst hätte sie mich nicht gefickt, aber ich will wissen, ob sie datet. Wen sie datet. Was ihre Geschichte ist.

Hat sie andere Typen auf dieselbe Weise gefickt wie mich?

Oder war das etwas Besonderes?

Denn für mich war es ganz sicher nicht normal.

Klar, ich hatte auch noch nie zuvor fünf Jahre lang keinen Sex gehabt.

Aber ich glaube, unsere Verbindung ist mehr als das. Unsere Chemie ist unbeschreiblich. Die Art und Weise, wie sie sich mir hingibt, lockt den verdammten Dom in mir hervor, von dem ich nicht mal wusste, dass er da schlummert.

Ich meine, ja, ich mache gern die Ansagen. Ich bin ein Alpha und muss der Kerl sein, der die Führung übernimmt. Aber ich war immer respektvoll. Ich habe nie eine Frau über den Arbeitstresen gebeugt oder ihr den Arsch versohlt oder war gemein zu ihr. Ich habe nie zuvor eine Frau gefesselt.

Klar, das hier war nicht zum Spaß, sondern eine Notwendigkeit.

Das erste und letzte Mal zumindest.

Aber nicht das Mal dazwischen. Das hat uns beiden gefallen.

Hannah lockt den verdammten Wilden aus mir hervor. Da sind verrückte Dinge, die ich mit ihr tun will. Sogar jetzt, wenn ich darüber nachdenke, ihr Geschenke zu kaufen, will ich mich ihr irgendwie wieder halbwegs aufdrängen.

Nicht mit echter Gewalt. Nicht auf eine Art und Weise, die sie verärgert oder aufbringt. Nur Spiel-Zwang. Oder halber Zwang. Wie in dem Blumenladen, als sie Angst hatte, aber auch erregt war. So will ich sie jedes Mal haben.

Zitternd. Nervös. Mir hingegeben.

Natürlich steht Sex in diesem Moment nicht zur Debatte. Sie ist sauer auf mich und ich werde nicht drängen. Ich bin ihr meinen Respekt schuldig.

Als der Lieferbote an der Tür klingelt, wacht Hannah auf. Ich wühle gerade durch ihre Schublade mit der Unterwäsche und schaue mir ihre Höschen an.

„Was zur Hölle, Armando? Bist du geil auf meine Slips oder was?"

Definitiv, *amore.* Ich lasse den pinken Spitzenslip zurück in die Schublade fallen. Mein Schwanz drückt sich gegen meine Hose, weil ich mir vorgestellt habe, wie sie in diesem Höschen aussieht, wie ich es ihr ausziehe – mit meinen Zähnen.

Ich antworte ihr nicht, sondern drücke nur auf den Buzzer, um den Boten hochkommen zu lassen.

Hannah schlingt die Arme um ihren Oberkörper, als ob sie Angst hätte. Oder sich verletzlich fühlen würde. „Wer ist das?"

„Nur das Essen, Blümchen. Hast du Hunger?"

Etwas ihrer Anspannung löst sich. „Ja." Allerdings steigt sie nicht aus dem Bett, also ziehe ich die Wohnungstür nur einen Spaltbreit auf und nehme das Essen entgegen, dann bringe ich die Tüte zum Bett. Hannah beäugt mich argwöhnisch, als ich ihr den Kaffee reiche und meinen auf dem Nachttisch abstelle.

Gestern Nacht habe ich ihr Vertrauen vollkommen verloren. Vermutlich ist es besser so. Sie sollte Angst vor mir haben.

Ich klettere aufs Bett und lehne mich mit dem Rücken an die Wand neben sie, während sie einen zögerlichen Schluck ihres Kaffees trinkt und dann einen leisen Seufzer ausstößt.

„Ist er gut?", frage ich.

„So gut. Was ist das?"

„Nur ein Latte". Ich schaue sie neugierig an.

„Der ist stärker, als ich Kaffee normalerweise trinke. Oder

weniger süß. Sonst trinke ich immer den mit Zucker und Sirup und dem ganzen Zeug. Ich dachte nicht, dass mir so was schmecken würde."

Sie spricht mit mir, als ob alles normal wäre. Das beruhigt das Chaos in meiner Brust etwas, das sich dort eingenistet hat, seit ich sie gestern Abend zum Weinen gebracht habe.

Ich öffne die Papiertüte und reiche ihr ein eingepacktes Frühstückssandwich, bevor ich meins aus der Tüte hole. Ihr Kätzchen, Shadow, springt aufs Bett und kommt angetapst, schnurrt leise. Ich esse mein Sandwich, achte darauf, keine Krümel ins Bett fallen zu lassen, und ignoriere den kleinen Kerl, aber er sucht sich ausgerechnet meinen Schoß aus, um sich darin einzurollen und mit seinen winzigen Pfoten auf meinen Oberschenkeln Klavier zu spielen.

Ich esse auf und stecke die Verpackung zurück in die Tüte. Der Kater erhebt sich, um es sich genauer anzuschauen, steckt seine kleine Nase in die Tüte und stupst mit seiner Pfote gegen das braune, feste Papier.

Er schnurrt noch immer.

Ich ziehe die Tüte auf und lege sie anders hin, damit er hineinkrabbeln kann. Er duckt sich und schlüpft hinein, dreht sich darin herum, bewegt die Tüte und beult sie aus.

Neben mir stößt Hannah ein leises, amüsiertes Geräusch aus.

Er ist niedlich. Ich weiß, dass er das ist, aber ich kann es noch nicht ganz spüren. Es ist so, als ob der Teil meines Gehirns abgestellt wäre, in dem all dieser Gefühlsscheiß stattfindet. Gestern Abend, als wir hier angekommen sind, habe ich den kleinen Kater hochgehoben. Habe ihm direkt in sein Gesicht geschaut und auf intellektueller Ebene gewusst, dass er verdammt niedlich ist. Ich habe *versucht*, etwas zu fühlen, habe es aber nicht geschafft. Genauso, wie ich nichts empfunden habe, als ich auf dieser Willkommensparty meine Mom umarmt habe. Und Mom-Umarmungen sind in der Regel etwas, was alle Emotionen an die Oberfläche bringt, selbst wenn es meistens Dinge wie Scham oder Bedauern sind.

Aber Hannahs Tränen haben gestern Abend etwas mit mir angestellt. Sie hat mich fühlen lassen.

Das ist etwas.

Sie isst noch, ihre Bisse zurückhaltend, ihr Kauen langsam. Ich steige aus dem Bett, greife nach meinem Kaffee und nehme ihn mit ins Bad. Nachdem ich dort einen Rasierer finde, rasiere ich mein Gesicht.

Als ich wieder herauskomme, zieht Hannah sich gerade an. Sie trägt ein graues T-Shirt-Kleid, das sich eng an ihre Kurven schmiegt, darüber ein weißes, bauchfreies Top aus Spitze. An den Füßen trägt sie trendige, klobige Sandalen in Türkis, Braun und Orange. Ihre Zehen schauen hervor, ihre Zehennägel sind grellpink lackiert, mit winzigen, weißen Blüten darauf. Ich will an diesen Zehen lutschen.

Sie dreht sich zu mir um, ihr Gesicht ist angespannt. Sie ist nervös.

Fuck. Hat sie jetzt etwa Angst vor mir? Ich sollte froh darüber sein, aber es fühlt sich an wie ein Tritt in die Magengrube.

„Ich muss in den Laden." Ihre Stimme klingt herausfordernd, doch das leichte Zucken ihrer Lippe verrät, dass sie nicht so mutig ist, wie sie tut. „Ich muss Blumen verkaufen und wenn ich sie nicht verkaufe, kann ich die Rechnungen nicht bezahlen." Sie hebt das Kinn, ihre Nasenflügel beben leicht und sie spießt mich mit ihrem fordernden Blick förmlich auf.

„Um wie viel Uhr?", frage ich wohlwollend. Ich hatte mir irgendwie schon gedacht, dass sie arbeiten muss. Ich habe die Öffnungszeiten in ihrem Ladenfenster gesehen.

Sie blinzelt einen Moment, als ob es sie überraschen würde, dass ich nicht Nein gesagt habe. „Ich öffne um zwölf."

Ich werfe einen Blick auf die Uhr. Es ist schon zehn. „Bist du so weit?"

Ihr Körper springt in Aktion und sie macht einen schnellen Schritt aufs Bad zu, dann hält sie inne. „Ähm ... was soll das bedeuten, Armando?"

„Ich behalte dich im Auge, Hannah – bis ich mir sicher bin. Also fahren wir beide zum Laden."

„Das ist doch verrückt." Sie murmelt vor sich hin und schiebt sich an mir vorbei ins Bad, aber alle Anspannung an ihr ist verschwunden. Wie gestern schon scheint sie sich mehr Sorgen um ihr Geschäft als mich zu machen. Und aus irgendeinem Grund hellt das auch meine Stimmung auf.

Ich hole ihre Handtasche aus dem Schrank, wo ich sie verstaut habe, schnappe mir ein Ladekabel vom Schreibtisch und stecke ihr Handy in meine Gesäßtasche.

Sie kommt aus dem Bad, hat Make-up aufgelegt und sich ein buntes Tuch um den Kopf gebunden, um sich die Locken aus der Stirn zu schieben. Sie trägt Mascara und ihre Lippen schimmern. Ich will diesen Glanz küssen, weiß es aber besser, als es zu versuchen.

„Gehen wir." Wieder ist da diese Herausforderung in ihrem Auftreten.

Ich reiche ihr ihre Handtasche und nehme die Schlüssel.

„Das ist so seltsam", sagt sie, als ich die Wohnungstür hinter uns abschließe. „Ich versuche, es einfach mitzumachen, aber wenn ich anfange, darüber nachzudenken, dann drehe ich mit ziemlicher Sicherheit durch", sagt sie, als wir die Treppe hinuntergehen.

Ich lege meine Hand leicht auf ihren unteren Rücken. Ich sollte sie nicht berühren – nicht nach gestern Nacht – aber ihr Körper ist einfach unwiderstehlich. Meine Hände wollen sie überall berühren, ständig. „Ich bin überrascht, dass du das noch nicht getan hast, Blümchen." Ich reibe mir die Stirn. „Du bist direkt bis ganz nach oben auf meiner Liste geschossen." Ich verstumme, weil ich nicht weiß, was ich da überhaupt sage. Nur dass es die Wahrheit ist. Sie ist die unangefochtene Spitze meiner Liste. In jedweder Hinsicht.

„Was für eine Liste?", fragte sie. Weil, ja, das ist eine seltsame Aussage.

Ich schüttle den Kopf. „Nichts. Ist egal."

Sie wirft mir einen schrägen Blick zu und Neugierde brodelt unter diesen dichten, geschwungenen Wimpern.

In diesem Moment wird es mir klar: Sie mag mich. Deshalb hat sie mich geküsst. Das ist der Grund, weshalb sie nicht ausgerastet ist, als ich in ihr Leben eingefallen bin. Mich in ihrem Laden und ihrer Wohnung ausgebreitet habe. Ich meine, ich wusste, die Anziehung beruht auf Gegenseitigkeit. Absolut irre Chemie. Aber jetzt sehe ich auch etwas anderes. Es ist diese altmodische Mädchen-mag-Junge-Anziehung, die von ihr zu mir strömt. Eine Sehnsucht, die nicht sexuell ist.

Und, Fuck, wenn mich das nicht beinah zum Lachen bringt.

Nicht *über* sie. Definitiv nicht. Nein, es nimmt mir einfach eine solche Last von den Schultern, ich könnte fliegen.

Ich verschränke meine Finger mit ihren. Sie mag sauer auf mich sein, aber sie mag mich noch immer. Ich werde mir das Recht zurückverdienen, sie berühren zu dürfen.

Als sie meine Hand nicht abschüttelt, labe ich mich an diesem kleinen Sieg. Ich gehe mit ihr zum Van und ziehe ihr die Beifahrertür auf.

Der Van stottert, braucht vier Anläufe, um zu starten. Fuck. Diese Karre muss repariert werden. Heute noch.

Kapitel Neunzehn

H*annah*

Ich habe definitiv nicht erwartet, dass Armando mich zur Arbeit gehen lässt. Ich dachte, ich müsste mich auf ein weiteres Kräftemessen einlassen, das ich verlieren würde. Und ich hätte auch nicht gedacht, dass er mich begleitet.

Es ist seltsam und falsch, dass mich diese Vorstellung halbwegs erregt. Als ob mein Freund mich begleitet und auf meiner Arbeit mit mir abhängt.

Ich erinnere mich daran, dass ich seine Gefangene bin, nicht sein Date. Doch dann nimmt er meine Hand und öffnet mir die Autotür, was meinen Körper in einen Aufruhr der Erregung und Aufregung versetzt.

Ich achte überhaupt nicht auf den Weg, den er nimmt, also setze ich mich in meinem Sitz kerzengerade auf, als er plötzlich in eine Autowerkstatt einbiegt.

„Was machen wir hier?"

„Wir lassen eine neue Lichtmaschine in diese Karre einbauen. Komm."

Ich schnappe mir meine Handtasche, drücke die Tür auf und

springe aus dem Auto. Dabei bemerke ich, dass Armando mir diesmal keine Befehle entgegenknurrt, dass ich mich nicht bewegen soll. Das Vertrauen wächst.

„Ich habe kein Geld für eine neue Lichtmaschine", erkläre ich ihm, als ich um den Van gehe. Ich nehme an, das hat er sich schon gedacht, aber besser, es noch einmal deutlich zu sagen.

„Ich übernehme das", erwidert er.

„Das kann ich nicht annehmen."

Sein Gesicht verwandelt sich in eins der Autorität. „Ich frage nicht nach deiner Erlaubnis. Ich sage dir, dass der Van weder sicher noch verlässlich ist. Also lasse ich ihn reparieren. Ende der Diskussion."

Diese Ansage sollte mich nicht in Verzückung versetzen, aber die Art und Weise, wie er es sagt, hat etwas an sich, was meine Nippel hart werden lässt. Da blitzt etwas des alten Armandos auf – diesem aalglatten, Süßholz raspelnden Typen, der immer in den Laden gekommen ist, als er noch Mary Alice gehört und mit Geld nur so um sich geworfen hat. Es ist dieses Selbstbewusstsein und diese Leichtigkeit, diese Prise Arroganz. Als ob Geld kein Problem wäre und er gerne aushilft. Definitiv sexy für mich.

Er spricht mit einem Automechaniker, erklärt ihm, was das Problem ist, dann gehen wir ins Büro, um die Formulare auszufüllen. Armando lässt sie auf meinen Namen ausfüllen, gibt aber seine Nummer und seinen Namen als Kontakt an, dann bittet er um einen Shuttle zum Blumenladen.

Es ist keine besonders schwere Aufgabe, dennoch fühlte ich mich überwältigt davon, dass der Van zur Reparatur muss. Hauptsächlich aus dem Grund, weil ich wusste, dass ich mir keine Reparaturen leisten kann. Aber auch, weil ich die Befürchtung hatte, dass sie einen Blick auf mich werfen würden – eine junge, schwarze Frau, die nichts von Autos versteht – und versuchen würden, mich zu bescheißen.

Niemand würde je versuchen, Armando zu bescheißen. Zumindest niemand, der noch ganz bei Trost ist.

Auf der Fahrt zum Laden ist Armando schweigsam, sitzt zwar neben mir, wirkt aber so, als ob er ganz weit fort wäre.

Ich stoße sein Bein mit meinem Knie an. „Danke."

Er wendet mir den Kopf zu, schaut mich an, keine Spur eines Lächelns auf seinem Gesicht, das eine gefährliche, ausdruckslose Maske ist. Ich glaube nicht einmal, dass er mich gehört hat. „Was?"

„Ich habe ‚Danke' gesagt."

Für eine Sekunde blinzelt er mich an, braucht einen Moment, um wieder in der Gegenwart anzukommen und meine Worte zu verstehen. Dann wendet er den Blick wieder ab. „Gern geschehen, Blümchen", murmelt er.

Ich denke darüber nach, meine Hand in seine zu schieben, aber ich widerstehe dem Impuls. Ich kann mir nicht einmal vorstellen, was er durchmacht – frisch aus dem Gefängnis entlassen, und jemand versucht schon, ihn umzubringen. Seine Hand zu drücken, würde das nicht in Ordnung bringen.

Ich habe Glück, dass meine Probleme lösbar sind, und Armando bereit ist, mir dabei zu helfen. Wenn er mir gestern nicht mit der Miete ausgeholfen hätte, wüsste ich nicht, was ich getan hätte. Und den Van zu reparieren, wird mir sehr dabei helfen, mein Geschäft lukrativer zu machen. Wieder Lieferungen anbieten zu können.

Der Shuttle setzt uns an meinem Laden ab und Armando schließt die Tür auf, schaut nach links und rechts die Straße hinunter, ganz der Geheimagent. Schließlich landet sein Blick auf der Stelle, an der gestern der tote Mann gelegen hat.

„Bist du okay?", frage ich und berühre seinen Ellenbogen.

Armando reißt seinen Arm zurück, dreht sich zu mir um und zieht eine Augenbraue hoch. Ein Atemstoß entweicht seinen Lippen in einem kleinen *puh*. „Das fragst du *mich*?" Er legt seine Hand auf meinen unteren Rücken und senkt seine Lippen auf meine Schläfe. „Was ist mit dir?" Seine Stimme ist tief und leise. Es schwingt eine extreme Intimität in seiner Frage mit, als ob wir ein großes Geheimnis teilen würden, was wir ja auch tun, schätze ich. Er riecht sauber, sein frisch rasiertes Gesicht fühlt sich glatt an meiner Haut an.

Mein Herz schlägt schneller. Mir wird bewusst, wie nah seine Lippen an meiner Haut sind. Wie angenehm seine Berührung für mich ist. „Ja, ich bin okay. Ich kannte den Kerl ja nicht. Und es war ... irgendwie irreal für mich. Als hätte ich einen Film geschaut, weißt du, wie ich meine?"

Armando nickt. Sein Daumen massiert meinen Hinterkopf. „Ja. Geht mir auch so. Aber mein ganzes verdammtes Leben fühlt sich ehrlich gesagt im Moment so an. Alles, bis auf ..." Er verstummt.

Ich löse mich von ihm, um ihn anzuschauen. „Bis auf was?"

Seine Finger vergraben sich in meinen Haaren, krallen sich eine Faust voll. Er zieht meinen Kopf etwas in meinen Nacken. „Bis auf dich. Du fühlst dich echt an."

Ich höre auf zu atmen.

Er bewegt sich langsam, als ob er mir die Gelegenheit geben wollte, zu protestieren, und senkt seinen Mund. Seine Lippen streifen über meine. Es ist ein eleganter Kuss. Ein erfahrener Kuss. Nicht wie diese wahnsinnige, heiße Eroberung gestern.

Das hier ist anders. Das hier ist eine Verführung.

Und eine Verführung ist definitiv nicht fair. Denn Armando ist nicht die Sorte Mann, in die ich mich verknallen darf. Das hier ist keine Liebe. Als ich ihn das allererste Mal geküsst habe, mag ich ebenfalls unfair gespielt haben, aber jetzt ist definitiv er derjenige, der unfair spielt.

Ich schaffe es, meine Hände zwischen uns gleiten zu lassen, und schiebe seine Brust fort, löse meine Lippen gleichzeitig von seinen. Er lässt es geschehen, presst seine Lippen zusammen, als ob er meinem Geschmack nachspüren würde.

Ich taumle ein paar Schritte zurück, dann drehe ich mich herum und eile in den Laden, mache die Lichter an und fange an, alles vorzubereiten, um zu öffnen.

Mist. Ich brauche ein wenig Abstand von diesem Typen. Denn im Augenblick nimmt er meine Welt vollkommen ein, dringt in jede meiner Poren. Was es sehr schwer für mich macht, irgendwelche dauerhaften Grenzen zu ziehen.

Während ich durch den Laden haste und alles vorbereite, zittern meine Hände, mein Verstand und mein Körper noch immer überwältigt von seinem Kuss. Ich kann nicht leugnen, dass da immer noch eine Hitze zwischen uns verweilt, und ich weiß, dass sie so bald nicht verschwinden wird.

Ich versuche, mich auf die Arbeit zu konzentrieren, doch meine Gedanken wandern immer wieder zu Armando und wie sich seine Lippen an meinen angefühlt haben. Eine tiefe Wärme breitet sich in mir aus, als ich mich an die Elektrizität erinnere, die zwischen uns aufgeblitzt ist.

Einen Moment lang halte ich inne, schaue auf und entdecke ihn, wie er noch immer in der Tür steht und mich mit einem glühenden Blick beobachtet. Ich erwidere seinen Blick und für einen Moment bewegt sich keiner von uns. Dann kommt er auf mich zu, streckt die Hand aus und streichelt mit einem Finger über meine Wange. Seine Berührung ist sanft, aber entschieden und schickt eine Welle der Lust durch mich hindurch.

Seine Augen mustern mich von Kopf bis Fuß und meine Haut wird unter seinem Blick ganz heiß. „Du bist so wunderschön", wispert in mein Ohr.

Ich erschaudere und mein Herz rast, als ich versuche, meine Stimme zu finden.

„Du willst mich ablenken", sage ich. „Von meiner Arbeit."

„Funktioniert es denn?"

„Ich mache bald auf und ich bin noch nicht bereit." Herr im Himmel, dieser Mann ist gefährlich. Die Macht, die er über meinen Körper hat, ist nicht zu leugnen.

Armando tritt noch näher. „Ich finde, du siehst bereit aus."

„Armando ...", fange ich an, werde aber von seinen Lippen unterbrochen, die sich auf meinen Mund pressen. Dieser Kuss ist anders als der vor der Ladentür, intensiver und leidenschaftlicher. Und ich kann spüren, wie die Spannung zwischen uns mit jeder Sekunde weiter ansteigt.

Endlich löst er sich von mir und schaut mich unter schweren Lidern an.

„Ich verstehe, wenn du das nicht willst.“ Seine Stimme ist heiser und leise. „Aber ich kann nicht leugnen, was ich in diesem Moment empfinde.“

Ich nicke und spüre mein Herz hämmern. Ich will es auch. Aber ich habe Angst. Angst davor, was passieren wird, wenn ich ihm Einlass gewähre.

„Ich ... ich will es auch“, wispere ich kaum hörbar.

Armando schiebt mich vor ein hohes Regal, in dem ich Schleifen und Bänder und Dekomaterial für meine Bouquets aufbewahre. Er drückt mich dagegen, hält mich zwischen dem harten Holz und seinem Körper gefangen. Seine Hände gleiten über meine Seiten und ich kann nicht anders, als den Rücken durchzubiegen und meinen Körper fester gegen seinen zu pressen. Er beugt sich vor, drückt seine Lippen auf meine, steckt seine Zunge in meinen Mund, erforscht und schmeckt mich.

Mein Atmen wird flacher und ich spüre nichts mehr außer seinem harten Schwanz, der mir verspricht, was auf mich wartet. Seine Hände gleiten meinen Rücken hinunter, krallen sich in meinen Arsch, heben mich hoch und drücken unsere Körper noch enger zusammen. Ich schlinge meine Beine um seine Taille und er greift hinunter und reißt meinen Slip mühelos hinunter.

Dann kniet Armando sich hin und beginnt, meine inneren Oberschenkel mit Küssen zu bedecken. Langsam wandert er nach oben, bis er meinen Kitzler findet. Gekonnt verwöhnt er ihn mit seiner Zunge, und Lust breitet sich in meinem gesamten Körper aus. Seine Zunge gleitet auf und ab, neckt mich, bis ich vor Erregung keuche. Wieder gleiten seine Hände zu meinem Arsch und er zieht mich näher an seinen Mund, stößt seine Zunge in meinen Schlitz. Ich stöhne auf und mein ganzer Körper bebt. Ich wölbe meinen Rücken und dränge mich an ihn, ermutige ihn, seine Zunge noch tiefer in mich zu stecken.

Er reagiert, indem er mit einem Finger in mich eindringt, während sein Daumen meinen Kitzler sucht und ihn reibt. Die Stöße seines Fingers werden drängender und ich kann spüren, wie ich langsam auf den Abgrund zurase.

Mein Stöhnen wird lauter und mein Körper zittert, als ich zum Höhepunkt komme. Armandos Hände gleiten über meine Seiten, dann erhebt er sich langsam und schaut mir in die Augen.

„Bereit für mehr?" Seine Stimme ist heiser und leise.

Ich nicke, mein Körper noch immer am Vibrieren von der Lust, die er mir gerade bereitet hat. Er küsst mich innig und dreht mich herum, drückt mich einmal mehr gegen das Regal. Ich kann hören, wie er ein Kondom aufreißt – oder zumindest hoffe ich, dass es das ist – aber ich bin schon zu jenseits von Gut und Böse, als dass es mich kümmern könnte.

„Du hast gesagt, du würdest nie wieder Sex mit mir haben." Seine raue Stimme liebkost meine Haut und schickt einen Schauder über meinen Rücken.

„Ich habe es mir anders überlegt", bringe ich irgendwie hervor.

Er zieht seinen Schwanz durch meine Säfte, dann dringt er von hinten in mich ein, füllt mich mit jedem Stoß voll aus, und ich stöhne auf.

Er wird schneller und schneller und schon bald schreie ich seinen Namen, dankbar, dass ich den Laden noch nicht geöffnet habe.

Seine Stöße werden immer intensiver und ich kann spüren, wie sich ein weiterer Orgasmus in mir zusammenbraut. Als ich meinen Höhepunkt erreiche, merke ich, wie sich auch sein Körper anspannt und er ein tiefes Stöhnen ausstößt, während er in mich hineinhämmert. Er stößt noch tiefer und ich spüre seine warme Wichse in mich strömen, als er endlich zu seinem eigenen Höhepunkt kommt.

Für einige Augenblicke verharren wir regungslos und keuchend, während wir versuchen, wieder zu Atem zu kommen. Dann zieht

Armando sich aus mir heraus, schlingt seinen Arm um meine Taille und legt seinen Kopf auf meine Schulter.

Die Anzeichen meines Höhepunkts benetzen die Innenseite meiner Oberschenkel und mein Blick fällt auf meinen Slip auf dem Boden.

Armando dreht mich herum und küsst mich innig, seine Hände noch immer auf meinem Körper. Seine Berührung ist elektrisch und meine Erregung steigt augenblicklich wieder an. Seine Lippen lösen sich von meinem Mund, wandern meinen Hals hinunter, schicken Schauder über meine Haut.

Dann gleitet seine Hand tiefer und er dringt mit zwei Finger in mich ein, dreht sie, bis ich wieder vor Lust bebe.

„Ich mag es, deine Säfte zu spüren. Ich mag, wie sie meine Finger benetzen", sagt er.

Ich stöhne erwidernd, als Verlangen und Erregung durch mich hindurchrauschen. Er hört nicht auf, mich zu reiben und mit seinen Fingern zu ficken, während er seinen Daumen gegen meinen empfindlichen Kitzler drückt und mich in den Wahnsinn treibt. Ich biege den Rücken durch, dränge gegen seine Hand, will immer noch mehr.

Armandos andere Hand gleitet unter meine Hüften und hält mich fest, während er mein Innerstes liebkost, das noch immer von meinem Höhepunkt bebt. Meine Knie sind weich und ich keuche atemlos, als er schließlich seine Finger aus mir herauszieht.

Er schlingt seinen Arm um meine Taille und wispert mir ins Ohr. „Ich schulde dir ein neues Höschen."

Kapitel Zwanzig

A*rmando*

Ich sitze in Hannahs Arbeitsraum, will ihr nicht im Weg sein. Entlang der Wand ist ein Arbeitstisch angebracht, darüber Regale mit all ihren Materialien, Vasen und Körben und diese grünen Schaumdinger, in die man die Blumenstängel steckt. Hier bindet sie ihre Sträuße und Kränze. An der kurzen Wand steht ihr Schreibtisch, der voller Rechnungen und altmodischen Bilanzbüchern liegt, die mindestens dreißig Jahre alt sein müssen. Mary Alices Kram.

Hannah bewegt sich zügig durch den Laden, arrangiert Blumen und Sträuße im Kühlraum und räumt auf. Dann dreht sie das Schild an der Tür auf „Geöffnet" und schließt auf.

Ich fange an, durch ihre Rechnungen und Unterlagen zu blättern, mache mir mentale Notizen der Summen. In den letzten drei Monaten hat sie drei Hochzeiten ausgestattet – die zahlen gut. Aber der Rest ihrer Einnahmen bestehen nur aus kleinen Sträußen und Kränzen. Und wie es aussieht, hat sie vor vier Monaten mit den Lieferungen aufgehört. Das muss der Zeitpunkt gewesen sein, als ihr Van angefangen hat, Ärger zu machen.

Nur zum Spaß ziehe ich das aktuelle Bilanzbuch hervor und klappe es auf. Ich habe die Zeit im Gefängnis genutzt und ein Diplom in Wirtschaftswissenschaften gemacht. Ich schätze, ich wollte den Don beeindrucken, wenn ich wieder auf freiem Fuß bin. Ich habe ihm noch nicht einmal davon erzählt.

Trotz meines momentanen Mangels an Begeisterung für vieles, interessiert mich Wirtschaft noch immer. Ich blättere durch die Belege und Quittungen. Arturo hat mich diese alten Bilanzbücher benutzen lassen, um unsere Einnahmen durch Autodiebstähle und Gewinnausschüttungen zu dokumentieren, also bin ich mit dem Aufbau vertraut. Ich ziehe das nächste Bilanzbuch heraus, dann das nächste. Die Unterlagen zeichnen ein deutliches Bild des finanziellen Stresses, der auf Hannah lastet. Mary Alices Umsatz hatte sich seit Jahren nicht verändert. Hatte sich nur gehalten. Und ihre Gewinnspanne war ohnehin nicht groß gewesen. Die größten Ausgaben waren Angestellte und Ladenmiete gewesen. Die Blumen und die anderen Materialien waren der zweitgrößte Posten gewesen.

Hannah kommt in den Raum und bleibt wie angewurzelt stehen. „Was machst du denn da?"

Ich antworte nicht – stattdessen frage ich, „Du hast die gleichen Ausgaben, wie Mary Alice?"

Sie tritt auf mich zu, ihr Körper angespannt. „Mehr oder weniger. Die Miete wurde um zweihundert Dollar erhöht, als ich übernommen habe, und ich zahle auch eine monatliche Abgabe an Mary Alice für den Laden."

„Wie viel?"

„Fünfzehnhundert."

Ich stoße einen Pfiff aus.

„Was?" Ihre Stimme trieft vor Abwehrhaltung.

Ich sollte nicht drängen, aber ich will mir das genauer anschauen und verstehen, was schiefgelaufen ist. „Hast du alles durchgerechnet, bevor du den Deal eingegangen bist?"

Sie wird ein bisschen blass. „Was soll das heißen?" Als sie sich die Haare über die Schulter streicht, sehe ich, wie ihre Hand zittert.

Sie mag wunderbar in der Lage sein, mit mir klarzukommen – einem wahrhaftigen Killer, der sie gekidnappt hat – aber wenn es um ihr eigenes Geschäft geht, ist sie der Lage absolut nicht gewachsen und das weiß sie.

Ich greife nach ihren zitternden Fingern und halte ihre Hand fest. „Ach, ich meine nur, ich kann sehen, warum du am Kämpfen bist. Du hattest von Anfang an wenig Spielraum."

Sie starrt auf unsere verschränkten Hände, als ob sie fremde Objekte wären. Gott, sie sieht aus, als ob sie ohnmächtig werden würde. Sie zieht ihre Hand aus meiner und hält sich an ihrem Schreibtisch fest, blinzelt eilig.

„Hey – nicht durchdrehen. Das kann man lösen. Es bedeutet nur, dass du nicht so weitermachen kannst wie Mary Alice, und erwarten kannst, Profit zu machen. Du musst ein paar Veränderungen umsetzen."

Sie lehnt sich schwer auf ihren Schreibtisch, als ob ihre Beine sie nicht mehr halten würden. Ich will sie auf meinen Schoß ziehen und ihr sagen, dass alles gut ausgehen wird, aber ich bin nicht ihr Held. Und ich bin zu zynisch, um zu glauben, dass es gut ausgehen wird, es sei denn, sie ändert ihre Strategie.

„Was für Veränderungen?"

Ich stehe auf und verschränke die Arme vor der Brust. „Ich weiß nicht. Du musst dir ein neues Geschäftsmodell ausdenken. Neue Beziehungen knüpfen. Es mit neuen Verkaufsstrategien versuchen. Du bezahlst Mary Alice für ihr Entgegenkommen – den regelmäßigen Umsatz, den sie hatte – aber du bezahlst womöglich zu viel. Und dieser Umsatz hat abgenommen."

Hannahs Augen füllen sich mit Tränen, aber sie blinzelt sie zurück. Jemand kommt in den Laden und sie eilt aus dem Arbeitsraum, wirft mir noch einen finsteren Blick zu, als sie verschwindet.

Ich beobachte sie. Sie ist in Hörweite, also würde ich mitbekommen, wenn sie die Kundin um Hilfe bittet, und würde sehen, wenn sie ihr einen Zettel zustecken will oder so. Ehrlich gesagt erwarte ich nicht, dass sie irgendwas versucht, doch ich wäre töricht, ihr blind zu vertrauen. Niemand macht so etwas, vor allem nicht, wenn es um eine wunderschöne Frau geht.

Hannah kassiert ein günstiges Bouquet für die Frau ab und wirft mir einen weiteren, finsteren Blick zu.

Ich lasse meinen Nacken knacken. Warum komme ich mir wie ein solcher Arsch vor?

Ich war nur ehrlich und wollte ihr wirklich helfen.

Trotzdem, es gefällt mir nicht, wenn sie sauer ist. Genau wie gestern Abend – als ich sie ans Bett gefesselt hatte – rumort etwas Unangenehmes in meinem Magen.

Gefühle.

Fuck.

Will ich überhaupt wieder fühlen?

Vielleicht ist das Leben tausendmal einfacher, wenn man taub ist und einem alles scheißegal ist.

Ich sollte bleiben und Hannah im Auge behalten, aber ich bin nervös und will mich um meinen eigenen Scheiß kümmern und diese verkorkste Situation mit ihr endlich klären, also hole ich mein Handy hervor und gehe in den hinteren Teil ihres Ladens, wo ich einen Typen namens Luis anrufe, den ich von früher kenne. Er besitzt einen Pfandladen und ist auch immer gern bereit, Dinge nicht in Unterlagen auftauchen zu lassen. Er ist Hehler für alle großen und kleinen Waren. Und er steht mit dem Großteil der Chicagoer Unterwelt in Kontakt – einschließlich der Gangs.

Mit einem „Hey“ geht er ran.

„Hey. Hier ist Armando, von der Pachino-Familie. Ist eine Weile her.“

„Armando. Bist du draußen?“

„Ja, grade entlassen.“

„Was hast du für mich?“

„Nee, nichts. Ich bleibe sauber. Aber ich habe mich gefragt, ob du mir mit ein paar Informationen aushelfen kannst.“

Er zögert. Ich weiß, dass nichts auf dieser Welt umsonst ist. Egal, was ich von Luis will, es wird seinen Preis haben. „Was für Infos?“

„Jemand hat versucht, mich umzubringen. Ich frage mich, ob du was darüber weißt."

„Nee. Darüber weiß ich nichts. Was glaubst du, wer es war?"

„Ich schätze, die Hermanos. Im Knast bin ich mit einem von ihnen aneinandergeraten. Könntest du rausfinden, ob ich richtigliege?"

„Klar, ich höre mich um. Ist das deine neue Nummer?"

„Für den Moment."

„Okay. Ich melde mich."

Ich lege auf und ziehe die Hintertür zur Gasse auf, fühle mich rastlos. Etwas hat mich heute Morgen denken lassen, dass es vielleicht doch nicht die Hermanos waren. Scheint so, als ob sie sich auf Drive-by-Schießereien mit einem Haufen anderer Kerle und automatischen Waffen beschränken würden. Das war nicht ihr Stil. Einen einzelnen Attentäter zu schicken, der mich an einer Straßenecke ausschaltet, schreit förmlich nach Auftragsmörder. Und warum würden sie einen Killer anheuern, wenn sie alle wunderbar in der Lage sind, mich selbst umzubringen?

Es gibt nur zwei Gründe, weshalb man einen Attentäter anheuert: Man ist selbst ein Killer oder man will nicht, dass bekannt wird, dass man dahintersteckt. Und wenn ich sage, man will nicht, dass es bekannt wird, dann meine ich nicht, dass man den Mord nicht beweisen kann. Ich rede hier nicht von den Bullen. Ich rede davon, dass niemand auf der Straße weiß, dass man dahintersteckt.

Sagen wir mal, Don Pachino will einen Anschlag auf jemanden ausüben. Er will eine Botschaft senden. Dann will er auch, dass alle auf der Straße wissen, dass er dafür verantwortlich ist. Ich denke, genauso verhält es sich mit den Hermanos. Die Botschaft wäre: *Legt euch nicht mit unseren Typen an, weder im Gefängnis noch draußen.*

Also kommt mir ein angeheuerter Söldner irgendwie komisch vor.

Das gefällt mir nicht. Und es lässt mich glauben, dass ich mir womöglich größere Sorgen machen muss, als ich dachte.

Und jetzt werde ich langsam verflucht paranoid.

Beispielsweise denke ich, dass ich gestern Abend besser nicht bei Gio's hätte bestellen sollen. Man kennt mich dort. Der Besitzer würde meinen Namen wiedererkennen. Und ich habe eine EC-Karte benutzt, was bedeutet, dass sie mich jetzt mit Hannahs Adresse in Verbindung bringen können. Also habe ich womöglich meinen Plan ruiniert, in ihrer Wohnung unterzutauchen.

Das ist der Grund, weshalb ich ihren Van heute Morgen zu einer beliebigen Werkstatt gebracht habe. Ich kenne Automechaniker, Typen, die mir einen fantastischen Deal anbieten oder die Reparatur sogar umsonst ausführen würden. Aber nie im Leben werde ich zulassen, dass Hannah und ihr Geschäft mit meinem Namen in Verbindung gebracht werden könne. Sie steckt schon tief genug in der Scheiße. Wenn ihr meinetwegen etwas zustoßen sollte, würde ich nicht mehr mit mir leben können.

Ich beobachte, wie sie an der Arbeitsbank steht und neue Sträuße bindet. Sie ist talentiert. Und der Sache absolut nicht gewachsen.

Ich will ihr helfen.

Das ist das Erste – abgesehen davon, dass ich sie ficken will – worüber ich mir seit meiner Entlassung absolut sicher bin. Das Erste, das überhaupt ein Interesse in mir geweckt hat.

Zu dumm, dass es keine gute Idee ist, sich in ihr Geschäft einzumischen. Wenn mich ihr Geschäft tatsächlich kümmern würde, dann würde ich mich verdammt noch mal fernhalten.

Kapitel Einundzwanzig

H*annah*

Mein Magen ist ein harter, verkrampfter Knoten. Oder vielleicht ist das mein Zwerchfell, das dichtgemacht hat. Muss so sein, weil ich nicht mehr atmen kann. Mein Stresslevel ist ins absolute Ausflipp-Level hochgeschossen, als Armando mich nach meinem Geschäft ausgefragt hat.

Tränen brennen in meinen Augen, während ich Sträuße binde, die ich nicht brauche. Aber mit den Blumen zu arbeiten, ist das Einzige, was mich hier glücklich macht. Ich meine, es macht mich auch generell glücklich – deshalb habe ich mein Stipendium für die Ausbildung zur Krankenschwester aufgegeben, der Plan meiner Mom für mich – um den Blumenladen zu kaufen. Blumen machen mich glücklich. Ich mag ihre Farben, ihre zarte Textur, ihren Duft. Ich liebe es, dass ich mit einem so wundervollen Medium arbeiten darf, und meine Augen und meine Kreativität bei den Bouquets benutzen kann.

College war nichts für mich. Ich mag eine Einserstudentin gewesen sein, aber das heißt nicht, dass es mir gefallen hat. Nein. Als

Mary Alice auf mich zukam und mir die Übernahmen anbot, wollte ich das mehr als alles andere auf der Welt.

Jetzt fühlt es sich allerdings so an, als ob ich einen riesigen Fehler begangen hätte.

Armando kommt durch die Hintertür in den Laden und ich blicke ihn skeptisch an. Ich bin im Moment ein wenig durchgerüttelt, wenn es um ihn geht.

Ich weiß, es ist nicht seine Schuld, aber er hat mir ganz rundheraus eine Sache gesagt, vor der ich seit sechs Monaten die Augen verschließe. Ich habe einen riesigen Fehler gemacht, als ich *Garten Eden* gekauft habe. Ich habe meine Ausbildung und eine sichere Karriere aufgegeben, und jetzt stehe ich kurz davor, alles zu verlieren.

„Hey." Er lehnt sich gegen die Arbeitsbank und schaut mir zu. „Ich wollte dich nicht verärgern."

„Ich bin nicht verärgert", lüge ich knapp. Was ich eigentlich sagen will, ist, dass ich nicht sauer sein will, denn es ist nicht seine Schuld, dass ich dabei bin, mit meinem Geschäft unterzugehen.

„Ich habe weder deine Entscheidung noch dein Geschäft kritisiert, Hannah."

Genau so fühlt es sich aber an.

„Schau mich an."

Ich ignoriere seinen Befehl.

„*Hannah*." Die Rolle des Mr. Nachdrücklich steht ihm. Ich wette, er kann erwachsene Männer dazu bringen, sich in die Hose zu machen, wenn er will.

Ich drehe mich zu ihm um, meine Lippen eine schmale Linie. Die Anspannung schnürt mir die Kehle zu, die droht, zu explodieren.

„Du bist nicht total am Arsch. Und du hast auch keine Scheiße gebaut."

Ich blinzle ihn an. Interessante Zusammenfassung. Seltsamerweise sinken seine Worte mit einem beruhigenden Gewicht um mich zu Boden.

Er legt den Kopf zur Seite. „Du willst doch, dass das hier funktioniert, oder?"

Ich öffne den Mund, bin überrumpelt von der neuen Richtung, die meine Angst einschlägt. Sie sitzt noch immer dort in meiner Brust fest, aber sie hat aufgehört, zu brodeln. Hat aufgehört, zu rumoren. „*Ja*", blaffe ich ihn an, obwohl er meinen Zorn nicht verdient hat.

„Hey." Er legt seine Hand auf meine Taille. Das lässt mein Innerstes auf- und abhüpfen, vor allem, wenn man bedenkt, wie angespannt ich bin. „Du machst dir Sorgen. Das verstehe ich. Aber du kannst Entscheidungen treffen."

Ich ertappe mich dabei, wie ich mich auf ihn zubewege, als ob die Stärke in seinem harten Körper oder sein Selbstbewusstsein auf mich abfärben könnten. „Welche Entscheidungen?"

Er zuckt mit den Schultern. „Du kannst dir weiter Sorgen machen und so weitermachen wie bisher."

Ich blicke finster drein und meine Lunge zieht sich erneut zusammen.

„Oder du kannst anfangen, neue Dinge zu probieren, um dein Geschäft wachsen zu lassen. Denn das ist es doch, was du willst, oder? Es wachsen lassen?"

Ich nicke. Ja. Da war es, was ich mir vorgestellt habe, als ich entschieden habe, den Laden zu kaufen. Ich hatte mir nicht vorgestellt, einfach so weiterzumachen, wie Mary Alices den Laden seit Jahren betrieben hat, und ich hatte mir definitiv nicht vorgestellt, sogar noch weniger Umsatz zu machen als sie.

„Ich kann das Geschäft nicht wachsen lassen, wenn ich kein Geld habe, das ich investieren kann. Ich meine, ich konnte noch nicht mal den Van zur Reparatur bringen, um weiter Lieferungen anbieten zu können. Deshalb trete ich auf der Stelle, seit ich den Laden übernommen habe."

„Dann musst du dir was überlegen."

Ich blinzle zu ihm hoch. „Im Ernst? Das ist dein Ratschlag?"

„Nicht jede Idee kostet Geld. Und Geld kommt nicht nur aus einer Quelle."

Ich schüttle den Kopf. Ich weiß nicht einmal, warum ich dachte, er hätte eine magische Antwort für mich. „Was weißt du denn schon?", murmle ich und wende mich ab.

Er greift nach meinem Arm, dreht mich zu sich herum. „Entweder du gibst auf, oder du kämpfst, Blümchen. Aber halte nicht die Luft an und tu so, als ob du nicht untergehen würdest, wenn du genau das tust."

Ich bin kein gewalttätiger Mensch, aber in diesem Moment stoße ich ihn heftig gegen die Brust. „Fick dich, Armando."

Ich weiß, kein besonders tiefschürfender Konter. Aber ich ...

Ich verliere den Faden, als er meine Handgelenke festhält, mich gegen die Wand schiebt und sein harter Körper gegen mich drängt. „Pass auf, was du sagst, Blümchen."

Ich weiß nicht, warum ich immer so feucht werde, wenn er mich so grob herumschubst. Oder mich bedroht. Es ist so, als ob mein Körper nicht mehr zwischen Vorspiel und Misshandlung unterscheiden könnte. Nicht dass es sich wie Misshandlung anfühlt. Sein Handeln ist definitiv eher als Vorspiel zu verstehen – nicht nur von mir.

„Lass mich in Ruhe", wispere ich, meine es aber ganz eindeutig nicht ernst.

„Atme, Blümchen."

Ich versuche, meine Handgelenke zu befreien, aber er hält sie fest. „Atme oder ich zwinge dich dazu."

„Wie wills du das denn tun?", fordere ich ihn heraus. Ich bin viel erregter als verängstigt. Ich will seine komplette Aufmerksamkeit. Für meinen Körper.

Vielleicht sogar für mein Geschäft, obwohl mich der Gedanke sauer macht.

Er bewegt sich schnell, bedeckt meinen Mund und meine Nase mit seiner freien Hand, schnürt mir die Luft ab.

Überraschung und Angst drängen an die Oberfläche, und ich will mich gegen ihn wehren, als mein Überlebensinstinkt einsetzt.

Er lässt meine Handgelenke los und schiebt seine Hand

zwischen meine Beine, legt sie entschieden über meinen Venushügel. Dann lässt er mich kurz atmen, bevor er mir erneut die Luft abdrückt. Schock, Terror und Lust verbinden sich in einem Aufruhr der Emotionen in mir. Blut rauscht in meinen Kitzler und mein ganzer Körper kribbelt. Die ganze Zeit über reibt Armando fest mit seiner Hand zwischen meinen Beinen, während ich ausraste, weil ich nicht mehr atmen kann.

Gerade, als ich panisch werde, nimmt er seine Hand von meinem Mund und meiner Nase, legt sie stattdessen um meinen Hals. Keuchend schnappe ich nach Luft. Das ganze dauert erst dreißig Sekunden an, und schon jetzt stehe ich kurz vor dem Orgasmus. Er würgt mich nicht, seine Hand liegt nur leicht auf meinem Hals und hält mich an der Wand fest, während die Finger seiner anderen Hand über den Saum meines Slips gleiten. Er hat sie nicht einmal unter den Stoff geschoben, und ich bin schon bereit, zu kommen. Ich greife hinunter, presse meine Hand auf seine und drücke seine Finger fester gegen meinen Kitzler, meinen Schlitz, meinen Anus.

Er grinst und nickt und seine Augen funkeln vor Vergnügen, als mein Atem flacher geht. Seine andere Hand gleitet über meinen Körper, meinen Hals und sendet ein Schaudern durch mich hindurch, bevor sie auf meinem Kiefer zum Liegen kommt. Er schaut mir in die Augen und ich kann die Intensität in seinem Blick erkennen.

„Ich könnte dich den lieben langen Tag lang ficken, jeden Tag", wispert er und sein Atem kitzelt über meine Haut. Ich nicke, bringe jedoch kein Wort mehr heraus.

Sein Griff um meinen Hals wird enger, als er sich vorbeugt und seine hungrigen Lippen auf meine presst. Seine Zunge erforscht meinen Mund, schmeckt und neckt mich, und meine Erregung wächst an.

Mit einem Knurren steckt er zwei Finger in mich. Bei dem plötzlichen Aufflammen der Lust schnappe ich nach Luft, drücke sein Handgelenk gegen meinen Kitzler. Er beginnt, seine Finger schneller und heftiger zu bewegen, erregt mich auf eine Weise, die ich so kurz nach dem Sex und einem Höhepunkt nicht erwartet hätte.

Wir hatten gerade erst Sex.

Weil ich einfach nicht genug von diesem Mann bekommen kann, winde und reibe ich mich an ihm, will unbedingt noch mehr. Er nimmt meine Herausforderung an, wechselt zwischen harten Stößen und zärtlichen Liebkosungen ab, treibt mich immer weiter an den Rand der Ekstase.

Armando reagiert auf mein Stöhnen und drängt mit jedem Stoß seiner Finger tiefer in mich hinein. Ich kann spüren, wie auch sein Atem keuchender und flacher geht, während ich wimmere und stöhne und mich an ihn dränge. Mein Körper bebt vor Lust. Seine andere Hand gleitet auf meine Taille, zieht mich enger an ihn, und seine Zunge findet wieder ihren Weg in meinen Mund, schmeckt und erforscht mich wie seine Finger, die sich schneller und schneller über meine empfindliche Haut bewegen.

Die Empfindungen sind überwältigend. Jeder meiner Nerven steht in Flammen und ich bin so kurz vor dem Höhepunkt, meine Hüften zucken gegen seine Hand, ein verzweifelter Versuch, zu kommen – schon wieder. Er muss es ebenfalls spüren, denn seine Zunge bewegt sich noch ungezähmter gegen meine, seine Finger arbeiten angestrengter, bis ich es nicht mehr aushalte und meine Erleichterung herausschreie, mein Körper unkontrolliert bebt und zuckt.

Als ich mit einem würgenden Keuchen komme und nach Luft schnappend, reibt Armando weiter zwischen meinen Beinen. Sterne tanzen vor meinen Augen und ich schließe sie, werde in irgendein anderes Universum davongetragen.

Als ich wieder in der Realität ankomme, mein Atem ruhiger wird und ich die Augen wieder öffne, sehe ich Armando, der seine Stirn an meine lehnt, meinen Kiefer mit seinem Daumen streichelt. Seine Finger liegen noch immer um meinen Hals und streicheln mich zwischen den Beinen.

Noch einmal durchfährt mich ein Schauder, ein weiterer Höhepunkt.

„Gib nicht auf Blümchen. Hör auf, die Luft anzuhalten. Du kannst das in Ordnung bringen."

Ich lasse mich gegen seinen Körper sinken. „Wie?", lalle ich. Ich klinge erbärmlich. Ich sollte sauer darüber sein, was er gerade mit mir gemacht hat. Obwohl es mir gefallen hat, war es rücksichtslos und beängstigend. Ich sollte ihn fortstoßen und ihm sagen, dass er mich nie wieder anfassen soll, vor allem nicht in meinem Laden.

Stattdessen falle ich in seine Arme und lasse mich von ihm halten.

„Du versuchst es mit jeder Idee, die du hast, bis etwas funktioniert. Bitte um Hilfe. Probiere aus. Du kannst das schaffen. Du bist so gut in dem, was du tust. Vertraue darauf."

Was Motivationsreden angeht, ist diese hier ziemlich schwach, doch seltsamerweise fühle ich mich besser. Vermutlich ist das allerdings nur der Orgasmus, der sich da zu Wort meldet.

Ich schiebe mich von ihm fort, auch wenn ich mir nicht sicher bin, ob meine Beine mich halten werden. „Du bist trotzdem noch ein Arschloch", murmle ich.

„Kannst du glauben", bestätigt er, als ich auf zitternden Beinen davon gehe, aber viel leichter *atmen* kann als vorher.

Als ich einen Blick über die Schulter werfe, ertappe ich ihn dabei, wie seine Augen an jeder meiner Bewegungen kleben. Er ist auf der Jagd und ich bin eine einfache Beute.

Ich könnte davonrennen. Ich sollte davonrennen. Aber so, wie er mich beobachtet, würde ich vermutlich über meine Lust und mein Verlangen für diesen Mann stolpern und ausgestreckt hinfallen. Und wie ich Armando kenne, würde er mir aufhelfen, mir den Arsch versohlen, weil ich abhauen wollte, und mich dann noch einmal ficken.

Kapitel Zweiundzwanzig

A*rmando*

Hannah ist vollkommen durch den Wind. Ich kann nicht entscheiden, ob sie noch immer sauer auf mich ist, oder sich nur in einer postkoitalen Unruhe befindet. Unablässig läuft sie durch den Laden, bleibt willkürlich stehen und starrt auf ihre Produkte, bringt aber keine Aufgabe zu Ende. Ich schätze, es könnte auch eine Unruhe sein, die mit ihrem Geschäft zusammenhängt.

Die Tür geht auf und eine große, junge Frau mit platinblonden Locken und Sommersprossen kommt hereingeschneit. „Sorry, dass ich zu spät bin." Sie marschiert direkt am Kassentresen vorbei in den hinteren Teil des Ladens, wo ich mich aufhalte, und wirft ihre Handtasche neben mir auf den Schreibtisch. „Hi."

Welche Wirkung auch immer Hannah auf mich hatte, die mich weich werden lässt, bei ihr funktioniert das nicht. Urplötzlich bin ich hart und kalt, zeige nichts und bin auf alles gefasst. Ich antworte nicht, sondern ziehe fragend eine Augenbraue hoch.

Ich mache sie nervös und sie geht zu Hannah zurück, drängt sich an sie. „Was ist das für ein Guido?", höre ich sie murmeln.

Hannah wirft mir einen ängstlichen Blick zu, und augenblicklich prickelt Verärgerung in mir, auch wenn ich nicht genau sagen kann, woher sie stemmt. Ich schätze, ich mag es einfach nicht, diesen Ausdruck auf Hannahs Gesicht zu sehen, sogar wenn ich selbst der Auslöser dafür bin. „Das ist, äh, Armando", antwortet Hannah ihr. „Er verbringt heute ein bisschen Zeit hier."

„Warum?", erwidert die Frau. Ich kann nicht erkennen, ob sie hier arbeitet oder nur eine Freundin ist. Vermutlich beides.

„Armando, das ist Josie", erklärt Hannah mit lauterer Stimme. „Sie arbeitet hier."

Ich werfe einen Blick auf die Uhr. Der Laden öffnet um zwölf. Jetzt ist es Viertel vor zwei. Wann hätte sie hier sein sollen?

„Oh, mein Gott, hast du die Miete nicht bezahlen können?", wispert Josie.

Hannah wirft mir einen weiteren, besorgten Blick zu. „Nicht ganz, aber es ist in Ordnung. Dieser Monat ist sicher."

„Was soll das heißen?"

Hannah schüttelt einfach nur den Kopf. „Kannst du die Kasse übernehmen?"

Josie wirft ihr einen fragenden Blick zu, aber als Hannah sie ignoriert, sagt sie: „Natürlich."

Hannah stürmt an mir vorbei zu ihrer Arbeitsbank. Sie nimmt eine Vase und zwei Spulen Schleifenband vom Regal. Endlich wirkt sie fokussiert. Mir wird bewusst, dass sie auf jemanden gewartet hat, der die Kasse übernimmt, damit sie sich um ihre Arrangements kümmern kann. Vermutlich hätte ich das übernehmen können. Es ist bezeichnend, dass sie mich nicht darum gebeten hat. Ich glaube, sie gibt vor, sich weniger aus meiner Anwesenheit zu machen, als tatsächlich der Fall ist.

Ein Schuldgefühl durchfährt mich. Dasselbe Gefühl, das ich gestern Abend empfunden habe, als ich dachte, sie würde glauben, mich ficken zu müssen, um zu überleben.

Ist sie eine so begnadete Schauspielerin?

Nein. Ich glaube nicht. Sie steht drauf. Ihr Körper kann nicht lügen. Sie sträubt sich nicht gegen mich. Obwohl ... lasse ich ihr eine Wahl?

Hannah sieht ruhig und selbstsicher aus, als sie Eimer mit Blumen aus dem Kühlraum holt. Während sie wie ein Reh im Scheinwerferlicht erscheint, wenn es um ihre Buchhaltung geht, ist sie hier an der Arbeitsbank eine verdammte Zauberin. Ihre Bewegungen sind zügig und geübt, während sie ein buntes Bouquet zusammenstellt und eine rotweiße Schleife um die Vase bindet. Ich weiß nicht einmal, was für Blumen das sind – Orchideen vielleicht? Irgendetwas Exotisches und Überraschendes. Nichts an dem Strauß ist klischeehaft.

Und dann kapiere ich es. „Ist das ein Barbierstab?"

Sie tritt einen Schritt zurück und betrachtet ihr Werk kritisch. „Ja."

Genial. Ihr Talent als Designerin ist unglaublich.

„Hat Rocco nach Blumen gefragt?" Lustig, das kann ich mir irgendwie nicht vorstellen.

„Nein, aber sie sind für ihn. Ich habe über das nachgedacht, was du gesagt hast. Darüber, neue Kontakte zu knüpfen. Du hast recht – ich habe keine Kontakte. Und der einzige Kontakt, den Mary Alice hatte und der noch für mich funktioniert, ist Rocco. Also dachte ich, ich sollte dieses Rädchen vielleicht ölen. Von jetzt an wird Rocco frische Blumen in seinem Laden haben, mit einem Stapel meiner Visitenkarten neben der Vase."

„Clever." Ich will mit ihr rübergehen, sehen, wie es läuft. Ich weiß nicht, ob ich sie vor den Typen beschützen will, die sich womöglich in Roccos Laden aufhalten, oder um meinen Anspruch auf sie deutlich zu machen, aber das macht auch keinen Unterschied, denn ich kann nicht dort rübergehen.

Die beste Methode, um Hannah zu beschützen, ist es, niemanden auf unsere Verbindung aufmerksam zu machen.

Ich werde hier hinten in ihrem Laden sitzen wie ein verdammter Waschlappen und mich vor Gott weiß wem verstecken.

Das ist doch totaler Mist.

„Du hast mir nicht erzählt, dass heute eine Mitarbeiterin hier ist.“ Ich werfe einen Blick in Josies Richtung, die scheinbar nichts anderes tut, als an ihren lackierten Fingernägeln herumzuspielen und zu gähnen.

„Ihre Arbeitszeiten können ... fluktuieren.“ Hannah starrt angestrengt auf ihren Strauß.

Dann holt sie eine zweite Vase aus dem Regal und bindet einen noch größeren, auffälligeren Strauß. Er ist einen halben Meter hoch und atemberaubend.

„Für wen ist der?“, frage ich.

Sie knabbert an ihrer Unterlippe. „Der ist für ein Hotel, einen halben Block von hier entfernt.“ Sie zuckt mit den Schultern. „Vielleicht stelle ich mich ihnen vor. Du weißt schon, für den Fall, dass sie Blumen für Veranstaltungen brauchen. Oder sie könnten mich den Eventplanern vorstellen.“

„Das ist gut.“

Vielleicht bringt sie den Laden tatsächlich wieder in die richtige Spur.

„Ich fahre dich hin, wenn wir den Van zurückbekommen. Drehe eine Runde um den Block, damit du keinen Valet in Anspruch nehmen musst.“

Sie wirft mir einen vernichtenden Blick zu. „Ich hätte keinen Valet in Anspruch genommen. Sowas habe ich noch nie in meinem Leben gemacht. Ich wäre einfach zu Fuß vorbeigegangen.“

Mein Blick fällt auf ihre Keilsandalen. „Nee. Ich fahre dich. Du willst doch sicher nicht, dass die Blumen verwelken. Warte einfach auf den Van ... er wird in ein paar Stunden fertig sein.“

Sie atmet tief ein, dann stößt sie den Atem langsam wieder aus, als ob sie nervös wäre.

„Du wirst das super machen. Sie werden dich lieben.“

„Glaubst du?“

Ich nicke. „Absolut.“

Sie kommt einen Schritt auf mich zu und steht plötzlich direkt vor mir. Ich widerstehe dem Verlangen, sie zu berühren, nur so lange, bis mir klar wird, was sie will, dann schlinge ich meinen Arm um ihre Taille und ziehe sie fest an mich.

Sie hebt mir ihr liebliches Gesicht entgegen. „Ich bin nervös."

„Blümchen, eine Frau mit deinem Aussehen? Mit deinem irren Talent und deiner einnehmenden Art? Es gibt niemanden in der ganzen Stadt, der *nicht* mit dir zusammenarbeiten wollen würde. Manche Kontakte brauchen einfach ein bisschen länger, um zu reifen, aber das werden sie irgendwann."

Sie blinzelt mich mit diesen dichten Wimpern an. „Ich will dir so gerne glauben."

„Glaub nicht mir, Blümchen. Glaub an *dich*. Das ist das Einzige, was dir Erfolg verschaffen wird."

Sie richtet sich auf, macht die Schultern gerade. „An wen glaubst du?"

Das ist eine einfache Frage. Sollte einfach zu beantworten sein, aber ich habe das Gefühl, als ob ich Blei geschluckt hätte. „An niemanden, Blümchen. An keine verdammte Seele."

Kapitel Dreiundzwanzig

H*annah*

Josie versucht, mich allein zu erwischen, doch Armando lässt es einfach nicht geschehen. Er wirkt trügerisch entspannt und lungert im Arbeitsraum herum, hat jedoch eine Stelle ausgewählt, von der aus er alles im Auge behalten kann – Ladentür, Hintertür, Arbeitsraum. Kühlraum. Teeküche. Der Laden ist nicht besonders groß und ich kann nirgendwo hingehen, um mich seinem Blick zu entziehen.

Jedes Mal, wenn Josie versucht, mir in eine Ecke zu folgen, eine Million Fragen in ihren Augen, taucht Armando plötzlich auf und warnt mich, ohne ein einziges Wort zu sagen.

Im Augenblick befinde ich mich im Kühlraum, aber als Josie hereinkommt, keilt Armando die Tür auf, damit er uns hören kann.

Es ist verrückt. Das sollte mich nicht feucht werden lassen. Ich bin nicht sicher, warum mich diese Art der Intimität so anmacht. Ich muss irgendwie falsch gepolt sein.

Bei Josies Sorge zieht sich auch mein Magen zusammen. Ich sollte panischer wegen Armando und meiner Situation sein, aber bis zu diesem Augenblick, bis ich es durch ihre Augen gesehen habe, war mir nicht bewusst, wie abgefuckt das alles ist.

Und natürlich kann ich ihr nichts darüber verraten. Selbst wenn Armando mich nicht mit Adleraugen bewachen würde, würde ich ihr nichts sagen.

Ich weiß nicht, ich gehöre zu diesen hoffnungslos loyalen Menschen, die die Geheimnisse ihrer Freunde mit ins Grab nehmen. Und ich schätze, Armando fällt in die Freunde-Kategorie. Er war schon in dieser Kategorie, bevor das alles passiert ist. Ich war von Anfang an auf seiner Seite.

Ich habe an ihn geglaubt. Nur glaubt er noch nicht an mich.

Ich wünschte, das würde nicht so sehr schmerzen, wie es der Fall ist.

Allerdings muss ich nachsichtig mit ihm sein. Vermutlich ist er traumatisiert vom Gefängnis. Jemand hat versucht, ihn umzubringen, und er weiß nicht, wem er vertrauen kann.

Warum sollte er an mich glauben? Sollte er nicht.

Ich höre das Nachrichtensignal meines Handys. Mehrfach.

Wo ist mein verdammtes Handy? Armando hat es irgendwo. Er hat es schon die ganze Zeit bei sich, auch wenn ich es zu schätzen weiß, dass er es immerhin geladen hat.

Ich werfe einen Blick in den Laden und erblicke Josie, die ihr Handy in der Hand hält und den Hals reckt, um mir einen Blick über die Schulter zuzuwerfen. Wir sind schon seit der Mittelstufe beste Freundinnen, als sie mich am dritten Tag des Schuljahres gegen Erica Bane verteidigt hat, eins der populären Mädchen an der Schule. Sie kennt mich durch und durch. Es wäre dumm von mir, zu glauben, ich könnte ihr irgendwas vormachen.

Sie hat mir eine Nachricht geschrieben. Und sie kapiert gerade, dass ich mein Handy nicht bei mir habe.

Das könnte ein Problem werden.

Ich spaziere aus dem Kühlraum, als ob mir der Laden gehören würde – was er komischerweise auch tut. Zu blöd, dass ich mich nie so gefühlt habe. „Hast du mein Handy gesehen?", frage ich Armando süß.

„Mh-hm. Du hast es hier liegenlassen." Er reicht es mir und ist die Ruhe selbst. Ich bin ein wenig beunruhigt darüber, wie überzeugend er ist. Wie aalglatt er seine Lügen überspielt. Allerdings ist er Mitglied einer Verbrecherfamilie und vermutlich mit so einem Verhalten aufgewachsen.

Ich schaue in meine Nachrichten, allesamt von Josie, die fragt, ob alles in Ordnung ist, ob sie Hilfe rufen soll und was zur Hölle hier eigentlich los ist.

Alles in Ordnung, schreibe ich zurück. *Ich bin gestern Abend mit ihm im Bett gelandet und jetzt hängt er noch ein bisschen hier ab. Er hat mir bei der Miete ausgeholfen.* Ich achte darauf, dass Armando über meine Schulter mitlesen kann, bevor ich die Nachricht abschicke.

Alles davon stimmt. Bis auf die Sache mit *alles in Ordnung*, vielleicht.

Ich habe ihm noch nicht dafür verziehen, mich gestern Abend gefesselt zu haben. Dieser Groll schwelt noch in mir, doch abgesehen davon … bin ich in Ordnung. Armando macht mich nervös, aber die Hälfte davon ist die Aufregung darüber, ihn in meiner Nähe zu haben. Von ihm beobachtet zu werden. Nicht zu wissen, was er als Nächstes tun wird.

Glaube ich, dass er mich im Lake Michigan versenken wird, wenn alles vorbei ist? Nein. Das kann ich mir nicht vorstellen.

Ich mag vielleicht eine schlechte Geschäftsfrau sein, aber ich bin eine Empathin. Ich kann nicht anders, als Leute zu verstehen, weil ich ihre Emotionen wie meine eigenen empfinde. Zumindest fühlt es sich so an. Josie glaubt, ich spinne, wann immer ich ihr davon erzähle, aber ich schwöre, es ist wahr.

Und ich spüre keine Boshaftigkeit von Armando mir gegenüber. Er verrät überhaupt nur sehr wenig Emotionales, es sei denn, man zählt Begierde mit. Aber er ist nicht boshaft. Er plant nicht, mich zu töten.

Josie: *Du bist mit ihm im Bett gelandet? Wer ist er denn? Ein vollkommen Fremder!!! Ich habe ihn noch nie vorher im Laden gesehen.*

Ich: *Er ist der Typ, von dem ich dir schon erzählt habe, als ich noch für Mary Alice hier gearbeitet habe. Er stand gestern plötzlich wieder im Laden, kurz vor Ladenschluss.*

Josie: *Um Blumen für seine Verlobte zu kaufen? Bitte sag mir nicht, dass du mit einem vergebenen Mann fickst, Hannah!!*

Ich: *Er ist nicht mehr mit ihr zusammen. Sie haben sich vor Jahren getrennt.*

Beinah schreibe ich noch, dass er gerade aus dem Gefängnis entlassen worden ist, finde aber, dass sie das nichts angeht. Außerdem glaube ich, dass sie nicht nur ihn, sondern auch mich dafür verurteilen würde, mit einem Kriminellen ins Bett gegangen zu sein. Und ich bin nicht in der Stimmung, mein Handeln verteidigen zu müssen.

Josie: *Na ja … war der Sex denn heiß? Konnte er der Fantasie gerecht werden?*

Ich spüre, wie mein Gesicht heiß wird, und blicke verstohlen zu Armando, der mich weiterhin beobachtet, aber nicht länger meine Nachrichten mitliest. Scheinbar habe ich mir ein kleines Maß an Vertrauen verdient.

Ich werde ihm auch weiterhin beweisen, dass er mir vertrauen kann, damit er mich irgendwann gehenlässt. Wenn ich allerdings ganz ehrlich mit mir selbst wäre, müsste ich zugeben, dass ich noch nicht dafür bereit bin, dass es vorbei ist. Ich mag das Kribbeln der Erregung, zu wissen, dass er jede meiner Bewegungen beobachtet. Die Erinnerung daran, wie sehr er meinen Körper liebt. Womöglich bin ich sogar schon ein bisschen süchtig danach, wie er mich berührt.

Ich: *So heiß.*

Josie: *Aber warum ist er hier?*

Ich: *Er hat einen krassen Beschützerinstinkt, schätze ich …*

Josie: *Okay, das ist wirklich superheiß. Beschützend, besitzergreifend … ja!*

Ich: *Du hast ja keine Ahnung.*

Kapitel Vierundzwanzig

A*rmando*

Nachdem Hannah den herrlichen Strauß am Hotel vorbeigebracht und ihre Karte dagelassen hat, halte ich an einem Supermarkt. Ich brauche einen Rasierer, eine Zahnbürste und ein paar andere Kleinigkeiten. Außerdem hat Hannah nichts zu essen im Haus.

„Was machen wir?“, fragt sie.

„Einkaufen.“ Ich stelle den Motor ab und steige aus dem Van, schaue mich um, um sicherzustellen, dass uns niemand beobachtet. Ich habe heute nichts Verdächtiges bemerkt, aber ich wäre ein Narr, unvorsichtig zu werden. „Los geht’s.“

Sie springt aus dem Auto und kommt um den Wagen.

„Bleib an meiner Seite. Folge meinen Anweisungen. Zeig mir, dass ich dir vertrauen kann.“

Sie stößt einen kleinen, empörten Luftstoß aus. Wenn sie etwas versuchen wollte, hätte sie das längst getan. Das weiß ich. Aber ich traue nichts und niemandem mehr.

„Hol einen Einkaufswagen.“

Sie wirft mir einen vernichtenden Blick zu. „Willst du mich vielleicht auch noch fesseln?"

Bei dieser Vorstellung zuckt mein Schwanz. „Führe mich nicht in Versuchung, Löckchen."

„Oh, heißt es jetzt Löckchen? Ich dachte, ich wäre Blümchen."

Ich ignoriere sie, hauptsächlich, weil ich mein tägliches Kontingent an Worten längst ausgeschöpft habe. Mein Hals ist buchstäblich heiser, weil ich heute schon so viel geredet habe. Ich kralle meine Finger um den Griff des Wagens und führe Hannah zum Gang mit den Hygieneartikeln. Ich lege eine Zahnbürste, Zahnpasta und eine Tüte Einmalrasierer in den Wagen. Die Packung Kondome, die ich noch dazuwerfe, bleibt nicht unbemerkt.

„Gehst du davon aus, dass wir wieder Sex haben werden? Was, wenn ich mich auf meine kein-Sex-Regel berufe?"

„Okay."

„Warum sagst du *okay*, als ob du mir nicht glauben würdest?"

Ich bleibe mitten im Gang stehen und drehe mich zu ihr um. Sie ist so verdammt schön, sogar, wenn sie schnippisch ist. „Entspann dich, Blümchen. Ich werde deine Entscheidung respektieren, egal, was du in dieser Hinsicht willst."

Das beruhigt sie nicht im Geringsten. Tatsächlich stößt sie den Einkaufswagen vehement weiter, zwingt mich, ihr auszuweichen, wenn ich nicht gerammt werden will. Ich gehe neben ihr her, während sie den Wagen den Gang hinunterschiebt. „Wofür sind dann die Kondome? Willst du wieder in deinen Stripclub gehen? Hm? Willst du da irgendein Mädchen abschleppen?"

Ach, Fuck. Ich schwöre, ich kann mein Grinsen nicht länger verstecken. Ist sie etwa eifersüchtig? Sie ist so verflucht niedlich, wenn sie eifersüchtig ist.

Ich verdrücke mir das Grinsen und schaue sie ausdruckslos an. „Nein. Ich gehe nicht zurück in diesen Stripclub, Blümchen. Die Kondome sind für den Fall, dass du weiter Sex mit mir haben willst."

Sie bleibt wie angewurzelt stehen, schaut mich an, denkt nach.

Ihre Lippen schmollen, aber ihre Haltung ist weicher geworden. „Ich werde es mir überlegen."

Ich zucke mit den Schultern. „Okay."

Eine leichte Röte legt sich über ihre Wangen und sie schiebt den Wagen mit übertriebener Geschwindigkeit weiter den Gang entlang. „Was wolltest du sonst noch kaufen?"

„Essen."

„Ich brauche Katzenstreu", murmelt sie.

„Kaufen wir welches." Wir marschieren in den Heimtiergang. Sie greift das Streu aus dem Regal. Ich schmeiße noch ein paar Packungen Katzenfutter dazu, außerdem Katzenminze-Leckerli und eins dieser Spielzeuge mit einer langen Schnur und einer Feder am Ende.

„Ich dachte, du würdest Katzen nicht mögen." Hannah mustert mich durch ihre Locken hindurch, die ihr in die Stirn fallen.

Aus irgendeinem Grund schmerzt es, dass sie das bemerkt hat. Dass ich meinen Mangel an Menschlichkeit nicht vor ihr verstecken kann. „Tue ich auch nicht", erwidere ich barsch.

Das stimmt nicht. Ich habe einfach keine Meinung über Katzen. Sie sind mir scheißegal. Aber ich weiß, wie krank es ist, dass ich einem Kätzchen in die Augen schaue und dabei absolut gar nichts empfinde. Irgendetwas stimmt definitiv nicht mit mir. Alle Säugetiere sind so gepolt, dass sie Tierbabys niedlich finden. Das habe ich schon im Biounterricht in der achten Klasse gelernt.

Ich spaziere durch den Laden. Als ich in die Wohnung gezogen bin, die Marco für mich gemietet hat, hatte ich ein paar Lebensmittel besorgt, aber damals stand ich quasi noch unter Kulturschock. Allein in einem Supermarkt zu stehen, war ein außerkörperliches Erlebnis gewesen – wie nahezu alles in der letzten Woche. Jetzt bin ich entschlossen, etwas zu finden, was ich mag oder haben will. Ich ziehe Hannah durch jeden Gang und fülle den Wagen mit allen möglichen Lebensmitteln. Steak. Eiscreme. Chips. Frisches Obst und Gemüse. Oreos.

„Du bezahlst das besser alles, denn ich zahle es garantiert nicht“, murmelt Hannah, als der Einkaufswagen immer voller wird.

„Ja, mach ich.“

Ein paar Augenblicken später sagt sie: „Tut mir leid – das war gemein.“

Ich meine, ganz im Ernst. Dieses Mädchen. Wer macht denn so was? Wer entschuldigt sich für eine beiläufige Stichelei?

„Nee, das hast du dir verdient.“

„Tja, mir gefällt aber nicht, wie es sich anfühlt.“

Sie mag nicht, wie es sich anfühlt. Hannah Munn ist so pur, es verdreht mir regelrecht den Kopf. Sie ist nicht naiv oder unschuldig. Kein Mäuschen. Sie ist einfach nur ... freundlich. Gut. Ehrlich.

Und sie fühlt sich schlecht, weil ihre Zickigkeit nicht ihre natürliche Art ist. Grace konnte den ganzen Tag lang die Bitch spielen und hätte sich nie dafür entschuldigt. Hannah hat mich nicht einmal ansatzweise beleidigt, und doch kann sie damit scheinbar nicht leben.

„Das war unangebracht. Du hast mir schon mit dem vielen Geld auf der Bank geholfen und mit dem Van.“ Ihre Stimme bricht ein bisschen.

Ach, scheiße, bricht sie zusammen? Deswegen?

„Komm her, Blümchen.“ Ich ziehe sie an meine Brust und schlinge meine Arme um sie. „Das ist wirklich in Ordnung. Es ist nur Geld. Du musst deine Angst davor überwinden.“

„Ich habe keine Angst vor Geld“, erwidert sie und klingt sogar noch aufgewühlter. Sie zieht sich aus meiner Umarmung und ich lasse sie los.

„Du hast vielleicht keine Angst, aber es ist definitiv dein wunder Punkt. Geld schmeißt dich mehr aus der Bahn als alles andere. Sogar mehr als das, was gestern passiert ist.“

„Na ja, es ist ja auch eine große Sache“, fährt sie mich an.

„Ist es nicht. Du machst eine große Sache daraus. Es ist nur Geld.“

„Hast du jemals nicht genug Geld gehabt?“, verlangt sie.

Meine Erinnerungen schießen in meine Teenagerzeit zurück.

Mein erster Job für Don G, als ich mit sechzehn Jahren als Security für das Lollipop gearbeitet habe. Für die nackten Mädels meine Muskeln habe spielen lassen und mich wie ein Held gefühlt habe. Damals bin ich auf den Geschmack von Bargeld gekommen. Zu sehen, wie die anderen Typen damit herumgewedelt haben, und wie ich selbst mit einem Stapel Scheine nach Hause gegangen bin. Lebensmittel und Benzin für meine Mom gekauft habe. Ihr sagen konnte, dass sie ihren Nebenjob aufgeben kann. „Ich wollte immer mehr", gestehe ich. „So bin ich in die Organisation hineingeraten."

Ihre Augen wurden groß und sie wird sehr still, verdaut meine Worte. „Hast du es jemals bereut?"

Ich pruste leise. Habe ich das? Ich gestatte mir nicht einmal, darüber nachzudenken. Ich darf nicht darüber nachdenken, denn sonst habe ich keinen Grund mehr, weiterzuleben.

Sobald man drin ist, kommt man nicht mehr raus, außer in einem Leichensack.

„Offiziell, nein."

„Und inoffiziell?", fragt sie leise.

„Es gibt ein paar Dinge, die ich bedaure", gestehe ich. „Aber es gibt keinen Ausweg. Ich bin jetzt auf Lebenszeit dabei." Ich zucke mit den Schultern. „Ich muss mich damit zurechtkommen."

Sie blinzelt mich mit diesen dichten Wimpern an und sieht so viel mehr, als ich ihr zeigen will.

Ich muss ganz schnell das Thema wechseln. „Komm, Blümchen. Der Einkauf geht auf mich, also lade den Wagen voll. Ich weiß nicht, was du magst."

„Hummer und Kaviar, natürlich." Sie wirft sich die Locken über die Schultern und schaukelt mit den Hüften, als sie den Einkaufswagen den Gang hinunterschiebt.

Dieses zuckende Gefühl kehrt in meine Mundwinkel zurück.

Ein Lächeln. Hannah bringt mich zum Lächeln.

„Wenn meine Prinzessin Hummer will, dann gibt es eben Hummer", erwidere ich.

Sie hält inne und knabbert an ihrer Unterlippe herum, dann

greift sie nach einer Packung mit Duftspendern für die Steckdose. „Ehrlich gesagt will ich lieber die kaufen als den Hummer. Das hilft mit dem Katzengeruch. Sind nur super teuer für ein bisschen Öl, das man in die Steckdose steckt. Aber ..."

Ich reiße ihr die Packung aus der Hand, schaue nicht einmal auf den Preis. „Du bist ein billiges Date."

Sie lächelt – ein Lächeln, das ich den ganzen Tag anschauen könnte – und geht zu den Kassen weiter.

Als wir nach draußen treten, schwappt uns der Bass aus einem tiefergelegten Chevy Impala entgegen. Ich fahre zu Hannah herum, strecke die Hand nach dem Einkaufswagen aus und halte sie auf.

„Was?" Ihre Augen werden groß. Sie ist clever genug, um meine Dringlichkeit zu bemerken, und lässt ihren Blick über die Straße schweifen, folgte dem Wagen mit ihren Augen. „Kennst du die?"

Ich drehe mich nicht um, auch wenn ich es will. Ich hasse es, Gefahren den Rücken zuzukehren. „Ich weiß nicht", murmle ich. Die dröhnende Musik verstummt in der Ferne.

„Sie sind weg", informiert mich Hannah.

Ich drehe mich wieder zur Straße um, zerre den Einkaufswagen hinter mir her zum Van, mache so weiter, als ob nichts passiert wäre.

Fuck.

Das hätten die Hermanos sein können. Sie hätten Sturmgewehre dabeihaben und aus dem Auto heraus schießen können. Hannah wäre umgekommen.

Ich bin noch immer eiskalt und gefühllos, wenn ich mir vorstelle, wie ich selbst abgeschossen werde, aber bei der Vorstellung, Hannah könnte umkommen, steigt mir die Galle auf.

Ich sollte mich nicht bei ihr verstecken. Es wäre besser, mich selbst der Gefahr auszusetzen, anstatt sie als ein Schutzschild zu benutzen.

Ich muss aus ihrem Leben verschwinden.

Und zwar verdammt bald.

Eilig führe ich sie zur Beifahrerseite des Vans, ziehe die Tür auf, helfe ihr hinein und habe das Gefühl, als ob tausend Augen auf mich gerichtet wären. Jede meiner Bewegungen beobachten. Ich bemerke, wie Hannah mein Gesicht mustert und mein Unbehagen offensichtlich bemerkt. Ich sage nichts, um es ihr zu erklären, drücke einfach nur ihre Tür zu und gehe um den Van herum zur Fahrerseite, sauer darüber, unvorsichtig geworden zu sein. Meine Augen fliegen hin und her, wandern über den Parkplatz, und ich verhalte mich endlich wie der Mann, zu dem ich ausgebildet wurde.

Schluss mit Vater-Mutter-Kätzchen spielen. Es geht hier um unser verficktes Leben.

Kapitel Fünfundzwanzig

H*annah*

Shadow rast auf uns zu, um uns zu begrüßen, als wir nach Hause kommen, und kraxelt an Armandos Hosenbein hinauf.

„Was zur Hölle?“ Armando starrt hinunter auf sein Bein und meine winzige Nervensäge mit den scharfen Krallen.

„Tut mir leid.“ Ich hocke mich eilig hin, um die Krallen meines Katers aus Armandos Bein zu ziehen. „Er ist eine echte Bedrohung.“

„Lass mich mal sehen.“ Armando streckt die Hand aus. Ich zögere einen Augenblick, bevor ich Shadow in Armandos große Handfläche setze. Ich bin mir nicht sicher, was Armando von Haustieren hält, aber immerhin hat er dieses Spielzeug für Shadow gekauft.

Er hebt Shadow auf seine Augenhöhe. „Hör mal zu, kleiner Mann. Mein Bein ist nicht dein Kratzbaum. Haben wir uns verstanden?“

Ich kichere und strecke die Hand nach Shadow aus.

„Gib ihm eins dieser Leckerli“, meint Armando und mein Herz zieht sich seltsam zusammen. Als ob wir Katzeneltern wären oder so etwas Dummes. Es ist lächerlich und seltsam und *Gott* – diese ganze Situation erschöpft mich einfach.

Ich hole die Leckerli aus der Einkaufstüte und füttere Shadow eins davon, während Armando die Einkäufe verräumt und den Tisch deckt.

Ich bin sauer auf ihn, erinnere ich meine Eierstöcke, die etwa alle dreißig Sekunden ein neues Ei ausspucken. *Sauer auf ihn.* Er hat mich gestern Nacht an mein eigenes Bett gefesselt. Er hat mir mein Handy abgenommen, das ich brauche. Er steht noch immer Wache, als ob ich seine Gefangene wäre.

Theoretisch bin ich eine Gefangene. Oder etwa nicht? Es ist schwer, sich wie eine Gefangene zu fühlen, wenn ich ständig meinen Wärter ficke. Sogar in diesem Augenblick fällt es mir schwer, die Finger von ihm zu lassen.

Wir setzen uns an den Tisch und essen eins dieser fertig zubereiteten Grillhähnchen und einen Caesar Salad, den Armando gemacht hat. Armando isst eilig – den Kopf gesenkt –, ohne ein Wort zu sagen. Ich stelle mir vor, dass er so im Gefängnis gegessen hat, und meine Brust zieht sich zusammen. Ich will ihn danach fragen, aber er ist so verschlossen, dass ich es nicht wage.

Endlich schaut er auf, hält mitten im Kauen inne und schluckt angestrengt. Als ob ihm gerade erst bewusst geworden wäre, dass wir hier schweigend gesessen haben, während er Essen in sich hineingeschaufelt hat, als ob er damit rechnen würde, dass ihm ein Gefängniswärter jeden Augenblick das Tablett fortreißt.

„Also, erzähl mir was von dir“, sagt er.

„Ähm ... was denn zum Beispiel?“

Er zögert und seine Augen wandern durch das Zimmer, dann landen sie wieder auf mir. „Was ist deine Lieblingsblume? Ich weiß, du hast den ganzen Tag mit ihnen zu tun und kennst die Vorlieben deiner Kunden, aber was ist mit dir, was ist deine Lieblingsblume?“

„Muss ich denn eine haben?“

„Ja. Jeder hat eine.“

„Ich schätze ... ich mag Rosen“, sage ich. „Rote Rosen.“ Ich bin nicht sicher, ob ich das gesagt hätte, wenn er mich nicht gedrängt hätte.

„Das hätte ich auch vermutet", sagt er. „Du hast die Persönlichkeit einer Rose."

Der Atem bleibt mir im Hals stecken. „Und wie ist die?"

„Stark. Wunderschön, verlangt nach Aufmerksamkeit."

„Ich verlange nicht nach Aufmerksamkeit", erwidere ich, überrascht von seinen Worten.

„Solltest du aber." Seine Augen bohren sich in mich, ein Blick, bei dem mein Magen flattert. „Gib dich nie mit weniger zufrieden."

„Was ist mit dir?", frage ich. „Hast du eine Lieblingsblume?"

„Welche auch immer dich glücklich macht. Das wäre meine."

Er lächelt nicht. Er spricht diese Worte nicht auf eine Weise aus, die mich bezirzen soll. Sie sind einfach, direkt, bringen mich zum Schweigen. Ich weiß einfach nicht, wie ich auf diesen Mann reagieren soll.

Stattdessen esse ich weiter, genau wie er. Auch wenn wir wenig sagen, beruhigt mich seine Gegenwart, das Geräusch seines Messers und seiner Gabel auf dem Teller. Ich sollte nichts in seine Worte und sein Handeln hineininterpretieren, aber ich kann einfach nicht anders.

Als wir fertig gegessen haben, hilft er mir, alles aufzuräumen, so effizient wie immer. Es kommt mir fast vor, als würden wir heile Familie spielen, wie wir so nebeneinanderstehen und den Abwasch machen und das Geschirr wegräumen. Das einzige Geräusch im Zimmer ist das Plätschern des Wassers und Shadows Miauen, der um mehr Hühnchenreste bettelt.

Ich bin überrascht, als Armando sich hinhockt und Shadow einen Bissen füttert. „Jetzt reicht es aber. Ist ein fettiges Stück", sagt er zum Kätzchen, als Shadow den Fleischsaft von Armandos Finger schleckt.

Anschließend nimmt Armando seine neue Zahnbürste und die anderen Hygieneartikel von der Anrichte und geht ins Bad. Ich stehe da und fühle mich ... komisch. Ich weiß nicht, wie ich alles verarbeiten soll, was hier passiert, diese Flut von Emotionen – gute und schlechte, die durch mich hindurchrauschen. Allerdings muss ich mein Handy finden. Möglicherweise habe ich Nachrichten bekommen, die beantwortet werden müssen. Ich kann es nicht akzeptieren, dass Armando es mir nicht geben will.

Ich suche in den oberen Schränken, denn da hatte er gestern Nacht meine Handtasche versteckt. Kein Glück.

Dann sehe ich es. Es liegt oben auf dem Kühlschrank, versteckt hinter den Blumenkörben, die ich dort gestapelt habe. Es amüsiert mich, dass er es hoch oben versteckt hat. Als ob ich ein kleines Mädchen wäre, das dort nicht rankommt.

Okay, ehrlich gesagt komme ich tatsächlich nicht ran, weil ich relativ klein bin, aber ich knie mich mit einem Bein auf die Anrichte und strecke den Arm aus. Angle mir mein Handy und schaue in die Nachrichten.

Ich habe zwei Nachrichten bekommen. Eine von meiner Mom, die fragt, ob ich morgen Abend zum Essen vorbeikommen will. Und die andere von Josie, die mir Bescheid gibt, dass sie am Montag zu spät kommen wird.

Mich nicht fragt. *Mir Bescheid gibt.*

Seufz. Ein weiteres Problem, bei dem ich den Kopf in den Sand stecke.

Ich will ihr zurückschreiben, als ich Armando fluchen höre.

Er stürmt auf mich zu, aber ich zucke nicht zusammen. Ja, er ist in der Lage, mir wehzutun. Er ist gewalttätig. Gefährlich. Allerdings sind Überlegung und Kontrolle hinter seiner Gewalt zu erkennen. Und ich bin mir ziemlich sicher, dass er Regeln darüber hat, Frauen wehzutun. Im Sinne von, das tut er nicht. Und ganz ehrlich, wenn er mir wehtun wollen würde, hätte er es längst getan.

„Was zur Hölle, Hannah?" Er reißt mir das Handy aus der Hand, seine Stirn in tiefe Falten gezogen, während er durch meinen Bildschirm tippt. „Wem hast du geschrieben?"

„*Niemandem.*" Ich halte mit meiner Verärgerung nicht hinterm Berg. Mit dem Kinn deute ich auf das Handy. „Schau selbst nach."

Sein Daumen fliegt über den Bildschirm, während er meinen Nachrichtenverlauf überprüft. „Du hättest eine Nachricht schicken und dann löschen können."

„Ich brauche mein verdammtes Handy, Armando." Ich klinge bissig, denn das ist die bessere Alternative, als ihm zuzugestehen, mich zu tyrannisieren, oder ihm meine Angst zu zeigen.

Er schüttelt den Kopf und steckt sich das Handy in die Hosentasche. „So läuft das nicht und das weißt du auch, Blümchen." Er ergreift meine Handgelenke und durchbohrt mich mit einem finsteren Blick. „Ich vertraue dir und lasse dich für eine Minute allein ... Und jetzt hast du richtigen Ärger mit mir."

Richtigen Ärger.

Warum überschlägt sich mein Magen bei diesen Worten vor Vorfreude?

Weil ich schon jetzt weiß, dass mir seine Bestrafung gefallen wird. Er dreht mich herum und drückt meine Handflächen auf den Kühlschrank, dann zerrt er meine Hüfte zurück. Meine Handgelenke werden von seiner starken Hand festgehalten.

Ich bin für den Schlag bereit, als er kommt, doch er ist fester, als erwartet, und ich schnappe nach Luft. Armando schlägt mir auf die andere Arschbacke, genauso hart, dann schiebt er mir mein Minikleid bis zu den Achselhöhlen hoch. Versetzt meinem Arsch noch ein paar Schläge auf jede Backe.

„Au, okay", stoße ich hervor, weil es wirklich wehtut.

Er beugt sich vor und sein Mund kommt an mein Ohr – so nah, dass ich seinen warmen Atem federleicht auf meinem Kiefer spüren kann. „Deine Hände lösen sich nicht von diesem Kühlschrank, Hannah", warnt er mich. „Wenn du dich bewegst, wird dir das leidtun."

Er wartet nicht auf meine Zustimmung, sondern lässt meine Handgelenke los, um mir meinen Slip herunterzuziehen.

Oh, Gott.

Es ist so heiß, aber auch grenzwertig demütigend. Vor allem, weil sich mein Slip um meine Fußgelenke verheddert und dort hängenbleibt. Ich zapple mit den Beinen und Füßen, bis er endlich hinunterrutscht.

„Braves Mädchen“, sagt Armando, und alles verändert sich.

Vielleicht hatte ich bis zu diesem Moment wirklich ein bisschen Angst. Er war gröber als sonst. Hat mir härtere Schläge verpasst. Aber jetzt bin ich mir wieder ganz sicher mit ihm.

„Ich werde keinen Sex mit dir haben“, sage ich, versuche, diesen einen Grad an Kontrolle aufrechtzuerhalten, den er mir zugestanden hat.

Sex ist das einzige Druckmittel, dass ich habe – nicht dass er mich nicht einfach zwingen könnte. Aber ich weiß, dass er das nicht tun würde.

„Verstanden. Aber das ändert nichts an deiner Bestrafung.“ Seine Stimme ist heiser und rau.

Tja, super. Ich wollte meine Bestrafung auch gar nicht zwangsläufig verhindern. Allerdings widmet er sich wieder meinem Arsch mit immer noch zu festen Schlägen.

„Autsch!“ Ich winde mich und zucke zusammen, während er fünf weitere Hiebe auf meine Pobacken pfeffert.

„Und es gibt so viel, was ich tun kann, ohne dich zu ficken.“

Er verpasst mir weitere Schläge. Mein Arsch wird mit jedem Hieb seiner Hand wärmer. Was wehtut, fühlt sich auch so verdammt gut an.

„Wirst du ein braves Mädchen sein und tun, was ich dir sage? Oder muss ich dir immer weiter den Arsch versohlen?“ Seine Stimme ist tief, autoritär und meine Pussy pulsiert mit jeder Silbe seiner Frage.

„Ich werde ein braves Mädchen sein.“ Obwohl ich die Worte ausspreche, scheinen sie einfach zu verschwinden und versickern zwischen meinem Stöhnen und Wimmern.

„Willst du, dass Daddy dich bestraft wie ein unartiges Mädchen oder wie das böse Mädchen, das du bist?“

Heilige. Verfickte. Scheiße. Diese eine Frage schießt wie ein elektrischer Blitz durch mich hindurch. So verflucht intensiv.

„Ich will beides, *Daddy*." Ich atme tief ein. „Beides."

Dann lässt sich Armando hinter mir auf die Knie fallen, kneift meine Arschbacken mit Daumen und Zeigefinger. Spreizt sie und leckt durch meine Ritze.

Ich stoße ein Flöten der Lust aus. Gott, ja. Wo auch immer dieser Mann das Ficken gelernt hat, er hat mit wehenden Fahnen bestanden.

Er leckt meinen Anus mit seiner Zunge, dann drückt er meine Oberschenkel weiter auseinander, um mich für ihn zu öffnen. Sein Gesicht ist in meinem Arsch vergraben, seine Zunge leckt bis zu meinem Kitzler hinauf, dann wieder hinunter. Das Brennen seiner Hiebe verschwimmt zu einem warmen Kribbeln, was noch mehr Hitze in dieser Region aufsteigen lässt, als ob mein Innerstes nicht schon längst geschmolzen wäre.

Hin und wieder versetzt er meinem Arsch einen weiteren Schlag, während er meinen Schlitz mit seiner Zunge bearbeitet, dann dringt er mit einem Finger in mich ein. Sein Daumen presst sich auf mein Arschloch.

„Gut, dass wir keinen Sex haben, Blümchen. Oder ich würde dich vornüberbeugen und dir meinen Schwanz in den Arsch rammen und dich heftig ficken."

Oh. Mein. *Gott.*

Armando ändert die Position seiner Hände, taucht mit seinem Daumen in meine Pussy, dann zieht er ihn zurück zu meinem Arschloch, benetzt mit meinen eigenen Säften, und drückt dagegen, um in ihn einzudringen. Gleichzeitig steckt er drei – Fuck, vielleicht sogar vier – Finger in meine Pussy.

Ich schreie auf – ein lautes „Oh, mein Gott!". Ich verliere die Balance, meine Knie knicken ein. Armando greift nach meiner Hüfte, um mich auf den Beinen zu halten, zieht seine Finger aus mir heraus. „Nein", wimmere ich. Verdammt. Ich war so kurz davor, zu kommen.

Seine Hände legen sich auf meine Hüfte und ziehen sie zurück. Ich stoße einen Schrei aus, als ich gegen seinen Schoß falle und wir wie in Zeitlupe zu Boden sinken, doch er zögert keine Sekunde. Hakt seine Hand unter mein linkes Knie, hebt es an und spreizt mich weit. Mit seiner rechten Hand *versohlt er mir die Pussy.*

Schnelle, feste Schläge. Er trifft alles – meinen Kitzler, meinen Schlitz, meine Schamlippen. Ich winde mich an ihm, versuche, ihn gleichzeitig fortzustoßen und enger an mich zu ziehen. Es ist wahnsinnig intensiv. So intensiv, dass ich völlig den Verstand verliere, auf eine wirklich gut-schlechte Art und Weise. Schmerzhaft, aber unfassbar befriedigend.

Ich schreie auf, greife nach der Hand, mit der er mich schlägt, und presse sie fest auf meinen Venushügel, damit ich kommen kann. Armandos Finger dringen in mich ein – zwei, vielleicht drei – und ich komme, ein Schauder der Erleichterung, der mich durchdringt.

„Oh, Fuck", keuche ich. „Oh, mein Gott."

Ich komme noch ein bisschen.

Armando bewegt seine Hand, sodass sein Handballen auf meinen Kitzler drückt. Ich komme noch einmal.

„Himmel." Ich lasse mich zurück in seine Arme fallen und mein Kopf rollt auf seine Schulter.

Seine Finger gleiten aus mir heraus und ich stöhne leise, aber dann verpasst er meiner Pussy drei weitere, schnelle Schläge und ich komme noch einmal.

„Heilige Scheiße", keuche ich. „Was zur Hölle hast du gerade mit mir gemacht?" Mein ganzer Körper kribbelt, mein Arsch brennt, meine Pussy ist so wund und geschwollen von seinem Spanking, mein Arsch noch immer pochend von seinem Daumen.

Ich vergrabe mein Gesicht in seinem Nacken, denn meine Augen brennen plötzlich bei dieser Erlösung. Ich weiß, wenn ich keine große Sache daraus mache, dann wandern diese Emotionen einfach durch mich hindurch, aber ich will nicht, dass er es sieht. Es ist so seltsam, wie schnell ich weine.

Er bewegt meinen Arsch so, dass er mich besser festhalten kann, und ich spüre seinen steinharten Ständer gegen meinen Hintern stupsen. Ich habe kein schlechtes Gewissen. Nicht wirklich.

Aber die Wahrheit ist, dass ich noch immer geil bin. Ich weiß nicht, vielleicht ist mein Körper einfach nie ganz befriedigt, bis ich alles bekommen habe. Bis ich tatsächlich seinen Schwanz geritten habe.

„Ich würde nur Sex mit dir haben, wenn diesmal *du* gefesselt bist", lasse ich ihn wissen.

„Wird nicht passieren", antwortet er wie aus der Pistole geschossen, aber sein Schwanz drängt gegen meinen Hintern. Seine Finger gleiten erneut zu meinem Kitzler und reiben ihn langsam kreisend.

Mist!

Die Berührungen dieses Mannes sind mein Kryptonit. Ich schwöre, er könnte alles mit mir anstellen, wenn er mich nur jeden Tag so heftig kommen ließe.

Ich presse mein Gesicht in seinen Hals und wimmere. Ich mag gerade erst gekommen sein, aber mein Verlangen ist noch immer nicht gestillt. Und Armando treibt es mit dem Reiben meines Kitzlers nur weiter in die Höhe.

„Ich würde dich meinen Schwanz reiten lassen, ohne dich anzufassen", bietet er an.

Ich beiße in seinen Nacken, so frustriert bin ich. „Was soll das heißen?"

„Du weißt schon. Wie in einem Stripclub. Du kannst mich besteigen, aber ich darf dich nicht anfassen."

Er musste ja Stripclubs erwähnen und mich an gestern Abend erinnern. „Nein, weiß ich nicht. Ich war noch nie in einem Stripclub", erwidere ich patzig.

„Willst du meinen Schwanz reiten?" Er knetet eine Handvoll meines Arsches.

Leider scheint mein Körper nichts lieber zu wollen als das. Er kann einfach keinen Groll hegen.

Als ich zögere, bewegt sich Armando, hebt mich von seinem Schoß und zieht mich auf die Füße, als er aufsteht. Dann hebt er mich in seine Arme. Ich schnappe nach Luft und befürchte, zu schwer zu sein, aber ihm scheint es gar keine Mühe zu bereiten.

Und getragen zu werden, ist ein herrliches Gefühl. Eins, dem ich nicht zu oft frönen will, denn da sind schon jetzt viel zu viele Dinge, die ich an der Art und Weise mag, wie Armando mich berührt. Ich will mich an nichts davon gewöhnen, denn das hier ist keine Beziehung. Es ist nicht von Dauer. Es ist dieses seltsame, extrem stressige Erlebnis, das diese Intimität heraufbeschworen hat. Wie zwei Menschen, die sich während einer Zombie-Apokalypse zusammengetan haben und gezwungen sind, Verbindungen einzugehen, die ansonsten niemals existieren würden.

Und ja, es heißt etwas, dass ich unsere Situation mit der vergleiche, in der sich die Charaktere aus *The Walking Dead* wiederfinden.

Armando stellt mich neben dem Bett ab und zieht mir mein Kleid über den Kopf, das noch immer um meine Achseln herum verheddert ist.

Halbherzig stoße ich gegen seine Brust, was ihn natürlich überhaupt nicht ins Schwanken geraten lässt. „Nicht anfassen", erinnere ich ihn.

Kapitel Sechsundzwanzig

Armando

Maria, Königin des Friedens. Ich bin härter als Stein für Hannah. Was für eine magische Kreatur ist sie, jeden Konflikt in explosiven Sex verwandeln zu können? Sie gibt sich mir einfach hin. Sogar, wenn sie sich zurückhalten will, schmilzt ihr Körper bei meiner Berührung, bei all den schmutzigen Tricks, die ich mit ihr anstelle. Ich will diese Tricks gar nicht einsetzen, doch Hannah zwingt mich dazu. Sie holt es aus mir heraus. Ihr Körper heißt mich willkommen, und ich will mich ihr schenken. Es ist unmöglich für mich, ihr nicht jede Liebkosung, jeden Schlag, jeden Orgasmus zu schenken, nach dem sie sich sehnt.

Und in diesem Augenblick will sie so tun, als ob sie die Kontrolle hätte, also gestatte ich sie ihr. Ich ziehe mich aus und hole ein Kondom aus meinem Portemonnaie. Ich lasse mich auf den Rücken aufs Bett fallen und rolle das Kondom über meine Erektion.

Hannah hat ihre Klamotten ausgezogen. Sie ist absolut atemberaubend – nichts als weiche Kurven und dunkle Haut und diese unfassbare Mähne aus Haaren, die ihr über die Schultern und den Rücken fallen. Sie steigt aufs Bett.

Ich schiebe eine Hand unter meinen Kopf, halte mit der anderen den Schaft meines Schwanzes fest, während Hannah übernimmt. Ein Schauder der Lust rollt in dem Augenblick durch mich hindurch, als sie nach meinem Ständer greift.

„Ich wette, du willst, dass ich dir den Schwanz lutsche", sagt sie und ich sehe, wie riesig ihre Pupillen sind.

Meine Erektion wächst noch weiter an. „Fuck!"

„Ich bin nicht sicher, ob du das verdient hast." Sie spielt die Schwanzfopperin, was mir allerdings vollkommen egal ist, denn im nächsten Moment steigt sie schon rittlings auf mich und führt meinen Schwanz an ihren süßen Schlitz. Sie zieht meine Eichel durch ihre Säfte, dann lässt sie sich darauf sinken.

Ich stöhne und kann mich kaum zurückhalten, nach ihren Hüften zu greifen, um zu helfen. Es ist verdammt schwer, meine Hände nicht zu benutzen. Denn sie ist nicht irgendeine fremde Stripperin. Sie ist Hannah, und ich kann es verdammt noch mal nicht erwarten, dabei zuzusehen, wie sie auf meinem Schwanz kommt.

Langsam schaukelt sie auf mir vor und zurück, ihr Becken kreist, ihre Titten wippen träge auf und ab. Ihr Anblick ist einer Göttin würdig. Ich will diese üppigen Brüste anfassen. Ich will ihren Kitzler reiben. Ich will sie so heftig auf mich herunterziehen, dass sie Sterne sieht. Aber jetzt hat sie die Kontrolle. Und ich bin höllisch dankbar, in ihr zu sein.

Ich passe das Rollen meiner Hüften ihren an, hebe sie hoch, um in sie hineinzustoßen, wenn sie sich auf mich fallen lässt. Schon bald wird es zu viel für sie. Mit den Händen stützt sie sich auf meinen Schultern ab und fängt an, mich schneller zu reiten, ihre Brüste schwingen hin und her, ihre Haare fallen wie ein Vorhang über mein Gesicht.

Meine Faust krallt sich in das Kissen hinter meinem Kopf – reißt förmlich daran – um mein Wort zu halten und sie nicht anzufassen. Als sie mein Dilemma erkennt, hält sie meine Handgelenke neben meinem Kopf auf dem Bett fest, als ob ich ihr Gefangener wäre, und gleitet mit ihrer magischen Pussy immer schneller über meinen Schwanz. Sie bearbeitet ihn, als ob sie eins dieser verdammten Duracell-Häschen wäre, bis ihr vor Anstrengung die Puste ausgeht und sie keuchend innehält.

Ich hebe meine Hüften, um jede ihrer Abwärtsbewegungen zu erwidern. Es fühlt sich unglaublich an. Sie ist so feucht und eng. Und als ich aufschaue, sehe ich, wie ihre Titten auf- und abhüpfen und ihre Nippel steif werden. Nie im Leben kann ich meine Hände auch nur eine Sekunde länger von ihr lassen. Es juckt mir buchstäblich in den Fingern, sie zu berühren. Diese saftigen, runden Hügel zu drücken. Mit meinem Daumen und Zeigefinger über diese steifen Spitzen zu kreisen. Hinunter zu ihrem Kitzler zu gleiten und sie kommen zu lassen.

Ich stehe am Abgrund. Bis zu den Eiern in dieser glitschigen Möse vergraben, bis zu ihrem Muttermund, meine Hüften peitschen hoch, um noch tiefer in sie einzudringen. Meine Finger zucken.

Hannah biegt den Rücken durch, zieht sich fest um meinen Schwanz zusammen. Der Schock, wie sich ihre Pussy um mich herum verkrampft, ist beinah genug, um mich hinabstürzen zu lassen. Sie keucht nun, ihre Titten hüpfen auf und ab, während sie ihre Hüfte vor- und zurückschaukelt.

Ich strecke die Arme aus und fahre mit der Hand über ihren Körper, bis meine Hände auf ihren Brüsten liegen, sie drücken und massieren. Ihre Augen werden groß und sie schluckt. Ich lasse eine Hand sinken und reibe ihren Kitzler. Ich kann mich einfach nicht zurückhalten, ich bin einfach zu kurz davor. Ihre Hüften stoßen gegen meine, ficken mich. Mit dem Daumen male ich eine Acht über ihren Kitzler, bis sie stöhnt und um Erleichterung bettelt.

Ich lasse ihre Titte los und kralle meine Finger in ihren Arsch, um mich so tief in ihr zu vergraben, wie ich kann. Schaue zu, wie sie ihren Rücken durchbiegt, um mir entgegenzukommen, während sie ein heiseres Stöhnen ausstößt.

Fuck.

„Lass mich dich anfassen", fange ich an zu betteln. „Lass mich die Führung übernehmen, Süße. Du wirst dich so gut fühlen, versprochen."

Ihr Blick ist unscharf, ihre Haut gerötet. Sie blinzelt mich mit diesen dichten Wimpern an und denkt darüber nach. Noch einmal stoße ich meine Hüfte hoch, dringe tief in sie ein, und sie stöhnt auf.

In dem Augenblick, als sie mir ein winziges Nicken zuwirft, kralle ich meine Finger in ihre Hüfte und fange an, unsre Bewegungen zu kontrollieren. Ich hebe sie hoch über mich, lasse meine Hüften zu ihrem Rhythmus hochschnellen. Es fühlt sich himmlisch an, aber ich bin mittlerweile auch verzweifelt darauf aus, endlich zu kommen. Ich war den ganzen Tag schon hart für sie und habe sie gerade auf dem Küchenboden kommen sehen.

Sie stöhnt, als ob sie bald kommen würde, kurze, schrille Schreie, die den Raum wie Musik erfüllen.

Wir sind beide so kurz davor, aber es passiert nichts, und ich glaube, ein Positionswechsel könnte helfen. „Lass mich dich auf den Rücken legen."

Normalerweise bin ich niemand, der um Erlaubnis bittet, aber sie hat in diesem Moment die Macht über mich, also lasse ich sie entscheiden. Das ist meine Buße. Besser als die, die Vater Fantoni immer erteilt.

„Okay", stößt sie heiser hervor.

In der nächsten Sekunde habe ich sie schon auf den Rücken geworfen, unsere Hüften weiterhin eng verbunden. Sobald ich oben bin, fange ich an, heftig in sie hineinzustoßen. Hannahs Augen rollen in ihren Kopf, ihre Lippen fallen vor Lust auf. Sie krallt ihre Finger in ihre Brüste. Ich halte sie an ihrer Schulter fest, damit ihr Kopf nicht gegen das Kopfteil des Bettes stößt, und hämmere wie verrückt in sie hinein.

Als ich entscheide, dass ich noch tiefer in sie eindringen muss, hebe ich ihr Bein an und stoße in dieser Position in sie hinein.

Ich küsse sie hart, noch einmal. Dieses Mal ist meine Zunge fordernd und dominant. Ich sauge ihre Zunge in meinen Mund, zwinge sie, sich mir zu unterwerfen. Sie gehört mir. Daran wird sie sich erinnern. Ich will mein Zeichen auf ihr hinterlassen. Ich will, dass sie mich an sich riechen kann, mich tief in sich spüren kann. Ich will, dass sie jedes Mal an mich denkt oder sich an diese Nacht erinnert, wenn sie sich berührt.

„Du schmeckst so verdammt gut, Hannah. Ich werde dich so heftig kommen lassen. Ich werde dich zum Schreien bringen."

Ich beobachte sie, wie sie um mich herum die Kontrolle verliert, ihre Schenkel zittern und ihr Rücken biegt sich durch, ihr ganzer Körper erfüllt von einem Orgasmus, der zu intensiv ist. Sie atmet tief und heftig aus ihrem Innern, windet sich an mir, ihre Finger ziehen sich um meine Unterarme zusammen. Jedes Mal, wenn sich ihr Körper um meinen windet, spüre ich, wie sich mein eigener Orgasmus weiter aufbaut.

„Ich komme gleich, Baby", knurre ich. „Ich pumpe dich voll ..."

Sie schreit, erfüllt den Raum mit ihren ekstatischen, geilen Lauten. Meine Eier ziehen sich zusammen und meine Oberschenkel beben.

„Fuck, Hannah, ich komme!", lasse ich sie wissen, als Sterne vor meinen Augen explodieren.

„Ja!", schreit sie, „Ich auch!"

Hannahs Orgasmus ist so heftig, dass sich ihr ganzer Körper schüttelt, während mein eigener Höhepunkt durch meinen Körper bebt, die Kontrolle übernimmt und mich bis ins Innerste erschüttert. Ich will nicht aufhören. Ich will für immer in ihr bleiben, spüren, wie ihr Körper mich immer tiefer saugt, mich hier bei sich behält, ganz verbunden.

Ich komme noch immer, stoße weiter heftig in sie hinein, und sie beißt auf ihre Unterlippe, biegt den Rücken durch, schreit ein weiteres Mal. Ihre Pussy zieht sich um meinen Schwanz zusammen, pulsiert und drückt ihn mit ihrem Höhepunkt.

Gott, sie ist alles.

Wirklich, das ist sie.

Ich werde langsamer und schaukle eine Weile sanfter in sie hinein, verlangsame die Stöße zu einer Liebkosung, dann schließlich halte ich inne, spüre die Nachbeben des Zuckens und Pochens meines Schwanzes in ihr.

„*Bella*."

Sie runzelt die Stirn und hebt den Kopf vom Kissen. „Was?"

„Du bist wunderschön."

„Hast du mich gerade mit dem Namen einer anderen angeredet?" Ihre Stimme ist schneidend, beleidigt.

Ein kurzes Lachen entkommt mir. Himmel. Wann habe ich das letzte Mal gelacht?

„Nein, ich habe *bella* gesagt. Das heißt *wunderschön* auf Italienisch." Behutsam ziehe ich mich aus ihr heraus, ziehe das Kondom ab und werfe es in den Mülleimer neben dem Bett.

„Oh." Sie wird wieder weich und empfänglich. Fuck, ich liebe es einfach, wie empfänglich sie ist. Und ich liebe ihre Eifersucht. „Sprichst du Italienisch?"

Ich lege mich neben sie, streichle mit meiner Hand über ihre Hüfte. „Ein bisschen. Ich verstehe es besser, als ich es sprechen kann. Ich bin Amerikaner in zweiter Generation. Meine Großeltern sprechen es."

„Wow." Sie dreht sich zu mir um und ihre Hände legen sich auf meine Brust. „Bist du immer ... so?"

Ich streiche ihr eine dunkle Lockensträhne über ihre Schulter, damit ich ihre herrlichen Brüste sehen kann. „Wie denn?"

Sie kaut auf ihrer Unterlippe herum. „Wie in diesem Bett."

Ich schaffe es nur halbwegs, meine Überraschung zu vertuschen. Ich habe schon vor sehr langer Zeit gelernt, dass man nichts tun sollte, was die Unterhaltung vorzeitig beendet, wenn man mit einer Frau über Sex sprechen will. Wenn Hannah reden will – bin ich dabei. Obwohl mir meine Emotionen so fremd sind, dass ich quasi ein Roboter bin.

Ich denke über ihre Frage nach. „Nein. Ich glaube nicht. Früher war ich raffinierter. Meine Technik war ... kunstfertiger. Ich hätte sogar behauptet, anspruchsvoll. Aber bei dir ..." Ich schließe die Augen, lasse das Vergnügen über das, was wir gerade getan haben, über mich hinwegrollen. „Es ist purer. Hungriger. Beinahe verzweifelt."

Sie blinzelt mich an. Verletzlichkeit schimmert in diesen sinnlichen, braunen Augen, aber ich bin nicht sicher, was sie von mir hören will. Oder ob ich es schon vermasselt habe.

„Jedes Mal, wenn wir Sex haben, schmilzt etwas in mir", gestehe ich.

Noch mehr Verletzlichkeit legt sich über ihr Gesicht und ihr Atem geht schneller. Zittert etwa ihre Unterlippe?

Ich spucke es aus – all die Aufrichtigkeit, die ich nur geben kann. „Du heilst mich."

Ihre Augen füllen sich mit Tränen und sie stößt einen leisen Seufzer aus. Ich nehme ihr Gesicht in meine Hände, versuche, nicht auf ihre Tränen zu reagieren. Einige davon rollen über ihre Wangen, und ich wische sie mit meinen Daumen weg.

„Du *zerstörst* mich." Ihre Stimme ist tränenerstickt.

Ich erstarre. Höre auf zu atmen.

Was sagt sie da? Was will sie mir damit sagen? Fuck.

Wieder spüre ich diese Verschiebung in meiner Brust.

„Wie?" Mein ganzer Körper ist angespannt und wartet auf ihre Antwort.

Sie setzt sich auf und ich folge ihr. „Armando, was ist das hier? Ich weiß nicht einmal, was wir hier machen, ich weiß nur, dass es eine schlechte Idee ist."

Ach, Scheiße. Mein Herz hört auf zu schlagen. Meine Brust zieht sich zusammen.

„Ich habe die Antworten nicht, nach denen du suchst."

„Es passiert einfach alles so schnell. Wie ein wütender Sturm."

„Das tut es."

„Also, was ist das hier? Ist es nur Sex ... viel Sex?"

Ich schüttle den Kopf. „Nein, Blümchen. Es ist nicht nur Sex. So viel kann ich dir sagen." Auch wenn ich meine verdammten Finger nicht von dieser Frau lassen kann.

„Aber es ist gefährlich", fügt sie hinzu.

Eine Faust schlägt mir in die Magengrube.

„Ich sperre meine Gefühle nicht in irgendeine Kiste. Meine Emotionen sind groß und sie färben auf alles ab. Und ich will nicht ins tiefe Wasser springen, wenn da niemand ist, der mich wieder herauszieht."

Diese Metapher muss ich erst einmal verdauen. Heißt *tiefes Wasser* Liebe?

Fuck.

Ich will ihr sagen, dass ich sie nicht verletzten werde. Allerdings hat sie recht. Jemand will mich tot sehen. Ich weiß nicht einmal, ob ich diese Woche überleben werde. Und sogar, wenn ich das tue, leben Hannah und ich in völlig verschiedenen Welten. Sie ist Licht und Farbe und zarte Blumen.

Ich bin Finsternis.

Tod.

Zerstörung.

Ich lebe und atme in einem Sündenpfuhl.

Ich habe ihr nichts zu bieten.

Tatsächlich ist meine Anwesenheit in ihrem Leben sogar eine große Gefahr für sie. Ich sollte verschwinden.

Verschwinden, und nie wieder einen Blick zurückwerfen.

Wenn ich auch nur ein Quäntchen Anstand besäße, würde ich auf der Stelle gehen.

Doch das tue ich nicht. Ich nehme ihr Gesicht in die Hände und erobere ihren Mund, als ob sie mir gerade ihre Liebe gestanden hätte. Was sie auf eine gewisse Weise auch getan hat.

„Wir springen beide ins tiefe Wasser, Blümchen", versichere ich ihr, als sich unsere Lippen lösen.

Noch nie zuvor habe ich so tief dringesteckt.

Sie blutet ... ich blute.

Kapitel Siebenundzwanzig

H*annah*

Mitten in der Nacht klingelt Armandos Handy. Bei der Art und Weise, wie er nach Luft schnappend aus dem Bett springt, vermute ich, dass er daran gewöhnt ist, kämpfend aufzuwachen. Ein weiteres, scharfes Einatmen durch seine Nase und er nimmt den Anruf entgegen. Sein Ausdruck ist hart. Kriegerisch. „Ja?"

Ich vernehme eine knappe, männliche Stimme am anderen Ende, der Tonfall ebenso schneidend wie Armandos. Ich höre die Worte *Schießerei* und *Bullen*.

Armando flucht und fängt an, sich anzuziehen, als ob er in eine Schlacht ziehen würde. „Okay. Ich komme rüber ... nein, ich ruf mir ein Uber ... genau."

Ich schalte die Nachttischlampe an und steige ebenfalls aus dem Bett. Mein Herz hämmert, obwohl ich nicht einmal weiß, was der Notfall ist.

Armando beendet den Anruf, knöpft seine Hose zu und steckt sein Handy in die Hosentasche.

„Was ist los? Wer war das?", frage ich. Möglicherweise bin ich zu forsch, aber er ist schließlich in meiner Wohnung und in *meinem Bett*. Ich finde, dieses Recht habe ich mir verdient.

Er dreht sich zu mir um, schaut mich an. Sein Gesicht ist hart. Gnadenlos. Tödlich.

„Ich muss los." Seine Augen fliegen durch das Zimmer. „Du musst hierbleiben ..."

„Denk nicht einmal daran, mich wieder zu fesseln." Ich bin stolz auf mich, weil meine Stimme leise und bedrohlich klingt, anstatt hysterisch, wie das letzte Mal.

Er denkt *tatsächlich* darüber nach. Das sehe ich, weil er sich nicht bewegt. Er steht noch immer da und schaut mich an.

„Nicht. Armando, wann wirst du mir endlich vertrauen? Ich werde nirgendwo hingehen. Ich werde einfach weiterschlafen."

Er reißt eine Schublade auf und zieht wieder eine meiner Strumpfhosen heraus. „Ich vertraue dir nicht, okay? *Ich vertraue nicht*. Glaub mir, wenn ich dir sage, dass dich zu fesseln besser ist als das, was ich tun müsste, wenn ich einfach nur meine Botschaft überbringen und dann wieder verschwinden wollte. Das würde alle Brücken einreißen."

Seine Worte brennen. Er kann mich *ficken*, aber er kann mir nicht *vertrauen*.

„Du wirst auch alle Brücken einreißen, wenn du mich wieder fesselst", warne ich ihn. Ich schaue mich nach einer Waffe um. Als ich keine gute finden kann, greife ich nach der Nachttischlampe. „Ich werde mich wehren." Ich hebe die Lampe in die Höhe, als ob ich ihm damit eins über den Schädel ziehen will. Vermutlich würde ich das nicht übers Herz bringen, vor allem, nachdem ich gesehen habe, wie er in meinem Laden gekämpft hat. Ich weiß, meine Chancen in diesem Kampf wären verschwindend gering. Und ich würde vermutlich verletzt werden – *ah*.

Plötzlich fällt mir seine Schwachstelle ein. „Du würdest mir wehtun müssen." Das würde ihn stören. Es geht gegen seinen persönlichen Ehrenkodex.

Nichts verändert sich in seinem Ausdruck, und doch weiß ich

irgendwie, dass ich gewonnen habe, denn er bewegt sich wieder, lässt die Strumpfhose zurück in die Schublade fallen und schaut sich nach seinen Schlüsseln um. „Stell die Lampe zurück. Leg dich ins Bett." Ein schneidender Befehl.

Ich rühre mich nicht von der Stelle.

Wieder klingelt sein Handy. Er schaut auf das Display, sein Ausdruck grimmig. „Hier spricht Armando ... Ja, Sir. Ja. Ich habe schon gehört ... Nein, ich bin nicht in der Nähe, aber ich kann in zwanzig Minuten da sein ... Okay, ich fahre sofort los."

Als er auflegt, zeigt er mit dem Finger auf mich. „Ins Bett. Bevor ich es mir anders überlege. Ich nehme dein Handy und dein iPad mit. Wenn du die Wohnungstür aufmachst, werde ich das wissen, und du wirst dafür zahlen müssen. Ich sage das zu deiner eigenen Sicherheit. *Capisce?*"

Mein Herz hämmert, aber mein lächerlicher Körper ist von seinem herrischen Tonfall angeturnt. Ich steige ins Bett, zufrieden mit mir selbst, weil ich meine Freiheit erfolgreich verteidigt habe. Sofern man Souveränität über die eigenen Hände als Freiheit bezeichnen kann.

„Was ist passiert?", frage ich, auch wenn ich weiß, dass er es mir nicht verraten wird.

„Schlaf weiter, Blümchen."

„Du kannst den Van nehmen", biete ich an. „Oder ich könnte dich fahren."

„Nicht nötig." Seine Antwort ist bestimmt und ich weiß, dass ich nicht zu diskutieren brauche. „Du hast nichts mit dem zu tun, was in *meinem* Leben passiert. Punkt."

Ich verdrehe die Augen und warte ab, setze mich im Bett auf und schaue ihm hinterher, als er die Wohnung verlässt. Er geht zur Tür hinaus, dann kommt er noch einmal zurück.

„Hey, hör zu ..."

Ich warte ab.

„Wenn ich bis morgen früh nicht zurück bin, kannst du gehen.

Halte deinen Mund und mach einfach mit deiner Arbeit weiter, als ob du mich nicht kennen würdest. Okay?“

Ich starre ihn an und plötzlich rauscht Eis durch meine Adern.

Als ich nichts erwidere, sagt er, „Ich meine es ernst, Hannah. Du hast mich nie gekannt. Hast mich nie gesehen. Nichts von alldem. Verstanden?“

Er glaubt, es besteht die Chance, er könnte nicht zurückkommen. Was hat das zu bedeuten? Dass er umkommen wird? Oder zurück ins Gefängnis wandert?

Was zur Hölle passiert hier gerade?

Plötzlich habe ich schreckliche Angst um ihn. Allerdings gibt es nichts, was ich tun oder sagen kann, denn er ist bereits verschwunden.

Für eine lange Zeit sitze ich im schummrigen Licht der Lampe und spüre, wie mein Herz seinetwillen hämmert.

Armando. Scheiße!

Warum fühlt es sich auch für mich wie eine Situation auf Leben und Tod an? Ich will nicht, dass es mich so sehr kümmert. Er ist nicht mein Freund. Er ist nicht einmal ein Freund. Er ist überhaupt nichts. Und doch stecke ich in dieser Sache so tief drin. Genauso wie immer – verliebe mich zu schnell. Zu heftig. Zu intensiv.

Aber das zu wissen, ändert nichts an dem Gefühl, dass alles um mich herum einstürzt. Armando steckt in einer üblen Sache drin. Und ich will wirklich nicht, dass er stirbt.

Das ist allerdings meine Realität, wenn sich da zukünftig irgendetwas mit diesem Mann entwickeln sollte. Er ist in der Mafia. Das weiß ich. Das kann ich nicht ignorieren. Er ist, wer er ist, und ich bin einfach nur ein Mädchen mit einem Blumenladen.

Um Armando herum ist eine Mauer errichtet, die aus Backsteinen der Traditionen, Regeln und Diktaten von Menschen besteht, die viel mächtiger sind als er. Er lebt in einem Sündenpfuhl, und ganz egal, wie sehr ich dieses kleine Vater-Mutter-Kätzchen-Spiel auch genieße, ich muss mich an meine Realität erinnern.

Was, wenn er nicht zurückkommt?
Was, *wenn* er zurückkommt?

Kapitel Achtundzwanzig

A*rmando*

Verdammte. *Scheiße.*

Mein ganzer Körper ist kalt wie Eis, als ich vor meinem Wohnhaus aus dem Uber steige. Vier Streifenwagen und ein Krankenwagen blockieren mit blinkenden Blaulichtern die Straße. Alles ist voller Polizisten. Mit erhobenen Händen gehe ich langsam auf sie zu.

„Ich bin Armando Rossi, mir gehört die Wohnung, in der die Schießerei stattgefunden hat", informiere ich den ersten Polizisten, der mich erblickt.

„Alles klar." Er spricht in sein Funkgerät. „Ich habe hier den Betroffenen." Er lauscht auf die Antwort. „Alles klar, ich bringe ihn hoch." Er mustert mich argwöhnisch. „Sind Sie bewaffnet?"

Ich hebe noch immer die Hände in die Luft. „Nein, Sir."

Er tastet mich ab, nur zur Sicherheit. „Kommen Sie mit."

Auf meiner Etage erblicke ich Marco, der mit einem Beamten spricht. Seine Wohnung befindet sich zwei Stockwerke über meiner, direkt neben Leos. Ich hoffe inständig, dass ihre Wohnungen dieser Scheiße nicht auch zum Opfer gefallen sind.

Marco hebt das Kinn und schaut mich an. Wir gehen am Vermieter vorbei, der mich hasserfüllt anblickt. „Ich will, dass Sie morgen hier verschwunden sind", faucht er mich an. „Ich hätte einen Ex-Knacki nie hier einziehen lassen dürfen."

„Er bleibt." Marcos bestimmte, laute Stimme schneidet durch die murmelnden Unterhaltungen um uns herum, lässt alle Anwesenden die Köpfe heben.

Ich ignoriere sie beide. Ich bin wieder wie tot. Mein Mund schmeckt nach Asche. Meine Bewegungen sind mechanisch. Ich sehe nur noch grau. Alles um mich herum drängt auf mich ein, wie die Gitterstäbe meiner Zelle in Joliet. Ich könnte ohne Weiteres umgebracht werden oder umbringen, ohne eine einzige Emotion zu empfinden.

An meiner Wohnungstür wartet ein Polizist auf mich. „Sie sind Armando Rossi?"

„Ja, Sir."

Er wirft dem Beamten, der mich hochgebracht hat, einen Blick zu. „Wurde er auf Waffen kontrolliert?"

„Ja, Sir. Er ist sauber."

„Kann ich einen Ausweis sehen?"

Ich ziehe mein Portemonnaie hervor und fische den Ausweis hervor, den ich letzte Woche erhalten habe, da mein Führerschein eingezogen wurde. Der Polizist zückt Notizblock und Stift und schreibt sich die Informationen auf. „Können Sie mir sagen, was hier passiert ist?"

Ich schüttle den Kopf. „Nein, Sir. Ich war nicht zu Hause."

„Was glauben Sie denn, was passiert ist?", fragt er patzig, eindeutig genervt von mir. Er hat sich seine Meinung über mich schon gebildet und ich bin mir sicher, die ist nicht besonders wohlwollend.

„Ich glaube ..." Ich schaue mich in meiner Wohnung um. Sämtliche Wände sind von Einschusslöchern übersät. Die Glasscheiben der Bilderrahmen sind zersplittert und Scherben bedecken den Boden. Der Fernseher ist hinüber. Ein riesiges Netz aus Rissen bedeckt das Fenster, das auf die Straße hinausgeht, aber die Scheibe ist nicht herausgefallen.

Noch nicht.

Das Polster aus dem Sofa dringt durch den zerschossenen Bezug. Marco hat mir bereits erzählt, was er gehört und gesehen hat, also kann ich es mir leicht vorstellen. Irgendwelche Typen sind eingedrungen und haben aus halbautomatischen Waffen hunderte Runden Munition in meine Wohnung abgefeuert. „Ich glaube, jemand will mich tot sehen."

„Wer?"

Ich schüttle den Kopf. „Keine Ahnung."

Seine Augen werden schmal. „Auf wen würden Sie denn tippen?"

Ich zucke mit den Schultern. „Wirklich, keine Ahnung."

„Der Vermieter sagt, Sie kämen gerade erst aus dem Gefängnis."

Ich sollte mit *Ja, Sir* antworten, aber ich bin plötzlich durch mit dieser verfickten Unterhaltung. Ich will, dass alle hier verdammt noch mal verschwinden. Ich muss mit Marco und Leo sprechen. Also starre ich den Arsch einfach nur wortlos an. Es war theoretisch keine Frage, also werde ich mich nicht zu einer Antwort herunterlassen.

Ich räuspere mich. „Kann ich mich umsehen?"

Wieder beäugt mich der Beamte aus schmalen Augen. „Hatten Sie irgendwelche Wertgegenstände in der Wohnung, für die sich so ein Überfall gelohnt hätte?"

„Nein." Ich spare mir das *Sir*. Wie gesagt, ich bin fertig hier.

Er stopft Notizbuch und Stift zurück in seine Tasche. „Klar. Schauen Sie sich um, lassen Sie mich wissen, ob irgendwas fehlt."

Ich gehe ins Schlafzimmer. Dort sieht es genauso schlimm aus, wie im Wohnzimmer. Einschusslöcher in der Tür, dem Kopfteil. Federn aus den Kissen bedecken den Boden. Vermutlich haben sie hier angefangen. Als sie bemerkt haben, dass ich nicht zu Hause bin, haben sie die ganze Wohnung durchlöchert.

Das ist eine Botschaft. Sie machen Jagd auf mich.

Allerdings fühlt sich das hier eher nach den Hermanos an als der Anschlag Freitagabend.

Ich hatte einen Teil des Startgelds von Don G in der Wohnung versteckt, will jetzt allerdings nicht danach schauen, während es vor Bullen nur so wimmelt. Ich will nicht erklären müssen, woher ich siebentausend Dollar habe – was noch übrig ist, nachdem ich meiner Ma und Hannah etwas zugesteckt habe. Der Vermieter steht noch immer vor der Tür und wartet darauf, mich zu konfrontieren. Marco kommt in die Wohnung und bleibt neben mir stehen.

„Hören Sie", sagt der Vermieter und breitet die Hände in einer versöhnlichen Geste aus. „Ich kann jemanden wie Sie hier einfach nicht haben. Meine Mieter müssen sich sicher fühlen können, und was heute Nacht passiert ist, macht mein Geschäft kaputt."

Es gab eine Zeit, zu der ich ihm Paroli geboten hätte. Ich bin ein ziemliches Alphatier und lasse mich von niemandem herumschubsen. Doch in diesem Moment kann ich mich einfach nicht dazu durchringen, mich auch nur einen feuchten Kehricht zu scheren. Es ist mir scheißegal, ob ich in dieser Wohnung bleibe oder nicht. Es ist ja nicht so, als ob ich hier viel Zeit verbracht hätte, seit ich Hannah getroffen habe.

Ich bin nicht einmal sauer wegen dem, was passiert ist. Ich verspüre keinerlei Anflug von Rachegelüsten in mir. Kein Verlangen nach Vergeltung.

Ich bin einfach wieder wie verdammt tot.

Und das ist ehrlich gesagt das Einzige, was ich verstörend finde.

Andererseits, wen kümmert's? Denn irgendwie ist das hier auch nur eine Art außerkörperliche Erfahrung.

Marco kümmert's im Augenblick allerdings sehr. Er tritt auf den Vermieter zu, berührt ihn zwar nicht, aber ihre Nasenspitzen sind nur Zentimeter voneinander entfernt. „Nein. Was Ihr Geschäft kaputtmacht, mein Freund, wäre es, es sich mit der Pachino-Familie zu verscherzen. Mein Cousin bleibt. Ich bleibe. Mein Bruder bleibt. Und wenn Sie einen von uns wieder schikanieren, dann werde ich Ihr verdammtes Geschäft vernichten, zusammen mit Ihnen und allen, die Sie lieben." Marco tritt einen Schritt zurück. „Das können Sie mir glauben, alter Mann."

Der Vermieter glaubt ihm. Er glaubt ihm so hundertprozentig, dass sein Gesicht kreidebleich wird und seine gottverdammten Zähne klappern. Und Leo, mit seinem einwandfreien Timing, kommt genau in diesem Moment um die Ecke gebogen und trägt mit seiner massigen Figur nur noch zu der Bedrohung bei.

„Und jetzt verschwinden Sie hier."

Der Vermieter schießt davon.

Marco und Leo warten ab, bis er verschwunden ist, dann betreten sie meine Wohnung. Marco trägt eine Stoffhose und ein weißes, geripptes Unterhemd, als hätte er sich hastig angezogen, als die Schießerei losging. Leo sieht aus, als ob er sich beim Anziehen mehr Zeit gelassen hätte. „Definitiv die Hermanos", bemerkt Marco. „Ich habe ein paar der Ficker gesehen, wie sie zu einem Auto auf der Straße gerannt sind. Sie hatten Skimasken auf und halbautomatische Waffen in den Händen. Einer der Polizisten sagt, sie hätten die Überwachungskameras vor dem Haus zerschossen, genauso wie die Glastür. Dann sind sie einfach mit dem Aufzug hochgefahren und haben deine Wohnung verwüstet. Hast du es Don G schon erzählt?"

„Noch nicht." Aus dem Augenwinkel werfe ich Leo einen Blick zu, denn obwohl er wie ein Bruder für mich ist, sollten nicht zu viele Leute über meinen Scheiß Bescheid wissen.

Er zieht eine Pistole aus seinem hinteren Hosenbund und Munition aus seiner Jackentasche. „Ich weiß, du darfst keine Waffe besitzen, aber mir scheint, es wäre sicherer für dich, wenn du im Augenblick bewaffnet bist."

Vielleicht ist meine Seele doch noch nicht vollkommen verkümmert, denn ein Anflug der Dankbarkeit wirbelt durch mich hindurch. Meine Familie kümmert sich um mich. Durch dick und dünn.

Ich nehme die Pistole entgegen und stecke sie mir ebenfalls in den Hosenbund. „Ja, danke."

„Ich mache mir Sorgen um deine Ma", bemerkt Marco. „Wenn

sie dich hier nicht gefunden haben, suchen sie möglicherweise bei ihr nach dir.“

Ich reibe mir mit der Hand über das Gesicht. „Genau das habe ich auch schon gedacht. Vielleicht kann ich sie auf eine Urlaubsreise schicken oder so.“

Ich marschiere ins Bad und suche unter dem Waschbecken nach dem Geld. Es ist noch alles da. Doch das überrascht mich nicht. Das hier war kein Raubüberfall.

Sie waren auf Blut aus, mit Sicherheit. Und nachdem sie so viel Aufmerksamkeit auf sich gezogen haben, mussten sie schnellstens hier verschwinden. Ehrlich gesagt bin ich überrascht, dass sie so eine Aktion in einem Wohnhaus wie diesem überhaupt versucht haben.

Ich ziehe eine Reisetasche aus dem Schrank und fange an, Anziehsachen hineinzuwerfen, meine Schuhe, Hygieneartikel. Hannahs Wohnung ist noch immer der sicherste Ort für mich. Mein Instinkt, dort unterzutauchen, war goldrichtig. Allerdings hat Marco recht, meine Mom könnte in Gefahr schweben. Und dieser Gedanke ruft Gefühle in mir hoch. Ich würde alles für meine Mom tun. Als ich aufgewachsen bin, hatten wir nur uns beide, und ich würde, ohne zu zögern, für sie töten.

„Ich lasse meine Jungs morgen hier vorbeikommen, um aufzuräumen“, bietet Marco an.

„Danke.“

„Was kann ich sonst noch tun?“

„Nichts. Ich schulde dir schon genug. Ich mag es nicht, wenn unser Verhältnis so unausgewogen ist, Mann.“ Ich gebe ihm eine dieser Männerumarmungen und klopfe ihm auf den Rücken.

Er löst sich von mir und schaut mir in die Augen. Er hat leuchtend grüne Augen, wie Dollarscheine. Der totale Ladykiller. „Du würdest für mich das Gleiche tun.“ Sein Ausdruck ist todernst, als ob er einen Eid schwören würde.

Mir wird bewusst, dass er sich nicht nur um die Familie kümmert. Es ist nicht einfach nur Mitleid. Er fühlt sich schuldig, weil ich erwischt wurde. Ich habe den Kopf hingehalten, und er wurde verschont. Leo wurde verschont. Der Rest unserer Mannschaft, die an den Autodiebstählen beteiligt waren, wurden verschont. Ich hatte einfach das verdammte Pech, erwischt zu werden. Und es muss nicht erwähnt werden: Ich habe den Mund gehalten.

Ich will etwas sagen, um ihm das schlechte Gewissen zu nehmen. Denn es ist immer die gleiche Geschichte – er hätte an meiner Stelle genau dasselbe getan. Vielleicht frisst es ihn auf, weil ich so tief gefallen bin. Damals war ich der König der Welt. Hatte geglaubt, verliebt zu sein. War mit einer wunderschönen Frau verlobt. Hatte mehr Geld, als ich brauchte. Ich hatte mir innerhalb der Organisation Anerkennung und einen Ruf verdient. Hatte meine eigene Mannschaft angeführt – Marco und Leo hatten für mich gearbeitet. Ich war im Begriff, zu einem Anführer zu werden und in den Rängen aufzusteigen, während die ältere Generation nach und nach in den Ruhestand ging.

Und dann wurde mein Hehler erwischt und ich bin zum falschen Zeitpunkt mit einem brandneuen, gestohlenen Mercedes-Benz aufgetaucht. Ich bin aus dem Auto gestiegen und davongerannt, aber sie haben mich eingeholt und das war es für mich. Ich konnte es nur aussitzen. Meine Strafe antreten und anschließend von vorne beginnen.

Weil Worte nicht länger mein Ding sind, würge ich an meinen Gefühlen und entscheide mich schließlich für einen Faustcheck für Marco und Leo. „Ihr habt noch den Schlüssel für meine Wohnung, richtig?"

„Ja, haben wir", antwortet Marco. „Willst du heute Nacht bei mir übernachten?"

„Nee. Ich habe einen Schlafplatz." Ich greife nach der Reisetasche und gehe zur Tür.

Marco wirft mir einen skeptischen Blick zu, fragt aber nicht, wo ich schlafen werde. In unserem Geschäft ist man umso sicherer, je weniger man weiß. Ich weiß, dass Marco und Leo mich nie hintergehen würden, aber ich will sie einfach nicht in eine Lage bringen, in der sie Geheimnisse für mich wahren müssen. Sie haben bereits so viel für mich getan.

„Dann zieh den Kopf eine Weile ein."

„Ja, werde ich. Noch mal danke." Ich berühre die Pistole in meinem Hosenbund und nicke Leo zu.

„Warte. Ich werde dich auf keinen Fall einfach ohne ein zusätzliches Augenpaar da rausmarschieren lassen. Vor allem, wenn ein Mädchen im Spiel ist", mein Leo.

„Ich habe es unter Kontrolle", erwidere ich.

„Leo hat recht", sagt Marco. „Lass uns wenigstens eine Wache abstellen. Verstärkung, nur für alle Fälle."

Ich will protestieren, aber dann muss ich an Hannah denken. Obwohl ich versuche, den Kopf einzuziehen, besteht weiterhin die Chance, dass derjenige, der mich tot sehen will, auch von ihr weiß. Wenn schon nicht meinetwegen, dann sollte ich zumindest sicherstellen, dass sie immer unter Bewachung steht. Ich nicke. „Okay, keine schlechte Idee. Ich will, dass Hannah in Sicherheit ist."

„Also hat sie einen Namen", feixt Leo und grinst mich an.

Ich gehe in das Desaster, das mal meine Küche war, und hole einen Block und einen Stift aus der Schublade, kritzle die Adresse von Hannahs Wohnung und die von *Garten Eden* darauf. Dann drücke ich Leo den Zettel in die Hand.

Er liest die Adresse. „Die Floristin, direkt neben Rocco's?"

Wieder nicke ich. „Ich schicke dir noch die Infos von ihrer Freundin, die auch in dem Laden arbeitet. Ich möchte sicherstellen, dass sie auch in Sicherheit ist. Sie soll nicht auch noch ins Kreuzfeuer geraten."

Marco schaut über Leos Schulter auf den Zettel. „Wird erledigt", sagt er.

„Wir werden herausfinden, wer verantwortlich ist, und der Sache ein Ende setze. Garantiert", verspricht Leo.

Mein jüngerer Cousin ist zum Mann geworden, während ich fort war. Ich erkenne eine Reife in Leo, die nicht existiert hat, bevor ich in Gefängnis gewandert bin.

Eine Million winziger Dinge haben sich verändert, während ich fort war. Diese Veränderungen wirken vielleicht gering, und doch reichen sie aus, um sich wie in einer vollkommen anderen Welt zu fühlen.

Oder vielleicht bin es auch nur ich, der vollkommen anders ist.

Und wenn ich die nächste Woche noch erleben will, dann kriege ich meinen Scheiß besser in Griff, und zwar schnell.

Ich muss herausfinden, was los ist. Was ich dagegen tun kann.

Wem ich vertrauen kann.

Wen ich umbringen muss, um diese Anschläge auf mein Leben zu unterbinden.

Und dennoch fällt es mir noch immer schwer, ein Interesse dafür aufzubringen, meine Probleme zu lösen.

Das Einzige, was mich derzeit zumindest ansatzweise interessiert, ist Hannah. Ich will in diesem Moment nichts mehr, als in ihrem Bett zu schlafen.

Ich bin ein gieriger Bastard.

Ich weiß, ich sollte sie in Ruhe lassen. Ich sollte mich verdammt noch mal fern von ihr halten, vor allem, wenn man die Gefahr bedenkt, die ich für jeden in meinem Leben mitbringe.

Doch das kann ich nicht.

Sie ist mein Rettungsanker.

Der einzige Weg, der im Moment erhellt ist, ist der zu ihr.

Der einzige Weg, den ich erkenne, um nach Hause zu kommen.

Kapitel Neunundzwanzig

H*annah*

Ich starre hinunter auf Armandos schlafenden Körper in meinem Bett. Er ist kurz vor Sonnenaufgang zurück in die Wohnung geschlichen und schläft seitdem wie ein Stein. Liegt ausgestreckt auf dem Rücken, die Laken um seine Hüfte verheddert. Seine schlanken, definierten Muskeln lassen ihn sogar im Schlaf gefährlich erscheinen. Shadow hat sich an seinem Torso zusammengerollt und schnurrt leise, ein merkwürdiger Bettgenosse.

Ich kann kein Blut, keine Schrammen oder Blutergüsse an Armando erkennen. Ich habe das Gefühl, dass das hier meine neue Normalität werden könnte – seinen Körper auf Verletzungen zu untersuchen. Wenn Armando und ich mit dem, was auch immer das hier ist, weitermachen, er mitten in der Nacht verschwindet, ich mich frage, ob er es unversehrt nach Hause schaffen wird, dann wird das hier unser Leben sein.

Aber kann ich damit fertig werden?

Kann ich mit *ihm* fertig werden?

Als er nach Hause gekommen und unter die Decke gekrochen ist, sich an mich geschmiegt hat, habe ich so getan, als würde ich schlafen. Ich wusste nicht, was ich sagen oder tun sollte. Es ist ja nicht so, als könnte ich ihn fragen, wie sein Tag auf der Arbeit war. Ich könnte ihm nicht sagen, dass ich die ganze Nacht kurz davor gewesen war, in Tränen auszubrechen oder mich zu übergeben. Dass ich schreckliche Angst davor hatte, was ihm zustoßen könnte und was passieren würde, wenn er nie wieder durch diese Tür kommt. Aber als er seinen warmen Körper an meinen geschmiegt und seine schweren Arme um mich geschlungen hat, fühlte ich mich plötzlich sicher. Tatsächlich habe ich mich noch nie sicherer gefühlt. Dieses Gefühl, das er mir in dieser einen Sekunde geschenkt hat, war all die Sorgen wert. *Er* war es wert.

Ich debattiere hin und her, ob ich ihn aufwecken oder schlafen lassen soll. Ich muss in den Blumenladen. Ich weiß nicht, warum ich das Gefühl habe, ihn um Erlaubnis bitten zu müssen. Nur weil er mich als seine Gefangene sieht, heißt das nicht, dass ich es auch bin.

Nur dass es mir gefällt, seine Gefangene zu sein. Das ist die törichte Wahrheit. Ich will gar nicht wirklich, dass er mich freilässt und aus meinem Leben verschwindet. Denn ich verliebe mich schon längst Hals über Kopf in diesen Typen. So, wie ich es immer tue, wenn ich anfange, mit einem Mann zu schlafen.

Ich weiß einfach nicht, wie ich meine Gefühle zügeln soll. Wie man sie zurückhält. Ich liebe groß und einnehmend, und das ist immer chaotisch. Schlägt den Kerl jedes Mal in die Flucht.

Vielleicht übt es deshalb einen solchen Reiz auf mich aus, seine Gefangene zu sein. Armando wird sich nicht in die Flucht schlagen lassen. Er zwingt sich mir auf, nicht andersherum. Ich kann das hier gar nicht vermasseln, weil es nichts zu vermasseln gibt. Es ist keine Beziehung. Ich habe mir das nicht ausgesucht. Ich kann es nicht einmal ent-entscheiden, außer ihm den Sex zu verweigern – worin ich leider jedes Mal episch scheitere.

Und warum sollte ich das tun? Das ist doch das Beste an dieser ganzen Situation. Obwohl es nicht nur der Sex ist, den ich genieße. Ich liebe den Nervenkitzel. Diesen Grad der Gefahr, der von einem gewissen Grad an Vertrauen aufgewogen wird. Außerdem mag ich es, wie er sich auf die kleinsten Weisen um mich kümmert – wie beispielsweise, mir Essen zu kaufen und den Müll runterzubringen. Nach dem Essen den Abwasch zu machen. Mein Leben scheint ein wenig handhabbarer, wenn sich jemand um mich kümmert. Beisteuert. Ich bin so daran gewöhnt, die Einzige zu sein, die sich um alle anderen sorgt, dass es schön ist, endlich mal selbst umsorgt zu werden.

Federleicht berühre ich seinen harten Bizeps. „Armando?"

Schneidend atmet er ein, sitzt in der nächsten Sekunde senkrecht im Bett und hält eine Pistole in der Hand ... die auf mich zielt.

Erschrocken schreie ich auf und erstarre. Ich weiß nicht einmal, wo die Pistole herkommt – ich muss die Szene noch einmal vor meinem inneren Auge abspielen, um zu kapieren, dass er sie unter dem Kissen hervorgezogen haben muss.

Meinem Kissen. Wo gestern Abend definitiv noch keine Waffe gelegen hat.

Er blinzelt, lässt die Pistole sinken. Sagt nichts.

„Himmel, Armando." Ich stoße einen zittrigen Seufzer aus. Er sagt noch immer nichts. „Hör zu, ich muss in den Laden gehen. Ist total okay, wenn du hierbleiben und weiterschla..."

Doch er springt bereits aus dem Bett und schwingt seine Beine von der Bettkante, sodass Shadow in einem hohen Bogen durch die Luft fliegt und auf seinem kleinen Rücken landet.

„Du musst nicht mitkommen. Ich glaube, wir sind uns mittlerweile einig, dass ich nichts verraten werde, oder? Also brauche ich nur mein Handy und dann gehe ich los. Du kannst gern hierbleiben."

Armando ignoriert mich, zieht sich ein T-Shirt über, das er aus einer Reisetasche unter meinem Bett hervorzieht.

Okay. Ich schätze, er ist also eingezogen.

Das sollte mich nicht so froh machen, aber irgendwie tut es das.

Er zieht sich in Sekundenschnelle fertig an und steckt die Pistole in ein Holster an seiner Wade, bevor er seine Hose anzieht. Dann holt er meine Handtasche, mein Handy und die Schlüssel zu meinem Van hervor – diesmal aus dem Backofen. Als wir aus der Wohnungstür gehen, hat er noch immer kein Wort gesagt.

Wir treten auf den Bürgersteig vor dem Haus und Armando deutet mit dem Kinn auf den Starbucks an der Ecke. „Hast du schon gegessen?" Seine Stimme ist rau und heiser vom Schlaf. Regelrecht griesgrämig.

Ich weiß nicht, warum ich das so unfassbar sexy finde.

„Nein." Ich bin irgendwie eine unregelmäßige Esserin. Abends esse ich oft aus Stress, aber tagsüber bin ich meist zu beschäftigt oder zu spät dran für regelmäßige Mahlzeiten. Zu dumm, dass die verpassten Mahlzeiten nicht auch eine Hollywoodfigur zur Folge haben. Aber scheiß auf Hollywood. Ich habe an genau den richtigen Stellen Kurven. Eine Tatsache, die Armando mit Leib und Seele zu genießen scheint.

Er rauscht in den Starbucks und zückt sein Portemonnaie. Seine Augen sind heute Morgen wie tot. So habe ich sie schon vorher gesehen, aber heute haben sie eine ganz besonders ausgeschaltete Qualität an sich. Oder vielleicht ist das auch nur die Empathin in mir, die den vollständigen Mangel an Emotionen in ihm registriert.

Ich muss immerzu an die Pistole denken, mit der er heute früh auf mich gezielt hat. Die Bedrohung in seinem Ausdruck, bevor ihm bewusst wurde, dass ich es bin. In diesem Moment habe ich eine Emotion in ihm wahrgenommen – und sie war tödlich. Wie ein in der Falle sitzendes Tier, das für seine Freiheit morden wird. Was für ein Leben muss er geführt haben, wenn er aufwacht und als allererstes seine Waffe auf einen Menschen richtet? Was ist gestern Nacht passiert? Ich will ihn danach fragen, aber ich weiß, dass er mir nicht antworten wird.

Armando bestellt sich ein Eiersandwich und einen doppelten Espresso, dann dreht er sich mit einem fragenden Blick zu mir um. Ich bestelle Porridge und einen Latte. Er zahlt, wie immer.

Es ist dumm – es ist nicht viel Geld – aber ich mag es, mit Armando unterwegs zu sein, ihn für meine Lebensmittel und Mahlzeiten zahlen zu lassen. Ich mag, wie er die Zügel in die Hand nimmt. Wie er nicht gefragt oder darüber diskutiert hat, den Van zu reparieren, sondern damit einfach zu einer Werkstatt gefahren ist und es erledigt hat.

Manche Frauen würde sowas vielleicht nerven. Aber ich finde es heiß.

Er hat dieses sexy Daddy-Etwas an sich, und obwohl ich nie realisiert habe, dass ich auf perverse Dinge stehe, wird es mir langsam mit aller Deutlichkeit bewusst.

Wir nehmen das Essen mit und wieder sitzt Armando am Steuer. Auch das weiß ich durchaus zu schätzen. Mir ist egal, dass es mein Van ist. Ich hasse es ohnehin, in der Stadt zu fahren. Ich mag es, wenn jemand anderes die Führung übernimmt. Dann kann ich einfach meinen Porridge essen und meinen Latte trinken und aus dem Fenster starren, ohne mich um irgendetwas sorgen zu müssen – wenn auch nur vorübergehend.

Er ist noch immer absolut schweigsam und ich versuche es erst gar nicht mit einer Unterhaltung. Ich kenne eine Menge Leute, die morgens nicht reden wollen, sogar, wenn sie genug geschlafen haben und sich nicht mitten in der Nacht mit irgendeiner Krise herumschlagen mussten. Ich warte einfach ab, bis er aufgetaut ist.

Wir betreten meinen Laden durch die Hintertür. Armando marschiert durchs Geschäft und öffnet die Jalousien der Schaufenster. Dann dreht er mein „Geöffnet"-Schild mit den Öffnungszeiten darauf herum.

„Was zur Hölle, Hannah?", faucht er mich urplötzlich an.

Ich erstarre. Die Bedrohung ist zurück – ich spüre sie durch den ganzen Raum und sie macht mir Angst. „Was?"

Er deutet auf das Schild. „Du hast sonntags nicht geöffnet. Was zur Hölle versuchst du hier?" Er wendet sich ab und blickt suchend durch das Schaufenster auf den Gehweg, schaut nach links und rechts.

Gott. Denkt er, ich hätte ihn in eine Falle gelockt? Dass jeden Moment die Polizei auftaucht und ihn verhaftet? Oder wer auch immer versucht, ihn umzubringen?

Kapitel Dreißig

H*annah*

Ich marschiere hinüber zu ihm, teils, um meine instinktive Angst vor ihm in diesem Zustand zu überwinden, und teils, weil ich einfach stinksauer bin, dass er mir noch immer nicht vertraut. Und stinksauer, dass er mir solche Angst macht. „Falls es dir noch nicht aufgefallen sein sollte, Armando, ich kann meine Miete nicht zahlen. Ich muss so oft geöffnet haben, wie ich kann, und das bedeutet, auch sonntags zu arbeiten. Ich arbeite *jeden* Tag. *Jede* Stunde. Nur so kann ich überleben."

Er blinzelt mich an und etwas der Härte in seinem Ausdruck verschwindet.

Ich starre zurück. „Schrei mich nie wieder so an. Du machst mir Angst, wenn du so gemein bist."

Ich erwarte, dass er sich entschuldigt. Ich will, dass er mich *Baby* nennt, mir über die Haare streichelt, mich in den Arm nimmt und mir verspricht, mir nie wieder Angst zu machen, doch stattdessen wirft er mir einen finsteren Blick zu. „Tja, du solltest auch Angst vor mir haben, Blümchen."

Die Beleidigung schneidet tief und schnell, direkt in meine

Brust. Ich strecke das Kinn vor. „Ach ja? Tja, warum sagst du das dann nicht? Sag, was immer es ist, was die Brücken einreißen wird. Sprich deine Bedrohungen aus und lass es uns hinter uns bringen. Dann kannst du verschwinden. Das wäre deutlich einfacher für uns beide."

Er steht eine Minute lang nur da, und ich kann den Konflikt über sein Gesicht huschen sehen. Ich schwöre, das Zimmer um uns herum dreht sich wie in diesen Filmen. Und dann fliegt seine Hand vor und legt sich auf meinen Hinterkopf, zieht mich an sich heran. Seine Lippen pressen sich auf meine. Es ist ein saftiger, lustvoller Kuss, den ich augenblicklich erwidere.

Das ist es, was wir am besten können. Unsere Beziehung mag nur eine Täuschung sein, die Kommunikation ist ein Witz, aber wir kennen diesen Tanz. Ich vermute, deshalb macht er das. Aus genau dem gleichen Grund, weshalb ich ihn damals das erste Mal geküsst habe, als er sich fragte, was er mit mir tun soll.

Das hier.

Das ist es, was wir tun.

Er löst den Kuss, lässt allerdings meinen Kopf nicht los. „Ist es das, was du willst, Hannah? Willst du, dass ich gehe?" Kummer durchdringt ihn. Ein Anflug der Verzweiflung. Er sucht meinen Blick, als ob meine Antwort die Welt anhalten würde.

„Nein", gestehe ich. Das ist das Letzte, was ich will.

Wieder zieht er meinen Mund an seinen und verschlingt ihn mit einem feurigen Kuss. Ich erwidere den Kuss, meine Lippen öffnen und schließen sich, ziehen an seinen.

„Tut mir leid", krächzt er, als sich unsere Lippen voneinander lösen. „Jemand hat gestern Nacht in meiner Wohnung herumgeschossen, und ich bin im Moment einfach höllisch paranoid. Ich hätte nicht schreien dürfen. Vor allem hätte ich dich nicht anschreien dürfen."

Meine Augen werden groß, obwohl ich schon vermutet habe, dass es etwas Schlimmes wie das ist.

„Ich *will nicht*, dass du Angst hast." Seine Hand wandert von meinem Hinterkopf auf meine Wange und er fährt mit seinem Daumen über meine Unterlippe. „Ich will diese Küsse, als ob es das Ende der Welt wäre. Dich ficken, als ob unser Leben davon abhängen würde."

Eine Welle der Hitze rollt durch mich hindurch.

„Du bist das Einzige, was mich nicht durchdrehen lässt. Ich bin kurz davor, den Verstand zu verlieren. Aber du hältst den Schlüssel zu meiner Zurechnungsfähigkeit in den Händen, Hannah. Du."

Ich liebe es einfach, wenn er mit seiner heiseren Stimme meinen Namen ausspricht. Diesmal beginne ich mit dem Kuss, drücke meine Brüste gegen die harten Muskeln seines Torsos. „Als ob unser Leben davon abhängen würde, hm?", murmle ich, als ich wieder zu Atem komme.

Er schiebt mich zurück gegen die Glastür und lässt die Jalousien wieder hinunter. Seine Hände sind überall, wandern meine Seiten hinunter, drücken meinen Arsch. Ich hebe ein Bein, schlinge es um seine Hüfte, und als er seinen Unterarm unter meinen Hintern legt, schlinge ich auch mein zweites Bein um seine Taille. Er drückt mich gegen die Scheibe, in die Jalousie, um die Beule seiner Erektion zwischen meine Beine zu reiben.

Seine Lippen tanzen über mein Schlüsselbein, dann hält er inne und sucht mit seinen Zähnen nach meinem Ohr, kneift mit einem schnelleren, schärferen Knabbern hinein. Ich kann es bis in mein Innerstes spüren. Seine Stimme ist leise und kehlig, und seine Worte schicken eine sexy Vibration durch mein Ohr. „Du bist so verdammt umwerfend. Und küssbar. Und fickbar. Ich will dich gleich hier vornüberbeugen, jetzt sofort. Ich will dich gegen dieses Fenster drücken und dich ficken, bis du schreist."

Ich bin zu atemlos, um zu antworten. Mir fällt nichts ein, was ich erwidern könnte. „Dann tu es, jetzt, ich brauche dich."

Seine Hände bewegen sich von meinem Arsch zu meiner Hüfte, dann nach vorn zu meinem Bauch. Seine Fingerspitzen drücken sich in meine Haut. „Ich will sehen, wie du kommst. Ich will sehen, wie deine süße, kleine Pussy meinen Schwanz nimmt. Ich will dich stundenlang ficken."

„Ich will es", keuche ich, denn mein Hals fühlt sich eng und trocken an. Ich will es, aber ich will nicht, dass es aufhört. Ich will hierbleiben. Ich will für immer in diesem Moment bleiben.

Wieder küsst er mich, und diesmal ist es nicht so sanft, sondern drängend, dann dreht er sich herum und trägt mich nach hinten zu meinem Schreibtisch. Mein Arsch berührt die Tischplatte. Die kühle Berührung reißt mich in die Realität zurück.

Realität.

Wir sind in meinem Laden. Mein Geschäft. Realität.

„Warte", keuche ich. „Wir können damit nicht weitermachen."

Es ist zu viel. Er ist zu viel. Ich fühle mich definitiv, als wäre ich zu viel.

Er versteift sich. Weicht zurück. Ich registriere den Verlust seiner Berührung wie den Schock von Eiswasser. „Ja."

Augenblicklich bereue ich es, auf die Bremse getreten zu sein. Ich strecke die Hand nach ihm aus. „Warte."

Er tritt zurück zwischen meine Beine, streichelt mit seiner Hand über mein nacktes Bein. Seine Finger gleiten unter den Bund meines kurzen T-Shirt-Kleids. Er legt seine Stirn an meine. „Sprich mit mir, Hannah."

Mit ihm sprechen. Das ist der Moment, in dem ich mein wahres Gesicht zeige und er davonlaufen wird. Aber vielleicht ist es so das Beste. Das ist es, was ich brauche.

„Ich ..." Ich atme tief durch. „Ich habe keinen beiläufigen Sex. Ich fühle einfach zu viel, verstehst du? Und ich binde mich zu schnell ..."

Das Schlimmste, was man jemals zu einem Typen sagen könnte.

Aber es ist die Wahrheit.

„Fühlt sich das hier wie beiläufiger Sex für dich an?" Armandos Stimme ist kratzig.

„Nein", gebe ich zu.

Er greift nach einer meiner Haarsträhnen, wickelt sie um seine

Faust und starrt auf die blonden Spitzen, die sich mit den dunklen Locken vermischen. „Für mich fühlt es sich nicht beiläufig an. Es fühlt sich verzweifelt und lebensspendend an. Wie der erste Schluck Muttermilch eines verhungernden Babys."

Oh, Gott. Mein Herz stolpert. Ich liebe es einfach so sehr, zu wissen, dass ich ihm etwas gebe, was er nirgendwo sonst finden kann. Ihn vielleicht sogar verändert. Es verleiht unserem Tanz eine Bedeutsamkeit. Dem, wer ich bin und was mein Leben bedeutet. Ich hebe meine Lippen für einen Kuss, aber er zieht sich einen Zentimeter zurück und lässt mich in der Luft hängen.

„Aber wenn du eine Pause brauchst, dann trete ich einen Schritt zurück. Ich zwinge Frauen nicht."

Seufz. „Vergiss nicht …" Ich atme ein, schaue unter meinen Wimpern zu ihm hinauf. „Ich mag es, wenn man mich zwingt."

Er schnappt vielsagend nach Luft.

Ich mag die Art und Weise, wie er nach meinen Handgelenken greift und mich vom Schreibtisch zieht, mich herumdreht und meinen Oberkörper langsam auf die Tischplatte hinunterdrückt. Er dreht mir einen Arm auf den Rücken und verpasst meinem Arsch einen Schlag. „Allerdings." Seine Stimme klingt wieder heiser und gepresst. Langsam greift er nach meinem anderen Handgelenk, dreht es mir ebenfalls auf den Rücken. Mein Gesicht drückt sich gegen die glatte Oberfläche des Schreibtisches und der Geruch von Papier und Tinte vermischt sich mit Armandos maskulinem Geruch. Er zieht am Saum meines Kleides, schiebt es mir über die Rundungen meines Arsches. Dann rollt er mir meinen Slip hinunter, gerade genug, um mit seiner Hand über meinen nackten Arsch streichen zu können. „Bist du noch wund von dem Spanking, das ich dir verpasst habe?"

Als er erwähnt, was er gestern mit mir gemacht hat, zieht sich meine Pussy zusammen. Oder vielleicht zieht sie sich auch deswegen zusammen, was er jetzt gerade tut. Ich schüttle den Kopf.

„Du hast es genommen wie ein braves Mädchen, oder?"

Oh, Gott.

So heiß.

Er schlägt mir auf die eine Backe, erwischt die Unterseite und lässt meinen Körper vibrieren. Er streicht mit der flachen Hand über die brennende Stelle. „Fordere mich nur immer weiter heraus, Blümchen, ganz genau, denn ich werde diesen Arsch immer pink schlagen wollen."

Ich wackle mit meinem Hintern hin und her, locke Armando erneut, und er verpasst mir einen weiteren, brennenden Klaps. Reibt das Brennen fort. „Du bist die heißeste Frau, mit der ich je zusammen war. Bei Weitem." Wieder verpasst er mir einen Schlag.

Ich schließe die Augen, sauge die Empfindungen und seine Worte in mich auf. Normalerweise spricht er nicht viel, also sind seine verbalen Ausdrücke Balsam für meine geschundenen Nerven.

„Und es gefällt mir, wie du dich anfühlst." Er schlägt mich ein wenig fester. „Ich mag, wenn du dich bindest." Noch ein Hieb. „Denn wenn ich mit dir zusammen bin, ist das der einzige Moment, in dem ich etwas spüre."

Tränen brennen in meinen Augen. Ausnahmsweise scheint es so, als ob der Kerl, in den ich mich verliebe, mit mir auf einer Wellenlänge ist. Es ist ein verdammtes Wunder.

„Oh, Fuck", knurrt er, sein Mund an meinem Hals. „Gefällt es dir, wenn Daddy dich bestraft?" Wieder schlägt er mir auf den Arsch und ich stöhne leise, presse mich in seine Hand.

Er hebt mich ein wenig an und der raue Stoff seiner Hose kratzt über das erhitzte und bereite Fleisch meines Arsches. Ich erschaudere und meine Hüften heben sich ihm entgegen.

„J-ja. Ich will es. Ich will es ... *Daddy*." Das Wort fühlt sich so verdammt richtig an, als es mir über die Zunge rollt.

„Was willst du, Blümchen?", knurrt er und seine Lippen wandern erneut meinen Hals hinauf, um mich zu küssen. „Sag mir, was du willst."

„Ich will, dass du mich fickst", wispere ich atemlos. „Ich will, dass du mich hier fickst, mit meinem Arsch in der Luft und deinem Schwanz tief in mir."

Seine Hand reibt über meinen Kitzler, und ich wimmere, mein

Verstand gleitet bereits auf einem verschwommenen Meer der Lust, das so viel intensiver ist, als alles, was ich je empfunden habe.

Armando presst einen Finger in mich hinein. Ich bin so feucht, dass er widerstandslos in mich hineingleitet, und meine Knie knicken ein. Er dringt mit einem zweiten Finger in mich ein und fängt an, sie hinein- und herausgleiten zu lassen, während sich seine Daumenspitze auf meinen aufgeriebenen Kitzler drückt.

Ich drücke mein Gesicht gegen den Schreibtisch und meine erstickten, lustvollen Schreie hallen im Zimmer wider. Das kühle Holz schmiegt sich an meine Wange und meine Lippen. Armandos Lippen an meinem Rücken wispern mir schmutzige Dinge ins Ohr, die mir augenblicklich zu Kopf steigen.

„Ich werde dich genau so ficken, Baby", knurrt er in mein Ohr. „Ich werde dich mit meinem Schwanz in deiner süßen Pussy so heftig kommen lassen. Aber zuerst will ich, dass du etwas für mich tust."

Seine Finger gleiten aus mir heraus und ich wimmere über dieses leere Gefühl.

Er zieht sich den Schreibtischstuhl heran, lässt sich darauf fallen und befreit seine Erektion. Ich drehe mich zu ihm um und sinke auf die Knie. Sein Blick wird regelrecht versessen. Geradezu gequält. Ich bin ihm einen Blowjob sowas von schuldig, nach all den vielen Malen, die er mich zu unfassbaren Höhepunkten gebracht hat. Er ist immer in Kontrolle und ich bin ... tja, ich bin seine Gefangene. Eine Rolle, die ich scheinbar liebe.

Allerdings will ich, dass er mir befiehlt, ihm den Schwanz zu lutschen. Ich will, dass er meinen Kopf mit seiner Faust in meinen Haaren lenkt, jede meiner Bewegungen gebietet. Ich will seinen Schwanz lutschen, weil er es von mir verlangt.

Als ob er meine Gedanken lesen würde, sagt er, „Schließe diese Lippen um meinen Schwanz."

Meine Finger legen sich um seinen Schaft, dann kreise ich mit meiner Zunge über seine Eichel. Seine Erektion wächst in die Länge, wird in meiner Hand plötzlich noch dicker.

„Oh, Fuck", murmelt Armando, seine Nasenflügel beben und sein Atem geht schneidend.

Er krallt seine Faust in meine Haare und zieht meinen Kopf zurück, damit ich ihm in die Augen schauen muss. Hitze erblüht zwischen meinen Beinen. Diese Macht, die ich über ihn habe, und die Macht, die er über mich hat, machen mich gleichermaßen an. Ich bin erregt davon, wie viel Lust ich ihm bereite.

Ich schaue ihm in die Augen, während ich meine Lippen langsam um seine Eichel schließe, dann tiefer seinen Schaft hinuntergleite.

Sein Stöhnen klingt gequält. „Gott, Hannah." Seine Finger verheddern sich in meinen Haaren. „Du ...", stößt er aus und zieht meinen Kopf vor, damit ich ihn tiefer in den Mund nehme.

Das ist eine andere Zurschaustellung von sexueller Dominanz. Wenn man mich früher gefragt hätte, ob mir so etwas gefällt, hätte ich verneint, auf gar keinen Fall. Doch es gefällt mir. Obwohl ich mich irgendwie angegriffen fühle von diesem scheinbaren Mangel an Dankbarkeit und er meinen Mund wie ein Glory Hole benutzt, trieft meine Pussy vor Erregung, meine steifen Nippel kribbeln, und ich lasse meine Zunge enthusiastisch über die Unterseite seines Schwanzes kreisen.

„Braves Mädchen, Hannah", säuselt er. „Das ist so verdammt gut. Du bist so ein braves Mädchen." Das ist das dritte Mal, dass er mich *braves Mädchen* nennt. Auch das ist unterschwellig beleidigend, aber so heiß. Seine Faust in meinen Haaren zieht sich zusammen, reißt mich schneller über seinen Ständer. Ich lutsche ihn heftig, benutze meine Hand, um ihn zu rubbeln, gebe mein Bestes, es gut für ihn zu machen.

Seine Hüften schaukeln und sein Schwanz stößt gegen meine Zunge. Ich schließe meine Lippen um ihn, sauge ihn in meinen Mund, meine Wangen so hohl, dass er mit einem feuchten Flutschen bis zu seinen Eiern zwischen meinen Lippen verschwinden. Sein Atem geht schneller und ich spüre, wie sich sein Bizeps anspannt. Ich will, dass er kommt.

Ich will seine salzige Essenz schmecken.

Sein Schwanz wird noch härter und zuckt. Er stöhnt und stößt tiefer, und ich nehme ihn so gierig wie ich kann.

Ich ziehe meine Finger um seinen Schaft zusammen, massiere die Unterseite seiner Eichel mit meiner Zunge. Seine Finger krallen sich in meine Haare und ich nehme ihn tiefer in meinen Mund. Ich benutze meine Hand, um seinen Ständer zu reiben, so wie ich weiß, dass es ihm gefällt.

Er ist noch immer so dick und hart, es ist beinah unmöglich, ihn ganz in meinen Mund zu bekommen, und mein Kiefer schmerzt, während ich versuche, ihn zu lutschen.

Ich schlucke, sauge und lutsche ihn so schnell ich kann. Kämpfe gegen meinen Würgereiz an und meine Augen tränen, als ich spüre, wie sein Schwanz in meinem Mund zu einer unmöglichen Größe anschwillt. Er wird gleich kommen, und wenn er das tut, will ich, dass er in meinen Mund kommt. Ich will ihn schmecken. Ich will spüren, wie seine Wichse auf meine Zunge schießt. Ich will ihn hinunterschlucken.

Ich beginne, mit meiner Zunge seinen Schaft hinauf- und hinunterzugleiten und er versteift sich.

„Oh", keucht er. „Scheiße." Er zieht mich von seinem Schwanz und atmet heftig, als er mit glasigen Augen auf mich herunterstarrt. „Ich wollte, dass das niemals aufhört, aber ich hätte nicht mehr lange durchgehalten." Er stopft seine Hand in seine Hosentasche und fischt ein Kondom heraus. „Steig auf, Blümchen, ich lasse dich reiten." Seine Stimme ist tief, sexy, rumpelnd. Die schmutzigen Dinge, die er mir sagt, sind heute wirklich astrein.

Ich schmeiße meinen Slip zur Seite, der noch immer verheddert um meine Knöchel hängt, und setze mich rittlings auf seine Hüfte, während er das Kondom abrollt.

„Oh, Gott." Ein Schauder der Lust durchfährt ihn, als ich mich auf seinen Schwanz sinken lasse. „Hannah. Du bist eine verdammte Göttin. Die Blumengöttin. Gibt es die?"

Noch nie zuvor habe ich so viele unnötige Worte aus seinem

Mund kommen hören. Etwas hat seine Zunge gelöst, und ich liebe es unwahrscheinlich. Seine Hände legen sich auf meinen Arsch und kontrollieren meine Bewegungen, obwohl er unten ist. Ich nehme ihn tief in mir auf, als er hinaufstößt und mir im selben Augenblick entgegenkommt, bevor er mich auf sich zieht.

Er knetet meinen Arsch. „Ich liebe diesen Arsch wie verrückt, Hannah. Er ist so heiß.“ Er klingt atemlos. Ich liebe es, zuzusehen, wie er die Kontrolle verliert. „Du verdammte Blumengöttin. Oder Waldfee. Du bist wie eine Elfe auf meiner Schulter ... nur so viel mehr. Du bist *fleischlich*.“ Seine Finger krallen sich in mein Fleisch. Ich bin Sekunden davon entfernt, zu kommen.

Und er auch, wenn man der Intensität seiner Stöße, seinen zusammengebissenen Zähnen und dem wilden Blick in seinen Augen glauben kann. Er lässt mich auf sich hüpfen, meine Beine baumeln um seine Hüfte herum, meine Haare fallen in mein Gesicht.

„Du bist wunderschön, so wunderschön.“ Er starrt mich unter schweren Lidern an. „Bist du fast so weit?“ Er verändert die Position seiner Hände und legt seinen Daumen auf meinen Kitzler.

„Ja! Ich bin so weit!“, keuche ich. Ich bin mehr als bereit, denn in dem Augenblick, als er meinen Kitzler reibt, explodiere ich und meine Muskeln zucken um seinen Schwanz.

„Oh, *Fuck*“, brüllt er, vergisst ganz, sich um meinen Kitzler zu kümmern, und schaukelt mich auf seinem Schwanz auf und ab.

Er kommt und hebt uns beide in die Luft, als er so tief in mich hineinstößt, dass er sich aus dem Stuhl hebt. Mein Hintern drückt gegen die Kante der Schreibtischplatte und Armando hämmert in mich hinein, während er kommt und kommt.

Ich falle zurück auf meine Ellenbogen, keuche, sehe zu, wie der Kerl, der heute Morgen noch aus Stein war, immer mehr die Kontrolle verliert.

Auf die beste Art und Weise.

„*Cristo*“, murmelt er, als er seine Augen wieder öffnet und mich anschaut. Er schlingt einen Arm um meinen Rücken und zieht mich an seine Brust. „Alles gut bei dir?"

„Ja." Ich beiße in seine Brust und drücke seinen Schwanz mit meinem Innersten. Stoße ein atemloses Lachen aus. Und dann weine ich plötzlich.

Keine traurigen Tränen – einfach nur Erleichterung. Allerdings hasse ich es, wenn ich das tue.

Armandos Arm zieht mich enger an ihn. Ich erwarte, dass er ausflippt, denkt, er hätte mir wehgetan oder so. Oder schlimmer noch, sich vollkommen zurückzieht, weil ich wieder zu heftig bin. Das ist es, was normalerweise passiert. Das ist normalerweise der Zeitpunkt, an dem der Kerl ausflippt und abhaut.

Doch Armando sagt kein Wort. Fragt mich nicht, was los ist. Hält mich einfach an seiner steinharten Brust fest und lässt mich in sein T-Shirt weinen.

Als meine Tränen schließlich versiegen, löst er sich von mir und wischt mir die Tränen vom Gesicht. „Ich liebe deine Tränen einfach so sehr", murmelt er.

„Was?"

Er schüttelt den Kopf. „Uff, das klang falsch. So habe ich es nicht gemeint."

Ich warte ab, aber er erklärt es nicht weiter. Er distanziert sich bereits – macht das, was immer passiert. Seine Worte waren jedoch anders.

Ich greife nach seiner Hand. „Sag es noch einmal. Was meintest du?"

Er legt seine raue Handfläche auf meine Wange. „Du bist okay, oder? Das war einfach nur ... du? Oder habe ich wieder Scheiße gebaut?"

Es ist das *wieder*, bei dem sich mein Magen zusammenzieht. Auf eine gute Art und Weise. Denn es ist ihm nicht egal, wenn er bei mir Scheiße baut.

Ich schüttle den Kopf. „Nein. Definitiv nur ich ... die zu viel ist. Wie immer." Ich klinge geschlagen, nicht weil er mir das Gefühl vermittelt, unterlegen zu sein, sondern von der Niedergeschlagenheit, ein Leben lang das Gefühl zu haben, zu viel zu sein.

Er senkt seinen Kopf und sucht meinen Blick. „Nee. Du bist nicht zu viel. Ich liebe es einfach. Du bist wie … wie irgendeine wilde, mythische Kreatur …“ Er verstummt, schaut auf, als ob er nach den richtigen Worten suchen würde. „Ich will nicht sagen, ein *Einhorn*, denn das ist blöd. Aber irgend so etwas in der Art.“

Mir geht das Herz über, quillt aus meinem Mund und erfüllt meine Brust. Neue Tränen tropfen aus meinen Augen, und wieder wischt Armando sie mit seinem Daumen ab.

„Ich weiß nicht, Blümchen. Du bist einfach so offen. Du nimmst alles an. Du empfängst einfach nur von mir. Und ich finde, das ist wunderschön. Und wenn ich mich jetzt entschuldigen soll, dann werde ich das tun. Aber es wäre eine Lüge, denn ich liebe es einfach, zu sehen, wie du aufbrichst und deine Essenz herausfließt und ich sie einsammle und wir wieder von vorn beginnen.“

Ich starre in Armandos hellbraune Augen, sauge dieses Lob nur so auf. Werde größer und wachse in mir selbst. In meinem Wesen, in dem, wer ich wirklich bin. Die Person, die ich bin, wenn ich mit Armando zusammen bin – das ist mein wahres Ich. Mit ihm bin ich mehr ich selbst als mit irgendjemand anderem. Möglicherweise sogar als mit mir selbst. Er feiert die Dinge an mir, die ich selbst nicht einmal mag.

Und das zu wissen, zu glauben, dass er findet, ich wäre etwas Besonderes, verändert mich. Macht mich stärker. Vollständiger.

Armando schaut sich im Laden um und grinst mich an. „Da ist irgendetwas am *Garten Eden*. Es bringt mich dazu, sündigen zu wollen. Immer und immer wieder.“ Er küsst mich. „Und wieder.“

Kapitel Einunddreißig

Armando

Als ich von diesem orgiastischen High wieder runterkomme, entscheide ich, dass es an der Zeit ist, über etwas zu sprechen, was schwer auf mir lastet, seit ich aufgewacht bin.

Ich lehne meine Stirn an Hannahs. „Bin ich schlecht für dich? Willst du, dass ich gehe? Ganz ehrlich?“

Ihre Stirn rollt über meine, als sie den Kopf schüttelt. „Nein“, wispert sie. „Ich wollte nie, dass du gehst. Das war es ja, wovor ich Angst hatte – was ich vermeiden wollte. Aber es ist schon hier.“

„Es ist schon hier“, wiederhole ich. Logisch verstehe ich, was sie sagt, aber ich habe keine Ahnung, was sie fühlt. Ich bin hohl, und sie ist zu voll. Vielleicht passen wir deshalb so gut zusammen. Funktionieren.

Es ist unmöglich, Hannah zu verstehen, denn sie ist so anders als ich und die Menschen, die ich kenne. Deshalb kommt sie mir mythisch vor. Ihre Fähigkeit, zu akzeptieren, ist ungeheuerlich.

Ich streichle ihre widerspenstigen Locken und drücke sie in meiner Faust zusammen, als ich feststellen muss, dass sie sich nicht besonders gut streicheln lassen. Sie sind wie dafür gemacht, in eine

Faust gekrallt zu werden, ganz sicher. „Also, verzeihst du mir? Tut mir leid, dass ich so ein Arsch war."

Sie stößt den Atem aus, es klingt wie ein Lachen. „Es ist alles in Ordnung."

Behutsam ziehe ich mich aus ihr heraus, schmeiße das Kondom in den Mülleimer unter dem Schreibtisch. „Kann ich dir mit irgendwas hier helfen?" Ich stecke meinen Schwanz weg und mache meine Hose zu. Pflücke ihr Höschen vom Boden auf und hocke mich hin, um es ihr über die Fußknöchel zu ziehen.

„Ähm ..." Sie sieht aus, als ob sie mich etwas fragen wollte, sich aber nicht traut.

„Ja? Was? Spuck es einfach aus, Blümchen."

„Willst du mir dabei helfen, den Kühlraum zu putzen? Das mache ich normalerweise sonntags, bevor ich öffne."

„Ich mache ihn sauber. Du kannst dich um etwas anderes kümmern."

Ihr Gesicht erstrahlt mit schuldbewusster Freude. Sie springt vom Schreibtisch und zieht ihr Höschen hoch. „Wirklich? Das ist ein ziemlich übler Job, aber für dich wird es einfacher sein, weil du stark bist."

Ich runzle die Stirn und versuche, mir vorzustellen, wozu man dabei Kraft braucht.

„Man muss die ganzen schweren Eimer voller Blumen herumhieven und darunter den Boden wischen. Ich schaffe es meist, das ganze Wasser aus den Eimern schwappen zu lassen, bis ich völlig durchnässt bin. Im Winter ziehe ich immer meine Hose aus, bevor ich mich an die Arbeit mache, damit sie nicht nass wird."

Mein Schwanz erwacht zuckend zum Leben. „Das werde ich mir merken. Im Winter komme ich jeden Sonntag hierher."

Ihr Lächeln ist eine süße Belohnung. Zur Hölle, für dieses Lächeln würde ich einen Raum voller Hundescheiße saubermachen.

Ich weiß schon, wo sie ihre Putzutensilien hat, weil ich ihren Boden bereits mit Bleiche getränkt habe. Ich hole die Sachen heraus und gehe in den Kühlraum, stelle sämtliche Eimer mit Blumen in den Flur und wische den Boden.

Für eine Weile bin ich in meiner Arbeit ganz versunken, bevor mir etwas bewusst wird: Ich bin wach. Lebendig. Dieser tote, leere Mann, der sich in der letzten Nacht in mir eingenistet hat, hat sich verflüchtigt. Tatsächlich scheint mein ganzer Körper zu vibrieren. Und nicht nur das, da ist auch etwas, was ich seit Jahren nicht mehr empfunden habe.

Ein Aufblitzen von Glück.

Ich bin seit einer Woche aus dem Gefängnis raus und eine Gang versucht, mich umzubringen, und doch vibriere ich mit einer neu gefundenen Zufriedenheit.

Hannah macht mich glücklich. Das ist die einzige Erklärung. Ich mag es, mit ihr zusammen zu sein. Die Dinge ergeben mehr Sinn, wenn sie bei mir ist. Und, na klar, der Sex ist absolut unbeschreiblich.

Ich höre einen Schrei aus der Teeküche und alles Glück verwandelt sich im Handumdrehen in wild gewordene Absicht.

Niemand legt sich mit meinem Mädchen an.

Mit gezogener und gehobener Waffe stürme ich in der nächsten Sekunde aus dem Kühlraum, bereit, umzubringen, wer auch immer im Laden ist. Bereit, mein Leben zu opfern, wenn es Hannahs Leben rettet.

Ich sprinte um die Ecke und komme schlitternd zum Stehen, ziele mit der Pistole nach links und rechts.

Ähm …

Da ist niemand, außer ihr. Sie steht wie erstarrt in der Mitte ihres winzigen Pausenraums, die Augen aufgerissen und voller Angst.

Wegen mir. Wegen der Pistole.

Eilig lasse ich die Waffe sinken. „Du hast geschrien."

Sie stößt ein zitterndes, atemloses Lachen aus und deutet auf die Zimmerecke. „Da ist eine Maus."

„Eine Maus." Ich zwinge meinen Herzschlag, sich zu beruhigen. Versuche, meine verkrampften Finger um die Pistole zu lösen. Ich richte sie auf den Boden, fort von Hannah und lege den Kopf zur Seite. „Soll ich sie erschießen?“, erwidere ich trocken.

Sie lächelt mich an und kommt auf mich zu, bis sich ihre weichen Brüste gegen meine Rippen pressen. „Ein Witz. Ich glaube fast, das war dein allererster.“

War es das?

Verdammt.

Ich erwache *tatsächlich* wieder zum Leben.

„Du sahst richtig furchterregend aus, wie du hier hereingestürzt bist.“ Sie schnurrt, als ob sie das heiß gemacht hätte.

Ich stopfe mir die Pistole in meinen Hosenbund und schlinge einen Arm um Hannah. „Ich frage mich was.“

„Was denn?“

„Warum hast du mich das allererste Mal geküsst? Magst du harte Kerle?“

„Ich mag *dich*“, gesteht sie. Ihre Hände gleiten über meine Brustmuskeln. „Ich habe dich immer schon gemocht.“

„Wirklich?“ Das überrascht mich. Ich erinnere mich an sie von früher, aber damals war sie noch so jung. Und tabu. Außerdem war ich verlobt. Ich fand sie niedlich, aber ich habe ehrlich gesagt nicht besonders auf sie geachtet. Jetzt staune ich darüber, wie viel ich übersehen habe. Am liebsten will ich in der Zeit zurückreisen und all meine Besuche in diesem Blumenladen wiederholen und diesmal Hannah in den Fokus rücken.

„Und ja, ich mag, dass du gefährlich bist. Das ist ein totaler Anturner.“

„Du bist wirklich etwas Besonderes, Blümchen.“ Ich streichle mit dem Daumen über ihre Wange.

Wieder erstrahlt sie. „Also, kannst du auch für meine Mäuse gefährlich sein?“

Ich gluckse leise. „Klar, sicher. Hast du Fallen?“

„Ähm, ja. Ich habe ein paar gekauft, aber ich habe es nicht übers Herz gebracht, sie aufzustellen, weil ich keine toten Mäuse entsorgen will. Deswegen habe ich auch kein Gift benutzt.“

Meine Mundwinkel zucken. Heilige Scheiße. Womöglich lächle ich bald sogar. Hätte nicht gedacht, dass mein Mund sich daran erinnern würde. „Also schlägst du dich stattdessen einfach mit den Mäusen herum."

Sie nickt. „Ganz genau."

„Ich kümmere mich darum. Ich bin dein Mann. Du wirst dir nie wieder Gedanken über die Mäuse machen müssen."

Und als ich zurückgehe, um weiter den Kühlraum zu putzen, bemerke ich plötzlich erneut diese Leichtigkeit in mir.

Als ob ich einen Grund zum Leben hätte.

Ich wage zu sagen, ich fange an, mich wieder normal zu fühlen. Wenn das überhaupt möglich ist.

„Hey, Blümchen!", rufe ich aus dem Kühlraum, spüre, dass es an der Zeit ist, mich etwas anderem zu stellen, das ich aufgeschoben habe, seit ich aus dem Gefängnis entlassen wurde. Ich dachte, es würde lange dauern, bis ich jemals dafür in der Stimmung wäre, aber auf einmal habe ich das Gefühl, dass jetzt genauso gut ist wie später.

Sie zieht die Tür zum Kühlraum auf und lehnt sich gegen den Türrahmen. „Sie haben geklingelt?" Ihr Lächeln ist so verdammt breit. Ich könnte es mir den ganzen Tag lang anschauen.

„Es ist Sonntag."

Sie nickt. „Das hatten wir bereits geklärt."

„Nimm dir frei."

„Ich habe es dir doch erklärt. Ich kann nicht ..."

Ich greife in mein Portemonnaie und fische einen Hundertdollarschein heraus, drücke ihn ihr in die Hand. „Das ist dein bezahlter Urlaub. Und jetzt gehen wir in die Kirche."

Ich muss meine Sünden auslöschen. Meine Seele reinwaschen, um diesem Wunder von Frau würdig zu sein. Ich weiß nicht, ob dieses Zeug echt ist, aber meine Ma glaubt daran. Sie zündet jedes Mal eine Kerze für mich an, wenn sie zur Messe geht – zweimal in der Woche.

Es mag nicht echt sein, aber es kommt mir vor wie ein Fingerzeig, dass diese Richtung eingeschlagen werden muss. Für Hannah.

Ihre Augen werden groß. „Kirche?"

„Es ist Sonntag. Kirche."

„Jetzt?"

Ich nicke. „Die Messe ist schon fast vorbei, aber die Kirche hat immer offen."

Sie wirft einen skeptischen Blick auf ihre Anziehsachen. „Ich muss nach Hause und mich umziehen."

Ich greife nach ihrer Hand und ziehe sie aus dem Kühlraum. „Glaub mir. Nach all den Geheimnissen und Sünden, die diese Kirche gehört hat, werden deine Klamotten das Letzte sein, wofür wir verurteilt werden. Außerdem", ich drücke meine Lippen auf ihre Stirn, „bist du wunderschön."

„Ich hätte dich nicht für jemanden gehalten, der in die Kirche geht."

„Früher bin ich oft gegangen", gestehe ich. „Es ist lange her. Längst wieder fällig. Außerdem habe ich Vater Fantoni versprochen, vorbeizukommen, und das habe ich bisher noch nicht getan. Ich mag ein Sünder sein, aber ich bin auch ein Mann, auf dessen Wort man sich verlassen kann."

Sie lächelt mich sanft an. „Okay. Lass mich den Laden abschließen." Sie eilt zur Eingangstür und erstarrt mit einem erstickten Schrei. Augenblicklich fliegt meine Hand zur Pistole, dann wird mir klar, dass es vermutlich nur eine weitere Maus ist.

„Armando", wispert Hannah und Furcht durchdringt ihre Stimme.

Erneut ziehe ich meine Waffe und stürze zu Hannah.

Sie zeigt durch einen Schlitz in den Jalousien. „Da draußen steht ein Mann."

Ich löse die Sicherung der Pistole, bereit, meine Frau zu verteidigen, und erblicke – erblicke *Marco*, der vor der Tür steht.

Ich stoße den Atem aus, den ich angehalten hatte, stecke die Pistole fort, ziehe die Tür auf und boxe meinen Cousin verspielt gegen den Arm. „Ich hätte dich fast erschossen, Mann."

„Leo und ich haben dir doch gesagt, dass wir für Wachen sorgen würden", erklärt Marco. Er mustert Hannah von Kopf bis Fuß und ich erkenne Zustimmung in dem teuflischen Grinsen, das er mir zuwirft.

„Warum du? Warum nicht einer deiner Männer?"

Marco zuckt mit den Schultern. „Es ist Sonntag. Die meisten der Männer sind heute bei ihren Familien. Ich habe nichts Besseres zu tun. Außerdem macht man die Dinge besser selbst, wenn man will, dass sie ordentlich gemacht sind, richtig?"

Hinter mir räuspert sich Hannah und erinnert mich damit an meine Manieren. „Marco, das ist Hannah. Hannah, das ist mein Cousin Marco."

Sie streckt ihre Hand aus und sagt in der lieblichsten Stimme, „Freut mich, dich kennenzulernen. Offiziell. Ich erinnere mich an dein Gesicht, du warst hin und wieder hier im Laden."

„Du bist jetzt die Inhaberin, richtig?", fragt Marco.

„Genau."

„Wir wollten gerade los. Wir gehen zur St. Andrews Kirche. Willst du mitkommen?"

Marco gluckst. „Wenn ich einen Schritt in diese Kirche setze, werde ich auf der Stelle vom Blitz erschlagen. Meine letzte Beichte ist so lange her, ich wüsste nicht einmal, wo ich anfangen soll."

„Perfekt", erwidere ich. „Dann können wir uns ja gemeinsam vom Blitz treffen lassen."

Marcos Augen fliegen zwischen Hannah und mir hin und her. „Kirche, hm?"

„Es ist Sonntag", erinnere ich ihn nüchtern.

„Danke, ich weiß, welcher Tag ist." Marco grinst mich schief an. „Also gut. Zur Kirche." Dann wendet er sich an Hannah. „Aber ich warne dich, Hannah. Stell dich nicht zu nah zu uns. Das wird kein schöner Anblick sein, wenn wir in Flammen aufgehen."

Kapitel Zweiunddreißig

H*annah*

„Gute Mädchen bekommen nach der Kirche ein Eis geschenkt", bemerkt Armando, als er mich an der Hand die Straße hinunterzieht.

Wir haben uns gerade von Marco verabschiedet. Armando musste den Kerl regelrecht bedrohen, damit er uns für ein paar Stunden allein lässt. Armando hatte ihm versprochen, dass wir direkt zurück in meine Wohnung gehen und die Köpfe einziehen, also bin ich etwas verwirrt, warum wir nicht nach Hause gehen.

„Als ich klein war, hat meine Mutter mich immer mit Eis belohnt, wenn ich mich während des Gottesdienstes benommen habe", fügt er hinzu. Sein Blick wandert über meinen Körper. „Du warst brav."

Augenblicklich steht mein Körper in Flammen, fühlt sich warm und benebelt an. Wir halten Händchen wie ein Paar, spazieren im Sonnenschein die Straße entlang, um Eis zu kaufen. Es fühlt sich an, als ob wir auf einem echten Date wären. Einen faulen Sonntag miteinander verbringen. Alles fühlt sich normal und so richtig an.

Die Eisdiele ist nur ein paar Blöcke entfernt, und in dem

Moment, als ich sie sehe, bin ich in ihren urigen Charme verliebt. Der kleine Laden ist pastelpink und weiß gestrichen, mit einer riesigen Eiswaffel über dem Eingang. Die Luft im Innern ist kühl und süß und ich kann eine leise Türglocke läuten hören, als wir eintreten.

Der reizende Laden fühlt sich nostalgisch an, und der Duft von frisch gebackenen Eiswaffeln schlägt uns augenblicklich entgegen. Es sind viele Leute hier, aber wir finden einen freien Tisch in einer Ecke. Gitarrenklänge erfüllen die Luft und ich bemerke einen jungen Mann, der in der Ecke gegenüber auf seinem Instrument spielt.

„Was ist deine Lieblingssorte?“, fragt Armando.

„Was du auch nimmst“, erwidere ich. Wenn es um Eis geht, gibt es so etwas wie gute oder schlechte Geschmacksrichtungen nicht.

Armando stellt sich in die Schlange, um zu bestellen, und lässt mich am Tisch sitzen, damit ich der Musik lauschen kann. Während er ansteht, dreht er sich zu mir herum und winkt mir zu. Ein Lächeln breitet sich auf seinem Gesicht aus. Mein Herz flattert, als ich zurückwinke, und ich spüre eine Wärme, die sich in meiner Brust ausbreitet. Als er zum Tisch zurückkommt, hat er zwei Waffeln in den Händen.

„Zwei Kugeln. Karamell-Schokolade und Cookie Dough.“ Ich sehe den Stolz in seinem Gesicht, weil er die beiden besten Sorten ausgesucht hat.

„Perfekt.“

Wir sitzen an unserem kleinen Tisch, genießen unser Eis und hören der Musik zu. Es ist einfach. Entspannt.

„Bist du in Chicago aufgewachsen?“, fragt Armando und mustert mich über sein Eis hinweg.

„Genau. Geboren und aufgewachsen.“

„Leben deine Eltern noch hier?“

Ich nicke. „Ja. Meine Mom ist Krankenschwester und mein Dad ist Elektriker beim Bau.“

Es ist verrückt, eine normale Unterhaltung mit Armando zu

führen. Nichts an Armando und mir war bisher einfach oder normal. Es ist so, als ob wir in diesem Moment die beiden einzigen Menschen auf der Welt wären und nichts anderes mehr wichtig ist.

„Und du?"

Er nickt. „Ebenfalls geboren und aufgewachsen. Es waren nur meine Ma und ich, aber wir sind Italiener, also habe ich eine riesige Großfamilie. Über zwanzig Cousins und Cousinen. Mit Marco und seinem Bruder Leo habe ich das engste Verhältnis. Sie sind wie Brüder für mich. Und wir waren schlimme Teufelsbraten." Eine Wärme schleicht sich in seinen sonst so toten Blick ein. Das Licht in seinen Augen vermittelt auch mir das Gefühl, lebendiger zu sein, als es seit langer Zeit der Fall war. Er teilt sich mir tatsächlich mit. Er öffnet sich, als ich mir schon fast sicher war, dass das bei diesem Mann unmöglich ist.

„Danke für das hier", sage ich, als wir fertig geschleckt haben. „Ich hatte schon lange keinen Tag mehr frei", gestehe ich. „Und sogar, wenn ich es versucht habe, mache ich mir trotzdem den ganzen Tag Sorgen. Das ist also ein seltener Tag für mich."

„Das müssen wir ändern."

„*Wir?*"

Er grinst mich an. „Du hast mich an der Backe, Blümchen." Sein Gesicht wird ernst, seine Augen verdunkeln sich. „Du arbeitest zu hart. Du lädst dir zu viel auf diese perfekten Schultern. Es ist Zeit, dass dir jemand beim Tragen hilft."

Ich war schon immer eine unabhängige Frau. Eine Frau, die auf eigenen Füßen stehen will, aber verdammt noch mal, wenn es sich nicht gut anfühlt, einem Mann gegenüberzusitzen ... der mich beschützt und sich um mein Wohlergehen sorgt.

Ich verputze den Rest der Eiswaffel und wische mir den Mund mit einer Serviette ab. „Danke", sage ich noch einmal und will den Moment nicht enden lassen.

„Natürlich", erwidert er und nimmt wieder meine Hand in seine. „Das sollten wir öfter machen."

Ich nicke, spüre, wie sich ein Lächeln auf meinem Gesicht ausbreitet. „Das würde mir gefallen."

Als wir die Eisdiele verlassen, wird mir klar, dass ich seit Langem nicht mehr so glücklich war. Ich weiß nicht, was die Zukunft bringt, aber ich weiß, dass ich Armando an meiner Seite haben will. Ich will seine Hand halten und jeden Tag mit ihm durch den Sonnenschein spazieren. Ich will zuhören, wenn er mit mir spricht, und will herausfinden, wie ich ihn zum Lachen bringen kann, aber auch seine dunkle Stimmung und die Schatten, die seine Augen heimsuchen, machen mir nichts aus.

Ich will nicht aufhören, Eis mit ihm zu essen und diese niedlichen, kleinen Läden zu erkunden. Ich will für ihn da sein, wenn die Verletzungen der Vergangenheit zurückkommen und seine Dämonen ihre Krallen in seinen Tag schlagen. Ich will mich in ihn verlieben und ich will, dass er sich in mich verliebt.

Wir schlendern die Straße hinunter, genießen die warme Brise und die Gegenwart des anderen. Es scheint nicht so, als ob er ein Ziel im Sinn hätte, aber was macht das schon? Wir sind vollkommen zufrieden damit, einfach zusammen zu sein.

Plötzlich bleibt er vor einer kleinen Boutique stehen. Der Laden ist voller Secondhandkleidung und Accessoires. Er dreht sich zu mir um und seine Augen leuchten vor Begeisterung. „Gehen wir hier rein."

Ich folge ihm in den Laden und fühle mich wie ein Kind im Süßigkeitenladen. Die Boutique ist sogar noch charmanter als die Eisdiele. An den Wänden hängen farbenfrohe Tapeten, und die Anziehsachen auf den Ständen sind vollkommen anders als alle Sachen, die ich je gesehen habe. Es ist so, als würde man in der Zeit zurückreisen, aber auch wahnsinnig trendy irgendwie.

Armando fängt an, Klamotten für mich herauszusuchen, und ich kann nicht anders, als zu lachen. Er hat einen großartigen Sinn für Stil, und alles, was er für mich heraussucht, steht mir unfassbar gut. Während wir uns durch die Ständer wühlen, spüre ich eine Nähe zu ihm, die ich nie zuvor empfunden habe. Es ist so, als ob wir in unserer eigenen kleinen Welt sind und uns nichts zu Fall bringen kann.

Nachdem ich ein paar Outfits anprobiert habe, entscheide ich mich auf Armandos Drängen hin für ein Blumenkleid. Ohne zu zögern, zahlt er dafür und besteht darauf, dass ich wunderschön darin aussehe. Ich bemerke, dass es ihm gefällt, sich um mich zu kümmern, und ich will es ihm gestatten. Ich muss dem Drang widerstehen, mit ihm über Geld zu diskutieren und mich ständig wegen jedem Cent zu sorgen.

Als wir den Laden verlassen, sagt er, „Ich schätze, wir sollten nach Hause gehen. Wenn Marco oder einer seiner Männer dort Wache steht, bevor wir auftauchen, bringt mein Cousin mich um."

„Das wollen wir natürlich nicht", erwidere ich mit einem Lächeln.

„Du hast Marco noch nie wütend erlebt", sagt er mit einem Anflug des Lächelns.

Diese Freude steht ihm. Er ist gerade so verdammt heiß.

Ich beuge mich vor, weit genug, um seinen warmen, süßen Eisatem auf meinem Gesicht zu spüren.

„Küss mich", sage ich. „Küss mich, wie ein Freund seine Freundin küsst."

Armando schaut mich mit einer Mischung aus Überraschung und Zögern an, als ob er meine Gedanken lesen wollte. Ich kann spüren, wie sein Herz rast, und jetzt weiß ich, dass ich ihn weit aus seiner Komfortzone hinausdränge. Ich habe *Freund* und *Freundin* gesagt. Aber das ist mir egal. Ich will, dass er mich küsst, mich erobert und mich alles andere in der Welt vergessen lässt.

Langsam beugt er sich hinunter, und seine Lippen schweben nur Zentimeter über meinen. Seine Hand fällt auf meine Taille und zieht mich an sich. Ich schließe die Augen und atme tief ein, versuche, mein hämmerndes Herz zu beruhigen. Und dann, endlich, berühren sich unsere Lippen in einem zärtlichen, beinahe schüchternen Kuss.

Zuerst ist er behutsam und zaghaft, als ob er Angst hätte, mir wehzutun. Doch dann, als ich seinen Kuss eifrig erwidere, vertieft er ihn und seine Zunge drängt gegen meine Lippen. Ich seufze leise, meine Hände graben sich in seine Schultern und ich spüre eine Woge der Lust durch mich hindurchrauschen, wie nichts, was ich je zuvor empfunden habe.

Ich schlinge meine Arme um seinen Hals, meine Finger vergraben sich in den kurzen Haaren seines Nackens. Ich spüre die Stärke seiner Arme, als er mich fest an sich zieht. Mit einem leisen Stöhnen löst er den Kuss, zieht seinen Kopf etwas zurück und schaut mich an. „Was tun wir hier?" Seine Stimme ist heiser.

„Wir küssen uns", erwidere ich und ein Lächeln zuckt in meinen Mundwinkeln.

„Wie Freund und Freundin?"

„Genau", sage ich einfach, bevor ich ihn für einen weiteren Kuss an meine Lippen ziehe. Dieses Mal erwidert er den Kuss sogar mit noch mehr Leidenschaft und lässt seine Hände über meinen Körper wandern, während er mich innig küsst.

Unsere Münder bewegen sich in perfekter Harmonie. Mir wird bewusst, dass es das ist, was mir immer gefehlt hat. Leidenschaft, Verlangen und der Nervenkitzel des Unbekannten. Ich weiß nicht, wohin uns das führen wird, aber in diesem Augenblick, zählt nichts, als diese Hitze zwischen uns, der Hunger in unserem Kuss und das Versprechen auf mehr.

Kapitel Dreiunddreißig

Armando

Küssend betreten wir ihre winzige Wohnung, umgeben von einem Hurrikan der Lust und des Verlangens. Ich brauche diese Frau mehr als meinen nächsten Atemzug.

Als wir durch die Tür stolpern, unsere Lippen in rasender Leidenschaft aufeinandergepresst, erfüllt mich ein Gefühl der Erleichterung. Endlich bin ich hier, mit ihr, und nichts anderes in der Welt ist noch von Bedeutung. Ihre Wohnung ist klein, regelrecht beengt, aber das ist mir egal. Ich brauche nur sie. Wir sind zwei wilde Tiere, die in ihre Höhle zurückkehren. Unser Sündenpfuhl.

Meine Hände wandern ungeduldig über ihren Körper, gleiten über die Kurven, Hügel und Täler ihres Körpers. Ihre Haut verströmt Hitze, die meine Leidenschaft nur weiter anfachen. Ich muss in ihr sein. Sofort

Ich hebe sie hoch und ihre Beine schlingen sich um meine Taille, als wir auf das Bett zu taumeln. Ihr Duft erfüllt meine Nase und berauscht mich weiter.

Als wir aufs Bett fallen, löse ich unseren Kuss für einen Moment, um ihr in die Augen zu schauen. Sie sind dunkel, erfüllt von einem Hunger, der meinem in nichts nachsteht. Ich brauche sie, alles von ihr, und ich weiß, sie empfindet das gleiche Verlangen für mich.

„Ich werde dich ficken, wie ein Freund seine Freundin fickt", verspreche ich ihr und erinnere mich an ihre Bitte vorhin, als sie mich küssen wollte.

Ihre Hände sind in meinen Haaren vergraben, ziehen mich an sich. Ich spüre ihre Not und ihr Verlangen für mich. „Nein. Fick mich, wie ein wildes Tier seine Beute fickt."

Dieses Mädchen ... sie ist verflucht noch mal alles. Alles.

Ich senke den Kopf, küsse sie erneut, meine Zunge gleitet in ihren Mund und sie stöhnt lustvoll auf. Unsere Körper drängen aneinander und mein steif werdender Schwanz verzehrt sich danach, in ihr zu sein. Meine Hand gleitet zwischen ihre Beine, ich streichle ihre Nässe und weiß, dass sie bereit für mich ist, was mich nur noch weiter antreibt. Ich muss in ihr sein. Ich muss sie erobern und sie mir zu eigen machen.

Mit einer Hand knöpfe ich ihre Bluse auf und befreie ihre weiche Haut. Meine Lippen lösen sich von ihren, wandern ihren Hals hinunter, über ihre Brüste, hinterlassen eine Spur von federleichten Küssen. Meine andere Hand zieht ihren Rock hinunter, bis er auf den Boden fällt.

Meine Hände sind überall, erforschen jeden Zentimeter ihrer Haut. Hannah stöhnt und windet sich unter mir, ihre Finger krallen sich in meine Haare und ziehen mich enger an sich, als ob sie Angst hätte, ich würde sie allein lassen.

Mein Mund findet ihren Nippel und ich fange an, daran zu saugen, ihn mit meiner Zungenspitze zu necken, während ich den anderen Nippel mit meiner Hand verwöhne.

Ihr Körper bebt unter mir, ihr Atem wird flacher und keuchender. Meine Hand gleitet ihren Körper hinunter, meine Finger versessen darauf, ihren feuchten Schlitz zu erforschen.

Sie hebt ihre Beine und schlingt sie erneut um meine Taille, zieht mich an sich, will, dass ich endlich in sie eindringe. Als meine Finger den Saum ihres Höschens finden, hake ich einen Finger unter und ziehe es kurzerhand ihre Beine hinunter.

Mit einem Finger dringe ich in sie ein, gleite hinein und heraus, während sie vor Verlangen stöhnt. Ich necke sie, foltere sie mit meinen Berührungen. Ich will, dass sie bettelt. Ich will, dass sie weiß, welche Macht ich über sie habe.

„Bitte“, stößt sie hervor. „Bitte, ich brauche dich. Fick mich.“

Meine Finger bewegen sich nun schneller, stoßen in sie hinein, und mein Daumen reibt ihren Kitzler in schnellen, kleinen Kreisen.

Hannah wirft den Kopf in den Nacken und stöhnt auf, ihre Stimme erfüllt von Begierde.

Es ist das Erotischste, was ich je gehört habe. Ich will nichts mehr, außer sie unter mir zum Schreien zu bringen. Will, dass sie für den Rest meines Lebens meinen Namen stöhnt.

Sie reißt an meinen Anziehsachen, zieht sie mir hektisch aus und schmeißt sie auf den Boden.

Ich muss in ihr sein. Jetzt.

Mit unwahrscheinlicher Schnelle mache ich meine Hose auf, ziehe sie aus und werfe sie auf den Boden. Ich reiße mir meine Boxershorts hinunter, und Hannah greift augenblicklich nach meinem Schwanz. Ich stöhne vor Lust und weiß, was jetzt kommt.

Mein Schwanz pocht und Lusttropfen dringen aus meiner Eichel, als ich darauf warte, in sie einzudringen. Ihre Finger gleiten meinen Schaft auf und ab und necken meine Eichel mit ihrem Daumen. Sie spielt mit mir und ich stöhne, mein Körper spannt sich an und wartet darauf, was als Nächstes kommt.

Mit zwei Fingern dringe ich in ihren einladenden Schlitz. Sie zuckt und spannt sich schon bei der geringsten Berührung an, als ob sie kurz vor dem Höhepunkt wäre.

Ich muss in ihr sein, jetzt sofort.

Die Spitze meines Schwanzes findet ihre feuchte Öffnung und sie hebt die Hüften, verzweifelt, mich in sich zu spüren. Sie ist triefend nass und mein Schwanz gleitet widerstandslos in sie hinein, die Hitze ihrer Öffnung umschließt ihn, nimmt mich in sie auf. Ihr

Körper erschaudert, als ich in sie eindringe, und ich kann spüren, dass sie meine Bewegungen nicht mehr abwarten kann.

Ich ziehe meinen Schwanz wieder aus ihr heraus, bis nur noch die Spitze in ihr ist, bevor ich wieder in sie hineinstoße. Meine Finger krallen sich in ihre Hüfte, und ich nehme sie mit purer, animalischer Wonne. Ich bin nicht behutsam, und sie erwidert jeden aggressiven Stoß mit ebenso viel Wucht. Sie biegt den Rücken durch, erwidert meine stoßenden Hüften mit ihren. Der Ausdruck purer Lust auf ihrem Gesicht ist unbeschreiblich. Ich nehme sie und sie liebt jede Sekunde davon.

Ich ziehe mich aus ihr heraus und sie wimmert. Ich will, dass sie mich braucht.

„Bettle darum", knurre ich. „Flehe mich an, dich zu ficken."

„Bitte", erwidert sie. „Ich brauche dich. Bitte, fick mich!"

Ihre Stimme ist verzweifelt, und ich muss mehr davon hören.

Ich dringe tief in sie ein, ihre Beine schlingen sich um meine Taille und ziehen mich tiefer. „Fick mich", fleht sie. „Fick mich wie ein Tier."

Ich ziehe mich aus ihr heraus, aber sie ist bereit für mich. Sie ist völlig versessen auf meine Stöße, und ich weiß, dass sie von mir ausgefüllt werden will.

„Bitte, Baby! Füll mich aus. Lass mich kommen. Bring mich zum Höhepunkt", schreit sie. „Ich brauche es. Ich brauche dich. Fick mich. Bitte!"

Es ist der schönste Klang der Welt. Ich vergrabe meinen Schwanz immer und immer wieder in ihr, mein Rhythmus wird mit jedem Stoß schneller, mit jeder Bewegung.

Während wir uns zusammen bewegen, stöhnen, keuchen und wispern wir. Ich spüre, wie sie dem Höhepunkt näher kommt, ihr Körper sich unter meinem anspannt. Ihre Fingernägel krallen sich in meinen Rücken, als sie sich an mir festklammert.

Mein Schwanz pocht, als sie ihre Hüfte emporschnellen lässt und meine Stöße mit lustvollem Stöhnen erwidert. Mein Verlangen wächst immer weiter an und ich spüre meinen eigenen Orgasmus heranrauschen.

Das ist die intensivste Empfindung, die ich je erlebt habe. Mein Schwanz pocht und pulsiert, während ich in sie hineinstoße. Sie wimmert und bettelt immer und immer wieder darum, kommen zu dürfen.

Sie ist kurz davor. Ich kann es hören, denn ihr Stöhnen wird lauter und ihr Körper fängt an, sich unter meinem zu winden.

„Komm mit mir“, knurre ich. „Komm jetzt.“

Ich stoße meinen Schwanz tief in sie hinein, fülle sie aus und treibe sie in den Abgrund, während sie unter mir bebt. Ihre Pussy zieht sich um meinen Schwanz zusammen, ihre Säfte strömen aus ihr heraus, während sie aufschreit.

Ihr Körper zittert, ihre Hüften schnellen hoch gegen meine, ihr Orgasmus lässt sie bis ins Innere erschaudern. Meine Eier pumpen einmal, zweimal, viermal, als ich mich tief in ihr vergrabe, meinen Samen in sie entfessle.

Ich weiß nicht, wie lange wir so daliegen, klebrig, heiß, vollkommen. Unser Atem verbindet sich, unsere Herzen schlagen im selben Rhythmus. Und zum ersten Mal in meinem Leben habe ich das Gefühl, zuhause zu sein.

Kapitel Vierunddreißig

Hannah

„Also wohnt er jetzt bei dir?", fragt Josie. „Findest du nicht, dass ihr es ein bisschen überstürzt?"

Ich zucke mit den Schultern. „Auf eine Art vielleicht schon. Ich weiß es nicht. Das ist keine normale Situation zwischen uns. Die Art und Weise, wie wir zusammengekommen sind, hat die Dinge irgendwie verstärkt."

„Ist er der Grund, weshalb mir jetzt so ein Schläger auf dem Arbeitsweg folgt?"

„Er sorgt dafür, dass wir in Sicherheit sind", verteidige ich den Kerl. „Nur, bis sich die Dinge auf seiner Arbeit geklärt haben."

„Sind wir in Gefahr?" Ihre Augen werden groß. „Auf so einen Scheiß habe ich keinen Bock."

„Er ist nur übermäßig beschützend. Das kommt von seiner Arbeit."

„Ist es das denn wert? Ist er gut?", fragt Josie mit neckendem Tonfall, als sie ein müdes Bouquet aus einem der Eimer im Kühlraum zieht und das Wasser in das große Industriewaschbecken schüttet.

Ich kann ein nervöses Gefühl in meinem Magen spüren, wie immer, wenn sie arbeitet, aber dennoch bin ich froh, diese Sache mit Armando mit ihr besprechen zu können.

Ich klimpere mit den Wimpern. „So gut. Im Sinne von, gestern dreimal und heute Morgen auch schon wieder."

„Oh, verdammt. Das ist so heiß. Also ist das eine Art Arrangement ... lässt du ihn mit dir schlafen, damit er die Miete bezahlt? Oder was?"

Ich schleudere eine tote Rose in ihre Richtung. „Du Schlampe, ich hure nicht herum. Er hat von sich aus angeboten, die Miete zu zahlen. Und ich habe das Angebot angenommen."

„Mh-hm. Und wie genau ist das gelaufen?"

Okay, Mist. Ich kann ihr die wahre Geschichte nicht erzählen. „Ja, okay. Ich habe herumgehurt", murmle ich, als ob ich ein Geständnis ablegen würde.

Josies Augen werden groß. „Oh, das ist heiß. Das finde ich so heiß. Und er hat einfach das Geld locker gemacht und gesagt, *Ab in mein Bett, Puppe?*"

Ich lache prustend. „Ja, in etwa so."

Josie beäugt mich mit unverhohlener Neugierde. Sie ist so groß, wie ich klein bin – eins fünfundachtzig, und damit ist sie sogar noch die kleinste von all ihren Geschwistern. Und ja, sie spielen alle Basketball. Ihre Familie ist aus Brasilien eingewandert, als sie vier war. Mit dunkler Haut wie meiner und ihren platinblonden, gebleichten Haaren, die um ihren Kopf abstehen wie ein Heiligenschein, ist sie wunderschön. Sie ist der Grund, weshalb ich die Spitzen meiner dunklen Locken blond gefärbt habe, auch wenn sie nicht ganz so hell sind wie Josies Haare.

Sie legt den Kopf zur Seite. „Ich kann mich nicht entscheiden, was ich davon halten soll."

„Was meinst du damit?" Womöglich klinge ich etwas defensiv.

„Ich weiß nicht. Du wirkst so glücklich. Glücklicher als seit Langem. Aber das sieht dir irgendwie nicht ähnlich, und ich habe das Gefühl, als ob ich eine Intervention starten muss oder so."

Mein Gesicht wird heiß. „Ich mag ihn, Josie."

Sie zeigt mit einem strengen Finger auf mich. „Verrate ihm das nicht. Und nicht weinen! Bitte sag mir nicht, dass du schon geweint hast."

Ich zucke ein wenig zusammen. Josie weiß, wie Beziehungen normalerweise für mich enden. Wir sind seit der Highschool befreundet – und da besteht definitiv ein Muster. Ich binde mich zu schnell – schreibe Dingen zu viel Bedeutung zu. Dann platze ich mit einem „Ich liebe dich!" heraus, oder einer ähnlich klammernden Sache. Oder ich breche in Tränen aus oder übertreibe auf eine andere Weise mit meinen Emotionen, und dann ist es vorbei. Der Typ verduftet. Ich bin viel zu viel für ihn.

„Na ja, ich habe geweint", gestehe ich. „Aber nur nach dem Sex!", füge ich eilig hinzu, als Josie mir einen *Es ist vorbei*-Blick zuwirft.

„Oh-oh. Und wie ist das gelaufen."

„Ähm." Ich denke darüber nach. „Tatsächlich gar nicht mal so schlecht. Er hat mitgespielt. Als ob er nicht fand, dass es eine große Sache ist." Jetzt, als ich das ausspreche, überrascht es mich selbst. Warum war es nicht unangenehm für Armando? Warum hat er nicht versucht, meine Tränen zu stoppen, oder hat mich behandelt, als ob ich den Verstand verloren hätte? „Ich weiß nicht ... vielleicht weinen die Frauen immer, wenn sie Sex mit ihm hatten", scherze ich, aber die Vorstellung, wie er mit anderen Frauen Sex hat, treibt mir einen bitteren Geschmack in den Mund. „Er ist einfach so gut."

Josie stemmt die Hände in die Hüfte. „Wann war das?"

Das peinliche Gefühl kommt zurück. „Gestern ... vielleicht auch vorgestern." Und heute Morgen hat er unsere geht-kein-Blatt-Papier-dazwischen-Nummer abrupt beendet.

Er ist gegangen, bevor ich aufgestanden bin. Hat mir einen Kuss auf die Stirn gedrückt und gesagt, er müsse zur Arbeit. Als ob es keine große Sache wäre und er mich nicht gerade drei Tage als seine Gefangene festgehalten hätte. Er hat mir gesagt, dass den ganzen Tag jemand vor meinem Laden Wache stehen würde, und dass ich nicht allein nach Hause gehen sollte. Aber er hat mich nicht mehr im Auge behalten. Hat mir nur gesagt, dass er später wieder nach mir schauen würde. Wie ein normales Paar.

Ich hatte schon geglaubt, er würde mir endlich vertrauen, aber vielleicht war es nur das Weinen. Oder ich. Weil ich wie immer zu viel war. Er ist abgehauen.

Die Türglocke bimmelt und Jack, der FedEx-Bote, kommt herein. „Päckchen für Sie, junge Frau." Er strahlt mich auf eine väterliche Art an, als er mir den gepolsterten Umschlag anreicht. „Sie müssen dafür unterschreiben."

Verwundert unterschreibe ich auf dem elektronischen Feld und mustere das Päckchen. Ich habe nichts bestellt, weil ich keinerlei Spielraum auf meiner Kreditkarte oder Geld auf meinem Konto habe – abgesehen von dem Geld, das Armando mir gegeben hat.

Ich reiße den Umschlag auf und entdecke eine winzige Schmuckschatulle. „Oh, wow." Mein Puls wird schneller. Er hat mir ein Geschenk gekauft.

Ein Geschenk.

Das bedeutet etwas, oder?

Josie stößt ein aufgeregtes, summendes Geräusch aus. „Da mag dich wohl jemand."

„Oh, wow", murmle ich wieder und öffne die kleine Box mit zitternden Fingern. „Wow." Das scheint das einzige Wort zu sein, an das ich mich erinnern kann. In der Schatulle ist ein schmaler, goldener Nasenring mit einem Diamanten am Ende.

Josie schnappt sich das Zertifikat, das mit dabei war. „Achtzehn Karat Gold mit einem konfliktfreien VVS-Diamanten." Sie starrt mich an. „Verdammt. Er mag dich definitiv."

Ich kann nichts gegen das dumme Lächeln tun, das auf mein Gesicht gekleistert ist.

Er mag mich.

Das ist ein sehr wohlüberlegtes Geschenk. Es passt zu mir. Es ist nicht irgendeine dämliche Kette mit einem Herzanhänger oder sonst irgendein Klischee. Er hat mir etwas gekauft, was ich wirklich gerne tragen werde. Ich ziehe meinen einfachen Goldring aus der Nase und stecke mir den neuen mit dem Diamanten ein. „Wie sieht es aus?"

Josie grinst. „Perfekt."

„Ja, das ist er wirklich." Natürlich muss er den Ring schon vor ein paar Tagen bestellt haben, wenn er heute angekommen ist, also ist das keine Garantie dafür, dass Armando immer noch auf mich steht, aber plötzlich habe ich viel mehr Hoffnung, dass wir eine Chance haben.

Ich will unbedingt, dass wir eine Chance haben.

Allerdings sollte ich nicht anfangen, solchen Dingen eine Bedeutung zuzuschreiben. Das ist genau die Art und Weise, wie die Sachen für mich den Bach hinuntergehen.

Ich werfe Josie einen Blick zu und denke, dass jetzt eine gute Gelegenheit wäre, um mit ihr über ihre Arbeit hier zu spreche, dass sich ihre Arbeitsmoral ändern muss. Jetzt, während wir uns nahe sind.

„Hör zu, Josie ..."

„Hm?"

„Ähm, ich habe mich gefragt ... wie gefällt es dir, hier zu arbeiten?"

Sie starrt mich an, ein Anflug von Panik in ihrem Ausdruck. Mein Magen flattert wie verrückt. Mein Herz schlägt mir bis zum Hals.

„Es gefällt mir. Warum?" Hab ich nur den Eindruck, oder klingt sie nervös?

„Oh, ähm, ich ..." Gott! Ich bin ein stotternder Narr. „Gut. Das ist gut. Wollte nur fragen." Ich drehe mich um und fliehe in den Arbeitsraum.

Super. Das lief ja fantastisch. Gott. Ich bin einfach nicht dafür gemacht, diesen Laden allein zu führen.

Ich muss an die frische Luft und trete durch die Hintertür in die Gasse. Ich entdecke Marco, der an der Mauer lehnt und durch sein Handy scrollt.

„Hey, Marco", sage ich, fühle mich gleichzeitig seltsam und sicher, mit ihm hier in der Nähe. „Armando hat mir erzählt, dass einer von deinen Männern heute hier sein würde. Ich hatte nicht erwartet, dass du hier bist."

„Macht mir nichts aus." Er schaut von seinem Handy hoch und lächelt mich an. Marco sieht Armando sehr ähnlich – die Verwandtschaft zwischen den beiden ist nicht zu leugnen. Sie sehen sich so ähnlich, dass Marco mich daran erinnert, wie sehr ich Armando schon jetzt vermisse, und ich hoffe, er ruft mich bald an. „Ich bekomme immer gerne ein Gefühl für eine Situation, bevor ich meine Männer losschicke."

„Ach ja?" Fragend ziehe ich eine Augenbraue hoch. „Was für ein *Gefühl* hast du denn bei dieser Situation?"

„Mein Cousin mag dich. Sehr."

Mein Herz flattert, und mir bleibt für eine Sekunde die Luft weg. „Tut er das?"

„Ja." Marco legt den Kopf zur Seite und mustert mein Gesicht. „Er hat noch nie zuvor ein Mädchen mit in die Kirche genommen."

Das wusste ich nicht, aber es gefällt mir.

„Ich nehme an, das Gefühl beruht auf Gegenseitigkeit?", fragt er.

Mein Gesicht fühlt sich an, als ob es tausend Grad heiß wäre. Meine Hände werden feucht und ich wünschte plötzlich, ich hätte eine Zigarette. Ich rauche nicht, aber wenigstens hätten meine Hände dann etwas zu tun und ich würde mich nicht so wahnsinnig unbehaglich dabei fühlen, mit einem Mann, den ich kaum kenne, in einer Gasse zu stehen.

„Es beruht auf Gegenseitigkeit."

„Und weißt du, was das bedeutet?"

Ich schaue auf, erwidere seinen Blick.

„Du weißt, was für ein Leben Armando führt, oder?"

Ich nicke, senke den Blick wieder und starre auf meine ausgetretenen Converse. „Das tue ich."

„Das lässt sich nicht ändern."

„Ich habe kein Verlangen, ihn zu ändern."

Marco tritt einen Schritt auf mich zu und hebt mit Daumen und Zeigefinger mein Kinn an, sodass ich ihm in die Augen schauen muss. Er will etwas sagen, aber in diesem Moment klingelt mein Handy und unterbricht uns.

„Das könnte Armando sein", sage ich, da ich die Nummer nicht kenne, aber hoffe, dass er es ist.

Marco nickt zum Handy, bedeutet mir, den Anruf anzunehmen.

Kapitel Fünfunddreißig

A*rmando*

„Gib Nonna einen Kuss von mir, okay?"

Meine Mom ruft mich auf dem Weg zum Flughafen an. Ich habe ihr ein Ticket gekauft, damit sie für ein paar Wochen meine Nonna in Arizona besuchen kann, einfach, damit ich mir keine Sorgen um sie machen muss.

„Werde ich. Ich weiß, es gibt irgendwelchen Ärger und ich weiß, du kannst es mir nicht verraten, aber Mando?"

Ich atme tief durch. „Was denn, Ma?"

„Pass auf dich auf." Ihre Stimme zittert.

„Da werde ich, Ma. Ich muss nur wissen, dass du in Sicherheit bist."

„Bist du noch in deiner Wohnung? Vielleicht ist das keine gute Idee?"

„Bin ich nicht. Ich bin untergetaucht. Ehrlich gesagt ..."

Ich weiß nicht, warum ich es ihr erzählen will. Vielleicht nur, weil sie etwas verdient hat – irgendwas, um ihre Gedanken an mich zu erhellen.

„Ich habe ein Mädchen kennengelernt. Ich wohne bei ihr, bis sich die Dinge beruhigt haben."

Meine Mom stößt ein kleines, überraschtes Geräusch aus. „Das ist toll. Du musst sie wirklich mögen, wenn du mir von ihr erzählst."

„Ja, das tue ich."

„Macht sie dich glücklich?"

„Das tut sie. Ich hätte nicht gedacht, dass das überhaupt möglich ist. Aber sie schafft es."

„Du hast es verdient, glücklich zu sein."

„Ich bin mir nicht sicher, was ich verdient habe", gestehe ich.

„Du magst Fehler gemacht haben, Junge. Und du wirst auch in Zukunft noch Fehler machen. Aber eins weiß ich: Du hast es verdient, glücklich zu sein. Sträube dich nicht dagegen."

„Das will ich auch nicht."

„Wie heißt sie denn?"

Ich zögere, weil wir am Telefon sind, aber ich bezweifle, dass die Typen, die nach mir suchen, so raffiniert sind, mein Handy zu verwanzen. Außerdem ist es ein Prepaidhandy, das ich am Tag meiner Entlassung gekauft habe.

„Hannah."

„Hannah. Ist sie katholisch?"

Typisch Ma, diese Frage zu stellen. „Wir sind gestern zusammen in die Kirche gegangen."

„Das ist toll. Warst du bei der Beichte?"

„Ja."

Diese Beichte war das Schwerste und Einfachste, was ich seit sehr langer Zeit getan habe. Ich habe meinetwegen gebeichtet. Ich habe um Hannahs willen gebeichtet. Und ich habe gebeichtet, um meine Seele zu befreien. Ich habe die Worte ausgesprochen, die ich aussprechen musste, und habe mich nicht zurückgehalten:

Vergib mir, Vater, denn ich habe gesündigt.

Meine Seele ist nicht mehr zu retten.

Meine letzte Beichte ist fünf Jahre her.

Fünf Jahre, seit meine Mutter schluchzend dabei zugesehen hat, wie ich in Handschellen abgeführt wurde.

Drei Jahre, seit ich im Gefängnis einen anderen Mann umgebracht habe.

Jetzt ist ein Kopfgeld auf mich ausgesetzt.

Nach drei Tagen auf freiem Fuß begehe ich eine weitere Sünde, um zu überleben.

Und dann eine weitere Sünde mit ihr, meiner wunderschönen Zeugin.

Und eine weitere Sünde mit ihr.

Und eine weitere.

Ich bitte nicht um Vergebung.

Was ich wirklich will, ist sie.

„Das freut mich sehr, zu hören“, erwidert meine Ma. „Ich würde sie gerne kennenlernen.“

Etwas drängt auf meine Brust ein. Denn Normalität steht mir nicht zu. Vermutlich werde ich Hannah meiner Mom nicht vorstellen können, auch wenn ich mir sicher bin, dass sie sich lieben würden. Sie sind beide warme, offenherzige Frauen.

„Ja, wir werden sehen. Gute Reise, Ma.“

„Danke. Pass auf dich auf, Mando. Ich werde für dich beten.“

„Das weiß ich. Ich liebe dich.“ Ich spreche die Worte aus, aber ich glaube, ich kann auch ein Aufflackern des Gefühls verspüren. Oder nur die Erinnerung an das Gefühl. Moms sind in dieser Hinsicht sehr mächtig.

Ich beende den Anruf und mache mich zu meinem neuen Job auf. Der Don hat mir gesagt, ich solle mich krankmelden, aber drauf geschissen – ich gehe hin. Scheiß auf die Hermanos. Sollen sie meinetwegen auf der Baustelle nach mir suchen. Ich habe eine Waffe und ich bin für sie bereit.

Ich muss wieder ein Leben haben. Mich für immer in Hannahs

Wohnung zu verstecken, ist keine Option, so sehr ich sie auch genieße. Ja, ganz richtig. *Genieße*.

Ein Wort, von dem ich nicht geglaubt hätte, es in naher Zukunft zu benutzen.

Gestern Abend war ich mehrmals bis zu den Eiern in ihr vergraben. Bei einer epischen Session hatte ich sie auf den Knien auf dem Bett und meinen Daumen in ihrem Arschloch. Dann, noch bevor die Sonne aufgegangen ist, habe ich meine Hand dabei ertappt, wie sie auf Hannahs Pussy lag, als ich aufwachte, und es ging wieder von vorn los. Ich habe sie auf den Bauch gedreht und ihre Beine gespreizt. Mit meiner Hand in ihrem Nacken ihren Oberkörper aufs Bett gedrückt, weil sie es mag, gegen mich anzukämpfen.

Sie ist zweimal gekommen – so verflucht zugänglich. So mutig.

Irgendwann gestern Abend wurde mir das klar. Dieses Maß an Verletzlichkeit, das sie zeigt, kann nur aus immensem Mut heraus erwachsen. Sie geht mir mit dem Beispiel voran, wie ich wieder menschlich werden kann.

Nicht dass ich glaube, dass es viele Menschen wie Hannah gibt.

Es ist lustig, wie normal sie wirkt – wie eine stinknormale Frau Mitte zwanzig. Sie würde überall hinpassen. Aber sie ist alles andere als gewöhnlich.

Ich muss immerzu an sie denken. Ich kann ihren Duft in meiner Nase nicht mehr loswerden. Ich kann die Vision davon, wie sie im Bett liegt und zu mir hochstarrt, nicht mehr vergessen. Sie ist überall, wo ich hinschaue. Sie nimmt mich vollkommen ein.

Bevor ich aus dem Van aussteige, den ich mir von ihr geborgt habe, entscheide ich, sie anzurufen. Ich weiß, dass Marco Wache steht, aber es wird mich beruhigen, ihre Stimme zu hören.

„Hallo, Blümchen“, sage ich, als sie rangeht.

„Ich hatte gehofft, dass du das bist.“ Ich kann das Lächeln in ihrer Stimme hören.

„Wie läuft dein Morgen bisher?“

„Gut. Josie ist pünktlich aufgetaucht und wir haben gesprochen.“

„Ist Marco da? Er hat gesagt, er würde vorbeikommen.“

„Ja, tatsächlich stehen wir grade in der Gasse und unterhalten uns."

Gerade als ich ihr sagen will, dass sie wieder in den Laden gehen soll, wo es sicher ist, höre ich das schlimmste Geräusch, das ich mir vorstellen kann. Ein lautes *Popp, Popp, Popp,* gefolgt von einem ohrenbetäubenden Schrei.

„Hannah!"

Das Schreien hört nicht auf.

„Hannah!"

Und dann, nur noch Stille.

Verwurzelt in Sünde

Kapitel Eins

Hannah

Mit quietschenden Reifen biegt ein Auto in die Gasse hinter Garten Eden, meinem Blumenladen, ein.

Armandos Cousin Marco, der in der Gasse stationiert ist, um mich zu beschützen, wirbelt herum und seine Hand fliegt zu der Waffe im Holster an seiner Hüfte.

Instinktiv zucke ich zusammen und mein Herz bleibt stehen. Ein Typ beugt sich aus dem offenen Fenster des Wagens, hebt eine Waffe und zielt direkt auf uns. Die Zeit scheint stillzustehen, als Marco die Augen aufreißt und begreift, was geschieht. „Runter!" Er stürzt auf mich zu, reißt mich auf den kalten Betonboden hinter einem Müllcontainer.

Während ohrenbetäubendes Knallen die Luft in der Gasse zerreißt, schirmt Marco mich mit seinem Körper ab. Er hebt seine Pistole, um das Feuer zu erwidern, aber bevor er abdrücken kann, wird er getroffen.

Schmerz blitzt in seinen Augen auf. Sein Körper zuckt.

Ich schreie auf. Überall ist Blut und auf meinen Beinen sammelt sich eine Pfütze, heiß und klebrig.

„Marco!“ Meine Stimme ist über der Kakofonie der Schüsse, die gegen den metallenen Container prasseln, kaum zu hören.

Meine Finger zittern, als ich die Hand nach Marco ausstrecke und die Realität der Situation langsam bei mir ankommt. Das war kein willkürlicher Gewaltakt – wir wurden gezielt angegriffen.

„Bleib unten“, stößt Marco zwischen zusammengepressten Zähnen hervor und sein ganzer Körper zittert vor Schock und Adrenalin.

Sogar während sein Blut zwischen uns eine kleine Lache bildet, lässt er mich für keine Sekunde aus den Augen und scheint entschlossen, mich um jeden Preis zu beschützen.

Oh Gott.

Ich musste schon letzte Woche mit ansehen, wie ein Mann stirbt. Wurde bereits der Gewalt in Armandos Leben ausgesetzt. Aber dieser Tod hatte sich surreal angefühlt. Als ob ich einen Film schauen würde. Marco jedoch ist ein Mann, den ich kenne. Er ist Armandos Cousin. Wenn er sterben sollte ...

Nein. Daran darf ich nicht einmal denken. Er atmet noch. Scheint hellwach zu sein.

Stimmen schallen aus dem Auto. „Das ist er nicht.“ Dann, „Fahr! Fahr! Fahr!“ Das Auto rast davon, die quietschenden Reifen und die Staubwolke, die es hinterlässt, die einzigen Beweise für sein Auftauchen.

Das ist er nicht.

Sie wollten Armando umbringen, und dafür sind sie zu meinem Laden gekommen. In die Gasse hinter dem Gebäude. Bedeutet das, dass sie ihn mit mir in Verbindung gebracht haben?

Ist er in meiner Wohnung nicht länger sicher?

Dieser Gedanke raubt mir den Atem.

Marco blutet noch immer, besudelt meine Anziehsachen und meine Haut. Er stöhnt und rollt sich etwas von mir runter, versucht, sich aufzurichten.

„Nicht bewegen. Ich rufe Hilfe.“

Ich suche nach meinem Handy, entdecke es neben uns auf der

Straße. *Armando.* Ich habe mit Armando telefoniert, bevor das hier passiert ist.

„Armando!“, rufe ich, versuche, meine Beine unter Marco hervorzuziehen. „Armando, Marco wurde angeschossen!“ Vielleicht kann er noch immer hören, was passiert, und weiß nun, dass wir beide leben, aber in Gefahr schweben.

Beinah als ob meine Stimme ihn heraufbeschworen hätte, erscheint Armando am Eingang der Gasse, die Augen aufgerissen vor Panik. Er betrachtet die Szene vor sich – der angeschossene Marco und ich, die über und über von Marcos Blut bedeckt ist und unkontrolliert zittert.

„Hannah!“ Er stürmt auf uns zu, sein Blick nur auf mich gerichtet.

„Ich bin okay, aber Marco ist verletzt.“

„*Madonna mia*, was zur Hölle ist hier passiert?“ Er hockt sich neben uns und seine Hände schweben unsicher über Marco, als ob er unsicher wäre, ob er ihn berühren darf oder wie er helfen soll. Die Angst ist in sein blasses Gesicht geschrieben, eine Verletzlichkeit, die ich nie zu vor an ihm gesehen habe.

„Deine Kumpels“, stöhnt Marco, richtet sich mit zusammengebissenen Zähnen auf. „Sie sind wie aus dem Nichts aufgetaucht.“

„Hast du erkennen können, wer es war?“, drängt Armando. Ich kann förmlich sehen, wie sein Verstand arbeitet und er bereits die Vergeltung plant.

„Ich ... ich weiß es nicht“, stammle ich, stehe noch immer unter Schock. „Ich habe ihre Gesichter nicht gesehen.“

„Fuck.“ Armandos Augen fliegen zwischen Marco und mir hin und her, seine Sorge förmlich spürbar. „Wir müssen euch beide hier weg und an einen sicheren Ort bringen. Kannst du laufen?“

„Natürlich kann ich laufen“, erwidert Marco ruppig und versucht, aufzustehen. Sein Gesicht verzieht sich vor Schmerzen und er sinkt wieder zu Boden. Mit angespanntem Kiefer schlingt Armando sich Marcos Arm über seine Schulter und hievt ihn auf die Füße.

„Stimmt, du kannst wirklich super selbst laufen."

Ich gehe auf Marcos andere Seite, um zu helfen. Zusammen schaffen Armando und ich es, Marco auf die Füße zu zerren, bevor wir uns seine Arme über die Schultern schlingen.

„Mando", sagt Marco leise, seine Stimme angespannt. „Ich habe es nicht kommen sehen."

„Darüber sprechen wir später", bemerkt Armando knapp. „Jetzt müssen wir euch beide erst mal hier wegbringen."

Während wir Marco halb tragen, halb aus der Gasse zu meinem Laden zerren, rasen meine Gedanken und eine herzzerreißende Erkenntnis stellt sich für mich ein: Mein Leben ist unwiederbringlich mit dieser gefährlichen Welt und diesem Mann verbunden, der mich dort hineingebracht hat. Nicht dass dabei zuzusehen, wie er einen anderen Mann mit bloßen Händen umbringt, uns nicht schon längst zusammengeschweißt hätte.

Blut durchnässt Marcos Hosenbein und ich sehe, wie auch Armando es bemerkt und sich seine Nasenflügel weiten. „Wir müssen dich ins Krankenhaus bringen."

„Ich bin in Ordnung", erwidert Marco durch zusammengebissene Zähne hindurch, während ich versuche, ihn auf den Beinen zu halten. „Sag einfach einem der Jungs Bescheid, dass sie die Kugel rausholen sollen."

„Halt den Mund", fährt Armando ihn an. „Ich bringe dich ins Krankenhaus. Gib mir deinen Autoschlüssel." Er lehnt seinen Cousin gegen die Wand neben der Hintertür meines Ladens.

„Alter, ich will die Sitze meines Beamers nicht voll bluten."

„Willst du lieber mit einem Krankenwagen fahren?"

Marco stößt ein leises Knurren aus. „Na schön." Widerwillig hält er Armando die Schlüssel hin.

„Kannst du ihn für eine Sekunde festhalten, Blümchen? Ich hole schnell das Auto."

„Natürlich." Meine Stimme bricht. Ich zittere noch immer am ganzen Körper und stehe total unter Schock.

Armando muss die Angst in meiner Stimme hören, denn er hält

für eine Sekunde inne und mustert mich eingehend, als ob er noch immer nach Anzeichen einer Verletzung an meinem Körper suchen würde.

„Ich bin in Ordnung", verspreche ich ihm. „Geh, hol das Auto."

Sorge trübt seinen dunklen Blick. „Bist du sicher?"

Ich nicke, versuche, die verweilende Furcht zu ignorieren, die mich einhüllt wie eine zweite Haut. „Ich bin okay. Wirklich. Geh!"

Er knickt mir knapp zu, dann joggt er davon.

Ein paar Minuten später saust ein BMW in die Gasse und kommt neben uns zum Stehen. Armando stößt die Beifahrertür auf, dann steigt er aus, um mir dabei zu helfen, Marco ins Auto zu wuchten. Ich klettere auf die Rückbank.

„Du solltest mich einfach vor der Notaufnahme rausschmeißen", sagt Marco, als Armando losfährt. „Ich will nicht, dass du Probleme mit deiner Bewährung bekommst."

Armando knirscht mit den Zähnen. „Das ist meine verfickte Schuld", stößt er hervor.

„Hör auf, dich im Selbstmitleid zu suhlen, *stronzo*. Ich bin derjenige, der angeschossen wurde. Du setzt mich einfach vor dem Eingang ab und fährst wieder. Ruf Leo an und stell sicher, dass er unserer Ma nichts verrät, dann komm mit ihm ins Krankenhaus, als ob du es gerade erst herausgefunden hättest."

Armando starrt grimmig vor sich hin, nickt aber. Ich ertappe ihn dabei, wie er mich im Rückspiegel beobachtet.

„Ich gehe mit ihm rein", sage ich. „Ich bin nicht auf Bewährung."

„Nein", widerspricht Armando prompt. „Ich will nicht, dass du in diese Sache verwickelt wirst. *Capisce?*"

Als wir am Krankenhaus ankommen, hält Armando vor der Notaufnahme an. „Hey, *cugino*", stößt Marco heiser hervor. „Mach dir keine Sorgen um mich. Ist nur ein Kratzer." Er stößt die Tür auf, taumelt aus dem Wagen und schafft es irgendwie, auf den Eingang zuzustolpern.

„Ich sollte mit ihm reingehen."

„Bleib im Auto", knurrt Armando, den Blick für einen Augenblick starr auf seinen Cousin geheftet, bevor er den Fuß aufs Gaspedal senkt und der Wagen davonrast.

Er fährt einmal um das Krankenhaus herum, dann biegt er auf den Besucherparkplatz ein und stellt den Motor aus. Als Armando sein Handy hervorholt, zittert seine Hand. „Ich muss Leo anrufen", murmelt er und sein Blick fliegt über den Parkplatz, als ob er jeden Augenblick mit einem weiteren Angriff rechnen würde.

„Leo, ich bin's." Armandos Stimme ist voller Dringlichkeit, als Marcos Bruder den Anruf entgegennimmt. „Marco wurde angeschossen... In der Gasse hinter dem *Garten Eden*. Er hat Hannah beschützt. Ich war das eigentliche Ziel. Ja, genau, wir sind jetzt am Cook County Kreiskrankenhaus. Komm her. Und Marco sagt, du sollst eurer Ma nichts verraten."

Die Unterhaltung ist schnell beendet und Armando steckt sein Handy zurück in die Hosentasche.

Als wir aus dem Auto steigen, mustert er mich noch immer auf Verletzungen, als ob er denken würde, ich wäre doch angeschossen worden und würde es vor ihm verheimlichen.

„Bist du verletzt?"

Ich schüttle den Kopf.

„Lass mich mal sehen", besteht er.

Er schlingt einen Arm um meine Taille, zieht mich enger an sich. Seine Berührung schickt einen Schauder meinen Rücken hinunter, aber es ist genau das, was ich brauche, um meine zitternden Glieder zu beruhigen. Es erdet mich.

Armandos Hand bewegt sich behutsam über meinen Körper, kontrolliert mich auf vertuschte Verletzungen. Als er die Schürfwunden an meinen Knien bemerkt, die der Asphalt verursacht hat, knurrt er leise auf. „Fuck, Hannah. Gott sei Dank wurdest du nicht getroffen." Er senkt seine Stirn auf meine.

„Armando ...", fange ich an, bin unsicher, was ich sagen oder tun soll.

„Es tut mir leid, Hannah." Armandos Arm schlingt sich enger um meine Taille, sein Atem heiser, während er unsere Umgebung beobachtet, sein Blick von einer schattigen Ecke zur nächsten fliegt. Ich kann spüren, wie sich Anspannung in ihm aufbaut. „Tut mir leid, dass du dich in meinem Netz verfangen hast."

„Mir nicht", erwidere ich leise. Und es stimmt.

Wenn Armando letzte Woche nicht diesen Mann in meinem Laden umgebracht hätte, hätte ich nie das Glück gehabt, ihn kennenzulernen. Hätte nie erfahren, was es bedeutet, einem Mann wie ihm zu gehören.

Und das würde ich für nichts auf der Welt wieder aufgeben wollen.

Doch sein Blick ist ausdruckslos, als ob die Schießerei sein Trauma wieder heraufbeschworen hätte. Er schüttelt einfach nur den Kopf. „Ich wollte dich vor all dem beschützen."

„Hey" Ich lege meine Hand auf seine Wange, zwinge ihn, mir in die Augen zu schauen. „Ich bin in Sicherheit. Und Marco wird auch bald wieder auf die Beine kommen, Armando."

Seine dunklen Augen suchen meine und für einen Moment erkenne ich dort etwas Ungeschütztes und Verletzliches. „Ich weiß nicht, was ich getan hätte, wenn du getroffen worden wärst, Hannah." Er schluckt angestrengt. „Ich kann den Gedanken nicht ertragen, dir könnte meinetwegen etwas zustoßen."

„Es wird alles in Ordnung kommen. Mir geht es gut. Marco wird es auch gut gehen."

Armando schüttelt den Kopf. „Im Augenblick ist nichts in Ordnung. Aber ich werde verdammt noch mal sicherstellen, dass es dazu kommen wird."

Kapitel Zwei

A*rmando*

Hannahs farbenfrohe Plateauschuhe klackern durch den sterilen Krankenhausflur, hallen in der Notaufnahme wider.

Leo sitzt mit überschlagenen Beinen da, wippt mit dem Fuß auf und ab. „Hast du es dem Don schon erzählt?", fragt er.

Ich schüttle den Kopf. „Noch nicht."

Es gab eine Zeit, als ich, ohne zu zögern, zu Don G gegangen wäre. Egal mit welchem Anliegen. Mittlerweile fühle ich mich jedoch wahnsinnig distanziert von *La Famiglia*.

Natürlich muss ich ihm Bericht erstatten. Ich muss ihm erzählen, was passiert ist. Aber ich will ihm auch sagen können, dass ich weiß, was los ist, wenn ich es ihm erzähle. Dass ich es im Griff habe.

Das Problem ist nur, dass ich entsetzlich weit davon entfernt bin, es im Griff zu haben. Ich brauche Antworten, damit ich diesem Mist ein Ende machen kann.

Vor allem, weil Hannah nun involviert ist.

Ich darf nicht zulassen, dass ihr etwas zustößt.

Ich werfe einen Blick auf die Uhr. Es ist Stunden her, seit ich Marco hergefahren habe, und die Stille in diesem kalten, weißen Raum ist ohrenbetäubend.

„Gott, wann kommt endlich jemand und spricht mit uns?“, murmle ich kaum hörbar, versuche, meine Frustration und meine Angst zu zügeln.

Ich sitze in der Zimmerecke, brüte abseits von Hannah vor mich hin und versuche, meine Faust nicht in die Zimmerwand zu schlagen. Immer und immer wieder stelle ich mir vor, wie Marco angeschossen wird, mit einer Kugel, die für mich bestimmt war, eine permanente Erinnerung daran, dass es meine Schuld ist. Was, wenn er ins Herz getroffen worden wäre? In den Kopf? Dann würde ich in diesem Moment meiner Tante erklären müssen, wie ihr Sohn gestorben ist.

Bei diesem Gedanken wird mir übel.

Ich wollte wieder etwas fühlen – irgendwas – aber nicht das.

Gott sei Dank wurde Hannah nicht getroffen.

„Verdammt noch mal.“ Ich balle die Fäuste. Mein Blick wandert zu Hannah, ihr wunderschönes Gesicht voller Sorge, und meine Brust zieht sich noch mehr zusammen. Wenn ich sie nur nicht in diese Welt hineingebracht hätte, in das Chaos meiner Vergangenheit, dann wäre sie jetzt nicht diesen Gefahren ausgesetzt.

„Armando.“ Sie kommt auf mich zu. „Er wird alles in Ordnung kommen. Und es ist nicht deine Schuld.“

Ich wende den Blick ab, kann ihr nicht in die Augen schauen. Wie kann sie nach all dem noch so verflucht süß sein? Nachdem ich ihr nichts als Schwierigkeiten und Schmerzen beschert habe?

„Hör auf, dir selbst die Schuld zu geben“, fleht sie und ihre Stimme bricht, als Tränen in ihre Augen treten. „Du konntest nicht wissen, dass so etwas passiert.“

Ich starre auf sie hinunter. Ich habe keinen verdammten Schimmer, wie sie meinetwegen weinen kann. Ich bin ein todgeweihter Mann und sie ein Meer der Emotionen.

„Konnte ich nicht?“, erwidere ich bitter, und wieder blitzen Erinnerungen in meinen Gedanken auf. Jeder misslungene Deal, jeder rachsüchtige Feind – sie alle haben mich bis zu diesem Moment geführt. „Du musst in Sicherheit sein.“

„Was ich muss, ist, mit dir zusammen zu sein“, wispert sie und berührt meine Hand.

„Mit mir?“, stoße ich tonlos hervor und ziehe meine Hand zurück, als ob ihre Berührung mich verbrennen würde.

Ich bemerke den Schmerz in ihren Augen und meine Schuldgefühle wachsen an.

„Vielleicht nicht.“ Sie starrt auf ihre Füße, dann hebt sie den Blick wieder und schaut mir in die Augen. „Aber ich weiß, dass sich meine Gefühle für dich wegen dem, was in der Gasse passiert ist, nicht geändert haben.“

Fuck. Dieses Mädchen. Sie ist so viel mehr, als ich verdient habe.

Eine Krankenschwester kommt ins Wartezimmer und tritt auf Leo und mich zu. „Er hat die OP gut überstanden“, informiert sie uns. „Wir haben die Kugel aus seinem ...“

Ich springe auf und marschiere quer durchs Zimmer, ohne zu fragen, ob ich Marco sehen kann. Hannah folgt mir. Leo bleibt noch kurz im Wartezimmer und hört sich den Bericht der Krankenschwester an.

Ich muss mit eigenen Augen sehen, dass Marco in Ordnung ist.

„Hey, Leute“, sagt Marco matt von seinem Krankenbett aus. „Anscheinend war es nur eine Kugel in meinem Arsch. Ich wusste immer, dass mein Hintern gut aussieht, aber ich hätte nie geglaubt, dass er eine buchstäbliche Zielscheibe werden könnte.“ Er gluckst so gut er kann, wenn man die Schmerzen bedenkt, die er haben muss.

Ich zwinge mir ein Grinsen aufs Gesicht und weiß seinen Versuch zu schätzen, trotz seiner eigenen misslichen Lage die Stimmung aufzulockern. Obwohl er versucht, es zu vertuschen, kann ich die Anspannung auf seinem Gesicht erkennen. Es ist offensichtlich, dass er unseretwegen eine tapfere Miene auflegt.

„Nicht schlecht, *cugino*“, erwidere ich mit einem schwachen Grinsen.

„Komm schon, Hannah, du musst über meine Witze nicht lachen, aber schenk mir wenigstens ein Lächeln.“ Marco blick sie erwartungsvoll an.

„Aber nur, weil du verletzt bist.“ Ihr Lächeln könnte selbst die finsterste Kerkerzelle erhellen.

„Hey, ich nehme, was ich kriegen kann“, unkt er, zuckt aber zusammen, als er sich aufrichten will.

„Danke, Marco. Dass du die Kugel abgefangen hast“, sage ich aufrichtig.

„Ja, Danke“, fügt Hannah hinzu. „Mir ist klar, dass sie auch mich hätte erwischen können. Du hast mir das Leben gerettet.“

„Jederzeit.“ Er zuckt mit den Schultern. „Ich führe dieses Leben lange genug, um mir der Risiken bewusst zu sein. Ich bin nicht irgendein unschuldiger Passant, der in deinen Mist verwickelt wird, Armando. Ich habe meine eigenen Entscheidungen getroffen.“

Trotz Marcos Worten nagen die Schuldgefühle weiter an mir wie ein reißender Wolf. Meine Finger ballen sich zu Fäusten und ich wende den Blick von den beiden ab, kämpfe gegen das Verlangen an, losstürmen und irgendjemanden umzubringen.

„Marco hätte gar nicht da sein sollen“, stoße ich hervor, meine Stimme gepresst. „Ich hätte in dieser Gasse Wache stehen sollen. Diese Kugel war für mich bestimmt.“

„Armando, du darfst nicht …“, fängt Hannah an, aber sie wird von Leos plötzlichem Auftauchen unterbrochen.

„Was zur Hölle ist passiert?“ Leo schlendert ins Zimmer.

„Ich wurde in den Hintern getroffen.“

„Habe ich gehört.“ Leo lacht bellend auf. „Na ja, immerhin war es kein lebenswichtiger Körperteil.“

„Haha, sehr lustig.“ Marco grinst ihn schief an. „Ich habe getan, was ich tun musste.“

„Also hast du jetzt zwei Löcher im Arsch?“, fährt Leo fort. „Doppeltes Arschloch.“

„Mach nur so weiter, kleiner Bruder", knurrt Marco.

„Hört mal", unterbreche ich Leo. „Das hier ist meine Schuld. Ich werde es wieder in Ordnung bringen. Versprochen." Die Last der Verantwortung lastet immer schwerer auf meinen Schultern. Ich werfe Hannah einen Blick zu, die mich mustert, als ob sie es spüren könnte. Ich bin mir sicher, das kann sie auch. Diese Frau spürt alles.

Ich kann ihre Gedanken nicht lesen.

Leo hält in seinem Necken von Marco inne und wendet sich an mich. „Du kannst auf mich zählen. Wir werden diese Wichser finden, die den lilienweißen Arsch meines Bruders ruiniert haben." Leos Ausdruck ist todernst. „Wir werden sicherstellen, dass sie es zutiefst bedauern werden, sich jemals mit unserer Familie angelegt zu haben."

Als wir über unsere Rachepläne sprechen, unterbricht Marco uns und verzieht das Gesicht, als er sich im Bett aufrichtet.

„Bevor ihr loszieht und einen auf Rächer macht, gibt es etwas, worüber wir sprechen sollten." Er deutet mit dem Kinn in Hannahs Richtung. „Vielleicht wäre es das Beste, wenn sie für eine Weile aus der Stadt verschwindet. Wie deine Mom."

„Auf gar keinen Fall", erwidert Hannah wie aus der Pistole geschossen, ihre Stimme unfassbar entschlossen.

Fuck. Marco hat recht. Wenn irgendjemand eine Verbindung zwischen Hannah und mir herstellen sollte, wird auch sie zur Zielscheibe werden. Diese *stronzos*, die mich tot sehen wollen, waren heute schon in der Gasse hinter ihrem Laden. Womöglich haben sie die Verbindung zwischen Hannah und mir bereits hergestellt.

Andererseits könnte es auch daran liegen, dass sie mich bei ihrem ersten Anschlagsversuch bei Rocco's angetroffen und es nun in der Nähe erneut versucht haben .

Hannah stemmt die Hände in die Hüften. „Nein. Es gibt keinen Grund für mich, davonzulaufen. Ich werde nirgendwohin gehen."

Ich bin auch ein doppeltes Arschloch, denn die Wahrheit ist, dass ich nicht will, dass sie die Stadt verlässt. Ich will nicht aufhören, mich in ihrer Wohnung zu verstecken. Ich will sie nicht loslassen. Sie ist die einzige Farbe in meinem schwarzweißen Leben.

„Ich glaube nicht, dass sie ein Ziel ist. Nur ich."

„Stimmt. Ich habe gehört, wie sie ‚Das ist er nicht', gerufen haben, nachdem sie mich erwischt hatten", stimmt Marco zu.

Ein winziger Anflug der Erleichterung windet sich durch meine Brust. „Das ist gut. Dann bleibt Hannah also."

Sie tritt auf mich zu und ich schlinge den Arm um ihre Taille, ziehe sie fest an mich, atme den Duft ihrer Haare ein – eine Mischung aus frischen Blumen und warmer Vanille.

„Du bleibst, aber wir müssen zusätzliche Vorsichtsmaßnahmen ergreifen."

„Okay", murmelt sie und zieht ihre Arme um mich zusammen.

„Alles klar", meldet sich Leo zu Wort, sein Ausdruck noch immer ernst. „Wir stellen sicher, dass sie in Sicherheit ist, während du dich um diese Sache kümmerst. Und ich helfe dir dabei, Rache zu üben, Armando."

„Hey, vergesst mich nicht", beschwert sich Marco und versucht, trotz der Schmerzen zu grinsen, die in sein Gesicht geschrieben sind. „Ich mag zwar verletzt sein, aber ich bin nicht ausgeschaltet. Ich werde bald wieder auf den Beinen sein. Ich sollte Rache üben." Er gähnt. „Aber jetzt muss ich erst mal die Augen zu machen und das High der Schmerzmittel genießen."

Leo lehnt an der Zimmerwand, die Arme vor der Brust verschränkt. „Alles klar, Mann. Und du wirst die Krankenschwestern dazu bringen, sich darüber in die Haare zu kriegen, wer deine Verbände wechseln darf."

„Vielleicht sollte ich mich öfter mal anschießen lassen, hm?", gluckst Marco, zuckt ein wenig zusammen.

„Aber das nächste Mal vielleicht nicht in den Hintern. Das ist irgendwie nicht besonders cool", melde ich mich zu Wort und verdiene mir damit ein Lachen von den drei anderen im Zimmer.

„Okay, alles klar. Genug der Witze", sagt Marco und versucht, wieder zu Atem zu kommen. „Aber im Ernst, Mando, versprich mir, dass du in dieser Sache nicht auf eigene Faust losziehst. Wir sind ein Team, schon vergessen?“

„Ja.“ Das Zimmer verstummt, als ich nicke und Marcos Blick erwidere. „Versprochen.“ Ich greife nach Hannahs Hand und ziehe sie aus dem Zimmer. „Gehen wir nach Hause.“

Kapitel Drei

A*rmando*

„Wir müssen dich unter die Dusche stellen.“ Sanft schubse ich Hannah in Richtung Badezimmer, als wir in ihrer Wohnung sind.

Als meine Hand ihren unteren Rücken berührt, spüre ich ein Zittern. Fuck. Vermutlich steht sie noch immer unter Schock.

Ich hasse es, das Blut an ihr zu sehen. Auch wenn es nicht ihres ist, wird mir noch immer übel, wenn ich mir vorstelle, was hätte passieren können, wenn Marco die Kugel nicht abgefangen hätte.

Ich führe sie zur Dusche, drehe das Wasser auf und stelle die Temperatur ein, bis das Wasser warm, aber nicht zu heiß ist. Hannah steht da, die Augen geschlossen, während der Dampf sie einhüllt und das Wasser ihren Körper hinunterströmt. Ich kann sehen, wie die Anspannung in ihren Schultern nachlässt und sie sich zunehmend entspannt, und für einen Augenblick gestatte ich mir, das Grauen loszulassen, das mich in seinen Klauen hat, seit ich Hannah und Marco in der Gasse gefunden habe.

. . .

Die Augen weiterhin geschlossen legt sie den Kopf in den Nacken und lässt sich vom Wasser die Haare durchnässen. Ich greife nach ihrem Duschgel und schäume es in meinen Handflächen auf, dann massiere ich es behutsam über Hannahs nackten Körper.

„Bist du okay?", frage ich heiser. „Bist du wirklich okay?"

Sie nickt, und die Anspannung verschwindet aus ihrem Körper. Sie ist in Sicherheit, zumindest in diesem Moment. Ich weiß, dass ich nicht viel länger in ihrem Leben bleiben kann. Nicht, wenn ich sie so einem Scheiß aussetze.

„Es ist okay", murmle ich. „Ich werde nicht zulassen, dass du in mehr hineingezogen wirst. Das verspreche ich."

Vor vierundzwanzig Stunden wäre es absolut unmöglich gewesen, einfach mit dieser Frau zu duschen, ohne meinen Schwanz in sie hineinstecken zu wollen. Der Duschschaum, der ihre dunkle Haut hinuntergleitet, lässt meinen Schwanz hart werden, aber ich konzentriere mich nur auf mein Ziel. In diesem Moment will ich nichts anderes, als sie zu beruhigen. Sie in eine weiche Decke einzuhüllen und all ihre Monster zu vertreiben.

Als sie sauber gewaschen ist, helfe ich ihr aus der Dusche und wickle sie in ein Handtuch ein. Ich führe sie ins Schlafzimmer und helfe ihr in einen frischen Pyjama, bevor ich sie ins Bett bringe.

„Mir geht es gut, Armando", beteuert sie erneut.

Ich setze mich neben sie, kann an nichts anderes denken als an die Schießerei. Marcos Blut, das sich unter ihm ausgebreitet hat. Er hat sich für Hannah eine Kugel eingefangen. Und ich weiß, dass er es jederzeit, ohne zu zögern, wieder tun würde.

Sie sollte nicht in diese Sache verwickelt sein. Hätte nicht sehen sollen, wie ich in ihrem Laden einen anderen Mann umbringe. Hätte nicht in der Gasse hinter ihrem Geschäft in eine Schießerei verwickelt werden sollen.

Sie ist unschuldig, und wir ziehen keine Unschuldigen in unsere Sache hinein. Vor allem keine Frauen.

Fuck. Ich stehe auf. „Schlaf", fordere ich sie barsch auf.

Sie greift nach meiner Hand, um mich aufzuhalten. „Bleib. Leg dich zu mir ins Bett."

Oh, diese Versuchung. Sie schaut mich mit diesen großen, braunen Augen an. So wunderschön.

Aber sie braucht jetzt keinen Sex. Sie braucht Geborgenheit.

Ich steige aus meiner Hose und klettere neben sie ins Bett und sie schmiegt sich an meine Brust, ihre Hand über meinem Herzen. Das Heben und Senken ihrer Brust unendlich beruhigend.

Ich liege da und starre an die Decke, lasse die Ereignisse des Tages in meinen Gedanken Revue passieren.

Ich hätte nicht zulassen dürfen, dass ich diesem Mädchen nahekomme. Ich habe das Gefühl, als ob ich ihr Todesurteil unterschrieben hätte.

Mit mir zusammen zu sein, ist das Gleiche, wie freiwillig auf Gevatter Tod zuzumarschieren.

Fuck. Ich sollte verschwinden …

„Was passiert jetzt?"

Darauf habe ich keine Antwort. Ich weiß nur, dass ich aufhören muss, sie in Gefahr zu bringen. Ich kann so nicht weitermachen. „Ich weiß es nicht", gebe ich zu. „Aber ich werde mir etwas einfallen lassen. Ich werde nicht zulassen, dass dir etwas zustößt. Wer auch immer auf dich und Marco geschossen hat, wird sterben. Ich werde ihm höchstpersönlich den Kopf abreißen."

Ich spüre, wie sie sich anspannt.

„Sorry." Ich sollte ihr die Einzelheiten meiner Rachepläne definitiv verschweigen. „Ich will damit nur sagen, dass das, was heute passiert ist, nie wieder passieren wird."

Sie nickt unsicher. Ihr Blick verrät keinerlei Angst oder Abscheu mir gegenüber. Nein, das ist die Frau, die dabei zugesehen hat, wie ich mit bloßen Händen einen anderen Mann umgebracht habe, und mich trotzdem geküsst hat.

Ich beuge mich zu ihr hinunter und schmecke ihren Mund.

Als sich ihre Lippen öffnen, vertiefe ich den Kuss, erforsche die süßen Tiefen ihres Mundes mit meiner Zunge. Sie erwidert meinen

Kuss, presst ihren Körper mit zunehmender Dringlichkeit an meinen. Unser Atem wird flacher und schneller, während wir uns küssen, verloren in der berauschenden Empfindung unserer Berührungen.

Meine Hand gleitet ihren Rücken hinunter, um sie enger an mich zu ziehen. Ihre Brüste drücken gegen meine Brust und ein leises Stöhnen dringt aus ihrem Mund.

Für eine Sekunde löse ich den Kuss, um wieder zu Atem zu kommen, schaue ihr in die Augen, während meine Finger durch ihre Haare gleiten. Wir verlieren uns ineinander und die Welt draußen scheint in diesem Augenblick nicht länger zu existieren. Wieder küsse ich sie, dann lege ich mich auf sie, erforsche ihren Körper mit meinen Händen, küsse sie immer tiefer. Sie erwidert meine Berührungen leidenschaftlich, reibt ihre Hüften gegen mich. Ich kann durch ihr Höschen spüren, wie feucht sie ist, und mein Schwanz wird steinhart.

Langsam ziehen wir auch unsere letzten Klamotten aus, wollen nichts mehr zwischen uns spüren, was unsere Haut daran hindert, eins zu werden.

Ich bedecke ihren Körper mit Küssen, angefangen bei ihrem Hals, über ihre Brüste und immer weiter, bis ich bei der Stelle weicher Haare zwischen ihren Beinen angelangt bin. Zunächst küsse ich sie sanft, dann spreize ich ihren Schlitz mit meiner Zunge und versinke darin, schmecke sie.

Hannah entweicht ein Keuchen und ihre Finger krallen sich in meine Haare, als sie den Rücken durchbiegt. Ich erkunde ihren Schlitz immer weiter, lasse meine Zunge in schnellen Bewegungen durch ihre Säfte schnellen. Wieder schnappt sie nach Luft, stößt ein hohes Stöhnen aus, während sie ihre Finger fester in meine Haare krallt.

Ich spreize ihre Schenkel weiter, lasse meine Zunge tiefer durch ihren Schlitz gleiten. Sie erschaudert.

„Oh, Gott.“ Sie stößt ein zitterndes Stöhnen aus.

Meine Arme gleiten unter ihre Schenkel und ich ziehe mir ihre Knie über die Schultern. Ihr Atem geht schneller, als meine Zunge über ihren Kitzler schnellt. Hannahs Fingernägel graben sich in meinen Rücken und ihre Hüfte hebt sich mir entgegen, während ich sie langsam lecke und meine Zunge über ihre empfindliche Knospe streift. Ihr Körper spannt sich an, als ich schneller werde, und ihre Muskeln ziehen sich zusammen, während ich sie immer weiter auf den Abgrund zutreibe.

Ich lasse in meiner Eroberung ihres Kitzlers nicht nach, sondern kreise unnachgiebig mit der Zunge darüber. Ich wechsle zwischen lecken und saugen ab, lausche Hannahs schnellem, abgehacktem Atem.

„Ich komme gleich", murmelt sie. Ihr ganzer Körper bebt nun, ihre Muskeln spannen sich an und münden schließlich in einen mächtigen Höhepunkt. Ihre Säfte fließen in meinen Mund und sie stöhnt laut auf.

Ich mache weiter, bis sie fertig ist, dann endlich setze ich mich auf und schaue sie an. Sie atmet heftig, ihre Brust hebt und senkt sich schnell. Sie schlingt die Arme um meinen Hals und zieht mich für einen Kuss zu sich.

Vom Nachtschrank schnappe ich mir ein Kondom. Mit den Zähnen reiße ich die Verpackung auf und rolle es mir über. Dann hebe ich mir erneut ihre Beine über die Schultern, schaue ihr tief in die Augen und dringe mit einem einzigen Stoß in sie ein. Wir stöhnen auf, ganz verloren in der Empfindung unserer sich verbindenden Körper. Ich ziehe mich etwas aus ihr heraus, dann stoße ich wieder in sie hinein. Wieder ziehe ich mich heraus und dringe ein drittes Mal in sie ein, jeder Stoß heftiger als der davor.

Hannah zieht mich erneut für einen Kuss an ihren Mund und ihre Lippen empfangen meine mit einem mächtigen, seelentiefen Kuss, während wir uns weiter lieben.

Wir ficken nicht einfach. Wir lieben uns. Meine Buße für alles, was sie meinetwegen durchmachen musste.

Sie löst den Kuss, presst ihre Stirn gegen meine und wir bewegen uns weiter im Einklang. Ihr Atem streift heiß über mein Gesicht. Mein eigenes Verlangen steigt immer weiter an, und ich beginne, fester und tiefer in sie hineinzustoßen. Ich fange an, dieses vertraute, kribbelnde Gefühl in meiner Lende zu spüren, während Hannah weiter stöhnt und wimmert und ihr Atem immer flacher und schneller wird. Wir sind beide kurz vor dem Höhepunkt, als sie ihre Beine um meine Taille schlingt und heftiger atmet. Ein letztes Mal stoße ich tief in sie hinein. Wir explodieren in einer Reihe von Stöhnen und Seufzen, reiten zusammen auf dieser Welle, bis sie bricht. Langsam ziehe ich mich aus Hannah heraus, sinke neben ihr aufs Bett. Wir versuchen beide, wieder zu Atem zu kommen.

Hannah dreht sich zu mir um, schmiegt sich eng an meinen erhitzten Körper. Ich schlinge meinen Arm um sie und drücke sie fest an mich. Trotz dieses Scheißtags fühlt sich dieser Moment absolut richtig an.

Hier bei Hannah zu sein. Diese Verbindung.

Und doch ist es genau das, was ich aufgeben muss, wenn mir diese Frau tatsächlich etwas bedeutet.

Als sie ihren Kopf auf meine Brust legt, kann ich spüren, wie sich ihr Körper entspannt und ihr Atem langsamer und gleichmäßiger wird. Ihre Augen gleiten zu und ich weiß, dass sie sich endlich der Erschöpfung geschlagen gegeben hat, die sie zu überwältigen drohte, seit ich sie in der Gasse gefunden habe.

Ich liege da und halte sie fest, und ich kann nicht anders, als zu denken, wie ironisch es ist, dass die Frau, von der ich mich unbedingt fernhalten sollte, ausgerechnet die Frau ist, die ich offenbar nicht loslassen kann.

Kapitel Vier

H*annah*

Ich wache in Armandos Armen auf. Das Zimmer ist dunkel, und Armandos schwerer Atem verrät mir, dass er schon lange schläft.

Ich sollte mich vor diesem Mann fürchten. Sollte schreckliche Angst vor dieser Situation haben, in der ich mich befinde. Ich weiß nicht einmal, wie ich meine Beziehung zu Armando definieren soll. Bin ich noch immer seine Gefangene? Seine Freundin?

Ist er nur hier, weil er einen Ort braucht, an dem er untertauchen kann? Stellt er noch immer sicher, dass ich ihn nicht verpetzen werde?

Oder will er hier sein? Mit mir?

Der törichte Teil in mir will glauben, dass ich etwas für ihn tue. Dass ich eine Art Stoßdämpfer für sein chaotisches, kriminelles Leben bin.

Das ist total krank, ich weiß, aber es ist nun einmal so. Ich will wichtig für ihn sein. Ich will wissen, dass er mich braucht, so wie ich anfange, ihn zu brauchen.

Seine Arme ziehen sich um mich zusammen. Sein Griff ist

besitzergreifend, als ob er noch immer Angst hätte, ich würde abhauen.

Es kommt mir wie eine Ewigkeit her vor, seit er buchstäblich in meinen Laden gestürzt ist.

So viel Angst. Unbekanntes. Verlangen. Lust. Sogar Zärtlichkeit.

Ja. Zärtlichkeit von dem Killer in meinem Bett.

Als ich jetzt in seinen Armen liege, kann ich nicht anders, als ein seltsames Gefühl der Geborgenheit zu empfinden. Es kommt mir vor, als ob ich endlich in Sicherheit vor der Welt da draußen wäre. Dieser Welt, die mich dafür verurteilen würde, hier zu sein. Die Welt, die diese Verbindung nicht versteht, die sich zwischen uns entwickelt hat.

Verstehe ich diese Verbindung überhaupt selbst?

Ich drehe mich zu ihm hin, betrachte ihn, und er bewegt sich im Schlaf. Er öffnet die Augen, und als er entdeckt, wie ich ihn anschaue, lächelt er. Ich spüre, wie sich in meinem ganzen Körper eine Wärme ausbreitet. Es ist verrückt, ich weiß. Aber ich kann nichts gegen diese Gefühle tun. Ich liebe ihn. Ich weiß, das sollte ich nicht tun, aber ich tue es.

„Kannst du nicht schlafen?“, murmelt er und zieht mich an sich.

Ich schüttle den Kopf, finde keine Worte, um auszudrücken, was ich empfinde. Ich starre ihn an und er starrt zurück, blickt suchend in mein Gesicht. Dann beugt er sich vor, streift federleicht mit seinen Lippen über meine, und ein Schauder läuft meinen Rücken hinunter. Ich erwidere seine Berührung voller Leidenschaft und presse meinen Körper gegen seinen.

In diesem Augenblick vergesse ich alles, was uns umgibt. Den Attentäter, der es auf Armando abgesehen hat. Die Schießerei in der Gasse. Die drohende Gefahr, Armando könnte gegen seine Bewährungsauflage verstoßen und wieder ins Gefängnis wandern.

Ich löse den Kuss, ziehe mich gerade so weit zurück, dass meine Finger kleine Kreise auf seine Brust malen können. „Ich denke nur nach“, wispere ich, will den Zauber dieses Augenblicks nicht brechen.

Er nickt und seine Augen blicken suchend in meine. „Worüber?"

„Darüber, wie nah ich mich dir fühle. Und was passieren wird."

Für einen Augenblick verstummt er, sein Ausdruck unlesbar. „Ich habe keine Antworten, Blümchen. Ich weiß es nicht."

„Ich weiß", erwidere ich eilig. „Natürlich weißt du es nicht. Ist auch egal."

„Eins weiß ich allerdings ..." Seine Hand gleitet zu meinem Oberschenkel hinunter.

Der Atem bleibt mir im Halse stecken, als ich spüre, wie seine Finger über mein Bein streicheln. Gänsehaut bedeckt meinen ganzen Körper, als ich auf seine Berührung reagiere.

Ich öffne meine Beine weiter, versuche, seine Finger zu meiner Pussy zu locken.

Seine Hand wandert zum Saum meines Slips. „Du bist ein Geschenk."

Jede Zelle meines Körpers feiert dieses Eingeständnis. Die Bestätigung, dass ich etwas bedeute. Dass ich ein Zugewinn für sein Leben bin. Dass er mich braucht.

„Du bist ein verdammtes Geschenk und ich will dich mehr als jemals zuvor." Seine Finger gleiten unter den Stoff meines Slips und finden meinen geschwollenen Kitzler. Ich schnappe nach Luft, als seine Berührung einen Blitz durch mich hindurchjagt.

Mein ganzer Körper bebt vor Vorfreude, als sein Finger in mich gleitet. Er dringt tief in mich ein, pumpt seinen Finger rhythmisch hinein und hinaus. Mein Körper weiß, was er tun muss. Weiß, wie er auf Armandos Berührung reagieren soll. So war es seit dem Moment, als ich ihn getroffen habe.

„Danke, dass du mich akzeptiert hast." Er streicht über meine inneren Wände. „Ich liebe es, wie du dich mir hingibst. Es ist berauschend. Ich kann einfach nie genug von dir bekommen." Er atmet den Duft meiner Haare ein. „Niemals."

Mir ist bewusst geworden, dass Armando und ich oft um die richtigen Worte ringen mögen, während wir lernen, zu kommunizieren. Aber eins weiß ich mit absoluter Sicherheit.

Unsere Körper wissen bereits, wie sie miteinander sprechen müssen.

Besser, als Worte es je könnten.

Ich stoße ein leises Stöhnen aus, als sein Finger in meine Pussy hinein- und hinausgleitet. „Mehr", wispere ich und schaue ihm unentwegt in die Augen.

„Mehr?" Seine Lippen verziehen sich zu einem Lächeln.

„Ich will mehr hiervon. Ich will dich in mir spüren. Ich brauche dich", gestehe ich, bringe die Worte kaum heraus.

Ich konnte meine sexuellen Wünsche und Bedürfnisse noch nie gut ausdrücken. Doch wenn ich mit Armando zusammen bin, bringt er eine Seite in mir hervor, von der ich nicht wusste, dass sie existiert.

Eine Seite, die sich nach seiner Berührung verzehrt.

„Ich weiß, was du brauchst, Blümchen." Er rollt mich auf meinen Rücken und hält meine Unterarme an meiner Seite fest.

„Ja", stoße ich atemlos hervor, erregt von seiner Dominanz.

„Brauchst du es, dass ich dich ficke?"

„Ja", antworte ich augenblicklich.

„Brauchst du es, dass ich dich heftig ficke, Baby?"

„Ja, bitte."

„Du hast es nicht anders gewollt." Seine Hand gleitet hinunter und er zieht mir den Slip über die Beine hinunter. Wirft ihn auf den Boden, greift er nach meinen Fußgelenken und hebt meine Beine bis zum Kopfteil des Betts hoch. Ich winde mich vor Verlangen, als er meine Beine spreizt und meine Pussy seinem hungrigen Blick preisgibt.

„Du bist so verfickt nass für mich", knurrt er, als er den Kopf senkt und seine Lippen auf meinen Oberschenkel presst, bevor sie zu meiner Pussy weiterwandern. „So nass und bereit für mich, oder etwa nicht?"

Er wartet meine Antwort nicht ab. Seine Lippen landen auf meinem Kitzler und saugen ihn in seinen Mund. Seine warme Zunge schnellt darüber, foltert mich auf die ergötzlichste Art und Weise.

Ich schließe die Augen, spüre, wie sich Wärme in mir ausbreitet und elektrische Blitze mein Rückgrat hinaufschießen. Als Armando seine Zunge tiefer in meinen Schlitz presst, schnappe ich nach Luft, stöhne auf, als sie erneut über meinen geschwollenen Kitzler schnellt. Wieder dringt seine Zunge in mich ein und meine Pussy zieht sich zusammen, bebt unter seinem Mund.

Dann dringt er mit zwei Fingern in mich ein und meine Muskeln ziehen sich um sie zusammen. Ich bin so kurz davor. „Steck ihn rein", stoße ich atemlos hervor, bringe die Worte kaum heraus.

„Steck was rein?" Seine Finger versinken tiefer in mir, treiben mich in den Wahnsinn. Er zwingt mich, zu betteln.

Den Gefallen tue ich ihm. „Deinen Schwanz. Ich will ihn. Ich brauche ihn."

„Schön tief und langsam?"

„Ja", nicke ich.

„Bist du sicher? Oder willst du es schnell und hart?", neckt er mich.

„Was immer du willst. Ich will einfach nur, dass du mich fickst." Mein Herz hämmert in meiner Brust. Das Blut in meinen Adern kocht.

Ich war nie ein Suchtmensch. Ich trinke nicht. Rauche nicht. Nichts hat meine Sinne je gefesselt.

Bis Armando kam.

Ich bin absolut süchtig nach ihm.

Und ich habe furchtbare Angst, dass er mir das Herz brechen wird.

Kapitel Fünf

H*annah*

Die Sonnenstrahlen fallen durch die dünnen Vorhänge meiner kleinen Wohnung und baden das Zimmer in einem warmen Licht.

Ich höre das Wasser der Dusche rauschen, und zu wissen, dass Armando noch immer hier ist, beruhigt mich.

Ich stehe auf und schweife ziellos durch das Schlafzimmer, hebe gedankenlos die Klamotten auf, die herumliegen. Nein. Das stimmt nicht. Ich *versuche*, nicht nachzudenken, doch die Ereignisse des gestrigen Tages laufen in einer Endlosschleife durch meine Gedanken. Das plötzliche Quietschen der Reifen, das schneidende Knallen der Kugeln, Marcos schmerzerfüllten Augen.

Irgendjemand will Armando tot sehen.

Diese Vorstellung macht mir schreckliche Angst. Ich starre auf den Boden und suche nach Antworten, die nicht da sind.

Wie aufs Stichwort geht die Badezimmertür auf und Armando spaziert ins Schlafzimmer, die nassen Haare aus der Stirn gekämmt. Er ist makellos angezogen, trägt einen maßgeschneiderten Anzug, sieht hundertprozentig wie der mächtige und gefährliche Mann aus, der er ist. Als ob die letzte Nacht nie passiert wäre, als ob er unberührbar wäre. Wie immer ist seine Gegenwart gleichermaßen beruhigend und einschüchternd.

„Guten Morgen, Blümchen“, sagt er kühl und mustert mich von Kopf bis Fuß. Seine Stimme ist weich wie Samt, beschwichtigt etwas der Nervosität, die an mir nagt, seit ich aufgewacht bin. Sein stoisches Auftreten ist allerdings eine Erinnerung daran, dass ihm diese Art der Gewalt nicht neu ist – sie ist Bestandteil seines Lebens.

„Guten Morgen“, erwidere ich und versuche, meine Stimme nicht zittern zu lassen. „Wie geht es Marco?“

„Er lebt“, antwortet Armando einfach, sein Ausdruck so ruhig und gefasst wie immer. „Er wird wieder werden. Es ist nicht das erste Mal, dass er angeschossen wurde.“ Es liegt ein Anflug der Verbitterung in seiner Stimme, der mir signalisiert, keine weiteren Fragen mehr zu stellen. Doch ich kann nicht anders.

„Hat er gesagt, wie lange er im Krankenhaus bleiben wird? Ich hatte überlegt, ihm Blumen zu schicken.“

„Mach das nicht. Ich will nicht, dass du mit ihm zusammen gesehen wirst. Oder mit mir. Ich will nicht, dass irgendwer eine Verbindung zwischen uns herstellt. Okay?“

„Wird dein Leben immer so sein? Werden wir permanent in einer gewissen Gefahr schweben?“

Etwas Finsteres blitzt in seinen Augen auf, beinah eine Verletzlichkeit, bevor er sich abwendet. „Es gibt kein *wir*, Hannah“, sagt er leise und wendet mir den Rücken zu. „Genau *wegen* der Gefahr. Es tut mir leid, dass du in diese Sache hineingezogen wurdest, aber ich werde versuchen, dich aus allem anderen herauszuhalten.“

Richtig. Kein *wir*.

Armando dreht sich zu mir herum und er muss die Verletzung in meinen Augen sehen, denn er tritt auf mich zu und schlingt die Arme um mich, zieht mich fest an sich. Ich vergrabe das Gesicht in seiner Brust, das gleichmäßige Schlagen seines Herzens in meinem Ohr. Es ist beruhigend und erdet mich in diesem Moment.

„Tut mir leid, dass ich dich in diese Sache hineingezogen habe.“

Seine Stimme ist angespannt, doch seine Finger gleiten behutsam über meinen Rücken.

„Ich glaube, das Adrenalin der letzten Nacht lässt langsam nach. Ich … habe Angst“, gestehe ich und kralle die Finger in den Stoff seines Sakkos. „Nicht um mich, sondern um dich.“

Überrascht stößt er den Atem aus. „Um mich? Mach dir um mich keine Sorgen, Baby. Die Organisation … sie ist ein Teil von mir. Für mich ist jeder Tag von Gefahr durchwebt. Das wird sich nicht ändern. Ich kann es nicht aufgeben, selbst wenn ich wollte.“ Seine Stimme bricht kaum merklich, verrät den Schmerz, den ihm diese Tatsache bereitet.

„Ist das also, wer du bist? Ein Mann, der immerzu von Gewalt und Angst umgeben ist?“, frage ich in dem Versuch, das Ausmaß seiner Verwicklung in der Mafia zu verstehen, hoffe allerdings auch, nicht zu verurteilend zu klingen.

„Leider ja“, gesteht er und seine Arme ziehen sich enger um mich zusammen. „Ich wurde in dieses Leben hineingeboren und habe Dinge getan, auf die ich nicht stolz bin. Aber ich will nicht, dass es dich noch weiter anfasst, als es schon der Fall ist, Hannah. Du hast etwas Besseres verdient.“

Tränen schwimmen in meinen Augen.

Ich weiß, dass er mir gerade sagt, dass ich ihm etwas bedeutet, und doch stößt er mich auch fort. Schließt mich aus. Sagt mir, dass wir keine Zukunft haben.

„Nur weil ich Angst habe …“ Ich halte inne. Ich bin unsicher, was ich sagen soll. „Armando, deine Vergangenheit oder das, was du bist, sind mir egal.“

Er scheint nicht länger zu atmen. „Sollte es aber nicht sein.“ Seine Stimme ist finster. Hart.

„Ich weiß, was ich verdient habe. Und im Augenblick bist das du.“

Bei der Vorstellung einer Zukunft voller Gewalt und Angst zieht sich meine Brust zusammen, doch ich kann mir mein Leben ohne ihn nicht vorstellen. Ich weiß, es ist nicht seine Schuld, dass er in diese

Welt hineingeboren wurde, und ich will von ihm auch nicht verlangen, jemand anderes zu sein. Nichtsdestotrotz kann ich die Tatsache nicht ignorieren, dass ich ein Leben akzeptiere, das womöglich nie ganz frei von Gefahr sein wird, wenn ich mit ihm zusammen bin.

Dieser Realität ins Auge zu schauen, bedeutet nicht, davor fliehen zu müssen.

„Ich verspreche dir, ich werde alles in meiner Macht Stehende tun, um dich zu beschützen. Was gestern passiert ist, wird nicht ungestraft bleiben. Ich werde verdammt sicherstellen, dass dich niemand jemals wieder anrührt." Armandos Kiefer verspannt sich und ich sehe, wie ein wilder Beschützerinstinkt in ihm aufsteigt.

Einen langen Augenblick schaut er mich an, die Last seiner Vergangenheit schwer in seinem Blick. Sein warmer Atem auf meiner Haut. Etwas in seinem Ausdruck verändert sich, lässt einen Funken in seine Augen aufblitzen.

* * *

Armando

Mit der Hochbahn fahre ich zur Baustelle und melde mich beim Vorarbeiter, Larry. Er mustert mich von Kopf bis Fuß. Ich trage Anzug und Krawatte, was für eine Baustelle vollkommen overdressed ist. Aber nicht für einen Lieutenant der Mafia, und ich darf keinen Zweifel daran lassen, wer ich verdammt noch mal bin.

„Jup. Okay. Also, in den Unterlagen stehst du als Vorgesetzter. Falls hier irgendwer auftaucht und Kontrollen durchführt, schau einfach möglichst offiziell aus. Du bist immerhin schon so angezogen, das ist also gut. Abgesehen davon – tust du, was du willst. Ich bin mir sicher, das weißt du bereits."

Ich nicke. „Ja. Definitiv. Ich soll also dein Vorgesetzter sein?"

Seine Nasenflügel weiten sich. „Genau. Der echte Vorgesetzte ist für acht weitere Baustellen verantwortlich. Ich manage hier alles allein.“

Ich stecke die Hände in meine Hosentaschen, um weniger bedrohlich zu wirken. Kein Auftreten, das ich perfektioniert habe, aber irgendwo tief in mir drin ist ein Kerl, der mal wusste, wie man lässig wirkt. „Also hänge ich mich vielleicht einfach an dich ran ... lerne die Grundlagen.“

Was soll ich sonst auch tun? Ich habe viereinhalb Jahre damit verbracht, mich zu langweilen. Jetzt, nachdem ich entlassen wurde, will ich nicht noch länger herumhängen und nichts tun. Außerdem brauche ich etwas, um mich von dem Gedanken abzulenken, dass Hannah um ein Haar angeschossen wurde. Das und unser episches abendliches und morgendliches Ficken.

Natürlich gefällt das Larry kein bisschen. Ganz und gar nicht. Das weiß ich, weil er irgendwie ganz steif wird und für ein paar Sekunden einzufrieren scheint, bevor er ein gepresstes, „Ja, okay“, ausstößt.

Er muss *okay* sagen. Niemand hier wird sich mit mir anlegen. Die Pachino-Familie hat die Gewerkschaft in der Tasche.

Ich folge ihm über die Baustelle, stelle mich den Arbeitern vor, wenn Larry sich die Mühe nicht machen will. Es ist nicht so, als ob ich urplötzlich ein wahnsinnig zugewandter Typ wäre. Scheiße nein. Aber ich zwinge mich, zumindest so zu tun.

„Er ist der Vorgesetzte, den die Gewerkschaft geschickt hat“, bemerkt Larry vielsagend jedes Mal, lässt sie alle ganz genau wissen, was er damit meint.

Ich bin ein Mafioso, der hier ist, um ihrem Arbeitgeber einen Gehaltsscheck aus den Rippen zu leiern, während ich nichts weiter tue, als Däumchen zu drehen.

Tja, möglicherweise werden sie eine Überraschung erleben. Möglicherweise werde ich mehr tun, als den ganzen Tag mit meinen Kumpels zu chatten. Oder möglicherweise auch nicht. Wer weiß das schon? Ich weiß nur, dass ich hungrig nach Arbeit bin. Ich musste mich zwingen, mich nicht in Hannahs Geschäft einzumischen. Ihr all die Ideen zu unterbreiten, die ich für ihren Laden habe.

Das wäre falsch. Hannah kann es nicht gebrauchen, dass ich hereinplatze und ihr sage, wie sie ihren Laden zu führen hat. Sie muss diesen Mist selbst herausbekommen, ansonsten wird sie nie ganz die Kontrolle haben. Aber verdammt noch mal, ich will ihr einfach helfen.

Ein großer, schwarzer Typ Mitte fünfzig kommt zu Larry und spricht mit ihm. Als ich mich vorstelle, erfahre ich, dass er Harold heißt und Elektriker ist.

Ich merke, dass er nicht so recht ausspucken will, was er jetzt sagt. „Hör zu, Larry. Ich bin in letzter Zeit ein wenig kurzatmig und meine Frau konnte mir für heute Nachmittag kurzfristig einen Arzttermin in ihrem Krankenhaus besorgen. Ich weiß, das ist sehr kurzfristig, und wir stehen kurz vor einer Abnahme, aber ..."

„Auf gar keinen Fall, Harold. Absolut nicht. Du weißt, dass wir die Kabel bis heute verlegt haben müssen oder die Abnahme fällt ins Wasser."

Ich weiß nicht, ob ich mich mit Larry messen oder mich einfach nur wichtig machen will, aber ich mische mich ein. Schließlich bin ich hier theoretisch der Boss, richtig? „Lass ihn ausreden", sage ich zu Larry. „Vielleicht hat er einen Plan, wie es doch noch funktionieren kann." Ich richte meinen Blick auf Harold. „Haben Sie den?"

„Ja", erwidert er. Ich kann die Verärgerung in seiner Stimme hören. „Ich wollte sagen, dass ich bis zum Mittag mit allem fertig sein sollte, und falls es während der Inspektion irgendein Problem gibt, kann Chad sich darum kümmern."

„Chad kann sich nicht um so etwas Wichtiges kümmern. Auf gar keinen Fall", stammelt Larry. Womöglich ist er nur sauer, weil ich mich eingemischt habe. Oder vielleicht ist er einfach immer ein Arsch. Larry ist Ende dreißig. Gut aussehend. Hat zu Hause vermutlich eine hübsche Frau und Kinder.

Ich will ihm bereits jetzt schon die Fresse polieren und bin mir sicher, dass er mir gegenüber genauso empfindet, weil ich meine Nase in seine Angelegenheiten stecke.

„Kurzatmigkeit klingt ernst", sage ich. „Sie sollten den Termin besser wahrnehmen."

Leck mich am Arsch, Larry.

Larrys Gesicht wird dunkelrot.

„Falls es während der Inspektion Fragen oder Probleme geben sollte, die Chad nicht klären kann, können wir Sie dann auf dem Handy erreichen?" Ich fische mein Handy aus der Hosentasche.

Harold sieht erleichtert aus. „Natürlich." Er diktiert mir seine Nummer, während Larry von einem Fuß auf den anderen tritt und aussieht, als ob ihm jemand die Faust in den Arsch rammen würde.

Vermutlich war das nicht mein cleverster Zug, direkt an meinem ersten Arbeitstag den Vorarbeiter zu verärgern. Andererseits können mir diese Ärsche gar nichts anhaben. Nicht dass ich die Organisation bräuchte, um mit dieser Situation klarzukommen, aber die Pachinos haben in den letzten dreißig Jahren genug Angst und Schrecken unter der Gewerkschaft verbreitet, dass niemand, der bei Verstand ist, auch nur *Buh!* zu mir sagen würde.

Und ich bin bereits einen winzigen Schritt weiter darin, eine gute Zeit zu haben. Ich schätze, das Alphamännchen in mir musste irgendjemandem ans Bein pissen. Außerdem weiß ich, dass ich im Recht bin. Warum zur Hölle würde ein Vorarbeiter einem kurzatmigen Mitarbeiter einen Arztbesuch verweigern? Das ist doch krank.

„Zeigen Sie mir, wer Chad ist", fordere ich Harold auf und folge ihm über die Baustelle.

Ich werde diesem Job schon zeigen, wer hier der Boss ist. Denn in diesem Augenblick ist der Job das Einzige, was ich habe.

Es sei denn, ich zähle Hannah mit. Ich meine, ich zähle Hannah definitiv mit, aber ich kann sie nicht wirklich als mein bezeichnen. Ja, ich habe von Anfang an meinen verfickten Anspruch auf sie erhoben. Und sie hat definitiv mitgemacht.

Allerdings habe ich ihr absolut gar nichts zu bieten. Ich kann nicht ihr Freund sein. Nicht wenn eine Gang meine Wohnung mit

Kugeln durchsiebt, ein Mordversuch auf meinen Cousin ausgeübt wurde und ich ein emotionaler Leichnam bin.

Sie hat etwas Besseres als das verdient.

Was bedeutet ... Fuck. Vermutlich sollte ich sie verdammt noch mal in Ruhe lassen. Einen sauberen Schlussstrich ziehen, bevor sie noch verletzt wird.

Nur dass ich im Augenblick viel zu egoistisch bin, um das zu tun.

Denn dieses Mädchen ist so ziemlich das Einzige, was im Augenblick Licht in mein Leben bringt.

Kapitel Sechs

H*annah*

Um halb sechs Uhr abends mache ich Klarschiff. Tatsächlich habe ich Josie sogar gesagt, dass sie früher Feierabend machen kann, weil es nichts zu tun gab, und es mich irgendwie nervös macht, wenn sie hier ist.

Ich bin noch immer nervös, auch wenn sie jetzt nicht mehr hier ist. Allerdings ist das ein anderes Gefühl. Dieses hier hat nichts mit Josie zu tun.

Es hat mit Armando zu tun.

Denn ich versuche, zu entscheiden, was ich tun soll. Rufe ich ihn an, um zu fragen, wann er nach Hause kommt? Ehrlich gesagt glaube ich nicht einmal, dass ich seine Nummer habe, was wirklich lahm ist. Wird er in meiner Wohnung auf mich warten, wenn ich nach Hause komme? Sollte er. Er hat noch eine ganze Reisetasche voller Anziehsachen dort stehen.

Aber was, wenn nicht?

Warum ist er heute Morgen verschwunden? Er hat gesagt, er müsse arbeiten, obwohl ich nicht einmal weiß, was er macht. Er ist der verschwiegenste Mensch, den ich kenne.

Vermutlich, weil er so viel zu verbergen hat.

Nicht, dass ich davon ausgehe, er hätte heute Vormittag eine Bank ausgeraubt oder so, aber man kann nie wissen. Er ist schließlich in der Mafia. Er könnte alles tun.

Die Erinnerung daran, wie er mit dem Typen gerungen hat, der ihn umbringen wollte, blitzt in meiner Erinnerung auf. Seine ruhige, aber tödliche Verteidigung. Er war unglaublich. Ist es seltsam, dass mich seine Karriere oder das, was er tut, nicht übermäßig stört? Und gestern gab es eine Schießerei, die mich zwar durchgerüttelt hat, ja, aber seltsamerweise bin ich bereits darüber hinweg. Ich sollte furchtbare Angst haben, doch das tue ich nicht. Das könnte an den Anzug tragenden Männern liegen, die den ganzen Tag vor meinem Laden Wache gestanden haben, aber wie auch immer, die Angst von heute Morgen ist größtenteils verschwunden.

Die einzige, wahre Emotion, die ich den ganzen Tag über empfunden habe, ist Sehnsucht. Ich vermisse Armando.

Für mich macht die Gefahr Armando nur umso attraktiver. Er ist ein Böser Bube, der nach einem Kodex lebt. Er besitzt Ehre. Er hat getötet, ja, aber das war in einem Kampf. Wie ein Soldat.

Nur dass seine Armee eine sizilianische Familie ist, keine Regierungstruppe.

Vielleicht versuche ich, das alles irgendwie zu rationalisieren, aber eine Tatsache lässt sich nicht leugnen – ich kann mir deswegen nicht allzu viele Bedenken abringen. Vielleicht weil ich mag, wie es sich anfühlt, vollkommen von ihm vereinnahmt zu werden.

Und das ist der Augenblick, in dem er durch meine Ladentür tritt.

Mein Herz macht einen Sprung, als die Türglocke läutet. In seinem Anzug sieht er irre scharf aus, die eine Hand lässig in die Hosentasche gesteckt.

Ich erstarre und es verschlägt mir den Atem, ihn wieder hier zu haben. Ohne ein Wort kommt er auf mich zu, legt seine Hand auf meinen Hinterkopf und starrt auf mich hinunter.

„Hey“, stoße ich atemlos hervor.

Sein Blick wandert über mein Gesicht, inspiziert den schlanken Nasenring, den er mir geschenkt hatte, kurz bevor Marco angeschossen wurde. Bei allem, was passiert ist, hatte ich ganz vergessen, mich bei Armando dafür zu bedanken, aber als ich den Ring heute auf dem Verkaufstresen liegen sah, habe ich ihn direkt angesteckt.

„Hübsch." Der Mann macht nicht viele Worte.

Und dann küsst er mich. Nicht die Sorte verlangender Kuss, die wir sonst oft geteilt haben – die Sorte, bei der er mich verschlingt und ich in Flammen aufgehe. Dieser Kuss ist sinnlicher. Wie ein Hollywood-Kuss, wenn der Kerl am Ende sein Mädchen bekommt, die Musik anschwillt und die Kamera um die beiden kreist.

Meine Arme hängen an meiner Seite herunter, ohne dass ich sie hebe, und ich liebe das Gefühl, zu empfangen, was er mir schenkt. Ihn sich nehmen zu lassen, was er will, ohne um mehr zu flehen.

Als er sich von mir löst, scheint sich der ganze Laden mit der Kamera zu drehen, und Armando schaut auf mich und meinen Nasenring herab. „Gefällt er dir?"

Ich komme wieder zu Atem. „Ich liebe ihn." Und dann, töricht wie ich bin, füllen sich meine Augen mit Tränen. Denn wie immer messe ich diesem Geschenk zu viel Bedeutung bei, als es hat. „Ich wollte mich bei dir bedanken. Aber dann ist diese Sache mit Marco passiert und ich ..."

Wieder küsst er mich. Eindringlich. Erobernd.

Meine Tränen erweichen ihn nicht. Nicht auf eine schlechte Art und Weise, sondern er reagiert überhaupt nicht, schaut einfach nur weiter auf mich herab, als ob er versuchen würde, bis in meine Seele zu starren.

„Woran denkst du?", frage ich. Denn ich muss in diesem Moment unbedingt in seinen Kopf hineinschauen.

„Ich versuche, zu entscheiden, ob ich dich nach Hause bringen und dein Bett auf die Probe stellen oder dich zum Essen ausführen soll." Mein Blick muss mein Verlangen verraten, denn er sagt, „Du willst zu Abend essen, hm?"

Ehrlich gesagt ist es mir egal, was er entscheidet, ich freue mich einfach nur darauf, Zeit mit ihm zu verbringen, aber ein echtes Date klingt gut. Ich strecke die Arme aus, schlinge sie um seinen Hals und küsse ihn.

Und dann gibt es kein Halten mehr. Seine dunkle Gier reckt erneut den Kopf und sein Kuss und seine Berührungen werden aggressiver. Er schiebt mein Kleid hoch, drückt meinen Arsch und in der nächsten Sekunde sind seine Finger unter dem Stoff meines Slips verschwunden.

Ich bin schon jetzt feucht. Vielleicht war ich das bereits in dem Moment, als er durch die Tür kam. Mein Körper scheint ihm voll und ganz zu gehören. Er befiehlt darüber, und ich will nichts anderes, als mich ihm hinzugeben.

Doch das alles ist so gefährlich. Ich stecke viel zu tief drin. Schon sehr bald werde ich herausfinden, dass er keine Absichten hat, diese Sache mit mir länger fortzuführen.

Und verdammt noch mal – ist das nicht der Irrsinn von Beziehungen? Es gibt nie eine Garantie, dass die andere Person das Gleiche will wie man selbst. Man kann nur hoffen und wünschen und sein Bestes geben, während man die Beziehung navigiert. Und ja, es ist chaotisch. Ja, normalerweise endet es mit einem zerbrochenen Traum.

Diese Beziehung hier vermutlich auch. Ich versuche, mich mit jedem Atemzug daran zu erinnern, und das ruft einen Tumult der Angst und Nervosität in mir herauf, vermischt mit der Freude darüber, dass er mich nicht sitzen hat lassen, was diese Empfindungen leider nur noch weiter anfeuert.

Er ist noch immer gefährlich für mich, nur mittlerweile auf eine viel schlimmere Art und Weise.

Ich werde mein Herz an ihn verlieren.

Er wandert mit seinem offenen Mund über meinen Hals, dann beißt er in meine Haut. „Lässt du dich von mir wieder in deinem Laden ficken?" Seine Stimme ist heiser, ein leises Knurren. „Ein bisschen Dampf ablassen, damit ich es durch das Essen schaffe?"

Als ob er blaue Eier bekäme, wenn wir nicht erst Sex haben. Als ob er mich so dringend brauchen würde. Es ist ein berauschendes Gefühl, so sehr gewollt zu werden – etwas, was ich nie zuvor erfahren habe.

„Was glaubst du?“ Ich will noch mehr Worte aus diesem Kerl herauslocken. Herausfinden, ob seine Gedanken zu den Gefühlen passen, die ich von ihm aufnehme.

„Ich glaube, das wirst du tun.“ Er tritt einen Schritt zurück und öffnet seinen Gürtel.

Meine Augen verfolgen jede seiner Bewegungen, und ich finde es ein winziges bisschen bedrohlich, aber vor allem sehr heiß.

„Oh, willst du den Gürtel?“

Scheiße! Tue ich das? Definitiv nicht. Nur ... Hitze rauscht zwischen meine Beine.

Armando schlingt den Gürtel um meine Taille und zieht mich damit an seinen Körper. „Sag es mir, *bella*, wie willst du meinen Gürtel?“

Bei dem Gedanken, wie er mir mit dem Gürtel den Hintern versohlt, durchfährt mich ein Schauder. Will ich *das*? Ich glaube nicht, aber mein Körper scheint anderer Meinung zu sein und meine Erregung wächst immer weiter an.

Er spricht weiter mit mir, während er mich rückwärts zur Ladentür drängt und sie abschließt, das Schild von *Geöffnet* auf *Geschlossen* dreht. „Willst du ihn um deinen Hals spüren, während ich dich von hinten ficke? Hm?“ Sein Atem streift heiß über mein Ohr. „Oder soll ich dir damit die Handgelenke auf dem Rücken zusammenbinden?“

Oh, verdammt. Nichts davon hatte ich in Erwägung gezogen. Und jetzt machen mich beide Optionen gleichermaßen nervös und heiß.

„Oder willst du ihn einfach nur auf deinem Arsch spüren?“

Dieses Mal ist der Schauder, der mich durchfährt, so mächtig, dass Armando ihn ebenfalls spürt.

„Keine Sorge, Blümchen. Ich sorge dafür, dass es dir gefällt.“

Er schlingt den Gürtel unter meinen Arsch und zieht unsere

beiden Körper zusammen. Mein Innerstes ist mittlerweile förmlich geschmolzen. Wir haben kaum angefangen, und ich verliere bereits den Verstand. Stehe kurz vor dem Orgasmus.

Das stellt dieser Mann mit mir an.

Es ist verrückt.

Er dreht mich herum und lässt mich rückwärts in den Pausenraum gehen. „Ich wollte dich auf deinem Bett. Auf allen vieren, mit deinen Beinen schön weit gespreizt. Machst du das nachher für mich, Schöne?"

„Ja", verspreche ich. In diesem Moment würde ich ihm so ziemlich alles versprechen. Ich bin trunken vor Lust. Trunken von ihm.

Er dreht mich herum und schiebt den Saum meines kurzen Baumwollkleids hoch. „Du trägst immerzu diese verdammt kurzen Kleider. Die machen mich ganz wahnsinnig, Blümchen. Machen es mir so einfach, deinen Arsch zu entblößen und diese Haut zu versohlen, bis sie pink ist." Am allermeisten redet dieser Kerl immer dann, wenn wir Sex haben. Kein Wunder, dass das die Momente sind, wenn ich das Gefühl habe, unsere Verbindung ist am stärksten. Er reißt mir den Slip hinunter und verpasst mir vier Schläge auf den Arsch, dann reibt er das Brennen fort. „Du bist so heiß. So wunderschön."

Sprich weiter, Boss. Seine Worte sind Balsam in meinen Ohren. Vielleicht bin ich *tatsächlich* klammernd. Brauche immerzu Bestätigung. Was auch immer. Denn ich trinke sein Lob, als ob es ein Elixier wäre. Dieser Kerl redet nicht viel, also fühlt es sich umso bedeutsamer an, wenn er es tut.

„Spreizen", befiehlt er und schiebt meinen Slip bis auf den Boden. Seine Stimme ist so tief und selbstsicher. Ich kann mir nicht vorstellen, wie sich irgendjemand jemals mit ihm anlegen würde.

Ich spreize die Beine und drücke den Rücken durch, angespornt von seinem Zuspruch. Er lässt den Gürtel zwischen meine Beine gleiten, berührt mit dem Leder meinen Kitzler.

„Mhmmm", stöhne ich.

Armando zieht den Gürtel zurück und lässt nur das Ende zwischen meine Beine auf meine Pussy schnellen.

Ich schnappe nach Luft. Es brennt, aber er hat nicht fest zugeschlagen. Es tut nicht weh. Brennt nur ein bisschen.

„Gefällt es dir, wenn ich dir die Pussy versohle, Kleine?"

Oh, verdammt. Jetzt nennt er mich auch noch *Kleine*. Warum liebe ich das so sehr?

„N-nein", lüge ich.

Er ersetzt den Gürtel mit seinen Fingern und reibt damit über meinen Schlitz. Ich bin triefend nass. „Ich glaube doch. Willst du, dass ich dir den Arsch mit dem Gürtel versohle?"

Mein Atem geht nun in ein Keuchen über. Noch nicht ganz ein Rasseln, aber heiser und flach. Ich antworte nicht.

„Hm? Ich glaube, du willst es ausprobieren, oder etwa nicht? Hast du Angst, Blümchen?"

Ich nicke zustimmend. Mein Blick fällt auf die Klebefolie auf der Tischplatte vor mir, und die graugefleckte Oberfläche verschwimmt vor meinen Augen.

Armando tritt dicht hinter mich, schiebt mit dem Fuß meine Beine weiter auseinander und legt seine Hand auf meinen Hals, um meinen Torso zurückzuziehen, bis mein Rücken gegen seine Brust drückt. Sein steifer Schwanz presst durch seine Hose gegen meinen Arsch. „Dir gefällt ein bisschen Schmerz mit deiner Lust, oder etwa nicht, Hannah? Oder ist es die Angst?"

Heiße Nadelstiche wandern über meine Haut. Ich weiß jetzt schon, dass ich heulen werde, wenn das hier vorbei ist, weil ich einen Druck in meinem Gesicht verspüre, Tränen in meinem Hals. Seine Hand, die noch immer dort liegt, unterstreicht das Gefühl nur. Er drückt nicht zu, aber das könnte er ohne Weiteres tun. Wenn sich diese Finger zusammenziehen würden, könnte er mein Leben auslöschen, einfach so.

Ich wette, das hat er bereits getan.

Ja, es ist die Gefahr. „Angst", wispere ich. Ich spüre alles einfach so intensiv. Und wenn Sex mit Gefahr verbunden ist, verstärkt das alles.

Er beißt in mein Ohr. Kein Kneifen, sondern ein strafender Biss, der beinah zu fest ist. „Hast du Angst vor dem, was ich jetzt mit dir tun werde?“ Er ist teuflisch, verhöhnt mich wie der Teufel seine Beute.

„Ja.“

„Drei Hiebe“, murmelt er und drückt meinen Oberkörper zurück auf die Tischplatte.

Ich stoße ein Wimmern aus. Ich habe *tatsächlich* Angst. Angst, dass es wehtun wird. Angst, dass ich mich mit meiner Reaktion blamiere. Angst davor, vor diesem Mann so verletzlich zu sein, der mir so rasend schnell so viel bedeutet.

„Und dann werde ich dich richtig gut ficken. Und anschließend werde ich dich behandeln wie eine Prinzessin. *Capisce?*“

Ob ich verstanden habe? Nicht einmal ansatzweise.

Aber ich bin vollkommen an Bord. Das Adrenalin rauscht durch meine Adern, als Armando einen Schritt zurücktritt und sich das Ende seines Gürtels um die Faust schlingt.

Oh, Gott. Worauf habe ich mich hier nur eingelassen? Das ist doch verrückt. Verrückter, als einen Killer zu küssen.

Er lässt den Gürtel durch die Luft surren. Das Leder landet auf dem unteren Teil meiner Arschbacke und hinterlässt eine Furche aus Feuer. Ich schnappe nach Luft, ziehe die Arschbacken zusammen.

„Oh, Gott.“ Ich versuche, mich aufzurichten, aber Armando drückt mich weiter auf die Tischplatte hinunter.

„Mehr?“ Er lässt mich wissen, dass ich der Sache ein Ende bereiten kann, obwohl er mich festhält. Ich kann mich nicht dazu durchringen, um mehr zu betteln. Ich bin mir nicht sicher, ob ich es will. Aber ich werde ihm auch nicht sagen, dass er aufhören soll.

Ich überlasse es ihm.

Und natürlich versteht er das. Egal wie emotional verschlossen er wirken mag, ist Armando ziemlich aufmerksam, wenn es um meine Emotionen geht. Er passt auf.

Wieder verpasst er mir einen Hieb und ich zucke zusammen, stoße einen Schrei aus. Armando reibt die beiden Stellen der Hiebe, knetet den Schmerz aus meinen Arschbacken, bis sie nur noch kribbelnd brennen.

Ich stöhne leise.

„Ich habe drei gesagt. Wirst du den letzten Hieb empfangen wie ein braves Mädchen?", versichert er sich erneut bei mir.

„Ja", nicke ich, als ob es das einfacher machen würde, zu versprechen, brav zu sein.

Armandos Hand gleitet hinunter und reibt mich zwischen den Beinen. „Ja, du bist ein braves Mädchen, oder nicht? Immer so brav."

Mein ganzer Körper bebt. Ich bin regelrecht fiebrig.

Er spielt mit meinem Kitzler und ich biege den Rücken durch, stöhne. Armando greift nach meiner Hüfte und beugt sich hinunter, um eine meiner brennenden Arschbacken zu küssen. „Einen noch", sagt er bestimmt und richtet sich auf.

Verdammt.

Er lässt den Gürtel durch die Luft surren, mir stockt der Atem und dann ist es vorbei. Armandos Anziehsachen rascheln und ich höre das Knistern der Kondomverpackung. Dann zieht er seine Eichel durch meine Säfte. Ich bin so bereit, er versinkt einfach in mir.

Ich bin mir nicht sicher, ob Penetration jemals so befriedigend war wie in diesem Moment. Die Richtigkeit dessen, wie er mich ausfüllt, könnte nicht offensichtlicher sein. Als ob mein Körper nur dafür erschaffen worden wäre, ihn zu empfangen. Als ob das seine Aufgabe wäre.

Armando stöhnt. „Du bist perfekt, Hannah. So perfekt." Er dringt in mich ein, Zentimeter für Zentimeter, dann zieht er sich langsam wieder hinaus, neckt mich mit seinem Schaft.

Er lässt es langsam angehen. Ich bin allerdings schon jetzt bereit dafür, heftig von ihm gefickt zu werden. Wie meine Hüften von ihm wieder gegen die Tischplatte geknallt werden oder er an meinen Haaren zieht. Stattdessen gleiten seine Hände an meinen Seiten hinunter, unter mein Kleid, wo seine Finger unter meinen BH schlüpfen und meine Nippel kneifen.

Ich presse meine flachen Hände auf den Tisch und biege den Rücken durch. „Spann mich nicht auf die Folter“, ermahne ich ihn. Vor lauter Verlangen bin ich schon ganz unleidlich. „Ich muss kommen.“

Seine Antwort ist ein brutaler, tiefer Stoß. „Ist es das, was du willst? Einen hübschen, brutalen Fick? Denn das ist mir immer recht.“

Er schlingt einen Arm um meine Taille, bedacht darauf, meine Hüfte diesmal vor der harten Tischkante abzuschirmen, und fängt an, wie wild in mich hineinzuhämmern.

„Ja“, stöhne ich und spüre, wie nah ich der Befriedigung komme.

Mit einer Hand stützt Armando sich neben mir ab und knallt in mich hinein, seine Lenden klatschen gegen meinen Arsch, reiben gegen das Brennen von seinem Gürtel, beruhigen es, befriedigen es.

„Ich liebe dich.“

Oh, scheiße. Warum zur Hölle habe ich das gesagt? Das wollte ich definitiv nicht. Diese Sachen fallen mir einfach immer aus dem Mund! Ich meine, es stimmt. In diesem Augenblick strömt die Liebe nur so aus mir hervor, *aber um Gottes willen!* Warum musste ich es laut aussprechen?

Armando strauchelt, sein Rhythmus kommt ins Stocken, und ich bin mir sicher, es wird ein schlimmes Ende nehmen.

Vielleicht sogar das schlimmste aller Enden, denn dieses Mal bin ich Hals über Kopf verliebt in diesen Typen.

Doch anstatt die Situation peinlich und unangenehm werden zu lassen, wird Armando nur aggressiver. Seine Faust krallt sich in meine Haare und er reißt meinen Kopf zurück, schickt ein Kribbeln von tausend Nadelstichen über meine Kopfhaut.

„Du liebst es, wenn ich dich heftig ficke, oder etwa nicht, *bella*?“, knurrt er, als ob er sauer auf mich wäre. Als ob er die Worte zwischen zusammengepressten Zähnen hindurch ausstoßen würde.

„Ja!“, rufe ich, erleichtert darüber, wie er meine Worte verdreht. Wie er einfach mitmacht.

„Und du wirst es auch lieben, wenn ich dich in den Arsch ficke.“

Oh, Gott. Um ein Haar lache ich laut auf. Vielleicht ist es das, was Liebe für ihn bedeutet. Anal.

„Härter“, dränge ich ihn, will endlich zum Höhepunkt kommen, aber vielleicht will ich auch meinen Fauxpas so schnell wie möglich hinter mir lassen.

Er hämmert immer weiter in mich hinein, gibt es mir so, wie ich es liebe. Liebt mich mit seinem großen Schwanz.

„Ich brauche dich.“

Oh, mein Gott. Mein Mund hört einfach nicht auf.

Er zieht fester an meinen Haaren. „Ich besorge es dir“, knurrt er. Und das tut er. Noch heftiger. So heftig, dass ich langsam wund werde. Herrlich brutal. Wie eine Bestie, die aus ihrem Käfig gelassen wurde.

Und dann schreie ich auf. Komme unfassbar heftig, während er immer rauer und rauer mit mir wird.

Er kommt, und als er fertig ist, greift er mit der Hand um mich herum und reibt meinen Kitzler, wringt einen zweiten Orgasmus aus mir heraus.

Und jetzt, als es vorbei ist, wünsche ich mir, wir wären in meinem Bett und ich könnte mit meinem Kopf in einem Kissen versinken und so tun, als ob ich einschlafen würde.

Kapitel Sieben

Armando

Sie liebt mich. Das ist ein weiterer dieser Momente, in denen ich mir sicher bin, dass ich mehr fühlen sollte, als ich es tue. Doch ich bin emotionslos.

Ich meine, ich bin nicht so töricht, all das Gewäsch zu glauben, das aus den Mündern von Mädels kommt, wenn sie kurz vor dem Höhepunkt sind, aber ich weiß auch, dass Hannah ein offenes Buch ist. Sie hat in diesem Augenblick Liebe für mich empfunden und konnte es nicht verheimlichen.

Und trotz meiner ausbleibenden Reaktion auf diese Worte haben sie mich verändert.

Das Problem ist nur, dass ich merke, wie unangenehm es ihr ist und dass sie sich wünscht, sie hätte es nicht gesagt.

Außerdem zittert sie wie Espenlaub. Ich spüre, wie ihre Beine unter ihr beben, wo sich unsere Oberschenkel berühren. Ich mache uns beide sauber, dann helfe ich ihr zurück in ihr Höschen.

Sie weicht meinem Blick aus.„Hey, ich hoffe, du hörst dir das ganze verrückte Zeug nicht zu genau an, das ich während dem Sex sage“, bemerkt sie eilig.

„Nee, das macht mir nichts aus“, versichere ich ihr, ziehe sie aus dem Pausenraum und mache das Licht aus. „Ist lange her, seit ich solchen Mist gehört habe.“

Ich sollte es nicht als *Mist* bezeichnet – das war eine blöde Wortwahl. Aber ich versuche, die Bedeutung der Worte zu minimieren, während ich sie gleichzeitig zu schätzen weiß.

Hannah wirft mir einen leicht gequälten Gesichtsausdruck zu, der mich verunsichert. „Bist du aufgebracht wegen ihr? Deiner Verlobten?“

Oh.

Sie ist eifersüchtig. *Das* spüre ich instinktiv. Wie Verlangen, das mitten durch meine Brust schießt.

Hannah erhebt Anspruch auf mich.

Nur dass es mir nicht so gefallen sollte. Denn ich kann nicht ihr Freund sein. Sogar wenn keine Gang hinter mir her wäre, die mich umbringen will, ich bin einfach nicht als Freund geeignet. Ich bin ein lebender Toter. Ich kann einer Frau wie Hannah nichts bieten – bis auf Sex. Sie ist strahlend, voller Leben. Die ganze Welt steht ihr offen. Sie hat alles verdient.

Ich will diese Unterhaltung nicht führen müssen. Eher würde ich mir mit einer Kneifzange die eigenen Zehennägel herausreißen, als freiwillig über Grace zu sprechen, aber Hannah hängt hier in der Luft, fährt sich unsicher mit der Zunge über die Lippen und lässt ihren Blick durch den Laden schweifen.

Also bleibe ich im düsteren Flur stehen und schaue sie an. „Grace ist eine Fotze. Besitzt nicht einen Funken Loyalität. Als ich ins Gefängnis gewandert bin, hat sie mich innerhalb von wenigen Wochen – verfickten Wochen – mit einem anderen Wiseguy ersetzt. Hatte aber monatelang nicht den Mumm, es mir zu verraten.“

Hannah legt den Kopf zur Seite. „Heißt *Wiseguy* ein anderer ... Kerl in der Organisation?“

„Genau. Emilio. Er ist wie ein Cousin für mich. Kein echter Cousin, aber so wie einer, verstehst du?“

Sie hört auf zu atmen. Ich klinge ein bisschen zornig, was mich ärgert. Ich will wieder dahin zurück, nichts zu empfinden.

„Als ich letzte Woche rausgekommen bin, dachten alle, es würde deswegen Ärger geben. Er und ich, weißt du? Früher war ich ..." Ich will es nicht einmal aussprechen. Was ich früher einmal war. Arrogant. Selbstsicher. Stolz. Diesen Kerl kenne ich nicht mehr. „Ich weiß nicht. Ein veritables Alphamännchen. Und ich konnte brutal sein. Aber das hast du schon mitbekommen." Ich verziehe ein wenig das Gesicht, als ich daran denke, was sie hier in ihrem Laden mit ansehen musste. Noch immer staune ich darüber, dass sie kein Anzeichen eines Traumas darüber zeigt.

„Der Don hat mir sofort eingebläut, es auf sich beruhen zu lassen."

Hannahs Sorge scheint nur größer zu werden. Ich schwöre bei Gott, ich bekomme langsam ein Gefühl für ihre Empathie-Sache, denn auch wenn ich keine eigenen Emotionen empfinde, spüre ich ihre doch umso klarer.

„Was sie allerdings nicht wissen ... Ich bin nicht länger dieser Typ. Keiner von ihnen kennt mich noch. Und sie sind mir auch alle scheißegal. Ich meine, das alles ekelt mich an – ihr Mangel an Ehre und Loyalität – aber es bedeutet mir nichts. Ganz ehrlich, weißt du, was schlimmer gewesen wäre?"

„Was denn?", wispert Hannah und starrt mich aus großen Augen an.

Ich hole tief Luft, und mir wird jetzt erst bewusst, was ich sagen werde. „Wenn sie auf mich gewartet hätte."

Das ist die Wahrheit. Wenn ich wieder hätte hergehen und der perfekte Freund sein müssen – mit Grace leben und unsere Hochzeit planen – wäre ich in tausend Teile zerbrochen.

„Als ich entlassen wurde, konnte ich mir nicht mehr vorstellen, sie zu heiraten. Denn ich bin nicht länger derselbe Typ, der ihr den Ring an den Finger gesteckt hat."

„Aber du hättest es getan?", fragt Hannah.

Ich bin mir nicht sicher, was sie da fragt, oder warum sie immer weiter in dieser Wunde herumstochert, doch ich antworte ihr ehrlich. „Ja. Ich meine, ich hätte ihr einen Ausweg ermöglicht, wenn sie gewollt hätte, aber ich breche meine Versprechen nicht." Ich zucke mit den Schultern. „Ich bin ein Mann, der zu seinem Wort steht."

Sie mustert mich mit diesen warmen, braunen Augen, die alles sehen und niemals zu verurteilen scheinen. „Du bist loyal", sagt sie.

Ich nicke. „Immer." Ich führe sie zur Hintertür, in die Gasse und zu ihrem Van. Ziehe die Beifahrertür auf und helfe ihr in den Wagen. „Ach, hey, warte mal. Ich habe vergessen, die Mausefalle zu kontrollieren. Hattest du kleine Besucher?"

Sie schaudert. „Ja."

„Und sind sie noch da? Soll ich mich darum kümmern?"

Noch mehr Schaudern. „Ja, bitte."

Eilig nicke ich ihr zu und gehe zurück in den Laden, um mich um die ungebetenen Gäste zu kümmern. Ein einfacher Gefallen, den ich für sie tun kann. Ich bin froh, dass es etwas gibt, was ich tun kann.

Als ich zurückkomme, starte ich den Motor. „Wo willst du essen?"

„Deine Entscheidung, du zahlst schließlich." Sie wirft mir ein verschmitztes Grinsen zu. Sie mag es, wenn ich zahle. Bevor ich in den Knast gewandert bin, konnte ich im Geld baden. Wenn ich noch immer so viel Kohle hätte, würde ich Hannah von vorne bis hinten verwöhnen.

So wie die Dinge stehen, ist es immer noch okay. Ich habe noch die Hälfte des Startkapitals, das der Don mir zugesteckt hat, und alle zwei Wochen bekomme ich einen Gehaltscheck über zweitausend Dollar. Ich bin nicht reich, aber ich kann definitiv ein Mädchen zum Essen ausführen.

„Deine Entscheidung." Ich kann in keinen der Läden fahren, in denen ich früher ein- und ausgegangen bin. Hannahs Wohnung ist noch immer der sicherste Ort für mich.

„Okay, ähm ... Ich habe eine Idee."

Bevor ich aus der Gasse biege, halte ich inne und schaue sie an. Schaue sie richtig an. Ich will nicht einfach nur ihre Eifersucht oder

Sorge wegen Grace vertreiben. Ich will nie wieder über Grace sprechen müssen. „Du bist wunderschön, weißt du das?"

Ihre Augen werden groß, ihr Lächeln strahlend, und ich kann sehen, dass sie dieses Kompliment zu schätzen weiß. Ich bin nicht gut mit Worten, aber ich versuche es. Jeden verdammten Tag werde ich es versuchen.

„Ich hatte noch nie das Privileg, mit einer schöneren Frau zusammen zu sein. Absolut atemberaubend", füge ich noch hinzu.

Kapitel Acht

A*rmando*

Hannah lotst mich zu einem Café mit Künstlervibe. Nicht abgehoben, aber auch kein Loch. Ein industrieller Stil mit superhohen Decken, an denen die Lüftungsrohre freigelegt sind, und unverputzten, hundert Jahre alten Backsteinwänden. Es gibt keinen hochprozentigen Alkohol, also bringt uns der Kellner eine Flasche Wein, die wir uns teilen.

Ich bestelle einen Burger, der mit Süßkartoffelfritten serviert wird, anstatt mit regulären Pommes. Hannah bestellt einen ausgefallenen Salat – Rote Beete-Pistazie oder irgend so ein Mist. Ich bemerke ihre Begeisterung, als sie zu essen beginnt, und will sie prompt ab sofort jeden Abend zum Essen ausführen. Sie hat es verdient, so viel mehr verwöhnt zu werden, als sie sich selbst verwöhnt.

„Also, was musstest du heute arbeiten?", fragt sie, als der Kellner wieder verschwunden ist.

Mein Instinkt ist es, dichtzumachen und nicht zu antworten. Sie anzuschweigen. Aber ich habe sie zum Abendessen ausgeführt. Wir sind auf einem verdammten Date, also schüttle ich den Kopf. „Frag mich nicht nach meiner Arbeit."

Die Worte sind zu hart. Zu harsch. Ich sehe, dass sie falsch ankommen, denn Hannah scheint zu erstarren.

„Um deiner Sicherheit willen, Hannah", versuche ich zu erklären. „Wir sprechen nicht über das Geschäft, nicht einmal mit unseren Frauen."

Sie mustert mein Gesicht. „Bin ich deine Frau?"

Ich kippe mein Glas Wein hinunter und fülle es wieder auf. Fuck. Ich bin wirklich nicht bereit für ein Gespräch über unsere Beziehung. „Ich habe keine Bezeichnung für dich, Blümchen."

Sie zappelt nervös herum, verstummt, und ein schmerzender Anflug von irgendwas regt sich in meiner Brust. Was ist das? Schuldgefühle? Weil ich so ein miserables Date bin?

Ich zerbreche mir den Kopf, was ich sagen soll, und lande schließlich bei, „Wie war dein Tag?"

Ihre Mundwinkel sinken nach unten. „Zäh. Aber Dienstag ist immer zäh." Sie streicht Butter auf eines der kleinen Brötchen, die der Kellner in einem Brotkorb gebracht hat. „Ich arbeite noch immer daran, deine Vorschläge umzusetzen. Versuche es mit neuen Sachen." Sie trinkt einen Schluck Wein.

„Ja?", ermutige ich sie.

„Ja. Ich habe da ein paar Ideen."

Ich beuge mich vor. „Gut. Das ist gut. Was für Idee, zum Beispiel?"

Sie zuckt mit den Schultern und wird ein bisschen rot. „Viele Ideen. Ich weiß nur nicht, welche gut sind und wo ich anfangen soll."

„Das weiß man nie."

„Ich habe ein Instagram-Kanal für den Laden eingerichtet und ein paar meiner Lieblingskreationen gepostet. Josie hat mir ständig in den Ohren gelegen, ich müsse das machen."

Instagram. Es gibt diese unzähligen neuen Social-Media-Plattformen, seit ich im Knast war. Klar, ich habe von Instagram gehört, aber ich habe es nie genutzt. Ich nicke, mache mir eine mentale Notiz, es mir anzuschauen und nach ihrem Profil zu suchen. „Das ist super."

„Und in ein paar Monaten gibt es diesen Wettbewerb. Ein Bouquet-Wettbewerb. Mary Alice hat da mal den zweiten Platz gemacht. Ich meine, ich glaube nicht, dass es eine direkte Auswirkung auf mein Geschäft haben wird, aber es könnte helfen, meinen Ruf zu festigen. Bei den Leuten, die mir nicht trauen, jetzt, wo Mary Alice den Laden nicht länger führt."

„Oder deine Bekanntheit zu erhöhen, für Leute, die noch nie von *Garten Eden* gehört haben. Das ist eine großartige Idee. Also, meldest du dich an?"

Sie knabbert an ihrer Unterlippe herum. „Vielleicht. Ich weiß nicht. Es ist nur eine Idee."

„Es eine großartige Idee." Ich versuche, zu verstehen, warum sie zögert. Mir kommt es wie eine Selbstverständlichkeit vor. „Gibt es eine Anmeldegebühr?"

„Ähm, ja. Aber keine horrende Summe. Hunderfünfundsiebzig oder so."

„Ich zahle das", biete ich im Handumdrehen an. Nicht als Almosen, sondern einfach, um Geld aus der Gleichung zu nehmen. Falls das Teil ihrer Bedenken war.

Ihr Ausdruck erhellt sich und sie schenkt mir ein kleines Lächeln. „Danke. Findest du wirklich, ich sollte das machen?"

„Du machst das", erwidere ich entschieden. „Was für Ideen hast du noch?"

„Na ja, also, das ist etwas seltsam, aber ... hast du zufällig Kontakte zu Bestattungsunternehmen?"

„Wozu?"

„Hochzeiten bringen viel Geld, aber sie machen auch viel Arbeit. Sargkränze sind einfach verdientes Geld. Ich muss Kontakt zu Bestattungsunternehmern aufnehmen, damit sie mich weiterempfehlen oder mich direkt beauftragen, wenn sie selbst die Organisation der Beerdigung übernehmen."

Ich nicke. „Ich kümmere mich darum. Möglicherweise habe ich einen Kontakt. Mal schauen." Mir kommt es so vor, als ob die Beerdigungen für die Familie alle vom selben Bestatter ausgerichtet wurden. Ich muss meine Ma danach fragen. „Was noch?"

„Hochzeiten. Ich habe mich im Hotel Caspar vorgestellt, allerdings sollte ich mich auch bei sämtlichen Veranstaltungsorten vorstellen, damit sie an mich denken, wenn sie Hochzeiten oder was auch immer ausrichten."

„Klingt gut."

„Die Sache ist nur, das ist der Teil, den ich hasse. Ich liebe es, Sträuße zu binden, aber das Networking macht mich furchtbar nervös."

Ich schüttle den Kopf. „Nee. Das schaffst du schon. Ich habe es dir schon gesagt, als du bei diesem ersten Hotel vorbeigegangen bist – du bist wunderschön, innerlich wie äußerlich. Deine Blumen sind wunderschön. Jeder wird mit dir Geschäfte machen wollen."

Skeptisch schaut sie in mein Gesicht, als ob sie nach einem Hinweis darauf suchen würde, dass ich mich lediglich bei ihr einschleimen will.

„Das verspreche ich, Blümchen."

Unser Essen kommt und ich nehme einen großen Bissen aus meinem Burger. Er schmeckt sehr gut – besser als erwartet. „Noch irgendwelche Ideen?", fordere ich Hannah auf.

Scheinbar erinnere ich mich doch daran, wie man eine Unterhaltung führt, wenn ich mich einmal darauf eingelassen habe.

Hannahs Schultern verspannen sich. „Ich weiß nicht." Sie klingt zweifelnd.

„Doch, weißt du. Was ist es?"

Sie seufzt. „Ich hatte überlegt, Mary Alice zu fragen, ob wir die monatlichen Zahlungen noch einmal neu verhandeln können. Ich würde meinen, dass sie lieber weniger Geld bekommt als überhaupt kein Geld, oder? Wenn ich den Laden verliere, wird sie entweder selbst wieder arbeiten müssen oder sie wird meinen Beitrag zu ihrer Rente verlieren."

„Stimmt. Sie hängt genauso von deinem Erfolg ab wie du selbst. Sie wird wollen, dass der Laden für dich läuft."

Hannah blinzelt eilig. „Das hoffe ich wirklich."

„Schreib ihr direkt eine Nachricht und sag ihr, dass du mit ihr sprechen willst."

Hannahs Augen werden groß. „Was?"

„Bring es hinter dich. Je schneller, desto besser. Schreib ihr."

Langsam streckt Hannah die Hand nach ihrer Handtasche aus. „Bist du sicher, dass das eine gute Idee ist?"

„Absolut. Bring es hinter dich."

Während Hannah in ihr Handy tippt, wirft sie mir immer wieder unsichere Blicke zu, als ob sie noch immer nicht überzeugt wäre.

Als wir gerade fertig gegessen haben, klingelt ihr Handy. Sie wirft einen Blick auf den Bildschirm, dann starrt sie mich aus großen Augen an. „Das ist sie."

„Geh ran."

Hannah zögert. „Nein. Ich rufe sie morgen zurück." Sie starrt auf das Handy. „Oder doch?"

„Geh ran", wiederhole ich.

„Mist." Hannah wischt über den Bildschirm und presst sich das Handy ans Ohr. „Hi." Sie steht auf, hält sich mit dem Zeigefinger das freie Ohr zu. „Ja." Sie wirft mir einen Blick zu, deutet nach draußen vor das Restaurant, schnappt sich ihre Handtasche und eilt zum Eingang.

Scheiße, nein. Ich werde sie definitiv nicht mitten in der Nacht alleine draußen auf dem Gehweg stehen lassen. Eine wunderschöne Frau wie sie? Sie wird nur belästigt werden.

Ich winke den Kellern herbei und zahle, dann eile ich Hannah hinterher und entdecke sie draußen auf dem Bürgersteig, wie sie auf und ab geht, den Kopf gesenkt, als ob sie eingehend zuhören würde.

Ich schaue mich um, suche nach Anzeichen, dass irgendwas im Busch ist. Herumlungernde Typen, Autos, die mit laufendem Motor am Bordstein warten. Es gefällt mir nicht, hier draußen herumzustehen, als ob mir eine riesige Zielscheibe auf die Stirn gemalt wäre, aber

Hannah zu beschützen, ist wichtiger. Viel zu langsam passiert uns ein Auto und ich schaue ihm hinterher, bis es um die nächste Straßenecke gebogen ist.

„Stimmt. Ja. Absolut. Das würde definitiv helfen. Das würde wirklich sehr helfen. Danke." Sie schaut auf und blickt mich mit tränennassen Augen an. „Vielen Dank", sagt sie noch mit erstickter Stimme. „Okay. Gute Nacht." Sie legt auf.

„Sie hat ja gesagt?", rate ich.

Hannah nickt, ein verweintes Lachen auf ihren Lippen. „Ja. Ich kann die Zahlungen drei Monate pausieren, damit ich wieder auf die Füße kommen kann, und anschließend bezahle ich das, was ich kann." Mit einem Schluchzen wirft sie sich an meine Brust.

Ich schlinge die Arme um sie, vergrabe meine Finger in ihren Haaren und massiere ihre Kopfhaut. „Das ist großartig."

Sie zieht sich aus meiner Umarmung. „Sorry." Sie wischt sich die Augen. „Das ist so peinlich."

„Nein." Ich greife nach ihrer Hand und wische ihr mit dem Daumen eine Träne von der Wange. „Ich mag es, wenn du weinst."

Hannah runzelt die Stirn. „Ähm. Das ist komisch." Sie schlägt mir verspielt gegen die Brust. „Perversling."

Ich zucke mit den Schultern. „Ich fühle nichts. Ich meine, überhaupt nichts. Aber du – deine Emotionen sind so groß. Ich weiß nicht – vielleicht finde ich durch dich meinen Weg zurück."

Hannahs Ausdruck wird ganz weich, dann ganz leidenschaftlich. Sie schlingt ihre Arme um meinen Hals und küsst mich. Es ist einer unserer wahnsinnig rasenden Küsse, und mein Schwanz wird augenblicklich steif, obwohl ich sie gerade erst in ihrem Laden gevögelt habe.

Ich schlinge einen Arm um ihre Taille und meine Hand gleitet hinunter, drückt grob ihre Arschbacke. „Pass auf", warne ich sie mit schwerer Stimme, als sie sich löst, um zu Atem zu kommen. „Oder du wirst noch auf der Rückbank deines Vans gefickt."

Ihre Pupillen sind bereits riesig, aber sie werden noch größer, als ob ihr diese Vorstellung ausgesprochen gut gefallen würde. Ich drehe sie in Richtung ihres Vans um. „Nicht heute Abend." Ich verpasse ihrem Arsch einen Klaps. „Für heute Abend habe ich Pläne, die das Bett beinhalten."

Kapitel Neun

H*annah*

Ich sauge die Wärme von Armandos Händen auf meinen Wangen förmlich auf, während seine Lippen sanft über meine streichen. Seine Finger vergraben sich in meinen Haaren und der Duft seines Aftershaves erfüllt meine Sinne. Seine Lippen sind so weich und er küsst mich mit solch leidenschaftlicher Wildheit, dass mir der Atem stockt.

Die Intensität unseres Kusses steigert sich und Elektrizität blitzt zwischen uns auf. Endlich lösen wir uns voneinander und ich kann das Feuer in seinen Augen sehen. Er schaut mich mit einer Eindringlichkeit an, die mein Herz flattern lässt. Ich könnte mich für alle Ewigkeit in diesen Augen verlieren.

Armando nimmt meine Hand in seine und wir gehen die Treppe zu meiner Wohnung hinauf. Mein Herz rast, als wir durch die Wohnungstür treten.

„Wie kann ich dir für all das danken, was du für mich tust?", frage ich zwischen zwei Küssen.

Er löst sich von mir, ein spitzbübisches Grinsen auf den Lippen und ein teuflisches Funkeln in den Augen. „Oh, da fällt mir eine Menge ein.“

Lust rauscht durch meinen Körper. Meine Finger machen sich hastig daran, sein Hemd aufzuknöpfen und seine Hose herunterzuziehen. Ich muss seine Haut an meiner spüren. Ich will seinen Mund auf meinem fühlen. Ich kann keine Sekunde länger warten. Ich muss ihn in mir haben, jetzt sofort.

Unsere Lippen treffen sich in einer Umarmung der puren Leidenschaft. Unsere Zungen winden sich umeinander, verschlingen sich. Seine Erektion presst gegen meinen Oberschenkel. Ich muss sie in mir haben. Ich muss ihn haben. Ich sinke auf die Knie, bereit, diesen Mann auf jede Art zu befriedigen, die er will.

Er hört mir zu. Er kümmert sich um mich. Ihm machen meine übertriebenen Emotionen nichts aus.

Und für all das sollte er belohnt werden.

Ich ziehe seine Hose weiter hinunter und seine Erektion springt hervor, hart und dick, fleht um meine Aufmerksamkeit. Mein ganzer Körper ist von dem tiefen Verlangen erfüllt, ihn zu befriedigen, ein Verlangen, das nur durch seine Lust gestillt werden kann.

Ich nehme ihn in den Mund, genieße seinen Geschmack, während ich ihn langsam immer tiefer und schneller in den Mund nehme. Sein Stöhnen erfüllt das Zimmer und spornt mich an, ihn zu neuen Höhen der Lust zu tragen. Er stößt ein tiefes Stöhnen aus und vergräbt seine Finger in meinen Haaren, führt mich behutsam über seinen Schwanz. Mit einer Hand reibe ich den Teil seines Schafts, den ich nicht in den Mund bekomme, und spüre, wie sein Schwanz erwidernd noch länger und dicker wird.

Eine vertraute Feuchte sammelt sich zwischen meinen Schenkeln, während ich Armando lutsche. Ich spüre, wie er immer näher kommt, und reibe mit meiner Zunge drängender und tiefer über seinen Ständer. Ich kann spüren, wie seine Erregung zunimmt, spüre, wie sich seine Muskeln anspannen. Ich will ihn bis über den Abgrund treiben, will ihn das fühlen lassen, was er mich immer fühlen lässt.

Während meine Hand und mein Mund gemeinsam daran arbeiten, ihn zum Höhepunkt zu bringen, streichelt er meine Wange, schaut mir in die Augen. Die Lust und das Verlangen, die ich in seinem Blick entdecke, sind beinah überwältigend. Ich zerre seine Hose noch weiter seine Beine hinunter und nehme ihn ganz in den Mund, bis in meinen Hals. Ich muss etwas an seiner Dicke würgen und liebe diesen Nervenkitzel, als mir kurz die Luft wegbleibt. Dieses sinnliche Opfer bringt mich dazu, es wieder zu tun, ihn diesmal noch tiefer zu nehmen.

„Fuck, ja", murmelt er zwischen zwei Stöhnen. „Deepthroate mich, Blümchen. Genau so."

Armandos Lob spornt mich weiter an, es immer und immer wieder zu tun. Jedes Mal zieht mein Würgereiz meine Kehle um seinen dicken Schwanz zusammen. Ich mache weiter. Ich kann spüren, wie er dem Höhepunkt immer näher kommt, während ich meine Zunge heftiger und schneller und tiefer über ihn gleiten lasse.

Er stößt ein tiefes Stöhnen aus und seine Faust krallt sich fester in meine Haare, zieht meinen Mund noch weiter auf seinen Schwanz. Er ist so kurz davor, ich kann schon seine Lusttropfen schmecken. Sein Atem stockt, er stößt ein tiefes, kehliges Stöhnen aus und kommt in meinen Hals. Ich schlucke, dann lecke ich ihn sauber.

Armando zieht mich auf die Füße, lässt seine Hände über die Kurven meines Körpers gleiten, befreit mich aus meinen Anziehsachen. Als ich nackt bin, legt er seine großen Hände über meine Brüste. Er nimmt einen Nippel in seinen Mund, neckt mich sanft, schickt eine Schockwelle der Lust durch mich hindurch. Seine Hände gleiten über meinen ganzen Körper, über die Kurven meiner Taille, meiner Hüfte und in die Feuchte zwischen meinen Beinen. Ich fühle mich nicht im Geringsten befangen, wenn ich mit ihm zusammen bin. Er ist ganz offensichtlich von jeder Kurve, jeder Rundung, jedem Zentimeter meines Körpers erregt.

Dann sinkt er auf die Knie und zieht mich zu sich. „Setz dich auf die Bettkante", befiehlt er.

Ich gehorche ihm und er spreizt meine Beine, vergräbt sein Gesicht in meinem nassen Schlitz. Ich werfe den Kopf in den Nacken und stöhne laut auf, als er anfängt, mit seiner Zunge in mich einzudringen und meine inneren Wände zu lecken.

„Heute Abend werde ich dich da ficken, wo du noch nie gefickt worden bist", warnt er mich, dann versinkt seine Zunge wieder tief in mir.

Erwidernd stöhne ich auf, kann keine Worte mehr formen.

Armando fährt fort, mich mit seiner Zunge zu befriedigen, während er meinen Kitzler mit seinem Daumen reibt. Er dringt mit seiner Zunge in mich ein und meine Welt verschwimmt. Seine Zunge ist unnachgiebig und Verlangen durchdringt mich.

Dann spreizt er meine Beine noch weiter und die Hitze seines Mundes konzentriert sich auf meinen Kitzler. Er leckt und neckt mich, entfacht ein Brennen tief in meinem Innersten. Das Gefühl baut sich immer weiter auf, bis ich bemerke, wie ich mit meinen Hüften gegen sein Gesicht reibe.

„Ich will dich", keuche ich atemlos.

Er hört nicht auf mich, leckt mich einfach immer weiter, saugt, reibt. Ich kralle die Finger in seine Haare, ziehe ihn näher, muss diese Intensität einfach noch ein bisschen länger spüren. Ich fühle die Spirale, dieses Aufbauen von Lust, und bin beinah da. Ich bin so kurz davor, ich halte es nicht länger aus.

Armando hält inne und schaut mit seinen dunklen Augen zu mir auf. „Ich werde dich jetzt in den Arsch ficken. Würde dir das gefallen, Blümchen?"

Ich nicke wortlos, traue meiner Stimme nicht mehr.

„Braves Mädchen."

Armando schenkt mir ein versicherndes Lächeln und bedeutet mir, auf die Mitte des Bettes zu krabbeln, wo er sich neben mich legt. Er beugt sich zu mir und flüstert in mein Ohr. „Ich werde dich kommen lassen. Ich werde dafür sorgen, dass du dich unfassbar gut fühlst. Aber du musst dich entspannen. Du musst mich reinlassen."

„Wird es wehtun?"

„Ein bisschen. Aber du wirst jede Sekunde lieben."

Seine Lippen streifen über meinen Hals, knabbern an meinem Ohr. Seine Hand gleitet über meinen Körper. Ich biege den Rücken durch, presse meine Brust in seine Hand. Er drückt sie, dreht den Nippel zwischen Daumen und Zeigefinger.

Ich spüre seinen harten Schwanz an meiner Hüfte und das Verlangen, ihn in mir zu haben, überkommt mich – in meinem Arsch.

Armando greift nach meinen Fußgelenken und zieht mich zu sich hin. Spreizt meine Beine und positioniert seinen eigenen Körper dazwischen, sein Schwanz an meinem engen Hintereingang.

„Es wird sich dehnen, Baby. Bist du bereit?"

„Ich bin bereit", sage ich und hole tief Luft.

Mit seiner Eichel neckt Armando meinen Arsch, berührt zunächst nur den äußeren Rand meines Lochs, als ob er mich vor dem warnen wollte, was als Nächstes kommt. Ich atme tief aus und entspanne mich, weiß, dass ich das hier umso mehr genießen werde, je mehr meiner Anspannung ich loslasse.

Gerade, als Armando die Spitze seines Schwanzes in mich hineindrückt, spüre ich, wie sich diese Enge dehnt. Es ist nicht schlecht. Tatsächlich fühlt es sich sogar gut an.

Er beginnt, in mich hineinzudrücken, arbeitet sich tiefer und tiefer hinein.

„Atmen und entspannen, Blümchen", wispert er, als ich spüre, wie er sich an der engsten Stelle vorbeischiebt.

„Au", keuche ich. „Es tut weh."

„Du machst das so gut, Baby. Nur noch ein bisschen."

Panik macht sich bemerkbar. Womöglich ist er zu groß für mich.

„Oh, es tut weh", flehe ich.

„Einfach atmen, Baby. Verspann dich nicht. Entspann dich und nimm mich."

Es fühlt sich an wie ein elektrischer Schock, der durch mich hindurchschießt, mein Körper versteift sich und ein Schauder durchfährt mich.

Während Armando sich tiefer in mich hineinarbeitet, fange ich an, mich zu entspannen. Ich ertappe mich dabei, wie ich in eine Art Trance falle, ihn immer tiefer und tiefer in mir versinken spüre. Er ist allumfassend, sein Körper wärmt mich, sein Schwanz füllt einen Teil von mir aus, der nie zuvor so berührt wurde.

„Bist du okay?“, fragt er.

Ich nicke. „Mach weiter“, flüstere ich.

Armando stöhnt auf und drängt noch tiefer. Er ist so tief in mir versunken und so dick, dass ich nicht länger atmen kann. Dort hält er inne, tief in mir, und ich spüre die Lust, diese Anspannung, die sich in mir aufbaut. Sie wächst immer weiter an, so voll, so heiß.

„Du bist so verfickt eng“, stöhnt Armando, als er meine Beine zusammenschiebt und tiefer stößt. Ich spüre das Blut in meinen Adern rauschen, und wie sein Ständer mich ganz und gar ausfüllt.

Wieder tut es weh, als er tiefer stößt. Doch genau wie Armando versprochen hat – der Schmerz fühlt sich so verdammt gut an.

Armando fängt an, in mich hineinzustoßen, und Schweißtropfen fallen von seinem Körper auf meinen. Die Hitze seiner Leidenschaft bringt mich zum Schmelzen, unsere Haut steht füreinander in Flammen.

Er hämmert in mich hinein wie ein Besessener. Seine Hände fahren über meine Brüste. Seine Lippen liegen auf meinem Nacken, küssen und saugen. Er zieht sich ganz aus mir heraus, umkreist mit seiner Eichel mein enges Loch. Die Lust ist beinah zu viel. Dann führt er seinen Schwanz wieder in mich hinein und erneut bricht ein Blitz des Schmerzes in mir hervor. Mein Körper bebt, als Armando in mich stößt. Plötzlich kommt die Lust zurück und löst den Schmerz ab. Armando zieht sich erneut zurück, dringt wieder in mich ein, jedes Mal mit ein wenig mehr Wucht, ein wenig mehr Tiefe. Er stößt gegen meine inneren Wände, immer und immer wieder – härter, schneller.

Ich empfange ihn aus jedem Winkel und die Erregung durch seinen Schwanz, der sich in mir bewegt, treibt mich an den Rand des Höhepunkts. Ich ziehe mich um ihn zusammen, drücke ihn. Armando zieht sich aus mir heraus, während sich mein Arsch um ihn zusammenzieht. Stößt wieder in mich hinein und ich schreie vor Lust auf. Mein ganzer Körper steht in Flammen. Jeder Stoß eine Schockwelle der Sinneslust.

Er vergräbt sich in mir, so weit er kann, so tief er kann.

„Ich komme gleich", stöhne ich.

Armandos Hand gleitet zu meinem Mund. „Ich will dich hören. Ich will hören, wie du für mich kommst. Ich will hören, wie du dieses süße, kleine Stöhnen ausstößt."

Mein ganzer Körper bebt. Ich dränge gegen ihn, fülle mich ganz mit seinem Schwanz. Meine Hand greift nach unten, findet meinen Kitzler und reibt ihn.

„Ich liebe es, wie sich dein Arsch um meinen Schwanz anfühlt, Baby", stöhnt Armando in mein Ohr.

Seine Finger krallen sich in meine Hüfte und er hält mich an sich fest.

Mein Körper explodiert in einer Mischung aus orgastischer Lust und scharfem, brennenden Schmerz. Armando stößt immer weiter in mich hinein, während Wellen der Lust über mir brechen.

Ich spüre, wie er in mir explodiert, sich in mich ergießt. Jeder Stoß schickt eine weitere Welle der Elektrizität durch mich hindurch. Noch einmal stößt Armando in mich hinein, hält tief in mir inne. Sein Schwanz pulsiert und pumpt mich voll, zwingt mich, noch einmal mit ihm zu kommen.

Dann zieht Armando mich eilig auf die Seite, hält mich von hinten im Arm. Seine starken Arme sind um meine Taille geschlungen, ziehen mich eng an sich. Er küsst meine Schulter und schlingt sein Bein um mich.

„Das war unglaublich", sage ich atemlos.

Wieder drückt Armando einen Kuss auf meine Schulter. „Bist du okay?"

Ich nicke. „Ja."

„Gut", erwidert er und wischt sich den Schweiß von der Stirn. „Denn ich bin noch lange nicht fertig mit dir."

Kapitel Zehn

Armando

„Mando."

Es ist Arturo, der mich tagsüber auf der Arbeit anruft. Meiner Nicht-Arbeit. Der öde Ort, an den ich jeden Tag gehen muss, um einen Gehaltsscheck fürs Nichtstun einzusammeln. Ich entferne mich von der Baustelle, presse das Handy ans Ohr. „Ja?"

„Habe gehört, du gehst den Typen da unten auf den Sack." Er gluckst.

Meine Nackenhaare stellen sich auf, auch wenn er nicht Unrecht hat. Larry, der Vorarbeiter, hasst mich inbrünstig. Ich habe die ganze Woche über an ihm geklebt wie eine Zecke, habe dabei zugeschaut, was er macht, habe Fragen gestellt. Habe mich wichtig gemacht, wenn mir danach war. Was generell so rüberkommt, als ob ich vor seinen eigenen Arbeitern seine Entscheidungen infrage stellen würde. Weil ich ihn nicht mag und einfach, weil ich kann.

Ich habe mich aufgeführt wie ein Wichser, aber er ist definitiv auch ein *stronzo*. Keiner seiner Leute kann ihn leiden, und ich finde, das sagt viel aus. Allerdings kann auch keiner seiner Leute mich leiden. Niemand will sich mich zum Feind machen, so viel ist klar. Aber mein Freund will auch niemand sein. Sogar der Kerl mit dem Arzttermin, für den ich mich an meinem ersten Tag eingesetzt habe, geht mir aus dem Weg. Ich will nicht behaupten, dass ich ihnen das vorwerfen kann. Es ist das Beste, Männer wie mich zu meiden.

„Was hast du gehört?", knurre ich.

„Don G hat gestern einen Anruf von einem Gewerkschaftler bekommen. Hat ganz höflich gefragt, ob du bei deiner Nicht-Arbeit vielleicht ein bisschen weniger arbeiten könntest." Arturos Lachen dringt durch die Leitung. „Machst du denen da unten Feuer unterm Hintern?"

„Was zur Hölle soll ich denn sonst tun?"

Ich sollte mich nicht beschweren. Ich klinge wie ein verwöhntes Gör, dabei habe ich diesen sicheren Job, bei dem ich keine Finger krumm machen muss. Das Problem ist nur, dass ich fünf Jahre lang keinen Finger krumm gemacht habe. Diesen Mist habe ich so was von satt.

„Rufst du an, um mir zu sagen, dass ich es lassen soll?"

„Nee, du kannst tun, was immer zur Hölle du willst. Ist deine Sache, Mando. Der Don wollte es dir nur weitersagen. Tu einfach, was du für richtig hältst." Er zögert. „Du weißt, dass du nicht mal da aufschlagen musst, oder? Das ist alles nur Show."

„Ich muss hier sein", erwidere ich bloß.

Arturo begreift, was ich sagen will. „Was immer dich glücklich macht, Mann."

Ich sollte mich bei ihm bedanken, aber mir ist nicht danach. Schon die ganze Woche über bin ich gereizt und rastlos. Ich konnte absolut nichts darüber herausfinden, wer mich umbringen will oder was sie als Nächstes vorhaben. Marco wurde mittlerweile aus dem Krankenhaus entlassen, aber meine Schuldgefühle wegen dieses Zwischenfalls sind noch lange nicht versiegt. Und auch wenn ich jeden Tag zur Arbeit gehe, ist das Einzige, was ich wirklich will, sofort wieder nach Hause zu eilen und Hannah zu ficken. Diese Frau hat meinen Schwanz so dermaßen unter Kontrolle, ich kann es gar nicht erklären. Ich habe ihr nichts zu bieten außer meinem Schwanz, und auch wenn ihr das nichts auszumachen scheint, muss ich einen Weg finden, ihr mehr zu geben. Sie hat so viel mehr verdient. Und trotzdem muss ich mich zwingen, nicht bei ihr zu bleiben, sondern jeden Morgen hierherzukommen und den Tag mit diesen *stronzos* zu verbringen, darauf zu warten, dass mein Leben wieder beginnt, aber das hat es bisher noch nicht.

Das tut es nicht.

All die Jahre im Gefängnis, während ich darauf gewartet habe, rauszukommen und wieder zu leben, und jetzt scheint es mir unmöglich zu sein. Ich habe das Gefängnis mitgenommen.

Und jetzt heulen diese Schlappschwänze dem Don auch noch was vor, ganz die Petzen, die sie sind. Meine Laune wird mit jeder Sekunde miserabler.

„Hör zu, Mando – am Sonntag wird mein Enkel getauft. Anschließend gibt es eine Feier bei uns zu Hause. Meine Tochter hatte dir keine Einladung geschickt, weil sie die Liste schon finalisiert hatte, bevor du rausgekommen bist. Nichts für ungut, hm?"

„Klar. Nichts für ungut. Kein Problem."

„Also, du kommst vorbei? St. Angela's um 10:00 Uhr."

Fuck.

„Sicher. Natürlich komme ich vorbei."

„Gut. Dann bis Sonntag. *Ciao.*"

„*Ciao.*"

Ich lege auf, bin gereizter denn je. Ich rufe Luis an, der mir bisher einen Scheißdreck erzählt hat, seit wir vor fünf Tagen gesprochen haben. „Hey. Was hast du für mich?"

„Nichts Eindeutiges. Was ich weiß ist, dass die Hermanos dich auf dem Kieker haben. Aber ich vermute, ich war der Kerl, der ihnen versehentlich gesteckt hat, dass du draußen bist. Was heißt, dass der erste Attentäter nicht von ihnen kam, dass sie es aber vermutlich waren, die deine Wohnung zerschossen haben."

Ich fluche auf Italienisch.

Jetzt sind also zwei Mordkommandos hinter mir her.

Richtig großartig.

„Ich brauche mehr, Luis“, erkläre ich.

„Bin dran.“

Kapitel Elf

H*annah*

Es ist halb sieben abends und Armando ist noch nicht wieder aufgetaucht. Bisher ist Armando diese Woche jeden Abend zu Ladenschluss aufgetaucht und hat mich mit meinem Van nach Hause gefahren. Wir haben zusammen zu Abend gegessen. Hatten Sex. Haben ferngesehen. Ich wusste, wie gefährlich es war, mich daran zu gewöhnen, dass er immer da ist.

Ich wusste die ganze Zeit, dass er nicht bleiben würde. Dass das hier keine langfristige Sache ist.

Aber dennoch habe ich zugelassen, dass ich mich darin verliere. Diese trügerische Häuslichkeit genieße. Kochen. Essen. Den Abwasch machen. Armando, der mir den Müllsack oder das Altpapier aus den Händen nimmt und mir sagt, dass er es runterbringt. Die leichte Verzückung, in die ich jedes Mal geraten bin, wenn er mit einem leeren Pappkarton von den Müllcontainern zurückkam, damit Shadow darin spielen kann. Es ist offensichtlich, dass ihm mein Kätzchen ans Herz gewachsen ist, und bei diesem Gedanken stolpert mein Herz.

Aber heute Abend taucht er einfach nicht auf. Ich habe die Zeit totgeschlagen. Habe länger gearbeitet, mehr Sträuße gebunden, als wir brauchen, hatte immerzu gehofft, er würde auftauchen, doch das tat er nicht.

Mein Magen zieht sich zusammen.

Ich habe eine Nummer von ihm, aber als ich dort angerufen habe, ging nur eine mechanische Mailboxstimme ran, und auf meine Nachrichten hat er auch nicht geantwortet. Was weiß ich, vielleicht hat er mittlerweile schon das Handy gewechselt. Ich habe keine Ahnung, was Mafiosi so treiben. Besorgen sie sich jede Woche ein neues Prepaid-Handy?

Ich bin nicht einmal sicher, ob es angebracht ist, ihn anzurufen oder ihm zu schreiben. Er hat sich in meinem Haus versteckt, weil jemand versucht hat, ihn umzubringen, und weil er mich beschützen will. Und zufälligerweise haben wir auch Sex. Jede Menge Sex. Aber das macht ihn nicht zu meinem Freund, ganz egal, wie sehr es sich danach anfühlt.

Das hat er bereits klargestellt.

Ganz egal, dass dieses kranke, unwahrscheinliche Szenario womöglich tatsächlich die gesündeste Beziehung sein mag, die ich je hatte. Denn Armando sieht mich und zuckt nicht zusammen. Und das ist das Furchteinflößendste überhaupt.

Ich steige in meinen Van und fahre nach Hause, meine Finger verkrampfen sich um das Lenkrad, während ich mich durch den Verkehr winde. Es dauert eine Ewigkeit, bis ich einen Parkplatz gefunden habe, weil ich erst so spät nach Hause gefahren bin, aber schließlich entdecke ich ein Auto, das gerade aus einer Parklücke fährt, und ich setze dreißig oder vierzig Mal vor und zurück, bis ich den riesigen Van endlich in die winzige Parklücke manövriert habe.

Als ich vor meiner Wohnungstür stehe, bleibe ich wie angewurzelt stehen.

Ich kann den Fernseher hören.

Mein Magen überschlägt sich in einer seltsamen Mischung aus freudiger Erregung und Verärgerung, und ich drücke die Tür auf, erblicke Armando, der mit den Füßen auf dem Couchtisch auf dem

Sofa sitzt, und fernsieht. Ich lasse meine Handtasche auf den Tisch fallen und mache die Tür hinter mir zu. „Du bist hier."

„Hey." Er trägt diese ausdruckslose Maske, bei der ich ihm in diesem Augenblick am allerliebsten direkt gegen das Schienbein treten würde.

Ich gehe zur Küchenzeile. Auf der Anrichte stehen Behälter mit chinesischen Essen, und wie es aussieht, hat Armando bereits gegessen.

Es ist einer dieser Augenblicke, in denen ich weiß, dass ich überreagiere – ich weiß, dass ich mich klammernd und komisch verhalte, aber ich kann die kleinlichen Emotionen nicht mehr aufhalten, die wie ein ungebremster Güterzug durch mich hindurchdonnern. Ich kippe mir etwas des Essens in eine Schale, schnappe mir eine Gabel, drehe ich mich zu ihm herum und esse im Stehen.

„Also. Ich habe niemals zugestimmt, dich einfach als permanenten Mitbewohner aufzunehmen", fange ich an.

Er tut hemdsärmelig, gleichgültig. Scheint eine legitime Bemerkung zu sein.

Er greift nach der Fernbedienung und schaltet den Fernseher stumm, dann faltet er seinen langen Körper auseinander und steht auf. Seine entspannte Position auf er Couch war trügerisch. Jetzt wirkt er plötzlich einschüchternd, sowohl in seiner Größe als auch durch seine Leg-dich-nicht-mit-mir-an-Ausstrahlung.

Mit gerunzelter Stirn kommt er auf mich zu.

Ich muss mich anstrengen, mich zu behaupten und nicht vor seiner Intensität zurückzuweichen.

„Soll ich mir einen anderen Ort zum Untertauchen suchen?"

Das Herz rutscht mir in die Hose. Das ist die Ironie in Beziehungen – wenn man den anderen fortstößt, obwohl man eigentlich mehr Nähe sucht. Ich stelle meine Schale mit Essen auf dem Tisch ab. Strecke trotzig das Kinn vor und zucke mit den Schultern.

Armando kommt näher, ragt förmlich über mir auf, berührt mich aber nicht. Ich *will*, dass er mich berührt – mich auf diese raue, insistierende Art berührt, die so typisch für ihn ist, doch das tut er nicht.

„Ja oder nein?" Sein Tonfall ist nichts als pure Autorität und verlangt eine Antwort von mir.

Ich schlucke, schüttle den Kopf, wende mich ab.

Armando greift nach meinem Arm, dreht mich wieder zu sich herum. „Was ist hier los?"

„Nichts", blaffe ich ihn an, bin jetzt wirklich sauer.

„Sprich mit mir."

Vielleicht will ich doch nicht berührt werden, denn in diesem Augenblick ziehe ich es definitiv vor, ihm auszuweichen. Mein Hals und mein Dekolletee werden heiß und rot. Ich schüttle den Kopf, und wieder wende ich den Blick ab. „Ich weiß es nicht."

„*Bullshit*."

Armando hat eine Art und Weise an sich, *Bullshit* zu sagen, die sich wie ein Faustschlag anfühlt. Ein Angriff gegen meine Sinne, den ich im ganzen Körper spüre. Als ich zusammenzucke, zieht er mich noch näher zu sich, bis an seinen Körper. „Sag nicht, du wüsstest es nicht, wenn du es weißt. Warum bist du sauer auf mich?"

Ich blinzle die Tränen zurück. Diese Scheißtränen! Dieser Scheißtyp! Dieses Scheißich! Ich bin einfach so erbärmlich.

Armandos Arm legt sich um meinen Rücken, mit der anderen Hand streicht er mir die Locken aus dem Gesicht. „Was habe ich getan?", fragt er, behutsamer dieses Mal.

„Tut mir leid", würge ich hervor, dann schelte ich mich innerlich, weil ich mich entschuldigt habe. „Ich verhalte mich blöd. Vergessen wir es einfach."

Er rührt sich nicht, starrt einfach auf mich herab. „Wir vergessen es nicht. Sag es einfach."

Geschlagen zucke ich mit den Schultern. Es ist so verflucht peinlich, aber ich gebe es zu. „Du könntest ein bisschen mehr kommunizieren. Du weißt schon – anrufen und Bescheid sagen, dass du direkt hierherkommst, anstatt zum Laden."

Jup, genau, ich klinge klammernd. Sein Ausdruck wird leer, dann lässt er mich los und tritt einen Schritt zurück, genau, wie ich erwartet habe.

„Habe ich dir doch gesagt – ich bin blöd. Du bist ja nicht mein Freund." Ich werfe die Hände in die Luft. „Ich weiß nicht, was zur Hölle du bist, aber das bist du jedenfalls nicht." Ich greife nach meiner Schale mit Essen und gehe um Armando herum, der dasteht wie eine steinerne Statue. Ich lasse mich aufs Sofa fallen und stelle den Ton wieder an.

Armando rührt sich noch immer nicht. Ich nehme nichts von dem wahr, was im Fernsehen läuft, obwohl meine Augen starr auf die Mattscheibe gerichtet sind. Ich muss mich zwingen, die Emotionen hinunterzuschlucken, die in meinem Hals aufsteigen. Er wird jetzt gehen, und das ist in Ordnung so. Das muss passieren. Denn je schneller ich ihn hier rausbekomme, umso schneller kann er aufhören, mir etwas zu bedeuten.

Er geht zur Tür, doch dann bleibt er stehen, starrt das Holz an. Als er sich wieder zu mir herumdreht, riskiere ich einen schnellen Blick in seine Richtung. „Ich kann nicht dein Freund sein, Hannah." Er klingt uralt. Unendlich erschöpft.

Ich zucke zusammen. Ich will das nicht hören. Ich will das definitiv nicht hören.

„Ich kann dir nichts bieten. Ich bin innerlich verdammt noch mal ganz leer und tot, und scheinbar nur Augenblicke davon entfernt, umgebracht zu werden."

„Ich weiß", stimme ich eilig zu, will diese Unterhaltung einfach beenden. „Können wir es einfach vergessen?"

„Ich bin ein Arsch, dass ich hier wohne. Ich weiß, ich bin ein Arsch, weil ich mir alles von dir nehme, ohne im Gegenzug etwas zu bieten." Er wirft mir einen langen, unergründlichen Blick zu. „Aber ich will nicht gehen." Er stopft seine Hände in die Hosentaschen.

Mein Magen schlägt Saltos und ich bekomme keine Luft mehr. Ich weiß nicht, was ich sagen soll.

Er zuckt mit den Schultern. „Wenn du willst, dass ich gehe, gehe ich. Mehr habe ich nicht zu sagen. Deine Entscheidung."

Wie ein Narr springe ich auf und stürze auf ihn zu, schlinge meine Arme um seine Taille und presse mein Gesicht in seine Brust.

Seine Arme legen sich um mich, stark und beschützend. Dieser Kerl würde, ohne mit der Wimper zu zucken, für mich töten. Das weiß ich bereits. Loyalität ist sein Ding, und ich stehe unter seinem Schutz.

„Ich will nicht, dass du gehst", gestehe ich. Mein Bauch bebt, als ich versuche, einen Schluchzer zu unterdrücken.

Armandos Hände gleiten zu meinen Locken und er massiert meinen Kopf. „Weine für mich, Blümchen", murmelt er, legt sein Kinn auf meinen Scheitel.

Ich schluchze ein wenig in sein Hemd. „Das ist so falsch."

„Vielleicht wache ich irgendwann auf", murmelt er. „Vielleicht wache ich irgendwann auf und bin dein Prinz."

Mein Prinz. Er ist schon längst mein Prinz. Vielleicht sagt das nicht viel aus, vielleicht ist das nur der Beweis dafür, dass ich nicht besonders viele gute Männer gedatet habe. Oder vielleicht *will* ich einfach nur ganz verzweifelt, dass er mein Prinz ist. Ich will glauben, dass es für uns beide ein Happy End gibt. Liebe überwindet alles und dieser ganze zuckersüße Schmarrn.

Doch in diesem Moment ist es genug. Zu wissen, dass er aufwachen und mein Prinz sein *will*, bedeutet mir alles.

Und ich liebe ihn auch dafür, dass er meine Tränen akzeptiert. Nicht ein einziges Mal hat mir dieser Kerl gesagt, ich solle aufhören, zu weinen, und das wurde mir mein ganzes Leben lang von so ziemlich jedem gesagt.

Armando sagt mir, ich solle mehr weinen. Für ihn weinen. Seine Tränen weinen.

Das macht sie zu einer Art Tribut. Gibt ihnen eine Bedeutung. Lässt sie einfacher aus mir herausfließen. Schließlich wische ich meine Wangen ab. „Was schaust du?", frage ich, um wieder Normalität herzustellen.

„Alte *Parks and Recreation*-Folgen. Komm her." Er nimmt meine Hand und meine Schale mit chinesischem Essen und zieht mich zur Couch. „Was willst du schauen?"

Ich kuschle mich neben ihm auf die Couch und er legt einen

Arm um mich, zieht mich an seine Seite, während er Netflix aufruft und durch die Vorschläge klickt.

„*Die Mafiosi-Braut*“, platze ich heraus, bereue es umgehend, denn jetzt wird er glauben, ich will ihn heiraten. Ich bin mir sicher, das ist das Ergebnis meines Unterbewusstseins, denn ich grüble ständig über die Konsequenzen nach, mit jemandem aus der Mafia zusammen zu sein.

„Oh, mein Gott“, murmelt er, sucht den Film aber raus.

„Wir müssen den nicht schauen“, rudere ich zurück.

„Nee, der ist lustig. Und Michelle Pfeiffer ist heiß. Frag mich nur bitte nicht, ob irgendwas daran realistisch ist.“

„Werde ich nicht“, verspreche ich, würde das aber gerne tun. Ich will alles wissen, was es zu wissen gibt.

Vor allem deshalb, weil er mir nichts verrät. Allerdings liebe ich es auch, dass er so klare Grenzen zieht.

Shadow miaut und springt auf die Couch und rollt sich prompt auf Armandos Schoß zusammen, der gerade den Film startet. Armando legt die Fernbedienung zur Seite und krault Shadows Kinn.

„Hi, Kumpel“, sagt er und Shadow beginnt, laut zu schnurren. „Du bist der coolste Typ, weißt du das?“

Ich muss lächeln und fange ebenfalls an, Shadow zu kraulen. „Sorry, dass ich so zickig war.“

„Hör auf, dich zu entschuldigen.“ Armando küsst meine Haare wie ein echter Freund. „Ich habe dein Leben vollkommen auf den Kopf gestellt, das ist mir klar.“ Er senkt den Kopf und streift mit seinen Lippen über meine. „Ich weiß es wirklich zu schätzen, dass du mich hier unterkommen lässt.“

Und mir nichts, dir nichts, habe ich ihm verziehen.

Kapitel Zwölf

A*rmando*

In den nächsten Tagen bin ich besser darin, mit Hannah zu kommunizieren. Am Ende jeden Arbeitstages schreibe ich ihr und lasse sie wissen, wo wir uns treffen. Oder was es zum Abendessen gibt. An jenem Abend, als sie mich zur Rede gestellt hat, war ich ein Idiot gewesen und hatte die Standpauke verdient. Doch Hannah hat mir verziehen, und dafür weiß ich sie umso mehr zu schätzen.

Es bricht mir keinen Zacken aus der Krone, sie als die Königin zu behandeln, die sie ist. Zumindest für jetzt, während wir tun, was wir hier tun. Es ist keine Beziehung, denn es wird ein Ende geben. Ich werde herausfinden, wer mich tot sehen will, werde sie ausschalten, und dann kann ich zurück in meine eigene Wohnung ziehen.

Ich wünschte, ich hätte Hannah mehr zu bieten, aber das tue ich nicht. Im Augenblick kann ich niemandem irgendetwas bieten. Ich bin für keine Art von Beziehung geeignet.

Auf dem Rückweg zu Hannahs Wohnung fahre ich an dem Bestattungsinstitut vorbei. Ich habe meine Ma in Arizona angerufen und sie danach gefragt, und sie hat mir den Namen genannt – Angel's Wings, das passenderweise von einem Typen namens Angelo geleitet wird. Natürlich Italiener. Don G würde sein Geld nirgendwo anders ausgeben, solange es einen *paisano* gibt, der zur Verfügung steht. Außerdem kann ich mir vorstellen, dass es seine Vorteile hat, einen Bestatter in der Tasche zu haben. Falls man mal Beweise verschwinden lassen muss oder so.

Ich betrete den stillen Empfangsraum. Vor einem Kreuz brennen Kerzen und daneben liegen Broschüren über Trauerarbeit. Eine Frau Mitte dreißig, in einem geschmackvollen, blauen Kleid, kommt aus einer Tür, um mich zu begrüßen. Ich frage mich, ob sie mit Angelo verwandt ist. Das hier kommt mir nicht wie die Sorte Geschäft vor, bei dem man Fremde anstellt. Niemand will in einem Bestattungsinstitut arbeiten, oder?

„Willkommen." Ihre Stimme ist leise und respektvoll, als ob wir uns in einer Kirche befänden. „Wie kann ich Ihnen helfen?"

„Ich wollte mit Angelo sprechen. Richten Sie ihm aus, dass Mando hier ist, Don Pachinos Neffe."

Begreifen und Neugierde blitzen in ihren Augen auf. Definitiv ein Familienbetrieb. Sie ist nicht einfach irgendeine Rezeptionistin – sie kennt die Organisation.

„Selbstverständlich", erwidert sie, ohne mit der Wimper zu zucken. „Ich lasse ihn wissen, dass Sie hier sind."

Wenige Augenblicke später betritt ein kleiner, kahlköpfiger Mann Mitte sechzig den Raum, zupft am Revers seines Jacketts herum und knöpft es über seinem runden Bauch zu. Er streckt mir seine Hand hin, als wäre ich ein alter Freund. „Mando, was kann ich für Sie tun?"

„Also. Kann ich mit nach hinten kommen?" Mit dem Kinn deute ich in Richtung seines Büros.

Er strauchelt nur für eine Sekunde. Er ist ein wenig nervös, aber ich bezweifle, dass er irgendwas angestellt hat, was Angst vor der Familie rechtfertigen würde. Die Begrüßung war warm, nur ein wenig perplex. „Natürlich. Kommen Sie mit."

Ich folge ihm nach hinten und setzte mich ihm gegenüber an seinen Schreibtisch, während er einen Stapel Papiere zurechtschiebt. „Ich weiß, dass Sie als Bestatter die erste Wahl für meine Familie sind, also vielen Dank für Ihre Dienste im Laufe der Jahre.“ Ich bin verflucht eingerostet im Einschleimen – richtig eingerostet. Aber hier geht es um Hannah, also werde ich es durchziehen.

Angelo nickt eifrig, noch immer etwas besorgt. „Natürlich. Alles für Don Pachino und seine Familie.“

„Ich komme direkt zur Sache. Bestellen Sie Blumen für die Särge? Wenn Ihre Kunden keine eigenen Floristen haben oder sich nicht selbst darum kümmern wollen?“

„Ja.“ Seine Antwort birgt eine Frage.

Ich schiebe ihm Hannahs Visitenkarte über die Tischplatte entgegen. „Ich möchte, dass Sie bei dieser Floristin bestellen – als einen Gefallen für mich.“ Ich tippe auf die Karte. So werden bei *La Famiglia* Geschäfte gemacht. Ich frage nicht – ich befehle. Und dann bezeichne ich es als Gefallen.

Seine Entscheidung, ob er sich fragen will, ob er es tun muss oder ob es nur ein höflicher Vorschlag ist.

Nein, das ist Quatsch. Sogar höfliche Vorschläge werden befolgt, wenn man mit den Pachinos zu tun hat.

Frage ich mich, ob Don Pachino sauer darüber sein könnte, dass ich seinen Namen benutze, um dem Mädchen zu helfen, das ich ficke? Nur ein bisschen. Wenn er sauer ist, dann komme ich damit klar. Ich glaube nicht, dass diese Sache es verlangt, zuerst seine Zustimmung zu erbeten. Ich bringe hier niemanden um. Ich mache nur einen Deal.

Angelo nimmt die Visitenkarte hoch und studiert sie. „Mit Vergnügen.“

Na bitte. Kinderspiel.

Ich stehe auf. „Ich weiß es zu schätzen.“ Ich strecke den Arm aus, schüttle seine Hand. „Ich finde den Weg zur Tür. *Buona giornata.*“

„*Buona giornata*“, erwidert Angelo.

Ich werfe ihm keinen Blick mehr zu.

Als ich nach Hause komme – na gut, Hannahs Zuhause, obwohl es sich immer mehr auch wie mein Zuhause anfühlt, viel mehr als die verdammte, trostlose Wohnung mit meinem ganzen alten Scheiß darinnen, in die ich nicht zurückkehren kann – finde ich sie in der Dusche.

Ich ziehe mich aus und leiste ihr für ein weiteres Fick-Fest Gesellschaft.

Denn meinen Schwanz in Hannah hineinzustecken, ist im Moment so ziemlich das Einzige, wofür es sich zu leben lohnt.

„Hey", heißt sie mich willkommen.

Ich bin nicht in der Stimmung für Smalltalk. Ich habe heute schon mehr gesprochen, als mir lieb ist. Im Augenblick habe ich nur ein Ziel. Ich drehe Hannah um und lege ihre Handflächen auf die Fliesen der Dusche.

„Streck deinen Arsch raus", befehle ich.

Hannah tut wie befohlen, weiß, wie sehr es mir gefällt, wenn sie so unterwürfig ist.

Sie ist so feucht, dass mein Schwanz mit Leichtigkeit in sie eindringt.

Die Hitze des Wassers macht uns heiß und wir ficken mit rücksichtsloser Unbekümmertheit. Sie stößt diese kleinen, wimmernden Töne aus, ihr Stöhnen wird lauter, und ich rammle mit meinem Schwanz in sie hinein.

„Fuck, ja", knurre ich. „Genau so."

Das Wasser prasselt auf unsere nackten, verschlungenen Körper, Hannahs Haare kleben in ihrer Stirn und ich kralle meine Finger in ihre Hüfte.

„Fester", verlangt sie. „Fick mich härter."

Den Gefallen tue ich ihr und ihr Stöhnen wird so laut, es ist schon ein Schreien.

Ich knalle in sie hinein und es ist einfach so verfickt heiß.

Ich will über ihren herrlichen Arsch kommen. Meine Hand gleitet hinunter, erforscht die Stelle zwischen ihren Beinen und spielt mit ihrem Kitzler.

„Fuck. Oh, Fuck. Oh, Fuck!“, schreit sie noch lauter.

Ich versohle ihr den Arsch, während ich mit jedem Stoß tiefer in sie eindringe.

Es ist animalisch. Ungezähmt. Und ich liebe es verdammt noch mal.

„Gefällt es dir, wenn ich dir den Arsch versohle, du unanständiges Mädchen?“

Sie streckt den Hintern raus, wackelt damit. „Ja.“

Wieder und wieder haue ich auf ihren Arsch. „Das will ich hören.“

„Es brennt mit dem Wasser“, erklärt sie mit einem Stöhnen.

Ich schlage noch kräftiger zu. „Gut.“

Dann greife ich um ihren Körper herum und versohle ihr die Pussy. Sie schreit auf und ich spüre, wie sich ihre Möse um meinen Schwanz zusammenzieht.

„Wem gehört diese Pussy?“, frage ich, während ich ihr weiter die Pussy versohle.

„Dir. Dir“, presst sie wimmernd hervor.

Wieder verpasse ich ihr einen Hieb. „Vergiss das nie.“

Ich streiche ihr die Haare aus dem Gesicht und schaue ihr in die Augen, während ich in sie hineinknalle.

Sie ist so heiß.

Ihr Gesicht ist angespannt. Ihr Körper steif vor Lust, die ich ihr bereite.

Ich komme tief in ihr und sie schreit auf, als sie auf meinem Schwanz kommt.

Ich ziehe mich aus ihr heraus und wir sinken gegen die Duschwand.

Das heiße Wasser prasselt noch immer auf uns herab und es fühlt sich so verflucht gut an.

Ich ziehe mich etwas zurück und lächle.

„Für was ist dieser Blick?“, will sie wissen.

„Du gehörst mir“, lasse ich sie wissen. Zumindest für jetzt.

Dieser exakte Augenblick. Und ich werde jede Sekunde davon genießen.

Sie lächelt und küsst mich.

„Ja. Ich gehöre dir.“

Kapitel Dreizehn

H*annah*

„Ja, ich werde da sein“, verspreche ich meiner Mom, während ich einen rot-weiß-blauen Pferdekranz binde. Mary Alice hatte jeden vierten Juli diesen Job, bei dem sie Kränze für die Pferde gebunden hat, die in der Parade in der Innenstadt mitlaufen. Der Mist ist allerdings, dass sie die Anzahlung von fünfzig Prozent für dieses Jahr mitgenommen hat, bevor sie mir den Laden überlassen hat, also werde ich keinen einzigen Cent mit diesem Gig verdienen, wenn ich für die Blumen bezahlt habe. Aber hoffentlich werden sie mich nächstes Jahr wieder buchen.

„Wir haben dich letzte Woche vermisst“, beschwert sich meine Mom. Sie ist angefressen, weil ich letzten Sonntagabend nicht zum Essen da war. Ich hasse es, mich verpflichtet zu haben, diesen Sonntag vorbeizuschauen – viel lieber würde ich Zeit mit Armando verbringen, allerdings bezweifle ich, dass er sich auch nur in der Nähe meines Elternhauses aufhalten würde, und ich kann meiner Mom einfach nicht noch einmal absagen.

„Dein Dad hat ein paar Tests machen lassen. Er hat hohe Cholesterinwerte und hohen Blutdruck“, informiert sie mich. „Sie werden auch einen Stresstest für sein Herz machen.“

„Müssen wir uns Sorgen machen?“

„Na ja, er hatte immer wieder mit Kurzatmigkeit zu kämpfen. Aber ich konnte ihm einen Termin bei einem guten Spezialisten besorgen.“ Meine Mom ist Krankenschwester in einer Kinderarztpraxis, also kennt sie alle guten Ärzte in Chicago.

„Könnte auch einfach daran liegen, weil er fünfundfünfzig ist und nicht sonderlich fit“, biete ich trocken an.

„So unfit ist er nun auch wieder nicht. Dein Dad besteht noch immer aus nichts als Muskeln.“

„Nichts als Muskeln und Bierbauch“, bemerke ich, und doch hat meine Mom recht. Mein Dad arbeitet hart und sein Körper ist besser in Form als bei den meisten Männern seines Alters.

„Also, was gibt’s Neues bei dir?“, fordert mich meine Mom auf.

Ich knabbere auf meiner Unterlippe herum, überlege hin und her, ob ich ihr von Armando erzählen soll. Ich hasse es, Dinge vor ihr zu verheimlichen, aber was soll ich sagen? Da ist dieser Mafioso, der sich in meiner Wohnung versteckt, und er kann nicht gehen, weil mein Leben ebenfalls in Gefahr sein könnte?

„Mary Alice gestattet mir für ein paar Monate eine Pause bei den Zahlungen, damit ich das Geschäft ankurbeln kann.“

Dank Armando, der mich gezwungen hat, mit ihr zu verhandeln.

„Hast du Schwierigkeiten?“ Die Stimme meiner Mutter klingt angespannt und besorgt. Meine Eltern waren beunruhigt, als ich den Laden übernommen habe. Sie haben mir zwar geholfen, die Anzahlung zu leisten, und würden mir auch gerne weiter helfen, aber meine jüngere Schwester Kiana geht zurzeit auf die South Illinois State University und die Studiengebühren sind eine große Last für sie.

„Nein, es ist alles okay.“ Ich bin mir nicht sicher, ob das stimmt oder nicht, aber zumindest fühlt es sich wahrer an als noch vor einer Woche. Andererseits kommt mir alles einfacher vor, seit Armando in mein Leben getreten ist.

Scheiß drauf. Ich muss es ihr sagen. „Ich date sozusagen diesen Typen."

„Ach ja? Bring ihn am Sonntag mit!", ruft meine Mom begeistert aus.

„Ähm, nein, Mom. Dafür ist es noch viel zu früh. Und er ist im Augenblick eher unsozial."

„Was meinst du damit, unsozial?", fragt sie argwöhnisch.

Ich atme aus, stecke eine weitere Blume in den Kranz. „Ich weiß es nicht. Er ist ein bisschen traumatisiert. Er sagt, dass er nichts empfindet."

„Ist er im Militär?", fragt meine Mom.

„Nicht genau. Aber so was in der Art. Ich will es dir nicht ohne seine Erlaubnis erzählen."

„Nun ja", erwidert meine Mom sehr langsam. „Klingt so, als ob seine Neurochemie aus dem Lot wäre. Du solltest ihn seine Neurotransmitterwerte kontrollieren lassen."

Das ist so offensichtlich, dass ich mich frage, warum ich nicht selbst darauf gekommen bin, eine wissenschaftliche Erklärung für Armandos Zustand zu finden. Natürlich hat es mit seiner Neurochemie zu tun. Vermutlich hat seine Depression im Gefängnis ihren Anfang genommen, und nur weil er jetzt auf freiem Fuß ist, haben sich seine Neurotransmitterwerte noch lange nicht wieder normalisiert. Das ergibt perfekt Sinn. Ich bin mit allerdings nicht sicher, ob er jemand ist, den ich davon überzeugen kann, sich testen zu lassen oder Hilfe zu holen.

Trotzdem, ich fühle mich besser. Mir kommt es so vor, als ob Armando glauben würde, er hätte irgendeinen unverzeihlichen Makel. Als ob er innerlich tot wäre und nichts ihn je zu den Lebenden zurückbringen könnte. Vielleicht hilft es ihm, zu wissen, dass es nur Neurochemie ist.

„Danke, Mom. Ich werde mit ihm darüber sprechen. Das ist eine gute Idee."

„Tja, wenn er am Sonntag mitkommen will, ist er herzlich eingeladen. Und wir werden keine große Sache daraus machen."

„Keine Chance, Mom. Bis Sonntag."

„Na gut, Schatz. Ich liebe dich."

„Ich liebe dich auch."

Ich lege auf, gerade als Josie ins Geschäft geschneit kommt, wie immer zu spät. Mein Magen zieht sich zusammen, so wie immer in letzter Zeit, wenn sie hier ist. Meine wunderschöne, beste Freundin, die mich als meine Angestellte vollkommen fertigmacht. Ich muss an Armando denken. Daran, was er sagen würde. Wie er mich gedrängt hat, Mary Alice zu schreiben, sobald ich meine Entscheidung gefällt hatte. Mein Mund wird staubtrocken, wenn ich nur daran denken, was hier getan werden muss.

„Josie", fange ich an und meine Stimme klingt wie ein Bellen.

„Ja?" Sie verstaut ihre Handtasche unter dem Verkaufstresen und kommt zu mir.

„Können wir reden?" Die flatternden Flügel in meinem Magen überschlagen sich regelrecht.

Ich schwöre, ich sehe die gleiche Nervosität in Josies Gesicht.

Oh, Gott. Ich glaube, das schaffe ich nicht.

„Du weißt, dass ich dich liebe, oder?"

Sie wird sehr still. Sie hat bronzenen Highlighter auf Wangenknochen und Stirn, der sie wie ein Model aussehen lässt. Tatsächlich bin ich mir nicht sicher, warum sie kein Model ist, wenn ich recht darüber nachdenke. Sie besitzt die nötige Schönheit und Körpergröße.

„Ja." Ihre Stimme ist klein. Beinah verängstigt.

Scheiße.

Ich habe auch Angst. Deshalb habe ich diese Unterhaltung so lange von mir hergeschoben. Ich will meine beste Freundin nicht verlieren. Ich will sie nicht verletzen oder beleidigen. Aber wenn ich nichts ändere, werde ich sie am Ende nur hassen. Ich denke an Armando, wie er mich gezwungen hat, einfach auszusprechen, warum ich sauer war. Das war gut. Vielleicht funktioniert das hier auch.

„Ich weiß nicht, ob es das Beste für unsere Freundschaft war, dass du hier arbeitest." Ich spucke es in einem Schwall aus und die Luft rauscht aus meinen Lungen wie aus einem Ballon.

Ihre Augen werden groß. „Ja", sagt sie und klingt irgendwie überrascht.

Ich mache den Mund auf, aber es kommt nichts mehr heraus, hauptsächlich deshalb, weil mich ihr *Ja* so überrumpelt hat.

Josie kratzt mit dem Daumennagel über die Arbeitsfläche, die Augen gesenkt. „Ich wollte schon seit einer Weile mit dir darüber sprechen." Ihre Stimme ist leise und bedauernd.

Ich blinzle sie an. „Wolltest du?"

Sie nickt. „Ja. Ich wollte dich nur nicht hängen lassen, weißt du? Dieser Laden bedeutet dir alles und du arbeitest so hart. Ich wollte dich nicht im Stich lassen, aber ... ein Blumenladen ist nicht wirklich mein Ding. Ich würde gerne wieder als Innendesignerin arbeiten, aber ich werde mir nichts in dem Bereich suchen, wenn du mir sagst, dass du mich brauchst."

Erleichterung strömt durch mich hindurch, vermischt mit einer Prise Verletzung. „Richtig. Du hast mir nur geholfen. Natürlich ist das hier nicht dein Ding."

„Und du hast mir geholfen", erwidert sie bestimmt. Sie war deprimiert gewesen, nachdem ihr bei ihrer Ausbildung gekündigt wurde, also habe ich ihr den Job angeboten. Sie ist super in Innenausstattung, also dachte ich, sie würde auch Blumenarrangements lieben. Wir wollten uns gegenseitig helfen. Allerdings ergibt es auch Sinn, dass der Job hier sie davon abgehalten hat, weiter ihren Traum zu verfolgen.

„Also ... wirst du dir etwas anderes suchen?"

Sie nickt. „Wenn das okay für dich ist. Tut mir leid – ich wollte schon seit Wochen mit dir sprechen, aber es schien nie der richtige Zeitpunkt zu sein. Mir lag jedes Mal ein Wackerstein im Magen, wenn ich hier war."

„Oh, mein Gott." Ich lache auf. „Das war deiner!" Ich reibe mir den eigenen Bauch, und ganz plötzlich, nachdem ich seine Quelle identifiziert habe, ist dieses nervöse Gefühl verschwunden. „Ich habe es mit dir zusammen gespürt!"

Josie schüttelt den Kopf. „Du bist so seltsam. Richtig Science-Fiction seltsam."

„Ich weiß. Star Trek – ich bin Gem, die Empathin, die anderen Leuten ihre Schmerzen stiehlt. Nur dass ich die Schmerzen nicht aus anderen Menschen herausbekomme, sondern sie einfach mitfühle. So eine unnütze Fähigkeit. Ich meine, warum kann ich nicht Gespenster sehen oder die Zukunft voraussagen oder so was? Eine Empathin zu sein, ist keine Superkraft, es ist ein Handicap."

Josie zieht mich in eine Umarmung. „Es ist eine Superkraft. Du hast nur noch nicht herausgefunden, wie du sie einsetzen kannst. Also, was kann ich heute tun, um dir zu helfen?"

„Sargblumen. Ich glaube, Armando hat diesem Bestattungsunternehmer aufgetragen, mir Aufträge zu verschaffen. Dieser Kerl hat angerufen und mir erzählt, er hätte es so verstanden, dass ich jetzt der Blumenladen bin, mit dem er in Zukunft Geschäfte macht." Ich reiße die Augen auf und forme mit den Lippen ein übertriebenes O.

„Oh, mein Gott! Mafiosi-Braut zu sein, hat seine Vorteile."

„Ich bin nicht seine Braut. Aber ja, ähm. Er ermöglicht Dinge, so viel ist sicher."

Josie schnalzt mit der Zunge. „Ich hätte dich nie mit so einem Typen zusammen gesehen, aber weißt du was? Würde mich nicht wundern, wenn es funktioniert."

„Wirklich?"

Sie zuckt mit den Schultern. „Ja. Ich meine, Italiener sind doch angeblich so leidenschaftlich, oder nicht? Und du bist Miss Emotional. Das passt."

Ich schüttle den Kopf. „Er ist überhaupt nicht emotional. Er ist das absolute Gegenteil von emotional – Mr. Herzstillstand. Aber du hast recht. Vielleicht macht es ihm deshalb nichts aus, dass ich so überemotional bin. Er ist daran gewöhnt."

„Oder vielleicht steht er einfach nur richtig hart auf dich." Josie wackelt mit den Augenbrauen.

Meine Fingerspitzen berühren den Nasenring mit dem winzigen Diamanten, den Armando mir geschenkt hat. „So wirkt es nicht. Allerdings ist das bei einem Typen, der keinerlei Emotionen zeigt, schwer zu sagen, schätze ich."

„Wenn du deine Heul-Nummer abgezogen hast und er nicht das Weite gesucht hat, dann steht er auf dich. Glaub mir."

Ich werfe ihr ein dämlich-glückliches Grinsen zu und will ihr so sehr glauben. Und ich bin erleichtert darüber, dass wir uns endlich ausgesprochen haben.

Ich hasse es, irgendwas zu beschreien, aber es kommt mir vor, als würde mein Leben endlich beginnen, zu funktionieren. Ich kümmere mich um mein Geschäft. Um meine Freundschaft. Ich habe großartigen Sex. Ich liebe einen Typen, der mich so akzeptiert, wie ich bin, und mich ermutigt, mehr zu sein. Da sind noch immer Probleme, die geklärt werden müssen, klar. Aber es breitet sich auch Hoffnung in all den Rissen und Brüchen in mir aus.

Kapitel Vierzehn

A*rmando*

Hannah sitzt rittlings auf meinem Arsch und ihre feuchte Pussy gleitet über meine Haut, während ihre Hände langsam über meinen eingeölten Rücken streichen und sie mich massiert.

Es ist beinah unerträglich schwer, das auszuhalten. Es ist nicht Sex – ich habe sie bereits gründlich gefickt. Habe sie gefickt, bis ihre Nachbarn an die Wand gehämmert haben und ich zurückbrüllen musste, um sie zum Schweigen zu bringen.

Aber das hier?

Das hier ist Folter. Ich mag es nicht, berührt zu werden.

Vielleicht mochte ich es früher mal – schwer zu sagen. Es ist zu lange her, als dass ich mich erinnern könnte. Ich mochte es immer schon, derjenige zu sein, der die Kontrolle hat – so viel ist sicher. Aber jetzt fällt es mir richtig schwer. Hannah will das für mich tun. Sie hat eine große Sache daraus gemacht – ist aufgestanden, hat das Öl aus dem Badezimmer geholt und sah so stolz aus.

Also schließe ich meine Augen und lausche. Lausche ihrem leisen, atemlosen Stöhnen, wenn sie die Daumen in meinen Rücken presst, ihr ganzes Gewicht darauf gibt und meine Muskelstränge durchknetet. Als ob es sie heiß machen würde, meinen Körper zu bearbeiten. Ich sauge die Aufmerksamkeit auf, die sie meinem Körper schenkt, die Art und Weise, wie sie alle verspannten Stellen findet und sie massiert, bis sie weicher werden.

Und die ganze Zeit über versuche ich zu begreifen, warum sie das macht. Warum sie das machen *will*.

„Was hast du am meisten vermisst, als du im Gefängnis warst?“, fragt sie. „Ich meine, abgesehen von deiner Freiheit.“

Oh Jesses. Wollen wir jetzt tatsächlich über das Gefängnis sprechen?

All die Arbeit, die ich geleistet habe – die sie geleistet hat – meine Muskeln zu entspannen, fliegt in dieser Sekunde aus dem Fenster. Ich spüre, wie ich wieder zu Stein werde. Ich bin versucht, ihr den Mund zu verbieten. Einfach nicht zu antworten oder ihr zu sagen, dass ich nicht darüber sprechen will. Aber sie schenkt mir in diesem Moment so viel, ich käme mir wie ein riesengroßes Arschloch vor. Also denke ich ernsthaft über die Frage nach.

„Sex, das wäre die einfache Antwort. Das habe ich anfangs am meisten vermisst. Bevor ich ...“

„Bevor du was?“, fragt sie leise.

„Bevor ich mich verändert habe. Alle Empfindungen verloren habe. Aus meinem Körper herausgetreten bin.“

Hannahs Hände hören nicht auf, meinen Rücken zu liebkosen, glätten die Wogen des Unmuts, die aufbrausen, als ich davon spreche.

„Und worauf hast du dich am meisten gefreut, als du wieder rausgekommen bist?“

Ich denke darüber nach. Hauptsächlich meine Freiheit. Ich wollte niemanden sehen. Nichts. „Essen, vielleicht“, gestehe ich. Das ist das Einzige, was sich halbwegs wahr anhört. „Den Nudelauflauf von meiner Ma. Gios Calzone.“

„Du magst italienisches Essen.“ Ich kann das Lächeln in Hannahs Stimme hören. „Ich kann nichts kochen, außer Spaghetti.“

Sie sagt das, als ob sie für mich kochen wollte, was wirklich verdammt niedlich ist. Vor allem, wenn man bedenkt, dass sie nicht wirklich kocht, soweit ich mitbekommen habe. Ich glaube nicht einmal, dass sie sich besonders viel aus Essen macht.

„Waren das die Calzones, die du am ersten Abend bestellt hast, als du hier warst?"

„Genau."

„Was ist mit dem Nudelauflauf? Hast du den schon gehabt?"

„Nein. Ich habe meine Ma fortgeschickt, solange die Dinge hier für mich so gefährlich sind. Ich will nicht, dass ihr etwas zustößt." Jetzt rede ich mit Hannah über Geschäftliches – etwas, was ich niemals tun sollte.

Aber es fühlt sich richtig an. Als ob sie diese Tatsachen über mich verdient hätte.

„Steht ihr euch nah?"

„Früher, ja. Sie ist die Beste. Sie würde alles für mich tun, weißt du? Mein Dad hat uns verlassen, als ich acht war, also waren es immer schon nur wir beide."

„Und du bist der Organisation beigetreten, um sie zu unterstützen?" Hannahs Hände gleiten meine Schultern hinunter, massieren meine Oberarmmuskeln.

Ich warte einen Moment lang ab, weiß, dass ich über nichts von all dem mit ihr sprechen sollte. „Ja", sage ich schließlich. „Ihre Schwester ist mit dem Don verheiratet. Also war ich praktisch Familie, und man hat mir einen Job angeboten. Ich und Marco und Leo. Meine Cousins mütterlicherseits. Wir sind alle zusammen eingetreten. Sie sind wie Brüder für mich – wie du weißt."

Hannah summt leise und fährt fort, meine Muskeln durchzukneten.

„Warum machst du das?"

„Was?"

„Die Massage. Die Fragen."

Sie erwidert nichts und ich vermute, das war eine bescheuerte

Frage, auf die sie nicht antworten will. Doch dann sagt sie, „Ich will nur, dass du dich gut fühlst. Das ist es, was du für mich tust.“

Sie will, dass ich mich gut fühle. Ohne irgendein Ziel. Nicht einmal einen Orgasmus. Es ist keine Transaktion.

Diese Erkenntnis verändert etwas in mir. Ein Riss tut sich in der metallenen Rüstung um mein Herz auf. Langsam, über mehrere Minuten hinweg, lasse ich los. Ich lasse sie mir geben, was sie mir geben will.

Und dann rolle ich mich auf den Rücken und starre sie an. Sie starrt zurück. Ihre öligen Hände gleiten über meine Brustmuskeln, über die Vorderseite meiner Schultern. Und die ganze Zeit über starre ich in ihre warmen, braunen Augen.

„Du bist wunderschön“, murmle ich.

Das hier geht tiefer als Sex. Viel tiefer. Das hier ... das hier ist verdammte Intimität. Und ich muss etwas fühlen. Nichts Großes. Unbehagen. Ein warmes Flauschen. Eine Fülle in meiner Brust.

Verbindung.

Das ist es, was ich spüre.

Ich bin in Hannah eingeschlossen. Ich strecke die Finger nach ihrem Gesicht aus und lege meine Hand auf ihre Wange. Nehme ihren Kopf in meine Hände und führe sie auf den Rücken, tausche unsere Positionen. Mein Verlangen ist es, heiß und heftig zu machen, so wie wir es immer tun, aber ich zügle es. Starre sie weiter an. Diese Verbindung. Ich küsse sie, als ob es alles bedeuten würde. Nicht so, als ob ich sterben würde, wenn ich es nicht täte – so wie es sich normalerweise immer anfühlt, wenn ich sie berühre. Dieses Mal bleibe ich leichter. Ich lausche dem Raum zwischen uns. Um uns herum. In uns. Meine Lippen gleiten über ihre und es ist sinnlich. Erotisch, aber nicht lüstern. Meine Zunge dringt in ihren Mund und unsere Lippen verschmelzen.

Ich bin wieder hart, und ich kann den Gedanken nicht ertragen, ein Kondom überzurollen. Ich will in diesem Augenblick keine Barrieren zwischen uns.

Ich stupse ihre Beine auseinander und dringe in sie ein. „Ich ziehe ihn raus“, verspreche ich. „Ich will dich spüren. Ist das okay?“

Da ist so viel Vertrauen in ihrem Blick, als sie nickt. Ihre Augen leuchten, als ob ich in diesem Moment ihre ganze Welt bin. Langsam gleite ich in sie hinein und heraus, folge keinem Rhythmus, genieße einfach nur jede einzelne Empfindung. Das muss Liebe sein. Wenn ich sie empfinden könnte – das muss es sein, was Menschen glauben lässt, sie wären verliebt.

Gegenwart.

Wieder küsse ich sie, als ob es unser erster Kuss wäre. Als ob ich ein Typ wäre, der langsam macht und ein bisschen Finesse an den Tag legt.

Schließlich bauen wir ein Crescendo auf, und ich bin so verloren in ihrem Blick, dass ich beinah vergesse, mich aus ihr herauszuziehen, dann komme ich auf ihren Bauch.

Und das kommt mir falsch vor. Als ob ich definitiv in ihr kommen sollte. Ich stütze mich auf meinen Unterarmen ab und starre auf sie hinunter, bis sich diese warmen, braunen Augen mit Tränen füllen. Sie starrt zurück, lässt den Tränen freien Lauf, und sie fallen auf das Kissen unter ihr. Sie versteckt es nicht, weicht nicht vor mir zurück.

Sie schenkt mir diese Tränen – bietet sie mir dar.

Wenn ich nur wüsste, was ich damit tun soll.

Und doch fühlt es sich so an, als ob ich es herausfinden könnte. Als ob ich näherkomme.

Es fühlt sich so an, als ob sich etwas in mir verändern würde. Irgendein gefangenes Stück Menschlichkeit, das seinen Weg heraus findet.

Jede Nacht mit Hannah bringt mich diesem Moment näher.

Kapitel Fünfzehn

H*annah*

Ich kann nicht anders, als aufgekratzt zu sein, als ich unser Überraschungsdate zum Wasserfall plane. Mein Puls flattert vor Vorfreude, und ich hoffe, das friedliche Umfeld ist genau das, was Armando braucht, um sich zu entspannen und sich mir zu öffnen. Außerdem brauche ich selbst ganz dringend eine Pause von dem permanenten Stress, mich wegen *Garten Eden* zu sorgen. Wir haben beide diesen Moment der Ruhe und des Durchatmens verdient.

„Armando." Meine Stimme bebt ein wenig vor Aufregung. „Ich habe eine Überraschung für dich."

Er zieht eine Augenbraue hoch, sein Ausdruck unlesbar. „Was denn?"

Ich trete auf ihn zu und meine Hände gleiten über seine steinharten Bauchmuskeln. „Wenn ich dir das verraten würde, wäre es keine Überraschung mehr."

Er zögert. „Überraschungen ... sind im Moment nicht unbedingt das Beste für mich. Wenn man meine Situation bedenkt."

Diese Reaktion hatte ich erwartet. Davon lasse ich mich nicht aus dem Konzept bringen. Ich bin entschlossen, etwas Licht in sein Leben zu bringen, auch wenn das bedeutet, gegen die Mauern zu stürmen, die er um sich herum errichtet hat.

„Ich verstehe deine Situation und ich verspreche dir, dass uns diese Überraschung nicht in Gefahr bringen wird. Hier ..." Ich werfe ihm die Autoschlüssel zu. „Du kannst fahren." Ich hoffe, das vermittelt ihm das Maß an Kontrolle, das er braucht, um mitzukommen.

Seine Mundwinkel ziehen sich kaum merklich nach oben. „Okay, Blümchen. Ich fahre." Er hält mir seine Hand hin und ich ergreife sie, dann gehen wir aus der Wohnung und hinunter zum Van.

Armando bleibt wachsam, während wir zu einem ihm unbekannten Ziel losfahren. Mir ist bewusst, dass er die Last seiner Vergangenheit und die Gefahren, die noch immer in den Schatten lauern, nie ganz vergessen kann. Aber ich bin auch wild entschlossen, diese Mauer zu durchbrechen, die er gebaut hat, um sich zu beschützen.

„Bekomme ich irgendeinen Tipp?", fragt er schließlich und wirft mir einen Blick zu.

Ich hüpfe praktisch auf meinem Sitz auf und ab, muss mich anstrengen, nicht damit herauszuplatzen, was als Nächstes kommt. Ich war nie besonders gut darin, Geheimnisse zu hüten. „Nee!", kichere ich kopfschüttelnd. „Warte einfach ab."

Er stößt ein beinah lautloses Seufzen aus. „Na schön", gibt er sich geschlagen und ein kleines Lächeln zuckt in seinen Mundwinkeln. „Das ist es hoffentlich wert."

Ich kann meine Freude nicht zügeln, als ich Armandos Lächeln bemerke. Es ist klein, aber es ist da und es fühlt sich wie ein Sieg an. Wir sind fast am Wasserfall angekommen – ein geheimer Ort direkt hinter der Stadtgrenze Chicagos – und meine Aufgekratztheit wächst mit jeder Meile an. Ich war seit Ewigkeiten nicht mehr dort, und während wir uns immer weiter von der Stadt entfernen, frage ich mich, warum.

„Beinah da." Ich hüpfe auf meinem Sitz auf und ab. „Keine halbe Stunde mehr, versprochen."

Armando schüttelt den Kopf, aber ich kann Belustigung in seinen Augen erkennen. Sonnenstrahlen fangen an, durch sein mürrisches Äußeres hindurchzubrechen. Mein Plan scheint zu funktionieren.

Ich leite ihn zu der Stelle. Als wir schließlich aus dem Auto steigen, erfüllt das Rauschen des Wasserfalls die Luft. Der üppige Wald, der uns umgibt, fühlt sich wie eine geheime Welt an, die nur darauf wartet, von uns erforscht zu werden.

„Sehe ich aus wie jemand, der wandert?", neckt er mich, doch ich kann sehen, dass er glücklich ist.

„Es ist nicht weit. Komm." Ich greife nach Armandos Hand und führe ihn den ausgetretenen Pfad zum Wasserfall hinunter. „Du wirst es lieben."

Während wir dem rauschenden Wasser immer näher kommen, wandert Armandos Blick über die Umgebung, betrachtet das lebhafte Grün und die zarten Wildblumen, die am Wegesrand wachsen. Es fühlt sich wie der perfekte Augenblick an, um etwas aus meiner Vergangenheit mit ihm zu teilen.

„Als Kind bin ich immerzu hier gewesen", gestehe ich und fühle mich ein wenig verletzlich, als ich mich ihm öffnen. „Es war eine willkommene Abwechslung von der lauten, öden Stadt. Hier habe ich mich in Blumen und Pflanzen verliebt. Ich wusste immer schon, dass ich mit Farben und wunderschönen Dingen arbeiten will."

„Ich war nie ein besonders großer Naturliebhaber." Armando schlingt seinen Arm um meine Taille. „Aber jetzt schon." Er küsst meine Wangen. „Zumindest bin ich ein Riesenfan von Blümchen."

Ich lache.

„Genau, ich habe alle Farben und alle schönen Dinge, die ich brauche, einfach nur, indem ich mit dir zusammen bin."

Mein Herz macht einen Sprung bei diesem Sieg. Armando wird weicher. Öffnet sich. Ich kann es in der Stärke seine Umarmung spüren. Ich kann es in seinen Worten hören. Und als er mir in die Augen schaut, sehe ich es auch.

Er holt tief Luft. „Das Gefängnis war ... erstickend", fängt er an, seine Stimme belegt vor Emotionen. „Alles war grau, von den Wänden zum Boden zu den Gitterstäben, die mich eingesperrt haben. Es war schwer, sich irgendetwas anderes vorzustellen." Er beugt sich hinunter und drückt mir einen sanften Kuss auf die Lippen. „Bis jetzt."

Ich kann mir überhaupt nicht vorstellen, was er durchgemacht haben muss, aber ich weiß seine Bereitschaft, sich mir zu öffnen, zu schätzen. Ich habe so viele Fragen zu seiner Zeit im Gefängnis, aber ich werde sie nicht stellen. Ich werde einfach auf Augenblicke wie diesen warten. Augenblicke, in denen er bereit ist, mir einen kleinen Einblick in diese Zeit zu gewähren.

„Ich habe dich nicht verdient", sagt er.

„Doch, hast du." Ich küsse ihn. „Du bist das Beste, was mir je passiert ist."

„Mein Leben ..." Er verstummt, schaut sich um. Deutet auf die Umgebung. „Das hier war nie mein Leben. Blumen und Natur und ... es war einfach nicht mein Leben."

„Jetzt ist es das." Ich ziehe ihn weiter zu unserem eigentlichen Ziel.

Als ich ihn die Böschung zum Fluss hinunterführe, erfüllen der Klang des rauschenden Wassers und das leise Vogelzwitschern die Luft. Die Sonne fällt durch das Blätterdach der Bäume, wirft fleckige Schatten auf den Boden unter unseren Füßen.

Wir gehen weiter und plötzlich rutscht mein Fuß auf einem moosigen Stein aus. Instinktiv streckt Armando die Hand aus und greift nach meinem Arm, hält mich fest, damit ich nicht das Gleichgewicht verliere. Seine aufmerksame Berührung schickt einen Schauder durch mich hindurch, aber so sehr ich seinen Beschützerinstinkt auch zu schätzen weiß, ich will ihm auch zeigen, dass ich in der Lage bin, auf mich selbst aufzupassen. Behutsam ziehe ich mich aus seinem Griff und navigiere allein weiter über die Steine.

„Alles okay?" Seine Stimme ist barsch. Mein tougher Mann. Alles an ihm ist Knurren oder Grummeln.

„Alles bestens", versichere ich ihm. „Ich will nur mir selbst und dir beweisen, dass ich das hier allein hinbekomme."

Er nickt, scheint mein Verlangen nach Unabhängigkeit zu verstehen, obwohl ich noch immer die Besorgnis in seinem Blick erkenne.

„Brich dir nur nicht den Hintern, Blümchen", sagt er und tritt einen Schritt zurück, beobachtet mich aber noch immer aufmerksam. „Der ist mir in letzter Zeit ziemlich ans Herz gewachsen."

Das Rauschen des Wasserfalls wird immer lauter, während wir am Flussufer entlanglaufen, und die feinen Wassertropfen, die vom Wasserfall aufsteigen, lassen die Luft angenehm kühl werden. Wir gehen um eine Flussbiegung und der Wasserfall taucht vor uns auf, stürzt in ein glasklares, blaues Becken hinunter.

„Wow", stoße ich aus, überwältigt von der Schönheit vor uns. „Es ist sogar noch herrlicher, als ich mich erinnere. Es ist viel zu lange her, dass ich hier war."

Armando betrachtet die Ruhe und die Schönheit dieses abgelegenen Ortes. Sein Blick verweilt für einen Moment auf mir und ich sehe, wie die Anspannung in seinen Schultern ein wenig nachlässt. Er sieht beinah ... entspannt aus.

„Schließ die Augen", weise ich ihn sanft an, lege meine Hand auf seine Brust. Er zögert, kommt meiner Bitte aber schließlich nach und seine Lider schließen sich. Mit der anderen Hand pflücke ich eine der Wildblumen und halte sie ihm unter die Nase, lasse ihn den zarten Duft einatmen. „Riechst du das?", frage ich leise? „So riecht das Glück für mich."

Langsam öffnet er die Augen, beugt sich hinunter zu meinem Hals und atmet tief ein. „So riecht das Glück für mich."

Er zieht mich in seine Arme und erobert meine Lippen mit einem feurigen Kuss. Seine Finger vergraben sich in meinen Haaren, verankern mich an ihm, während wir uns in den Armen des anderen verlieren. Armando hebt mich in seine Arme, dann legt er mich behutsam auf einem Moosbett am Rand des Wasserfalls ab. Wieder berühren sich unsere Lippen, und die Leidenschaft zwischen uns wird mit jeder Sekunde intensiver.

Meine Hände gleiten über seine Brust, spüren die definierten Muskeln, die sich unter seinem Hemd abzeichnen. Armandos Hände wandern über meinen Körper, folgen jeder Kurve meiner Figur. Ich biege den Rücken durch, und ein leises Stöhnen dringt aus meinen Lippen, als er seinen Körper fest gegen meinen presst.

Sein Mund löst sich von meinen, platziert weiche Küsse auf meinem Hals und schickt Schauder meinen Rücken hinunter. Seine Finger haken sich unter den Bund meiner Jeans, ziehen sie zusammen mit meinem Slip meine Beine hinunter. Ich stöhne, als seine Finger über die Innenseite meiner Oberschenkel streifen und sein warmer Atem meine Haut kitzelt.

„Hannah", glaube ich, ihn über das Rauschen des Wasserfalls hinweg sagen zu hören.

Seine Küsse wandern wieder meinen Körper hinauf, und einmal mehr pressen sich seine Lippen auf meine. Ich spüre die Hitze, die sein Körper verströmt, die Beule in seiner Hose, die gegen meine Schenkel drängt. Meine Hand greift hinunter, öffnet seine Hose und befreit seinen harten Ständer.

Ich ziehe ihn enger an mich, während unsere Körper eins werden. Die Hitze zwischen uns ist spürbar, unsere Leidenschaft entfacht ein Feuer, das lodernd brennt. Ich will ihn, brauche ihn, und das weiß er. Seine Hände wandern meinen Körper hinunter, finden diese süße, perfekte Stelle zwischen meinen Beinen. Als er anfängt, mich dort zu reiben, schnappe ich nach Luft, während Schockwellen der Lust durch meinen Körper zucken.

Ich glaube nicht, dass es möglich ist, diesem Mann je müde zu werden. Noch nie im Leben hatte ich so viel Sex, und doch giere ich nach mehr.

Armando stöhnt, als sich meine Finger um seinen Ständer schließen, ihn langsam reiben. Er küsst mich innig, seine Zunge windet sich um meine, während er sich an meinem Schlitz positioniert.

„Ich will dich." Seine Stimme ist heiser vor Verlangen. „Ich weiß nicht, ob das dein Plan war, als du mich hierhergebracht hast. Aber ich kann dir nicht länger widerstehen."

Langsam dringt er in mich ein, und seine Härte füllt mich vollkommen aus. Ich stöhne laut auf, als seine Stöße beginnen, mich dem Höhepunkt entgegenzutreiben. Meine Fingernägel graben sich in seinen Rücken, halten ihn an mir fest, während unsere Körper zusammen vor- und zurückschaukeln.

Ich kann spüren, wie ich mich mit jeder Sekunde dem Orgasmus nähere. Meine Muskeln spannen sich an und ich halte die Luft an, versuche, die Ekstase zu zügeln, von der ich weiß, dass sie bereits am Horizont auf mich wartet.

Armandos Atem geht rau und flach, sein Gesicht und sein Hals sind gerötet vor Leidenschaft. Ich weiß, dass er kurz vor der Erlösung steht, aber irgendetwas hält ihn noch zurück.

„Komm mit mir", wispere ich in sein Ohr, presse meine Schenkel gegen ihn und drücke meine Lippen auf seine.

Mein Wispern scheint ihn anzuspornen. Heftiger als zuvor knallt er in mich hinein, vergräbt sich tief in mir. Ich schreie auf, als eine Woge der Lust über mich hinwegrollt. Meine Muskeln krampfen und ich spüre, wie Armando seinen Samen in mich schießt, vor Lust bebt, als er kommt.

Dann lässt er sich auf mich fallen, raubt mir den Atem. Unsere Körper sind glitschig vor Schweiß, aber wir bewegen uns nicht. Eine lange Weile liegen wir zusammen da, bevor Armando sich schließlich aus mir herauszieht und mich langsam küsst.

Wir reden nicht. Atmen nur.

Als die Sonne langsam hinter dem Horizont versinkt, die Welt um uns herum in Gold und Pink badet, lösen Armando und ich uns für einen Augenblick voneinander und schauen uns tief in die Augen. Der Ausdruck in seinem Blick verrät mir alles, was ich wissen muss – er steckt genauso tief in dieser Sache drin wie ich.

Kapitel Sechzehn

A*rmando*

Ich parke den Van in zweiter Reihe und stelle die Warnblinkanlage an. Es ist Samstagabend und wir befinden uns in der Innenstadt, denn Hannah muss ein Dutzend Kränze für die Pferde in der Parade abliefern. Es ist ein verdammter Zoo hier unten, was mich aber nicht weiter stört. Ich mag die Energie der Stadt oder zumindest habe ich das mal getan, damals, als ich noch fühlen konnte.

Damals, als ich noch nicht jede Sekunde über meine Schulter geschaut habe.

Hannah ist von der Stimmung definitiv aufgekratzt. Sie trägt dieses teuflisch heiße, weiße Trägerkleid, in dem ihre Titten zum Anbeißen aussehen. Ich will dem ersten Typ, der sie anschaut, meine Faust ins Gesicht rammen.

„Warum schaust du so grimmig?", fragt sie, als sie mir einen riesigen Berg Kränzen in die Arme hievt.

„Nichts", murmle ich.

„Bullshit."

Ich werfe ihr über den Blumenberg einen Blick zu, denn es sieht ihr nicht ähnlich, solche Ausdrücke in den Mund zu nehmen, und muss erkennen, dass sie mich von neulich abends nachäfft. Sie grinst mich an.

„Dein verfluchter Ausschnitt", gestehe ich. „Ich werde den ersten *stronzo* umbringen, der ihn anstarrt. Und dann muss ich zurück ins Gefängnis."

Sie lächelt, als ob ich etwas Süßes gesagt hätte. „Nein, wirst du nicht. Du wirst zeigen, was du hast, denn das hier" – sie deutet auf ihren heißen Körper – „gehört zu dir."

Ach, scheiße. Irgendwie bin ich von der Empfindung überrascht, die dieses Versprechen in mir hervorruft. Vielleicht habe ich mir tatsächlich irgendwelche Gefühle eingefangen, denn ein Gefühl der Anerkennung steigt in mir auf, als sie das sagt.

Im Sinne von, *Allerdings, verdammt.*

Ich fessle sie mit meinem Blick „Das" – mein Blick schweift von Kopf bis Fuß über ihren Körper – „gehört *mir*."

Ich will es nur klarstellen.

Sie zieht die Augenbrauen hoch. „Ach, ja?"

Ich schüttle warnend den Kopf. „Leg dich nicht mit mir an. Ich verliere die Beherrschung. Du weißt, wie wenig es braucht, dass ich einem anderen Kerl die Visage poliere."

Ihr Lächeln wird immer breiter. Sie zieht die restlichen Kränze aus dem Van, um sie selbst zu tragen. Sie mag es, wenn ich ein Arsch bin.

Glück gehabt, schätze ich.

Wir winden uns durch die Menschenmenge. Die Parade geht erst in zwei Stunden los, aber es ist bereits jetzt schon die Hölle los. Wir finden die Leute, die die Kränze bestellt haben, und übergeben sie der verantwortlichen Person.

„Willst du noch ein bisschen bleiben?" Hannahs Gesicht strahlt. Ihre wilden Locken wippen über ihren Rücken, während sie geht, streifen mit jedem Schaukeln ihrer sexy Hüften über ihren Arsch. Sie ist glücklich – viel leichter. Sie und ihre beste Freundin Josie haben sich letzte Woche ausgesprochen und Josie hat gekündigt.

Oder Hannah hat sie gefeuert. Alles im Guten. Und seitdem hat sich Hannahs Stimmung massiv gelichtet. Ich hätte wissen sollen, dass diese Beziehung auf ihr gelastet hat, zusammen mit allen anderen Problemen im Laden.

„Musst du nicht zurück in den Laden?"

Josie ist im Geschäft geblieben und hält die Stellung – ihr letzter Arbeitstag – allerdings weiß ich, dass Hannahs Freundin nicht hundertprozentig verlässlich ist.

„Ich kann ihre Hilfe auch in Anspruch nehmen, solange ich sie noch habe", erwidert Hannah. „Ab morgen muss ich ein paar Monate allein arbeiten, bis ich aufgeholt habe. Heute ist meine letzte Chance, an einem Samstag *nicht* zu arbeiten."

Ich greife nach ihrer Hand, flechte meine Finger in ihre. Ich schwöre, ich kann spüren, wie sich etwas von ihrer Freude auf mich überträgt. Wir gehen durch die Menschenmasse, die Sonne warm auf meinem Kopf, meinen Schultern. An einem Jamba Juice halte ich an, um uns zwei Smoothies zu kaufen, denn es wird langsam ziemlich heiß. Aus den Lautsprechern auf der Straße tönt Musik, und Leute mit rot-weiß-blauen Anziehsachen oder angemalten Gesichtern laufen an uns vorbei.

Und dann passieren wir ein paar Typen auf dem Gehweg. Ich erkenne die Tattoos, senke den Kopf und gehe weiter. Nach einigen Schritten wage ich einen verstohlenen Blick zurück.

Fick. Mich.

Sie haben angehalten und schauen sich ebenfalls zu mir um.

Ich drücke Hannah die Autoschlüssel in die Hand. „Lauf. Geh zum Van zurück und warte dort auf mich. Wenn ich in zwanzig Minuten nicht da bin, fahr nach Hause. Vergiss, dass du mich je gekannt hast."

„Was?" Panik blitzt in ihren Augen auf, doch ich stoße sie mitten in die dichte Menschenmenge hinein, dann renne ich in die entgegengesetzte Richtung davon – eine Gasse hinunter – bete, dass die Typen nicht Hannah hinterherrennen, um mich durch sie zu erwischen.

Tun sie nicht. Alle drei sprinten die Gasse hinunter, mir hinterher.

Ich renne so schnell ich kann, aber im Augenblick ist meine Ausdauer grauenhaft. Im Gefängnis habe ich meinen Körper einigermaßen mit Sit-ups und Liegestützen in Schuss gehalten, aber wir haben nicht gerade Meilen über den Gefängnishof gedreht.

Trotzdem, mein verdammtes Leben hängt in diesem Moment davon ab. Ich preise den Herrn Jesus, dass sie keine Schusswaffen dabeihaben, ansonsten hätte ich vermutlich längst eine Kugel im Rücken.

Die Chancen stehen ganz gut, dass ich mit allen dreien fertigwerde. Kommt darauf an, ob sie bewaffnet sind. Wir befinden uns mitten in der Innenstadt und die ganze Stadt ist voller Leute, und ich will definitiv nicht, dass die Polizei in diese Sache verwickelt wird.

Ich renne zur nächsten Station der Hochbahn, schaffe es, ein Ticket zu lösen, bevor sie die Treppe hochgerannt kommen. In der Nähe der Treppe steht ein Sicherheitsmitarbeiter. Ich halte neben ihm an, beuge mich hinunter und tue so, als ob ich meine Schnürsenkel zubinden würde.

Die Typen kommen die Treppe hinauf und schauen sich um, entdecken mich zunächst nicht.

Die Bahn kommt angerumpelt und die Türen gleiten auf. Ich bewege mich zu schnell, lenke die Aufmerksamkeit der Typen auf mich, und sie rennen los, auf denselben Wagen zu, in den ich gerade fliehen will. Ich renne zum Ende des Waggons, schaue zu, wie sich die Kerle durch die Menschenmassen winden, um zu mir zu kommen. In dem Augenblick, als die Türen wieder zugleiten, hechte ich aus dem Wagen.

Einer von ihnen schafft es ebenfalls hinaus und folgt mir. Die beiden anderen rufen und gestikulieren durch die Scheiben des Waggons, als die Bahn davonfährt.

Meine Lunge brennt und mein Puls ist außer Kontrolle.

Ich starre den Typen an, der mir hinterhergekommen ist, und er starrt zurück. Es ist nur ein Kerl. Vermutlich könnte ich es mit ihm aufnehmen. Ohne seine Freunde ist er plötzlich gar nicht mehr so mutig. Sicher, womöglich müsste ich ihn umbringen, genau wie den Attentäter im Blumenladen. Und da wir uns in der Öffentlichkeit befinden, würde ich anschließend dafür büßen müssen.

Ich würde sowas von in den Knast wandern.

Ich muss an Hannah denken.

Sie ist der Grund, weshalb ich davongerannt bin. Um von ihr abzulenken.

Sie ist der Grund, weshalb ich nichts riskiert habe. Und sie wartet in diesem Moment auf mich.

Ich renne los, rase die Treppe hinunter, zwei Stufen auf einmal, springe die letzten vier hinunter. Ich muss diesen Kerl einfach nur abhängen und zu Hannah zurücklaufen. Das kann ich schaffen, obwohl meine Lunge brennt und sich anfühlt, als ob sie jede Sekunde kollabieren würde.

Ich sprinte die Straßen hinunter. Ich glaube, der Gang-Typ folgt mir noch, also laufe ich in eine Menschenmenge hinein, um darin zu verschwinden.

Ich renne acht Straßenblöcke hinunter, bis ich den Van entdecke. Ich schaue mich zunächst um. Nie im Leben werde ich irgendjemanden dabei zusehen lassen, wie ich in den Van steige. Hannah sitzt hinter dem Lenkrad, und als sie mich kommen sieht, startet sie den Motor. Die Luft scheint rein zu sein. Ich springe in den Wagen und ziehe knallend die Tür zu.

„Fahr, Blümchen. So schnell du kannst."

Sie nickt, ihre Nasenflügel beben und ihre Augen sind weit aufgerissen. Ihre Hände krallen sich um das Lenkrad.

Als wir die Straße hinunterfahren, entdecke ich den Kerl.

Und ich bin mir ziemlich sicher, dass er mich ebenfalls erkennt. Er sieht den Van. Sieht verdammt noch mal Hannah.

„Fuck!", explodiere ich, schlage mit der flachen Hand auf das Armaturenbrett.

Hannah zuckt zusammen. „Was?"

Ich schüttle den Kopf. Ich will es ihr nicht sagen – sie ist bereits verängstigt genug. „Ist okay. Ich kümmere mich darum", verspreche ich ihr, auch wenn ich keinen verfickten Schimmer habe, wie ich das anstellen soll.

Ich weiß nur, dass niemand Hannah etwas antun wird. Und ich werde sicherstellen, dass ich am Leben bleibe, um dieses Versprechen zu erfüllen.

Kapitel Siebzehn

H*annah*

Die ganze Fahrt zu meiner Wohnung über hämmert mir das Herz bis zum Hals. Armando macht es nur noch schlimmer, indem er kein Wort sagt, sein ganzer Körper jedoch unter Strom steht und er das Auto mit einer Anspannung erfüllt, die mich zu ersticken droht.

Es ist nicht meine Anspannung, erinnere ich mich, denke daran, wie die Nervosität, die ich in Josies Anwesenheit gespürt habe, tatsächlich nur ihre war. *Es ist nicht meine. Es ist seine.*

Trotzdem, der Mann, der mir so viel bedeutet, auch wenn ich das nicht will, wird gejagt wie Beute, also ist es mir unmöglich, diese Anspannung einfach abzutun.

„Wer ist hinter dir her, Armando? Warum?" Ich weiß, ich sollte nicht fragen. Er spricht nicht über das Geschäft, allerdings ist das jetzt das zweite Mal, dass ich das Gefühl bekomme, ich könnte umkommen. Ich habe alles Recht, es zu wissen.

Er fährt sich mit der Hand über das Gesicht. „Ich habe im Gefängnis einen anderen Mann umgebracht. Notwehr." Er wirft mir einen finsteren Blick zu, als ob er sich über meine Reaktion auf diese Worte sorgen würde.

Ich nicke. Tatsächlich bin ich nicht schockiert. Ich weiß, dass ihm im Knast schlimme Dinge passiert sind.

„Er war Mitglied einer Gang. Jetzt versuchen sie, mich umzubringen."

Nein!, schreit eine Stimme in meinem Kopf. Obwohl ich wusste, dass jemand versucht, Armando umzubringen, will ich seinetwegen in Rage geraten, als ich es ihn aussprechen höre. Er ist ein guter Mann. Er besitzt einen moralischen Kompass. Er befolgt einen Kodex. Wurde in gefährliche Geschäfte verwickelt, seit er jung war, aber das ist nicht seine Schuld. Er gibt sein Bestes in diesem Leben, das ihm zugeteilt wurde.

Und ich will wirklich, dass das Leben ihm endlich einmal eine Pause gönnt.

Ich fahre gerade in eine Parklücke, als meine Mom anruft. Ich bin morgen Abend zum Abendessen bei meinen Eltern, also ignoriere ich ihren Anruf. Sobald das Klingeln aufhört, ruft sie erneut an.

Ich ziehe die Handbremse an und gehe ans Handy.

„Hannah, es geht um deinen Dad", sagt sie mit angespannter Stimme. „Ich musste einen Krankenwagen für ihn rufen und fahre gerade hinterher ins Krankenhaus."

„Was?" Ein Schluchzen erstickt meine Stimme. Könnte dieser Tag noch schlimmer werden? „Was ist passiert?"

Als Armando die Panik in meiner Stimme hört, spannt sich sein ganzer Körper an und seine Augen heften sich auf mein Gesicht.

„Er hatte einen Herzinfarkt. Ich habe Herzdruckmassage gemacht, bis der Notarzt da war. Ich denke, er kommt wieder in Ordnung, aber wir müssen abwarten."

„Welches Krankenhaus?", schaffe ich zu fragen.

„Kreiskrankenhaus."

„Okay", presse ich hervor. „Ich fahre sofort los."

„Danke, Schatz. Ruf mich an, wenn du da bist."

„Was ist passiert?“, fragt Armando in der Sekunde, als ich auflege.

„Mein Dad.“ Tränen laufen über meine Wangen. „Er hatte einen Herzinfarkt.“

„Okay“, sagt Armando ruhig, drückt seine Tür auf. „Ich fahre, *Bambi*.“

Ich habe keinen Schimmer, warum er mich gerade Bambi genannt hat, bin allerdings nicht in der Stimmung, nachzufragen. Ich taumle aus der Fahrertür und lasse mich von ihm auffangen. Er zieht mich in eine enge Umarmung.

Ich sauge alles auf – all seine Stärke und Kraft. Seine Unterstützung.

Schweigend fahren wir zum Krankenhaus. Ich knibble nervös an meinen Fingernägeln herum, bis die Haut eingerissen und blutig ist. Armando wirft mir besorgte Blicke zu. Irgendjemand will ihn umbringen, und doch scheint er sich mehr Sorgen um mich zu machen.

Wir finden meine Mom im Wartesaal und ich muss sie und Armando vorstellen, aber irgendwie verschwimmt das alles. Als wir uns setzen, um zu warten, fange ich an, Armandos innere Leere zu verstehen.

Da ist eine gewisse Taubheit, die einsetzt. Ich blocke die Angst ab, und an ihrer Stelle bemerke ich ein Nichts. Eine Leere der vollkommenen Gefühllosigkeit.

Ich kann Geräusche hören – einen Fernseher, Leute, die sich unterhalten – aber das alles bedeutet nichts. Ich spüre Armandos Hand, die nach meiner greift, aber ich kann keine Dankbarkeit oder Trost darin spüren.

Ich weiß nicht, wie lange wir so warten, während ich nicht mehr zu atmen scheine, kaum noch lebe, in diesem Fegefeuer der Unwissenheit. Der Leere.

Dann erscheint endlich ein Arzt. „Mrs. Munn?“

Meine Mom springt auf die Füße, und Armando und ich folgen ihr.

„Sie können jetzt zu ihm. Ihr Mann hat einen leichten Herzinfarkt erlitten. Ich möchte ihn gerne zur Überwachung über Nacht hierbehalten, aber vermutlich wird er morgen früh schon nach Hause können."

„Gott sein Dank", stoße ich atemlos hervor, falle gegen Armando. Seine starken Arme fangen mich auf, legen sich um meinen Rücken. Sanft berühren seine Lippen meinen Scheitel, dann folgen wir dem Arzt.

Als wir das Zimmer betreten und ich auf meinen Dad zustürme, um ihn zu umarmen und zu küssen, verdaue ich den Anblick, meinen Dad an Kabel und Schläuche angeschlossen zu sehen, und bemerke gar nicht, wie Armando erstarrt.

„Sie", spuckt mein Dad aus und fixiert Armando hinter mir mit seinem Blick.

Meine Mom und ich starren die beiden perplex an.

„Was zur Hölle machen Sie denn hier?"

Ich schaue zu Armando, spüre, wie mir Grauen den Magen umdreht. „Du kennst meinen Dad?"

„Oh, nein", unterbricht mein Dad schneidend, entschieden. „Nicht meine Tochter. Sie lassen die Finger von meiner Tochter."

Abwehrend hebt Armando die Hände und weicht zur Tür zurück.

„*Armando.*" Ich versuche, ihn mit meiner Stimme aufzuhalten.

„Ich will niemanden aufregen." Mit dem Kinn deutet er auf meinen Dad.

Kein schlechter Gedanke, wenn man bedenkt, dass mein Dad gerade einen Herzinfarkt hatte, aber dafür bin ich jetzt unfassbar aufgeregt, weil ich nicht begreife, was hier los ist.

„Moment, woher kennst du meinen Dad? Was ist hier los?"

„Wir arbeiten zusammen", erklärt Armando und mein Dad schnaubt verächtlich. Armando steht mittlerweile in der Tür. „Ich warte in der Lobby auf dich. Lass dir Zeit."

Ich starre auf die Tür, die zufällt, fühle mich mehr als nur ein bisschen verlassen. Was. Zur. Hölle? Ich schaue zu meinem Dad. „Woher kennst du ihn?“

Mein Dad starrt mich finster an. „Sag mir nicht, dass du mit diesem Typen zusammen bist.“

„Nicht wirklich.“ Ich vögle regelmäßig mit ihm, aber wir sind nicht offiziell ein Paar. Irgendwie glaube ich nicht, dass diese Tatsache meinen Dad beschwichtigen wird, also versuche ich erst gar nicht, es ihm zu erklären.

„Ist er der Mann, von dem du mir erzählt hast?“, fragt meine Mom. „Der mit dem Trauma?“

Ich nicke, schaue noch immer meinen Dad an. „Erkläre mir, woher du ihn kennst.“

Mein Dad versucht, sich im Bett aufzurichten, und verzieht das Gesicht.

„Ruhig.“ Ich lege ihm eine Hand auf die Brust. Meine Mom greift nach seiner Hand und drückt sie sanft.

„Hannah, Schatz, ich hasse es, dir das sagen zu müssen, aber der Kerl ist in der Mafia.“

Ich lache beinah laut auf. „Oh. Ja, ich weiß, Dad. Erinnerst du dich, wie ich euch erzählt habe, dass das Gebäude, in dem sich *Garten Eden* befindet, der Mafia gehört? Ich kenne Armando seit Jahren.“

Mein Dad runzelt die Stirn und starrt finster in Richtung Tür. „Ich will nicht, dass du dich auf Kerle wie ihn einlässt.“

Ich werde langsam sauer, aber mein Dad liegt im Krankenhaus und ich sollte ihn vermutlich nicht aufregen. „Er ist ein guter Mann, Dad. Aber wir sind auch nicht offiziell zusammen, also mach dir deswegen keine Sorgen.“

Wieder schaue ich zur Tür. Armando hat es nicht einmal versucht. Er ist einfach zurückgewichen und gegangen. Ich weiß, er ist nicht mein Freund, aber es schmerzt dennoch. Als ob er gar nicht erst für mich gekämpft hätte.

„Moment, warte. Soll das heißen, er arbeitet auf dem *Bau*?“, frage ich ungläubig.

„Er ist totes Gewicht", erwidert mein Dad. „Einer dieser Typen, die die Mafia den Gewerkschaftlern aufzwingt. Sackt einen Gehaltsscheck ein, ohne einen Finger krumm zu machen. Ein wirklich rechtschaffener Genosse, dein Freund", spuckt mein Dad verächtlich aus.

„Er ist nicht mein Freund", widerspreche ich entschieden, als ob ich mich selbst dazu bringen will, es endlich zu akzeptieren. Ich meine, wie viel offensichtlicher muss er es denn noch machen? Wir führen keine Beziehung. Er versteckt sich in meiner Wohnung und wir haben Sex.

Ende der Geschichte.

Mir ist ganz heiß und meine Wangen brennen. Jetzt, nachdem ich mich vergewissern konnte, dass es meinem Dad besser geht, kann ich es nicht erwarten, hier wieder zu verschwinden. Ich beuge mich über ihn, drücke ihm einen Kuss auf die Stirn. „Ich bin froh, dass es nur ein schwacher Herzinfarkt war, Dad. Du hast uns große Angst gemacht."

„Ich bin okay, Schatz", versichert er mich, greift nach meiner Hand und drückt sie. „Kommst du morgen Abend zum Essen?"

„Wenn du bis dahin wieder zu Hause bist, komme ich vorbei. Wenn nicht, besuche ich dich hier. Einverstanden?"

„Einverstanden."

„Okay. Gute Besserung, Dad."

„Sei vorsichtig mit diesem Typen, Hannah", warnt mein Dad mich noch einmal, als ich an der Tür stehe. „Ich will nicht, dass du in die Sorte Ärger verwickelt wirst, mit der er zu tun hat."

Armando mag nicht für mich gekämpft haben, aber ich empfinde anders. Ich drehe mich wieder zu meinem Dad herum, spüre, wie sich Beschützerinstinkt in mir ausbreitet. „Er hat mit keinem Ärger zu tun. Er wurde buchstäblich gerade erst aus dem Gefängnis entlassen und versucht, wieder ins Leben zurückzufinden."

Die Augen meiner Mom werden weich, der Mund meines Dads schmal. „Bring ihn morgen Abend zum Essen mit, damit wir ihn kennenlernen können", schlägt meine Mom vor und mein Dad schüttelt mit einem resignierten Seufzer den Kopf.

„Ich denke nicht“, erwidere ich und mein Herz sinkt. „Aber danke. Wir sehen uns morgen.“

Ich gehe aus dem Zimmer, erblicke Armando, der mit den Händen in den Hosentaschen dasteht und sexy wie nur was aussieht. Sein Gesicht ist die ausdruckslose Maske, die er immer trägt. Ich bin entschlossen, sauer zu sein, aber dann breitet er einfach die Arme aus und zieht mich an sich und ich stoße ein unwillkürliches Schluchzen aus.

Armandos Finger kämmen durch meine Locken, streicheln über meinen Hinterkopf, und ich schmelze in ihn, lasse mich von seiner Stärke tragen.

Er ist nicht mein Freund, aber in diesem Moment ist er genug.

Er ist alles, was ich brauche.

Kapitel Achtzehn

A*rmando*

Schweigend fahren wir zu Hannahs Wohnung zurück. Ich muss keine Gedanken lesen können, um zu begreifen, dass Hannah aufgebracht ist. Das ist einer dieser Momente, in denen ich nicht weiß, wie man diesen Beziehungsmist navigiert. Dränge ich sie, mit mir zu sprechen? Oder gestatte ich ihr, stumm und allein mit ihren Gedanken zu bleiben? Endlich, als wir in eine Parklücke gebogen sind, stelle ich den Motor aus und greife nach ihrer Hand.

„Ich bin mir sicher, dein Vater wird schnell wieder auf die Beine kommen", versuche ich, sie zu beruhigen.

„Er ist zäh", sagt sie nur, starrt aus dem Fenster und zieht ihre Hand aus meiner.

Ich atme tief durch. „Habe ich dich verärgert?" Das ist eine dumme Frage. Natürlich habe ich das.

Sie zuckt mit den Schultern. „Nicht wirklich. Vielleicht. Keine Ahnung." Sie dreht den Kopf und schaut mir direkt in die Augen. „Zwingst du mich, dich zu fragen, woher du meinen Dad kennst, oder wirst du mir diese Information ausnahmsweise aus freien Stücken erzählen?"

„Wir arbeiten auf derselben Baustelle“, erkläre ich.

„Baustelle? Du gehst jeden Morgen in einem Anzug aus dem Haus.“ Ihre Augen werden schmal, als sie das sagt.

„Ich leite die Aufsicht.“ Ich versuche, ihr genug Informationen zu geben, um sie zufriedenzustellen, aber ihr überhaupt etwas zu verraten, schmeckt mir überhaupt nicht. „Ich habe deinem Dad geholfen, bei seinem dämlichen Boss freizubekommen, damit er zu seinem Arzttermin gehen kann, und dabei haben sich unsere Wege gekreuzt.“ Ich sehe, wie sie jedes meiner Worte auf die Goldwaage legt. „Es ist nicht so, als ob wir Seite an Seite arbeiten würden oder so.“ Ich will nicht, dass sie am Ende glaubt, ihr Dad wäre ebenfalls in die Mafia verstrickt oder würde irgendwelche Geheimnisse vor ihr haben.

Weil ich finde, dass ich genug gesagt habe, steige ich aus dem Van, eile zu ihrer Seite und führe sie die Treppe zu ihrer Wohnung hinauf, während ich hoffe, dass wir diesen beschissenen Tag noch irgendwie herumdrehen können. Oder dass wir zumindest einfach schlafen gehen und so tun können, als ob nie etwas passiert wäre.

Shadow begrüßt uns an der Tür, und ich hebe das winzige Fellknäuel in die Arme, froh darüber, dass zumindest einer in diesem Raum nicht sauer auf mich ist. Ich werfe Hannah einen Blick zu, dir schnurstracks in die Küche marschiert und anfängt, den Abwasch zu machen. Das ist nicht Hannah. Nicht meine Hannah.

„Okay, raus mit der Sprache“, sage ich und setze Shadow auf dem Boden ab, nachdem ich ihm ausführlich die Ohren gekrault habe. „Sag mir, was ich tun muss, um dich aufzuheitern.“

„Nichts“, erwidert sie knapp, und spült ein Weinglas unter heißem Wasser aus. „War einfach ein langer Tag.“

„Hannah.“ Ich lasse eine Warnung in meiner Stimme mitklingen. „Ich mag keine Spielchen.“

Sie stellt das Wasser aus und dreht sich zu mir herum. „Ich auch nicht.“ Ihre Worte triefen vor Anschuldigungen.

„Ich *spiele* auch keine Spielchen.“

Sie schüttelt den Kopf. „Ich weiß nicht einmal, was ich meinen Eltern sagen soll, was du bist."

Da ist es ... irgendetwas wurde in diesem Krankenhauszimmer gesagt. Ich wäre ein Narr, wenn ich etwas anderes glauben würde. Es war mehr als offensichtlich, dass Hannahs Vater alles andere als erfreut war, mich zu sehen.

„Was soll ich jetzt sagen?"

Sie verschränkt die Arme vor der Brust. „Nichts, schätze ich."

„Bist du unglücklich?", frage ich und hasse die Vorstellung, diese Frau wirklich verärgert zu haben.

„Nein. Tatsächlich bin ich glücklicher, als ich je war. Aber ich bin auch ... verwirrt."

„Wieso?"

„In einem Moment benutzt du Worte wie ‚mein' und bist übertrieben beschützend und besitzergreifend, und im nächsten Augenblick wird mir klar, dass ich dir absolut gar nichts bedeute. Und wenn es darum geht, uns zu definieren, weiß ich überhaupt nicht, wo ich ansetzen soll. Und dann verbringen wir jeden Abend miteinander, als ob wir ein Paar wären, und doch sind wir das nicht ..."

Mein Handy klingelt und ich glaube, wir sind beide dankbar für die Ablenkung.

„Geh ruhig ran", sagt sie und nickt mit dem Kinn Richtung Handy.

Es ist Marco. „Hey", sage ich, versuche, die Fassung wiederzuerlangen. Hannah und ich waren kurz davor, einen Pfad einzuschlagen, für den ich noch nicht bereit bin. Ich konnte sehen, dass sie mir Fragen stellen wollte, auf die ich keine Antworten habe. Zumindest nicht die richtigen Antworten.

„Komm heute Abend mit ins *Sins*. Leo kommt auch ..."

„Ich bin bei Hannah", unterbreche ich, benutzte sie als Ausrede, um nicht in den Sexclub gehen zu müssen, den Marco so gern besucht.

„Ich weiß. Bring sie mit. Leo und ich bringen auch Frauen mit.

Könnte eins dieser Dreifach-Dates sein, die normale Menschen immer haben."

„Wir sind alles andere als normal", erwidere ich. „Und Hannah und ich hatten einen langen Tag ..."

„Muss ich meine ‚Kugel im Arsch'-Karte spielen, um dich dazu zu bringen, etwas mit deinem Cousin zu unternehmen?", unterbricht Marco. „Denn das werde ich. Mein Arsch wird für alle Ewigkeit vernarbt sein, und ..."

„Marco will, dass wir heute Abend mit ihm und Leo ausgehen. Sie haben Dates dabei", sage ich zu Hannah.

Ihre Augenbrauen schießen in die Höhe und sie lächelt. „Klingt gut."

Ich schüttle den Kopf, forme mit den Lippen das Wort ‚Nein'.

„Es wäre schön, sie zu wiederzusehen", fährt sie fort und ignoriert meinen Einwand.

„Es ist ein Sexclub", platze ich heraus, weiß, dass das ausreichen wird, um sie abzuschrecken.

Hannah legt den Kopf zur Seite. „Wirklich?"

„Hör auf, es ihr ausreden zu wollen, du Trottel", meldet sich Marco vom anderen Ende der Leitung zu Wort. „Lass sie nicht glauben, es wären nur Leder und Orgien."

Hannahs Lächeln wird breiter. „Wir mögen Sex." Ich kann nicht entscheiden, ob sie mich nur aufzieht oder nicht. Aber sie scheint wirklich nicht abgeschreckt von der Vorstellung zu sein.

„Mein Kugel-Arsch wird um neun am *Sins* auf euch warten", sagt Marco noch, dann legt er auf, bevor ich die Gelegenheit bekomme, weiterzudiskutieren.

„Es gibt einen Sexclub in Chicago?", fragt Hannah.

„Mehrere sogar, aber dieser hier ist ziemlich zahm, was Sexclubs angeht. Eher ein gehobener Nachtclub, in dem es keine Regeln gibt, was Sex in der Öffentlichkeit, Nacktheit, Partnertausch und dergleichen angeht."

„Müssen wir dort Sex haben?"

Ich schlucke ein unerwartetes Lachen hinunter. „Nein, Blümchen. Wir müssen überhaupt nichts tun."

„Wirst du Sex haben wollen?"

Ich verstumme, denke über ihre Frage nach. Früher hatte ich schon mal Sex im *Sins*. Aber nie mit jemandem, die mir gehört hat. Und Hannah gehört definitiv mir. Ich teile nicht. Ich will nicht einmal, dass ein anderer Mann sie anschaut. Ich würde jedem Kerl in dem Club den Hals brechen, der es auch nur wagt, zu lange in ihre Richtung zu schauen.

Ich mache einen Schritt auf sie zu und greife nach ihrem Arm, ziehe sie an mich. „Ich will *jetzt* Sex haben."

Sie schaut zu mir hoch und ihre Augen suchen meine. Ein Lächeln breitet sich auf ihrem Gesicht aus, als ihre Hände über meine Brust wandern und mich in einen innigen Kuss ziehen. Unsere Lippen bewegen sich im Gleichklang, während sie mich langsam rückwärts zum Bett schiebt und sich rittlings auf meine Hüften setzt.

„Tut mir leid", sagt sie. „Dass ich so ... launisch war."

Ich schüttle den Kopf. „Entschuldige dich nie für deine Gefühle, Blümchen. Ich brauche sie. Ich verzehre mich nach ihnen."

„Ich komme nicht gut damit klar, wenn die Dinge instabil sind", erklärt sie.

„Das verstehe ich. Wirklich."

Meine Hände finden ihren Weg zu Hannahs Taille, krallen sich in ihre Kurven, während ihre Hüften gegen mich schaukeln. Ich gleite mit den Händen unter ihr Oberteil, spüre ihre weichen Brüste, necke ihre Nippel, bis es steife Spitzen sind. Hannah biegt den Rücken durch, drückt ihren Arsch gegen meinen Schwanz.

Fest knete ich ihre Arschbacken und entlocke Hannahs vollen, üppigen Lippen ein überraschtes Keuchen gefolgt von einem leisen Stöhnen.

„Ich habe nicht die richtigen Antworten auf deine Fragen. Dieser Mann werde ich niemals sein. Aber was ich dir geben kann ..." Ich ziehe ihr das Oberteil über den Kopf und ihre Brüste wippen durch die Bewegung. Ich nehme mir eine Sekunde, um sie einfach nur anzustarren.

Dann gleitet meine Hand zwischen ihre Beine, reibt ihren Kitzler durch ihren Slip hindurch, lockt erneut ein Stöhnen aus ihr heraus. Ein verschmitztes Grinsen legt sich auf ihre Lippen, sie zieht zuerst ihr Höschen hinunter, dann ihren Rock aus und entblößt alles.

Ich mache meinen Gürtel auf, taste nach dem Reißverschluss meiner Hose. Hannah greift nach meiner Hand und verschränkt ihre Finger mit meinen. Unsere Blicke treffen sich, während sie meinen Reißverschluss öffnet und den Gürtel herauszieht. Sie nimmt den Gürtel zwischen ihre Zähne, schüttelt ihren Kopf leicht vor und zurück. Ich lache leise, dann spuckt sie den Gürtel aus, leckt sich verführerisch über die Lippen. Greift nach meiner Hose, zieht sie mir aus und wirft sie zur Seite.

Ihre Beine schlingen sich um mich und ziehen mich an sie, während sie sich an mir reibt. Ich stecke eine Hand unter ihren Arsch, aber sie schlägt meine Finger fort. Stattdessen schiebt sie ihre eigene Hand zwischen uns und ihre zarten Finger suchen nach meinem Schwanz. Ihre Fingerspitzen finden meine Eichel und reiben darüber, verstreichen meine Lusttropfen über ihre Pussy.

Ich taste nach dem Nachttisch, hole ein Kondom aus der Schublade. Als sie danach greift und es auf meinem Schwanz abrollt, schaudere ich und stöhne bei dem Gefühl ihrer Hände auf meiner Haut. Dann setzt sie sich wieder rittlings auf mich, gleitet meinen steinharten Schwanz hinunter.

„Also, was machen wir in diesem Sexclub?“, fragt sie, ihre Stimme heiser.

„Was immer wir wollen“, erwidere ich und sauge ihre Unterlippe in meinen Mund.

Sie schaukelt mit ihren Hüften und reibt sich an mir. „Was, wenn ich für alle sichtbar Sex haben will?“, fragt sie gegen meine Lippen.

„In Ordnung. Du solltest nur wissen, dass ich anschließend sofort zurück ins Gefängnis wandern werde“, stöhne ich und hebe meine Hüften an.

Hannah drückt ihre Hand auf meine Brust und ich schlinge meine Arme um sie, halte sie fest, während ich in sie hineinstoße.

„Warum ins Gefängnis?", fragt sie atemlos.

„Weil ich jeden Mann umbringen müsste, der dich nackt sieht", antworte ich, während ich heftiger in sie stoße.

Meine Stöße werden schneller und meine Hände graben sich in ihre Hüfte, dass es schon wehtun muss. Ich kann spüren, wie sie sich um mich herum zusammenzieht, ihr Körper bereit, zu explodieren.

„Können wir dann wenigstens zuschauen? Wird das verhindern, dass du ins Gefängnis musst?"

„Wir können zuschauen, Blümchen. Vielleicht. Allerdings muss ich womöglich den Mann umbringen, dem du zuschaust."

„Tja, dann muss ich dich vielleicht einfach nur gut genug ablenken", erwidert sie, schreit auf, und ich stoße noch heftiger in sie hinein.

„Darauf zähle ich. Bewahre mich vor dem Gefängnis, Baby. Das ist heute Abend deine Aufgabe."

„Einverstanden", stöhnt sie, zuckt auf meinem Schwanz und ich explodiere in ihr.

Kapitel Neunzehn

H*annah*

Die Lichter der Stadt tanzen in der Nacht über die getönten Autoscheiben, als wir vor dem *Sins* halten, dem berüchtigten erotischen Nachtclub, laut Armando einer von Marcos Lieblingsorten. Er hat darauf bestanden, ein Auto zu mieten, das uns dort hinfährt, ein Luxus, an den ich nicht gewöhnt bin. Ich werfe Armando einen Blick zu, sein markanter Kiefer, seine eindringlichen Augen, die mein Herz rasen lassen. Sein maßgeschneiderter Anzug sitzt wie angegossen an seinem muskulösen Körper, und er verströmt eine geheimnisvolle Dominanz, die mich fesselt.

„Bereit?", fragt Armando, seine Stimme leise und souverän. Ich nicke und zupfe am Saum meines schwarzen Minikleids herum. Der tiefe Ausschnitt und der gewagte Schlitz an der Seite vermitteln mir gleichzeitig das Gefühl von Verletzlichkeit und Macht, und ich kann es nicht erwarten, herauszufinden, was die Nacht für uns bereithält.

Ich hätte mich nie für jemanden gehalten, die freiwillig in einen Sexclub geht, aber ich bin aufgeregt. Außerdem liebe ich die Vorstellung, den Club an Armandos Arm zu betreten, als ob ich sein Date wäre. Wie ein Paar. Wie Freund und Freundin. Marco hat nicht einfach nur Armando eingeladen. Er hat auch Armandos Frau eingeladen.

Als wir auf den Eingang zugehen, pulsiert die laute Musik durch den Boden unter unseren Füßen, zieht uns in diese verführerische Welt hinein, die im Innern des Clubs auf uns wartet. Der Türsteher zieht das Samtkordel vor dem Eingang auf, und wir betreten das schummrig beleuchtete Treppenhaus, lassen die gewöhnliche Welt hinter uns.

In dem Augenblick, als wir den Club betreten, hüllt uns die berauschende Atmosphäre ein. Das trübe Licht wirft seine Schatten auf die sich windenden Körper, die uns umgeben, während die Musik bis durch mein Innerstes pulsiert. Sofort werden meine Augen von den sinnlichen Vorführungen angezogen, die auf einer Bühne dargeboten werde – Tänzer in winzigen Outfits, die sich mit hypnotisierender Anmut bewegen, ihre Körper verschlungen wie Schlangen, die ihre Beute in Versuchung bringen.

„Wow", stoße ich hervor, spüre Armandos Hand auf meinem unteren Rücken, als er mich tiefer in den Club hinein führt. „Dieser Club ist ... intensiv."

„Intensiv kann gut sein, Hannah", murmelt er in mein Ohr, schickt ein Schaudern meinen Rücken hinunter.

Ich nicke, spüre, wie mein Herz hämmert, während ich alles um mich herum betrachte. Paare und Gruppen, die sich diversen Akten der Lust hingeben, angespornt durch die unmissverständlich sündhafte Natur des Clubs.

„Kann ich zuschauen?", frage ich. „Oder ist das unhöflich?" Ich kenne die Regeln nicht. Ich will nicht wie die unerfahrene Sexclub-Jungfrau dastehen, die ich eindeutig bin.

„Ruhig", wispert er und streichelt mit über die Wange. „Denk nicht zu viel darüber nach. Lass dich einfach von der Atmosphäre leiten. Du kannst nichts falsch machen."

Für einen Moment schließe ich die Augen, atme tief durch und gestatte mir, mich von der Symphonie der Sinne um uns herum davontragen zu lassen. Die Hitze von Armandos Körper neben meinem, der Geschmack der Vorfreude auf meinen Lippen, der Klang der Musik, die Schauder durch meinen Körper jagt – all das verbindet sich zu einem mir vollkommen neuen Erlebnis.

Während wir weiter die Tiefen des *Sins* erforschen, wird mein Verlangen für Armando mit jedem Moment stärker. Ich kann die Elektrizität zwischen uns spüren. Unsere Körper werden voneinander angezogen wie Magnete, als wir diese verführerische Welt navigieren, die nur zu existieren scheint, um unsere Leidenschaft zu entzünden. Meine Sinne sind geschärft, jede Bewegung und jedes Geräusch fühlen sich wie elektrischer Strom an, der durch meinen Körper fliest.

„Da sind sie", sage ich, deute auf den VIP-Bereich, wo Leo, Marco und ihre Dates sitzen. Das blutrote Samtkordel, das diesen exklusiven Bereich abtrennt, lässt ihn nur noch verlockender wirken.

„Ah." Armandos Stimme ist weich und selbstbewusst, ein krasser Kontrast zu der Enge in meiner Brust, als wir auf ihren Tisch zugehen. Er zieht mich an der Hand hinter sich her, sein Griff fest und beruhigend.

„Mando! Hannah!", ruft Marco und begrüßt uns mit einem warmen Lächeln, als er aufsteht. „Schön, dass ihr es geschafft habt."

„Dein Arsch hat mir nicht gerade eine Wahl gelassen", erwidert Armando trocken und zieht mich enger an sich, als ob er alle hier daran erinnern wollte, dass ich ihm gehöre.

„Lasst mich euch unsere entzückenden Begleitungen für diesen Abend vorstellen", fährt Marco fort, deutet auf die beiden atemberaubend schönen Frauen, die neben ihm und Leo sitzen. „Isabella und Valentina."

„Freut mich", biete ich an, gebe mein Bestes, in dieser unvertrauten Umgebung entspannt zu wirken. Die beiden Frauen mustern mich neugierig, fragen sich vermutlich, wie jemand wie ich an einen Mann wie Armando gekommen ist.

„Ebenso", schnurrt Valentina und ihre Augen flackern interessiert zu Armando, bevor sie wieder zu mir wandern. Ich kann nicht anders, als einen Anflug der Eifersucht zu verspüren, auch wenn ich weiß, dass es völlig unbegründet ist.

„Bestellen wir etwas zu trinken", sagt Armando, spürt, dass er die Anspannung brechen muss. „Was wollt ihr?"

„Champagner für Valentina und mich", meldet sich Isabella zu Wort und klimpert mit ihren langen Wimpern.

„Whiskey auf Eis", fügt Leo hinzu, seine Stimme tief und autoritär.

„Mach zwei draus", stimmt Marco zu und seine Aufmerksamkeit wird für eine Sekunde von Valentinas kaum vorhandenen Kleid abgelenkt.

Armando nickt, schaut mich erwartungsvoll an.

„Ähm, ich nehme ein Glas Rotwein, bitte", sage ich und fühle mich in dieser Gruppe eindeutig fehl am Platz.

Armando streichelt mit dem Daumen über meine Finger, bevor er sich zum Kellner umdreht, der gerade an unseren Tisch getreten ist. „Sie haben die Dame gehört – ein Glas Ihres besten Rotweins, zwei Whiskey auf Eis, zwei Champagner und ich nehme ... einen Scotch pur."

Der Kellner kritzelt unsere Bestellung auf, dann verschwindet er in den Schatten.

„Auf einen Abend, den wir so bald nicht vergessen werden", prostet Leo, sobald unsere Drinks gebracht werden, und hebt erwartungsvoll sein Glas.

„Darauf stoße ich auch an", stimmt Marco zu und das leise Klirren unserer Gläser ist ein scharfer Kontrast zu der pulsierenden Musik um uns herum. Wir trinken einen großen Schluck und der Alkohol schürt das Feuer, das bereits in jedem von uns brennt.

Als der Alkohol durch meine Adern fließt, lösen sich meine Hemmungen langsam auf und werden von einem zunehmenden Hunger nach allem, was diese Nacht zu bieten hat, abgelöst. Es gibt so viel zu sehen. So viel zu spüren.

„Bist du okay?", wispert Armando in mein Ohr.

Ich nicke. „Es ist nur viel zu verarbeiten."

„Lass uns ein bisschen herumlaufen. Uns umschauen." Armando nimmt meine Hand und führt mich durch die Masse an Körpern, sein Selbstbewusstsein und seine Präsenz förmlich greifbar. Als wir an einer freien Stelle ankommen, dreht er sich zu mir herum, und seine Augen suchen meine mit einer Intensität, die Schauder meinen Rücken hinunterschickt.

„Willst du tanzen?" Seine Stimme ist über den wummernden Bass kaum zu hören, doch ich nicke erwidernd, kann es nicht erwarten, mich im Rhythmus zu verlieren.

„Du tanzt?"

„Nein. Überhaupt nicht. Aber für dich würde ich es tun."

Meine Brust wird warm. Dieser Typ. Ich bin süchtig.

Während die Musik weiter anschwillt, treten Armando und ich aufeinander zu, und unsere Körper finden inmitten des Chaos instinktiv ihren eigenen Beat. Unsere Hüften kreisen im Gleichklang, während wir tanzen, und seine starken Hände führen meine Bewegungen mit elektrisierender Präzision. Die Hitze zwischen uns wächst mit jeder Sekunde an, und ich verliere mich in der köstlichen Spannung, die sie hervorruft.

„Das werden Marco und Leo mich nie vergessen lassen", ruft Armando in mein Ohr und beugt sich zu mir herab, damit ich ihn hören kann. „Ich komme mir vor wie eine Backsteinwand, die versucht zu tanzen."

Ich lache laut auf, bin dankbar, dass er mir etwas anbietet, um meine Anspannung zu lindern, sogar wenn das bedeutet, sich selbst aus seinem Element herauszuwagen. Armando mag vielleicht nicht in der Lage sein, immer die richtigen Worte für mich zu haben, und doch weiß er mit Sicherheit, wie er mir die richtigen Taten schenken kann.

Mein Körper bewegt sich mit einer neu gefundenen Beweglichkeit, ungehemmt durch Zweifel oder Zurückhaltung. Armandos Blick weicht keine Sekunde von mir, und ich verspüre ein Aufwallen der Lust, weil ich weiß, dass ich das einzige Objekt seiner Aufmerksamkeit bin.

Die verruchten Aktivitäten, die um uns herum stattfinden, werden mir immer bewusster. Paare, die in diversen Sexakten verschränkt sind, manche in schattigen Ecken verborgen, andere, die ihre Leidenschaft schamlos für alle Anwesenden zur Schau stellen. Perverse Szenen spielen sich vor meine Augen ab, eine Welt, die ich bisher nur aus gewisperten Unterhaltungen und nächtlichen Fantasien kannte.

Der Anblick dieser ungehemmten Darstellung von Verlangen facht lediglich mein eigenes Feuer immer mehr an. Ich verspüre den ungezähmten Drang, diese dunklere Seite meiner eigenen Sexualität zu erforschen.

„Armando", hauche ich atemlos, meine Stimme über der lauten Musik kaum zu hören, während ich weiter die Ausschweifungen um uns herum betrachte. „Das ist ... mir fehlen die Worte, um das zu beschreiben."

„Ist es zu viel für dich?", fragt er und seine dunklen Augen schauen forschend in mein Gesicht, suchen nach einem Anzeichen für mein Unbehagen.

„Nein", erwidere ich, überrasche mich selbst mit der Überzeugung in meiner Stimme. „Ich bin fasziniert."

„Gut", grinst er und zieht mich enger an sich, bis sich unsere Körper komplett aneinanderpressen.

Die pulsierende Musik scheint bis in meine Knochen zu vibrieren, während Armando und ich tanzen. Die Hitze zwischen uns ist spürbar, die Luft um uns herum knistert förmlich vor Elektrizität, während wir hitzige Blicke und verstohlene Berührungen tauschen.

„Dein Herz rast", murmelt Armando heiser in mein Ohr, sein Atem heiß an meiner Haut, was weitere Schauder meinen Rücken hinunterschickt. „Liegt das an der Aufregung oder an mir?"

„Vielleicht ein bisschen von beidem", gestehe ich von der Euphorie der Nacht ermutigt. Unsere Blicke treffen sich und für einen Augenblick verschwindet alles andere – die Musik, die Menschen, unsere Freunde. Nur er und ich und die unbestreitbare

Verbindung zwischen uns, die von dem Augenblick an immer stärker wurde, als wir uns getroffen haben.

Er mustert mich eingehend, sein Blick finster und besitzergreifend, schürt das Feuer in mir. Ich kann sein Bedürfnis nach Kontrolle fühlen, sein Verlangen, mich zu beschützen, sogar in dieser chaotischen Welt, die zu erforschen wir uns gemeinsam entschieden haben.

Während wir tanzen, fällt mein Blick auf Marco und Leo am Rand der Tanzfläche, wo sich ihr Lachen mit der Musik vermischt. Ihre Dates drängen sich enger an sie, ihre Körpersprache offen und einladend, während sie mit den beiden Brüdern flirten und sich unterhalten. Leo streicht seinem Mädchen eine Haarsträhne hinter die Ohren, sein Lächeln charmant und verschmitzt, während Marco sich vorbeugt und seiner Frau etwas ins Ohr flüstert, woraufhin sie errötet und kichert.

Hin und wieder schauen sie zu mir und Armando, und ihr zustimmendes Lächeln verrät mir, dass sie sich freuen, uns zusammen zu sehen.

Ich lege meine Hand auf Armandos Brust, während die Musik weiter um uns herum dröhnt. „Lass uns eine Pause machen und uns noch ein wenig im *Sins* umschauen. Ich bin neugierig, was dieser Club noch zu bieten hat."

„Bist du sicher?", fragt er und seine dunklen Augen suchen in meinen nach Anzeichen des Zögerns.

„Absolut", erwidere ich lächelnd, spüre den Nervenkitzel, der bei der Vorstellung durch mich hindurchrauscht, tiefer in diese mysteriöse Welt vorzudringen. „Ich will heute Abend alles erfahren."

„Lass mich nur nicht zurück ins Gefängnis wandern", erwidert Armando und seine Lippen formen sich zu einem gefährlichen Grinsen, als er nach meiner Hand greift.

Wir winden uns durch die erhitzte Menge und ich bemerke, wie die Blicke der anderen Gäste von Armando förmlich angezogen werden – Männer wie Frauen. Er verströmt pure Macht, die man einfach nicht ignorieren kann, und ich spüre ein Anschwellen des Stolzes, zu wissen, dass er heute Nacht mir gehört.

Wir entdecken versteckte Zimmer und geheime Ecken, in denen Paare und Gruppen noch sündhaftere Aktivitäten betreiben, als sie im Hauptraum stattfinden. Der Geruch von Schweiß und Erregung erfüllt die Luft, zusammen mit dem leisen Surren aus Getuschel und Stöhnen, das die Geheimnisse der Nacht mit sich davonträgt.

„Schau sie dir an", murmle ich in Armandos Ohr, nicke in Richtung eines Paars, das mit verschlungenen Gliedern auf einer samtenen Chaiselongue liegt. „Sie sind ganz verloren in ihrer Leidenschaft, bekommen die Welt um sie herum überhaupt nicht mehr mit."

„So geht es mir mit dir", gesteht Armando. „Alles andere verschwindet."

Mein Herz hämmert in meiner Brust, als ich mich zu ihm herumdrehe. Ich ziehe ihn in einen der entlegenen Alkoven, die an den Wänden des Clubs entlang verteilt sind. Er ist schummrig beleuchtet und vor Blicken verborgen, gestattet uns einen Augenblick der Privatsphäre inmitten dieses Chaos.

Armando küsst mich innig und seine Hände gleiten um meine Taille, ziehen mich enger an sich.

Meine Finger wandern seine Brust hinauf und legen sich auf seinen Kiefer. Sein Blick weicht für keine Sekunde von meinem, als wir an diesem Abgrund kurz vor der Kapitulation stehen.

„Ich würde dich hier ficken", wispere ich, schließe die Lücke zwischen uns und unsere Lippen treffen sich in einem feurigen, leidenschaftlichen Kuss. „Aber ich will dich bei mir zu Hause eingesperrt wissen. Nirgendwo sonst."

Unsere Münder bewegen sich zusammen, unsere Zungen erforschen und schmecken sich, und die Hitze zwischen uns wird mit jeder Sekunde intensiver. Armando krallt seine Finger in meine Hüfte, zieht mich eng an sich, sodass ich seinen Ständer gegen meinen Schenkel pressen fühle.

„Ich kann dich nicht teilen, Blümchen. Jedenfalls noch nicht. Ich bin ein gieriger Bastard, der diesen heißen Arsch ganz für sich allein haben will", sagt er, seine Stimme rau vor Lust, als er seine Stirn gegen meine presst. „Aber ich verspreche dir, wenn wir nach Hause kommen, bringe ich dich dazu, meinen Namen zu schreien."

„Versprochen?"

„Darauf kannst du dich verdammt noch mal verlassen", erwidert er, seine Augen dunkel und voller Versprechen.

Wir treten aus den Schatten, unsere Herzen noch immer am Hämmern von unserem leidenschaftlichen Austausch, und gehen zurück zum VIP-Bereich. Als wir auf unseren Tisch zutreten, erblicke ich Leo, der eine Anekdote erzählt, mit den Händen gestikuliert, während er von irgendeinem wilden Erlebnis berichtet. Marco, der neben ihm sitzt, nickt zustimmend, und ihre beiden Dates lauschen gefesselt.

„Ah, da seid ihr ja!", ruft Leo, als er uns entdeckt. „Wir haben gerade über die ungewöhnliche ... Unterhaltung gesprochen, die das *Sins* bereithält."

„Ungewöhnlich ist definitiv eine Art, es zu beschreiben", stimmt Armando zu und ein ironisches Grinsen legt sich auf sein Gesicht, während er mir einen Stuhl heranzieht. Ich sinke auf meinen Platz, spüre den Nervenkitzel der Erregung und die Vorfreude noch immer durch meine Adern rauschen.

Die Unterhaltung geht weiter, Lachen und Necken erfüllen die Luft, und ich kann nicht anders, als immer wieder verstohlene Blicke in Armandos Richtung zu werfen. Unsere Verbindung ist heute Nacht nur noch stärker geworden und ich kann die Hitze seines Blicks auf mir spüren, sogar wenn ich ihn nicht direkt anschaue. Seine starke Hand liegt auf meinem Oberschenkel, eine stumme Verheißung für das, was noch kommen wird.

Aber auch eine bestimmte Art von ... Besitzergreifung.

Schon mehrmals hat er das Wort ‚mein' benutzt. Immer in der Hitze der Leidenschaft. Aber in diesem Moment, während wir mit seinen Cousins zusammensitzen, lachen und uns unterhalten, fühle ich mich tatsächlich wie sein. Wirklich sein. Und ich liebe es.

Die Zeit scheint zu verrinnen, während wir Anekdoten tauschen, lachen, jeder von uns verloren im Nervenkitzel der Nacht. Schließlich allerdings müssen auch die magischsten Momente zu Ende gehen.

„Sieht so aus, als ob sie langsam schließen würde", bemerkt Leo, als die Angestellten anfangen, aufzuräumen.

„Schätze, es ist Zeit fürs Bett", stimmt Marco zu, steht auf und streckt die Arme über den Kopf.

„Alles klar, lasst uns abhauen." Armando erhebt sich ebenfalls und hält mir seine Hand hin.

„Gute Nacht." Ich winke unseren Freunden zu, dann gehen Armando und ich zum Ausgang.

„Das hast du super hinbekommen, Mando aus dem Haus zu locken", sagt Leo noch zu mir. „Du tust ihm gut."

„Die musst du dir warmhalten", stimmt Marco zu und erfüllt mich mit Stolz. Es gibt nichts Besseres, als die Familie des Mannes für sich zu gewinnen, den man ... liebt.

Als wir in die kühle Nachtluft vor den Club treten und die gedämpften Klänge des *Sins* hinter uns verstummen, drücke ich Armandos Hand, begierig auf das, was als Nächstes kommt.

„Das war ein toller Abend", sage ich.

„Das war erst der Anfang. Ich habe dir ein Versprechen gegeben, schon vergessen?", fragt Armando, seine Stimme leise und voller Verheißung.

Kapitel Zwanzig

H*annah*

„Was, wenn ich darauf bestanden hätte, im *Sins* Sex zu haben?", frage ich, als ich mich für Armando ausziehe, ihm keinen Zweifel lasse, was ich mir für den Rest der Nacht vorstelle. All diese nackten Körper zu sehen, hat etwas tief in mir entfacht. Etwas Dunkles. Ungezähmtes.

„Ich hätte dich gefickt", antwortet Armando, während er sich ebenfalls auszieht. „Aber nicht so, wie ich dich jetzt ficken werde."

Ich ziehe eine Augenbraue in die Höhe. „Ach ja? Und wie ist das?"

„Härter, als du jemals gefickt wurdest."

Mein Herz macht einen Sprung. Meine Knie werden weich. Doch ich werde definitiv annehmen, was er mir bietet. „Das macht mir keine Angst", erwidere ich, ein Anflug der Herausforderung in meiner Stimme. „Ich wurde schon früher hart gefickt."

„Ach ja?" Er schlendert auf mich zu, seine dunklen Augen voller Entschlossenheit. „Beweise es." Er streckt sich vollkommen nackt auf dem Bett aus.

Ich lächle, trete zum Bett und krabble auf ihn zu, ohne den Blick abzuwenden. Meine Hände kreisen über seinen Körper. Lüstern. Leidenschaftlich. Liederlich.

Er schlingt mich in seine Arme und wirft mich auf den Rücken, dann tanzt seine Zunge mit meiner. Er schmeckt nach Scotch, und zwar nach einem guten Scotch, das weiß ich. Ich mag, wie er auf seiner Zunge schmeckt, mag, wie Armando auf meiner Zunge schmeckt.

„Sag mir, was du willst." Er hebt mein Kinn an, damit ich ihm in die Augen schauen muss.

„Ich will es ... pervers. Finster. Ich will mich ... unterwürfig fühlen", gestehe ich, fühle mich sicher, mein dunkelstes Verlangen zu gestehen. „Ich will keine Zärtlichkeit. Ich will keine Liebkosungen. Ich will es schmutzig. So wie du es gerne austeilst."

Ich weiß nicht, was in mich gefahren ist, und warum mir diese Forderungen so leicht über die Lippen kommen. Aber wir kommen gerade aus dem *Sins* und wenn es einen richtigen Zeitpunkt gibt, um komplett loszulassen, dann jetzt.

„Willst du, dass ich dich hart ficke?", drängt er. „Dich ein bisschen herumschubse? Dich ficke wie die kleine, schmutzige Schlampe, die zu sein du gerade gestanden hast?"

„Ja", wispere ich.

„Ich werde all das mit dir machen, und dann noch ein bisschen mehr." Sein Grinsen ist teuflisch.

„Halte dich nicht zurück", stoße ich atemlos hervor.

„Roll dich auf den Bauch, ich will deinen Arsch sehen", befiehlt er, lässt mich los und klettert von mir hinunter.

„So?", frage ich und rolle auf den Bauch.

„Auf die Knie, Blümchen."

Ich setze mich auf die Knie, beuge den Oberkörper hinunter, dann schaue ich über meine Schulter zu ihm auf.

„Genau so. Und jetzt spreiz deine Arschbacken."

Ich tue wie befohlen und er streicht mit der Hand über meinen Arsch. Ich kann die Kappe des Gleitgels aufschnappen hören, dann gleiten seine glitschigen Finger über meine Pussy und sein Daumen zu meinem Arschloch. Schamlos presse ich gegen seine Finger, bettle um mehr.

„Willst du das?" Mit seiner freien Hand verpasst er mir einen Schlag auf den Arsch, dann verreibt er das Brennen.

„Ja. Ich will, dass du meinen Arsch fickst."

„Was noch, Blümchen?"

„Ich will, dass du grob mit mir bist. Mich so heftig fickst, dass ich nicht mehr richtig gehen kann. Bis ich nicht mehr klar denken kann. Die ganze Nacht lang."

Armando knurrt auf und stößt mit seinen Fingern in meine Pussy.

„Ich will, dass du mir den Arsch versohlst, bis er rot und wund ist."

„Scheiße, Baby. Du lässt mich härter als Stein werden. Was soll ich noch mit dir machen?"

„Ich will, dass du ... " Ich wage es beinah nicht, ihn darum zu bitten. Aber es ist eine Fantasie, die ich hatte, seit er in meinem Blumenladen aufgetaucht ist.

„Was, Blümchen?"

„Würge mich."

„Ja? Okay, ich würge dich, Baby. Willst du eine Handkette, während ich dich hart ficke?"

„Ja, bitte."

„Magst du eine Prise Angst zu deinem Sex? Willst du, dass ich dir die Luft abschnüre? Oder nur so tue, Baby?"

Mir wird schwindelig und ich kann kaum glauben, dass wir tatsächlich diese Unterhaltung führen. Dass meine Fantasie tatsächlich Wirklichkeit werden wird. „Ich will, dass du mir die Luft abschnürst ... ich will das Gefühl haben, als ob du mich auslöschen würdest. Als ob ich für dich sterben würde."

Das Zimmer dreht sich. Meine Forderung jagt mir selbst Angst ein, aber ich mache weiter. „Ich will, dass du mich besitzt. Mach mich zu deinem Eigentum, dein ganz allein. Deine Schlampe. Dein schmutziges Mädchen. Dein."

Nie zuvor habe ich diese Worte laut ausgesprochen. Habe sie nicht einmal gedacht. Doch Armando hat etwas in mir geweckt. Er hat mir gezeigt, dass ich ihm mit meinem Körper vertrauen kann, sogar wenn ein bisschen Brutalität im Spiel ist. Nach all den verrückten Dingen, die wir heute Nacht gesehen haben, fühlt es sich sicher an, ihn darum zu bitten. Während ich die Worte ausspreche, wird mir klar, dass es genau das ist, was ich tue. Ich gewähre ihm Einlass, und viel wichtiger, ich öffne mich. Ich befreie mich von vielen meiner Ängste und Unsicherheiten, und ich hänge förmlich an seinen Lippen, warte darauf, dass er mir sagt, was ich als Nächstes tun soll.

„Das ist so heiß, Hannah. Du bist mein schmutziges Mädchen. Ich werde es dir richtig gut besorgen, Blümchen."

Seine Finger arbeiten zwischen meinen Beinen, sein Daumen gleitet in meinen Arsch, während er meine Backen weiterhin mit Hieben pfeffert. Eine chaotische, exotische Mischung aus Stimulationen, die alles verstärken, was ich empfinde. Ich stöhne auf. Ich ertrinke in Lust. Befinde mich so weit jenseits meiner normalen Hemmschwelle.

Armando schiebt ein Kissen unter meine Hüften und drückt meinen Oberkörper hinunter, dann krabbelt er zwischen meine Beine. Er zieht seine Eichel über meine Pussy, krallt die Finger in meine Haare und dreht meinen Kopf so, dass ich zu ihm hochschauen muss.

„Ich bin der Einzige, der diese Pussy fickt", befiehlt er im selben Moment, als er in mich eindringt.

„Oh, Gott." Meine inneren Muskeln ziehen sich um seinen Schwanz zusammen. Ich komme schon von nur einem Stoß.

Er macht langsam, dringt tief in mich ein, gleitet wieder hinaus, neckt mich. Foltert mich.

„Versohle mir den Arsch", bettle ich, will mehr Intensität spüren.

„Ich soll dir den Arsch versohlen?" Er zieht sich aus mir heraus. „Das Spanking musst du dir verdienen."

„Wie?"

„Bettle darum." Er verpasst meinem Arsch einige Hiebe, und der Schmerz ist schneidend und intensiv, und ich liebe es.

„Bitte", flehe ich, muss diese Hitze spüren, die von meinem Arsch in meinen ganzen Körper ausstrahlt. „Bitte, Armando. Bitte versohle mir heftiger den Arsch. Bitte."

Er tut es immer und immer wieder, bis mein Arsch brennt und kribbelt. Es ist genau das, wonach ich mich verzehre. Was ich brauche.

„Braves Mädchen." Er dreht mich herum und platziert mich auf der Bettkante. „Und jetzt spreize deine Beine für mich."

Ich tue wie befohlen, bevor Armando sich vor mich kniet, nach meinen Schenkeln greift und sie noch weiter spreizt.

„Schau dich nur an", sagt er. „Deine Pussy ist so verdammt nass und deine Pussylippen ganz geschwollen."

„Dein Schwanz hat das gemacht", sage ich, strecke die Hand aus und greife nach seinem Schwanz, reibe ihn heftig.

„Zeig mir, wie sehr du meinen Schwanz willst", sagt er, greift nach seinem Schwanz und reibt ihn durch meine Pussy. „Lutsch meinen Schwanz und zeige mir, wie sehr du ihn willst. Ich will, dass du schmeckst, wie sehr deine Pussy diesen Schwanz liebt."

Ich schaue zu, wie er seinen Schwanz in meinen Mund schiebt, und kreise mit der Zunge darüber, lecke ihn, kümmere mich ausgiebig um die Eichel und die empfindliche Stelle an der Unterseite seiner Spitze.

„Braves Mädchen", spornt er mich an, während er meinen Kopf festhält und seinen Schwanz tiefer in meinen Mund schiebt. „Nimm ihn ganz in den Mund."

Das tue ich, und während ich ihm den Schwanz lutsche, spüre ich, wie er meine Hand nimmt und sie um den Schaft seines Ständers wickelt und sie daran auf und ab führt, während er meinen Mund fickt. Ich stöhne so laut, ich bin mir sicher, meine Nachbarn können mich hören, aber das ist mir egal. Noch nie im Leben habe ich mich so frei und ungezähmt gefühlt.

Ich will das jede Nacht machen. Ich will Armandos schmutzige, kleine Hure sein. Ich will, dass er mir das Gefühl gibt, wunderschön und gewollt zu sein, dass er meinen Mund öffnet und mein Kinn anhebt, damit er mein Gesicht auf alle Arten ficken kann, die er will.

Ich will alles, was er mir geben will.

Ich will von ihm besessen werden.

Er fickt mein Gesicht noch heftiger und ich mühe mich ab, ihn ganz in den Mund zu nehmen, schaffe es aber. Ich nehme ihn ganz und gar. Schaue in seine Augen und sehe die Intensität und die Leidenschaft in seinem Blick. Sehe das Verlangen, und das ist etwas Wunderschönes.

Ich bin sein wunderschönes, schmutziges Mädchen, und ich liebe es.

Ich liebe ihn.

„Lass mich auf dein schmutziges-Mädchen-Gesicht kommen“, befiehlt er und ich ziehe meinen Mund von seinem Schwanz, reibe ihn schnell und heftig. Armando fängt an, keuchend zu atmen, und ich weiß, dass er kurz davor ist.

„Tu es. Komm überall auf mein Gesicht.“

Er kommt heftig. Bänder seiner Wichse landen auf meinem Gesicht und spritzen gegen meine Wangen, und ich verreibe sie sofort, lasse sie über mein Gesicht tropfen, stelle sicher, sie in meinen Mund zu bekommen.

„Das ist ein braves Mädchen.“ Mit einem Handtuch wischt er mir seine Wichse vom Gesicht. „Jetzt krabbele auf das Bett und warte auf mich.“

Das tue ich, und als ich mich auf das Bett lege und zu ihm aufschaue, bin ich voller Ehrfurcht für das, was er ist.

„Zeit für dein Spanking. Du hast es dir verdient. Dreh dich um, den Arsch in die Luft.“

Ich tue wie befohlen und spüre, wie mein ganzer Körper vor Vorfreude bebt.

„Spreiz die Beine“, sagt er, während er meinen Arsch reibt.

Ich spreize die Beine, weiß, dass ich ihm gehöre und er langsam die Kontrolle über mein Leben übernimmt.

Und das ist in Ordnung für mich.

Es ist in Ordnung für mich, für immer seine schmutzige, kleine Hure zu sein.

Er verpasst mir ein paar Schläge auf den Arsch, dann drückt er meine Arschbacken grob. Wieder versohlt er mir die Backen, und ich spüre das Brennen in meinem Arsch, wie es meine Pussy noch mehr kribbeln lässt. Er versohlt mir den Arsch, bis er rot und wund ist und brennt. Es tut weh, und doch fühlt es sich gleichzeitig so gut an.

„Spreiz deine Arschbacken“, befiehlt er. „Ich will alles von dieser wunderschönen Pussy sehen.“

Ich spreize meine Arschbacken und werfe ihm einen Blick über die Schulter zu, will sehen, was er mit mir anstellen wird.

Er schlägt mir auf den Arsch, bevor er meine Hand ergreift und sie zwischen meinen Schenkeln platziert, um mir damit meine Pussy zu reiben.

Mit meiner eigenen Hand versohlt er mir die Pussy, dann mit seiner Hand, dann steckt er mir meine Finger in den Mund und lässt mich daran lutschen.

„Du bist ein schmutziges Mädchen“, sagt er. „Schmeck mal, wie schmutzig du bist.“

„Ich bin dein schmutziges Mädchen“, stimme ich eifrig zu.

„Und ich bin dein Daddy“, sagt er und versohlt mir wie wild den Arsch und die Pussy, bis ich laut schreie. „Ich bin der Einzige, der diese Pussy fickt, diese wunderschöne Pussy.“

„Ja, Daddy“, stimme ich zu und schreie vor Lust auf, als er meine Pussy heftiger und heftiger versohlt.

„Und dieser Arsch gehört mir“, sagt er und verpasst meinem Arsch einen so heftigen Schlag, dass ich den Schmerz durch meinen ganzen Körper strömen spüre.

„Er gehört dir. Nur dir.“

„Ganz richtig“, erwidert er. „Nur mir. Du gehörst mir.“

„Ganz und gar dir.“

„Braves Mädchen.“ Wieder schlägt er mir auf den Arsch.

„Und jetzt werde ich dich mit meiner Zunge kommen lassen“,

sagt er und spreizt meine Arschbacken mit seiner Hand. Er steckt seine Zunge in meinen Arsch und ich stöhne laut auf.

„Das gefällt meinem schmutzigen Mädchen“, bemerkt er. „Dir gefällt es, wenn ich dein Arschloch lecke.“

„Es gefällt mir sehr“, stimme ich zu, meine Pussy triefend nass.

Er leckt mir den Arsch und ich kann nicht anders, als mich an seinem Gesicht zu reiben.

„Ich werde dich kommen lassen, wie du noch nie zuvor gekommen bist.“ Er reibt meine Pussy, dann dringt er mit seinen Fingern in mich ein und pumpt kräftig.

Ich beginne, zu stöhnen, und es dauert nicht lange, bis mein ganzer Körper zittert.

„Komm auf meinen Fingern, Baby. Komm auf meinen Fingern.“

Seine Worte sind schmutzig, sie sind derbe, sie sind genau das, was ich hören muss.

„Komm für mich, Blümchen“, sagt er, und das tue ich. So heftig, dass mein Körper bebt und schaudert und krampft.

Armando zieht mich eng an sich, während mein Körper vom pursten, schmutzigsten Orgasmus runterkommt, den ich je hatte.

Ineinander verschlungen liegen wir in der Dunkelheit. Unsere Herzen verlangsamen ihren Galopp.

„Danke“, murmle ich leise.

Armando stößt ein leises Lachen aus. „Du bedankst dich bei mir? Nein, Baby. Du bist absolut unglaublich, Hannah.“

Seine Worte lassen mein Herz singen.

Und das ist die eigentliche Gefahr. Nicht etwa die Art und Weise, wie dieser Mann mit meinem Körper umgeht.

Sondern wie er mit meinem Herz umgeht.

Gott, ich hoffe nur, er bricht es nicht.

Was sogar noch furchteinflößender ist, ist die Tatsache, dass er die Macht hat, meine Seele zu zerstören.

Kapitel Einundzwanzig

Armando

Ich renne durch die Straßen von Chicago, werde von den Hermanos gejagt. Ich werde zu Boden geschleudert und von der gesamten Gang in die Enge getrieben, während sie alle mit ihren Pistolen auf mich zielen. Aber dann verwandeln sich die Gesichter in bekannte Gesichter – einer von ihnen ist Emilio, der andere Harold, Hannahs Vater.

Ich krabble auf die Füße und biete ihnen meine Brust als Ziel dar. „Tut es einfach", sage ich, dann höre ich, wie Hannah meinen Namen ruft.

Armando.

Ihre Stimme zu hören, lässt mich meinen Plan ändern. Ich kann nicht zulassen, dass sie mich sterben sieht. Ich kann nicht sterben, wenn sie mich womöglich braucht. Ich entscheide, mich zu wehren oder einen Ausweg zu finden. Meine Finger krallen sich um das Handgelenk des Typen direkt neben mir, um ihm die Pistole aus der Hand zu zwingen.

„Armando!"

Ich schnappe nach Luft und sitze kerzengerade im Bett, meine Finger schmerzhaft um Hannahs Handgelenk gekrallt.

„Oh, scheiße!“ Ich lasse ihre Hand fallen, dann greife ich umgehend wieder danach, hebe sie behutsam hoch. Ich küsse ihren rasenden Puls. Ihre Augen sind weit aufgerissen und voller Panik.

„Tut mir leid, Blümchen. Tut mir so leid.“ Wieder presse ich ihr Handgelenk an meine Lippen. „Ich habe dir wehgetan. Fuck.“

Sie ist nackt und ihre wunderschönen, braunen Brüste schaukeln sanft, als sie sich ebenfalls aufsetzt. „Ist okay“, wispert sie und schlingt ihre Arme in einer würgenden Umarmung um mich.

Ich habe ihre Vergebung nicht verdient, und ich vermute, es ist auch Sympathie darin vermischt, was mich unruhig und ärgerlich macht, doch ich kann ihrer Lieblichkeit einfach nicht widerstehen. Sie ist mein verdammter Grund zu leben, wenn ich diesen verfluchten Albtraum analysieren würde.

Der Sex, den wir hatten, kurz bevor wir eingeschlafen sind, war ... verflucht animalisch, und jetzt mache ich mir Sorgen. Bin ich zu grob mit ihr? Gestatte ich der dunkleren Seite in mir, zu überstürzt herauszukommen?

Fuck. Vermassle ich das hier? Ich habe sie eine Hure genannt. Eine Hure!

Hannah hat etwas Besseres verdient. Sie hat einen Mann verdient, der ihr Blumen und Schokolade schenkt und ihr süße Nichtigkeiten ins Ohr flüstert. Dieser Mann bin ich nicht.

„Ich will, dass du dich wieder gut fühlst“, sage ich bittend, denn Sex ist so ziemlich das Einzige, was ich ihr im Moment bieten kann, und sie ist gestern mitten in der Nacht eingeschlafen.

Sie lässt sich von mir auf den Rücken drehen und ich krabble zwischen ihre Beine, befriedige sie mit meiner Zunge, bevor ich meinen Schwanz in sie sinken lasse.

Wir bringen es zu Ende, dann rolle ich aus dem Bett und gehe unter die Dusche. Heute ist die Taufe von Arturos Enkel, also muss ich heute Morgen einen Anzug anziehen und zur Messe gehen.

Als ich aus dem Bad komme, geht Hannah unter die Dusche. Ich ziehe mich währenddessen an und koche uns Kaffee.

Hannah kommt mit einem Handtuch um ihre üppigen Kurven aus dem Bad und ich reiche ihr einen Becher Kaffee.

Ohne einen Schluck zu trinken, stellt sie den Becher ab, „Danke, aber mein Magen ist heute Morgen irgendwie verstimmt. Wo willst du hin?“ Es bringt mich um, dass sie nicht so aussieht, als ob sie tatsächlich eine Antwort von mir erwarten würde. Oder so, als ob sie es nicht verdient hätte, zu fragen. Es bringt mich um, dass ich Hannah Munn nicht mehr zu bieten habe, diesem Mädchen, das mir ihre ganze Welt angeboten hat, obwohl ich nicht einmal nett gefragt habe. Obwohl ich überhaupt nicht gefragt habe.

„Zu einer Taufe. Und die anschließende Feier.“

Ich sehe Verletzung über ihr Gesicht flackern und spüre, wie sich ein Messer in meine Brust bohrt. Ich will sie einladen. Verdammt, nichts würde mich glücklicher machen, als Hannah an meiner Seite zu haben. Das würde es so viel einfacher machen, Emilio und Grace zu begegnen. Es würde all die Blicke und das verstohlene Wispern stoppen, wenn die Leute sich fragen, wie ich mit Grace und Emilio klarkomme.

„Ich gehe später zum Abendessen zu meinen Eltern. Du, ähm, kannst gerne mitkommen“, sagt sie, aber ihre übliche gute morgendliche Stimmung ist nicht zu hören.

Fuck. Ich reibe mir über den rasierten Kiefer. „Ich glaube, das ist keine gute Idee, Löckchen. Dein Dad war nicht gerade begeistert davon, dass ich in dein Leben getreten bin.“

Von allen Männern auf der ganzen Welt musste Hannahs Dad ausgerechnet auf derselben Baustelle wie ich arbeiten. Zumindest habe ich die winzige Genugtuung, ihn unterstützt zu haben, als er um Urlaub für seinen Arzttermin gebeten hat.

Scheiße, vermutlich der Arzttermin, der dafür hätte sorgen sollen, dass er keinen Herzinfarkt bekommt.

„Arbeitest du heute?“, frage ich Hannah.

„Ja.“

„Okay. Ich komme nach der Party im Laden vorbei. Helfe dir ein bisschen, wenn was ansteht."

Sie nickt, aber ich kann noch immer die Verletzung in ihrem Gesicht sehen. Federleicht fahre ich mit meinen Lippen über ihre. „Sei brav, Blümchen. Wir sehen uns bald."

* * *

Das Tauffest ist eine riesige Familienfeier. Ich war bereits auf Tausenden dieser Feiern zu Gast gewesen, aber diese hier ist wirklich unerträglich. Beinah so schmerzhaft wie meine Willkommen-zu-Hause-Party.

Marco und Leo bleiben in meiner Nähe und ich geben mein Bestes, nicht wie ein miesepetriger Arsch dreinzuschauen, aber vermutlich gelingt mir das nicht.

Diese verdammte Grace muss natürlich wieder zu mir kommen – ich schwöre bei Gott, sie muss unter mehr Schuldgefühlen leiden, als ich ihr zugetraut hätte. Andererseits gab es mal eine Zeit, als ich dachte, wir würden uns wirklich lieben. Nur weil mein Herz mittlerweile schwärzer ist als die Nacht, bedeutet das nicht, dass sie nicht länger den Sog dessen spürt, was wir einmal geteilt haben.

Sie weiß nur nicht, dass dieser Mann tot ist.

„Hi, Mando", sagt sie atemlos. „Hör zu, ähm, das ist irgendwie peinlich." Sie wirft einen Blick in Marcos und Leos Richtung, die dreist bleiben, wo sie sind.

Ich sage ihnen nicht, dass sie uns kurz allein lassen sollen.

„Ich wollte nur sagen, ähm, dass ich deine Einladung zur Hochzeit habe. Ich wusste einfach nicht – ich konnte einfach nicht entscheiden, was schlimmer ist – sie zu schicken oder sie nicht zu schicken." Ihre Augen schwimmen vor echten Tränen, was mich überrumpelt.

„Ach, Grace." Auf einmal bin ich so verdammt müde. Zu müde, um mich mit diesem Scheiß herumzuschlagen. Was will sie von mir hören? Dass ich ihr verzeihe?

Hm. Vielleicht ist es das. Ich weiß es nicht.

Sie zu sehen, wie sie mit ihrem perfekten Make-up und den falschen Fingernägeln in diesem Augenblick vor mir steht, macht mir vor allem bewusst, wie oberflächlich unsere Beziehung war. Wir waren zusammen, weil wir zusammen gut ausgesehen haben. Wir haben gepasst, in den Worten der Organisation und den Kreisen, in denen wir uns bewegt haben. Sie wollte einen Kerl, der mit dem Geld nur so um sich wirft. Der sie verwöhnt und es ihr gut besorgt. Der all die romantischen Gesten drauf hat.

Das habe ich für sie getan. Und sie hat getan, was sie für mich tun sollte – an meinem Arm hübsch auszusehen. Bei Familienfeiern das Richtige sagen, tun, was man ihr sagt.

Das war keine Beziehung. Das waren zwei Menschen, die Beziehung gespielt haben. Und das haben wir gut gemacht. Bis wir es nicht mehr gut gemacht haben. Denn Gefängnis passte nicht zu der Rolle, die sie von mir sehen wollte.

Hannah würde mich nicht abschreiben, wenn die Dinge schieflaufen. Verdammt, mit Hannah ist bereits alles schiefgelaufen. Ich habe in ihrem Laden einen anderen Mann umgebracht. Habe sie gefesselt und eingesperrt. Habe ihr nichts als mein dunkles, totes Herzens geschenkt.

Und doch weint sie für mich. Schlingt dennoch ihre Arme um meinen Hals, wenn ich schlecht träume, sogar obwohl ich beinah ihr Handgelenk breche, wenn sie nur versucht, mich aufzuwecken.

Ich liebe sie.

Dieser Gedanke erwischt mich wie ein Vorschlaghammer. Vor allem, weil ich nicht weiß, was ich nun damit anfangen soll. Ich kann nicht das sein, was Hannah verdient hat.

Wenn ich auch nur ein Quäntchen Anstand besäße, würde ich bei ihr ausziehen und sie mit meinem Mist ein für alle Mal in Ruhe lassen.

Ich starre Grace an, spüre, wie sich mein Magen zusammenzieht. „Nun ja, Grace. Ehrlich gesagt, würde ich lieber nicht kommen.

Aber danke fürs Fragen. Hör zu, ich habe allerdings eine Bitte an dich.“

„Ja?“ Sie zieht ihre gezupften Augenbrauen in die Höhe.

„Hast du die Blumen schon bestellt?“

Verwirrung flattert über ihr Gesicht. „Ähm, nein, aber das wollte ich kommende Woche tun. Warum?“

„Stell sicher, dass du sie vom *Garten Eden* bestellst. Der Laden hat schon Preise gewonnen. Sie statten die besten Hochzeiten aus.“ Das ist der alte Mando, der hier spricht. Der Mando, dem Designernamen wichtig waren, das Beste von allem zu haben. Denn ich weiß, dass Grace dieser Mist noch immer superwichtig ist.

Ihre Augen werden groß. „Oh, okay. Ist das der Laden, von dem du mir all die Blumen geschickt hast, als …“ Sie verstummt, schluckt.

„Genau“, erwidere ich leise. „Das waren tolle Sträuße, oder? Und sie sind sogar noch besser geworden. Die besten in der Stadt.“

Ich bemerke, wie Marco und Leo mich neugierig mustern, ignoriere es aber.

Wenn ich Hannah dank der verdammten Hochzeit von Grace und Emilio etwas Umsatz verschaffen kann, dann werde ich das tun.

„Okay, ich rufe morgen dort an. Danke für den Tipp.“ Sie wirft mir noch einen Blick zu, und Bedauern lässt ihr Gesicht weich wirken.

Ich bin ein Bastard, denn mir ist noch immer nicht danach, sie so einfach vom Haken zu lassen. Doch als sie sich mit hängenden Schultern abwendet, sage ich leise ihren Namen.

„Grace.“

Sie dreht sich zu mir herum.

„Danke, dass du gefragt hast“, sage ich. Mehr bringe ich im Moment nicht übers Herz, aber es scheint das zu sein, was sie braucht. Erleichterung breitet sich auf ihrem Gesicht aus und sie nickt, lächelt traurig.

„Natürlich. Viel Glück, Mando. Mit allem.“

„Ja, dir auch.“

Ich schaue ihr hinterher, als sie davongeht, und als sie uns nicht länger hören kann, sagt Marco, „Sie ist trotzdem noch eine Schlampe."

Ich habe vergessen, wie man lächelt, aber nun zucken meine Mundwinkel. „Ja, das ist sie", stimme ich zu, aber da ist nichts hinter meinen Worten. Nicht das tote, schwarze Nichts, das ich empfunden habe, als ich entlassen wurde, sondern wirklich gar nichts. Ein leerer Raum, der darauf wartet, gefüllt zu werden.

Vielleicht finde ich tatsächlich meinen Weg zurück unter die Lebenden.

Kapitel Zweiundzwanzig

H*annah*

Eine Woche der Übelkeit.

Eine Woche, in der ich den Wein nicht trinken kann, den Armando mir zum Abendessen eingießt. Ich wäre ein Narr, wenn ich die Möglichkeit nicht in Erwägung ziehen würde.

Wir waren vorsichtig ... manchmal, meistens sogar. Aber scheiße ... eben nicht immer.

Ich erinnere mich an die Wahrscheinlichkeiten, die wir im Biounterricht gelernt haben. Es sieht nicht gut aus.

Auf dem Heimweg kaufe ich einen Schwangerschaftstest, beeile mich, vor Armando nach Hause zu kommen.

Die Übelkeit in meinem Magen nimmt zu, vermutlich aufgrund meiner Nervosität, und als ich nach Hause komme, stürze ich augenblicklich ins Bad und übergebe mich.

Uff.

Das sollte nicht passieren.

Ich bin mit einem Typen zusammen, der gar nicht mit mir zusammen sein will. Mit Armando zusammen zu sein, ist wie auf einer Achterbahn der Gefühle zu fahren. Und das hier könnte uns wirklich aus der Bahn werfen, uns kopfüber in die harte Realität katapultieren. Eine ungewollte Schwangerschaft wird alles andere als helfen.

Oder vielleicht wird sie das ja gerade, wispert die dumme kleine Stimme der Hoffnung in meinen Gedanken.

Nein, wird sie nicht. Mit zusammengebissenen Zähnen versuche ich, die Stimme auszuschalten.

Shadow miaut und streift schnurrend mit seinem weichen, winzigen Körper um meine Fußgelenke. Ich ignoriere ihn, lese die Gebrauchsanweisung für den Test. Ich sollte bis morgen früh warten, wenn die Hormone in meinem Urin am konzentriertesten sind, aber ich bin zu angespannt. Ich habe dieses verdammte Ding gekauft und jetzt muss ich den Test auch machen. Ich setze mich aufs Klo und ziele mit dem Stab in den Strahl. Dann sitze ich da und warte ab.

Als das Ergebnis auftaucht, überschlägt sich mein Magen unkontrolliert. Eine schwache, positive Linie.

Tränen treten in meine Augen, doch ich bin nicht am Boden zerstört.

Seltsamerweise ist da eine Mischung aus Aufregung und Angst, die durch meinen Körper flattert.

Und natürlich, bevor ich überhaupt Zeit habe, mich wieder zu fangen, höre ich, wie Armando die Wohnung betritt.

Scheiße! Ich weiß nicht, was mich den Test ins Katzenklo schmeißen und alles zusammen in den Müll packen lässt, aber das tue ich. Dann eile ich aus dem Bad, etwas verzweifelt, den Beweis loszuwerden, bevor Armando ihn entdeckt.

„Soll ich den Müll rausbringen?“ Er streckt die Hand nach dem zugeknoteten Beutel aus.

„*Nein.* Ich bringe ihn raus.“ Verdammt, ich klinge atemlos. Mein seltsames Verhalten bleibt nicht unbemerkt. Armandos Augen werden schmal und er legt den Kopf zur Seite.

„Bin gleich wieder da“, rufe ich noch, als ich bereits zur Tür hinausstürme.

Auf dem Weg nach unten überkommt mich eine neue Welle der

Übelkeit. Neben den Mülltonnen bleibe ich würgend stehen und der Müllgestank gibt mir den Rest. Dann eile ich zurück, mein Magen noch immer schwankend, aber zum Glück kommt mir mein Mageninhalt diesmal nicht hoch.

Uff.

Als ich wieder in die Wohnung komme, entdecke ich Armando, der die leere Pappschachtel des Schwangerschaftstests in der Hand hält, einen benommenen, unglücklichen Ausdruck auf dem Gesicht. „Fuck. Hannah."

Es ist schwer zu glauben, dass mich innerhalb von zwei Minuten eine Mama-Bär-Energie ergreifen konnte, aber das tut sie. Augenblicklich bin ich in der Defensive, beschütze mein Baby um jeden Preis.

„Fuck!", sagt er, diesmal lauter, dreht sich um und schlägt mit der Faust gegen die Wand. Seine Knöchel versinken im Rigips und lassen kleine Brocken zu Boden rieseln. „Das ist meine Schuld. Ich habe nicht immer ein Kondom benutzt. Ich habe mich von unserer Leidenschaft überwältigen lassen und … Fuck!"

Und damit zerschlägt er endlich mein hoffnungsvolles, pinkes Cinderella-Herz. Es wird kein Happy End für uns geben. Er ist kein Prinz. Er ist nicht einmal mein Freund.

Er will mich oder das Baby nicht. Und ich will verdammt sein, wenn ich ihm gestatte, auch nur einen Teil dieser Schwangerschaft zu besudeln. Plötzlich werden mir die Dinge glasklar. In mir wächst ein winziges Leben heran, das ich beschützen muss. Ehren muss. Für dieses Baby muss ich tun, was ich für mich selbst nicht tun konnte.

Mehr verlangen.

Viel mehr verlangen.

Und Armando wird mir dieses mehr nicht geben. Er kann einfach nicht. Das hat er unmissverständlich klargemacht.

„Der Test war negativ", sage ich laut, bin plötzlich dankbar für meinen Instinkt, den Beweis im Katzenstreu zu vergraben. „Meine Periode ist zu spät, aber ich bin nicht schwanger. Ich wollte nur sichergehen."

Langsam dreht sich Armando zu mir herum und beäugt mich.

Ich bin nicht die beste Lügnerin der Welt, also vertusche ich es mit einem Wortschwall. „Aber dieser Schwangerschaftsschock hat es mir sehr klargemacht." Ich atme abgehackt ein. „Es ist an der Zeit für dich, zu gehen, Armando. Diese Sache wird zu kompliziert." Meine Augen füllen sich mit Tränen, und ausnahmsweise ist es mir nicht peinlich. Es sind ehrliche Tränen und sorgen nur dafür, mich in meinem Entschluss zu stärken. „Ich will kein gebrochenes Herz haben. Es beginnt bereits, zu brechen. Ich beginne, zu brechen. Ich kann das nicht länger tun."

Alle Farbe rauscht aus Armandos Gesicht. Unter anderen Umständen hätte ich es womöglich gefeiert, eine emotionale Reaktion in ihm hervorgerufen zu haben. Aber so, wie die Dinge stehen, dröhnen sein Schock und sein Schmerz durch mich hindurch, zerschmettern den Rest Kontrolle, den ich noch hatte.

„Du willst, dass ich gehe?"

Ich nicke.

„Aber ich muss dich beschützen."

„Das kannst du auch aus der Ferne tun. Lass deine Männer mich bewachen", schlage ich vor. „Wir wissen beide, dass es mich in größere Gefahr bringt, wenn du hier bist. Und wenn du hier bist ..."

„Hannah ..."

Jetzt fange ich ernsthaft an zu weinen. Ich bin mir sicher, die Hormone helfen auch nicht. „Ich will, dass du gehst", sage ich durch meine Tränen hindurch.

Armandos Augen sind plötzlich wie tot. Er tritt in Aktion, seine Bewegungen ruckartig und mechanisch. Er geht durch meine Wohnung und packt seine Sachen in die Reisetasche, die er mitgebracht hatte. Dann hebt er Shadow vom Boden auf, wo er gerade um Armandos Beine geschlichen ist, und hebt ihn an sein Gesicht. Er küsst das Köpfchen meiner Katze. „Pass für mich auf sie auf, hörst du mich?"

Dann geht er zur Tür. „Tut mir leid, Hannah." Seine Stimme ist barsch und angespannt.

Ich nicke, schlucke mein Schluchzen hinunter.

Es fühlt sich so falsch an, aber es ist das Richtige, das weiß ich. Ich werde diesem Baby keinen Vater aufbürden, der es nicht will. Ich werde mit Armando nicht darüber diskutieren, ob ich es behalten werde oder nicht.

Ich behalte es. Und Armando muss gehen. Ende der Geschichte.

In meinem Leben ist kein Platz für einen nicht-Freund. Nicht wenn dieses Baby alles braucht, was ich geben kann.

Armando schaut mich an, als ob er noch etwas sagen will, doch dann nickt er einfach und dreht sich zur Tür herum. Zieht sie auf, geht hindurch und zieht sie wieder hinter sich zu, ohne noch einmal zurückzuschauen.

In dem Augenblick, in dem er verschwunden ist, falle ich auf die Knie und schluchze.

Kapitel Dreiundzwanzig

Armando

In dem Augenblick, als Hannah mir sagt, ich soll gehen, fällt meine Welt ins Dunkel.

Ich weiß, es ist das Beste. Ich wusste die ganze Zeit über, dass ich sie loslassen sollte, weil ich sie verflucht noch mal vergifte. Ich habe absolut gar nichts zu bieten, und zu alledem bringt jede Minute, die ich mit ihr verbringe, ihr Leben in Gefahr, dank der Leute, die mich tot sehen wollen.

Und Gott, als ich dachte, sie wäre schwanger, konnte ich mir nichts Schlimmeres vorstellen. Das Leben eines hilflosen Säuglings in Gefahr bringen? Ich hätte sie sowieso verlassen müssen – hätte sie nie wieder sehen dürfen, nicht einmal als Freund.

Also hätte es mir das Leben leichter machen sollen, als sie die Entscheidung für mich getroffen hat.

Hätte es.

Aber als ich mit meiner Reisetasche auf der Straße vor Hannahs Haus stehe, senkt sich ein grauer Nebel über meine Sicht, und ich versuche, verdammt noch mal zu entscheiden, was ich jetzt tun soll.

Und dann, weil es mir ganz ehrlich scheißegal ist, ob die

Hermanos mich umbringen wollen oder nicht, fahre ich zurück in meine Wohnung.

Ich fahre mit der Hochbahn, weil ich die Vorstellung nicht ertrage, auf engstem Raum mit einem Uber-Fahrer eingepfercht zu sein. Als ich an meiner Wohnung ankomme, passiere ich im Flur meinen Vermieter, der mir einen empörten Blick zuwirft.

Ich kann mich nicht einmal dazu bringen, zu reagieren. Nicht ein Blick. Kein Blinzeln. Definitiv kein gegrunztes *Hallo.*

Fick dich, ist alles, was ich in Gedanken sage.

Und dann ertappe ich mich dabei, wie ich gegen Marcos Tür hämmere. Nicht weil ich mich an seiner Schulter ausheulen muss. Nie im Leben. Sondern weil ich liebend gern irgendjemandem die Fresse polieren will, und die Chancen stehen nicht schlecht, dass es da jemanden gibt, dem Marco eine Botschaft überbringen will – im Namen des Dons.

„Hey, was gibt's?", fragt Marco, zieht die Tür weit auf und mustert mein Gesicht.

Ich sage nichts, marschiere einfach in seine Wohnung, ohne ihn anzuschauen.

„Gibt es jemanden, dem du eine Botschaft übermitteln musst?"

Marco wirft mir einen argwöhnischen Blick zu. „Musst du jemandem wehtun?"

„Allerdings."

Marco stopft die Hände in die Hosentaschen und weicht etwas von mir zurück, so als ob er nicht meinen ganzen Fokus auf sich ziehen wollen würde. „Hannah?"

Etwas der Verschwommenheit in meiner Sicht klärt sich, als mein Problem beim Namen genannt wird.

„Ich will nicht über sie sprechen", fauche ich, denn wie gesagt, ich will gerade einfach nur Blut sehen.

„Ihr beiden habt neulich Abend total eng gewirkt. Ihr wart unzertrennlich. Was ist passiert?"

Im Handumdrehen habe ich ihn gegen die Wand gedrängt und

mein Unterarm presst sich gegen seine Kehle. „Hör auf, mich nach ihr zu fragen."

Ich glaube, er presst etwas wie *Schwanzlutscher* durch die zusammengepressten Zähne hervor.

„Es ist vorbei und du wirst ihren Namen nie wieder in den Mund nehmen."

Er presst die Lippen zusammen und knirscht mit den Zähnen, während ich ihm weiter die Luft abdrücke. Schließlich boxt er mich in die Rippen. Zweimal.

Feste.

Beim zweiten Hieb lockere ich meinen Griff, denn mir rauscht die Luft aus der Lunge.

„Frieden, Mando." Marco hat die Hände in die Luft gehoben, als ich den Kopf hebe. „Beruhig dich, Mann."

Ich will ihm so dringend die Zähne ausschlagen, aber ich liebe ihn auch zu sehr, um das zu tun.

„Was zur Hölle ist los?" Leo taucht im Wohnzimmer auf.

Marco tritt zur Seite, die Schultern noch immer breit wie ein Boxer, der seinen Gegner umkreist. „Mando will irgendjemanden umbringen. Ich versuche, dafür zu sorgen, dass nicht ich dieser Typ bin."

Ach, drauf geschissen. Ich schwinge die Faust in seine Richtung. Marco duckt sich und kracht in mich hinein, reißt mich auf den Rücken. In der nächsten Sekunde sitzen er und Leo auf mir, halten mich am Boden fest.

„Frauenprobleme", erklärt Marco Leo.

„Fick dich", fauche ich, während ich krampfhaft versuche, mich zu befreien.

„Beruhig dich verdammt noch mal, Mann. Wir sind auf deiner Seite. Wenn du Blut sehen willst, werden wir dir Blut suchen. Aber sprich mit uns", sagt Marco.

Ich hebe den Kopf, dann reiße ich ihn wieder hinunter, krache mit dem Hinterkopf auf den Holzboden. Und noch einmal.

„Hat sie dich rausgeschmissen?"

Ich schlage härter mit dem Kopf gegen den Boden. „Als ich gesagt habe, du sollst ihren Namen nie wieder in den Mund nehmen, habe ich das ernst gemeint“, wüte ich. Ich kann mich einfach nicht aus den Griffen meiner Cousins befreien, die wild entschlossen sind, mich am Boden festzuhalten.

„Was zu Hölle ist los?“, verlangt Leo noch einmal.

„Sein Mädchen“, spricht Marco das Offensichtliche aus. Er schaut mich an. „Was ist passiert? Hast du sie verärgert?“

Die Rage scheint aus mir herauszusickern, und ich bin wieder dieser hohle Mann. Schlimmer als je zuvor. Ich versuche, zu schlucken, versuche, durch das Chaos aus Bildern in meinem Kopf hindurchzuwaten.

Der Schwangerschaftstest.

Hannahs verzerrtes Gesicht. Ihre Tränen.

Ich beginne, zu brechen. Ich kann das nicht länger tun.

„Ich habe sie fortgestoßen“, krächze ich, und bei dieser Erkenntnis wird mir übel.

Marcos Ausdruck verrät nichts. Wir sind beide Meister darin, unsere Masken zu tragen. „Kannst du es nicht in Ordnung bringen?“

„Nein“, stoße ich heiser hervor. „Ich kann nicht derjenige sein, den sie braucht. Eine ganze Gang will mich umbringen. Ich bin eine gottverdammte Gefahr für ihr Leben.“

Marco schaut mich weiterhin passiv an. „Dann bringen wir das eben in Ordnung.“

Ich starre sie an. Wenn dieses Problem beseitigt wäre, könnte ich dann sein, was Hannah braucht?

Die Übelkeit in meinem Magen kehrt zurück.

Nicht einmal ansatzweise.

Ich bin nichts. Ich habe nichts zu bieten. Ich weiß nicht einmal, wer zur Hölle ich bin. Ich habe kein Leben, nichts.

Ich schließe die Augen und aller Kampfgeist verlässt meinen Körper. „Nein.“

„Nein?“, fragt Marco, Herausforderung in der Stimme.

„Nein", erwidere ich entschlossen. „Ich kann nicht der Mann für sie sein."

„Eins sage ich dir", fängt Marco an und klettert gefolgt von Leo von mir herunter. Er greift nach meinen Händen, um mich auf die Füße zu ziehen. „Der Mando, den ich kenne, findet einen Weg, wenn es etwas gibt, was er will."

Ich starre ihn an. Verbitterung brennt in meiner Brust. Jetzt, da ich wieder Emotionen empfinden kann, will ich am liebsten die ganze Stadt in Brand setzen. „Der Mando, den du kennst, ist tot", lasse ich ihn wissen und gehe zur Tür.

„Warte, Mando. Willst du noch immer jemandem die Fresse polieren?"

Ich halte inne. Lasse meine Knöchel knacken. „Scheiße, ja."

„Los geht's. Ich muss jemandem einen Besuch abstatten."

Kapitel Vierundzwanzig

Hannah

Am Sonntagabend fahre ich zum Abendessen zu meinen Eltern. Ich hatte darüber nachgedacht, abzusagen, doch tatsächlich hoffe ich, dass meine Mom irgendwie weiß, was sie sagen muss, um mich aufzumuntern. Sie kann das manchmal sehr gut.

Die letzten fünf Tage habe ich nonstop durchgeweint. Ich kann die Tränen ums Verrecken nicht abstellen. Ich war schon immer eine große Heulsuse, und ich weiß, dass die Hormone es nur noch schlimmer machen, aber das ist wirklich schon lächerlich.

In der letzten Woche habe ich versucht, meinen Laden zu führen, mit Kunden zu interagieren und Sträuße und Kränze zu binden, und die ganze Zeit über sind mir die Tränen über das Gesicht gelaufen. Josie musste vorbeikommen und die letzten zwei Tage übernehmen, damit ich zu Hause bleiben und den Kopf unter die Decke stecken konnte.

Ich gehe ins Haus, ohne zu klingeln. Meine Mom steht an der Küchenanrichte, mischt einen Salat. Ich lasse mich auf einen Stuhl sinken, bin zu erschöpft, um sie zu umarmen.

„Hannah? Was ist los, Baby?“ Meine Mom kommt zu mir geeilt und hüllt mich in eine ihrer Mom-Umarmungen ein, die normalerweise alles besser machen.

Ich heule in ihre Schulter. „Ich bin schwanger“, platze ich heraus. „Und ich habe mit Armando Schluss gemacht.“

Sie drückt mich noch fester. „Oh, Schatz.“ Sie streichelt mir über den Rücken.

„Tut mir leid, Mom.“ Von klein auf hat sie mir eingebläut, zu verhüten, bis ich verheiratet und bereit bin, eine Familie zu gründen, aber ich musste ja hergehen und es vermasseln.

„Mach dir meinetwegen keine Sorgen“, sagt sie. „Kümmern wir uns um dich, Schatz. Das ist viel.“

„Das ist es.“ Ein frischer Schwall Schluchzer bricht aus mir hervor.

„Hey, *hey*.“ Sie schüttelt mich sanft. „Das ist wirklich eine große Sache. Aber du weißt, dass es okay sein wird, oder? Ganz egal, wie sich die Dinge entwickeln.“

Ich schniefe und nicke in ihre Schulter. „Ich weiß nicht, ob ich einen Fehler gemacht habe“, sage ich zwischen Schniefen und Schluchzen.

„Als du mit Armando Schluss gemacht hast?“

„Ja.“ Ich löse mich aus ihrer Umarmung, wische mir die Augen. „Aber er hat mir das Herz gebrochen, weißt du? Er hat gesagt, er könne nicht mein Freund sein, weil er zu kaputt ist.“

Meine Mom mustert mich, Sorge in jede Linie ihres Gesichts geschrieben. „Na ja, man darf sich auch umentscheiden.“

Frische Tränen strömen über meine Wangen.

„Was ist denn los ...“, sagt mein Dad in der Küchentür, doch meine Mom winkt ihn umgehend fort und er zieht sich eilig zurück.

„Ich weiß es nicht, Mom. Es tut einfach nur so weh. Ich dachte, ich würde mich stark fühlen, weil ich die Sache endlich beendet habe. Währenddessen habe ich mich auch stark gefühlt. Aber jetzt bin ich einfach nur ein Wrack.“

„Ja", erwidert meine Mom leise. „Trennungen sind nie einfach, nicht einmal, wenn sie die richtige Entscheidung sind."

Ich reiße den Kopf hoch und mein Magen zieht sich in einen festen Knoten zusammen. „Glaubst du, es war die richtige Entscheidung?"

„Das habe ich nicht gesagt", mahnt sie. „Ich weiß nicht, was die richtige Antwort ist. Nur eins weiß ich mit Sicherheit. Du bist intelligent und stark. Und du hast ein riesiges Herz. Und ich weiß, dass du in der Lage sein wirst, diese Sache erfolgreich zu meistern."

Verzweifelt starre ich sie an. Ich will ihr glauben, aber Erfolg fühlt sich in diesem Augenblick vollkommen unmöglich an. Ich würde mich schon damit zufriedengeben, einfach nur für fünf Minuten nicht zu heulen.

„Was soll ich denn jetzt mit Armando machen?", wispere ich, obwohl ich meine Mom kenne und weiß, dass sie mir keine Antwort auf diese Frage geben wird.

„Na ja, eins kann ich dir sagen. Wenn du das Baby behältst, dann wirst du ihn nicht loswerden können. Wenn man mit einem Mann ein Baby hat, dann ist er für den Rest deines Lebens Teil davon, ganz egal, ob du mit ihm zusammen bist oder nicht. Es sei denn, er entscheidet sich, sich seinen Pflichten nicht zu stellen."

„Was, wenn er es nie herausfindet?", krächze ich, weiß, wie falsch das ist, klammere mich aber noch immer an diesen Gedanken.

„Was?"

„Ich wollte ihm nichts von dem Baby erzählen", gestehe ich kleinlaut.

„Warum nicht?" Die Stimme meiner Mom wird schneidender.

Ich schnappe abgehackt nach Luft. „Na ja, als er die Verpackung vom Test gefunden hat, ist er ausgerastet. Also wusste ich, dass er das Kind nicht will. Das war der Moment, in dem ich ihm gesagt habe, er soll gehen. Und ich habe ihn angelogen und gesagt, der Test wäre negativ gewesen."

Ich spüre den Tadel, der von meiner Mutter ausströmt, als sie langsam Luft holt. „Nur, damit ich es richtig verstehe. Du hast mit ihm Schluss gemacht, nur weil er nicht so reagiert hat, wie du wolltest, als er von einer möglichen Schwangerschaft überrumpelt wurde?“

Ich sauge meine Unterlippe in den Mund, knabbere daran herum. Wenn man es so ausdrückt, klingt es wirklich ein bisschen extrem. „Er ist emotional verschlossen“, versuche ich es.

Meine Mom nickt langsam. „Das mag ja sein, aber für mich klingt es so, als ob er *irgendwelche* Emotionen empfunden hat. Stress vielleicht? Was gesund ist. Denn eine Schwangerschaft, die man nicht erwartet hat, ist eine große Sache.“

Tja, *ja*.

Ich wische mir die Tränen von den Wangen. „Was soll ich tun?“

„Na ja, die wichtigere Frage ist, was glaubst du, was du tun solltest?“

Ich hasse es einfach, wenn sie sowas sagt. Ich schüttle den Kopf. „Ich weiß es nicht.“

Meine Mom nickt. „Ich glaube, das tust du vermutlich doch.“

Meine Brust schmerzt, als mir klar wird, dass meine Mom mein *Ich weiß es nicht* als Bullshit deklariert, genau wie Armando, nur dass sie es netter ausdrückt.

All die Arten, auf die er mich beachtet hat, blitzen in meinen Gedanken auf. Er mag zwar behaupten, er hätte mir nichts zu bieten, aber das stimmt nicht. Er hat sich um mich gekümmert. Hat bemerkt, wenn ich neben der Spur oder sauer war, und hat es nicht einfach dabei belassen. Er hat versucht, Dinge in Ordnung zu bringen, wenn etwas in Schieflage war.

Und was habe ich getan?

Bin vor meinen Problemen davongerannt, so wie immer. Habe mich dafür entschieden, mich ihnen nicht zu stellen.

Ich bin abgehauen. Vor ihm. Vor uns.

Vielleicht wäre er der Situation gewachsen gewesen, Vater zu werden, wenn ich ihm eine Chance gegeben hätte. Es fällt mir schwer, zu glauben, er hätte aufgehört, sich um mich zu kümmern.

Und mit einem Mal bin ich bis ins Mark erschöpft.

Ich reibe mit den Händen über meine Wangen und stehe auf. „Ich glaube, ich kann nicht zum Essen bleiben, Mom“, sage ich. „Bitte verrate Dad noch nicht, was mit mir los ist. Ich muss ein paar Dinge für mich klären.“

Meine Mom wirft einen Blick Richtung Wohnzimmer und zuckt unverbindlich mit den Schultern. „Womöglich hat er schon genug mitbekommen, aber ich warte, bis du es ihm mitteilst.“ Sie zieht mich in eine weitere Umarmung. „Ich liebe dich, Schatz. Nichts ist unüberwindbar. Vergiss das nicht.“

Ich nicke. „Ich liebe dich, Mom.“

Kapitel Fünfundzwanzig

Armando

Der Abendhimmel schimmert orange und pink, während ich die Stufen zu meiner Wohnung hinaufschlurfe und die Last eines langen Tages mich erdrückt wie ein zu schwerer Umhang. In dem Augenblick, als ich die Tür aufschließe und die Wohnung betrete, wandern meine Gedanken zu Hannah. Ihr Lachen hallt in meinen Gedanken wider wie eine Melodie, ihre Gegenwart beruhigt meine müde Seele. Doch die Gefahren, die noch immer unter der Oberfläche lauern – die Dunkelheit, die droht, uns beide zu verschlingen – werfen ihre unerbittlichen Schatten über mein Herz.

Ich falle auf mein Bett, mache mir nicht die Mühe, meine Klamotten auszuziehen, und gestatte dem Schlaf, mich zu übermannen. Doch anstatt Zuflucht in der Wärme des Schlummerns zu finden, schleudert er mich in einen Albtraum, der mich bis ins Mark erschüttert.

Ich stehe in der Mitte eines verlassenen Warenhauses, die Luft schwer vor Anspannung und Angst. Die Wände ragen hoch über mir auf, wie uralte Wächter irgendeines verlorenen Reiches, und Schatten tanzen über den Betonboden. Mein Herz rast, jeder Schlag hämmert gegen meine Rippen, als ob es sich aus seinem Käfig befreien wollte.

„Wo bin ich?", wispere ich, meine Stimme in der unheimlichen Stille kaum hörbar.

Ein plötzlicher Windstoß schickt einen Schauder meinen Rücken hinunter, und ich schlinge die Arme um meinen Oberkörper, um mich zu beruhigen, doch es hilft nichts. Ich kann das Gefühl nicht abschütteln, dass irgendetwas nicht stimmt, dass irgendeine boshafte Macht mich hier in diesem trostlosen Ort gefangen hält.

„Armando", ruft eine vertraute Stimme, hallt durch die unendliche Leere wider.

Hannah. Der Klang ihrer Stimme löst ein Leuchtfeuer der Panik in mir aus, entzündet jeden Beschützerinstinkt, den ich besitze. Ich muss sie finden, muss sicherstellen, dass sie sicher vor den Gefahren ist, die meine Vergangenheit heimgesucht haben und nun auch unsere Zukunft bedrohen.

„Wo bist du?", rufe ich verzweifelt, und meine Stimme bricht unter meinen Emotionen.

„Hilf mir, Armando", fleht sie, ihre Stimme entfernt und gedämpft durch die erdrückende Dunkelheit.

Ich beiße die Zähne zusammen, und mein Entschluss wird hart wie Stahl. Ganz egal, was es mich kostet, ich werde sie finden und sie vor den Schatten meiner Vergangenheit beschützen, die zurückgekehrt sind, um uns beide zu vernichten. Mit jedem Schritt, den ich gehe, strömt die Entschlossenheit durch meine Adern, schürt mein Bedürfnis, die Frau zu retten, die mein Herz erobert und eine ungezähmte Liebe in mir aufgeweckt hat.

Hannahs ersticktes Weinen wird lauter, leitet mich durch die Dunkelheit. Mein Herz hämmert gegen meine Brust, mein Atem geht keuchend, während ich mir den Weg durch diese labyrinthartige Struktur des verlassenen Warenlagers bahne. Die Luft um mich herum ist schwer und drückend, ein spürbares Gewicht auf meinen Schultern, das ich kaum abschütteln kann.

„Armando!", ruft sie erneut, ihre Stimme bebend vor Angst.

„Sprich weiter mit mir, Hannah", rufe ich zurück, meine Worte durchdrungen von Verzweiflung. „Ich komme zu dir."

„Bitte ... beeile dich", wispert sie, und ihre Stimme dringt kaum bis an meine Ohren.

Ich treibe mich an, sprinte durch das Labyrinth aus Schatten und Echos, aber jede Biegung führt mich nur zu einer weiteren Sackgasse oder in einen leeren Gang. Doch ich weigere mich, aufzugeben, angetrieben von dem Wissen, dass Hannahs Überleben davon abhängt, dass ich sie finde.

„Armando ... ich habe solche Angst", gesteht sie, und ihre Stimme bricht unter der Last ihrer Furcht.

„Bleib stark, Hannah", flehe ich, und meine eigene Angst dringt in meine Worte. „Ich werde dich finden. Das verspreche ich dir."

Endlich, nach einer gefühlten Ewigkeit, komme ich an einem schummrig erleuchteten Raum im Herzen des Warenlagers an. Und dort, in der Mitte des Raums, an einen Stuhl gefesselt, sitzt Hannah. Nackt, verletzlich, zitternd vor Angst, und ihre Augen heften sich an meine, weit aufgerissen und flehend.

„Armando", stößt sie atemlos hervor, und Tränen strömen über ihre Wangen. „Du hast mich gefunden."

„Ich bin da", sage ich, meine Stimme zitternd vor Erleichterung und Entschlossenheit. „Ich werde nicht zulassen, dass dir etwas zustößt."

Als ich auf sie zugehe, kann ich sehen, wie sich das Seil in ihre Haut gräbt, zornige, rote Striemen auf ihren Hand- und Fußgelenken hinterlässt. Meine Finger fummeln an den Knoten herum, aber meine Hektik macht es mir schwerer, die Knoten zu lösen, als es sein sollte.

„Wer hat dir das angetan?", frage ich, versuche, meine Stimme ruhig klingen zu lassen, während ich mich abmühe, sie zu befreien.

„Ich weiß es nicht", gesteht sie. Ihre Augen fliegen durch den Raum, als ob sie nach Antworten suchen würden. „Ihre Gesichter waren vermummt."

„Sobald ich dich hier herausgebracht habe, werde ich dafür sorgen,

dass sie dir nie wieder wehtun", verspreche ich, und meine Hände zittern vor Wut und Angst.

„Glaubst du wirklich, wir können ihnen je entkommen?" Ihre Stimme ist kaum noch ein Wispern.

„Ja, verdammt", erwidere ich und zwinge Zuversicht in meine Worte, obwohl der Zweifel an mir nagt. „Ich werde nichts und niemanden zwischen uns kommen lassen. Nicht jetzt, nicht jemals."

Ein schwaches Lächeln flackert über ihr Gesicht und ihre Augen schimmern vor Liebe und Vertrauen, trotz der Furcht, die noch immer in ihren Tiefen verweilt. Und in diesem Augenblick schwöre ich, ganz egal, was es kostet, ich werde diese Frau beschützen – die Frau, die das Licht zurück in meine finstere Welt gebracht und mir einen Grund gegeben hat, für eine bessere Zukunft zu kämpfen.

„Danke", haucht sie.

„Immer, Blümchen. Immer", erwidere ich, und mein Herz schwillt mit Entschlossenheit an, während ich endlich den letzten Knoten löse und Hannah von ihren Fesseln befreie.

Als ich auf sie zutrete, scheint die Luft um uns herum dichter zu werden, als ob ein nahender Sturm sie aufladen würde. Die Haare in meinem Nacken stellen sich auf und ein Schauder der Furcht windet sich mein Rückgrat hinunter. Ohne Warnung wird das Warenlager von leisem Murmeln erfüllt – Stimmen, die ich nur allzu gut kenne.

„Armando", wispert Hannah, ihre Augen weit aufgerissen vor Angst. „Wer ist das?"

„Sag kein Wort", ermahne ich sie, meine Stimme kaum hörbar. Ich kann spüren, wie ihre sie immer näher kommen, wie Geier, die sich ihrer Beute nähern.

„Lange nicht gesehen, Mando", höhnt einer von ihnen und tritt aus den Schatten. Sein Grinsen ist grausam, seine Augen eiskalt und berechnend. Ich erkenne ihn als einen meiner ehemaligen Mafia-Partner wieder, ein Mann, den ich gehofft hatte, nie wiederzusehen.

„Lasst sie in Ruhe", knurre ich und stelle mich zwischen Hannah und die bedrohlichen Gestalten. Mein Herz hämmert gegen meine Rippen, aber ich weigere mich, ihnen auch nur ein Anzeichen von

Schwäche zu zeigen. Meine finstere Welt hat mich gefunden, aber ich will verdammt sein, wenn ich zulasse, dass sie mir den einen Menschen nimmt, der mir wirklich etwas bedeutet.

„Ah, das ist also das Mädchen, das dich so gefesselt hat, hm?", meldet sich ein anderer zu Wort und starrt Hannah lüstern an. „Du hättest wissen sollen, dass wir dich irgendwann finden, Mando."

Ich werfe einen Blick über meine Schulter, schaue Hannah in die Augen. Ihr Blick ist voller Angst, doch ich sehe dort auch ein Aufflackern der Entschlossenheit. Als ob sie mich stumm ermutigen würde, zu kämpfen.

„Lass sie in Frieden", knurre ich erneut und balle die Fäuste. Mit jeder Faser meines Seins will ich Hannah beschützen – sie vor diesen Monstern und dem Horror, den sie repräsentieren, abschirmen.

Als ob sie meinen Entschluss spüren würden, stürzen die Männer vor, ihre Gesichter verzogen von Boshaftigkeit und Rachsucht. Ich werfe mich ins Getümmel, lasse die Fäuste fliegen, sie in den ersten Angreifer krachen. Der Aufprall vibriert durch meinen Arm wider, feuert mein Adrenalin an.

„Armando!", schreit Hannah, ihre Stimme erstickt vor Angst.

„Bleibt zurück!", brülle ich verzweifelt, während ich versuche, die Angreifer aufzuhalten.

Aber sie stürmen einfach immer weiter auf mich ein – es sind zu viele, als dass ich es allein mit ihnen aufnehmen könnte. Ihre schiere Zahl verschafft ihnen einen Vorteil, gegen den ich nichts ausrichten kann, ganz egal, wie wild ich kämpfe. Schlag um Schlag prasselt auf mich herab, und jeder davon landet mit brutaler Genauigkeit.

Schmerzen rauschen durch meinen Körper, aber das ist nichts im Vergleich zu der Qual, zu wissen, dass diese Männer meinetwegen hier sind – wegen des Lebens, das ich vor Hannah geführt habe. Meine Vergangenheit hat mich eingeholt und jetzt wird Hannah den Preis dafür zahlen müssen.

„Armando", flüstert sie, ihre Augen voller Liebe und Vertrauen, selbst während ihr die Tränen über die Wangen strömen. „Heute ist der Tag, an dem ich sterbe."

. . .

Ich wache auf und will sterben. Es ist die vierte Nacht in Folge, in der ich von Hannah geträumt habe. Albträume. Immer schwebt Hannah meinetwegen in Gefahr. Wird jeden Augenblick umgebracht. Wird gefoltert, schreit meinen Namen. Alles, um mir wehzutun. Dieses Mal war es im Lollipops. Sie war dort nackt an einen Stuhl gefesselt.

Als ob es die Jungs aus der Organisation wären, die ihr wehtun wollten, und nicht irgendeine Straßengang.

Sie hat meinen Namen geschrien, hat gebettelt – nicht, dass sie sie in Ruhe lassen, sondern dass sie mich nicht umbringen.

Ich weiß nicht, wo ich in diesem Traum war. Ich war da, aber ich konnte ihr nicht helfen. Meine Glieder haben sich nicht mehr bewegt. Mein Mund konnte nichts sagen. Ich habe versucht, zu schreien, zu kämpfen, aber es ist nichts passiert.

Ich rolle mich aus dem Bett. Noch immer trage ich die Anziehsachen von gestern, bin schweißgebadet, stinke nach Whiskey.

Seit dem Abend, an dem Hannah mit mir Schluss gemacht hat, habe ich mich jeden Abend in den Schlaf getrunken, doch Alkohol richtet wenig gegen das Gefühl aus, wie mir das Herz mit einer Kettensäge aus der Brust geschnitten wird. Alles um mich herum dreht sich wie in einem dichten Nebel.

Ich ziehe mich aus und gehe unter die Dusche. Die ganze Woche schon habe ich das Schicksal herausgefordert. Ich war in meiner Wohnung. Bin zu meiner Arbeit gegangen. Bin am helllichten Tage draußen herumspaziert. Habe alles getan, was ich tun konnte, um die verfluchten Hermanos dazu zu bringen, mich zu finden, doch meine Todessehnsucht wird einfach nicht erfüllt.

Ich will diese Sache einfach hinter mich bringen. Töten oder getötet werden.

Vielleicht kann dann ich meinen Weg aus der Dunkelheit finden.

Während ich unter der Dusche stehe, klingelt mein Handy. Ich stelle das Wasser aus und gehe ran.

„Luis."

„Hey, ich habe mit einem der Hermanos gesprochen. Es hat nichts mit dem Typen zu tun, den du im Knast kaltgemacht hast – das scheint ihnen egal zu sein. Man munkelt, ein paar von ihnen lassen sich anheuern. Ist nichts Persönliches."

Nichts Persönliches.

„Hast du herausgefunden, wer sie angeheuert hat?"

„Nee. Der Typ, mit dem ich gesprochen habe, wusste es nicht. Ich versuche es weiter."

„Okay. Danke."

„Mhm. Kannst du zahlen?"

„Wie viel schulde ich dir?"

„Siebenhundert."

Siebenhundert Dollar für gar nicht mal so viele Informationen, aber ich beschwere mich nicht. „Ich bringe es vorbei."

„Cool." Er legt auf und ich stehe tropfend da.

Ich kann an nichts anderes denken als an Hannah. Ich *muss* diese verfickten Attentäter ausschalten.

Ihretwegen.

Sogar, wenn sie mich nie wiedersehen will.

Sogar wenn wir nie wieder sprechen, uns nie wieder berühren werden.

Kapitel Sechsundzwanzig

Armando

Als wir die schweren Türen aufdrücken, fühlt sich die schummrige Bar an wie eine Erweiterung der Nacht vor der Tür. Zigarettenrauch und das Murmeln leiser Unterhaltungen hängen schwer in der Luft.

„Scotch pur", bestelle mit angespannter Stimme, die den Aufruhr in mir verrät, den ich so verzweifelt zu verstecken versuche.

Marco und Leo wechseln besorgte Blicke.

„Mach drei draus", fügt Marco hinzu, und seine Stimme klingt ganz ruhig und stark.

Der Barkeeper nickt zustimmend und stellt uns drei Gläser hin. Die bernsteinfarbene Flüssigkeit reflektiert das wenige Licht, das durch den Dunst dringt, und wirft ein warmes Schimmern auf den abgenutzten Holztisch.

Ich verschwende keine Zeit, greife nach meinem Drink und kippe ihn in einem schnellen Zug hinunter. Das Klirren des Glases auf dem Holz zerreißt den Moment, und mir wird bewusst, dass ich auf dem Grunde eines Whiskyglases nach Trost suche. Dieser Mann war ich nie zuvor.

Vielleicht bin ich jetzt dieser Mann.

„Bist du in Ordnung, Mann?", fragt Marco. „Du siehst furchtbar aus."

„Bestens", erwidere ich knapp, doch die Art und Weise, wie sich meine Finger in die Tischkante krallen, erzählt etwas anderes.

„Sprich mit uns, Mann", drängt Leo. „Wir sind für dich da."

„Wie gesagt, alles bestens", beteuere ich und meine Stimme bebt nur ein winziges Bisschen, verrät die Risse in meiner Rüstung.

„Wie schlägst du dich, nach allem, was mit Hannah passiert ist?", fragt Marco, klingt behutsam und besorgt. Sein Blick ist unverwandt und aufrichtig, besitzt eine Weichheit, die ich selten in ihm gesehen habe.

Ich atme tief durch, weiß, dass ich dieser Unterhaltung nicht länger aus dem Weg gehen kann. „Es ist schwer", gestehe ich und meine Stimme bricht ein wenig. „Aber es ist das Beste so. Sie hat mich darum gebeten, zu gehen, und das kann ich ihr nicht vorwerfen. Seitdem versuche ich, sie aus meinen Gedanken zu verbannen. Und versage auf ganzer Strecke."

„Hey, geh nicht so hart mit dir ins Gericht", erwidert Marco und legt mir aufmunternd die Hand auf die Schulter.

„Genug von mir", sage ich und versuche, das Thema zu wechseln. „Wie geht's deinem Arsch, *cugino*?" Ein schwacher Versuch des Humors, aber ich will die Unterhaltung ganz dringend von meinem eigenen Schmerz fortlenken.

Glucksend schüttelt Marco den Kopf. „Du fragst mich jetzt allen Ernstes nach meinem Arsch? Na schön, hin und wieder tut es höllisch weh, aber ich werde es überleben."

„Du wirst jetzt täglich nach deinem Arsch gefragt", meldet sich Leo zu Wort und verdreht die Augen. „Dein Arsch wird noch zu einer Berühmtheit werden."

„Kein Grund, eifersüchtig auf meinen berühmten Arsch zu sein", erwidert Marco grinsend, dann wendet er sich wieder mir zu. „Aber ganz im Ernst, Mando, wir sind für dich da, Mann. Wenn du reden musst, sag einfach Bescheid."

„Danke", murmle ich. Ich trinke einen weiteren Schluck Whiskey. Er brennt, als er meine Kehle hinunterläuft, doch ich heiße diese Empfindung willkommen – alles, was mir hilft, den Schmerz in meinem Innern zu betäuben.

Während sich die Wärme des Alkohols in meiner Brust ausbreitet, kann ich nicht anders, als an Hannah zu denken. An ihr Lächeln, ihr Lachen, daran, wie sie mir das Gefühl gegeben hat, wieder lebendig zu sein. Doch dieses Leben ist jetzt vorbei und alles, was noch bleibt, ist die kalte, harte Realität meiner Vergangenheit.

„Ich muss ehrlich mit dir sein, Mann", sagt Leo und beugt sich mit einem ernsten Gesichtsausdruck vor. „Du bist ein verdammter Kämpfer. Warst du schon immer. Du gibst nicht einfach so schnell auf, Mann. Warum zur Hölle solltest du jetzt einfach davongehen? Dieses Mädel bedeutet dir offensichtlich eine Menge. Also warum zur Hölle sitzt du hier mit uns rum, anstatt sie zurückzuholen?"

Ich starre in mein Glas, schwenke die braune Flüssigkeit und denke über seine Worte nach. Die Wahrheit ist, davonzugehen war das Schwierigste, was ich jemals tun musste. Aber welche Wahl hatte ich denn?

„Ich wollte nicht gehen", gebe ich zu, und die Last meiner Gefühle droht, mich zu überwältigen. „Aber ich kann nicht riskieren, dass Hannah etwas zustößt. Unser Leben ... es ist gefährlich. Es würde uns einholen und sie würde ins Kreuzfeuer geraten. Sie hat etwas Besseres verdient."

„Etwas Besseres verdient?", lacht Leo tonlos, nimmt mir dieses Argument offensichtlich nicht ab. „Sie hat einen Mann verdient, der sie liebt, und soweit ich sehen kann, bist du dieser Mann. Vielleicht ist es an der Zeit, nicht mehr vor deiner Vergangenheit davonzurennen, sondern sich ihr zu stellen. Um Hannahs willen."

„Möglicherweise hast du recht", gestehe ich. Meine Finger krallen sich um mein Glas. „Vielleicht muss ich meine Vergangenheit konfrontieren, wenn ich die Chance auf eine Zukunft mit Hannah haben will. Aber wo zur Hölle soll ich überhaupt anfangen?"

„Du musst sie sehen", unterbricht Marco. „Sprich mit ihr.

Erzähle ihr alles, was du uns gerade erzählt hast – über deine Ängste, deine Liebe, deine Bereitschaft, für sie zu kämpfen. Dann könnt ihr zusammen überlegen, wie ihr am besten weiter macht."

„Vielleicht", stimme ich zu und meine Brust schwillt mit dem Gefühl neu gefundener Entschlossenheit und sogar Hoffnung an. Womöglich haben meine Cousins recht. Ich kann Hannah nicht kampflos aufgeben. Sie bedeutet mir zu viel.

„Wenn du kampflos aufgibst, hast du sie schon verloren. Du und Hannah, ihr hattet etwas Besonderes. Und du hast es einfach aufgegeben", erklärt Marco.

„Marco hat recht", stimmt Leo zu und beugt sich vor. „Du hast nicht einmal für diese Beziehung gekämpft. Wir alle haben unsere Dämonen, aber das bedeutet nicht, dass wir nicht für unsere Liebe kämpfen können."

Ich schaue die beiden an, ihre Ausdrücke eine Mischung aus Frustration und Mitgefühl. Meine Brust ist eng und meine Gedanken werden von den Erinnerungen an Hannahs Gesicht heimgesucht, als ich aus ihrer Wohnung gegangen bin.

„Erinnerst ihr euch daran, als wir Kinder waren?", frage ich, versuche erneut, das Thema zu wechseln. „Messdiener, alle drei. Wer hätte gedacht, dass wir hier landen?"

„Ich jedenfalls nicht", gluckst Marco und die Stimmung wird ein wenig leichter. „So ist das Leben, oder? Es ist unvorhersehbar."

„Allerdings", stimmt Leo zu. „Und weißt du, was auch unvorhersehbar ist? Die Liebe. Aber das heißt nicht, dass wir nicht für sie kämpfen sollten."

„Du hast Glück", sagt Marco, seine Stimme voller Aufrichtigkeit. „Ich würde alles dafür geben, mehr als nur einen Fick hier und da zu haben. Du und Hannah, ihr habt etwas Echtes. Wirf es nicht einfach so fort, als ob es nichts wäre."

„Abgesehen davon", bemerkt Leo und grinst, als er seinen Whiskey schwenkt, „warst du immer schon ein dickköpfiger Bastard. Warum gibst du jetzt so einfach auf?"

Ich kann nicht anders, als über ihre Worte zu grinsen, denn ich weiß, dass sie recht haben. Wir sind zusammen durch Dick und Dünn gegangen, und sie haben mich noch nie falsch geleitet.

„Okay, okay“, gebe ich mich geschlagen und mein Entschluss festigt sich. „Vielleicht habe ich zu schnell aufgegeben. Vielleicht sollte ich kämpfen.“

„Ja, verdammt.“ Marco nickt und schaut mir entschlossen in die Augen. „Jetzt ist es an dir, es in Ordnung zu bringen.“

„Guter Mann“, grinst Leo und hebt sein Glas zum Toast. „Auf das Kämpfen um die Liebe und darauf, unseren Weg nach Hause zu finden.“

„*Salute*“, sagen Marco und ich im Gleichklang und stoßen an, dann trinken wir und der Alkohol brennt wie flüssiger Mut.

Trotz der zunehmenden Wärme in meiner Brust nagt die Unsicherheit noch immer an mir. Ich kann das Gefühl nicht abschütteln, dass ich auf einem Hochseil zwischen Liebe und Zerstörung balanciere. Die Worte meiner Cousins haben mir Hoffnung gemacht, und doch haben sie mich nicht vollkommen überzeugt.

„In Ordnung“, sage ich schließlich und zwinge mich, zuversichtlicher zu klingen, als ich es bin. „Ich werde aufhören, Trübsal zu blasen. Aber ich muss diese Sache gut durchdenken, bevor ich in Aktion trete.“

„Schön und gut“, stimmt Marco zu und mustert mich aus schmalen Augen. „Warte nur nicht zu lange, okay? Wir wissen beide, dass Frauen wie Hannah innerhalb von Sekunden von einem anderen Mann weggeschnappt werden können.“

„Glaub mir, das weiß ich“, murmle ich und meine Gedanken wandeln sich von Selbstmitleid in Rage. Die Vorstellung, wie sie mit einem anderen Mann zusammen ist, jagt mörderische Gedanken durch mich hindurch. „Ich werde darüber nachdenken.“

„Gut“, grinst Leo und seine Stimmung verändert sich, als er in die Hände klatscht. „Also, lasst uns die Stimmung ein bisschen aufheitern, was meint ihr?“

„Einverstanden“, lacht Marco und hebt sein Glas. „Darauf, nicht in den Arsch geschossen zu werden!“

Die Absurdität dieses Trinkspruches entlockt mir ein halbherziges Glucksen, und ich hebe mein eigenes Glas. „Amen."

Unsere Gläser stoßen mit einem befriedigend klirrenden Geräusch zusammen, und für einen Augenblick gestatte ich mir, die Last auf meinen Schultern zu vergessen. Wir trinken auf unsere Kameradschaft – drei Cousins, verbunden durch ihr Blut, ihre Loyalität und die Geister ihrer Vergangenheit.

Während die Nacht voranschreitet, driftet die Unterhaltung fort von Hannah und zurück zu leichteren Themen. Ich bin dankbar für die Versuche meiner Cousins, mich abzulenken, doch ich kann nicht anders, als das ständige Ziehen meiner Gedanken zu spüren, die mich zu ihr zurückholen.

Ich habe sie gehen lassen.

Ich habe Scheiße gebaut.

Aber das wäre nicht das erste Mal, dass ich mein eigenes Leben sabotiere.

Die Frage ist nur, was werde ich als Nächstes tun? Werde ich weiter mein eigenes Grab schaufeln oder werde ich verdammt noch mal zurück in das Licht gehen, das Hannah ist?

Kapitel Siebenundzwanzig

H*annah*

In der nächsten Woche schleppe ich mich zurück zur Arbeit, trage allerdings Armandos ausgeblichenes Cubs-T-Shirt – das mit dem kleinen Loch am Kragen. Es war in meinem Wäschekorb, weil ich es einmal nachts übergezogen hatte, nachdem wir Sex hatten, also hat er es nicht eingepackt, als er gegangen ist.

Ich weiß nicht, warum ich es heute angezogen habe – um mich zu foltern? Es ergibt wirklich keinen Sinn.

Immer wieder habe ich über das nachgedacht, was meine Mom zu mir gesagt hat.

Vielleicht habe ich es damit überstürzt, mit Armando Schluss zu machen. Ihm nichts von dem Baby zu verraten, war definitiv falsch. Das wusste ich schon, bevor meine Mom ihre Meinung darüber klar und deutlich gemacht hat. Es jedoch aus ihrem Mund zu hören, hat es mir noch einmal bewusst gemacht.

Ich habe mich wie die geschädigte Partei gefühlt, vielleicht, weil mein Herz so verdammt wehtut, aber in Wirklichkeit bin ich diejenige, die den Schmerz verursacht. Für uns beide, vorausgesetzt, Armando leidet auch.

Ich schlage das Album mit den Hochzeitsarrangements und der Preisliste auf und schiebe es über den Tresen. Ich helfe einem Paar dabei, die Blumen für ihre Hochzeit auszusuchen. Es ist erst die dritte Hochzeit, die ich ausrichte, seit ich den Laden übernommen habe, also bin ich trotz meiner Trübsal dankbar für das Geschäft. Der irgendwie gelangweilt wirkende Bräutigam kommt mir bekannt vor. Ich bin mir ziemlich sicher, er ist einer der Mafia-Typen, die sich nebenan die Haare schneiden lassen. Also funktioniert es scheinbar, diese Rädchen zu schmieren.

Gott sei Dank.

„Ich habe gehört, Sie sind eine preisgekrönte Floristin", sagt die Braut und schaut sich im Laden um.

Ich werde rot und frage mich, ob der Laden aussieht wie der einer preisgekrönten Floristin. Außerdem frage ich mich, wo zur Hölle sie sowas gehört hat. Scheißegal, meine Arrangements sind gut – verdammt gut. Besser als die von Mary Alice. Und ich habe eine gute Chance, in diesem Wettbewerb in ein paar Monaten tatsächlich einen Preis zu gewinnen. Ich mache die Schultern gerade.

„Wir versuchen, immer frisch und originell zu sein. Ich gestalte die Arrangements so, dass sie zum individuellen Kunden passen – oder zum Paar."

Innerlich trete ich mir in den Hintern, weil ich das Album nicht mit meinen eigenen Arrangements aktualisiert habe – die Fotos zeigen noch immer Mary Alices Bouquets. Also improvisiere ich und biete dem Paar an, was zu ihnen passen könnte. „Welche Farbe tragen die Brautjungfern?"

„Schwarze Cocktailkleider, die sie selbst aussuchen", erklärt die Frau.

„Findet die Hochzeit abends statt?"

„Ja."

„In dem Fall können Sie eigentlich alles mit den Blumen machen. Haben Sie eine Lieblingsblume?"

Ihre Augen wandern durch den Laden. „Rosen, schätze ich."

„Rosen sind ein Klassiker, klar. Rot oder weiß wäre da am formellsten, oder Sie wählen eine andere Farbe, die Sie gern mögen."

Die Braut sieht unsicher aus.

„Oder Sie könnten sich für etwas Besonderes entscheiden. Eine exotische Blume unter die Rosen mischen. Beispielsweise Pinktöne oder Altrosa, altmodische Rosen zusammen mit Pfingstrosen. Oder Stargazer-Lilien."

Ihr Gesicht erhellt sich. „Ja, etwas Besonderes klingt toll. Die Pfingstrosen würde ich lieben."

Ich bespreche den Rest der Bestellung mit ihnen, mache Vorschläge für die Tischdeko, den Altar, die Dekorationen, die Brautjungfern, die Trauzeugen und natürlich für den Brautstrauß. Am Ende haben wir ein Paket zusammengestellt, was an die $2500 kostet. Der Bräutigam zuckt bei dieser Summe nicht einmal mit der Wimper.

„Wie haben Sie von *Garten Eden* gehört?", frage ich und hoffe, ich klinge lässig. Zwinge mich, kontaktfreudig zu wirken, auch wenn ich mich überhaupt nicht danach fühle.

„Armando Rossi", sagt die Braut.

Als ich zusammenzucke, wird sie sehr still und ihre Augen wandern langsam von meinem Gesicht hinunter zu meiner Brust. Nein, zu dem T-Shirt. „Moment ... *daten* Sie Armando?", fragt sie ungläubig.

Schock blitzt durch mich hindurch, wird in ihren Augen und – seltsamerweise – auch in den Augen ihres Verlobten widergespiegelt.

Ich blinzle eilig. Verdammt. Ich habe es geschafft, den ganzen Tag noch keine Träne zu vergießen. „Äh ... " Ich weiß einfach nicht, was ich sagen soll. Mein Magen überschlägt sich.

Warum habe ich nicht geschnallt, dass es natürlich Armando war, der ihnen erzählt hat, ich wäre eine preisgekrönte Floristin? Wer denn sonst?

Und dann wird mir noch etwas klar. Ich schnappe nach Luft. „Sind Sie *Grace*?"

Sie starrt mich mit unverhohlener Neugier an. „Sie daten ihn. Wow. Damit hatte ich nicht gerechnet."

Ihr Verlobter runzelt die Stirn. „Sie und Armando?", fragt er und wackelt mit dem Zeigefinger zwischen mir und meinem Handy hin und her.

„Nein. Na ja, wir haben gedatet. Aber es ist ..."

Ich weiß nicht, warum es sich so falsch anfühlt, einfach *nein* zu sagen. Ich will vor diesen Leuten meinen Anspruch auf Armando erheben. Vor seiner Ex-Freundin und ihrem neuen Verlobten. Vielleicht, um Armandos Stolz wiederherzustellen, vielleicht meinen. Ich bin mir nicht sicher.

„Es ist kompliziert. Aber ja", sage ich schließlich und hebe das Kinn.

„Wow. Okay. Sorry, ich wollte das nicht peinlich werden lassen", sagt Grace. „Armando hat mir gesagt, ich soll hier die Blumen für meine Hochzeit bestellen, aber er hat nicht gesagt, dass Sie beide zusammen sind. Glückwunsch. Ich meine, ich freue mich für ihn. Für Sie beide."

Mein Magen zieht sich bei meiner Lüge zusammen. Bei dem Wunsch, wir hätten etwas, worüber man sich freuen könnte.

Seltsamerweise habe ich das Gefühl, dass Grace es sogar ernst meint.

Ihr Freund schaut mich mit einem kühlen, abschätzenden Blick an, der mich nervös macht. Was zur Hölle versucht er denn, herauszufinden?

Beschützend sinken meine Hände zu meinem Bauch und sein Blick folgt der Bewegung.

Ich räuspere mich. „Die Anzahlung beläuft sich auf $1348", erkläre ich.

„Sicher, Puppe." Mit einer Selbstverständlichkeit, die ich von meinen Mafia-Kunden bereits gewöhnt bin, zieht Emilio einen Stapel Geldscheine aus der Tasche und zählt vierzehn Hundertdollarscheine ab. „Behalten Sie das Wechselgeld und binden Sie dafür meiner Lady ein hübsches Bouquet, in Ordnung? Was immer sie will.“ Er dreht sich zu Grace herum. „Ich geh kurz vor die Tür und mache einen Anruf, Puppe.“ Er beugt sich vor und küsst sie auf die Wange.

Ich finde es abstoßend, dass er uns beide *Puppe* nennt. Irgendwie hasse ich ihn augenblicklich dafür, Armando verletzt zu haben, auch wenn das vollkommen irrational ist. Wenn er Armando Grace nicht ausgespannt hätte, wäre Armando jetzt noch immer mit ihr zusammen. Und ich hätte nie erfahren, was es bedeutet, von einem Mann wie ihm besessen zu werden. In solch eine Intensität abzutauchen.

„Ich werde Ihnen einen ganz besonderen Strauß binden“, verspreche ich Grace, denn es ist sonst niemand im Laden und ich kann ein paar Minuten darauf verwenden, einen Strauß zu binden, den sie lieben wird. Ich versuche noch immer, sie zu beeindrucken, trotz der Tatsache, dass sie Armandos Herz gebrochen hat.

Trotz der Tatsache, dass ich womöglich den Rest zerstört habe, der noch übrig war, nachdem sie mit ihm fertig war.

„Ich komme gleich zurück.“

Die Tür zur Gasse steht einen Spaltbreit auf, um eine Brise hereinzulassen, und ich kann den Verlobten am Handy sprechen hören.

„Brecht es ab. Ja, ich bin sicher. Ich ziehe den Job zurück. Er ist gecancelt. Ich werde nichts bezahlen.“

Ein Schauder krabbelt meinen Rücken hinunter. Ich bin mir sicher, dass ich diese Unterhaltung nicht mithören sollte. Weil ich nicht schon wieder Zeugin einer illegalen Aktivität werden will, beeile ich mich, den Strauß fertig zu binden, und eile mit der Vase in der Hand zurück in den Verkaufsraum.

„Bitte sehr.“ Ich zwinge mir ein Lächeln aufs Gesicht und kämpfe gegen das Gefühl der Vorahnung an, den das Mithören dieses Anrufs und all meine wieder heraufbeschworenen Gefühle für Armando in mir hervorrufen.

„Danke.“ Sie mustert mich neugierig. „Darf ich fragen, wie Sie und – egal.“ Sie schüttelt den Kopf. „Das geht mich nichts an. Ich freue mich einfach für Sie beide.“

Wenn diese Freude doch nur uns gehören könnte.

„Danke." Ich schaue ihr hinterher, als sie den Laden verlässt, bevor ich nach meinem Handy greife und eine alte Nachricht von Armando aufrufe. Er hat mir nicht einmal geschrieben, seit ich ihn rausgeschmissen habe.

Ich weiß nicht, warum ich dachte, das würde er tun. Aber etwas in mir muss es gehofft haben, denn mit jedem Tag, der verstreicht, ohne dass er sich meldet, sterbe ich innerlich ein klein wenig mehr.

Mein Daumen schwebt über dem Display, als ich zu entscheiden versuche, ob ich die Kommunikation initiieren sollte. Schließlich entscheide ich mich für, *Danke, dass du mich Grace empfohlen hast.*

Dann lösche ich das Ganze wieder. Wenn ich es schicke, ruft er womöglich noch an, und ich bin mir nicht sicher, ob ich es ertragen könnte, mit ihm zu sprechen.

Trotzdem, ich will mich bei ihm bedanken. Ich kann mir nicht vorstellen, dass es ihm Spaß gemacht hat, mit ihr zu sprechen. Kann mir nicht vorstellen, wie er sie angesprochen hat. Also bedeutet es etwas, dass er sich in diese unbehagliche Situation begeben hat, um sicherzustellen, dass sie ihre Blumen hier bestellt. Ob das vor oder nach unserer Trennung passiert ist, weiß ich nicht, aber es war so oder so nett von ihm.

Und das ist der Moment, in dem ich mir sicher bin.

Ich habe einen schrecklichen Fehler gemacht.

Kapitel Achtundzwanzig

Armando

Larry ist glücklich. Ich mache endlich das, was ich bei diesem Job machen soll – nämlich nichts, während der Rest von ihnen arbeitet.

Ich reibe mir die geschwollenen Knöchel und starre Hannahs Dad an, der bereits wieder auf der Arbeit ist. Ich war angespannt, bereit, Larry in den verdammten Arsch zu treten, sollte er Harold dafür zusammenscheißen, weil er ein paar Tage krank war, aber nichts ist passiert.

Harold weigert sich, mir in die Augen zu schauen, und Larry tut ohnehin so, als wäre ich nicht hier.

Die letzte Woche ist nur so an mir vorbeigerauscht. Ich war jeden Abend mit Marco und Leo unterwegs, habe Botschaften vom Don übermittelt, und anschließend im Alkohol Trost gesucht. Die Tage bedeuten mir nichts. Ich weiß nicht einmal, wie sie verstreichen. Es ist so, als wäre ich wieder im Gefängnis. Die Minuten sind nicht von den Stunden, die Stunden nicht von den Tagen zu unterscheiden. Nichts als Gewalt und der Versuch, am Leben zu bleiben, treiben meine Existenz an.

Um Viertel vor fünf beginnen alle, wie im Gleichschritt ihre Sachen zusammenzusammeln und zu gehen. Ich stehe auf und gehe los, bemerke aber, dass Harold mir nun einen Blick zuwirft.

Ich warte ab, weil – Scheiße – ich will ganz dringend irgendetwas von Hannah hören, irgendeine Verbindung zu ihr bekommen. Ich bin so verdammt verloren ohne sie. Tot.

Harold kommt auf mich zumarschiert, als ob er sauer wäre. Mit Absicht. Als ob er mir jetzt in die Fresse schlagen würde.

Und als er bei mir ankommt, tut er genau das.

Ich akzeptiere es wie ein Mann und wehre mich nicht, denn das hier ist verflucht noch mal Hannahs Dad. Wenn er glaubt, ich hätte seinen Zorn verdient, dann hat er vermutlich recht damit.

Wieder schlägt er mich, dieses Mal in die Rippen. Dann noch einmal gegen den Kiefer.

„Ist mir scheißegal, wer zur Hölle Sie sind. Oder für welche Familie Sie arbeiten. Wenn Sie glauben, Sie könnten meine Tochter schwängern und dann einfach abhauen, haben Sie sich gewaltig geirrt."

Es dauert ein paar Sekunden, bis seine Worte bei mir ankommen. *Schwängern.* Er hat *schwängern* gesagt.

Mit dem Handrücken wische ich mir das Blut von den Lippen. „Hannah ist schwanger?", verlange ich.

Der Typ wird sehr still, als ob ihm klarwerden würde, dass er möglicherweise einen Fehler gemacht hat. Als ob ich möglicherweise nichts von der Schwangerschaft wissen sollte.

Mir fällt die Schachtel des Schwangerschaftstests ein, die auf dem Küchentisch gelegen hat. Hannah hat mir gesagt, der Test wäre negativ gewesen.

Sie hat gelogen?

Warum?

Ein Dutzend Szenarien blitzen in meiner Vorstellung auf, doch ich bleibe nicht da, um Harold danach zu fragen, der offensichtlich genauso wenig darüber weiß wie ich, was im Kopf seiner Tochter vorgeht. Ich lasse ihn stehen und jogge zur Straße. Ich muss ein verdammtes Taxi finden.

Verdammt nochmal sofort!

Ausnahmsweise ein einziges Mal in meinem verdammten Leben scheint es für mich zu laufen, denn tatsächlich hält ein Taxi an, als ich es heranwinke. Ich werfe mich in den Wagen und nenne dem Fahrer die Adresse für den *Garten Eden*.

Sie hat gelogen und mit mir Schluss gemacht, anstatt mir zu sagen, dass sie schwanger ist. Warum? *Warum?*

Weil sie wusste, dass ich als Vater nichts taugen und nicht für sie und das Kind da sein würde, ist die offensichtlichste Antwort. Denn das war der Grund, weshalb ich ausgerastet bin, als ich die Verpackung entdeckt habe. Und weil es bereits jemanden gibt, der mich tot sehen will, und ich mit meinem verfickten Drama ganz sicher kein winziges, unschuldiges Leben in tödliche Gefahr bringen wollte.

Unbehagen rumort in meinem Magen, als ich mir meine Reaktion noch einmal ins Gedächtnis rufe. Was, wenn sie aufgrund meiner Reaktion gelogen hat? Mein sensibles, wunderschönes Blümchen. Sie spürt jede Emotion, die ich hätte empfinden sollen. Sie ist wie ein Empfänger dafür. Vielleicht hat sie meine Entgeisterung gespürt und mich deswegen ausgeschlossen. Vielleicht dachte sie, ich würde sie zu einer Abtreibung oder so einem Scheiß zwingen.

Fanculo! Ich habe sie auf jede nur erdenkliche Weise im Stich gelassen. Ich habe den Schwangerschaftstest vollkommen vermasselt, zusätzlich zu meinem Weigern, so für sie da zu sein, wie sie mich braucht. Ihr Mann zu sein. Ihr eine echte Partnerschaft anzubieten.

Fuck! Am liebsten würde ich die Taxitür mit der Faust bearbeiten, aber ich halte mich zurück. Ich darf nicht aus dem Taxi geschmissen werden – nicht bevor ich beim *Garten Eden* angekommen bin.

Und ich weiß noch nicht einmal, was ich verdammt noch mal tun oder sagen soll, um sie zurückzugewinnen. Ich habe noch immer keine Lösung für dieses Lebensgefahrs-Chaos, das mein Leben ist. Ich weiß nur, dass ich todsicher um sie kämpfen werde.

Um uns.

Ich habe richtig Scheiße gebaut, aber das heißt nicht, dass es nicht zu richten wäre.

Wenigstens hoffe ich das.

Kapitel Neunundzwanzig

H*annah*

Der Laden ist wie immer leer, als mein Handy klingelt. Ich stehe an der Arbeitsbank, wo ich meine Sträuße und Kränze binde, und gehe ran.

Als ich sehe, wer anruft, bin ich etwas beunruhigt. „Daddy?" Er ruft mich nie an. Es ist immer meine Mom, die sich meldet. Ich weiß, dass mein Dad mich liebt, aber er ist definitiv eher der ruhige, starke Typ.

Wie Armando.

Verdammt noch mal, warum muss mich alles an Armando erinnern?

„Hey, Schatz. Pass auf, ich weiß, da gibt es gerade etwas Persönliches, was du mir noch nicht erzählen willst ..."

„Daddy, bitte, ich bin auf der Arbeit. Ich will jetzt nicht darüber sprechen." Eilig blinzle ich die Tränen zurück, die jetzt schon in meinen Augen brennen, und stecke eine Inkalilie in ein Bouquet, bis ich die ideale Stelle gefunden habe.

„Ich weiß, ich weiß – das ist okay", erwidert er eilig. „Ich habe neulich abends genug mitgehört, um eins und eins zusammenzuzählen und zu kapieren, dass du schwanger bist und mit diesem Freund Schluss gemacht hast."

Ich erstarre und halte die Luft an. Atme sie schneidend ein, als ob ich einen Hieb in die Magengrube bekommen hätte, und der Atem hängt bebend in meinem Magen fest.

„Tja, vermutlich hätte ich nichts zu ihm sagen sollen …"

Wieder schnappe ich nach Luft. Warum hatte ich nicht daran gedacht, dass mein Dad und Armando noch immer zusammenarbeiten? „Was hast du gesagt?" Ich lege die Rose in meinen Fingern auf der Arbeitsfläche ab, kann nicht weitermachen.

„Hannah, dieser Mann ist nicht etwa eine Gefahr für dich, oder?", fragt er schneidend.

„Armando?", verlange ich mit übertriebener Skepsis. „Nein. *Er* ist in Gefahr durch irgendeine Gang, aber nein, er würde mir nie wehtun."

„Okay. Aber er weiß es nicht? Ich meine, er weiß es jetzt … Tut mir leid, Schatz. Es hat mich in Rage gebracht, ihm dabei zuzuschauen, wie er jeden Tag verkatert zur Arbeit gekommen ist und sich einen Scheißdreck um den Job geschert hat, während ich wusste, dass du dir wegen dieser Sache die Augen ausweinst."

Ich schlucke angestrengt. „Er war verkatert?" Das klingt nicht nach ihm. Es ist töricht, zu denken, er könnte meinetwegen Trost im Alkohol suchen, aber mein dummes Herz kann einfach nicht anders.

„Ich bin mir ziemlich sicher, dass er gerade auf dem Weg zu deinem Laden ist. Ich wollte dich nur vorwarnen."

„Okay, danke", wispere ich und schließe die Augen, lasse langsam das Handy sinken, während mein Herz wie wild in meiner Brust auf und ab hüpft. Hoffnung und Nervosität überlappen sich, verbinden sich, drehen meine Welt auf den Kopf. Rationale Gedanken verschwinden. Ich versuche, die Gründe zu rekapitulieren, warum ich es ihm nicht erzählt habe. Die Gründe, warum es wichtiger war, sich zu trennen, doch diese Gründe lösen sich auf.

Ich höre die Glocken an der Tür bimmeln, die mir verraten, wenn jemand den Laden betritt, und ich trete mit rasendem Puls hinaus in den Ladenraum. In dem Augenblick, als ich sein gezeichnetes Gesicht sehe, bricht ein Schluchzer aus mir hervor und ich presse mir die Hand auf den Mund.

„Hannah." Seine Stimme ist rau, als er mit wenigen, zügigen Schritten durch den Laden kommt und hinter den Verkaufstresen tritt. Er wird mich in seine Arme schlingen. Ich spüre seine Absicht so stark, wie ich seine Angst, seine Stärke, seine Entschlossenheit spüre.

„Nicht", flehe ich, hebe die Hände, um ihn aufzuhalten. Denn sobald ich mich in seinen Armen wiederfinde, werde ich nie wieder die Kraft finden, ihn fortzuschieben. Ich werde nicht mehr in der Lage sein, einen Schlussstrich zu ziehen. Es wird sich zu richtig anfühlen. Das weiß ich schon jetzt. „Ich versuche, über dich hinwegzukommen", presse ich erstickt hervor.

„Bitte", fleht er heiser. „Ich muss dich im Arm halten." Seine Stimme klingt wie zerbrochener Stahlbeton – zerstört, aber noch immer so verdammt stark.

Und natürlich kann ich ihm nicht widerstehen. Ich brauche ihn. Falle in seine Arme und er zieht mich an seine muskulöse Brust.

„Tut mir leid, Baby. Ich habe alles vermasselt. Von Anfang an", gesteht er in meine Haare, seine Lippen in meinen Locken, sein Atem warm gegen meine Kopfhaut. Sein eiserner Griff um meinen Körper wird nicht lockerer, was gut ist, denn meine Beine funktionieren nicht mehr. „Ich wusste einfach nicht, dass ich mich in dich verlieben würde."

Ich höre auf, zu atmen.

„Ich wusste nicht, dass du zum verdammten *Herz* werden würdest, das in meiner Brust schlägt. Ich weiß nur, dass du gesehen hast, wie ich einen Mann umgebracht habe, und das hat dich zu einem Risiko gemacht, aber nie im Leben hätte ich dir etwas antun können oder überhaupt nur so tun können, als ob. Mir ist nichts anderes eingefallen, als dich mit nach Hause zu nehmen." Seine Finger gleiten unter meine Haare und sein Daumen streift sanft über meinen Nacken. „Scheiße, vielleicht wusste ich es bereits damals schon. Denn nach diesem Kuss wollte ich dich nie wieder gehen lassen. Ich wollte dich an mein Bett fesseln und dich für immer behalten."

Mir wird bewusst, dass ich am ganzen Körper zittere. Ich bringe kein Wort hervor. Ich sauge ihn auf, obwohl ich doch stark bleiben wollte.

„Hannah." Jetzt löst er seinen Arm um mich ein wenig, nimmt mein Gesicht in die Hände. Es tut weh, ihm in die Augen zu schauen, aber er wartet ab, bis ich es tue, und dann kann ich den Blick einfach nicht mehr abwenden. Mit Schrecken wird mir klar, dass er einen Bluterguss auf dem Kiefer und dunkle Ringe unter den Augen hat.

„Ich habe alles vermasselt, aber wenn du mir eine Chance gibst, dann schwöre ich bei Gott, dass es dir nicht leidtun wird. Ich werde herausfinden, wie ich dein Mann sein kann." Er lehnt seine Stirn an meine. „Bitte, lass mich dein Mann sein."

Ich schnappe nach Luft. „Bist du hier ... wegen dem, was mein Dad dir erzählt hat?"

Ich weiß nicht, was ich von ihm hören will – es steckt so viel in dieser Sache, und es ist ein einziges Chaos.

Er zögert, als ob er die Antwort nicht vermasseln wollte, aber nicht genau weiß, was er sagen soll. „Ich will dieses Baby ...", platzt er plötzlich hervor, lässt seine Hände von meinem Gesicht fallen und stopft sie in seine Hosentaschen. Lässt mir Raum. „Ich meine, wenn du es willst. Ich unterstütze dich, egal, was deine Entscheidung ist. Es tut mir leid, dass ich ausgerastet bin. Es macht mir nur eine Scheißangst, zu denken, dass einem von euch beiden meinetwegen etwas zustoßen könnte. Aber ich werde mich um diesen Mist kümmern", gelobt er mit festem Blick. Unverwandt. „Ich werde es klären und ich werde dich beschützen. Das verspreche ich dir."

Das ist das erste Mal, seit er zurück ist, dass ich diese alte Zuversicht in ihm sehe. Der Kerl, der der König der Welt ist. Der genau weiß, was er will und wie er es bekommt. Vielleicht brauchte

Armando einfach nur einen Grund, um sich um das Leben da draußen zu scheren.

Vielleicht bin ich dieser Grund.

„Hannah." Seine Stimme wird weich, als er wieder auf mich zutritt und seine Hand behutsam auf meine Taille legt. „Gib mir noch eine Chance. Bitte. Diesmal mache ich es richtig. Ich werde dich nicht enttäuschen." Seine andere Hand wandert an meinen Hinterkopf und er hebt mein Gesicht an. „Und ich will das Baby. Aber kein Druck."

Sein attraktives Gesicht verschwimmt durch meinen Tränenschleier. „Ich will das Baby auch", wispere ich. „Sie kann mit mir zur Arbeit kommen. Ich meine, ich bin mein eigener Boss. Das kann definitiv funktionieren."

Kleine Fältchen spielen um seine Augen und seine Mundwinkel zucken nach oben. War ja klar, dass es unser ungeborenes Baby ist, das ihn als erster richtig zum Lächeln bringt. Ein richtiges, leuchtendes, waschechtes Strahlen. *„Sie?"*

Ich zucke mit den Schultern. „Fühlt sich irgendwie danach an."

Sein Strahlen wird noch breiter. „Sie wird wunderschön werden. Genau wie du." Sein Blick wandert liebevoll über mein Gesicht. „Darf ich dich küssen?"

Ich stoße ein leises, tonloses Lachen aus, denn er klingt, als wären wir auf unserem ersten Date. „Jetzt fängst du auf einmal an, mich um Erlaubnis zu fragen?"

Wieder erscheinen diese Lachfältchen. „Ich habe dir doch gesagt, ich werde es diesmal richtig machen. Wenn du mich denn haben willst." Er beugt sich vor, hält mit seinen Lippen nur Millimeter vor meinen inne. „Sag, dass du mich haben willst."

„Ich will dich haben", hauche ich, dann stoße ich ihn allerdings wieder fort, Sekundenbruchteile, bevor er seinen Mund auf meinen drückt. „Aber du darfst mir nicht das Herz brechen", warne ich.

Armando schüttelt den Kopf. „Ich bin zu hundert Prozent dabei, Hannah. Und wenn ich mich verpflichte, dann bin ich verdammt loyal. Dieses Mal wird es gut, das schwöre ich."

Ich schließe die Lücke zwischen unseren Lippen und attackiere ihn mit einem Kuss. Er erwidert ihn, so wie er es immer tut, verschlingt meinen Mund, seine Zunge plündert, seine Lippen erobern, trinken mich auf.

„Ich liebe dich, Blümchen", sagt er, als wir wieder an die Oberfläche kommen.

Meine Sicht verschwimmt. „Ich liebe dich auch."

Kapitel Dreißig

Armando

Die Sache mit der Liebe ist die, dass sie einen Dinge übersehen lässt, die einem eigentlich hätten auffallen sollen. Mein Verstand konzentriert sich nur noch auf Hannah. Ich wusste, dass es Freitag war und die Jungs nebenan, aber ich habe ihnen nicht Hallo gesagt, als ich an Roccos Laden vorbeigegangen bin. Noch habe ich den Kerl beachtet, der auf der gegenüberliegenden Straßenseite herumlungerte.

Ich war zu vereinnahmt davon, Hannah zurückzugewinnen und diesen Mist wieder in Ordnung zu bringen.

Als die Türglocken bimmeln, lösen wir uns voneinander. Einer der Ältesten kommt herein.

„Mando", sagt er, als ob er überrascht wäre, mich in inniger Umarmung mit Hannah hinter dem Tresen zu erblicken.

„Lorenzo. Wie geht's?" Zum ersten Mal, seit ich auf freiem Fuß bin, hasse ich nicht mehr alles und jeden. Ich bin beinah erfreut, ein vertrautes Gesicht zu erblicken. Stolz darauf, meine Beziehung zeigen zu können. Meine wunderschöne, schwangere Freundin.

„Was ist hier los? Du und, äh ..." Sein neugieriger Blick wandert zwischen uns hin und her.

„Hannah", helfe ich ihm auf die Sprünge, schätze, er kennt sie nicht oder erinnert sich nicht an ihren Namen. „Genau. Sie ist meine Freundin. Hannah, das ist Lorenzo."

„Ich kenne Lorenzo", erwidert Hannah lachend. „Wie immer zwei Bouquets?"

Lorenzo grinst sie an. „Ganz genau. Eins für die Frau und eines für die Mafia-Braut." Er zwinkert mir zu.

Hannah geht hinter in den Kühlraum. Ich bemerke, dass sie mein Cubs-T-Shirt über ihren roten Shorts trägt, und das erfüllt meine Brust mit Wärme.

Gefühle.

Permanent brechen Gefühle in mir hervor.

Doch das ist der Augenblick, in dem die Scheiße nach hinten losgeht.

Schüsse knallen los und die Schaufensterscheiben und die Glastür zersplittern.

„Runter!", brülle ich, werfe mich auf Hannah und reiße sie zu Boden. Lorenzo zieht die Waffe, bleibt geduckt auf dem Boden und krabbelt zu uns hinter den Tresen.

Normalerweise bin ich in Notfällen eiskalt, aber jetzt ist Hannah hier, und mein ungeborenes Kind. Als die Schüsse verstummen, sage ich zu Lorenzo, „Bring sie durch die Hintertür raus. Bitte." Ich nehme ihm die Pistole aus der Hand, denn ich habe keine Waffe dabei.

Lorenzo zögert nicht. Er ist Soldat, genau wie ich. Er greift nach Hannahs Arm, reißt sie auf die Füße und stürmt mit ihr Richtung Hinterausgang davon. In der unheimlichen Stille nach den Schüssen fallen große Glasscherben aus den Fenstern klirrend zu Boden.

„Lorenzo", rufe ich ihm hinterher und er dreht sich in der Tür um. „Stell *sicher,* dass sie versorgt ist ... falls ich es nicht schaffe."

„Nein!", schreit Hannah, und Lorenzo muss seine Arme um ihre Taille schlingen, damit sie nicht zu mir zurückläuft.

„Und meine Mom. Versprich es mir." Ich spanne den Hahn.

„Ich gebe dir mein Wort."

„*Lorenzo*" – Es kommt mir wahnsinnig wichtig vor, ihm das zu sagen – „Sie ist schwanger."

„*Lo prometo*", erwidert Lorenzo, und es klingt, als würde er einen Eid schwören, dann zerrt er Hannah zur Hintertür hinaus.

Ich atme tief ein und presse meinen Rücken gegen die Wand direkt hinter dem Tresen.

Noch mehr Glas bricht, und ich kann das Knirschen von Schritten auf Scherben hören.

„Armando", singsangt jemand. „Komm raus, komm raus, wo immer du bist."

Das ist der Moment.

Das ist der Moment, in dem ich sterbe. Ausgerechnet jetzt, da ich einen Grund zum Leben gefunden habe. Wenn ich gebraucht werde. Zu denken, ich könnte Hannah und unser Kind verlassen, bevor wir überhaupt eine Chance bekommen haben, reißt mir das verdammte Herz heraus.

Aber ich kann mich auch nicht länger verstecken. Ich kann nicht zulassen, dass Hannah und unser Baby in Gefahr sind, weil ein Kopfgeld auf mich ausgesetzt ist. Es endet jetzt. Heute Abend.

Ich kontrolliere das Magazin der Pistole, zähle, wie viele Schüsse ich habe, dann schlucke ich die Galle in meinem Hals hinunter. Im Spiegelbild der Tür zum Kühlraum sehe ich drei von ihnen. Ich kann sie allesamt ausschalten.

„Lasst die verdammten Waffen fallen oder wir wischen den Boden mit eurem verfickten Blut."

Mein Herz überschlägt sich. *Arturo.* Weitere Schritte. Die Jungs waren für ihre freitäglichen Haarschnitte nebenan. *La Famiglia. Meine Familie.*

Ich trete von der Wand zurück, meine eigene Waffe auf den Hermanos gerichtet, der mir am nächsten steht. Arturo, Marco, Leo und Emilio, alle sind sie da, zielen mit ihren Pistolen auf die Hinterköpfe der drei Gangmitglieder.

„Schön langsam", fordert Arturo sie auf. „Ich weiß nicht, was ihr glaubt, was ihr hier macht, aber niemand legt sich mit einem Pachino an. Ihr krümmt ihm ein Haar und Don Pachino wird jeden einzelnen von euch auslöschen – jedes letzte Gangmitglied, eure Mütter, eure Brüder, eure Schwestern, eure verfickten Hunde."

„Immer mit der Ruhe, Mann." Ich erkenne die Stimme des Kerls wieder, der meinen Namen gerufen hat, als sie hier hereingekommen sind. Er hält seine Pistole am Griff ausgestreckt hin, legt sie ganz langsam auf dem Boden ab. Seine beiden Kumpels tun es ihm gleich. „Du weißt nicht, wovon du sprichst, Mann. Der Befehl kam von Don Pachino. Er hat uns angeheuert."

Eis rauscht durch meine Adern. Zur Hölle?

„Bullshit", spuckt Arturo augenblicklich aus.

Langsam dreht sich der Typ zu ihnen herum. „Sag es ihm." Er deutet mit dem Kinn auf Emilio, dessen Augen wie wild hin und herfliegen.

Arturos Augen fliegen zu Emilio. *„Sag uns was, Emilio?"* Seine Stimme klingt mörderisch. Bei ihrem Klang legt sich Gänsehaut über meine Arme.

„Er hat uns angeheuert", erklärt der Typ.

„Ich habe es abgeblasen, Arschloch", spuckt Emilio zwischen zusammengebissenen Zähnen hindurch aus. Schweißperlen treten auf seine Stirn. Er ist kreidebleich.

Die Schockwelle, die durch die anderen Mafiosi hindruchkräuselt, ist förmlich spürbar.

„Ich habe es heute abgeblasen." Emilio tritt von einem Fuß auf den anderen.

Der Typ zuckt mit den Schultern. „Die Info habe ich nicht bekommen."

„Ich habe es abgeblasen!", brüllt Emilio, als ob er den Verstand verlieren würde.

„Du hast ihn gehört." Arturo klinkt sich in die Unterhaltung ein. „Und dieser verdammte Auftrag kam nicht vom Don. Wenn ihr also nicht wollt, dass eure gesamte Gang vernichtet wird, schlage ich vor, dass ihr hier rausmarschiert und euch nie wieder einem von uns nähert. *Capisce?*"

„Ja, okay." Der Typ versucht, cool zu klingen, aber er und seine beiden Kumpel suchen eilig das Weite.

Polizeisirenen erfüllen dir Luft und Arturo flucht. „Gib mir die verdammte Pistole", fordert er mich auf, denn wenn ich mit dem Ding in der Hand erwischt werde, wandere ich ohne Umwege weitere fünf Jahre in den Knast.

Allerdings will ich meine Waffe nicht abgeben. Nicht wenn da ein verfickter Verräter unter uns ist. Ich ziele auf Emilios Kopf. Marco und Leo tun das Gleiche.

Emilio hebt beide Hände in die Luft, lässt seine Pistole am Zeigefinger baumeln. Langsam sinkt er auf die Knie und legt die Walther PPK auf den Boden. „Ich dachte, du würdest mich umbringen, Mando", krächzt er. „Wegen Grace." Seine Hände zittern sichtlich, doch er weicht meinem Blick nicht aus, was verflucht mutig ist, wenn man bedenkt, dass er Attentäter auf mich losgeschickt hat.

„Du verfluchter Bastard", spuckt Marco aus.

„Ich hatte Angst vor dir. Alle dachten, du würdest mir etwas antun. Alle, oder etwa nicht?" Er blickt sich nach Zustimmung suchend um, aber niemand sagt auch nur ein verdammtes Wort. Die Bullen kommen beim Laden an, halten mit kreischenden Bremsen und blinkenden Blaulichtern.

„Das reicht", blafft Arturo. „Der Don wird entscheiden. Keiner von euch", sagt er flammend und wirft mir, Marco und Leo einen warnenden Blick zu. „Ich meine es ernst. Er ist vollwertiges Mitglied. Ihr dürft ihn nicht anrühren. Don G wird über sein Schicksal entscheiden. Und jetzt gib mir diese verfickte Pistole, Mando, bevor dein Arsch wieder in den Knast wandert. Und ihr steckt eure gottverdammten Knarren auch weg. Ich kümmere mich um die Bullen."

Ich sichere die Pistole und werfe sie Arturo zu, während draußen die Polizisten angestürmt kommen. Die anderen Jungs stecken ihre Waffen ebenfalls weg, und alle heben wir die Hände in die Luft. Emilio rappelt sich unbeholfen auf, lässt mich allerdings für keine

Sekunde aus den Augen. Er glaubt noch immer, ich würde ihn umbringen.

„Sie sind abgehauen", ruft Arturo den Polizisten zu. „Irgendein Ganganschlag. Sie sind davongerannt, als wir mit unseren Waffen aus dem Friseursalon gekommen sind." Langsam tritt er vor den Laden, die Hände noch immer erhoben. Einige der Jungs in Blau stehen auf Don Pachinos Gehaltsliste, und die Chancen stehen gut, dass Arturo sie kennt und sie ihn. Ich kann nur hoffen, dass er uns aus dieser Scheiße herausreden kann.

Ich erwarte, dass sie uns anweisen, uns mit dem Gesicht nach unten auf den Asphalt zu legen, aber das tun sie nicht. Sie kennen Artie definitiv. Sie lassen ihn weiter auf sie zukommen und ihnen seine Version dessen erzählen, was vorgefallen ist.

Als wir aus dem Laden treten, stößt Marco absichtlich mit Emilio zusammen, und Leo wirft ihm einen Blick zu, der den Tod verspricht. Ich selbst sollte darüber nachdenken, den Bastard umzubringen, aber das tue ich nicht. Denn als ich vor den Laden trete, erblicke ich Hannah, die tränenüberströmt vor Rocco's steht. Lorenzo steht beschützend neben ihr und nickt mir zu, als ich fragend das Kinn recke.

„Armando!", ruft Hannah.

„Es ist okay, Blümchen." Ich breite die Arme aus und sie läuft auf mich zu. Ihr warmer Körper wirft sich gegen meinen und sie presst all ihre herrlichen Kurven an mich, vergräbt ihr Gesicht in meiner Brust. „Es ist vorbei. Für immer."

Sie blinzelt zu mir hoch und ich streichle mit dem Daumen über ihre glatte, braune Haut. „Es ist vorbei", wiederhole ich, und mir wird klar, dass es womöglich sogar stimmt.

Emilio hat den Anschlag abgeblasen. Arturo hat die Hermanos gewarnt, die seine Botschaft klar und deutlich verstanden haben. Das bedeutet, dass mein Leben im Augenblick sicher ist, bis auf den Mist zwischen Emilio und mir, den wir klären müssen.

Mein Mädchen und mein Baby sind in Sicherheit.

Meine Finger vergraben sich in ihren Locken und legen sich auf ihren Hinterkopf, dann verschmelzen meine Lippen mit ihren. „Heirate mich?", frage ich.

Überrascht öffnen sich ihre Lippen. „Meinst du das ernst?"

„Todernst, Blümchen. Du bist der Grund, weshalb ich leben will. Der Grund, weshalb ich froh bin, wieder in Freiheit zu sein. Sogar ohne das Baby würde ich wollen, dass du bei mir einziehst und für immer bei mir bleibst."

Sie stößt ein tränenersticktes Lachen aus. „Wow. Ich weiß nicht."

Mein Herz stolpert. Mit Daumen und Zeigefinger hebe ich ihr Kinn an, zwinge sie, mir in die Augen zu schauen. „Du weißt nicht?"

„Was ist mit ..." Sie wedelt mit der Hand in Richtung ihres zerstörten Ladens, auf die von den Kugeln zerschossenen Schaufensterscheiben.

Ich hole tief Luft und nicke. „Es ist geklärt. Ich bin nicht länger ein Ziel. Und ich schwöre bei Gott, ich werde nicht zulassen, dass irgendetwas jemals wieder dich oder unser Baby in Gefahr bringt."

Sie schlingt die Arme um meine Taille und umarmt mich fest. „Es ist geklärt? Oh, mein Gott, Armando, es war schrecklich. Ich dachte, du würdest umkommen."

„Ich weiß, meine Schöne. Aber es ist jetzt vorbei. Das verspreche ich."

Sie löst sich von mir und schaut zu mir hoch. *„Ja."*

Ich bekomme keine Luft mehr. Sagt sie *Ja* zu meinem Antrag?

„Ja!" Sie nickt eifrig, während die Tränen über ihr wunderschönes Gesicht strömen.

„Ich liebe dich." Als ich das sage, schaue ich in ihre warmen, braunen Augen. Halte ihren Blick, damit sie weiß, dass es die gottverdammte Wahrheit ist. Ich bin ihr Mann und ich werde unser ganzes Leben lang an ihrer Seite stehen. Loyalität ist mein Ding.

Ich schaue hinüber zu Marco und Leo, die Emilio in ihre Mitte genommen haben wie Gefängniswärter.

Als Marco sieht, dass ich zu ihnen schaue, murmelt er Leo etwas zu und kommt hinüber, sein neugieriger Blick auf Hannah gerichtet.

Sie wischt sich die Tränen an meinem Hemd ab, stößt ein befangenes Lachen aus.

„Ich hoffe, du hast ihn zurückgenommen. Er war ein riesiges Baby, seit du ihn rausgeschmissen hast."

Ich lasse ihn nicht einmal meine Faust spüren, denn ich bin einfach zu verdammt glücklich. „Hannah hat gerade eingewilligt, mich zu heiraten."

Marcos Gesicht verwandelt sich in ein einziges Grinsen. „Stimmt das? Glückwunsch!"

Ich höre, wie Leo Emilio etwas zuknurrt wie, „Wenn du abhaust, werde ich dich jagen und deine verdammte Leber fressen", bevor er zu uns herüberkommt und meine Hand schüttelt. „Habe ich das gerade richtig gehört?"

„Ja", erwidert Hannah mit verheultem Lachen.

„Sie ist meine Verlobte", erkläre ich stolz. „Und sie bekommt mein Baby."

„Wow!", grinst Marco.

Leos Augenbrauen schießen in die Höhe. „Gut gemacht, Mando."

Alle lächeln. Zur Hölle, womöglich sogar ich – das wäre mal was Neues.

„Mando." Hannah schaut unter ihren geschwungenen Wimpern zu mir auf. „Nennen dich alle so?"

Ich nicke. „Spitzname aus der Kindheit."

„Der gefällt mir."

„Du gefällst mir." Wieder ziehe ich sie in meine Arme und küsse ihren Nasenrücken.

Emilio steht da und beobachtet uns, hängende Schultern, Kummer und Furcht ins Gesicht geschrieben. Ehrlich gesagt bin ich überrascht, dass er nicht abhaut, allerdings weiß er vermutlich, dass Leo seine Drohung wahr machen würde. Wir würden ihn bis ans Ende der Erde hetzen. Abgesehen davon wartet zu Hause seine Verlobte auf ihn.

Vielleicht glaubt er noch immer, er würde lebend aus dieser Sache herauskommen.

Auf Italienisch ruft Arturo Lorenzo zu, Emilio zu bewachen, und ich fühle mich etwas bestätigt. Es sind nicht nur Marco und Leo, die auf meiner Seite sind. Es sind alle.

Ich weiß nicht, was der Don tun wird, doch diese Flut der Loyalität, der Kraft von Familie, die mir gefehlt hat, seit ich rausgekommen bin, kommt zurück. All diese Männer – bis auf einen – stehen hinter mir.

Das lindert den Großteil des Schmerzes darüber, zu wissen, dass einer aus meinen eigenen Reihen versucht hat, mich umzubringen.

Kapitel Einunddreißig

Hannah

„Das ist meine Wohnung", murmelt Armando, drückt die Tür auf und macht das Licht an. Seine Cousins, Marco und Leo, wohnen ebenfalls in dem Gebäude. Das weiß ich, weil wir alle zusammen im Aufzug hochgefahren sind.

Nachdem Armando irgendwelche Freunde angerufen hatte, damit sie die Scherben in meinem Laden wegräumen, hat er noch jemanden beauftragt, den Laden die ganze Nacht über zu bewachen, bevor wir morgen Tür und Schaufenster ersetzen.

„Hübsch", sage ich. Die Wohnung ist viel schöner als meine, sowohl was Größe als auch Lage angeht, allerdings fehlt ihr jegliche Persönlichkeit.

„Wir könnten hier wohnen, wenn du willst, weil sie größer ist. Du kannst damit machen, was du willst – mach sie farbenfroh, genau wie du es bist."

Ich schaue zu ihm auf. „Du findest, ich bin farbenfroh?"

Er dreht sich zu mir um und schlingt mich in seine Arme. „Allerdings." Seine Lippen streifen über meine Nase. „Wunderschön.

Leuchtend. Voller Leben." Sein Blick fällt auf meinen Bauch und seine Mundwinkel ziehen sich nach oben. „Buchstäblich."

Ich liebe es, das Lächeln auf seinem Gesicht zu sehen. Um seine Augen herum kann ich Anzeichen der Erschöpfung erkennen, doch er sieht entspannter und glücklicher aus, als ich ihn je gesehen habe. Auf dem Nachhauseweg hat er mir erzählt, dass alles geklärt ist – sein Leben ist nicht länger in Gefahr. Es war Emilio gewesen, der den Auftrag für den Anschlag gegeben und die Gang angeheuert hatte, ihn umzubringen, nachdem Armando den ersten Attentäter ausgeschaltet hatte. Ich habe ihm von Emilios Anruf erzählt, den ich mitgehört hatte – wie er den Auftrag augenblicklich gecancelt haben musste, als er herausgefunden hat, dass Armando und ich ein Paar sind. Ich will damit nicht sagen, dass es das in Ordnung bringt – und ich werde Emilio nicht verzeihen, was er getan hat – aber es zählt auch etwas, schätze ich.

Armando führt mich zum Schlafzimmer und zieht mir behutsam sein T-Shirt aus. „Ich liebe es, dass du meine Sachen trägst, Blümchen", grummelt er, während er sich an den Knöpfen meiner Shorts zu schaffen macht. Er hockt sich hin, gleitet mit seinen Händen meine Oberschenkel hinunter und zieht mir die Hose aus. Dann steht er wieder auf und geht um mich herum, lässt seine Fingerspitzen federleicht über meine Haut gleiten. Es ist so anders als die raue Art und Weise, auf die er mich sonst immer nimmt. Er küsst meine Schultern, die Linien meines Tattoos hinunter. „So wunderschön", murmelt er.

Wärme flutet meine Brust, lässt meinen Atem schwer und meine Nippel hart werden. Ich weiß nicht, ob ich seine Gefühle spüre oder meine eigenen – sie sind so verflochten. All die harten Kanten, die Mauern zwischen uns, das alles ist nun verschwunden.

Armando tritt hinter mich, löst den Verschluss meines BHs, legt seine großen Hände auf meine Brüste und reibt die Nippel mit seinen Daumen. Seine Zähne kratzen über meinen Nacken. „Dieser Mist wie bei Lorenzo und seiner Affäre?", sagt er. „So bin ich nicht.

Das würde ich dir nie antun. Ich schwöre dir ein Gelübde, Blümchen, und ich halte es."

Mein Herz schlägt schneller. Dieser Mann wird mein Mann werden. Der Daddy unseres Kindes. Ich hatte ihn nicht angezweifelt, aber es ist schön, zu hören, wie er seine Treue schwört. Ich lehne meinen Rücken an seine Schulter und lege meine Hände auf seine. Er greift nach meinen Handgelenken, zieht sie über meinen Kopf und hält sie mit einer Hand fest hebt und spreizt meine Brüste. Mit seiner anderen Hand kneift er meine Nippel, die bereits hart wie Diamanten sind.

Leise stöhne ich auf. „Sie sind empfindlich", erkläre ich.

Augenblicklich hört er auf. „Sorry, Engel." Seine Lippen liebkosen meinen Nacken.

„Nein, nicht aufhören. Ich mag es, wie du mich anfasst."

„Komm her." Er schiebt mich rückwärts, bis wir ans Bett stoßen und auf die federnde Matratze taumeln. Nachdem er mich auf den Rücken gelegt hat, senkt sich sein Mund auf meinen. Die Zärtlichkeit verschwindet, als purer Hunger übernimmt. Ich reiße ihm das Hemd über den Kopf. Seine Knie drücken meine Schenkel auseinander. Ich knöpfe seine Hose auf. Er zieht mir den Slip aus. Wir sind ein wildes Knäuel aus Lippen, Händen und verschmelzenden Körpern. Meine Hände gleiten über seine harten Muskeln, tasten gierig nach allem, was ich berühren kann – die prallen Muskeln seiner Oberarme, die Erhöhungen seiner Bauchmuskeln, seinen harten Arsch. Er entledigt sich seiner Hose und gleitet ungeschützt in mich hinein, während seine Zähne in die Haut meines Halses sinken.

Ich biege den Rücken durch, um ihn tiefer zu nehmen. „Ja."

„Ja", wiederholt er. Mit mächtigen Stößen schaukelt er in mich hinein. „Mein." Er hält meine Schultern fest, damit ich nicht mit dem Kopf gegen das Kopfteil krache, und sein Daumen streift sanft über meine Wange, ein Rest Zärtlichkeit, der noch verweilt. „Du gehörst jetzt mir."

Meine Wimpern flattern vor Anstrengung, meine Augen nicht

vor Lust in den Kopf rollen zu lassen, und ich schaue ihm tief in die Augen. „Ich war von Anfang an dein“, gestehe ich.

Es stimmt. Er musste mich nicht kidnappen und festhalten. Ich wäre ihm überall hin gefolgt. Ich habe von der ersten, gebieterischen Berührung an ihm gehört.

„Ich liebe dich“, sage ich und muss diese Worte nie wieder zurückhalten. Auch wenn er es wissen muss, denn ich bin nicht in der Lage, meine Gefühle zu verstecken.

Armando wirft den Kopf in den Nacken, beinah so, als ob er Schmerzen hätte. Er bleckt die Zähne und brüllt auf, hämmert heftiger, härter in mich hinein.

„Ja“, keuche ich. „Bitte!“

Armando wird ganz still, sein Gesicht angespannt, seine Hände in meine Hüften gekrallt, die er in die Matratze drückt, während sein Schwanz in mir weiter anschwillt. Mit einem Stöhnen fällt sein Kopf vor und seine Arme schlingen sich um mich, während er mich eng an sich zieht. „Ich liebe dich“, wispert er.

Er stößt tiefer in mich hinein und ich schnappe nach Luft, liebe das Gefühl, wie sein enormer Schwanz mich bis zum Rand ausfüllt, und verzehre mich nach mehr.

Ich hebe die Hand, streichle seine Wange. Seine Augen sind geschlossen, als er meiner Berührung entgegenkommt und meine Handfläche küsst.

„Für immer mein“, murmelt er.

Mein Herz schwillt an.

Er stößt seinen Schwanz noch tiefer in mich hinein. Eine Träne fällt aus meinem Augenwinkel und Armando leckt sie fort.

„Für immer“, flüstere ich.

„Und ewig“, erwidert er, seine Stöße langsam und tief und perfekt.

Sein Schwanz pulsiert, der Umfang schwillt an und die Hitze wird noch intensiver.

Die Lust ist so heftig, ich kann kaum noch atmen. Ich werde

verschlungen. Verschlungen von dieser unendlichen Liebe. Sind das nur meine Gefühle oder spüre ich auch seine?

„Oh, Armando", stöhne ich, die Ekstase so intensiv, es fühlt sich an wie Schmerzen.

Er bewegt sich schneller und sein Schwanz knallt so ungezähmt in mich hinein, dass ich aufschreie. Ich weiß nicht, was mit mir passiert, aber ich kann jedes Quäntchen purer, unverfälschter Emotion spüren, das durch seinen Körper fließt. Es ist so, als ob ich jede Emotion spüren könnte, die er je in seinem Leben empfunden hat.

Ich kann die alten Wunden spüren, die er erlitten hat, jedes Mal, wenn jemand, der ihm wichtig war, ihn verletzt hat, jedes Mal, wenn er vertraut hat und verraten wurde. Ich kann alles in diesem Mann spüren.

Seine Finger graben sich in die weiche Haut meiner Hüften, und er stößt noch einmal mehr in mich hinein.

„Gott, du fühlst dich so verdammt gut an", verkündet er, während er in mich hineinhämmert. Seine Lippen wandern zu meinem Hals und er knabbert an meinem Nacken.

Ich spüre jeden Zentimeter von ihm in mir, und ich will nichts mehr, als dieses Gefühl zu genießen. Ich weiß, dass dieser Augenblick vergänglich ist, aber ich will ihn für immer festhalten. Ich versinke im Vergessen. Ich bin mir nicht sicher, wohin ich falle, aber ich weiß, dass es friedlich ist. So will ich mich in dieser Welt für alle Ewigkeit fühlen. Nichts kann mich mehr berühren. Nichts kann mich verletzen. Nichts sonst kann mir ein derart gutes Gefühl schenken.

Meine Lippen berühren seine, sein Körper bebt an meinem, und ich spüre seine Seele in meiner Seele. Meine Beine beginnen zu zittern, meine Zehen rollen sich ein, als ich aufschreie. Ich bin so kurz davor. So verdammt kurz davor.

„Oh, Gott, *jetzt, Hannah* – komm jetzt!", brüllt er und stößt tief, füllt mich mit seiner heißen Essenz.

Und weil er es befiehlt, antwortet mein Körper augenblicklich.

Die Wände meines Schlitzes krampfen, ziehen sich um seinen Schwanz zusammen, der befriedigendste – emotional wie körperlich – Orgasmus meines Lebens.

Armandos Stöße verlangsamen sich und er bedeckt meine Wangen, meine Lider, meine Nase mit Küssen. „Ich liebe dich, du wunderschönes Mädchen."

„Ich liebe dich auch", stoße ich heiser hervor, kämpfe mir den Weg zurück aus der anderen Galaxie, in die mich mein Höhepunkt katapultiert hat. Ich schlinge die Beine um seine Taille und ziehe ihn noch enger an mich. „So sehr."

Kapitel Zweiunddreißig

Armando

Der Gestank von Blut, Erde und Metall steigt mir in dem Augenblick in die Nase, als ich in das Warenlager hineingelassen werde.

Es ist drei Uhr morgens. Ich musste Hannah in meinem Bett zurücklassen, was mich fast umgebracht hat. Doch der Don höchstpersönlich hatte mich angerufen und mir gesagt, ich solle herkommen. Und wenn der Don ruft, dann kommt man. Keine Fragen. Kein Gejammer.

Er hätte es hinauszögern und Emilio schwitzen lassen können, doch stattdessen hatte der Don entschieden, die Strafe direkt heute Nacht noch zu ermessen.

Ich bin wie zweigeteilt. Es gibt den toten Teil in mir. Und den Teil, dem Hannah das Fühlen beigebracht hat. Dem toten Teil ist es scheißegal, was heute Nacht passiert. Selbst dann, wenn sie Emilio mit einem Paar Zementschuhen an den Füßen im Lake Michigan begraben. Selbst dann, wenn sie mich den Abzug drücken lassen.

Aber der andere Teil in mir – der Hannah-Teil – *Fuck*. Ich kann es nicht ertragen. Es bereitet mir körperliche Übelkeit, mir vorzustellen, wie Emilio beseitigt wird. Gracie wäre verwitwet, bevor sie überhaupt heiratet. Wird ihre große Hochzeit nicht feiern können.

Das gefällt mir nicht.

Es ist nicht so, dass ich dem Kerl verziehen hätte. Er hat einen Attentäter angeheuert, nur um seinen eigenen Arsch zu retten, nachdem er mir das Mädchen ausgespannt hatte.

Die Sache ist nur die, Grace ist nicht länger mein Mädchen. Im Augenblick fühlt es sich sogar so an, als ob sie das nie gewesen wäre. Wir haben nur so getan. Haben getan, was Mafiosi und ihre hübschen Goldgräberfreundinnen eben so tun.

Jetzt stehe ich in einem der Lager des Dons in Little Italy, nicht weit vom *Garten Eden* entfernt.

Emilio liegt zusammengekrümmt auf dem Boden, blutet und heult wie ein Baby. Die anderen Jungs haben ihn bereits ordentlich bearbeitet.

Jeder von Bedeutung ist hier. Die Ältesten. Alex, Don Gs Schwiegersohn. Marco und Leo.

Don Pachino wirft einen Blick in meine Richtung und hebt das Kinn, um mich zu ihm zu rufen. Ich gehe hinüber, als ob die Szene vor mir nichts bedeuten würde.

Was irgendwie auch stimmt.

Ich habe in meinem Leben genug Gewalt gesehen, um abgehärtet zu sein. Zur Hölle, ich habe genug Gewalt ausgeteilt, um Emilio glauben zu lassen, ich würde ihn umbringen, als ich aus dem Gefängnis entlassen wurde. Also fasst mich sein geschlagener, blutiger Anblick überhaupt nicht an.

Doch zu wissen, dass er womöglich bald sterben wird? Das stößt mir auf.

„Emilio hat seinen Eid gebrochen." Der Raum verstummt, als Don G zu sprechen beginnt. Es ist so weit. Emilios Strafe wird verkündet.

Als ich mich umschaue, kann ich sehen, dass ich nicht der einzige Typ hier bin, der sich nicht hundertprozentig wohlfühlt. Alle hier blicken grimmig drein. Haben die Hände in die Hosentaschen gestopft, kein Anzeichen von Vergnügen. Emilio mag mich verarscht haben, aber er ist noch immer einer von uns. Er ist Familie. Ein Waffenbruder.

Und er war einer der Lieblinge des Dons.

„Er hat uns alle verraten, als er versucht hat, ein Mitglied der *La Famiglia* umzubringen."

Emilio stößt ein Schluchzen aus, bettelt aber nicht. Er weiß es besser.

Don G verschränkt die Arme vor der Brust, lässt seine Worte sacken. Lässt die Anspannung wachsen. „Armando, du bist die geschädigte Partei. Welche Strafe verlangst du?"

Fuck.

Ich hatte gehofft, die Entscheidung würde für mich getroffen werden.

„Ich bin nicht die einzige geschädigte Partei", erwidere ich und werfe Marco einen Blick zu. „Ihm wurde in den Arsch geschossen."

„Und er ist deswegen ein totales Wrack", fügt Marco hinzu. „Mach dir meinetwegen keine Sorgen. Ich komme klar."

„Bist du sicher?", frage ich. „Du könntest ihm auch in den Hintern schießen. Kommt mir nur fair vor."

„Ich denke drüber nach", erwidert Marco grinsend.

Durch geschwollene Lider linst Emilio zu mir hoch. Da ist Flehen in seinem Blick. Reue. „Tut mir leid, Mando. Ich habe versucht, es abzublasen, ich schwöre bei Gott, das habe ich."

Natürlich erinnert mich das nur an Hannah, was mich wieder fühlen lässt.

„Ja, ich weiß."

Der Raum verstummt. Ich glaube nicht, dass überhaupt noch irgendwer atmet.

„Hannah hat gehört, wie du es abgesagt hast."

Ich sehe, wie Hoffnung auf Emilios Gesicht erblüht. Er stützt sich auf den Unterarmen ab, dann setzt er sich mit verzerrtem Gesicht auf, hält sich die Rippen, die zweifelsohne gebrochen sind.

Ich stopfe mir die Hände in die Taschen wie alle anderen hier und mustere Emilio nachdenklich, den erbärmlichen *stronzo* zu meinen Füßen. „Du bist ein verficktes Weichei, dass du mich nicht mal selbst umbringen konntest."

Tränen laufen über Emilios Gesicht. Flehend breitet er die Hände aus. „Es tut mir leid, Mando. Ich liebe sie einfach so sehr. Ich habe sie immer schon geliebt. Schon bevor du in den Knast gewandert bist. Ich wollte einfach lange genug überleben, um sie zu heiraten."

„Und wie läuft das so für dich?"

Bei meiner trockenen Drohung spüre ich die Unruhe im Raum. Die Anspielung darauf, dass Emilio nicht lange genug lebt, um Grace zu heiraten.

Ich erwidere seinen flehenden Blick. „Biete mir eine Entschädigung an", verlange ich von ihm, werfe es ihm wie eine Herausforderung vor die Füße. Als ob ich sein Angebot womöglich nicht annehmen würde.

Erleichterung breitet sich auf seinem Gesicht aus. „Alles. Ich zahle. Nenn deinen Preis."

„Wie viel ist dir diese Hochzeit wert?"

„Alles", bettelt Emilio.

„Fünfzigtausend." Ich werfe ihm die erste Zahl hin, die mir einfällt.

„Einhunderttausend", unterbricht Don G streng.

Emilio nickt eifrig, erhebt sich langsam auf die Knie. „Ich bezahle es. Ja, natürlich bezahle ich das."

„Bring ihm morgen das Geld und wir vergessen diese Sache." Don G schaut mich an. „Und keine Vergeltung."

Ich hebe abwehrend die Hände. „Ich habe ihm sowieso nie gedroht. Du hast mir gesagt, ich soll es auf sich beruhen lassen, und das habe ich getan." Ich zucke mit den Schultern. „Ich befolge Befehle. Ich bin loyal."

Im Gegensatz zu manchen anderen verfickten stronzos. Das spreche ich nicht laut aus, aber jeder hier im Raum denkt dasselbe.

Emilio wird für den Rest seines Lebens mit dieser Schande leben müssen. Er mag noch immer Mitglied der Familie sein, aber er hat heute Abend jeglichen Respekt verloren.

„Ja." Don Gs Blick ist voller Abscheu und wandert wieder zu Emilio. „Ich habe falsch eingeschätzt, aus welcher Richtung der Konflikt auftauchen würde."

Scheiße. Hannahs Liebe hat mich großzügig gemacht. Oder vielleicht ist das auch sie, die durch mich hindurch wirkt. Dieser unendliche Überfluss der Urteilsfreiheit, den sie scheinbar in sich trägt. Ich gehe die restlichen Schritte auf Emilio zu und halte ihm die Hand hin.

Zweifelnd schaut er mich an, als ob er noch immer damit rechnen würde, dass ich eine Waffe ziehe und ihm eine Kugel zwischen die Augen jage, doch ich halte ihm einfach meine offene Hand hin und warte.

Als er sie endlich ergreift, ziehe ich ihn auf die Füße. „Es wurden schon dämlichere Dinge getan, um eine Frau zu gewinnen. Sei besser gut zu Grace." Ich ziehe ihn für eine Bärenumarmung an mich und er greift fest nach meinen Schultern, als ob ich das Einzige wäre, was ihn noch am Leben hält. Was irgendwie wahr ist, schätze ich.

Urplötzlich lässt die Anspannung im Raum nach und grummelnde Zustimmungen erfüllen die Luft.

„Sag – sag es ihr nicht", fleht Emilio, als ich ihn loslasse.

Ich schüttle den Kopf, bin vollkommen cool. „Niemals. Niemand hier wird es ihr sagen." Vermutlich stimmt das auch, aber ich werfe trotzdem einen Blick in die Runde, um die anderen zu warnen.

Alle nicken sie zustimmend.

Don G dreht sich um und geht davon, als ob Emilio seiner Aufmerksamkeit nicht länger würdig wäre. An der Tür hält er inne. „Klärt das bis morgen. Mando, sag mir Bescheid, wenn es erledigt ist. Und dann will ich nie wieder etwas von dieser Scheiße hören."

„*Capito, capito*", erwidert Emilio, aber Don G hat ihm bereits wieder den Rücken zugekehrt.

Marco kommt zu mir herübergeschlendert und mustert Emilio

verächtlich. „Tja, ich würde mir auch Sorgen machen, wenn ich dein Mädchen geklaut hätte. Du bist ein verdammt krasser Typ."

Das ist ein Witz, und Marco schafft es, etwas der Anspannung im Raum zu vertreiben. Die Jungs verteilen sich wieder im Lager, unterhalten sich miteinander.

„Mein Mädchen wartet zu Hause auf mich, also nichts für ungut, aber ich habe Besseres zu tun."

„Hau ab. Geh nach Hause." Lorenzo scheucht mich zur Tür. „Kümmere dich um dein schwangeres Mädchen."

Einige der anderen Männer grunzen überrascht, als sie die Neuigkeiten hören.

Ich vermute, Lorenzo ist total in Hannah und mich und das Baby investiert, nachdem ich ihn vorhin mit dem Schutz ihres Lebens beauftragt hatte. Ich überlege, ihn zum Patenonkel zu machen. Obwohl Marco die klügere Wahl wäre, und nicht nur, weil er jünger ist.

Der Typ würde sich für mich die Hand absägen lassen.

Ich schüttle ihm die Hand, klopfe ihm auf die Schulter.

„Wir sehen uns morgen, Emilio", sage ich ohne den geringsten Anflug von Spott in meiner Stimme. Ich weiß nicht, wie der Kerl bis morgen hunderttausend Dollar auftreiben will, aber das ist nicht mein Problem.

Sogar, wenn ich ihm Zeit zugestanden hätte, das Geld aufzutreiben, Don G hätte das nicht durchgehen lassen.

Er hat seine Entscheidung gefällt. Sein Wille geschehe.

* * *

Hannah

Um sechs Uhr morgens kommt Armando zurück in die Wohnung.

Ich erinnere mich vage, wie er einen Anruf bekommen hat und gegangen ist. Das muss so gegen drei gewesen sein.

Ich setzte mich im Bett auf, habe Angst. Suche in seinem Gesicht nach Blut oder Prellungen, aber abgesehen davon, erschöpft auszusehen, scheint er heile zu sein.

„Ist alles okay?"

Ich frage nicht, wo er gewesen ist. Ich weiß, dass er es mir nicht verraten kann.

Er nickt. „Es ist alles gut. Der Mist mit Emilio ist geklärt."

Emilio. Es sieht mir nicht ähnlich, einen Groll zu hegen, aber Emilio hat einen Attentäter auf Armando angesetzt, und ich bin mir nicht sicher, ob ich ihm jemals dafür verzeihen kann.

Trotzdem, ich will auch nicht wirklich hören, dass er tot ist. Nicht dass Armando so etwas mit mir teilen würde, wenn es der Fall wäre.

„Wird … wird die Hochzeit von ihm und Grace noch stattfinden?"

Armando zieht sich aus und kommt ins Bett. „Ja. Er bezahlt mir eine Entschädigung. Weißt du, was das bedeutet, Blümchen?" Er krabbelt auf mich zu, drückt mich hinunter auf die Matratze, bedeckt meinen Körper mit seinem.

Ich habe nicht die geringste Idee. „Nein?"

„Es bedeutet, ich habe Geld, was ich in den *Garten Eden* investieren kann. Unser Familienbetrieb."

Meine Augen füllen sich mit Tränen.

Familienbetrieb.

Ich glaube, mir war bis zu diesem Augenblick nicht bewusst, wie allein ich mich dabei gefühlt habe, *Garten Eden* zu leiten. Ich hatte Josie mit an Bord geholt, um diese Last zu reduzieren, aber sie war nicht so investiert, wie ich es bin.

Doch jetzt habe ich Armando. Und ich weiß bereits, dass dieser Mann alles kann. Was bedeutet, dass das Geschäft gerettet ist. Ich weiß, dass er mir helfen wird, alles zu regeln. Alles in Ordnung zu bringen.

Das ist der Mann, der er ist.

„So ist es richtig, Baby. Weine diese Tränen für mich. Sind es Freudentränen?"

„Ja", nicke ich. „Ich bin glücklich."

Er grinst. Es ist ein seltenes Ereignis, ein Lächeln auf seinem Gesicht zu sehen, und es raubt mir den Atem. „Worüber bist du glücklich?"

„Dass wir eine Familie sind."

Sein Lächeln wird noch strahlender.

„Du bist meine Familie, Blümchen. Du und das Baby bedeuten mir alles."

Ich strecke die Hand nach ihm aus, ziehe ihn zu mir herunter.

Nach einem feurigen Kuss hebt er den Kopf und schaut mich an. „Du gehörst mir, Hannah", sagt er, seine Stimme tief und besitzergreifend. „Du gehörst mir und ich werde alles in meiner Macht Stehende tun, um dich glücklich zu machen."

Ein Schauder läuft meinen Rücken hinunter, als ich die Überzeugung in seinen Worten höre, aber ich schrecke nicht vor ihnen zurück. Im Gegenteil, ich heiße sie willkommen, schlinge meine Arme um Armandos Hals und drücke meine Lippen auf seine. Wir küssen uns innig, leidenschaftlich, und die Welt um uns herum verschwindet, während wir uns ineinander verlieren.

Er hat etwas an sich, was mir ein Gefühl der Sicherheit gibt, als ob mir nichts etwas anhaben könnte, solange Armando an meiner Seite ist.

Leise seufze ich gegen seine Lippen, als er meine Beine auseinanderschiebt.

Er küsst jeden Zentimeter meiner Haut, angefangen bei meinem Hals, dann meine Schultern hinunter, zu meinen Brüsten. Als sich seine Lippen um meine Nippel schließen, biege ich den Rücken durch und seine Finger gleiten zwischen meine Beine. Ich schnappe nach Luft, als er mit seinen Fingern in mich eindringt, seine Bewegungen langsam und bewusst.

Aber ich will mehr als seine Finger. Ich will seinen Schwanz, tief in mir. „Mehr", stöhne ich. „Mehr."

Mir ist überhaupt nicht bewusst, was ich tue, bis ich auf ihm sitze und meine Beine um seine Hüften lege, nachdem ich ihm die Unterhose ausgezogen habe. Ich positioniere mich und sein Schwanz presst gegen meinen Schlitz. Die dicke Eichel gleitet in mich hinein und ich schnappe nach Luft, währen mein Körper plötzlich ganz still wird.

Er ist so verdammt groß und dieser Winkel tut fast weh.

Aber ich mag den Schmerz. Ich liebe ihn.

Ich fange an, mich zu bewegen, gleite seinen Ständer hinauf, spüre, wie sein Umfang mich so viel mehr und intensiver dehnt als seine Finger.

Ich lasse mich auf seinen Schwanz sinken, davon aufspießen, mein Stöhnen laut und heiser. Seine Hände krallen sich in meine Hüften, zwingen mich, seinen Schwanz zu reiten, und seine Hüften schnellen empor, kommen mir entgegen, stoßen seinen Schwanz tiefer in mich hinein.

Ich werfe den Kopf in den Nacken, lasse meine Haare über meinen Rücken fallen, während ich mich gehen lasse, mein Orgasmus durch meinen Körper explodiert wie Feuerwerke im Nachthimmel.

Ich reite ihn schneller und zügelloser, mein Körper fleht verzweifelt nach mehr. Meine Fingernägel krallen sich in seine Schultern, meine Hüften bäumen sich wild gegen ihn auf. Ich stöhne lauter und lauter und meine Lustschreie hallen durch das Zimmer.

Schließlich werde ich langsamer und halte inne, sitze rittlings auf Armando und starre hinunter in seine Augen, während ich auf seinem Schwanz auf- und abhüpfe. Er schaut mich an, als ob ich die schönste Frau der Welt wäre, während ich ihn mit langsamen, rhythmischen Bewegungen reite.

Meine Lider flattern zu, als ich mich meinem nächsten Höhepunkt nähere.

„So ist's richtig", flüstert er, seine Worte leise und voller Verlangen. „Komm für mich, Hannah. Komm für mich."

Seine Worte treiben mich in den nächsten Orgasmus, seine Worte und sein Schwanz. Ich werfe den Kopf in den Nacken und schreie seinen Namen, als mein ganzer Körper mit einem weiteren Orgasmus erbebt.

Armando wirft mich aufs Bett, positioniert sich hinter mir, und sein Schwanz dringt einmal mehr in mich ein. Seine Hände krallen sich in meine Hüften und er stößt tief in mich hinein.

Sein Schwanz pocht in mir, sein Körper spannt sich an. Noch ein paar Mal hämmert er in mich hinein, dann wird er still. Als sein Schwanz in mir zuckt und mich mit seinem heißen Samen füllt, stöhnt er tief auf.

Er zieht sich aus mir heraus und legt sich neben mich aufs Bett, zieht mich an seinen Körper.

„Ich liebe dich, Blümchen."

Ich vergrabe mein Gesicht in seinem Nacken und sonne mich in der Herrlichkeit seiner Worte. Seiner Liebe. Seiner Aufmerksamkeit. Seiner Versprechen.

„Ich liebe dich so sehr", sage ich zu ihm.

„Du hast mich von den Toten zurückgeholt. Du hast mir einen Grund zum Leben gegeben. Ich schulde dir alles. Ich will, dass du weißt, dass ich dich nie wieder im Stich lassen werde."

Wieder treten Tränen in meine Augen. „Das weiß ich", wispere ich gegen seine Haut.

Ich vertraue diesem Mann mit meinem ganzen Leben. Mit unserem Kind. Mit unserer Zukunft.

Er ist mein Ein und Alles.

Epilog

H*annah*

„Die Preisrichter haben alle Einreichungen bewertet und die vier Finalisten gewählt. Die vier folgenden Floristen treten nun bitte vor."

Armandos Arme ziehen sich von hinten um meine mittlerweile angewachsene Taille zusammen. „Sie werden dich aufrufen", murmelt er in mein Ohr.

Marco und Leo klopfen mir auf den Rücken. Es rührt mich, dass sie mitgekommen sind. Es stimmt, Armandos Familie passt aufeinander auf. Und ich bin nun Teil dieser Familie.

Mein Herz hämmert im Stakkato gegen meine Rippen, doch die Wahrheit ist – es ist mir egal, ob ich es ins Finale schaffe. Viel wichtiger ist dieses Gefühl, das sich in diesem Moment in meiner Brust ausbreitet.

Diese Flut der Liebe, der Unterstützung von Armando. Das Glück, die Person, die mir auf dieser Welt am allermeisten bedeutet, in wichtigen Augenblicken an meiner Seite zu haben.

Wie versprochen hat Armando Emilios Entschädigungszahlung

in *Garten Eden* investiert. Er hat einen neuen Van gekauft und zwei Teilzeitkräfte angestellt, die die Lieferungen ausfahren. Er hat sich in die Aufgabe gestürzt, das Geschäft auf Vordermann zu bringen – unser *Familienbetrieb*, wie er es nennt – und in den letzten zwei Monaten haben sich die Umsätze bereits verdreifacht. Armando hat sogar den Don dazu überreden können, Renovierungsarbeiten durchführen zu lassen, und schaut sich im Augenblick nach einem zweiten Standort um. All die Dinge, die mir immer solche Angst gemacht haben, hat er nun übernommen, und lässt es so einfach aussehen. Ich kann mich auf das konzentrieren, was ich gut kann – die künstlerische Seite – und das Networking machen wir zusammen, also ist es weniger einschüchternd.

„Hannah Munn", sagt der Moderator, und ich schnappe nach Luft. Ich hatte nicht wirklich damit gerechnet, ins Finale zu kommen.

„Hab's dir gesagt", murmelt Armando in mein Ohr, bevor er mich loslässt, damit ich zur Bühne gehen kann.

Ich atme bebend ein, schüttle meine Hände aus und beuge mich vor, um meinen Eimer mit den Blumen hochzuheben.

„Halt", tadelt mich Armando. „Ich trage sie für dich hoch."

Er lässt mich nichts Schweres tragen. Oder mich zu lange herumstehen. Oder zu hart arbeiten. Er behandelt mich wie eine Prinzessin, außer in seinem Bett. Da wird er weiterhin zum Tier, trotz meines wachsenden Babybauchs.

Ich gehe zur Bühne und er folgt mir mit dem Eimer voller Blumen, stellt ihn neben mir auf dem Boden ab. „Zeig's ihnen, Blümchen", murmelt und drückt meine Hand, bevor er wieder auf seinen Platz geht und mich mit den anderen Kandidaten auf der Bühne stehen lässt. In diesem Teil des Wettbewerbs binden wir aus unseren mitgebrachten Blumen Bouquets, während uns das Publikum und die Jury zuschauen. Anschließend binden wir Sträuße aus Blumen, die gestellt werden.

Ich warte auf den Timer, dann binde ich mein Arrangement.

Eine kunstvolle Spirale aus mehrfarbigen Rosen, verflochten mit Freesien und silbernen Weidensträngen. Als ich fertig bin und zurücktrete, damit die Preisrichter mein Arrangement betrachten können, vermeide ich es, mir die Arbeiten der anderen drei Kandidaten anzuschauen – ich bin zu nervös und der Zweifel will sich nagend einschleichen. Stattdessen suche ich im Publikum nach Armando. Unsere Blicke treffen sich und ich spüre augenblicklich seine Stärke. Seinen Glauben an mich. Er strömt in mich hinein, spült meine Nervosität fort. Ich schenke ihm ein kleines Lächeln und er grinst zurück.

Ein breites, strahlendes Grinsen. Nichts macht mich glücklicher, als sein Gesicht mit solch einem Lächeln leuchten zu sehen. Zu wissen, dass ich diejenige war, die ihm geholfen hat, wieder zum Leben zu erwachen.

Letzte Woche hat die Hochzeit von Grace und Emilio stattgefunden. Ich habe mich mit den Blumen wahnsinnig angestrengt – nicht weil Emilio es verdient hätte, sondern weil es Armandos Familie ist und ich jetzt Teil von ihr bin. Wir waren auch als Gäste auf der Hochzeit. Das war Armandos Entscheidung. Er hat gesagt, er sei zu glücklich mit mir, als noch einen alten Groll gegen die beiden zu hegen.

Die Wettkampforganisatoren bringen uns nun ihre Eimer mit Blumen und die zweite Runde des Finales beginnt. Ich denke nicht nach, lasse meine Finger einfach die Blumen herauspicken und sie arrangieren, ohne einen festen Plan. Ich weiß, ich werde es verhauen, wenn ich versuchen sollte, alles richtigzumachen. Mein kreatives Genie arbeitet immer dann am besten, wenn ich es nicht beschränke, mir keine Sorgen machen, nicht nachdenke.

Also surfe ich auf der Wonne von Armandos Liebe. Die Freude darüber, seinen Ring zu tragen und ein Leben mit ihm aufzubauen, eine Familie zu gründen, ein Geschäft zu betreiben. Und das Arrangement erschafft sich wie von allein – ein einfaches, aber auffallendes, mehrlagiges Arrangement aus Pfingstrosen und Stargazer-Lilien.

Der Timer klingelt. Wir treten von unseren Arbeitsplätzen zurück. Ich suche Armandos Blick und er zwinkert mir zu. Hoffnung beginnt, sich in mir auszubreiten. Ich habe es bis hierher geschafft, und es wäre wirklich unglaublich, zu gewinnen. Doch nein, ich sollte mich jetzt nicht dieser Fantasie hingeben, denn was, wenn ich enttäuscht werde?

Die Preisrichter besprechen sich, und mir wird ein wenig schwindelig, während ich warte. Die Schwangerschaft stellt mein Blutvolumen ein wenig auf den Kopf, oder zumindest hat mir meine Mutter das erzählt. Sie ist mittlerweile überglücklich über meine Schwangerschaft, jetzt, wo ich es auch bin. Ich glaube, sogar mein Dad fängt an, Armando zu akzeptieren, auch wenn es ihm wirklich nicht gefällt, dass er Mitglied der Mafia ist.

Armando sagt, das ist etwas, was er nicht ändern kann, aber er hat mir versprochen, mich und meine Familie von allen negativen Aspekten abzuschirmen. Ich weiß, es gibt keine Garantie. Er könnte wieder im Gefängnis landen. Oder umgebracht werden. Doch im Augenblick lässt ihn der Don aus allem Geschäftlichen raus, damit er sich um mein Geschäft kümmern kann. Und es fällt mir schwer, mich nicht unbesiegbar zu fühlen, wenn ich so fest in seine Liebe eingehüllt bin.

„Die Preisrichter haben ihre Entscheidung gefällt. Auf dem dritten Platz, Jaya Lowe." Die Menge applaudiert. Ich tue so, als ob ich atmen würde. „Auf Platz zwei, Eric Diamond."

Mist. Das heißt vermutlich, dass ich es nicht geschafft habe.

„Und der erste Platz, Gewinner des diesjährigen Wettbewerbs ist ... Hannah Munn vom *Garten Eden*."

Ich höre Armando jubeln. Ich versuche, die Tränen aufzuhalten, die mir bereits in die Augen treten, aber es ist unmöglich. Es wird weder elegant noch anmutig aussehen, wenn ich die Trophäe entgegennehme. Aber das ist egal.

Ich habe gewonnen.

Mit zitternden Knien trage ich die Trophäe zurück zu Armando, der mich von den Füßen reißt und mich herumwirbelt. „Du hast es geschafft! Ich wusste, dass du es schaffen würdest, Blümchen!"

„Ich kann gar nicht aufhören, zu weinen", bemerke ich das Offensichtliche.

Behutsam stellt er mich wieder ab und küsst meine Tränen fort. „Weine ruhig, Blümchen. Ab jetzt wird alles nur noch besser."

Eine Kostprobe der Sünde

Kapitel Eins

T*aylor*

Meine Füße bringen mich um, meine Ohren klingeln und ich bin am Verdursten.

Standard nach einer Sieben-Stunden-Schicht im Sins.

Als ich auf dem Parkplatz zu meinem Auto gehe, verziehe ich das Gesicht. In einer Hand balanciere ich zwei Plastikbecher mit Eiswasser, in der anderen meine Handtasche und meinen Autoschlüssel. Ich kann einfach nicht glauben, dass ich meine Wasserflasche vergessen habe – nicht, dass es während der Schicht je einen Moment der Ruhe gäbe, um etwas zu trinken.

Ich trage Stilettos. Ja, sie verdienen mir ein ordentliches Trinkgeld, aber, scheiße, tun die weh!

Man sollte meinen, jemand, die gerade ihren Doktor als Physiotherapeutin macht, würde besser auf ihren Körper aufpassen. Dann würde ich aber nicht so gut verdienen, wie ich es tue. Und weiß Gott, ich kann das Geld wirklich gebrauchen. Noch immer zahle ich die Schulden ab, die ich für mein Bachelorstudium aufgenommen habe, und ernähre mich von nichts als Ramen und Käsenudeln. Hätte ich den Job im Sins nicht, um meine Kreditraten zu bezahlen, könnte ich es mir nicht einmal leisten, mein Auto vollzutanken.

Der Club hat vor einer Stunde geschlossen, doch noch immer stehen vereinzelte Autos auf dem Parkplatz, einschließlich eines schnittigen BMWs, der unmöglich einer meiner Kolleginnen gehört.

Muss wohl ein Kunde sein.

Vermutlich Mafia.

Meine Mundwinkel zucken, als ich an den Hundertdollarschein denke, den mir einer von denen als Trinkgeld zugesteckt hat.

Marco. Er und sein Bruder Leo kommen jedes verdammte Wochenende mit einer anderen Frau am Arm in den Club.

Heute Abend hat er sich tatsächlich erdreistet, mich zu fragen, ob ich jemals versucht wäre, an meinen freien Abenden im Club vorbeizukommen.

„Nie."

Er hatte mir ein freches Grinsen zugeworfen. „Niemals?"

„Nein", hatte ich erwidert. „Ich stehe nicht auf Schmerzen."

„Stehst du denn auf Lust, Engel?", hatte er daraufhin gefragt und vielsagend eine Augenbraue hochgezogen.

Ich verdrehe die Augen und schließe mein Auto auf. Ich hätte ihm sagen sollen, dass ich nicht sein Engel bin, aber leider mag ich sein Geld viel zu sehr, als dass ich diese Grenze ziehen könnte.

Als ich mich in den Fahrersitz fallen lasse und endlich kein Gewicht mehr an meine Füße abgebe, stöhne ich leise auf. Die Wasserbecher stelle ich auf der Mittelkonsole ab, dann beuge ich mich hinunter und löse die Schnallen meiner High Heels. „Au, au, au!", murmle ich. Ich kann diese Folterwerkzeuge an meinen armen, pochenden Füßen keine Sekunde länger ertragen.

Kaum habe ich sie ausgezogen, starte ich den Motor meines Honda Accords und fahre rückwärts aus der Parklücke.

Als ich vom Parkplatz biegen will, rutscht einer der Wasserbecher von der Mittelkonsole. Wasser und Eiswürfel schwappen in meinen Schoß.

„Scheiße!" Als ich das Eis von meinem durchnässten Kleid schütteln will, reiße ich versehentlich das Lenkrad herum. Einer meiner Absatzschuhe verklemmt sich unter dem Bremspedal.

Fuck.

Ich versuche, den Schuh zur Seite zu treten. Im selben Moment fliegt der zweite Wasserbecher daher.

Blind taste ich im Fußraum herum, versuche, den Schuh zu erwischen, und trete dabei ungewollt aufs Gaspedal. Das Auto macht einen Satz nach vorn.

Scheppernd krache ich in ein anderes Auto.

Ich schreie auf. Das unangenehme Geräusch von knirschendem Metall und brechendem Plastik dröhnt in meinen Ohren, und noch immer bekomme ich den Schuh einfach nicht unter dem Pedal hervor! Der Motor heult auf und ich ramme unaufhörlich gegen – *oh Gott*.

Es ist der BMW. Natürlich ist es der BMW.

Fuck, fuck, fuck!

Endlich schaffe ich es, den Schuh unter dem Pedal hervorzutreten, und trete auf die Bremse. Meine Finger krallen sich so fest um das Lenkrad, dass meine Fingerknöchel weiß hervortreten.

Was mache ich jetzt denn nur? Ich bin völlig panisch. Kein Funke Logik scheint noch in meinem Verstand aufzublitzen.

Oder nur sehr wenig.

Hastig blicke ich mich nach der Menge von Schaulustigen um, doch da ist zum Glück niemand.

Das ist der Augenblick, in dem ich den dümmsten Fehler meines Lebens begehe.

Ich lege den Rückwärtsgang ein und trete aufs Gas. Nach wenigen, unerträglichen Sekunden, in denen der Motor heult und Glassplitter zu Boden rieseln, kann ich mein Auto endlich aus dem verkeilten Wrack befreien.

Ich richte das Lenkrad aus und trete das Gaspedal durch.

Mit kreischenden Reifen biege ich vom Parkplatz und lasse den Tatort hinter mir. Ich fahre direkt auf die Konsequenzen zu, denen ich nicht einmal ansatzweise gewachsen bin.

* * *

Marco

Was. Zur. *Hölle*?

Instinktiv fliegen meine Finger zu meiner Knarre, dabei habe ich heute gar keine Pistole dabei.

Waffen sind auf dem Gelände des Sins nicht erlaubt.

„Was ist los?" Leo taucht Sekunden später neben mir auf. Sein großer Körper schiebt sich beschützend vor sein heutiges Date.

„Irgendein Arschloch hat mein Auto gerammt."

Meinen brandneuen BMW.

„Hast du ihn gesehen?"

Hinter uns räuspert sich der Türsteher des Clubs.

„Was?", fahre ich ihn an. „Weißt du, wer es war?"

Er kratzt sich an der Nase und sieht befangen aus. „Ich, äh, glaube, es war ein Unfall."

Ich kralle die Finger in seinen Hemdkragen und schiebe ihn gegen die Mauer, obwohl er größer und stärker ist als ich. „Wer war es?", zische ich. „Was hast du gesehen?"

Er wehrt sich nicht. Er weiß, dass ich verdammt gefährlich bin. Beschwichtigend hebt er die Hände. „Es war eine *sie*. Kein *er*."

Mein Griff lockert sich.

Vielleicht war es tatsächlich nur ein Unfall.

Irgendeine beschwipste Clubbesucherin.

Trotzdem wird sie mir Rede und Antwort stehen müssen.

„Kennst du sie?", verlange ich.

„Was hast du mit ihr vor?"

Okay, er kennt sie definitiv.

„Ich tue Frauen nicht weh", versichere ich ihm, dann werfe ich einen Blick über die Schulter, wo mein heutiges Date steht und mich aus glasigen Augen ansieht. Ich habe sie gründlich befriedigt. „Außer, wenn es ihnen gefällt."

„Es war Taylor", gesteht der Türsteher. „Die Cocktail-Kellnerin."

Ich lasse ihn los. Ich habe mich mittlerweile wieder beruhigt.

Taylor. Diese niedliche Blondine, die viel zu unschuldig und zahm für den Job hier aussieht.

„Schick mir ihre Adresse."

„Was hast du mit ihr vor?"

Mein Blick wandert in die Richtung, in die sie verschwunden sein muss.

„Ich werde ihr morgen einen kleinen Besuch abstatten."

Kapitel Zwei

Taylor

Am nächsten Morgen gehe ich unruhig in meiner Einzimmerwohnung auf und ab und kaue auf meiner Unterlippe herum.

Was ich gestern Nacht getan habe, war unfassbar dumm.

Ich habe nicht nur das Gesetz gebrochen, sondern das Auto, das ich angefahren habe, gehört vermutlich auch einer sehr gefährlichen Person. Der Besitzer muss nichts weiter tun, als Jack Lindstrom, den Inhaber des Sins, um die Überwachungsaufnahmen vom Parkplatz zu bitten, und schon hat er praktisch meinen Namen und meine Adresse.

Was heißt, dass mir nicht nur eine Anzeige und der Papierkrieg mit der Versicherung blühen, sondern dass ich demnächst vermutlich auch mit Zementschuhen im Lake Michigan schwimmen gehen werde.

Ich wische mir die feuchten Hände an meiner Pyjamashorts ab.

Ich sollte Jack einfach sofort anrufen und ihm alles beichten. Vielleicht kann er mir sagen, wessen Auto es war, und ich kann versuchen, die Sache geradezubiegen. Das wäre es, was eine zurechnungsfähige Person tun würde.

Aber natürlich hätte eine zurechnungsfähige Person erst gar nicht Fahrerflucht begangen wie ein erstklassiger Feigling.

Das war der Moment, in dem ich richtig Scheiße gebaut habe.

Okay. Ich muss Jack anrufen, sofort. Das ist die einzige Lösung. Ich mache mich auf die Suche nach meinem Handy, das noch immer in meiner Handtasche von gestern Abend steckt. Natürlich ist die Batterie leer. Kaum habe ich es zum Laden eingesteckt, gehen bimmelnd vierzehn neue Nachrichten ein. Mein Magen zieht sich zusammen.

Bevor ich die Nachrichten jedoch öffnen, geschweige denn lesen kann, hämmert jemand mit der Faust gegen meine Wohnungstür.

Ein enges Band scheint sich um meine Schläfen zusammenzuziehen, und plötzlich habe ich pochende Kopfschmerzen.

Das war's. Ich bin eine tote Frau.

Für einen dummen Augenblick überlege ich, aus dem Fenster zu klettern und über die Feuerleiter zu fliehen, doch damit würde ich die gleiche feige Entscheidung treffen wie gestern Abend. Meine Feigheit hat mich überhaupt erst in diese Bredouille gebracht. Nein. Ich muss dieser Sache ins Auge sehen.

Ich mache den Rücken gerade und gehe zur Wohnungstür. Als ich sie aufreiße, versuche ich so zu tun, als ob ich mir nicht vor Angst fast in die Hosen mache würde.

Als ich die Person im Flur erblicke, vollführt mein Magen einen Salto – und nicht nur aus Angst. Denn der Mann, der dort steht, ist mein großzügiger Trinkgeldgeber.

Marco.

Der extrem heiße Mafia-Frauenheld, der sich gestern Abend an mich ranmachen wollte. Er lehnt trügerisch entspannt in meinem Türrahmen und hat die Hände in die Hosentaschen seines italienischen Tausend-Dollar-Anzugs gesteckt.

„Hallo, Taylor.“ Er hat ein Grinsen auf dem Gesicht und ein

„Erwischt"-Funkeln in den Augen, bei dem mein Magen umso mehr flattert. Als sein Blick in aller Seelenruhe über meinen Körper wandert, braut sich Hitze zwischen meinen Beinen zusammen.

Plötzlich bemerke ich, dass ich die Tür in nichts als einem hauchdünnen Bustier mit Spaghettiträgern und kurzen Pyjamashorts geöffnet habe. Unter dem Stoff meines Oberteils stellen sich meine Nippel auf.

„Du siehst nicht überrascht aus, mich hier zu sehen."

„Marco, es tut mir so leid. Ich war völlig panisch, nachdem ich gestern Abend dein Auto angefahren habe. Aber heute Morgen wollte ich alles in Ordnung bringen, das schwöre ich."

Skeptisch zieht er eine Augenbraue hoch. „Wolltest du das, Engel?"

„Ich schwöre", wiederhole ich. Gleichzeitig weiche ich einige Schritte zurück, denn er tritt über meine Schwelle und drückt hinter sich die Wohnungstür ins Schloss.

Tadelnd schnalzt er mit der Zunge. „Fahrerflucht ist eine Straftat, Taylor."

„Wirst du mich anzeigen?" Ich hoffe inständig, dass ich so flirtend klinge, wie ich beabsichtige.

Wir wissen beide, dass er nicht zur Polizei gehen wird.

Er ist Mitglied in der Mafia. Und die Mafia kümmert sich persönlich um ihre Probleme. Normalerweise mit Gewalt – nicht, dass ich das bei Marco jemals beobachtet hätte.

Seine Mundwinkel zucken. „Nee, ich bin nicht hier, um dich zur Polizei zu bringen. Ich bin hier, um dir den Hintern zu versohlen."

Ich blinzle. Meint er das im übertragenen Sinne oder buchstäblich?

Aus irgendeinem Grund nimmt ihn mein Körper allerdings beim Wort und mein Hintern zieht sich zusammen. Ich spüre, wie meine Haut heiß wird und kribbelt. Ein langsames Pochen macht sich zwischen meinen Beinen bemerkbar.

Und ganz so, als ob er sich der Wirkung seiner Worte auf mich bewusst wäre, wird sein Grinsen breiter. Er tritt einen weiteren Schritt auf mich zu und kommt mir für meinen Geschmack viel zu nahe. Seine Hand legt sich auf meine Taille. Es fällt mir unheimlich schwer, den Blick zu heben und ihm in die Augen zu sehen.

Ganz behutsam, ohne zu drängen, zieht er mich zu sich, bis mein Körper an seinen gedrückt ist. Er legt den Knöchel seines Zeigefingers unter mein Kinn und hebt mein Gesicht an. „Bist du bereit für deine Bestrafung?"

Ich will schlucken, schaffe es aber nicht. „M-meine Versicherung wird für den Schaden aufkommen."

Sein Grinsen wird noch breiter. Er hat ein Grübchen in der linken Wange, das meinen Slip in Flammen aufgehen lässt. „Ich habe dein Auto da draußen gesehen, Engel, und ich sehe auch, wie groß deine Wohnung ist. Ich schätze, du kannst dir die angepassten Versicherungsbeiträge gar nicht leisten."

Mein Herz schlägt wild und unregelmäßig. Ich glaube, ich weiß, worauf er hinaus will, und ich bin mir nicht sicher, ob es mir etwas ausmacht.

„Was schlägst du vor?" Ich versuche, meine Stimme nicht zittern zu lassen.

„Ich schlage gar nichts vor." Seine Hand gleitet meine Taille hinunter und noch tiefer. Sein Tonfall birgt Noten von schwarzem Samt und Scotch. „Ich bin hier, um dir eine Lektion zu erteilen, weil du Fahrerflucht begangen hast, anstatt für deinen Fehler geradezustehen." Seine Handfläche legt sich federleicht über die Rundung meines Hinterns. „Und dann werden wir darüber sprechen, *wie* du es wiedergutmachen kannst." Mein Magen zieht sich zusammen.

Seine Finger drücken meinen Arsch.

„Habe ich in der Sache eine Wahl?"

Warum klingt meine Stimme eigentlich so heiser?

„*Willst* du denn eine Wahl haben?"

Ich starre zu ihm auf und versuche, diese Frage zu dekodieren. Das ist nicht einfach, wenn er die ganze Zeit meinen Hintern streichelt und knetet. Ich trage keinen Slip unter meiner Pyjamahose, und meine Erregung läuft bereits auf meine Oberschenkel.

„Oder tun wir besser so, als ob du das nicht willst?" Er nimmt den Zeigefinger unter meinem Kinn fort und streichelt mir über die Wange.

Ich bin mir noch immer nicht sicher, was er mir damit sagen will. Aber er hat „so tun" gesagt. Das heißt also, dass ich *tatsächlich* eine Wahl habe. Richtig?

„Ich habe gesehen, wie du im Sins Szenen beobachtet hast. Du behauptest, das wäre nichts für dich, aber dein Blick sagt etwas anderes."

Ich bebe am ganzen Körper. Und nicht vor Angst.

Vor Nervenkitzel.

Erregung.

Bei dem Gedanken, dass womöglich etwas Finsteres und Schmutziges zwischen uns passiert.

Außerdem bin ich völlig sprachlos, dass er mich beobachtet hat. Vor allem in Anbetracht der Tatsache, dass immer absolut atemberaubende Frauen an seinem Arm hängen.

„Was ist mit deiner Freundin?", frage ich.

Er schüttelt den Kopf. „Du weißt, dass ich keine Freundin habe."

Er hat recht. Das weiß ich. Denn er kommt nie zweimal mit derselben Frau ins Sins.

„Genug Zeit geschunden." Er schiebt mich rückwärts auf mein Bett zu. „Zeit für deine Bestrafung."

Als ich mit den Kniekehlen gegen die Bettkante stoße, bleibt er stehen. Während er mir wie in Zeitlupe das Bustier über den Kopf zieht, blickt er mir unentwegt in die Augen.

„Was hast du mit mir vor?" Meine Frage ist kaum mehr als ein Flüstern.

„Ich habe dir schon gesagt, was ich tun werde." Seine Antwort ist ein warmes Rumpeln. Oder vielmehr ein Schnurren.

Als er den Daumen in den Bund meiner Pyjamashorts hakt,

greife ich nach seiner Hand. Er hält inne. Ohne ein Wort zu sagen, wartet er einfach ab.

Er hat gerade bewiesen, dass meine Zustimmung zählt. Er wartet darauf, dass ich eine Entscheidung treffe.

Und das ist der Moment, in dem ich alle Vorsicht in den Wind schieße.

Ich lasse seine Hand los. „Okay."

Kapitel Drei

M*arco*

Oh verdammt.

Mein Schwanz ist in diesem Moment bereits steinhart, als ich mir nur vorstelle, wie ich Taylor den Arsch versohle.

Sie ist mehr als atemberaubend, wie sie da in ihren winzigen Pyjamashorts vor mir steht – Shorts, die in diesem Augenblick zwischen uns zu Boden segeln.

Sie ist eher klein, aber fit wie eine schlanke Sportlerin. Ich glaube, sie hat mir mal erzählt, dass sie gerade Physiotherapie studiert.

„Dein Körper ist wunderschön, Taylor."

Als sie aus ihrer Shorts heraustritt, muss sie sich kurz an meinen Unterarmen festhalten, um nicht das Gleichgewicht zu verlieren.

Plötzlich kommt mir der Gedanke, dass sie womöglich nicht besonders viel Erfahrung hat. Keine Jungfrau, sondern vielmehr jemand, die nicht viele Partner hatte.

Fliegender Männerwechsel ist nicht ihr Ding.

Dieser Gedanke löst einen gewaltigen Beschützerinstinkt in mir aus. Mag sein, dass das hier eine Bestrafung ist, aber ich werde auch verdammt noch mal dafür sorgen, dass es gut für Taylor wird.

Ich werde ihr zeigen, was ihr im Sins entgeht.

„Komm her, hübsches Mädchen." Ich setze mich aufs Bett und ziehe an ihrer Hüfte, bis sie zwischen meinen Beinen steht. „Hast du gestern Nacht getrunken? Bist du deshalb abgehauen?"

Sie bedeckt die Brüste mit ihren Händen. Fürs Erste werde ich ihr das durchgehen lassen.

„Nein", stöhnt sie leise. „Ich bin abgehauen, weil ich panisch und dumm war. Und der Unfall ist passiert, weil ich Wasser verschüttet habe und mein Schuh unter dem Bremspedal festklemmte und ich versehentlich aufs Gaspedal abgerutscht bin. Es war eine Vollkatastrophe."

Ich nicke und streichle in beruhigenden Bewegungen über ihre Haut. Tatsächlich ist sie ziemlich ... niedlich. Wahnsinnig sexy, aber sie besitzt auch eine gewisse einnehmende Unschuld. Es ist klar, dass sie einfach panisch wurde, und nicht etwa aus Böswilligkeit agiert hat.

Ihre großen Augen suchen meinen Blick. „Wirst du mir wirklich den Hintern versohlen? Also, ich meine ... wirst du mich übers Knie legen?"

Ich strecke den Arm aus und kneife ihr in den süßen, knackigen Hintern. „Was glaubst du denn?"

Sie schnappt nach Luft.

Ihre Haut ist warm, dort, wo sie gegen meine Oberschenkel drückt, und ich atme ihren Duft ein. Der Geruch von Shampoo und Parfüm hüllt mich ein. Ihre Pussy ist pink und nackt, und ich liebe, dass ich nicht so tun muss, als würde ich sie nicht sehen.

Ich bin heillos verloren.

Meine Hand kommt auf ihrem unteren Rücken zum Liegen, bevor ich ihren Oberkörper über meinen Schoß beuge.

„Ist das dein erstes Spanking?", frage ich.

Sie nickt.

Ich verpasse ihr eine leichten Klaps auf den Arsch und sie rutscht augenblicklich vorwärts. Meine Hand wandert um ihren angespannten Körper herum und ich zwicke ihren Nippel. Sie belohnt mich mit einem schneidenden Einatmen. „Du musst ein braves Mädchen sein und deine Strafe akzeptieren."

Ohne ein weiteres Wort lasse ich fünf harte Schläge auf ihren Arsch hinunterprasseln. Sie schreit auf, dann verstummt sie und liegt regungslos da, als ob ich sie irgendwie bewegungsunfähig gemacht hätte. Was für ein Anblick. Ihre Haut wird langsam rot, ihre Brüste schauen unter ihrem Torso hervor und ihr Körper ist meinem Willen ergeben.

Ich streichle über ihren Arsch, beruhige sie, necke sie, lasse sie glauben, der Schmerz würde bald wieder abklingen. Ich bin ein Arsch, denn ich weiß, dass der nächste Hieb umso heftiger brennen wird.

„Oh Gott!", ruft sie aus.

Ich versohle ihr fester den Arsch.

„Marco, bitte! Es tut mir leid …"

Mit einem entschiedenen Schlag auf den Hintern schneide ich ihr das Wort ab. Dann noch ein Hieb, dieses Mal noch fester. Ich achte darauf, jeden Zentimeter ihrer unteren Arschbacken mit Schlägen zu bedecken.

Mein Schwanz ist steinhart und drängt gegen den Reißverschluss meiner Hose – er ist so steif, dass es schon weh tut. Ich will mehr, als ihr nur den Hintern zu versohlen. Ich will tief in ihre Pussy stoßen und sie ficken, bis sie schreit. Aber wenn ich eine Mission habe, dann führe ich sie aus.

Sie wimmert, und ich weiß, dass schon bald Tränen fließen werden. Ich kann es nicht erwarten, sie zu sehen. Ich will sehen, wie sie diesen Tränen freien Lauf lässt, Tränen, die sie so angestrengt vor mir verstecken will.

Wieder streichle ich ihren Arsch und verpasse ihr anschließend einen weiteren, festeren Schlag. Immer und immer wieder.

Sie stößt nur leise Geräusche aus, doch als ich mit dem Finger durch ihre Arschritze gleite und ihre feuchte Pussy finde, stöhnt sie nicht nur, sondern stößt gleichzeitig auch ein Schluchzen aus. Mit einem lauten Zischen strömt ihr Atem aus ihrer Lunge.

Sie ist so verflucht feucht, und ich weiß, dass sie das hier will. Ihr Körper kann es nicht vor mir verheimlichen. Ich reibe ihren Kitzler, dann stecke ich einen Finger in ihre Pussy.

„Oh fuck", keucht sie.

Ihre Pussy ist eng und ich finde die Stelle, die sie erneut aufschreien lässt, diesmal lauter.

„Oh, mein Gott", stöhnt sie. Ihr Körper erschaudert.

„Du wirst jetzt ein braves Mädchen sein, oder, Taylor?"

„Ja. Ja, ich werde ein braves Mädchen sein." Ihre Stimme ist heiser.

Ich pumpe meinen Finger in sie und treibe sie immer weiter auf den Abgrund zu. „*Mein* braves Mädchen. Du wirst nur für mich brav sein."

„Ja."

Sosehr ich sie auch ficken möchte, ich muss mich an meinen Plan halten. Sie wird ihre Lektion lernen, eine Lektion, die sie erkennen lässt, wie irre sexy sie ist, und dass sie ihr wahres Begehren niemals unterdrücken sollte.

Ich werde nicht zulassen, dass sie sich ihren Wünschen noch einmal widersetzt.

Und anschließend werde ich sie nie wieder mit einem anderen ficken lassen.

Ich werde sicherstellen, dass sie mir gehört.

Nie zuvor in meinem Leben war ich derart besitzergreifend.

Aber mir ist auch noch nie im Leben ein Mädchen derart schnell unter die Haut gegangen – und derart heftig. Nicht einfach, indem ich ihr den Arsch versohle. Taylor hat etwas Besonderes an sich. Vielleicht ist es das Wissen, dass sie nicht in meine Welt gehört. Sie gehört nicht einmal in die Welt des Sins. Und doch habe ich sie genau dort gefunden. Ein unschuldiges Mädchen, bereit, von mir verdorben zu werden.

Etwas Leuchtendes in einer Welt der Dunkelheit.

Ich will ihr Strahlen nicht trüben. Ich will einfach nur, dass sie erkennt, was sie ins Sins gezogen hat. Was sie zu mir gezogen hat – denn ich weiß, dass ich sie heiß mache. Sie flirtet mit mir. Ich bin mir sicher, dass sie sich eingeredet hat, das wäre nur des Trinkgelds wegen, doch ihre Nippel wurden hart, wann immer ich ihr länger als erlaubt in die Augen geblickt habe.

Dass ich sie endlich da habe, wo ich sie seit sechs Monaten haben will? Fuck, dieses Mädchen hat in diesem Moment alle Gewalt über meinen Schwanz.

Ich hebe ihren Oberkörper an und stelle sie zwischen meinen Beinen auf die Füße, da, wo sie vorher schon gestanden hat.

„Oh Gott", stößt sie aus, und das ist das Niedlichste, was ich je gehört habe.

Sie lässt sich vorwärtsfallen und vergräbt das Gesicht in meinem Hemd.

Sie atmet schwer und ihr Körper ist aufgerieben und gleichzeitig vollkommen entspannt. Ich streichle ihre Haare und lasse meine Hand über ihren Rücken gleiten.

„Alles okay?", frage ich.

Sie nickt in meine Brust, rührt sich jedoch nicht.

Nackt.

Verletzlich.

Unterwürfig.

Ich kann ihre Erregung riechen und weiß, dass ich sie direkt am Abgrund habe. Doch ich habe auch einen Plan. Ich muss abwarten.

„Das war die Strafe dafür, dass du gestern Abend einfach abgehauen bist, anstatt die Sache mit mir zu klären", sage ich und drücke ihr einen Kuss auf den Scheitel. „Und jetzt müssen wir über die Reparatur unserer Autos sprechen."

Sie hebt den Blick. Ihre Wangen sind gerötet, ihre Pupillen geweitet. „Okay." Sie streicht sich eine Haarsträhne aus dem Gesicht.

„Ich werde sämtliche Kosten übernehmen. Wir brauchen die Versicherung nicht damit zu behelligen. Und im Tausch dafür will ich dich für eine Nacht im Sins. Eine Nacht lang wirst du mir gehören. Selbstverständlich wirst du durch die Regeln des Clubs geschützt sein, aber abgesehen davon wirst du tun, was immer ich von dir verlange."

„Ich ... ich kann nicht", erwidert sie. „Ich muss jeden Abend arbeiten und ..."

„Darum kümmere ich mich." Meine Hand gleitet von ihrem Rücken zu ihrem Hals, und ich male mit der Daumenkuppe langsame Kreise auf ihre Haut. „Du wirst freihaben. Und mach dir keine Sorgen wegen des Geldes. Ich bezahle dich. Gut. Mehr, als du mit Kellnern verdienen würdest." Bei ihrem entsetzten Ausdruck muss ich lächeln. „Ich werde dich nicht zwingen, etwas zu tun, was du nicht tun willst, Engel. Du kannst jederzeit Nein sagen. Aber das wirst du nicht tun, das weiß ich."

Ich drücke ihren heißen Arsch und schiebe sie zur Seite. Meinen Schwanz, der nachdrücklich darauf besteht, in ihr zu sein, ignoriere ich. Ich war noch nie ein besonders geduldiger Mann, doch jetzt muss ich es sein.

„Das ist doch verrückt", wispert sie.

Der Ausdruck von Panik und Verwirrung in ihren Augen lässt mich erneut steinhart werden. Ich will sie ficken, aber das hier ist wichtiger. Ich will, dass sie versteht.

„Sag mir, dass ich dir wieder den Arsch versohlen soll", sage ich. „Dass du mehr willst. Dass du endlich verstehen willst, worum es im Sins geht."

Sie schüttelt den Kopf, doch ihre Augen sind voller Lust.

Ich greife nach ihrem Kinn und hebe ihr Gesicht an. „Sag es."

Langsam senke ich den Kopf, bis meine Lippen nur noch wenige Millimeter über ihren schweben.

„Vielleicht ... ja. Ich will, dass du mir wieder den Arsch versohlst. Ich will mehr." Ihre Stimme ist rau und aufrichtig, und mein Schwanz pocht in Erwiderung.

Ich kralle meine Finger in ihre Haare und kippe ihren Kopf in den Nacken. Ihre Brüste bieten mir einen herrlichen Anblick. Ich will an ihren Nippel lutschen, hineinbeißen, daran saugen, aber ich muss los.

Ich lasse sie los, dann mache ich auf dem Absatz kehrt und gehe zur Wohnungstür. Ich spüre, wie mir ihre Augen ein Loch in den Rücken brennen. Als ich die Tür aufziehe, werfe ich ihr noch einen langen Blick zu. Sie sieht einfach so verdammt heiß aus – nackt und gezüchtigt – und ich will sie unbedingt ficken.

„Wir treffen uns heute Abend um acht im Sins", sage ich. „Ich werde auf dich warten."

Sie schluckt.

„Keine Sorge. Ich werde dafür sorgen, dass es dir gefällt, versprochen."

Sie leckt sich mit der Zungenspitze über die Lippen und ihr Blick fällt auf die beachtliche Beule in meiner Hose.

Fuck.

Nein. Ich werde sie warten lassen. Zuerst muss ich mich vergewissern, dass sie keinen Rückzieher macht.

„Ich weiß, dass du gerade ein süßes Ziehen zwischen deinen herrlichen Schenkel verspürst, Engel", lasse ich sie wissen. „Sei ein braves Mädchen und komme heute Abend ins Sins, und dann kümmere ich mich gut um dich."

Kapitel Vier

Taylor

Für einen Moment, nachdem Marco die Tür hinter sich zugezogen hat, stehe ich einfach nur nackt und zitternd in meinem Wohnzimmer.

Was ist hier gerade passiert?

Das war vollkommen verrückt.

Im Ernst.

Völlig irre.

Ich gehe ins Bad, wo ich den Hals recke, um im Spiegel einen Blick auf meinen brennenden, kribbelnden Arsch zu werfen. Noch immer kann ich Marcos Handabdrücke auf meinen Pobacken erkennen.

Wow.

Ich bin feucht – *mehr* als feucht – und leicht im Delirium, als hätte ich Fieber. Das muss das weibliche Pendant zu Kavaliersschmerzen sein.

Ich fühle mich aufgegeilt und ungeduldig und irgendwie ein bisschen sauer, weil Marco einfach verschwunden ist, ohne mich zum Höhepunkt zu bringen. Das hat er garantiert mit Absicht getan.

Er stellt sicher, dass ich nicht etwa einen Rückzieher mache. Stellt sicher, dass ich heute Abend auch wirklich auftauchen werde.

Das werde ich. Ich will nicht, dass meine Versicherung hochgestuft wird, sobald ich den Unfall melde. Die Versicherung deckt nicht einmal Schäden an meinem eigenen Auto, also müsste ich dafür ohnehin die vollen Reparaturkosten tragen.

Aber wem will ich hier etwas vormachen? Es geht überhaupt nicht ums Geld.

Nach allem, was gerade passiert ist, *will* ich heute Abend ins Sins gehen.

Ja, ich will so tun, als ob Marco mich zwingen würde, will so tun, als ob er mir keine Wahl lassen würde, weil ich nicht eingestehen kann, was für eine Wirkung er auf mich hatte. Wie süchtig ich bereits jetzt nach Marcos Aufmerksamkeit bin. Ich will definitiv noch mehr davon haben – was auch immer es sein mag, was er da austeilt.

Ich stelle die Dusche an und trete unter den Wasserstrahl.

Vielleicht ist das die perfekte Ausrede. Ich darf diese finsteren, schmutzigen Dinge ausprobieren, die ich im Sins beobachte, ohne jedoch zugeben zu müssen, dass es mir womöglich gefällt. Wenn ich wirklich ehrlich mit mir selbst bin, ist das vielleicht sogar der Grund, weshalb ich den Job im Sins angenommen habe. Ja, es ist gutes Geld, aber ich bin auch fasziniert davon, was ich dort sehe – von meiner sicheren Warte hinter dem Tresen aus. In dem Wissen, nichts von alldem selbst ausprobieren zu müssen, konnte ich mich hinter meiner Schürze und dem Cocktailtablett verstecken.

Ich lasse mir Zeit unter der Dusche. Ich rasiere jeden Zentimeter meiner Haut, und als mir bewusst wird, dass mein Körper heute Abend zur Schau stehen wird, durchfährt mich ein Schauder. Nicht für jeden Besucher im Sins – es sei denn, Marco will es so. Aber Marco wird ihn sehen.

Du hast einen wunderschönen Körper, Taylor.

Er hat mir das Gefühl gegeben, schön zu sein. Er hat mir das Gefühl gegeben, frei zu sein – als ob ich meinen Körper und meine

Sexualität in einer vollkommen wertungsfreien Umgebung ausprobieren könnte.

Ich schätze, genau das ist es, was das Sins sein soll, doch ich habe mir dennoch nie gestattet, dort irgendetwas auszuprobieren. Ich musste erst dazu gezwungen werden.

Und es tut mir definitiv nicht leid, dass es Marco ist, der mich bestrafen wird. Dunkle Bösewichte haben mich immer schon fasziniert – nicht, dass Marco ein besonders großer Bösewicht wäre. Normalerweise ist er der perfekte Gentleman.

Er gibt immer großzügig Trinkgeld und behandelt mich mit Respekt. Natürlich ist da unterschwellig dieser Anflug von Sex. Wann immer ich an seinen Tisch komme, mustert er mich anerkennend von Kopf bis Fuß. Spricht mit einem leisen, sexy Rumpeln. Und wenn er lächelt oder flirtet, sind seine Lider halb geschlossen. Man könnte fast sagen, dass er Frauen gegenüber respektvoll respektlos ist.

Ich stelle die Dusche aus, trete aus der Kabine und wickle mir ein Handtuch um den Körper.

Marco und die Typen, mit denen er in den Club kommt, gehören zur Mafia, ganz sicher. Also ist er auf eine Weise schon ein Bösewicht. Doch es sind nicht seine Familienbeziehungen, die mir etwas ausmachen.

Was mir etwas ausmacht, ist das Wissen, dass ich nur eine von mindestens drei Dutzend unterschiedlichen Frauen sein werde, mit denen er in diesem Jahr im Sins spielt.

Der Typ ist einfach ein totaler Frauenheld.

Was vollkommen in Ordnung ist, schätze ich. Das heißt, dass er erfahren ist. Er wird wissen, was er tut. Ich glaube ihm, wenn er sagt, er würde dafür sorgen, dass es mir gefällt.

Wie dem auch sei, ich glaube nicht, dass diese Sache irgendwo hinführen wird.

Ist ja nicht so, als ob ich den Typ daten würde oder so.

Ich muss einfach nur auftauchen und ihn verkommene Dinge mit meinem Körper anstellen lassen.

Das ist kein schlechter Handel, solang ich mir verbiete, mehr zu wollen.

Denn bei Marco ist das ein Ding der Unmöglichkeit.

* * *

Marco

Am Nachmittag lehnt sich Don Pachino in seinen Stuhl zurück und mustert mich, meinen Bruder Leo und unseren Cousin Armando eingehend.

Wir sitzen auf der Terrasse des Tony's, einem Straßencafé, das die besten Calzones in ganz Chicago macht. Hier hält der Don gern seine Geschäftstreffen ab.

„Ihr Jungs müsst euch um eine Angelegenheit kümmern."

„Natürlich", erwidert Armando, doch dann vibriert plötzlich sein Handy, das mit dem Bildschirm nach unten auf dem Tisch liegt. Er zuckt zusammen und sieht schuldbewusst aus, nimmt den Anruf jedoch nicht an.

„Hast du vielleicht etwas Besseres zu tun?" Der Don hält nichts von Respektlosigkeit ihm gegenüber, und ganz besonders kann er es nicht leiden, wenn jemand ein Handy anrührt, während er spricht.

Armandos Adamsapfel hüpft auf und ab. Er versucht angestrengt, das Handy nicht umzudrehen und den Anruf anzunehmen. Ich weiß nicht, was er sich dabei gedacht hat, es auf dem Tisch liegenzulassen. Normalerweise ist er schlauer, aber in letzter Zeit ist er mit dem Kopf ständig woanders, weil – *oh*!

„Könnte das Hannah sein?", frage ich, um ihm den Rücken zu stärken.

„Ja, könnte sein, oder?" Auch Leo hat geschaltet.

„Stimmt." Armando dreht das Handy so plötzlich herum, dass Don Gs Hand instinktiv zu seiner Pistole fliegt.

In dem Augenblick, in dem Armando das Display erblickt, springt er auf die Füße. „Es ist so weit! Ihre Fruchtblase ist geplatzt. Ich muss los." Dann reißt er sich zusammen und sieht den

Don an. „Tut mir leid, Don G. Ich will nicht respektlos erscheinen."

Der Don wedelt mit der Hand durch die Luft. „Geh. Fahr zu deiner Frau. Lass uns wissen, wie es gelaufen ist."

Er wartet, bis Armando uns nicht länger hören kann, bevor er leise lachend den Kopf schüttelt. „Ich erinnere mich noch an Summers Geburt. Beim ersten Baby kann die Entbindung lange dauern. Ich bezweifle, dass das Baby vor Sonnenaufgang auf der Welt ist."

„Ach ja?", sage ich. Was weiß ich schon über Babys?

„Aber natürlich muss er für Hannah da sein." Der Don presst die Fingerspitzen zusammen. „Ich kann nicht darauf zählen, dass Armando im nächsten Jahr bei der Sache ist. Dafür müsst ihr beide umso wacher sein."

„Klare Sache, Don G."

„Absolut", stimmt Leo zu.

Der Don lehnt sich in seinen Stuhl zurück und fischt eine Zigarre aus seiner Innentasche. „Kaum ist ein Mann verheiratet und hat Kinder, wird er weich. Plötzlich können sie an nichts anderes mehr denken als daran, wie kostbar das Leben ist." Er beißt das Ende der Zigarre ab.

„Na ja, wir beide haben jedenfalls nicht vor, in nächster Zeit zu heiraten", erkläre ich.

„Stimmt", pflichtet mir Leo bei. „In dieser Hinsicht musst du dir bei Marco vermutlich niemals Sorgen machen. Der Kerl war seit der dritten Klasse nicht mehr zweimal mit demselben Mädchen aus."

Der Don gluckst.

Ich lächle, doch ich muss an Taylor denken. Wie sie sich mir heute Morgen unterworfen hat. Wie sehr ich das verdammt noch mal geliebt habe.

Sie ist ein Mädchen, dass ich im Handumdrehen auf ein zweites Date ausführen würde. Sie ist ein Mädchen, das es wert wäre, es zu behalten.

Für immer.

Ich kann es gar nicht mehr erwarten, bis ich sie heute Abend für ihre Unterwerfung belohnen darf. Wenn ich ihr zeigen kann, was sie alles verpasst hat, während sie an den Rändern der BDSM-Szenen im Sins entlangbalanciert ist und so getan hat, als ob sie nicht darauf stünde.

Und jetzt denke ich vor meinem Don an Sex.

Ich räuspere mich. „Also. Worum sollen wir uns kümmern?"

„Ich will den *stronzos*, die sich in meine Samstagabendkartenspiele einmischen, eine eindeutige Nachricht schicken."

„Wer? Die Russen?" Seit zehn Jahren herrscht zwischen der Chicago-Bratwa, den Pachinos und den Tacones ein zerbrechlicher Frieden, doch jeder weiß, dass ein solcher Waffenstillstand schnell den Bach runtergehen kann.

Erst vor wenigen Jahren hat Junior Tacone, der Kopf der anderen italienischen Mafiafamilie in Chicago, in einem italienischen Feinkostladen im Alleingang eine komplette Bratwa-Zelle niedergemäht. Ravil Baranov, der Kopf der gegnerischen Bratwa-Zelle, hatte sich nicht beschwert.

„Nein, die Russen können ihr Spiel behalten. Ich spreche von zwei Drogendealern, die versuchen, ihr Einkommen aufzustocken." Er zeigt mir ein Instagramkonto, auf dem ein Typ vor einer grellen Corvette steht. „Findet heraus, wo dieses Wochenende das Spiel stattfindet. Macht der Sache ein Ende. Ich will, dass sie verdammt noch mal aus meiner Stadt verschwinden."

„Ist so gut wie erledigt."

Leo lässt seine Fingerknöchel knacken. „Der Typ ist hinüber."

Don G klopft Leo mit seiner fleischigen Hand auf die Schulter und steht auf. „Gut. Sagt Bescheid, wenn es erledigt ist."

„Wird gemacht." Ich erhebe mich ebenfalls.

Als Vollstrecker für unseren Boss zu arbeiten, ist unser normaler Job. Dieser Auftrag wird kein Problem darstellen. Ich bin einfach nur erleichtert, dass es bis Samstag Zeit hat, weil ich nicht will, dass irgendetwas meine Pläne für Taylor durchkreuzt.

Natürlich liest Leo meine Gedanken. Er wusste, wohin ich heute Morgen unterwegs war. Zu Taylor.

„Wie ist es mit dieser Cocktailkellnerin gelaufen?"

Aus irgendeinem Grund nervt mich die Fragen, obwohl wir uns normalerweise immer ohne Hemmungen für unsere neusten Eroberungen aufziehen.

Doch jetzt stört es mich, weil sich Taylor nicht wie eine Eroberung anfühlt und weil es mir nicht gefällt, dass Leo überhaupt über sie spricht.

„Sie heißt Taylor. Und ich habe mich darum gekümmert."

Bei meinem sachlichen Tonfall zieht er fragend eine Augenbraue hoch. „Klingt so, als hätte es dir nicht gefallen."

„Oh, und wie es mir gefallen hat. Ich will nur nicht, dass du respektlos über sie sprichst."

„Ha. So ist das also." Leo starrt mich an, als wäre ich ein völlig anderer Mensch.

Verdammt, vielleicht bin ich das auch. Taylor ist wirklich etwas Besonderes.

„Wie ist es also?"

Leos Mundwinkel zucken, doch da er mein jüngerer Bruder ist, ist er clever genug, sich seinen Kommentar zu verkneifen. „Ach nichts." Er hebt abwehrend die Hände. „Egal. Freut mich, dass du dich darum gekümmert hast."

Die Vorstellung, wie Taylor nackt vor mir steht, blitzt in meinen Gedanken auf, und meine Nasenflügel beben, als ich mich daran erinnere, wie umwerfend sie nackt aussah. Wie sehr ich das Gefühl ihrer Haut unter meinen Fingern und ihre leisen Schreie bei meiner Bestrafung geliebt habe.

Heute Abend kann verdammt noch mal nicht schnell genug kommen.

Und am Ende der Nacht *wird Taylor mir gehören.*

Kapitel Fünf

T*aylor*

Als ich am Sins ankomme, zittere ich am ganzen Körper. Für einen Moment sitze ich in meinem verbeulten Auto und versuche, genug Mut zusammenzunehmen, um den Club zu betreten.

Ich trage schwarze, halterlose Strümpfe, an denen die Naht meine Beinrückseite hinunterläuft und an deren oberstem Punkt kleine, weiße Satinschleifen angebracht sind. Darüber trage ich einen schwarzen Minirock und ein asymmetrisches Oberteil, das auf der einen Seite einen Träger hat, auf der anderen schulterfrei ist. Ich bin mir nicht sicher, wie ich das jetzt anstellen soll. Meine Kolleginnen werden glauben, ich bin für meine Schicht hier. Sobald sie mich mit Marco sehen, werde ich mir das noch tausend Jahre lang anhören müssen. Jeder im Club wird wissen wollen, wie er meinen Entschluss, niemals an meiner Arbeitsstelle zu spielen, gebrochen hat.

Ein leises Klopfen an meiner Fensterscheibe lässt mich einen leisen Schrei ausstoßen.

„Oh! Marco!" Ich bekomme die Tür kaum auf, so sehr zittern meine Finger, doch Marco zieht sie für mich auf.

Er ist ganz und gar im Dom-Modus und hat eine dieser autoritären, gnadenlosen Masken aufgelegt, die Doms für ihre Subs tragen. Das ist etwas ganz anderes als der wohlwollende Charme, den er sonst spielen lässt, wenn er seine Drinks bei mir bestellt.

Doch was immer er in meinem Gesicht erblickt, lässt seinen Ausdruck weich werden.

„Hi." Er legt seine Hand auf meine Wange – wie ein Liebhaber, nicht wie ein Master – und senkt seinen Mund langsam auf meinen.

Seine Lippen gleiten über meinen Mund, dann schmeckt er mich. Der Kuss wächst nach und nach an, zunächst sanft, doch dann endet er damit, dass Marcos Zunge in meinem Mund steckt und seine Zähne über meine Lippen kratzen. Mein Slip wird feucht.

„Du siehst wunderschön aus, Taylor", murmelt er, ohne mein Gesicht loszulassen.

Ich bin völlig atemlos. „Danke."

„Danke, Sir", verbessert er mich, doch seine Mundwinkel zucken. „Heute Abend wirst du dich ans Protokoll halten. Du wirst mich mit *Sir* oder *Master* ansprechen. Du wirst nichts ohne meine Erlaubnis oder meinen Befehl tun. Jedes Zögern, jeder Ungehorsam wird bestraft. Hast du mich verstanden?"

Meine Hände werden feucht und mein Herz hämmert gegen meine Rippen. Mein Kopf wippt zustimmend auf und ab.

„Ja, Sir", korrigiert er.

„Ja, Sir." Ich klinge, als wäre ich gerade hundert Meter gesprintet.

Er küsst meine Stirn. Das kommt mir wie eine seltsam zärtliche Geste vor, und ich versuche mich zu erinnern, ob ich jemals gesehen habe, wie er das mit einer anderen Sub gemacht hat. „Braves Mädchen."

Heute Abend arbeite ich nicht für sein Trinkgeld, doch scheinbar will ich noch immer seine Anerkennung gewinnen, denn seine Worte strömen in meine Brust und wärmen mich bis in die Zehenspitzen. Ich entspanne mich und lasse zu, dass er mich vom Parkplatz und durch den Hintereingang führt.

„Ich habe oben ein privates Zimmer für uns reserviert", erklärt er und führt mich zur Treppe.

Augenblicklich spüre ich meine Erleichterung. Er scheint zu begreifen, dass ich während unserer Szene nicht von meinen Kollegen beobachtet werden will. Die privaten Räume im ersten Stock kosten fünftausend Dollar pro Nacht. Ich bin mir sicher, dass Marco sich das leisten kann, doch normalerweise entscheidet er sich für öffentliche Spiele im Erdgeschoss, also bin ich dankbar, dass er mir in dieser Hinsicht entgegenkommt.

Seine Hand liegt leicht auf meinem unteren Rücken, als ich in meinen Stilettos die Treppe hinaufsteige. Die Eindrücke drängen nur so auf mich ein – das tiefe Dröhnen der Musik, das Schimmern der roten und blauen Lichter, das entfernte Knallen einer Peitsche oder einer Kelle und der unweigerlich darauf folgende Schrei.

Landon, einer der Dungeon Masters des Sins, steht im Flur und beaufsichtigt das Treiben.

Im Sins werden sogar die privaten Räume überwacht und sind mit schweren, schwarzen Vorhängen ausgestattet, anstatt mit Türen. Zudem verfügen sie über Einwegspiegel für die Überprüfung. Mein Boss will sicherstellen, dass alles sicher, zurechnungsfähig und einvernehmlich abläuft.

Ich weiß, dass Landon eingreifen würde, falls ich „Rot" sage und Marco nicht aufhört. Landon und ich haben uns mal darüber unterhalten, dass Marco und seine Kumpels vermutlich Mafia sind, diese Tatsache Landon jedoch trotzdem nicht davon abhalten würde, eine Sub vor einem von ihnen zu retten, falls nötig. Außerdem hat er erzählt, dass die Jungs ihm noch nie Ärger gemacht hätten, was auch mein Eindruck ist. Tatsächlich kommt es mir vor, als wären sie deutlich respektvoller als viele der anderen Typen, die ins Sins kommen.

Landon zeigt uns unser reserviertes Zimmer und Marco hält mir den Vorhang auf, damit ich eintreten kann.

Im Raum befinden sich ein kleines Ledersofa, eine Spanking-

Bank und ein niedriger Tisch, auf dem ordentlich aufgereiht eine Sammlung Instrumente liegen. Ich kann eine Kelle, eine Haarbürste, eine Lederpeitsche, eine neunschwänzige Katze und ein weiche, rote Fessel entdecken.

Meine Knie werden weich.

Marco schlingt von hinten einen Arm um meine Taille und zieht mich eng an seinen Körper. „Keine Angst, Engel" Sein Atem streift federleicht und heiß über mein Ohr. „Die fiesen Geräte werde ich nicht benutzten – es sei denn, du bist unartig."

Meine Pussy zieht sich zusammen.

„Aber du wirst artig sein, habe ich recht?"

„Ja, Sir."

„Braves Mädchen." Seine Hand gleitet tiefer, meinen Oberschenkel hinunter bis zum Saum meines Minirocks, dann an der Innenseite wieder hinauf. Mit einer leichten Berührung fahren seine Finger den Bund meiner Strümpfe entlang. „Die gefallen mir." Er dreht mich um, sodass ich ihn ansehe. „Zeig sie mir." Seine Stimme hat nun einen dunklen Befehlston angenommen.

Meine Hände fliegen zum Bund meines Rocks, doch dann zögere ich. Meint er damit, dass ich meinen Rock ausziehen soll? Ist das so eine Art „Alle Vögel fliegen hoch"? Er hat gesagt, ich darf nichts ohne seine Erlaubnis oder seinen Befehl tun.

Belustigung flackert über sein Gesicht. Ich erkenne den Anflug von Nachsicht in seinem Blick, diesen Ausdruck, der ihn immer so sexy macht, wenn er mit mir flirtet.

„Zieh deinen Rock aus, Engel." Sein Tonfall ist milder.

Ich bin dankbar, dass er den Dom nicht allzu sehr heraushängen lässt. Ich bin viel zu nervös, um damit klarzukommen.

Ich winde mich aus meinem Rock.

Marcos Lider werden schwer, als er meinen durchsichtigen Spitzenslip erblickt, der perfekt zu den schwarzen, halterlosen Strümpfen passt.

„Absolut atemberaubend. Zieh das Top aus."

Ich ziehe mein Top über den Kopf. Ich trage keinen BH, also

stehe ich nun in nichts als meinem Slip, den Strümpfen und meinen High Heels vor ihm.

„Braves Mädchen. Du bist perfekt. Einfach perfekt." Behutsam greift er nach meinem Oberarm und führt mich zum Sofa, wo er mich über die prall gepolsterte Armlehne beugt. „Wollen wir doch mal sehen, ob sich dein Arsch vom Spanking heute Morgen erholt hat."

Er streichelt über meine Haut. Sein Spanking heute Morgen hat Striemen hinterlassen – nichts Gravierendes. Ein paar rote, fleckige Quaddeln. Sie tun nicht mehr weh, es sei denn, ich drücke sie zusammen.

Marco verpasst meinem Arsch eine Handvoll leichter Klapse, dann streichelt er in trägen Kreisen über meine runden Backen. „Meiner Meinung nach sollte eine Sub während einer Szene durchgehend einen roten, erhitzten Arsch haben. Das hilft ihr dabei, sich aufs Wesentliche zu konzentrieren, und erinnert sie daran, wer das Sagen hat und dass Ungehorsam Folgen haben wird."

„Ich werde nicht ungehorsam sein", erwidere ich beleidigt.

Also wirklich.

Nie im Leben werde ich ungehorsam sein. Ich habe absolut kein Interesse daran, dass mir mit etwas anderem als seiner Hand der Arsch versohlt wird.

Er verpasst mir drei feste Schläge und ich wimmere. „Genau das hast du gerade getan, Engel."

Feuchtigkeit sickert zwischen meinen Beinen hervor. Meine Gedanken rasen, als ich zu verstehen versuche, was ich falsch gemacht habe, damit ich es bloß nicht wiederholen werde.

„Ich werde nicht ungehorsam sein, *Sir*", verbessere ich mich. „Ich meine, ich werde nicht wieder ungehorsam sein, Sir."

Scheinbar ist er damit noch nicht besänftigt, denn er hält meine Hüfte fest und fängt an, mir unablässig den Arsch zu versohlen.

Da mein Hintern schon von heute Morgen wund ist, winde ich mich auf seinem Schoß und versuche, seiner Hand auszuweichen, doch er lässt nicht locker, bis mein Arsch brennt und ich vor Schmerzen wimmere.

„Mhmm." Marco streichelt meine erhitzte Haut. „So ist es besser." Er beugt sich hinunter und küsst meine Arschbacke. „Wirst du jetzt mein braves Mädchen sein?"

„Ja, Sir."

Er hilft mir, mich aufzurichten, und dreht mich zu sich um. „Willst du die regulären Safewords benutzen? *Rot*, *Gelb* und *Grün*?"

Ich nicke. „Ja, Sir. Ich meine, was immer du willst."

Diese Bemerkung bringt mir ein sexy Lächeln ein. „Braves Mädchen. Auf die Knie, Taylor", befiehlt Marco. Er krallt seine Finger in meine Haare und drückt mich hinunter, bis ich auf Augenhöhe mit seinem harten Schwanz bin.

Ich will ihn schmecken. Ich will meine Zunge über seinen Ständer kreisen lassen und ihn verschlingen, doch ich warte auf seinen Befehl, so wie er es mir beigebracht hat.

Er zieht an meinen Haaren. Sein Griff ist gnadenlos.

„Öffne deinen Mund", befiehlt er.

Ich tue, wie befohlen ... einen Spaltbreit.

Sein Schwanz gleitet über meine geöffneten Lippen, dann reibt er damit über meine Zunge.

Er kippt meinen Kopf in den Nacken und stößt seinen Schwanz tiefer und tiefer, drängt in meinen Mund. Ich lutsche seine gesamte Länge, bis ich keine Luft mehr bekomme.

Als ich über die Unterseite seiner seidigen Haut lecke, pocht sein Schwanz und Marco stöhnt auf.

„So gut, Taylor. Lutsch ihn. Leck ihn." Er führt meinen Mund über seinen Schaft. „Und jetzt zieh die Lippen um ihn zusammen."

Ich tue, wie befohlen. Ich sauge die Wangen ein, um ihn kräftig zu lutschen, ziehe meinen Mund um ihn zusammen und lasse wieder los, während mein Kopf auf seinem Schwanz auf und ab hüpft und ich versuche, ihn so gut zu blasen, wie ich nur kann.

„Genau so. Du bist eine eifrige, kleine Schwanzlutscherin", stöhnt er. „So ein braves Mädchen."

Ich verschlinge seinen Schwanz, nehme ihn bis zu meiner Kehle in den Mund, so tief ich nur kann.

„Braves Mädchen." Marco lobt mich erneut und reißt an meinen Haaren. „Ich werde dir beibringen, wie du zur allerbesten Sub wirst."

Mein Körper bebt, als sich mein Orgasmus in mir aufbaut, einfach nur durch sein Lob und das Wissen, dass ich ihn befriedige.

„Genug." Er zieht seinen Schwanz aus meinem Mund. Er glänzt mit meinem Speichel.

Marco reibt seine Eichel über meine Lippen, und ich blicke einfach nur hinauf in seine Augen und warte auf seinen nächsten Befehl.

„Steh auf. Dann beuge den Oberkörper hinunter und stütze dich auf der Couch ab."

Ich gehorche. Als ich mich auf die Zehenspitzen stelle und den Oberkörper vornüberbeuge, dreht sich mein Kopf ein wenig.

„Spreize die Beine."

Ich vergrößere meinen Schritt und beiße mir auf die Unterlippe, als ich seine Hand auf meinem Arsch spüre.

Marco greift um meinen Körper herum, dann verpasst er meiner Pussy einen Schlag und ich schnappe nach Luft. Das Brennen des Hiebes jagt mir einen Schauder den Rücken hinunter.

„Ich habe dir nicht erlaubt, dir auf die Unterlippe zu beißen."

„Tut mir leid, Sir", entschuldige ich mich hastig. Ich mag, wie sich das Wort *Sir* in meinem Mund anfühlt, wie leicht es mir über die Lippen kommt.

Wieder streichelt Marco meinen Arsch, dann verpasst er mir einen weiteren heftigen Schlag. Ich lasse den Kopf hängen und versuche, meine Nerven zu beruhigen. Mein Verstand brüllt *Nein*, doch mein Körper verlangt *Ja*. Diese Verwirrung lässt mich beinah in die Knie gehen.

„Öffne deine Beine noch weiter."

Ich tue, wie befohlen. Wieder spüre ich seine Hand auf meinen Arsch, doch diesmal spreizt er mit seinen Daumen meine Arschbacken.

„Hat irgendjemand schon mal diesen Arsch gefickt?"

Ich schüttle den Kopf. „Nein, Sir."

„Gut." Seine Hand gleitet hinunter zu meiner Pussy und verpasst ihr einen erneuten Schlag. „Gehört diese Pussy *mir*?"

Ich nicke.

„Sag es."

„Die Pussy gehört dir, Sir."

„Braves Mädchen. Wenn du weiter so artig bist, dann werde ich diese geile Pussy heute Abend womöglich ficken und dein enges, kleines Loch mit meinem Schwanz ausfüllen. Und morgen Abend ... ficke ich dann vielleicht auch deinen Arsch."

Ich zittere am ganzen Körper, so erregt bin ich von der ganzen Situation. „Ja, Sir", stöhne ich.

„Steck einen Finger in deine Pussy, Taylor. Ich will sehen, wie du sie für mich schön feucht und bereit machst. Dehne sie für meinen Schwanz."

Heilige Scheiße, wie dieser Mann mit mir spricht, das ist einfach ... unbeschreiblich. So fordernd. So autoritär. Und so verdammt sexy.

Ich stecke einen Finger in meine Pussy und bewege ihn langsam rein und raus. Ich weiß, dass Marco jede meiner Bewegungen genau beobachtet. Es gefällt mir, ihm eine Show zu liefern und zu wissen, wie anerkennend er mich mustert.

„So eine hübsche, pinke Pussy", sagt er, während ich es mir weiter vor ihm besorge.

So etwas habe ich noch nie in meinem Leben gemacht. Ich war nie so mutig, so hemmungslos und so unfassbar angeturnt. Ich versuche nicht einmal, mein Stöhnen zu unterdrücken. Ich weiß, wie sinnlos es ist, meine Emotionen vor diesem Mann zu verstecken.

„Ist deine Pussy feucht, Taylor? Steck noch einen Finger rein."

Ich lasse einen zweiten Finger in meine Pussy gleiten und dringe tiefer in mich ein. Ich stöhne auf. „Ja, Sir."

Ich höre nicht auf, mich zu fingern, und weiß, dass es nicht mehr viel braucht, um mich in den Abgrund stürzen zu lassen.

„Sobald du kommen willst ... hör auf."

Wimmernd ziehe ich bereits in der nächsten Sekunde meine Finger aus meiner Pussy, aus Angst, ohne Marcos Erlaubnis zu kommen. Ich warte auf seinen nächsten Befehl.

„Will mein Engel kommen?"

„Ja, Sir. Ganz dringend, Sir."

* * *

Marco

Ich war schon immer ein Freund von Edging. Eine Frau bis an den Abgrund treiben und sie dort herrlich baumeln lassen, mit nichts anderem als mir, um sich daran festzuklammern. Doch bei Taylor ... verliere ich selbst die Kontrolle. Nie in meinem Leben wollte ich mich dringender bis zu den Eiern in einer Person vergraben als in diesem Moment.

Ich brauche sie.

Ich brauche sie jetzt sofort.

„Taylor, sprich es aus. Sag es mir."

„Ich will kommen, Sir. Ich will deinen Schwanz. Bitte fick mich", wimmert Taylor.

Gott, sie ist als Sub ein wahres Naturtalent. Wie habe ich das nicht früher gesehen? Ihr Körper ist so reaktionsfreudig, und mein Körper reagiert auf jedes Wimmern, Stöhnen, Schluchzen, auf jeden Atemzug, den sie von sich gibt.

Ich knie mich neben sie und beobachte sie eingehend, während ich mit dem Daumen über ihre Pussylippen streichle. Noch immer sind ihre Beine herrlich weit für mich gespreizt.

„Du bist so feucht, Taylor. Du bist so verdammt schön. Perfekt. Ich glaube, ich könnte allein bei deinem Anblick kommen."

Ich lege meine Hand auf ihre Pussy und fange an, ihren Kitzler in kleinen Kreisen zu reiben, während ich mit der anderen Hand weiter ihre Pussy streichle. „So geschwollen, Taylor. So feucht."

Ich liebe es, ihren Namen zu sagen. Es fühlt sich richtig an.

„Oh, fuck, Sir“, stöhnt sie und drängt mit ihrer Pussy gegen meine Hand. „Ich komme gleich. Fuck, ich komme gleich!“

Als sie am Abgrund ankommt und sich hinabstürzen will, ziehe ich meine Hände zurück und sehe dabei zu, wie sie den Rücken durchbiegt.

Ich bin ein verdammter Arsch, ein Necker, ein Folterknecht, und sie wird lernen, genau das an mir zu lieben.

„Nein, bitte, Sir. Bitte lass mich kommen.“

Ich greife nach meiner Hose und fische ein Kondom aus der Tasche. Ich kann sie nicht länger auf die Folter spannen, weil es mich einfach umbringt. Ich reiße die Folie auf, rolle das Kondom über meinem Ständer ab und stelle mich hinter Taylor. Mit meiner Eichel reibe ich über ihren triefenden Schlitz.

„Ist es das, was du willst, Taylor? Willst du meinen Schwanz, hm? Willst du, dass ich diese enge Pussy ficke?“

„Ja, Sir. Das will ich unbedingt“, sagt sie und schaukelt mit ihrer Hüfte vor und zurück.

„Du bist so verdammt feucht“, grunze ich, als ich sie mit meinem Schwanz aufspieße. Sie schnappt nach Luft und dieses Geräusch schießt mir direkt in den Schwanz.

Zunächst ficke ich sie langsam, halte ihre Hüfte fest und vergrabe mich mit jedem Stoß tief in ihr. Ich sehe nur ihren Arsch und ihre Pussy. Ich will nicht, dass das hier jemals aufhört. Ich kann einfach nicht genug bekommen.

„Will mein Engel, dass ich sie ficke?“

„Ja, bitte, Sir. Bitte fick mich, Sir“, bettelt sie und schiebt ihren Arsch zurück.

Ich verpasse ihrer Backe einen festen Schlag und Taylor keucht auf. Ihr Rücken biegt sich in einer perfekten Fick-Pose durch. Als sich ihre Pussy um meinen Schwanz zusammenzieht, zerschelle ich fast, doch ich bin auch ein Mann mit einer Mission.

Ich kneife die Augen zusammen und versuche, meine eigene Erlösung zurückzuhalten, nur noch ein bisschen.

„Willst du kommen, Engel?"

Sie wimmert und krallt die Finger in das Sofa, ein klares Zeichen dafür, dass sie kurz vor ihrem Höhepunkt ist. „J-ja, Sir."

„Flehe mich an, dich kommen zu lassen."

„Bitte, Sir. Bitte lass mich kommen. Fick mich. Versohle mir den Arsch. Aber erlaube mir einfach, zu ..."

Ich verpasse ihrem Arsch einen festen Hieb und sie schreit auf.

„So ein braves Mädchen. Du darfst jetzt kommen."

„Danke, Sir. Oh, fuck, danke, Sir."

Ich hämmere so heftig in sie hinein, wie ich kann, und gebe ihr genau das, was sie verzweifelt haben will.

Noch ein paarmal stoße ich in sie hinein, bevor sich meine Finger in ihre Hüfte krallen und ich in ihrer perfekten Pussy explodiere. Ihre Fotze zieht sich noch enger um meinen Schwanz zusammen und ich weiß, dass sie ein zweiter Höhepunkt durchfährt.

Ich höre ihre Schreie und sehe dabei zu, wie der Orgasmus durch ihren Körper rollt. Und ich weiß ohne den geringsten Zweifel, dass ich mich in ihr verloren habe.

Zum ersten Mal – jemals – wünsche ich mir, wir wären an einem intimeren Ort. Mehr Privatsphäre. In meinem Schlafzimmer, zum Beispiel, nicht in einem BDSM-Club.

Plötzlich hasse ich diese ganze Struktur, die für eine sichere Distanz zwischen zwei Partnern sorgt. Die Ziellinien und Fluchtwege erlaubt. Ich will Taylor am Ende des Abends nicht zu ihrem Auto bringen, ihr einen Abschiedskuss geben und sie bitten, mir die Rechnung für die Autoreparatur zuzuschicken.

„Ich habe es mir anders überlegt", erkläre ich und versuche, gefasst zu klingen, auch wenn sich mein Körper vollkommen unkontrolliert anfühlt. „Eine Nacht reicht nicht aus, um deine Schulden zu begleichen."

„Was?"

„Ich brauche mehr von dir."

Ich mache eine Ansage. Sie hat keine Wahl. Keine Optionen.

Und als ihr Körper unter mir zusammensackt und ihr Schmollmund ein Keuchen ausstößt, bin ich mir sicher, dass sie nicht protestieren wird.

Kapitel Sechs

T*aylor*

„Denk nicht einmal daran, dich anzuziehen", knurrt mich Marco von meinem Bett aus an. Er ist nackt und atemberaubend – definierte Muskeln und ein Schlangentattoo mit Rosen, das sich über seine Schulter windet.

Nachdem er letzte Nacht im Sins erklärt hat, er bräuchte mehr von mir, hat er mich nach Hause gebracht, wo wir eine zweite Runde des heißesten Sex meines Lebens hatten.

Jetzt haben wir gerade die dritte Runde beendet und ich komme aus dem Bad.

Ich lasse das T-Shirt zu Boden segeln. „Ja, Sir."

„Mhmm", rumpelt er und streckt die Hand nach mir aus. „Du bist eine gute Sub, nicht wahr?" Er zieht mich über seinen Körper.

Lachend lasse ich mich auf ihn fallen. Mein Körper vibriert förmlich – warm und gesättigt von der vielen Aufmerksamkeit, die Marco mir schenkt.

Er legt eine Hand auf meinen Hinterkopf und steckt mir die Zunge in den Mund. Ich winde mich auf ihm, suche Befriedigung für meinen Kitzler, der über seinen Schaft reibt. Plötzlich vibriert Marcos Handy auf dem Nachttischschrank. Ohne sich darum zu kümmern, küsst er mich weiter tief und leidenschaftlich, doch wieder vibriert das Handy.

„Sorry, Engel." Er streckt die Hand nach dem Telefon aus. „Scheint wichtig zu sein." Nachdem er die Nachrichten überflogen hat, ruft er: „Oh, verdammt!", doch er klingt erfreut.

„Was ist?"

„Mein Cousin hat sein Baby bekommen!" Er wirft mir ein jungenhaftes Grinsen zu und mein Herz schmilzt. Das da ist nicht länger der mächtige und gefährliche Mafiasoldat, sondern ein dreidimensionaler Mann aus Fleisch und Blut, mit Cousins und Babys und alltäglichen Freuden.

„Dein *Cousin* hat sein Baby bekommen?", ziehe ich ihn auf.

„Na ja, seine Frau, natürlich." Marcos Grinsen ist ansteckend. „Ich freue mich so für ihn. Armando hat fünf elende Jahre hinter sich, und dann hat er dieses Mädchen kennengelernt – unter schrecklichen Umständen – hat sie geschwängert und plötzlich ... na ja, sie hat ihn verändert. Es ist erstaunlich, was Liebe mit einem Mann anstellen kann."

Ich setze mich auf, stütze mich auf einer Hand ab und labe mich am Anblick dieses nackten Adonis. „Klingt wundervoll", sage ich.

Marcos Augen suchen meinen Blick, und für einen Moment frage ich mich, ob er das Gleiche denkt wie ich – ob die Liebe auch ihn verändern könnte.

„Hey, willst du mich ins Krankenhaus begleiten und das neue Baby begrüßen? Sie heißt Daisy Jane."

Mein Herz setzt für einen Schlag aus. Er fragt mich etwas, das nichts mit Sex zu tun hat. Das ist nicht einmal etwas, was man bei einem ersten oder zweiten Date tun würde. So etwas ist für eine feste Freundin vorgesehen.

Ich springe vom Bett. „Ich würde Daisy Jane liebend gern begrüßen!" Ich werfe mir eine Jeans und ein T-Shirt über.

Marco zieht seine Sachen von gestern Abend an, bis auf die

Jacke, dann gehen wir hinaus zu seinem Auto, ein Mietwagen, den er nutzt, solang sein Auto in der Reparatur ist. Es ist ein schnittiges Mercedes-Cabrio.

„Also, warum waren die letzten fünf Jahre so schrecklich für Armando?", frage ich, nachdem wir an einem Drive-in-Café vorbeigefahren und Kaffee und Bagels besorgt haben.

Marco wirft mir einen Blick aus dem Augenwinkel zu, als ob er innerlich debattieren würde, ob er mir die Wahrheit erzählen soll oder nicht. „Er war im Gefängnis", sagt er schließlich nach einer kurzen Pause.

„Oh. Wow."

„Und als er rauskam, war ein Kopfgeld auf ihn ausgesetzt. Er hat sich bei Hannah verkrochen, bis die Sache geregelt war."

Ich frage nicht nach, wie die Sache geregelt wurde. Mein Bauchgefühl sagt mir, dass ich es gar nicht wissen will, selbst wenn Marco es mir erzählen wollte. Ich fühle mich einfach geehrt, dass er ehrlich mit mir ist. Mir gefällt seine dominierende, fordernde Seite, aber noch mehr mag ich es, einen Blick in sein normales Leben werfen zu können.

Als wir am Krankenhaus ankommen, kauft Marco einen gigantischen Blumenstrauß von der Floristin in der Lobby.

„Dafür wird Hannah mich umbringen", bemerkt er heiter.

„Warum? Ist sie allergisch?"

Er grinst. „Nein, sie ist Floristin und hat für ihre Arbeiten schon Preise gewonnen. Sie wird beleidigt sein, dass ich ihr Blumen gekauft habe."

Im Fahrstuhl auf dem Weg nach oben verschränkt er seine Finger mit meinen. „Danke, dass du mitgekommen bist."

Ich trete näher zu ihm, damit er seinen Arm um mich schlingen kann. „Ich war überrascht, dass du mich gefragt hast."

„Warum?"

„Ich dachte, du wärst die Sorte Mann, der sich noch vor Sonnenaufgang rausschleicht."

Die Aufzugtüren gleiten auf, doch Marco hält mich fest, als ich aussteigen will. „Warte, Engel. Was meinst du damit?“

Ich zucke mit den Schultern. Die Türen gleiten zu und wir fahren weiter nach oben. „Ich meine, du bist ein Frauenheld. Ich arbeite im Sins – ich weiß, dass du jedes Wochenende mit einem anderen Mädchen da bist. Du kommst mir also nicht vor wie ein ‚Lass uns am Morgen danach zusammen frühstücken‘-Typ.“

„Du hast recht. Das bin ich nicht.“

Ein mulmiges Gefühl macht sich in meinem Magen breit. Plötzlich wünsche ich mir, ich wäre nicht mitgekommen. Ich fange wirklich an, mich in diesen Kerl zu verlieben, und er ist einfach keine sichere Wahl für mich. Ich drücke auf den Knopf zu unserem Stockwerk, immer und immer wieder.

„Hey.“ Marco hält meine Hand fest und zieht mich an sich. „Normalerweise verbringe ich auch nicht die Nacht mit einer Frau.“ Er sieht auf mich herunter und seine warmen, braunen Augen blicken suchend in meine, als ob er sicherstellen wollte, dass ich verstehe, was er sagen will.

Auch ich will mir sicher sein. „Warum hast du dann die Nacht mit mir verbracht?“

Er senkt den Kopf und streicht mit seiner Nasenspitze über meine. „Du bist etwas Besonderes, Taylor.“

Die Türen gleiten auf, und dieses Mal tritt Marco auf den Flur hinaus. Seine Worte hallen in meinen Gedanken wider, während wir durch den sterilen Korridor zu Hannah und Armandos Zimmer gehen.

Ich bin etwas Besonderes.

Ich habe fast Angst davor, zuzugeben, wie sehr ich gehofft hatte, das wäre wahr.

* * *

Marco

„Ich hoffe, ich sehe nach sechzehn Stunden Wehen genauso gut aus“, erklärt Taylor, als wir das Krankenzimmer verlassen und zurück zu den Fahrstühlen gehen. „Sie hat ja regelrecht gestrahlt.“

Ich ziehe Taylor an meine Seite und küsse ihren Scheitel. „Ich kann mir nicht vorstellen, wie du jemals *nicht* umwerfend aussiehst.“

Die Vorstellung, wie sie mit einem Baby schwanger ist – *meinem* Baby – lässt meinen Schwanz hart werden. Ich will kein Baby, *noch* nicht, aber das Baby-Machen will ich definitiv üben. Und die Vorstellung, dass Taylor *mein* Baby bekommen könnte …

Himmel. Ich erkenne mich gar nicht wieder. Zärtliche Küsse, liebevolle Komplimente und das Gefühl, als ob ich nicht genug von dieser Frau bekommen kann – das bin einfach nicht ich. Das war ich niemals, und doch bin ich es jetzt.

Die überraschten Gesichter von Armando und Hannah, als ich mit einer *Freundin* ins Zimmer gekommen bin, erinnerten mich an die Tatsache, dass ich mich vollkommen uncharakteristisch verhalte. Mein Glück, dass die beiden zu vernarrt in ihr Baby sind, als mich zu verhören, doch ich bin mir ziemlich sicher, dass es nur eine Frage der Zeit ist, bis es dazu kommt.

Ach, drauf geschissen. Es gefällt mir. Und sie gefällt mir richtig.

Die Fahrstuhltüren gleiten auf und der Don tritt heraus auf den Flur, Leo im Schlepptau. Beide halten sie Bouquets aus pinken und gelben Blumen in Händen und wirken in diesem Krankenhausflur so fehl am Platze, wie auch ich es mit Sicherheit tue.

Instinktiv lasse ich Taylor los. Leo weiß, dass ich heute Nacht nicht zu Hause war, aber der Don braucht das nicht zu erfahren.

„Oh, hey. Wart ihr gerade bei Mando? Wie gehts der frisch gebackenen Mama?“, fragt Leo.

Ich versuche, den prüfenden Blick zu ignorieren, mit dem der Don Taylor mustert, und sage: „Ihr gehts super. Ich habe sie noch nie so glücklich gesehen. Und warte erst mal ab, bis du unseren Cousin siehst. Der Kerl grinst über das ganze Gesicht. Das Vater Sein steht ihm ausgesprochen gut.“

„Ist die Entbindung gut verlaufen? Wie geht es dem Baby?“, fragt der Don.

„Alles lief glatt. Und sie genießen das Privatzimmer, das du für sie arrangiert hast. Armando ist wirklich dankbar."

Don Gs Blick klebt noch immer auf Taylor, und ohne darüber nachzudenken, trete ich einen Schritt zur Seite und vergrößere die Distanz zwischen uns. Vermutlich ist es zu spät, so zu tun, als wären wir nicht mehr als Freunde, doch die Unterhaltung darüber würde ich gern meiden.

„Wer ist das?", fragt der Don wie aufs Stichwort.

So viel dazu, diese Unterhaltung zu meiden.

Er ist nicht unhöflich, aber freundlich ist er auch nicht gerade. Ich kenne den Don gut genug, um zu wissen, dass er alles andere als erfreut darüber ist, mich so kurz nach meinem Versprechen, keine Freundin zu haben und mich auf die Geschäfte zu konzentrieren, mit einer Frau zu erwischen.

Ich trete noch einen halben Schritt zu Seite. „Mein Auto ist noch in der Reparatur und ich musste irgendwie ins Krankenhaus kommen", erkläre ich. „Sie arbeitet im Sins."

Taylors Blick fliegt zu mir und ich bemerke ein Aufblitzen von Verletzung in ihrem Ausdruck, die jedoch schnell von Verärgerung abgelöst wird. Im nächsten Moment kleistert sie sich ein falsches Lächeln aufs Gesicht, dreht sich zum Don um und streckt ihm die Hand hin. „Ich bin Taylor." Dann landet ihr finsterer Blick wieder auf mir. „Wir sollten los. Ich muss zurück *zur Arbeit*."

Fuck.

Ich habe es total versaut.

„Stimmt. Richtig." Zu Leo und dem Don sage ich noch: „Ihr solltet zusehen, dass ihr der kleinen Familie Hallo sagt. Die Besuchszeiten sind fast vorbei."

Scheinbar zufrieden mit meiner Antwort gehen der Don und Leo zum Zimmer davon und ich drücke stumm auf den Fahrstuhlknopf. Krampfhaft denke ich darüber nach, wie ich diese Wogen wieder glätten soll.

„Ich kann es erklären", fange ich an.

Taylor hebt eine Hand, und das Pingen des Fahrstuhls erfüllt die

Stille zwischen uns. „Nicht nötig. Ich bin nur ein Mädchen, das im Sins arbeitet."

Ihre Worte triefen nur so vor Verachtung, und ich weiß, dass ich mich gerade selbst in die Scheiße geritten habe.

„Taylor ..."

Ohne ein weiteres Wort betritt sie den Fahrstuhl.

Kapitel Sieben

Taylor

Ich sollte nicht so sauer sein. Wir haben eine gemeinsame Nacht verbracht. Das war meine einzige Verpflichtung Marco gegenüber.

Und er war mir gegenüber zu überhaupt nichts verpflichtet.

Wir sind kein Paar. Theoretisch hatten wir nicht einmal ein Date. Ich habe meinen Körper gegen eine Autoreparatur eingetauscht.

Uff. Wenn man es so ausspricht, klingt es furchtbar.

Kein Wunder, dass mir in diesem Moment irgendwie übel ist. Zielstrebig überquere ich den Parkplatz. Ich will diese ganze Sache so schnell wie möglich hinter mir lassen. Vielleicht rufe ich sogar einfach ein Uber, um mich heimfahren zu lassen.

Ja, das sollte ich definitiv ...

„Taylor, warte doch mal!" Marco greift nach meinem Arm, um mich aufzuhalten.

„Fass mich nicht an", blaffe ich und bin froh, als er meinen Arm sofort fallen lässt. Ich will weitergehen.

„Hey." Seine Stimme klingt eindringlich. Er geht neben mir her und versucht, meinen Blick zu suchen. „Taylor, hör zu. Ich habe Scheiße gebaut. Ich muss dein Gesicht sehen. Bitte."

Ich bleibe stehen und wirble zu ihm herum. „*Was?!*"

Er deutet mit dem Daumen auf das Krankenhaus hinter sich. „Das war der Don. Mein Boss."

Ich ziehe unbeeindruckt die Augenbrauen hoch und verschränke die Arme vor der Brust. Ist mir scheißegal, und wenn es der Papst höchstpersönlich gewesen wäre. Für mich zählt in diesem Moment nur, dass die Wahrheit ans Licht gekommen ist. Marco hat eine „Einmal und nie wieder"-Nummer mit mir abgezogen. Das war's dann also.

„Er hat mir gerade erst das Versprechen abgenommen, keine Freundin zu haben, damit ich den Fokus nicht verliere, wie es bei meinem Cousin passiert ist. Ich wurde panisch, als er dich gesehen hat."

Ich muss mich zwingen, gleichmäßig zu atmen.

„Aber für mich bist du *nicht* einfach nur ein Mädchen, das im Sins arbeitet." Er streckt die Hand nach meiner aus und drückt sie. „Gestern Nacht war etwas Besonderes. Ich gehe normalerweise nicht mit Frauen nach Hause."

Ich presse die Lippen zusammen.

„Wirklich nicht. Leo kann das bezeugen. Aber gestern Abend, als wir im Sins fertig waren, wollte ich einfach nicht, dass es endet. Und das will ich noch immer nicht."

Ich sehe zu ihm auf und mein Hals ist wie zugeschnürt.

„Taylor, ich wollte dich fragen, ob wir uns wiedersehen können." Er nimmt auch meine andere Hand in seine und hält sie zwischen uns, als ob wir Braut und Bräutigam vor dem Altar wären.

Meine dummen Augen werden feucht.

„Wolltest du das wirklich?"

„Versprochen. Für mich warst du nicht einfach nur ein guter Fick – bitte entschuldige den Ausdruck. Du bist intelligent, du bist heiß, du bist ehrgeizig. Ich weiß, dass du gerade deinen Doktor in Physiotherapie machst. Du hast Großes vor dir, Taylor. Ich bin vermutlich nicht die Sorte Mann, mit der du zusammen sein willst, aber verdammt noch mal, ich wäre es gern."

Er hat sich daran erinnert, was ich studiere. Und er findet mich heiß.

„Okay", sage ich leise.

„Wirklich? Du gehst mit mir auf ein Date? Ich sorge dafür, dass es ein ordentliches Date ist, mit Abendessen und Blumen und allem Drum und Dran."

Ich muss lächeln. „Das klingt gut", bringe ich hervor. „Das würde mir gefallen."

Er zieht mich an sich und drückt unsere verschränkten Finger an seine Brust. Als er meine Hände schließlich loslässt, gleite ich damit über seine muskulösen Schultern und schlinge sie um seinen Hals.

„Ich will mehr von dir, Taylor. *Viel* mehr."

Ich hebe das Gesicht und stelle mich auf die Zehenspitzen, um meinen Mund auf seinen zu drücken.

Er lächelt in den Kuss hinein, dann übernimmt er die Kontrolle. Seine Hand legt sich auf meinen Hinterkopf und seine Zunge gleitet zwischen meine Lippen.

Gute zwei Minuten stehen wir knutschend auf dem Parkplatz, bevor Marco den Kuss löst. Mit seinem Unterarm hebt er meinen Hintern hoch, sodass ich rittlings auf seiner Hüfte sitze.

„Was machst du denn da?", lache ich, als er zum Auto davongeht.

„Ich erhebe meinen Anspruch auf dich."

Mein Blick fällt auf die Krankenhausfenster. „Was, wenn der Don uns beobachtet?"

Neben dem Auto stellt Marco mich ab und küsst mich einmal mehr. „Tja, dann muss ich ihm einfach beweisen, dass ich eine Frau in meinem Leben haben und mich trotzdem noch auf die Arbeit konzentrieren kann."

Mein Herz hämmert in meiner Brust. Marco will wirklich mehr.

Mit mir.

Ich weiß nicht, was das bedeutet oder wie es aussehen wird, aber eins weiß ich mit Sicherheit.

Ich will es auch.

Gestern Nacht hat Marco meine Welt auf den Kopf gestellt. Und mehr noch als das, ich liebe es, wie ich mich mit ihm fühle. Sicher. Erregt. Sexy und intelligent. Gleichzeitig respektiert und objektiviert.

Ja, ich will mehr als nur eine Kostprobe dessen, was er zu bieten hat.

Ich will ihn ganz und gar.

Danke, dass du Sündhaftes Chicago Sammelband gelesen hast! Falls dir das Buch gefallen hat, würde es uns sehr viel bedeuten, wenn du eine Rezension hinterlässt und/oder auf Social Media darüber schreibst. Deine Empfehlungen helfen Indie-Autoren, neue Leser zu erreichen, und halten die Marketingkosten klein.

Renee Rose: HOLEN SIE SICH IHR KOSTENLOSES BUCH!

Tragen Sie sich in meine E-Mail Liste ein, um als erstes von Neuerscheinungen, kostenlosen Büchern, Sonderpreisen und anderen Zugaben zu erfahren.

https://www.subscribepage.com/mafiadaddy_de

Wussten Sie schon, dass Sie direkt bei Renee Rose bestellen können? Sichern Sie sich signierte Bücher, Sonderausgaben und stark reduzierte Pakete. Nutzen Sie diesen Coupon für zusätzliche 10 % Rabatt auf Ihre gesamte Bestellung – READER10

Oder klicken Sie hier – https://shop.reneeroseromance.com/discount/READER10

Ebenfalls von Alta Hensley

Sündhaftes Chicago

Sündenpfuhl

Verwurzelt in Sünde

Bastarde & Whiskey

Verbrecher & Wodka

Schurken & Scotch

Teufel & Roggen

Bestier & Bourbon

Sünder & Gin

Captive Vow - Auf Ewig Dein

Die Wahrheit über Cinder

Naughty Girl

Dunkle Liebe im Geheimbund-Reihe

Elegante Fehltritte

Wunderschöne Lügen

Unzähmbares Verlangen

Geerbte Bosheit

Durchtriebene Rache

Ungezügeltes Verderben

Bücher von Renee Rose

Chicago Bratwa

Der Direktor

Gefährliches Vorspiel

Der Mittelsmann

Bessessen

Der Vollstrecker

Der Soldat

Der Hacker

Der Buchmacher

Der Reiniger

Der Torwächter

Unterwelt von Las Vegas

King of Diamonds

Mafia Daddy

Jack of Spades

Ace of Hearts

Joker's Wild

His Queen of Clubs

Dead Man's Hand

Wild Card

Bratwa Erben Reihe

Prinz der Kontrolle

Master Me

Ihr Königlicher Master

Ja, Herr Doktor

Ihr Marine Master

Ihr Russischer Gebieter

Ihre Zwillingsmaster

Ihr Brandmeister

Ihr Küchenmeister

Ihr Hollywood Master

Ihr Bad Boy Master

Mafia Männer Reihe

Reiz mich nicht

Verführe mich nicht

Zwing mich nicht

Mountain Men

Held

Rebell

Krieger

Sündhaftes Chicago

Sündenpfuhl

Verwurzelt in Sünde

Yacht Kings

Rache

Wolf Ranch

ungezähmt

ungestüm

ungezügelt

unzivilisiert

ungebremst

unbändig

unkontrolliert

unerschrocken

unbeugsam

Two Marks

ungebärdig - Buch 1 (gratis)

versucht

begehrt

verzaubert

Wolf Ridge High

Alpha Bully

Alpha Knight

Step Alpha

Alpha King

Alpha Varsity

Bad Boy Alphas

Alphas Versuchung

Alphas Gefahr

Alphas Preis

Alphas Herausforderung

Alphas Besessenheit

Alphas Verlangen

Alphas Krieg

Alphas Aufgabe

Alphas Fluch

Alphas Geheimnis

Alphas Beute

Alphas Blut

Alphas Sonne

Alphas Mond

Alphas Schwur

Alphas Rache

Alphas Feuer

Alphas Rettung

Alphas Befehl

The Werewolves of Wall Street Serie

Der große böse Boss: Mitternacht

Der große böse Boss: Mondverrückt

Der große böse Boss: Markiert

Der große böse Boss: Miteinander

Der große böse Bully

Bad Boy Bären

Alphas Anspruch

Mitternacht Doms

Alphas Blut von Renee Rose & Lee Savino

Seine gefangene Sterbliche von Renee Rose & Lee Savino

Sklaven des Sturm von Renee Rose, Casey McKay und Katherine Deane

Die Meister von Zandia

Seine irdische Dienerin

Seine irdische Gefangene

Seine irdische Gefährtin

Seine irdische Rebellin

Seine irdische Frau

Ihr Gefährte und Meister

Zandianisches Haustier

Sein irdischer Besitz

Zandianische Bräute

Eine Nach md den Zandianern

Von den Zandianern gekauft

Von den Zandianer beherrscht

Das Licht der Zandianer

Festgehalten vom Zandianer

Vom Zandianer beansprucht

Vom Zandianer gestohlen

Über Alta Hensley

Alta Hensley ist eine Bestsellerautorin für heiße, dunkle und schmutzige Romantikbücher. Sie ist auch eine Amazon Top 100 Bestseller-Autorin. Als mehrfach veröffentlichte Autorin im Genre Romantik ist Alta bekannt für ihre dunklen, groben Alpha-Helden, manchmal auch süßen Liebesgeschichten, tabuisierten Unterthemen und spannenden Geschichten über den ständigen Kampf zwischen Dominanz und Unterwerfung.

Alta liebt es auch über soziale Medien mit ihren Lesern in Kontakt zu sein. Sie lädt alle ein, sich ihrem Facebook-Raum namens Altas Hot, Dark & Dirty Romance-Raum anzuschließen.

Website: www.altahensley.com

Facebook: facebook.com/AltaHensleyAuthor

Instagram: instagram.com/altahensley

BookBub: bookbub.com/authors/alta-hensley

TikTok: https://www.tiktok.com/@altahensley

Newsletter: https://landing.mailerlite.com/webforms/landing/e3d2f5

Über Renee Rose

USA TODAY Bestseller-Autorin RENEE ROSE liebt dominante, verbalerotische Alpha-Helden! Sie hat bereits über eine Million Exemplare ihrer erotischen Liebesromane mit unterschiedlichen Abstufungen verruchter sexueller Vorlieben und Erotik verkauft. Ihre Bücher wurden außerdem in *USA Todays Happily Ever After* und *Popsugar* vorgestellt. 2013 wurde sie von *Eroticon USA* zum nächsten *Top Erotic Author* ernannt und freut sich ebenfalls über die Auszeichnungen Spunky and Sassy's *Favorite Sci-Fi and Anthology Autor*, und The Romance Reviews *Best Historical Romance*. Bereits fünfmal gelang ihr eine Platzierung in der USA-Today-Bestsellerliste mit verschiedenen literarischen Werken.

Besuchen Sie ihren Blog unter www.reneeroseromance.com

www.ingramcontent.com/pod-product-compliance
Lightning Source LLC
Chambersburg PA
CBHW071727110726
47908CB00006B/1531

* 9 7 8 1 6 3 7 2 0 6 7 7 5 *